AUSWAHLBÜCHER

Die Kurzfassungen in diesem Buch erscheinen
mit Genehmigung der Autoren und Verleger

– Deutschland, Schweiz, Österreich –
Verlag Das Beste GmbH,
Stuttgart, Zürich, Wien

041342 (308)
Printed in Germany
ISBN: 978-3-89915-938-7

READER'S DIGEST

Auswahlbücher

DEUTSCHLAND · SCHWEIZ · ÖSTERREICH

Joseph Finder

Seite 6

Lebendig und begraben

Privatdetektiv Nick Heller, einst Mitglied einer militärischen Spezialeinheit, wird von einem alten Freund angeheuert, dem Investment-Milliardär Marshall Marcus. Alexa, seine Tochter, ist entführt worden; sadistisch hält man sie in einem Sarg drei Meter unter der Erde gefangen. Heller weiß, dass nur wenig Zeit bleibt, um sie zu retten. Umso verblüffter muss er feststellen, dass Marcus die Polizei scheut und auch ihm gegenüber ein seltsames Spiel mit der Wahrheit treibt. Handelt so ein Vater, der um das Leben seines Kindes fürchtet?

Sophie Kinsella

Seite 168

Kein Kuss unter dieser Nummer

Poppy Wyatt steht kurz vor der Hochzeit mit ihrem Traummann und schwebt im siebten Himmel. Doch dann verliert sie erst den Verlobungsring, ein wertvolles Familienerbstück, und kurz darauf wird ihr das Handy gestohlen. Als Poppy ein weggeworfenes Smartphone findet, behält sie es kurzerhand, um die Suchaktion für den Ring zu organisieren. Für Geschäftsmann Sam Roxton, dem das Telefon gehört, beginnen damit ungeahnte Turbulenzen, denn Poppy fängt sogleich an, sich – mit besten Absichten! – in Sams Leben einzumischen …

Martin Schüller SEITE 318

Der Teufel von Garmisch

Eine offene Haustür wird für Sebastian zur tödlichen Bedrohung. Hinter ihr ist ein brutaler Mord geschehen, und der Täter wartet nur darauf, dass der junge Software-Entwickler die Wohnung betritt und damit in die Falle tappt. Sebastian wird zur Figur in einem diabolischen Spiel, dessen Regeln nur der Mörder kennt. Unerbittlich lässt der „Teufel von Garmisch" Sebastian seine Macht spüren und bleibt dabei stets im Verborgenen. Auch Kommissar Schwemmer und sein Team werden von dem grausamen Unbekannten vor immer neue Rätsel gestellt.

Inga Lindström SEITE 486

Wind über den Schären

Nach einem schweren Schicksalsschlag wollen Erik und Hanna ihr bisheriges Leben hinter sich lassen und brechen von Stockholm aus zu einer gemeinsamen Weltumseglung auf. Doch die Reise steht unter keinem guten Stern: Bereits in den Stockholmer Schären bleibt das Boot mit einem Motorschaden liegen. Während sie auf die Reparatur warten, lernt Hanna den gut aussehenden Arzt Dr. Niclas Söderlind kennen. Beide fühlen sich sofort stark zueinander hingezogen. Als der Abschied naht, muss Hanna eine schwere Entscheidung treffen.

LEBENDIG UND BEGRABEN

JOSEPH FINDER

Die satingepolsterten Wände waren kaum zehn Zentimeter von ihren Lippen entfernt. Noch bevor ihr Hirn es fassen konnte, reagierte irgendein animalischer Instinkt tief in ihr und löste eine Furcht aus, die eiskalt und lähmend über ihren ganzen Körper kroch.

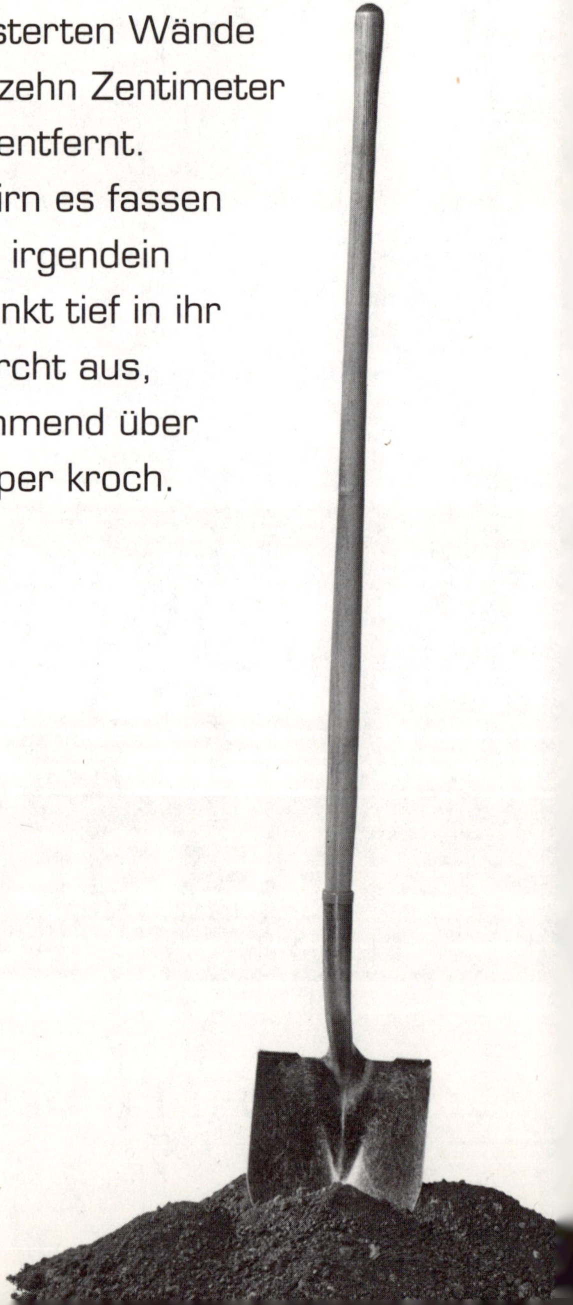

Kapitel 1

Wenn Gefängnisse so aussehen, dachte Alexa Marcus, könnte ich in einem leben. Auf Dauer, meine ich.

Sie stand mit ihrer besten Freundin, Taylor Armstrong, in der langen Schlange, die auf Einlass in Bostons angesagteste Bar wartete. Ins „Slammer“. Das war die Bar des Luxushotels „Graybar“, das früher einmal ein Gefängnis gewesen war. Man hatte sogar die Gitterstäbe vor den Fenstern gelassen und die große zentrale Rotunde behalten, die von den eisernen, vergitterten Galerien gesäumt wurde.

„Ich mag dieses rauchige Augen-Make-up“, meinte Taylor, während sie Alexas Gesicht betrachtete. „Es sieht fantastisch an dir aus!“

„Es hat mich fast eine Stunde gekostet“, gab Alexa zurück. Die falschen Wimpern, der schwarze Gel-Eyeliner und der schwarze Lidschatten … Sie sah ganz bestimmt wie eine Nutte aus, die von ihrem Zuhälter zusammengeschlagen worden war.

„Mich kostet das so etwa dreißig Sekunden“, erwiderte Taylor. „Aber jetzt sieh dich an … Du bist eine echt heiße Nummer und nicht mehr so eine Vorstadtschnepfe.“

„So spießig bin ich gar nicht“, protestierte Alexa. „Immerhin … wohnt Dad in Manchester.“ Fast hätte sie gesagt: *„Ich* wohne in Manchester“; aber das große, geräumige Haus, in dem sie aufgewachsen war, war für sie kein Heim mehr, nicht seit ihr Dad diese geldgierige Belinda geheiratet hatte. Alexa war seit vier Jahren nicht mehr für längere Zeit zu Hause gewesen, nicht mehr, seit sie nach Exeter gegangen war.

„Ja, klar, geschenkt“, meinte Taylor. Alexa registrierte den Unterton ihrer Freundin. Taylor musste einem immer unter die Nase reiben, dass sie selbst ein Großstadtkind war. Ihr Dad war US-Senator, und sie war in einem Stadthaus auf dem Beacon Hill aufgewachsen. Deshalb betrachtete sie sich als urban und hielt sich für cooler und gerissener als alle anderen.

„O mein Gott“, murmelte Alexa, als sich die Schlange unaufhaltsam dem Türsteher näherte.

„Entspann dich einfach, okay, *Lucia?*“, sagte Taylor.

„Lucia …?“, begann Alexa, als ihr einfiel, dass „Lucia“ der Name auf ihrem falschen Ausweis war. Das heißt, eigentlich war es ein echter Ausweis, es war nur nicht ihrer. Sie war siebzehn, und Taylor war gerade achtzehn geworden. Alkohol gab es aber erst ab einundzwanzig. Taylor hatte Alexas Ausweis einem älteren Mädchen abgekauft.

„Sieh dem Türsteher einfach in die Augen und bleib cool“, riet ihr Taylor.

Natürlich behielt Taylor recht. Der Türsteher wollte nicht mal ihre Ausweise sehen. Nachdem sie die Hotellobby betreten hatten, folgte Alexa Taylor zu den altmodischen Aufzügen. Taylor stieg ein. Alexa zögerte, quetschte sich dann ebenfalls in den Aufzug und schüttelte sich. Meine Güte, sie hasste Aufzüge! Unmittelbar bevor sich die Gittertür schloss, sprang sie wieder heraus. „Ich nehme die Treppe!“, rief sie.

Sie trafen sich in der Bar im dritten Stock und eroberten zwei große, gemütlich aussehende Sessel. Eine Kellnerin in einem rückenfreien Top nahm ihre Bestellung auf: zwei Ketel-One-Wodkas mit Soda. Models in schwarzen Ledershorts schlenderten herum, als wären sie auf dem Laufsteg.

Ein Typ, der aussah, als wäre er ein Verbindungsstudent des Massachusetts Institute of Technology, versuchte sie anzugraben, aber Taylor fertigte den Kerl ab. „Klar ruf ich dich an … wenn ich das nächste Mal Nachhilfe in Differenzialrechnung benötige.“

Alexa spürte Taylors Blick auf sich.

„He, was ist los, Kleine? Seit wir hier sind, benimmst du dich, als wärst du deprimiert.“

„Mir geht's gut.“ Alexa schüttelte den Kopf. „Dad benimmt sich einfach nur … Ich weiß nicht, irgendwie seltsam.“

„Erzähl mir mal was Neues.“

„Okay, aber jetzt ist er plötzlich vollkommen paranoid geworden. Er hat um das ganze Haus herum Überwachungskameras montieren lassen.“

„Na ja, er ist ja der reichste Kerl in Boston. Oder jedenfalls einer der reichsten …“

„Ich weiß, schon klar. Aber er arbeitet nicht in seinem normalen Kontrollfreak-Modus. Es wirkt eher so, als hätte er tatsächlich Schiss, dass etwas passiert.“

„Dann versuch doch mal, mit einem Vater zu leben, der ein beknackter Senator ist.“

„Darf ich euch Gesellschaft leisten?“ Eine Männerstimme.

Alexa blickte zu dem Mann hoch, der vor ihrem Tisch stand. Das war kein Verbindungsstudent. Im Gegenteil! Der Typ hier hatte dunkle Haare und braune Augen, Bartstoppeln und war absolut süß. Alexa lächelte und errötete. Dann sah sie Taylor an.

„Kennen wir dich?“, wollte Taylor wissen.

„Noch nicht.“ Der Bursche lächelte strahlend. Er war ... schwer zu sagen, Ende zwanzig, vielleicht Anfang dreißig. Er hatte einen leichten spanischen Akzent.

„Aber hier sind nur zwei Sessel“, erklärte Taylor.

Er drehte sich um, sagte etwas zu dem Pärchen neben sich und schob einen freien Sessel an ihren Tisch. Dann streckte er die Hand aus und begrüßte erst Taylor und danach Alexa mit Handschlag.

„Hi. Ich bin Lorenzo.“

DIE DAMENTOILETTE wartete mit hochklassiger Seife und richtigen Handtüchern auf. Alexa frischte ihr Lipgloss auf, während Taylor ihr Augen-Make-up erneuerte.

„Er steht total auf dich“, erklärte Taylor.

„Wovon redest du?“

„Als wenn du das nicht wüsstest.“

„Für wie alt hältst du ihn?“

„Keine Ahnung. Vielleicht in den Dreißigern? Häng dich rein. Das wird total cool.“

ALS ES ihnen schließlich gelungen war, sich den Weg zu ihren Plätzen zurückzukämpfen, erwartete Alexa fast, dass Lorenzo verschwunden wäre.

Aber er lümmelte sich immer noch lässig auf seinem Sessel und nippte an seinem Wodka. Alexa griff nach ihrem Drink, einem Peartini, den sie auf Lorenzos Vorschlag hin bestellt hatte, und stellte überrascht fest, dass das Glas schon halb geleert war. Mann, dachte sie, ich hab echt einen in der Krone.

„Wenn ihr mich bitte entschuldigen würdet, Leute“, erklärte Taylor. „Ich muss wirklich los.“

„Taylor!“, protestierte Alexa.

„Was ist denn?“, erkundigte sich Lorenzo. „Bleib doch, bitte.“

„Das geht nicht“, erklärte Taylor. „Mein Dad wartet auf mich, bis ich nach Hause komme.“ Mit einem verschwörerischen Funkeln in den Augen winkte sie den beiden zu und verschwand in der Menge.

Lorenzo setzte sich in ihren ehemaligen Sessel neben Alexa. „Erzähl mir etwas von dir, Lucia. Wieso habe ich dich hier noch nie vorher gesehen?“

Einen Moment kam sie nicht darauf, wer „Lucia“ war.

JETZT war sie wirklich betrunken. Sie hatte das Gefühl, als würde sie über den Wolken schweben und wie ein Vollidiot grinsen, während Lorenzo etwas zu ihr sagte. Der Raum verschwamm ihr vor Augen. Ihr Mund war trocken. Sie griff nach ihrem Glas Pellegrino und stieß es um.

„Ich glaube, ich muss jetzt wirklich nach Hause“, sagte sie.

„Ich fahre dich“, bot Lorenzo an.

Er warf zwei 20-Dollar-Noten auf den Tisch und erhob sich. Alexa wollte auch aufstehen, aber sie hatte das Gefühl, als wären Scharniere an ihren Knien und diese Scharniere würden nicht funktionieren. Lorenzo nahm ihre Hand und schlang seinen anderen Arm um ihre Taille, während er sie aus dem Sessel hob.

„Mein Wagen …“

„Du solltest nicht mehr fahren“, sagte er. „Ich fahre dich. Deinen Wagen kannst du morgen holen. Komm, Lucia.“

Er führte sie durch die Menschenmenge. Die Leute starrten sie an, die Lichter waren gestreift wie ein Regenbogen und funkelten, als wäre sie unter Wasser und würde in den Himmel blicken.

DANN FÜHLTE SIE die angenehme, kühle Nachtluft auf ihrem Gesicht. Sie hörte Verkehrslärm, Autos, Geräusche, die an ihr vorbeirauschten.

Sie lag auf dem Rücksitz eines fremden Wagens, die Wange auf das kalte, harte und rissige Leder gepresst. Der Wagen roch nach abgestandenem Zigarettenrauch und schalem Bier. Es war ein Porsche, dessen war sie sich ziemlich sicher, aber er war alt und schmuddelig. Jedenfalls war es kein Auto, das ihrer Meinung nach zu Lorenzo passte.

„Weißt du, wie du dorthin kommst?“ Sie versuchte diese Frage zu stellen, aber ihre Worte kamen kaum verständlich aus ihrem Mund.

Woher weiß er, wohin er fahren muss?, fragte sie sich dann.

AUF EINMAL hörte sie, wie sich die Wagentür öffnete und schloss. Der Motor war abgestellt worden. Als sie die Augen öffnete, merkte sie, dass es dunkel war. Keine Straßenlaternen. Und auch kein Straßenlärm. In ihrem benebelten Hirn schrillten irgendwo, schwach und weit entfernt, die Alarmglocken. *Wo waren sie überhaupt?*

Die Tür wurde geöffnet, die Innenraumbeleuchtung flammte auf und erhellte das Gesicht eines Mannes. Sein Kopf war vollkommen kahl rasiert; er hatte stechende blaue Augen und ein kantiges stoppeliges Kinn.

„Kommen Sie bitte mit“, sagte der neue Mann.

ALEXA wachte auf dem Rücksitz eines großen, brandneuen SUV auf.

Sie warf einen Blick auf den Hinterkopf des Fahrers. Er hatte kurz geschorenes schwarzes Haar. Aus dem Kragen seines Sweatshirts kroch ein seltsames Tattoo über seinen Nacken. Erst dachte sie: wütende Augen. Vielleicht ein Vogel? Eine Eule?

„Was ist mit Lorenzo passiert?", wollte sie fragen. Aber sie selbst konnte nicht erkennen, welche Laute da eigentlich über ihre Lippen kamen.

„Legen Sie sich hin und ruhen Sie sich aus, Alexa", riet ihr der Mann. Er hatte einen Akzent, aber einen härteren, gutturaleren als Lorenzo.

Ausruhen war irgendwie eine gute Idee. Sie spürte, wie sie eindöste, doch im nächsten Moment begann ihr Herz rasend schnell zu schlagen.

Er kannte ihren richtigen Namen.

2. KAPITEL

Folgendes", erklärte der kleinwüchsige Kerl. „Ich weiß immer gern, mit wem ich Geschäfte mache."

Ich nickte und lächelte. Blödmann!

Philip Curtis, wie er sich nannte, maß vielleicht zwei Fingerbreit über eins fünfzig, war vollkommen kahl und trug eine riesige Brille mit einem schwarzen Rahmen.

Die Patek-Philippe-Uhr an seinem Handgelenk musste etwa sechzig Jahre alt sein. Was mir einiges über ihn verriet. Sie war ihm vermacht worden, vermutlich von seinem Vater.

„Ich habe Sie überprüft." Er hob vielsagend die Brauen. „Ich habe meine verdammten Hausaufgaben gemacht. Offenbar haben Sie eine ziemlich ungewöhnliche Geschichte. Waren in Yale, haben aber nie ein Examen gemacht. Und Sie haben ein paar Sommerpraktika bei McKinsey absolviert, habe ich recht?"

„Ich war jung. Ich wusste es nicht besser."

Er lächelte wie ein Reptil. Ein kleines Reptil, okay. Ein Gecko? „Eins kapiere ich nicht. Sie haben Yale verlassen und sind zur Army gegangen. Was sollte das? Jungs wie wir tun so was nicht."

„Nach Yale gehen?"

Er schüttelte gereizt den Kopf. „Wissen Sie, ich dachte, der Name Heller käme mir irgendwie bekannt vor. Ihr Dad ist Victor Heller, richtig?"

Ich zuckte mit den Schultern, als wollte ich sagen: „Bingo, erwischt."

„Ihr Vater war eine echte Legende."

„Ist“, korrigierte ich ihn. „Er lebt noch. Und sitzt seine zwanzig Jahre plus X im Knast ab.“ Mein Vater, Victor Heller, der sogenannte Dunkle Prinz der Wall Street, verbüßte zurzeit eine achtundzwanzigjährige Gefängnisstrafe wegen Wertpapierbetruges.

„Ich habe Ihren Vater immer sehr bewundert. Er war ein echter Pionier. Allerdings vermute ich, dass etliche potenzielle Klienten es sich sehr genau überlegen, ob sie Sie engagieren, wenn sie hören, dass Sie Victor Hellers Sohn sind. Aber ich nicht. Tja, also … So wie ich das sehe, bedeutet das nämlich wahrscheinlich, dass Sie nicht allzu empfindlich sind, was gewisse … Grauzonen angeht, all dieses nervige Gesetzeszeug, wenn Sie wissen, was ich meine.“

„Ah, klar, kapiere.“ Eine Weile beschäftigte ich mich damit, aus dem Fenster zu blicken. Ich mochte den Ausblick. Man konnte die ganze High Street hinab bis zum Ozean sehen.

Ich war vor ein paar Monaten von Washington nach Boston gezogen und hatte mit viel Glück ein Büro in einem alten Backsteingebäude im Finanzviertel gefunden, einer umgebauten Bleirohrfabrik aus dem neunzehnten Jahrhundert. Von außen wirkte das Gebäude wie ein viktorianisches Armenhaus aus einem Roman von Charles Dickens. Das Innere jedoch mit seinen unverputzten Ziegelwänden, den freiliegenden Rohren und den offenen Räumen ließ einen nicht vergessen, dass an diesem Ort tatsächlich einmal etwas hergestellt worden war. Und das gefiel mir. Die anderen Mieter waren Beratungsfirmen, ein Steuerberater und etliche kleine Immobilienmakler. Im Erdgeschoss befand sich der Showroom von „Derderian – Edle Orientteppiche“.

Mein Büro hatte irgendeiner hochtrabenden Dot-Com-Firma gehört, die plötzlich Pleite gemacht hatte und deshalb früher aus ihrem Mietvertrag aussteigen musste, so dass ich einen netten Nachlass auf den Mietpreis bekam.

„Sie behaupten also, jemand aus Ihrem Vorstand lässt geschäftsschädigende Informationen über Ihre Firma durchsickern“, sagte ich, während ich mich langsam wieder zu Curtis herumdrehte. „Und Sie wollen, dass wir – wie haben Sie es noch ausgedrückt? – ‚das Leck stopfen‘. Das bedeutet, Sie wollen, dass wir Telefone anzapfen und E-Mails überwachen.“

„He, Sie sind der Profi“, erwiderte er mit einem schmierigen Zwinkern. „Ich würde Ihnen niemals vorschreiben, wie Sie Ihren Job zu erledigen haben.“

„Selbstverständlich. Und ganz offensichtlich wissen Sie auch, dass Sie mich da um etwas bitten, das im Grunde illegal ist.“

In diesem Moment summte mein Telefon; es war die interne Leitung. Ich nahm den Hörer ab. „Ja?"

„Okay, du hattest recht." Es war die rauchige Stimme meiner Assistentin und Computerspezialistin, Dorothy Duval. „Sein Name ist nicht Philip Curtis."

„Selbstverständlich nicht."

„Kein Grund, gleich überheblich zu werden."

„Keineswegs", erwiderte ich. „Es ist ein sehr lehrreicher Moment. Du solltest mittlerweile wissen, dass es besser ist, mein Urteil nicht anzuzweifeln."

„Ja, ja. Also gut, ich komme nicht weiter. Wenn du zufällig eine Idee hast, schenk mir Erleuchtung, dann überprüfe ich sie."

„Danke", sagte ich und legte auf.

Der Mann, der nicht Philip Curtis war, hatte einen starken Chicago-Akzent. Wo auch immer er jetzt lebte, er war in Chicago aufgewachsen. Und er hatte einen reichen Dad, was die vererbte Patek Philippe verkündete.

In meinem Hinterkopf regte sich die schwache Erinnerung an etwas, das ich auf BizWire über Schwierigkeiten in einem Familienkonzern in Chicago gesehen hatte. „Wenn Sie mich bitte noch eine Minute entschuldigen? Ich muss einen Brand löschen." Ich tippte eine Nachricht an Dorothy ins Intranet und schickte sie ab.

Die Antwort kam kaum eine Minute später. Ein Artikel aus dem *Wall Street Journal*. Ich überflog ihn. Ich hatte wieder einmal richtig spekuliert.

Ich lehnte mich in meinem Schreibtischstuhl zurück. „Also, wir haben folgendes Problem. Ich bin an Ihrem Auftrag nicht interessiert."

Verblüfft starrte er mich an. „Was haben Sie gerade gesagt?"

„Wenn Sie Ihre Hausaufgaben wirklich gemacht hätten, wüssten Sie, dass ich nur Ermittlungen und Nachforschungen für private Klienten anstelle. Ich bin kein Privatdetektiv, ich zapfe keine Telefone an, und ich übernehme keine Scheidungsangelegenheiten. Und ich bin ganz bestimmt kein Familientherapeut. Und das hier ist eindeutig eine Familienfehde, Sam."

„Ich habe Ihnen doch gesagt, ich heiße …"

„Ersparen Sie mir und sich die Mühe", unterbrach ich ihn misslaunig. „Ihr Familienzwist ist nicht gerade ein Staatsgeheimnis. Sie sollten Daddys Firma übernehmen, bis er spitzgekriegt hat, dass Sie mit ein paar Kerlen von den privaten Beteiligungsgesellschaften geredet und geplant haben, Richter von der Börse zu nehmen und sich auszahlen zu lassen."

Sein Vater, Jacob Richter, hatte sich von einem Parkplatzbesitzer in Chicago zum Gründer eines Konzerns mit einem geschätzten Wert von etwa zehn Milliarden Dollar hochgearbeitet.

„Also war Daddy verärgert“, fuhr ich fort, „hat Sie abserviert und die große Schwester an Ihrer Stelle zur Hauptgeschäftsführerin und rechtmäßigen Erbin ernannt. Aber da Sie Daddys gesamte dreckige Wäsche kennen, dachten Sie, Sie könnten einen seiner miesen Deals mitschneiden, wie er irgendwem Schmier- und Bestechungsgelder anbietet, und sich so den Weg zurück an die Spitze des Konzerns erpressen.“

Sam Richters Gesicht war dunkelrot angelaufen, fast schon violett. „Mit wem haben Sie geredet?“, wollte er wissen.

„Mit niemandem. Nur habe ich meine Hausaufgaben wirklich gemacht. Ich weiß nämlich auch ganz gern, mit wem ich Geschäfte mache. Und ich mag es überhaupt nicht, wenn man mich verarscht.“

Richter sprang auf. „Wissen Sie, für einen Kerl, dessen Vater wegen Aktienschwindels im Knast sitzt, benehmen Sie sich ganz schön arrogant.“

„Da haben Sie nicht ganz unrecht“, räumte ich ein. „Sie finden hoffentlich allein hinaus?“

„Victor Heller war … der größte Abschaum der Erde!“, stieß er hervor.

„Ist“, korrigierte ich ihn.

„Du zapfst also keine Telefone an“, erklärte Dorothy, als sie in mein Büro kam.

Ich lächelte und zuckte die Achseln. „Ich vergesse immer wieder, dass du mithörst.“ Wir hatten vereinbart, dass sie alle meine Klientengespräche mittels der IP-Videokamera, die in dem Bildschirm auf meinem Schreibtisch eingebaut war, verfolgte.

„Du engagierst sogar Leute, die das machen!“

„Eben.“

„Was zum Teufel sollte das da eben eigentlich?“, fuhr sie mit einem giftigen Blick fort.

Dorothy und ich hatten bei Stoddard & Associates in Washington zusammengearbeitet, bevor ich nach Boston gezogen und sie einfach mitgenommen hatte. Sie kannte das Feld der digitalen Spurensicherung in- und auswendig. Wichtiger war jedoch, dass niemand so hartnäckig war wie Dorothy. Sie gab einfach nicht auf. Und außerdem war niemand so loyal wie sie.

„Du hast ja gehört, was ich gesagt habe. Ich mag keine Lügner.“

„Du solltest darüber wegkommen! Wir brauchen Aufträge.“

„Ich weiß deine Sorge zu schätzen“, gab ich zurück, „aber du brauchst dir über die Einkünfte der Firma nicht den Kopf zu zerbrechen. Dein Gehalt ist garantiert.“

Dorothy war eine attraktive, hinreißende Frau mit kaffeefarbener Haut, schimmernden braunen Augen und einem anziehenden Lächeln. Sie kleidete sich stets elegant, und ihr Haar war extrem kurz geschnitten.

„Ich glaube, wir müssen regelmäßige Status-Update-Meetings abhalten, wie wir es bei Stoddard getan haben“, sagte sie. „Ich will den Garrison-Fall noch einmal durchsprechen.“

„Ich brauche erst mal einen Kaffee“, erwiderte ich. „Und damit meine ich nicht diese Brühe, die Jillian zubereitet.“

Jillian Alperin war unsere Empfangsdame, Büromanagerin und zudem eine strikte Veganerin und fanatische Grüne. Der Kaffee, den sie für unsere Kaffeemaschine bestellte, war aus biologisch angebauten, fair gehandelten Bohnen, die von einer kleinen Kooperative einheimischer Kaffeepflanzer in Chiapas, Mexiko, angebaut worden waren. Er kostete etwa so viel wie bolivianisches Kokain und wäre vermutlich selbst von dem Insassen einer Todeszelle ausgespuckt worden.

„Na, du bist ja wirklich wählerisch“, meinte Dorothy.

Das Telefon klingelte. Es war das gedämpfte Läuten der internen Leitung. Jillians Stimme ertönte aus der Gegensprechanlage. „Ein Marshall Marcus für Sie.“

„Der Marshall Marcus?“, warf Dorothy ein. „Der reichste Mann von Boston? Lehn diesen Auftrag ab, Nick, und ich versohle dir den Hintern.“

„Wahrscheinlich ist es etwas Persönliches.“ Ich nahm den Hörer ab. „Marshall. Lange her.“

„Nick“, antwortete er, „ich brauche deine Hilfe. Alexa ist verschwunden.“

MARSHALL MARCUS lebte am North Shore, etwa vierzig Minuten von Boston entfernt, in der unglaublich pittoresken Stadt Manchester-by-the-Sea, einer Sommerfrische für die reichen Einwohner Bostons. Sein Haus war riesig und hübsch, eine großzügige Residenz aus Schindeln und Stein, die auf einem Hügel über der zerklüfteten Küste lag. Marcus lebte dort mit seiner vierten Frau Belinda. Sein einziges Kind war seine Tochter Alexa. Sie besuchte ein Internat und würde schon bald auf ein College gehen, und nach dem, was sie mir einmal von ihrem häuslichen Leben erzählt hatte, würde sie sich anschließend auch nicht sonderlich oft zu Hause blicken lassen.

Marshall Marcus war als armer Junge in Mattapan aufgewachsen, in der alten jüdischen Arbeitersiedlung. Er hatte schon als Kind gelernt, wie man Black Jack spielt. Ebenso hatte er sehr früh begriffen, dass der Vorteil immer aufseiten der Bank liegt, also hatte er sich alle möglichen Arten von Kartenzähltricks ausgedacht. Er bekam ein volles Stipendium am Massachusetts Institute of Technology, wo er sich die Computersprache Fortran auf einem der alten, riesigen IBM-704-Rechner beibrachte, die so groß waren wie ein Bauernhof. Er ersann einen ausgesprochen cleveren Weg, diese ersten Computer dazu zu benutzen, seine Chancen beim Black Jack zu erhöhen. Der Legende nach gewann er an einem einzigen Wochenende zehntausend Dollar in Reno. Er eröffnete ein Börsenmaklerkonto und war bereits Millionär, als er seinen Abschluss machte. Er hatte zu der Zeit eine computergesteuerte Investmentmethode entwickelt, die auf komplizierten Rechenformeln basierte. Schließlich perfektionierte er diesen gut gehüteten Algorithmus und gründete damit einen Hedgefond, der ihn zu einem mehrfachen Milliardär machte.

Meine Mutter hatte jahrelang als persönliche Assistentin für ihn gearbeitet und einmal versucht, mir den Algorithmus zu erklären, aber ich hatte ihn nicht verstanden. Mich interessierte an Marshall Marcus nur, dass er gut zu meiner Mutter gewesen war, als es uns wirklich dreckig ging.

Soll heißen, nachdem mein Vater verschwunden war – er hatte einen Tipp gekriegt, dass er verhaftet werden sollte, und es vorgezogen, sich aus dem Staub zu machen –, besaßen wir weder Geld noch ein Dach über dem Kopf; wir hatten gar nichts. Wir mussten uns zu meiner Großmutter durchschlagen, Moms Mutter, die in Malden wohnte, außerhalb von Boston. Mom versuchte verzweifelt, Geld zu verdienen, und nahm einen Job als Büroleiterin bei Marshall Marcus an, einem Freund meines Vaters. Sie arbeitete viele Jahre für ihn, und er behandelte sie immer gut.

Obwohl er ein Freund meines Vaters gewesen war, mochte ich ihn sehr. Er war ausgesprochen umgänglich, freundlich und lustig, dazu ein Mann mit einem gesunden Appetit. Marcus liebte gutes Essen, guten Wein, gute Zigarren und Frauen, und all das bis zum Exzess.

Fast alles an Marcus' Haus sah aus wie bei meinem letzten Besuch: der Tennisplatz, der Swimmingpool in Olympia-Größe. Das einzig Neue war ein Wachhäuschen. Ein Schlagbaum versperrte die schmale Straße. Ein Wachmann trat aus dem Häuschen, ließ sich meinen Namen nennen und wollte sogar meinen Führerschein sehen.

Das überraschte mich. Marcus hatte trotz seines enormen Reichtums nie wie ein Gefangener gelebt. Ganz offensichtlich hatte sich etwas Entscheidendes verändert.

Nachdem der Wachmann mich durchgelassen hatte, parkte ich direkt vor dem Haus, überquerte die breite Veranda und läutete. Nach einer Minute öffnete sich die Haustür, und Marshall Marcus kam mit ausgestreckten Armen heraus.

„Nick!" Er umarmte mich.

Als ich ihn das letzte Mal gesehen hatte, war er fast kahl gewesen und hatte sein graues Resthaar bis auf den Kragen herabhängen lassen. Jetzt war sein Haar braun gefärbt und auf den ehemals kahlen Stellen auf wundersame Weise wieder nachgewachsen. Ich wusste nicht, ob er ein Toupet trug oder sehr gute Implantate hatte. Er trug einen blauen Bademantel über einer Pyjamahose und wirkte erschöpft.

Marcus ließ mich los, trat zurück, um mir ins Gesicht zu blicken. „Nun sieh dir das an … Jedes Mal, wenn ich dich treffe, siehst du noch besser aus. Mit so einer Visage musst du dir wahrscheinlich die Mädchen mit einem Stock vom Leib halten.“ Er legte seinen pummeligen Arm um mich. „Ich danke dir, dass du gekommen bist, Nick, mein Freund. Ich danke dir.“

„Das ist doch selbstverständlich“, erwiderte ich.

„Neu?“ Er nickte zu meinem Wagen hinüber.

„Ich habe ihn schon eine Weile.“

Ich fahre einen Land Rover Defender 110, ein kastenförmiges Auto, das praktisch unzerstörbar ist. Es ist nicht sonderlich gemütlich, und es ist drinnen ziemlich laut, wenn man schneller fährt als fünzig Stundenkilometer. Aber es ist der beste Wagen, den ich je besessen habe.

„Ich liebe den Defender. Ich habe während einer Safari in der Serengeti einen dieser Wagen gefahren. Annelise, Alexa und ich …“ Marcus’ Lächeln erlosch unvermittelt, und seine Gesichtszüge schienen ihm zu entgleiten, als hätte es ihn ausgelaugt, die ganze Zeit die Fassade aufrechterhalten zu müssen. „Ach, Nick“, flüsterte er. „Ich bin fast wahnsinnig vor Angst.“

WIR SASSEN in dem großen, L-förmigen Raum, der gleichzeitig Esszimmer, Küche und Wohnzimmer war, in gemütlichen Stühlen, die mit weichen cremefarbenen Schonbezügen bedeckt waren.

„Gestern Nacht ist sie nach Boston gefahren“, erzählte Marcus.

„Wann war das? Wann hat sie das Haus verlassen?“

„Am frühen Abend, glaube ich. Ich war gerade auf dem Rückweg von der Arbeit. Als ich nach Hause gekommen bin, war Alexa bereits weg.“

„Was hat sie in Boston gemacht?“

Er seufzte, was fast mehr wie ein Stöhnen klang. „Ach, sie hat immer Party gemacht.“

„Ist sie selbst gefahren? Oder hat eine Freundin sie mitgenommen?“

„Sie ist selbst gefahren. Sie fährt sehr gern Auto.“

„Hat sie eine Freundin getroffen? Oder einen Freund? Oder sonst jemanden?“

„Ich glaube, sie hat eine Freundin getroffen. Alexa geht nicht mit Jungs aus. Noch nicht, meine ich."

Ich fragte mich, wie viel Alexa ihrem Vater wohl über ihr Privatleben verriet. Vermutlich nicht sonderlich viel. „Hat sie gesagt, wohin sie wollte?"

„Sie hat Belinda nur gesagt, dass sie sich mit jemandem treffen wollte." Marcus schüttelte den Kopf. Dann legte er eine Hand auf seine Augen.

„Wo ist Belinda?", fragte ich nach ein paar Sekunden leise.

„Oben. Sie hat sich hingelegt. Es geht ihr nicht gut. Sie hat die ganze Nacht nicht geschlafen. Sie ist am Boden zerstört und gibt sich die Schuld."

„Woran?"

„Weil sie Alexa erlaubt hat auszugehen oder weil sie nicht genug Fragen gestellt hat, keine Ahnung. Es ist nicht leicht, Stiefmutter zu sein. Jedes Mal wenn sie es versucht, du weißt schon, wenn sie Regeln aufstellen will, beißt Alexa ihr fast den Kopf ab. Sie nennt sie das ‚Stiefmonster'. Es ist einfach nicht fair. Belinda kümmert sich um Alexa, als wäre es ihre eigene Tochter, wirklich. Sie liebt das Mädchen."

Ich nickte. „Sehr wahrscheinlich hast du sie schon auf ihrem Handy angerufen", meinte ich dann.

„Mindestens eine Million Mal."

„Hast du einen triftigen Grund, anzunehmen, dass ihr irgendetwas zugestoßen sein könnte?"

„*Selbstverständlich* ist ihr irgendetwas zugestoßen. Sie würde nicht einfach weglaufen, ohne es irgendjemandem zu erzählen!"

„Marshall, ich mache dir keine Vorwürfe, dass du Angst hast. Aber vergiss nicht, dass sie nicht zum ersten Mal so eine Szene abliefern würde."

„Das liegt alles hinter ihr", antwortete er. „Alexa ist jetzt ein gutes Kind."

„Vielleicht", räumte ich ein. „Vielleicht aber auch nicht."

VOR EINIGEN JAHREN war Alexa auf dem Parkplatz des Einkaufszentrums Chestnut Hill entführt worden, direkt vor den Augen ihrer Mutter Annelise, Marcus' dritter Frau.

Man hatte ihr jedoch nichts angetan. Sie war herumgefahren worden, kreuz und quer, und ein paar Stunden später auf einem anderen Parkplatz wieder freigelassen worden. Sie behauptete steif und fest, man hätte sie nicht sexuell missbraucht, die Entführer hätten nicht einmal mit ihr gesprochen.

Also blieb die ganze Angelegenheit ein Mysterium. Es war allgemein bekannt, dass Marcus sehr reich war; vielleicht war es ein missglückter Entführungsversuch gewesen, um Lösegeld zu erpressen. Das war jedenfalls meine Vermutung. Dann jedoch verließ Annelise ihren Mann. Sie sagte Marshall, dass sie es nicht ertragen könne, weiter mit ihm zu leben. Möglicherweise hatte die Entführung ihrer Tochter diese Erkenntnis ausgelöst, nämlich wie angreifbar sie als Ehefrau eines so reichen Mannes war. Aber wer weiß schon, was der wirkliche Grund war. Jedenfalls war sie letztes Jahr an Brustkrebs gestorben, also konnte man sie nicht mehr fragen.

Alexa war danach jedoch wie ausgewechselt, und sie war schon vorher kein einfaches Kind gewesen. Jetzt wurde sie noch rebellischer, rauchte in der Schule, kam zu spät nach Hause und tat alles, was sie nur konnte, um in Schwierigkeiten zu geraten.

Eines Tages, einige Monate nach diesem Vorfall, rief meine Mutter mich an; damals arbeitete ich noch in Washington, im Verteidigungsministerium. Sie bat mich, nach New Hampshire zu fahren und mich mit Alexa in Exeter zu unterhalten.

Reden konnte man allerdings nicht so einfach mit ihr, aber da ich Frankie Hellers Sohn war, sie meine Mutter abgöttisch liebte und ich nicht ihr Dad war, gelang es mir schließlich, zu ihr durchzudringen. Sie hatte den Schock über diese Entführung immer noch nicht verarbeitet. Ich sagte ihr, das sei normal, und ich würde mir eher Sorgen um sie machen, wenn sie *nicht* so schreckliche Angst wegen dieser Sache hätte. Ich erklärte ihr auch, wie großartig ich es fände, dass sie so trotzig sei.

Sie sah mich erst ungläubig, dann misstrauisch an. Was für eine Nummer zog ich da wohl mit ihr ab?

Ich versicherte ihr, es sei mir ernst. Trotz sei etwas Großartiges. Dadurch lerne man, sich zur Wehr zu setzen. Ich erklärte ihr, dass Furcht ein ungeheuer nützlicher Instinkt sei, weil er ein Warnsignal darstelle. Wir müssten auf sie hören, sie nützen. Ich schenkte ihr sogar ein Buch mit dem Titel „Die Gabe der Furcht“, obwohl ich bezweifle, dass sie es jemals gelesen hat.

Immer wenn ich in Boston war und sie vom College nach Hause kam, trafen wir uns. Nach einer Weile begannen wir sogar, miteinander zu reden.

Allerdings machte Alexa weiter Dinge, von denen sie wusste, dass sie sie in Schwierigkeiten bringen würden; sie rauchte, sie trank, sie probierte fast alles aus. Marcus musste sie ein Jahr lang auf eine Art Besserungsanstalt schicken. Vielleicht lag es tatsächlich an dem Trauma der Entführung, dass sie eine so schwierige Zeit durchmachte. Genauso gut jedoch konnte es auch eine Reaktion darauf sein, dass ihre Mutter weggelaufen war. Oder aber es lag einfach nur daran, dass sie ein Teenager war.

„WAS SOLLEN eigentlich all diese Sicherheitsmaßnahmen?“, erkundigte ich mich.

Marcus zögerte ein paar Sekunden. „Die Zeiten haben sich geändert. Da draußen laufen immer mehr Verrückte herum. Und ich habe noch mehr Geld.“

„Hast du irgendwelche Drohungen bekommen?“

„Drohungen? Nein. Aber ich habe auch nicht vor, darauf zu warten.“

„Ich wollte nur wissen, ob du vielleicht eine spezielle Warnung bekommen hast, oder ob jemand bei dir eingebrochen ist. Ob irgendetwas passiert ist, das dich dazu gebracht hat, deine Sicherheitsmaßnahmen zu verschärfen.“

„*Ich* habe ihn dazu gebracht“, mischte sich eine weibliche Stimme ein.

Belinda Marcus hatte die Küche betreten. Sie war eine große, schlanke, schöne Blondine. Schätzungsweise um die vierzig. Sie trug Weiß: eine weiße Hose mit Schlitzen an den Knöcheln und ein weißes Seidentop mit weit ausgeschnittenem Dekolletee. Sie war barfuß, ihre Fußnägel waren korallenrot lackiert.

„Ich fand es absolut verrückt, dass Marshall keine Leibwächter engagiert hat. Ein Mann, der so reich ist wie Marshall Marcus? Und so prominent? Und vor allem nach dem, was damals mit Alexa passiert ist.“

„Sie waren *einkaufen,* Belinda. Das hätte auch passieren können, wenn wir ein bis an die Zähne bewaffnetes Bataillon um das Haus postiert gehabt hätten“, brummte Marcus.

„Du hast mich Mr Heller noch nicht vorgestellt.“ Belinda trat auf mich zu und reichte mir ihre Hand. Ihre Fingernägel waren ebenfalls korallenrot lackiert. Sie besaß die hohle Schönheit der klassischen Vorzeigegattin und redete mit einem süßlichen Georgia-Akzent.

Ich stand auf. „Nick“, stellte ich mich vor. Alles, was ich über sie wusste, hatte ich von meiner Mutter gehört. Belinda Jackson-Marcus war Flugbegleiterin bei Delta Airlines gewesen und hatte Marcus in der Bar des „Ritz-Carlton“ in Atlanta kennengelernt.

„Entschuldige meine schlechten Manieren“, sagte Marcus. „Ist dieses Mädchen nicht ein hinreißendes Geschöpf?“ Er lächelte strahlend. Seine Zähne hatte er offenbar ebenfalls erneuert. Neue Zähne und neue Haare; Marcus war nie eitel gewesen, also vermutete ich, dass er diese Renovierungen hatte machen lassen, weil es ihn verunsicherte, eine Ehefrau zu haben, die so viel jünger war als er und so schön. Vielleicht hatte sie ihn auch dazu überredet, sich etwas aufzupeppen.

„Soll ich einen Kaffee machen?“, schlug Belinda vor.

„Gern.“

Sie glitt zu der Kochinsel mit der langen Arbeitsplatte aus schwarzem Speckstein hinüber und schaltete einen Wasserkocher an. „Ich bin nicht sonderlich talentiert, was Kaffeekochen angeht“, erklärte sie. „Aber wir haben Instant-Kaffee. Er schmeckt sogar ziemlich gut.“

„Schon okay, ich habe meine Meinung eh geändert“, erwiderte ich rasch. „Ich hatte heute Morgen ohnehin schon zu viel Kaffee.“

Belinda drehte sich abrupt herum. „Nick, Sie müssen Alexa finden.“

Mir fiel auf, dass sie frisch geschminkt war. Jedenfalls sah sie nicht so aus, als hätte sie die ganze Nacht wach gelegen. Im Gegensatz zu ihrem Ehemann wirkte sie frisch und erholt. Ich wusste einiges über Frauen, und mir war klar, dass man nicht so aussah wie Belinda, wenn man gerade aus dem Bett gefallen war.

„Hat Alexa Ihnen gesagt, mit wem sie sich treffen wollte?“, erkundigte ich mich.

„Man kann nicht gerade behaupten, dass sie mir alles erzählt.“

„Und sie hat Ihnen nicht gesagt, wann sie zurückkommen wollte?“

„Ich habe angenommen um Mitternacht, vielleicht ein bisschen später. Sie müssen wissen, dass sie es nicht sonderlich gut aufnimmt, wenn ich sie nach so etwas frage.“

„Haben Sie die Polizei angerufen?“

„Selbstverständlich nicht“, warf Marcus ein.

„Selbstverständlich *nicht*?“, gab ich zurück.

Diesmal antwortete Belinda. „Die Polizei wird nichts unternehmen. Sie kommen her, nehmen alles auf und sagen uns dann, wir sollen vierundzwanzig Stunden warten. Dann ist Alexa nur noch ein aussichtsloser Fall, den man einfach in den Akten begraben kann.“

„Sie ist unter achtzehn“, widersprach ich. „Fälle von verschwundenen Teenagern nehmen die Behörden ziemlich ernst. Ich schlage dringend vor, dass Sie sofort dort anrufen.“

„Nick“, meinte Marcus, „ich will, dass *du* nach ihr suchst.“

„Habt ihr schon die Krankenhäuser angerufen?“, fragte ich.

Die beiden wechselten einen schnellen, besorgten Blick, bevor Belinda antwortete. „Wenn ihr etwas passiert wäre, wären wir doch mittlerweile schon benachrichtigt worden, stimmt’s?“

„Nicht unbedingt. Jedenfalls sollte man mit den Krankenhäusern anfangen. Nur um das auszuschließen. Ich brauche ihre Handynummer. Vielleicht kann meine Technikspezialistin sie auf diese Weise aufspüren. Außerdem möchte ich, dass die Polizei verständigt wird. Einverstanden?“

Marcus zuckte mit den Schultern. „Sie werden keinen Finger rühren", beharrte er. „Aber wenn du darauf bestehst."

Keines der Krankenhäuser zwischen Manchester und Boston hatte jedoch jemanden aufgenommen, auf den Alexas Beschreibung gepasst hätte. Eigenartigerweise schien das Marcus und seine Frau nicht so zu erleichtern, wie man hätte erwarten können. Stattdessen wirkten die beiden, als würden sie mir etwas vorenthalten, etwas Wichtiges, Schlimmes. Ich glaube, dieser Instinkt war der Grund, weswegen ich Marcus' Ersuchen ernst nahm. Hier stimmte irgendetwas überhaupt nicht. Mich beschlich ein mieses Gefühl, das mit jeder Sekunde zunahm.

Man könnte es die Gabe der Furcht nennen.

3. KAPITEL

Alexa wälzte sich unruhig auf ihrem Bett hin und her. Hinter ihren Augäpfeln tobte ein stechender Schmerz, wie von Messern. Es fühlte sich an, als hämmerte jemand mit einem Eispickel auf ihren Schädel ein.

Wo war sie? *Sie konnte nichts sehen!*

Es herrschte vollkommene Finsternis. Unwillkürlich fragte sie sich, ob sie erblindet war. Vielleicht träumte sie ja auch nur. Nur fühlte es sich nicht wie ein Traum an. Sie erinnerte sich … Sie hatte im Slammer mit Taylor getrunken. Alles, was danach passiert war, war undeutlich und verschwommen. Sie wusste nicht, wie sie nach Hause gekommen und in ihrem Bett gelandet war, und auch nicht, dass sie die Jalousien heruntergezogen hatte.

Als sie einatmete, nahm sie einen seltsamen muffigen Geruch wahr. Einen fremdartigen Geruch. Lag sie *wirklich* zu Hause im Bett? Es roch nicht wie ihr Zimmer in dem Haus in Manchester. War sie bei jemand anderem gelandet? Wenn ja, dann jedenfalls nicht bei Taylor. Deren Haus roch nach Zitronen-Möbelpolitur.

Sie wusste nur, dass sie auf einem Bett schlief. Sie war nicht zugedeckt. Das Betttuch musste in der Nacht heruntergerutscht sein. Ihre Hände lagen dicht an ihrem Körper. Sie bewegte die Finger, tastete nach dem Rand eines Betttuchs, und ihr rechter Handrücken streifte etwas Glattes, Festes. Mit den Fingerspitzen spürte sie ein seidiges Material, das etwas Hartes überzog, ähnlich wie die Holzleisten der Reling an Hochbetten, die verhindern sollten, dass man aus dem Bett fiel.

Sie konnte immer noch nichts sehen. Sie spürte die weiche, nachgiebige Matratze unter sich, fühlte den weichen Stoff der Pyjamahose an ihren Beinen, die sich nicht so anfühlte wie die Baumwollhose, die sie normalerweise im Bett trug. Jetzt hatte sie etwas anderes an. Vielleicht einen Krankenhauskittel? Lag sie in einem Krankenhaus? War sie verletzt worden, vielleicht bei einem Unfall?

Der Eispickel grub sich immer tiefer in die graue Masse ihres Hirns. Sie hätte sich am liebsten herumgedreht und sich ein Kissen auf den Kopf gedrückt. Sie zog die Knie an, um sich auf die Seite zu legen … und ihre Knie stießen gegen etwas Hartes. Erschrocken hob sie den Kopf, und ihre Stirn kollidierte ebenfalls mit etwas Hartem.

Sie streckte hastig die Hände zur Seite aus … und stieß sofort gegen harte Wände. Sie fuhr mit den Fingern über die Seitenwände und dann über die vor ihrem Gesicht. Die satingepolsterten Wände waren kaum zehn Zentimeter von ihren Lippen entfernt.

Noch bevor ihr Hirn es fassen konnte, reagierte irgendein animalischer Instinkt tief in ihr und löste eine Furcht aus, die eiskalt und lähmend über ihren ganzen Körper kroch. Sie lag in einer … Kiste.

Sie atmete schneller, ihr Herz begann zu rasen, und ihr brach am ganzen Körper der Schweiß aus. Das konnte nicht real sein! Sie hatte einen Albtraum, ganz bestimmt, den schlimmsten Albtraum, den sie jemals erlebt hatte. Sie war in einer Kiste gefangen, wie in …

Mit Seide ausgeschlagen. Holzwände, vielleicht sogar Stahl. Wie in einem Sarg.

Der Schwindel, der den Krampf in ihrem Magen begleitete, und die Kälte in ihrem Körper – alles, was sie immer empfand, bevor sie ohnmächtig wurde. Sie verlor das Bewusstsein.

ALS ICH wieder in meinem Landrover saß und zurück nach Boston fuhr, war es bereits früher Nachmittag. Ich wurde das Gefühl nicht los, dass Marshall Marcus wirklich ernsthafte Gründe für seine Angst hatte, seiner Tochter sei etwas Schlimmes zugestoßen. Und zwar etwas, das er mir aus irgendeinem Grund nicht nur verheimlichte, sondern etwas, das er sogar irgendwie erwartet hatte. Mit anderen Worten, hier ging es nicht um einen Unfall.

Vielleicht war es ja nur ein Steit zwischen Alexa und ihrer Stiefmutter gewesen, der damit geendet hatte, dass Alexa eine Drohung ausgestoßen hatte wie: *Ich gehe weg und komme nie wieder!* Eine Drohung, die sie wahrgemacht hatte.

Nur war es nicht logisch, warum Marcus mir eine solche Information hätte vorenthalten sollen. Er war alles andere als diskret. Er konnte mit größtem Vergnügen über seine Verdauungsprobleme reden und wie Viagra sein Sexleben nachhaltig verbessert hatte.

Ich wollte gerade Dorothy anrufen und sie fragen, wie wir Alexas Telefon orten könnten, als mein BlackBerry klingelte. Jillian war dran, meine Büroleiterin.

„Ihr Sohn wartet hier“, erklärte sie. „Er sagt, Sie beide wären zum Lunch verabredet.“

„Oh. Alles klar. Aber das ist mein Neffe, nicht mein Sohn.“ Ich hatte Gabe versprochen, ihn zum Lunch einzuladen, aber den Termin vergessen. „Sagen Sie ihm, dass ich bald da bin. Und wären Sie wohl so nett, mich zu Dorothy durchzustellen?“

GABE HELLER war der Stiefsohn meines Bruders Roger. Er war sechzehn Jahre alt, ein sehr kluger Junge, aber eindeutig verhaltensauffällig. Er hatte keine Freunde auf dem Jungeninternat in Washington, das er besuchte. Er kleidete sich vollkommen schwarz, und kürzlich war er dazu übergegangen, auch sein Haar schwarz zu färben.

Roger, mein entfremdeter Bruder, war, kurz gesagt, ein Vollidiot. Und er saß, wie unser Vater, im Gefängnis. Gabe hatte zum Glück nicht die Gene seines Stiefvaters, sonst hätte er vermutlich im Jugendknast irgendeine Strafe abgebrummt. Ich war wohl so ziemlich der einzige Erwachsene, mit dem er reden konnte. Gabe verbrachte den Sommer in der Wohnung meiner Mutter in Newton. Er besuchte im Rahmen des Sommerprogramms für Highschool-Studenten Kunstkurse. Er liebte seine „Nana“ und wollte unbedingt von seiner Mutter Lauren weg. Aber ich glaube, er war vor allem deshalb gern in Boston, weil ihm das einen Anlass bot, mich zu besuchen, obwohl er es nie zugegeben hätte.

Er saß an meinem Schreibtisch und zeichnete etwas in seinen Skizzenblock. Gabe war ein äußerst talentierter Comic-Zeichner.

„Arbeitest du an einem Comic?“, begrüßte ich ihn, als ich das Büro betrat.

„Es ist eine *Graphic Novel*“, erwiderte er steif. „Und vielen Dank, dass du dich an unser Mittagessen erinnert hast.“ Er trug ein schwarzes Kapuzenhemd mit geschlossenem Reißverschluss.

„Tut mir leid, Gabe. Wie läuft denn der Sommer so für dich?“

„Langweilig.“ Was in Gabes Terminologie bedeutete: der reine Wahnsinn.

„Gehen wir also was essen?“, schlug ich vor.

„Ich falle gleich um vor Hunger.“

Ich bemerkte, dass Dorothy an der Tür wartete. „Hör mal, Nick“, meinte sie. „Diese Handynummer, die du mir gegeben hast … Ich bin nicht in der Lage, das Telefon zu lokalisieren."

„Das klingt aber gar nicht nach meiner Dorothy. Das klingt eher … schwarzseherisch", erwiderte ich.

„Das hat mit Schwarzseherei nichts zu tun. Sondern mit der Gesetzeslage."

„Hat dich das jemals aufgehalten?"

„Es geht um Folgendes: Die Person, deren Telefon ich für dich lokalisieren sollte …" Sie warf Gabe einen Blick zu. „Können wir uns unter vier Augen unterhalten, Nick?"

„Gabe, gib mir bitte zwei Minuten", bat ich ihn.

„Na schön!", stieß er hervor und stürmte aus meinem Büro.

„Hört sich so an, als würdest du den Fall tatsächlich übernehmen", sagte Dorothy. „Du konntest das Geld also doch nicht ausschlagen."

„Nein. Es ist … kompliziert. Das hier hat nichts mit Marshall Marcus zu tun. Ich mag nur zufällig seine Tochter. Und ich mache mir Sorgen um sie."

„Warum flippt er denn so aus? Ich meine, sie ist siebzehn, oder nicht?"

„Ich komme auch nicht dahinter. Ich glaube, er weiß mehr, als er mir erzählt."

„Vielleicht solltest du ihm ein paar sehr direkte Fragen stellen."

„Das werde ich auch tun. Und jetzt erzähl mir was über Facebook. Alexa ist doch bestimmt auf Facebook, oder?"

„Ich glaube langsam, dass Facebook für alle Teenager gesetzlich vorgeschrieben ist", sagte sie. „Ich seh mir das mal an."

„Und wieso ist es ein Problem, Alexas iPhone zu lokalisieren? Ich dachte, es gäbe eine Möglichkeit für iPhone-Besitzer, ihre verlorenen Handys aufzuspüren."

„Dazu bräuchten wir ihre Apple-ID und ihr Passwort. Und ich hege die starke Vermutung, dass sie Daddy solche Sachen wie Passwörter nicht gerade auf die Nase bindet."

„Könntest du es nicht knacken oder hacken oder was auch immer du mit so etwas machst?"

„So etwas braucht Zeit. Und selbst wenn ich Erfolg habe, stehen die Chancen hoch, dass wir nicht weiterkommen, weil sie den Mobile-Me-Finder auf ihrem Handy aktiviert haben müsste, was ich bezweifle. Der schnellste Weg wäre es, AT&T, den Mobilfunkanbieter, zu bitten, das Handy über sein Netzwerk mit einem Ping zu suchen."

„Und das machen sie wahrscheinlich nur für die Polizei", kam ich ihr zuvor. „Also muss es einen anderen Weg geben, das Handy dieses Mädchen zu finden."

„Keinen, den ich kenne."

„Du gibst auf?"

„Ich habe gesagt, keinen, den ich kenne. Ich habe nicht gesagt, dass ich aufgebe." Sie blickte hoch und bemerkte Gabe, der sich vor meiner Bürotür herumdrückte. „Außerdem glaube ich, dein Herr Sohn wird langsam hungrig", meinte sie und zwinkerte mir zu.

ICH GING mit Gabe ins „Mojos", eine typische Bostoner Bar. Über fünf Flachbildschirme flimmerten Sportberichte oder Sportnachrichten, und überall standen Trophäen der Red Sox und der Celtics herum. Die Gäste waren ein ziemlich ausgewogener Mix aus Börsenmaklern und Taxifahrern.

„Mir gefällt das neue Mädchen, das du eingestellt hast", erklärte Gabe. „Die ist cool."

„Jillian? Die ist irgendwie anders, soviel steht fest."

Herb, der Wirt, nahm unsere Bestellung auf. Er war ein massiger Kerl mit einem Schmerbauch. „*Yo*, Nicky", begrüßte er mich. „Wie läuft das Steuerberatergeschäft? Hast du ein paar Tipps für mich, zum Beispiel, wie ich endlich drumherumkomme, Steuern zu zahlen?"

„Mach es wie ich. Bezahl sie einfach nicht."

Er lachte schallend. Es war nicht schwer, ihn zu amüsieren.

„Eigentlich bin ich ja Finanzberater", setzte ich hinzu.

Das Schild an unserer Bürotür lautete: HELLER UND PARTNER – VERSICHERUNGS- UND KAPITALBERATUNG. Das war eine exzellente Tarnung. Sobald ich den Leuten sagte, dass ich Finanzberater wäre, hörten sie auf, Fragen zu stellen.

„Keine Ahnung, wie du das hinkriegst", sagte Herb freundlich. „Hämmerst du die ganze Zeit Zahlen in die Tastatur? Ich würde verrückt werden."

Gabe warf mir ein kurzes, wissendes Lächeln zu.

Ich bestellte einen Burger mit Pommes frites. Gabe blickte von der Speisekarte hoch. „Haben Sie auch vegetarische Burger?", erkundigte er sich.

„Klar, wir haben Truthahn-Burger, junger Mann", antwortete Herb.

Gabe runzelte die Stirn und legte den Kopf schief. Die Geste kannte ich. Das war der herablassende Ausdruck, der ihm in der Schule regelmäßig Prügel einbrachte und manchmal sogar dazu führte, dass er der Klasse verwiesen wurde. „Oh", erwiderte er. „Ich wusste nicht, dass Truthahn ein Gemüse ist."

Herb warf mir einen kurzen Seitenblick zu. *Wer zum Teufel ist dieser Bursche?,* hieß das. Aber er mochte mich zu sehr, um es meinem Gast heimzuzahlen. „Wie wäre es mit einem Salat?", erwiderte er stattdessen.

„Schon gut“, meinte Gabe. „Ich nehme einen Teller Pommes frites mit Ketchup. Und eine Coke.“

Nachdem Herb verschwunden war, sagte ich: „Sieht aus, als hätte Jillian einen neuen Rekruten.“

„Jillian meint, rotes Fleisch würde einen aggressiv machen“, antwortete Gabe. „Übrigens, Onkel Nick, du hattest eine gute Idee, mit Alexas Facebook, meine ich.“

Ich erstarrte. „Wovon redest du?“

„Alexa Marcus? Über ihren Dad, der Angst hat, dass ihr etwas passiert sein könnte?“

Ich sah ihn ein paar Sekunden an und lächelte dann. „Du hast gelauscht!“

„Wusstest du, dass Dorothy eine Audiospur auf ihrem Computer hat, die es ihr ermöglicht, alles zu hören, was du in deinem Büro sagst?“, erwiderte er.

„Ja, Gabe. Das ist unsere Vereinbarung. Also, was war das jetzt mit Alexas Facebook-Seite?“

„Ich bin ziemlich sicher, dass ich weiß, wohin Alexa gestern Abend gegangen ist. Es stand auf ihrer Facebook-Seite.“

„Wieso konntest du das sehen?“

„Wir sind Facebook-Freunde. Na ja, sie hat elfhundert Facebook-Freunde, aber trotzdem hat sie sich mit mir direkt angefreundet.“ Es klang beinahe stolz. „Sie hat Nana ein paar Mal besucht, als ich da gewesen bin. Ich mag sie. Sie ist cool. Und schließlich muss sie ja nicht nett zu mir sein.“

Ich nickte. Wunderschöne reiche Mädchen wie Alexa Marcus waren normalerweise nicht nett zu nervigen dummen Jungs wie Gabe Heller. „Also, wohin ist sie gegangen?“

„Sie und ihre Freundin Taylor sind ins Slammer gegangen. Die Bar in dem Hotel, das einmal ein Knast gewesen ist. Ich glaube, es heißt Graybar.“

„Taylor … Wer genau ist das?“

„Taylor Armstrong. Sie ist die Tochter von Senator Richard Armstrong. Taylor und Alexa sind zusammen zur Schule gegangen.“

Ich warf einen Blick auf meine Uhr und legte eine Hand auf seine Schulter. „Wie wäre es, wenn wir Herb bäten, uns das Essen einzupacken?“

„Du willst mit Taylor reden?“

Ich nickte.

„Sie ist heute zu Hause“, behauptete Gabe. „Wahrscheinlich schläft sie ihren Rausch aus. Ich wette, dass du Alexa dort ebenfalls findest. Onkel Nick?“

„Was denn?“

„Sag Alexa nicht, dass du es von mir weißt. Nachher hält sie mich noch für einen Stalker oder so was.“

ICH ERWISCHTE den Senator von Massachusetts, wie er gerade den Kot seines Hundes aufsammelte.

Senator Armstrongs großer Königspudel war auf die typisch kontinentale Weise getrimmt: geschorener Körper, weiße Pompons an Füßen und Schwanz sowie eine große weiße Afrofrisur auf dem Schädel. Der Senator war genauso sorgfältig frisiert wie sein Hund. Sein silbergraues Haar war in perfekte Wellen gelegt und auf einer Seite scharf gescheitelt. Er beugte sich gerade hinab, eine Hand in einem Plastikbeutel, packte damit die Exkremente des Hundes und drehte dann den Beutel geschickt von innen nach außen. Mit gerötetem Gesicht richtete er sich auf und bemerkte mich.

„Senator“, begrüßte ich ihn.

„Ja bitte?“ Er sah mich misstrauisch an.

Wir standen in einem langen, ovalen Park, der von einem handgeschmiedeten Gitterzaun umgeben war, mitten in einem der elegantesten Viertel von Boston.

Ich stellte mich vor. „Nick Heller. Passt es Ihnen gerade?“ Ich hatte ihn durch einen gemeinsamen Freund erreicht, ihm am Telefon gesagt, worum es ging, und ihn gefragt, ob ich kurz vorbeikommen könne.

„Begleiten Sie mich ein Stück“, forderte er mich auf. Ich folgte ihm zu einem Mülleimer, in den er die Plastiktüte versenkte. „Das mit dem Marcus-Mädchen tut mir natürlich sehr leid. Gibt es schon etwas Neues? Ich bin sicher, dass es nur ein Familienzwist ist. Sie ist in diesem schwierigen Alter.“ Armstrong hatte einen vornehmen Bostoner Akzent. Er stammte aus einer alten Bostoner Familie.

Nach ein paar Schritten standen wir bereits vor seinem Haus. Davor wehte eine große amerikanische Fahne.

„Wenn es irgendetwas gibt, womit ich behilflich sein kann, dann fragen Sie mich einfach.“ Er schenkte mir sein berühmtes Lächeln, das ihm vier Legislaturperioden im Senat eingebracht hatte. Ein Journalist hatte das Lächeln Armstrongs einmal mit einem behaglichen Kaminfeuer verglichen. Aus der Nähe allerdings wirkte es eher wie ein künstlicher Kamin.

„Exzellent“, erwiderte ich. „Ich würde gern mit Ihrer Tochter reden.“

„Mit meiner Tochter? Ich bezweifle, dass Taylor das Marcus-Mädchen in den letzten Monaten überhaupt gesehen hat.“

„Sie haben sich gestern Abend getroffen.“

„Das wusste ich nicht. Trotzdem, ich fürchte, Taylor ist nicht zu Hause."

„Vielleicht sollten Sie noch einmal nachsehen", entgegnete ich. „Sie ist gerade oben in ihrem Zimmer."

Gabe überwachte ihre Facebook-Eintragungen für mich und schickte mir per SMS Updates. Ich wusste nicht genau, wie er das machte, weil er kein Facebook-Freund von Taylor war, aber er hatte offenbar eine Möglichkeit gefunden.

„Ich bin sicher, dass sie und ihre Mutter …"

„Senator", fiel ich ihm ins Wort. „Bitte, holen Sie Ihre Tochter für mich herunter. Das hier ist wichtig. Oder soll ich sie einfach auf ihrem Handy anrufen?"

Selbstverständlich hatte ich Taylors Handynummer nicht, und wie sich herausstellte, brauchte ich sie auch gar nicht. Armstrong bat mich ins Haus, ohne sich die Mühe zu machen, seine Gereiztheit länger zu verbergen. Sein Wahllächeln war erloschen. Der elektrische Kamin war ausgeknipst worden.

TAYLOR betrat das Arbeitszimmer ihres Vaters wie ein Schulmädchen, das ins Büro des Direktors gerufen wurde. Sie versuchte ihre Unruhe mit einer mürrischen Miene zu überspielen und setzte sich in einen großen Sessel.

Ich saß ihr auf einem Stuhl gegenüber, während Senator Armstrong an seinem schlichten Mahagonischreibtisch Dokumente durchsah und so tat, als würde er uns ignorieren.

Das Mädchen war hübsch, sehr hübsch sogar. Sie hatte schwarzes, offensichtlich gefärbtes Haar und sehr viel Augen-Make-up aufgelegt. Sie trug ein braunes Wildleder-Tanktop, fadenscheinige Jeans und kurze braune Lederstiefel.

Ich stellte mich vor. „Ich würde Ihnen gern ein paar Fragen über Alexa stellen. Sie ist verschwunden, und ihre Eltern sind außerordentlich besorgt."

Sie blickte trotzig hoch.

„Haben Sie etwas von ihr gehört?"

Sie schüttelte den Kopf. „Nein."

„Wann haben Sie Alexa denn das letzte Mal gesehen?"

„Gestern Abend. Wir sind ausgegangen."

Ich war froh, dass sie in diesem Punkt nicht log.

„Wollen wir ein Stück spazieren gehen?", schlug ich ihr vor.

„Spazieren gehen?" Sie wirkte angewidert, als hätte ich ihr gerade angetragen, einer lebendigen Fledermaus den Kopf abzubeißen.

„Klar. Ein bisschen frische Luft schnappen."

„Ihr beide könnt euch auch hier unterhalten", bemerkte ihr Vater.

Ein paar Sekunden lang merkte man ihrer Miene an, dass sie in der Falle saß. „Ich hätte nichts dagegen, ein bisschen herauszukommen“, meinte sie schließlich zu meiner Überraschung.

VOM LOUISBURG SQUARE AUS gingen wir den steilen Hang der Willow Street hinab. „Ich dachte mir, dass Sie eine Zigarette gebrauchen könnten.“

„Ich rauche nicht“, erwiderte sie.

Ich hatte jedoch an ihr gerochen, dass das nicht stimmte, als sie heruntergekommen war. „Machen Sie ruhig, ich werde es Daddy nicht verraten.“

Sie zuckte mit den Schultern und nahm eine Packung Zigaretten sowie ein goldenes Dupont-Feuerzeug aus ihrer kleinen schwarzen Handtasche.

„Ich werde Daddy nicht einmal was über die falschen Ausweise erzählen“, fuhr ich fort. „Man bekommt erst ab einundzwanzig was zu trinken. Wie sonst wollten Sie also an einen Drink kommen?“

Sie warf mir einen kurzen Seitenblick zu, als sie den Deckel des Feuerzeugs öffnete. Sie zündete sich eine Zigarette an und inhalierte tief. Sie stieß den Rauch durch ihre Nase aus wie eine Stummfilm-Diva, sagte jedoch nichts.

Wir gingen hinüber zur West Cedar Street. „Sie und Alexa sind also ins Slammer gegangen“, sagte ich und wartete auf ihre Antwort.

„Wir haben nur ein bisschen was getrunken“, antwortete sie schließlich.

„Wirkte Alexa aufgeregt? Oder war sie wütend auf ihre Eltern?“

„Nicht mehr als sonst.“

„Hat sie etwas davon gesagt, dass sie von zu Hause ausziehen oder woanders hinziehen wollte?“

„Nein.“

„Hat sie einen Freund?“

„Nein.“ Sie klang feindselig, als ginge mich das nichts an.

„Hatte sie vielleicht vor irgendetwas Angst? Oder vor irgendjemandem? Sie ist einmal auf einem Parkplatz entführt worden …“

„Das weiß ich“, erwiderte sie verächtlich. „Ich bin schließlich ihre beste Freundin, okay?“

„Also, hatte sie vielleicht Angst, dass so etwas noch einmal geschehen könnte?“

Taylor schüttelte den Kopf. „Aber sie sagte, ihr Dad würde sich merkwürdig benehmen, es hörte sich an wie: ‚Er steckt in Schwierigkeiten‘. Aber ich kann mich nicht genau daran erinnern.“

„Haben Sie beide die Bar gemeinsam verlassen?“

Sie zögerte. „Klar“, meinte sie dann.

Sie log so offensichtlich, dass ich zögerte, es ihr unter die Nase zu reiben, aus Angst, damit jede Chance auf eine Kooperation ihrerseits zu verspielen.

Plötzlich platzte sie einfach so heraus. „Ist Lexie irgendwas passiert?"

Wir waren an der Ecke zur Mount Vernon Street stehen geblieben. „Vielleicht", erwiderte ich.

„*Vielleicht?* Was soll das denn heißen?"

„Das soll heißen, Sie müssen mir alles erzählen."

Sie warf die Zigarette auf den Bürgersteig. „Hören Sie, sie hat einen Kerl getroffen, okay?"

„Können Sie sich an seinen Namen erinnern?"

Taylor vermied es offenkundig, mir in die Augen zu blicken. „Irgendein spanischer Kerl. Ich weiß es nicht mehr."

„Waren Sie bei ihr, als sie diesen Mann getroffen hat?"

Ich konnte auf ihrem Gesicht ablesen, wie sie überlegte und ihre Möglichkeiten kalkulierte. Wenn sie sagte, dass sie nicht bei Alexa gewesen wäre, dann würde ich wissen wollen, warum nicht. Ich würde sie fragen, wo sie gewesen war. Wenn zwei Mädchen in eine Bar gehen, bleiben sie fast immer zusammen.

„Klar", sagte sie schließlich. „Aber ich habe seinen Namen nicht richtig verstanden. Außerdem war ich da schon ziemlich angetrunken und wollte einfach nur nach Hause."

„Sind die beiden zusammen weggegangen?", erkundigte ich mich.

„Ich nehme es an. Aber ich weiß es wirklich nicht genau."

„Wieso ist Ihnen das entgangen?"

„Weil ich zuerst verschwunden bin."

Ich ersparte mir die Mühe, sie auf den Widerspruch in ihrer Schilderung hinzuweisen. „Sie sind direkt nach Hause gegangen?"

Taylor nickte.

„Und Sie haben nichts mehr von Alexa gehört, seit Sie gestern Nacht das Slammer verlassen haben?"

„Genau."

„Sie haben sich also nicht mit ihr in Verbindung gesetzt, um zu hören, wie die Nacht gelaufen ist? Ich habe gedacht, ihr wäret so etwas wie BFF." Irgendwie wusste ich, dass das die Chat-Abkürzung für „Beste Freundinnen für immer" war.

Sie zuckte mit den Schultern.

„Ist Ihnen klar, dass Sie möglicherweise das Leben Ihrer besten Freundin in Gefahr bringen, wenn Sie mich belügen oder mir irgendetwas verheimlichen?"

Sie schüttelte den Kopf und ging über die Straße davon. „Ich habe nichts gehört", sagte sie noch, ohne auch nur den Kopf zu wenden.

Mein Gefühl sagte mir, dass sie nicht log. Sie hatte nichts von Alexa gehört. Ganz offensichtlich jedoch log sie in einem anderen Punkt. Ihr schlechtes Gewissen leuchtete wie ein Neonschild.

Ich rief Dorothy an. „Irgendwelche Fortschritte mit der Lokalisierung von Alexas Telefon?"

„Nicht den geringsten. Wir brauchen die Hilfe von jemandem bei den Behörden, Nick. Es führt kein Weg daran vorbei."

„Ich habe eine Idee", erklärte ich.

Wenn man einen Job hat, bei dem man mit Heimlichkeiten zu tun hat, wie bei meinem, erfährt man viel über die Macht eines Geheimnisses. Kennt man eins, kann einem das einen Vorteil jemand anderem gegenüber in die Hände spielen, möglicherweise sogar die Kontrolle über eine andere Person, sei es in den Hallen des Kongresses oder auf den Fluren der Highschool.

Als ich bei Stoddard Associates in Washington arbeitete, leitete ich einmal ein Projekt für einen neuen Kongressabgeordneten aus Florida, der eine wirklich widerliche Schlacht um seine Wiederwahl schlug. Sein Gegenspieler hatte eine Kopie des Mietvertrages für eine Wohnung in Sarasota in die Finger bekommen, die der Kongressabgeordnete für seine Geliebte gemietet hatte. Das wäre für seine Ehefrau, die Mutter seiner sechs Kinder, eine echte Neuigkeit gewesen, und für den Kongressabgeordneten wäre es zweifellos ausgesprochen unangenehm geworden, vor allem angesichts seines Wahlprogramms, das sich sehr stark auf Familienwerte stützte. Also räumte ich ein bisschen auf, und die ganze Papierspur löste sich in Wohlgefallen auf. Der Kongressabgeordnete gewann die Wahl mit hauchdünnem Vorsprung.

Jetzt war eben dieser Kongressabgeordnete Oppositionsführer im Rechtsausschuss des Kongresses, der das FBI beaufsichtigt. Er schuldete mir keinerlei Gefallen, da er reichlich für Stoddards „Ermittlungsdienste" gezahlt hatte, aber ich wusste gewisse Dinge über ihn, die noch viel schlimmer waren. Ich rief ihn über seinen privaten Anschluss an und bat ihn, seinerseits umgehend einen Anruf bei der Bostoner Zweigstelle des FBI zu tätigen.

Ich sagte ihm, dass ich mit einem höheren Beamten reden müsste. Und zwar sofort.

DIE ZWEIGSTELLE DES FBI IN BOSTON befindet sich in dem Gebäude One Center Plaza, das zu dem grauenvollen Regierungscenter-Komplex gehört, den die meisten Bostoner als eine widerliche Betonnarbe im Antlitz unserer wundervollen Stadt betrachten.

Als ich im sechsten Stock aus dem Aufzug stieg, sah ich das riesige goldene FBI-Emblem an der Wand und daneben ein Poster mit den zehn meistgesuchten Verbrechern. Hinter einer kugelsicheren Glasscheibe saßen zwei Empfangsdamen. Ich schob meinen Führerschein in einen Schlitz, der aussah wie der an einem Geldautomaten, und wurde gebeten, ihnen mein BlackBerry auszuhändigen. Eine der Frauen hinter der Glasscheibe sagte etwas in ihr Telefon und erklärte mir dann, dass in wenigen Minuten jemand käme und mich abholte.

Wenn man zehn oder fünfzehn Minuten warten muss, liegt das wahrscheinlich daran, dass eine Konferenz länger gedauert hat als geplant. Überschreitet die Wartezeit jedoch die Grenze von fünfundvierzig Minuten, ist das eine Art Nachricht, die sie dir schicken.

Es dauerte fast eine Stunde, bis der FBI-Kerl auftauchte.

Jemanden wie ihn hatte ich nicht erwartet. Es war ein Hüne von einem Mann. Er war vollkommen kahl, und zwar auf die Art kahl, die eine Menge Arbeit erfordert. Er trug eine nachgemachte Rolex, einen grauen Anzug, dessen Ärmel zu kurz waren, ein weißes Hemd, das zu eng am Hals war, und eine gestreifte Regimentskrawatte.

„Mr Heller?“, fragte er mit tiefer Stimme. „Gordon Snyder.“ Er streckte mir die Hand hin, die so riesig und ledrig war wie ein alter Baseballhandschuh. „Stellvertretender leitender Special Agent“, setzte er hinzu.

Das bedeutete, er war einer der Top-Jungs im Bostoner Büro des FBI, direkt unter dem leitenden Special Agent. Ich leistete meinem Schürzenjäger aus dem Kongress Abbitte.

Snyder führte mich in sein Büro, das einen Blick auf die Cambridge Street bot. Ein langer Schreibtisch, zwei Computermonitore, ein großer Flachbild-Fernseher, auf dem CNN ohne Ton lief. Snyder setzte sich hinter den Schreibtisch mit einer makellos sauberen Glasplatte.

„Soweit ich verstanden habe, arbeiten Sie zurzeit im privaten Bereich, Mr Heller.“

„Richtig.“ Ich nahm an, dass er mir auf diese nicht gerade subtile Art und Weise zu verstehen geben wollte, dass er ein Dossier über mich gelesen hatte und wusste, was ich einmal gemacht hatte.

„Also, was kann ich für Sie tun?“

„Ich helfe einem Freund, der nach seiner Tochter sucht.“

Er runzelte mitfühlend die Augenbrauen. „Wie heißt das Mädchen?“

„Alexa Marcus. Ihr Vater ist Marshall Marcus. Dieser Hedgefond-Jockey aus Boston."

„Wie alt ist sie?"

„Siebzehn."

Er nickte. „Sie wurde gekidnappt?"

„Wahrscheinlich."

„Gibt es eine Lösegeldforderung?"

„Noch nicht. Aber angesichts der Umstände und der Geschichte des Mädchens …"

„Sie sagen also, der Vater mache sich Sorgen, dass seine Tochter *möglicherweise* entführt worden sein könnte." Etwas an Snyders Miene war merkwürdig. Seine Verwirrung war so übertrieben, dass sie beinahe komisch wirkte. „Mr Heller, mich wundert, warum die Polizei von Boston sich noch nicht mit uns in Verbindung gesetzt hat."

„Das hätte sie tatsächlich längst tun sollen."

„Das sehe ich auch so. Normalerweise ist das immer das Erste, was sie in so einem Fall machen. Entführungen sind FBI-Angelegenheiten. Also frage ich mich, warum sie es noch nicht getan haben."

Ich zuckte mit den Schultern. „Was auch immer der Grund dafür sein mag, wenn Sie es arrangieren könnten, ihr Handy zu lokalisieren …"

Aber Snyder war noch nicht fertig. „Möglicherweise könnte der Grund, warum sich die Polizei noch nicht mit uns in Verbindung gesetzt hat, der sein, dass niemand die Polizei überhaupt über das Verschwinden des Mädchens in Kenntnis gesetzt hat." Er faltete seine Hände. „Verstehen Sie? Marshall Marcus hat sich bei der Polizei nicht gemeldet. Interessant, finden Sie nicht? Man sollte doch annehmen, dass er sofort Polizei und FBI in Alarmbereitschaft versetzen würde, um seine Tochter zu suchen, meinen Sie nicht auch?"

„Er hat die Polizei angerufen", sagte ich. „Vor ein paar Stunden."

Er schüttelte nachdrücklich den Kopf. „Er hat nicht angerufen."

„Dann sind Sie schlecht informiert."

„Wir sind über Marcus ganz ausgezeichnet informiert", widersprach er. „Und wir wissen hundertprozentig, dass weder er noch seine Frau die Polizei angerufen haben. Von keiner seiner vier Leitungen zu Hause. Auch nicht von einem seiner beiden Handys aus. Oder dem Handy seiner Frau. Und auch von keiner Leitung bei Marcus Capital." Er sah mich lang und ernst an. „Wir haben Marshall Marcus seit einiger Zeit aufgrund eines Gerichtsbeschlusses unter Beobachtung. Was er mit Sicherheit weiß. Hat er Sie hierhergeschickt, Mr Heller? Bitte ersparen Sie es uns, abzustreiten, dass Sie sich heute Morgen mit Marcus in seinem Haus in Manchester getroffen haben. Sind Sie deshalb hier? Als sein Mittelsmann? Wollen Sie uns abklopfen, herausfinden, was wir gegen ihn in der Hand haben?“

„Ich bin hierhergekommen, weil das Leben eines Mädchens in Gefahr sein könnte.“

„Reden wir von demselben Mädchen, das wegen wiederholter Verhaltensauffälligkeiten in seinem Internat in eine spezielle Erziehungsanstalt geschickt wurde?“

Ich versuchte meine Stimme zu kontrollieren, aber ich hatte Mühe, mich zu beherrschen. „Das stimmt. Und zwar nachdem sie entführt worden war. So etwas kann einen ziemlich durcheinanderbringen. Sie kapieren es nicht, oder? Wir stehen auf derselben Seite.“

„Sie arbeiten für Marcus, richtig?“

„Ja, aber …“

„Dann stehen wir auf verschiedenen Seiten. Alles klar?“

4. KAPITEL

Alexa fühlte, wie sich ihr Herzschlag immer mehr beschleunigte. Sie hörte es. In der schrecklichen Stille dröhnte ihr Herzschlag wie eine Kesselpauke.

„Du kannst mich hören, Alexa, ja?“, fragte eine blecherne Stimme.

Brennende Säure stieg ihr in die Speiseröhre. Sie würgte und erbrach sich. Erbrochenes spritzte auf ihr feuchtes Hemd und rutschte wieder in ihre Kehle zurück. Sie hätte sich hinsetzen müssen, um ihren Mund zu leeren, aber sie konnte ihren Kopf nur ein paar Zentimeter anheben. Sie konnte sich nicht rühren.

„Bitte achte etwas mehr auf dich“, sagte die Stimme. „Wir können deinen Sarg nicht öffnen, falls dir etwas zustößt.“

„Sarg …“, keuchte sie.

„Es gibt nicht den geringsten Grund für dich zu sterben. Wir wollen nicht, dass du stirbst. Wir wollen nur deinen Vater überzeugen, weiter mit uns zu kooperieren.“

„Wie viel Geld wollen Sie?“, flüsterte sie.

„Wie kommst du darauf, dass wir Geld wollen, Alexa? Und selbst wenn wir Geld wollten, dein Vater hat nichts.“

„Mein Vater ist … Mein Vater besitzt eine obszöne Menge Geld, okay? Er wird Ihnen alles geben, alles, was er hat, wenn Sie mich bitte, bitte, bitte jetzt hier rauslassen!“

„Alexa, du musst mir jetzt sehr, sehr gut zuhören, weil dein Überleben davon abhängt.“

Sie schluckte. „Ich höre zu.“

„Gut. Also, Alexa. Jetzt müssen wir über deine Atmung reden. Okay? Hörst du noch zu?“

Sie schüttelte sich und stöhnte. „Bitte …“

„Du musst wissen, dass du Luft in deinem Sarg hast, aber es ist nicht sonderlich viel. Hätten wir dich einfach nur in den Sarg gelegt und ihn in die Erde hinabgelassen, hättest du nicht einmal eine halbe Stunde überlebt. Aber uns ist klar, dass das nicht genug Zeit gewesen wäre.“

„In die Erde?“, flüsterte sie.

„Ja. Du liegst in einem Stahlsarg unter mehr als drei Meter Erde. Alexa, du wurdest lebendig begraben. Aber ich bin sicher, dass du das bereits weißt.“

Etwas explodierte in ihrem Gehirn: helle Lichtpunkte. Sie kreischte, aber ihre Stimmbänder waren so wund, dass nur ein pfeifendes Keuchen aus ihrem Mund kam. Doch in der Dunkelheit und der absoluten Stille klang es so laut wie Donner.

EIN FLUORESZIERENDER ORANGEFARBENER STRAFZETTEL wegen Falschparkens klemmte unter dem Scheibenwischer des Defenders. Dieser verdammte Snyder. Hätte er mich nicht warten lassen, wäre die Parkuhr nicht abgelaufen.

Ich hatte mein BlackBerry bereits in der Hand und wollte Marcus anrufen, als ich hinter mir eine weibliche Stimme hörte. „Nico?“

Diesen Spitznamen benutzt so gut wie niemand mehr, außer einigen wenigen Menschen, die ich vor langer Zeit in Washington gekannt habe.

Ich spürte sie, vielleicht roch ich sie auch, bevor sie meine Schulter berührte. „Diana?“, fragte ich, ohne mich umzudrehen.

„Wie ich sehe, hast du immer noch den Defender. Du hältst nicht viel von Veränderungen, habe ich recht?“

„Hallo.“ Ich wandte mich um und umarmte sie. Einen Moment spielte ich mit dem Gedanken, sie auf den Mund zu küssen, obwohl diese Zeit schon lang hinter uns lag.

Sie löste das Dilemma, indem sie mir ihre Wange hinhielt.

„Du siehst großartig aus.“

Das war nicht gelogen. Diana Madigan trug eine enge Jeans und abgeschabte braune Cowboystiefel zu einem smaragdgrünen Oberteil, das ihre verblüffend hellgrünen Augen unterstrich.

Ich habe noch nie eine Frau wie sie getroffen. Sie war zäh, einfühlsam und elegant. Und schön. Sie hatte einen festen, zierlichen Körper und eine Mähne widerspenstigen, lockigen Haares. Es war honigbraun mit kupferfarbenen Einsprengseln. Ihre Nase war kräftig und trotzdem zierlich. Die einzige Spur, welche die Jahre hinterlassen hatten, waren die Lachfältchen um ihre Augenwinkel.

Wir hatten uns seit fünf oder sechs Jahren nicht mehr gesehen, seit sie von der FBI-Außenstelle in Washington nach Seattle versetzt worden war und gleichzeitig erklärt hatte, dass sie keine Fernbeziehung wollte. Unsere Beziehung war ohnehin ziemlich locker gewesen; zwar auch nicht direkt eine Freundschaft mit Sex, aber es gab weder Erwartungsdruck noch Erklärungsnot. So wollte sie es, und angesichts meiner Arbeitszeiten und meiner vielen Reisen war ich mit diesem Arrangement mehr als einverstanden. Ich genoss ihre Gesellschaft und sie meine. Trotzdem, als Diana mich damals anrief und mir mitteilte, dass sie nach Seattle ziehen würde, wechselte meine Stimmung sehr schnell von verblüfft nach verletzt. Ich hatte zuvor noch nie jemanden wie sie kennengelernt und war fest davon überzeugt, dass ich es auch nie wieder tun würde. Es überraschte mich, dass sie nicht genauso empfand. Ich war von mir enttäuscht, weil ich sie so sehr verkannt hatte. Bis dahin hatte ich meine gute Menschenkenntnis immer für eines meiner angeborenen Talente gehalten. Also legte ich das Ende meiner Beziehung mit Diana Madigan in meinem mentalen Aktenordner für ungelöste Fälle ab.

Leider üben ungelöste Fälle immer eine unwiderstehliche Anziehungskraft auf mich aus.

„Ich sehe aus wie ein Wrack, das weißt du genau“, sagte sie. „Ich habe gerade die ganze Nacht damit zugebracht, mit Raubtieren zu chatten, und so getan, als wäre ich eine Vierzehnjährige.“

„Du arbeitest also immer noch bei CARD?“

„Ob du’s glaubst oder nicht.“

CARD stand für *Child Abduction Rapid Deployment*, die schnelle Eingreiftruppe des FBI in der Abteilung Kindesmissbrauch. Die Arbeit ging einem unter die Haut. Was Diana alles zu sehen bekam … Ich hatte nie verstehen können, wie sie damit weitermachen konnte. Und ich hatte gedacht, dass sie längst das Handtuch geworfen hätte.

Sie trug keinen Ehering, und ich nahm an, dass sie auch keine Kinder hatte. Ich fragte mich, ob sie jemals Kinder bekommen würde, nachdem sie gesehen hatte, was ihnen alles zustoßen konnte.

„Kann ich dich nach Hause fahren?“, fragte ich.

„Woher weißt du, dass ich nicht mit dem Wagen hier bin?“

„Weil du dann in der Tiefgarage geparkt hättest wie alle FBI-Angestellten. Außerdem hättest du deinen Wagenschlüssel in der linken Hand. Vergiss nicht, ich kenne dich.“

Sie blickte zur Seite. Verlegen? Jedenfalls undurchschaubar, was wie immer das emotionale Äquivalent von Kryptonit war. „Meine Wohnung liegt im South End. Ich wollte die T-Line nehmen.“

Ich hielt ihr die Beifahrertür auf.

WÄHREND ich fuhr, nahm ich schwach ihr Parfüm wahr: Rose, Veilchen und Zedern. Neurologen erzählen uns, dass nichts die Vergangenheit so schnell und machtvoll zurückbringen kann wie ein Geruch. Dianas Parfüm jedenfalls brachte einen ganzen Schwall von Erinnerungen zurück. Die meisten waren ziemlich glücklich.

„Wie lange bist du schon in Boston?“, erkundigte ich mich.

„Etwas länger als ein Jahr. Ich habe munkeln hören, dass du auch hier wärst. Hat Stoddard dich hergeschickt, um eine Zweigstelle zu eröffnen oder so etwas?“

„Nein, ich bin jetzt selbstständig.“

„Gefällt es dir?“

„Es wäre perfekt, wenn der Boss nicht so ein Sklaventreiber wäre.“

Sie lachte bedauernd. „Nick Heller, Firmeninhaber.“

„Du sagtest Pembroke Street, richtig?“

„Genau. Geht von der Columbus Avenue ab. Danke, dass du mich heimfährst.“

„Ist mir ein Vergnügen.“

„Hör zu, ich möchte mich für Snyder entschuldigen“, sagte sie.

„Woher weißt du, dass ich mich mit ihm getroffen habe?“

„Ich habe gesehen, wie du aus seinem Büro gestürmt bist. Es sah aus, als wäre das Gespräch nicht besonders gut gelaufen.“

„Hat er dir gesagt, worüber wir geredet haben?“

„Klar.“

Ich fragte mich, ob sie mir nach draußen gefolgt war. Vielleicht war dieses Zusammentreffen keineswegs Zufall. Aber vielleicht hatte sie auch nur Hallo sagen wollen. Vielleicht war das ja wirklich alles. Ich machte noch eine Notiz in der noch nicht geschlossenen Akte MADIGAN, DIANA.

„Also, wieso ist er so auf Marshall Marcus fixiert?“

„Marcus ist sein großer weißer Wal. Kerle wie er werden immer hartnäckiger, je schwerer die Beute zu fassen ist.“

Das brauchst du mir nicht zu sagen, dachte ich. „Jedenfalls scheint er erheblich mehr daran interessiert zu sein, Marcus zur Strecke zu bringen, als seine Tochter zu finden.“

„Das liegt vielleicht daran, dass er für Wirtschaftsverbrechen verantwortlich ist.“

„Aha.“

„Allerdings muss ich zugeben, dass ich nicht verstehe, warum du dich mit dem Chef der Abteilung für Wirtschaftsverbrechen triffst, wenn du nach einem verschwundenen Mädchen suchst.“

„Man hat mir diesen Namen genannt.“

„Ist Marshall Marcus ein Freund von dir?“

„Ein Freund der Familie. Meine Mutter hat für ihn gearbeitet. Und ich mag seine Tochter. Aber offensichtlich ermittelt ihr wegen irgendetwas gegen ihn. Was kannst du mir denn über ihn sagen?“

„Nicht viel. Weil es eine geheime Ermittlung ist.“

Ich hielt vor ihrem schmalen, hübschen Mietshaus an und parkte in der zweiten Reihe neben einem Parkplatz, in den der Defender leicht hineingepasst hätte.

„Noch mal danke fürs Fahren“, meinte sie und öffnete die Tür.

„Sekunde. Ich muss dich um einen Gefallen bitten. Glaubst du, du könntest beantragen, Alexa Marcus’ Handy zu orten?“

„Es ist nicht so leicht, Snyder einfach zu übergehen. Wie kommst du auf die Idee, dass ihr etwas passiert ist?“

Ich wollte antworten, als sie sich umsah. „Hör zu“, sagte sie, „wenn du willst, kannst du eine Sekunde mit hochkommen und mir alles erklären.“

Ich zuckte mit den Schultern und machte auf cool. „Ist ohnehin eine Schande, so einen tollen Parkplatz zu verschwenden“, meinte ich.

IHRE WOHNUNG lag im ersten Stock und war nicht sonderlich groß. Trotzdem wirkte sie nicht klein, sondern üppig, warm und einladend. Die Wände waren in verschiedenen Schattierungen von Schokoladenbraun und Erdtönen gestrichen. Und jedes einzelne Möbelstück, jeder Gegenstand war sorgfältig ausgesucht worden.

Diana führte mich zu einem großen gepolsterten Ecksofa, während sie Kaffee für mich machte – er war dunkel, stark und köstlich. Sie selbst trank allerdings keinen, weil sie sonst nicht schlafen konnte.

Wenn eine Frau einen in ihre Wohnung einlädt, weiß man gewöhnlich, was man zu erwarten hat. Aber nicht in diesem Fall. Wir hatten uns beide weiterentwickelt, waren von intimen Freunden zu einfach nur guten Freunden geworden. Doch auch wenn wir nur gute Freunde waren, änderte das nichts an dem, was ich für sie empfand.

Aber wir waren hier, um über Alexa Marcus zu reden, und ich erzählte ihr das Wenige, was ich über das wusste, was mit Alexa passiert war, und auch über Taylor Armstrong.

„Ich sage es nicht gern, aber Snyder hat nicht ganz unrecht“, erwiderte sie daraufhin. „Das Ganze ist nicht einmal zwölf Stunden her. Also, sie hat einen Jungen kennengelernt und schläft jetzt in irgendeinem Studentenwohnheim ihren Rausch aus. Das ist doch möglich, oder?“

„Möglich, klar. Aber nicht wahrscheinlich. Es sieht Mädchen ihres Alters nicht ähnlich, einfach von der Bildfläche zu verschwinden. Sie hätte sich bei ihren Freundinnen gemeldet. Diese Mädchen schicken sich permanent irgendwelche Nachrichten.“

„Sie ist ein viel zu gut behütetes Mädchen mit einem schwierigen Familienleben, und sie testet ihre Grenzen aus“, widersprach Diana. Sie saß auf einem Sessel und hatte die Cowboystiefel ausgezogen. Das einzige Makeup auf ihrem Gesicht war das Lipgloss. Ihre Haut war fast durchscheinend.

„Ich glaube nicht, dass du das wirklich denkst“, entgegnete ich. „Jedenfalls nicht bei der Arbeit, die du machst.“

Der Umriss ihres Mundes veränderte sich unmerklich, so subtil, dass man sie sehr gut kennen musste, um es zu bemerken. „Du hast recht. Tut mir leid. Ich habe des Teufels Advokat gespielt. Angesichts dessen, was sie durchgemacht hat, ich meine diese versuchte Entführung vor ein paar Jahren, dürfte sie tatsächlich kaum mit einem fremden Mann nach Hause gehen, ganz gleich wie viel sie getrunken hat.“

„Es war keine *versuchte* Entführung“, korrigierte ich sie. „Sie *wurde* entführt. Und dann freigelassen.“

„Und man hat nie herausgefunden, wer dahinter steckte? Sie haben sie einfach geschnappt, sie ein paar Stunden durch die Gegend kutschiert und sie dann wieder freigelassen? Das ganze Risiko, erwischt zu werden, ohne dass es sich auch nur im Geringsten gelohnt hat?“

„Ganz offensichtlich.“

„Und das glaubst du?“

„Ich habe keinen Grund, es nicht zu glauben. Ich habe sehr viel Zeit damit verbracht, mit Alexa darüber zu reden.“

Diana lehnte sich in ihrem Sessel zurück. „Wenn ihr Vater heimlich ein Lösegeld gezahlt hätte und das niemandem erzählen wollte, würde sie das denn wirklich wissen?“

Sie war clever. Ich hatte vergessen, wie clever. „Wenn er einen Grund gehabt hat, es geheim zu halten, dann vielleicht nicht. Aber ich hatte nie den Eindruck, dass es so gewesen sein könnte.“

„Vielleicht erzählt er dir nicht alles.“

„Vielleicht gibt es etwas, das *du* nicht erzählst.“

Sie wich meinem Blick aus. Schließlich schaute sie mich doch an. „Du weißt, dass ich nie vertrauliche Einzelheiten einer laufenden Ermittlung weitergebe, und ich werde jetzt nicht damit anfangen.“

„Das weiß ich.“

„Es gibt offenbar Spekulationen, wonach Marshall Marcus Geld für einige ganz dubiose Gestalten wäscht.“

„Er wäscht Geld? Das ist lächerlich. Der Kerl ist Milliardär. Möglicherweise verwaltet er Geld für irgendwelche fragwürdigen Klienten.“

„Ich sage dir nur, was ich gehört habe. Und ich muss dich warnen: Gordon Snyder ist niemand, den man sich zum Feind machen sollte. Wenn er glaubt, dass du gegen ihn arbeitest, gegen seinen Fall, dann schießt er aus allen Rohren auf dich.“

„Ich bin gewarnt.“

„Okay. Hast du ein Foto von Alexa bei dir?“

„Klar“, antwortete ich und griff in meine Brusttasche, um eines der Fotos herauszuziehen, die Marcus mir gegeben hatte. Diana kam zu mir und setzte sich neben mich auf die Couch, und ich spürte, wie mein Herz etwas schneller schlug. Ich gab ihr ein Foto von Alexa in ihrem Hockeydress. Sie hatte das blonde Haar mit einem Band zurückgebunden, ihre Wangen waren rosig, und ihre blauen Augen funkelten.

„Hübsch“, sagte Diana. „Sie sieht aus, als hätte sie Mumm.“

„Das hat sie. Und die letzten Jahre waren nicht gerade leicht für sie.“

„Das ist kein einfaches Alter. Ich habe es gehasst, siebzehn zu sein.“

Diana hatte nie viel darüber geredet, wie sie aufgewachsen war, nur dass sie aus Arizona stammte. Ihr Vater war US-Marshall gewesen und bei einem Einsatz getötet worden, als sie noch ein Teenager gewesen war.

Ich bemerkte, dass sie sich leicht zu mir neigte. „Ich glaube, ich kenne dieses Hemd“, meinte sie. „Habe ich es dir nicht geschenkt?“

„Das hast du. Seitdem habe ich es nie mehr ausgezogen.“

„Guter alter Nico. Du bist der eine Fixpunkt in einer sich stetig verändernden Welt.“ Sie schenkte mir ihr unergründliches Lächeln. „Also gut, ich stelle einen Antrag bei AT&T. Ich finde schon einen Weg, ihn durchzuboxen.“

„Das weiß ich wirklich zu schätzen.“

„Hör zu, es geht nicht um dich oder um uns. Es geht um das Mädchen. Soweit es mich betrifft, ist Alexa Marcus nach dem Gesetz noch minderjährig und könnte in Schwierigkeiten stecken. Mehr muss ich nicht wissen.“

„Also ist das jetzt offiziell eine FBI-Angelegenheit?“

„Nicht notwendigerweise. Jedenfalls noch nicht. Aber wenn ich dir helfen kann, weißt du ja, wo du mich findest.“

„Danke.“

Ein langes, peinliches Schweigen folgte. Keiner von uns war der Typ, der an emotionalen Narben herumfummelte. Aber wenn es jemals eine Gelegenheit geben sollte, über das ganze zerbrochene Geschirr zu reden, dann jetzt, hier in ihrer Wohnung, nur wir beide.

„Wieso …“, setzte ich an, hielt jedoch inne. *Wieso hast du mir nie gesagt, dass du nach Boston versetzt worden bist?,* hatte ich fragen wollen. Aber ich wollte nicht, dass es wie eine Kritik klang, und sagte stattdessen: „Und das Gleiche gilt für dich. Falls du mich jemals brauchst, bin ich da. Stehe sofort auf deiner Schwelle.“

Sie lächelte und drehte sich mir zu, aber als ich in ihre grünen Augen sah und ihren Atem auf meinem Gesicht fühlte, lagen meine Lippen auch schon auf ihren.

Ein Telefon klingelte.

Diana wich ein Stück zurück. „Sekunde, Nico.“ Sie zog ihr BlackBerry aus dem Futteral an ihrem Gürtel. Dann hörte sie zu. „Okay“, sagte sie. „Ich bin gleich da.“

„Was gibt es?“

„Mein Raubtier. Er schickt mir wieder SMS. Ich glaube, er wird ein bisschen misstrauisch. Er möchte den Zeitpunkt für unser Treffen verschieben. Ich muss wieder zur Arbeit. Ich … es tut mir leid.“

„Mir auch“, antwortete ich.

Sie war aufgestanden und sah sich nach ihrem Dienstausweis und ihrem Hausschlüssel um. „Was zum Teufel haben wir da eben eigentlich gemacht?“, fragte sie, ohne mich anzusehen.

„Was wir da gemacht haben … ich weiß es nicht, aber … ich kann dich gern zurückfahren.“

Plötzlich war sie vollkommen sachlich. Sie schüttelte den Kopf. „Mein Wagen steht direkt vor der Tür.“

Für mich fühlte es sich an, als wäre ich aus einer Sauna in eine anderthalb Meter hohe Schneewehe gesprungen.

NACHDEM wir uns verabschiedet hatten, fuhr ich zum Fuß des Beacon Hill und bog in die kreisförmige Auffahrt vor dem Graybar ein – der letzte Ort, an dem Alexa meines Wissens nach gewesen war.

Dass das Hotel ein ehemaliges Gefängnis war, merkte man kaum noch. Die Bauherren hatten bei der Umgestaltung des Graybar ganze Arbeit geleistet. Ich persönlich glaube nicht, dass Gebäude negative Energie speichern. Doch die negative Energie an der Rezeption war so groß, dass ich das starke Bedürfnis verspürte, meine 9-Millimeter-Halbautomatik auf den herablassenden Angestellten zu richten, um seine Aufmerksamkeit zu erregen. Er schien vollkommen in ein Gespräch mit seiner weiblichen Kollegin vertieft zu sein.

Ich räusperte mich. „Würde jemand bitte Naji Bescheid sagen? Sagen Sie ihm, Nick Keller wartet auf ihn." Naji war der Sicherheitschef des Hotels.

Der Kerl hob mürrisch den Hörer ab und murmelte irgendetwas in die Muschel. „Er kommt gleich hoch", sagte er dann. Seine Frisur war eine kunstvoll unordentliche Angelegenheit mit einer Tonne Gel.

Ich blieb stehen und wartete. Der Angestellte setzte die Unterhaltung mit seiner Kollegin fort. Schließlich bemerkte er aus den Augenwinkeln, dass ich noch an der Rezeption stand, und drehte sich noch einmal herum. „Kann eine Weile dauern." Er klang gereizt.

Also schlenderte ich durch die Lobby und sah ein Schild, das auf das Slammer hinwies. Ich fuhr mit dem Aufzug in den dritten Stock und sah mich um. An den Ziegelwänden waren Flachbild-Fernseher montiert. Außerdem gab es Ledercouchen und Bänke. Eine sehr lange Bar. Im Fußboden eingelassene Lampen. Etliche Überwachungskameras.

Als ich zum Empfang zurückkehrte, wartete bereits ein sehr gut aussehender dunkelhaariger Bursche auf mich. Er hatte typisch arabische Gesichtszüge. Er lächelte, als ich mich ihm näherte. „Mr Heller?"

„Danke, dass Sie sich mit mir treffen, Naji", antwortete ich.

„Mr Marcus ist ein sehr guter Freund des Graybar", erwiderte er. „Ich helfe selbstverständlich so gut ich kann."

Marshall Marcus war nicht nur ein „Freund" des Hotels, sondern einer der ersten und größten Investoren. Er hatte also angerufen und mein Auftauchen angekündigt, wie ich ihn gebeten hatte.

Naji zeigte mir einen rechteckigen Schlüsselanhänger mit einem BMW-Logo in der Mitte: Das war der schlüssellose Handsender für Marcus' vier Jahre alten M3, „die Blechkiste", die er Alexa überlassen hatte. An dem Schlüsselanhänger war ein Parkticket befestigt.

„Sie hat den Wagen also nicht angefordert?", fragte ich Naji.

„Offensichtlich nicht. Ich habe dafür gesorgt, dass niemand den Wagen anfasst, falls Sie Fingerabdrücke nehmen müssen.“ Er hatte offensichtlich Erfahrung.

„Möglicherweise wird die Polizei das tun“, antwortete ich. „Haben Sie eine Ahnung, wann Alexa den Wagen hat parken lassen?“

„Selbstverständlich, Sir“, erwiderte Naji und zeigte mir das Parkticket, auf dem die Zeit aufgedruckt war: 21.37. Das war die Zeit, zu der Alexa den BMW dem Parkservice übergeben hatte.

„Ich würde mir gern die Überwachungsvideos ansehen“, sagte ich.

„Sie meinen die von der Tiefgarage? Oder die von der Parkstation?“

„Alle“, entgegnete ich.

Die Sicherheitszentrale des Graybar war ein größerer Wandschrank im Bürobereich im hinteren Teil des Gebäudes. An der Wand hingen etwa zwanzig Monitore, die das Äußere des Gebäudes, die Lobby, die Küche und die Gänge vor den Toiletten zeigten. Ein bulliger Typ mit einem Ziegenbart beobachtete die Bildschirme.

„Leo“, begrüßte Naji ihn, „kannst du die Videos von gestern Nacht abspielen, und zwar von Kamera drei bis fünf?“

Naji und ich standen hinter Leo, während dieser etliche Fenster auf einem Computerbildschirm öffnete.

„Fangen Sie etwa gegen einundzwanzig Uhr dreißig an“, sagte ich ihm.

Leo ließ die Filme mit doppelter und dreifacher Geschwindigkeit laufen. Um 21.35 Uhr hielt ein schwarzer BMW, und Alexa stieg aus. Der Parkwächter reichte ihr ein Ticket, und Alexa stellte sich in der langen Schlange an, die darauf wartete, in die Lobby eingelassen zu werden, während der Mann ihren Wagen wegfuhr.

„Können wir das näher ranholen?“, fragte ich.

Leo bewegte die Maus und klickte ein paar Felder an. Ich sah, wie Alexa ein anderes Mädchen umarmte, das bereits in der Schlange wartete. Taylor Armstrong.

„Können wir ihnen ins Hotel folgen?“, wollte ich wissen.

„Selbstverständlich. Ruf die Aufnahmen von Kamera neun und zwölf auf“, wies Naji Leo an.

Aus einem anderen Winkel direkt in der Lobby sah ich, wie die Mädchen zum Aufzug gingen. Dann öffneten sich die Aufzugtüren, und die beiden stiegen ein. Alexa sprang abrupt wieder heraus, während Taylor drinblieb.

Alexa litt an Klaustrophobie. Sie konnte es nicht ertragen, in engen Räumen zu sein, ganz besonders nicht in Aufzügen.

„Ah“, sagte ich. „Ich möchte sehen, wo dieses Mädchen hingeht, dasjenige, das nicht in den Aufzug gestiegen ist.“

Ich sah von einer anderen Kamera aus, wie Alexa die Treppe hochstieg. Eine weitere Kamera zeigte, wie sie in der Bar im dritten Stock ankam, wo sie sich mit Taylor traf. Wir beobachteten die Mädchen weiter, als sie sich einen freien Platz suchten. Eine Weile passierte nicht viel. Es wurde immer voller in der Bar, und eine Kellnerin in einem winzigen Outfit nahm ihre Bestellung entgegen. Ein Mann näherte sich ihnen. Er trug sein Hemd über der Hose, war blond, hatte ein gerötetes Gesicht. Spanisch sah er jedenfalls nicht aus. Alexa lächelte, aber Taylor würdigte ihn keines Blickes.

Nach ein paar Sekunden verschwand er. Irgendwie tat er mir fast leid.

Die Mädchen redeten weiter und lachten, und ich vermutete, dass sie sich über den blonden Jungen lustig machten.

„Das können Sie schneller abspielen“, sagte ich.

DANN NÄHERTE SICH ein anderer Mann. Er war dunkelhaarig, wirkte irgendwie südländisch, vielleicht ein Italiener oder Spanier. Diesmal lächelten beide Mädchen. Diese Seite an Taylor hatte ich noch nicht erlebt, keine mürrische Schmollmiene, sondern lebhaftes Interesse.

„Gibt es davon noch eine andere Kameraeinstellung?“, erkundigte ich mich.

Leo öffnete ein neues Fenster auf seinem Monitor, und ich sah das Profil des Mannes. Leo fuhr dichter heran. Ein gut aussehender Bursche Anfang bis Mitte dreißig. Er zog einen Sessel heran und setzte sich, offenbar nachdem die Mädchen ihn eingeladen hatten. Dann winkte er einer Kellnerin.

„Dieser Mann da, der kommt oft hierher“, erklärte Naji.

Ich drehte mich zu ihm herum. „Ach ja? Wie heißt er?“

Der Sicherheitschef schüttelte den Kopf. „Das weiß ich nicht.“

Ich drehte mich wieder zum Monitor herum. Der Mann und die beiden Mädchen redeten miteinander und amüsierten sich. Die Kellnerin kam und nahm ihre Bestellungen auf.

Der Mann saß direkt neben Taylor, schien jedoch erheblich mehr an Alexa interessiert zu sein. Er beugte sich zu ihr hinüber.

Das fand ich interessant. Denn Taylor war mindestens so hübsch wie Alexa. Aber Alexas Vater war Milliardär. Doch wie hätte der Kerl das wissen sollen, es sei denn, er hätte sich sein Ziel bereits im Voraus ausgesucht?

Die Drinks wurden in großen Martinigläsern serviert. Nach einer Weile standen die beiden Mädchen auf. Der Mann blieb allein am Tisch sitzen.

„Können wir den Mädchen folgen?“, fragte ich.

Leo aktivierte ein bereits geöffnetes Fenster und vergrößerte es. Die

Mädchen gingen nebeneinander her und hielten sich aneinander fest, als hätten sie bereits einen kleinen Schwips. Ich sah zu, wie sie in der Damentoilette verschwanden.

In diesem Moment bemerkte ich aus den Augenwinkeln etwas auf dem anderen Computerbildschirm. Es war mit der Kamera aufgenommen, die den südländischen Typen allein am Tisch zeigte. Er machte etwas. Mit einer schnellen Bewegung hatte er die Hand ausgestreckt und Alexas halb gefülltes Martiniglas über den Tisch zu sich gezogen.

„Was zum Teufel soll das?“, murmelte ich. „Könnten Sie dieses Fenster vergrößern?“

Sobald Leo das gemacht hatte, konnten wir alles sehen, was der Mann tat. Er griff mit seiner rechten Hand in seine Jacke, sah sich um, zog dann die Hand wieder heraus und ließ beiläufig etwas in Alexas Martiniglas fallen. Dann nahm er den Rührstiel aus seinem Getränk und rührte ihres um. Anschließend schob er ihren Cocktail wieder zu Alexas Platz hinüber.

„Mein Gott!“, stieß ich hervor.

In dem anderen Fenster auf dem Monitor kamen die Mädchen gerade wieder aus der Damentoilette heraus und kehrten an ihren Tisch zurück. Alexa trank einen Schluck.

Nach ein paar Minuten stand Taylor auf und sagte etwas. Alexa wirkte aufgeregt, aber der Mann blieb gelassen. Taylor verschwand. Alexa blieb.

Die beiden tranken noch etwas, sie amüsierten sich und plauderten miteinander.

Es dauerte noch ein paar Minuten, bis Alexa erste Anzeichen eines Rausches zeigte. Sie sank in ihrem Sessel zurück und lächelte tapfer. Aber sie sah aus, als wäre ihr schlecht.

Der Mann zog eine Rolle mit Geldscheinen aus der Tasche, legte einige davon auf den Tisch und half Alexa dann auf. Es sah aus, als würde sie kaum allein stehen können.

„Bar“, sagte ich, mehr zu mir selbst.

Aber Naji verstand. „Er zahlt immer in bar.“

„Deshalb kennen Sie seinen Namen nicht?“

Der Sicherheitschef nickte. „Ich kann es nicht mit Sicherheit sagen, aber ich glaube, er könnte ein Dealer sein.“ Rasch fügte er hinzu: „Aber er dealt nicht hier. Nie.“

Das war nicht gut.

Jetzt führte der Kerl Alexa zum Aufzug. Er drückte auf den Rufknopf. Eine Minute später kam der Aufzug an, und sie stiegen ein. Alexa hatte eine Aufzugphobie, aber ich bezweifelte, dass sie noch wusste, wo sie war.

Die Kamera aus der Lobby zeigte, wie der Kerl Alexa zur Vordertür führte. Sie stolperte. Die Leute, die das Hotel betraten und es sahen, lächelten. Wahrscheinlich glaubten sie, dass die Freundin des Mannes zu viel getrunken hatte.

Der Mann reichte dem Parkwächter einen Schein. Ein paar Minuten später wurde ein älterer schwarzer Porsche vorgefahren. Ein Klassiker, aber sein Zustand war nicht sonderlich gut. Der Dealer half Alexa auf den Rücksitz, wo sie sich hinlegte. Dann fuhr der Wagen los und die kreisförmige Auffahrt hinab.

Mir krampfte sich der Magen zusammen. „Ich brauche noch eine andere Aufnahme.“

„Sicher, Sir“, erwiderte Naji. „Sein Gesicht?“

„Nein“, gab ich zurück. „Sein Nummernschild.“

Natürlich war das Nummernschild auf dem Parkschein vermerkt, aber ich wollte absolut sichergehen. Eine Kamera vor der Parkstation hatte das Nummernschild vollkommen deutlich aufgezeichnet.

Der Name auf dem Ticket lautete Costa. Der Kerl war um 21.08 Uhr eingetroffen, noch vor dem Mädchen.

Naji brannte mir ein paar Schnappschüsse von Alexa und Taylor mit dem Kerl auf eine CD, einschließlich einiger Nahaufnahmen von dessen Gesicht aus verschiedenen Winkeln. Ich hatte ihn gebeten, mir ein paar Kopien zu machen. Dann lieh ich mir seinen Computer und mailte Dorothy ein paar Nahaufnahmen von Costa.

Mein Defender parkte auf einem der Kurzzeit-Parkplätze vor dem Hoteleingang. Ich stieg ein und rief Dorothy an. Als sie abgenommen hatte, gab ich ihr eine kurze Schilderung dessen, was ich gesehen hatte, nannte ihr das Nummernschild und bat sie, den Namen und die Adresse des Porschebesitzers ausfindig zu machen sowie alles andere, was sie noch finden konnte. Ich nannte ihr auch den Namen Costa, wies sie jedoch darauf hin, dass der Name vermutlich falsch war, und sagte ihr, sie solle ihre E-Mails checken. Das hatte sie bereits. Außerdem erklärte ich ihr, der Sicherheitschef des Hotels vermute, der Kerl sei ein Drogendealer.

Dann fuhr ich die Auffahrt hinunter. Nach etwa drei Blocks hatte ich plötzlich eine andere Idee und fuhr zum Hotel zurück. Naji war in der Halle.

„Entschuldigung“, sagte ich. „Eines noch. Der Porsche. Die Aufzeichnungen des Parkservice zeigen, dass er um einundzwanzig Uhr acht angekommen ist. Ich würde gern alle Videos aus dem Parkhaus um diese Zeit sehen.“

Es kostete Leo nicht einmal eine Minute, um das Video zu finden, das ich sehen wollte: der Porsche, der früher am Abend vor dem Eingang hielt, und Costa, der ausstieg.

Dann sah ich etwas, das ich nicht erwartet hatte. Jemand stieg auf der Beifahrerseite aus. Eine Frau.

Taylor Armstrong.

5. KAPITEL

Alexa“, sagte die Stimme, „bitte hör auf zu schreien. Niemand kann dich hören. Wenn du in Panik gerätst oder schreist, dann hyperventilierst du, und damit verbrauchst du deinen Sauerstoffvorrat nur schneller.“

„Nein, nein, nein, nein.“ Ihre klagende Stimme war die eines kleinen Mädchens.

„Eine Kohlendioxidvergiftung ist nicht besonders erfreulich, Alexa. Es fühlt sich an, als würdest du ertrinken. Du wirst langsam sterben und qualvoll.“

Sie rang verzweifelt nach Luft. Sie war drei Meter unter dem Erdboden gefangen, lag unter Tonnen von Erde, in dieser winzigen Kiste, in der sie sich kaum rühren konnte und in der die Luft schon bald zur Neige gehen würde.

„Hörst du mir zu, Alexa?“

„Bitte“, flüsterte sie. „Bitte, tun Sie mir das nicht an. Bitte!“

„Alexa?“, fuhr die Stimme fort. „Ich kann dich sehen. Direkt über deinem Kopf ist eine Videokamera montiert. Sie strahlt Infrarotlicht ab, das du nicht sehen kannst. Außerdem kann ich dich durch ein Mikrofon hören. Wir nehmen alles über das Internet auf. Und wenn du mit deinem Vater sprichst, wird er dich ebenfalls sehen und hören.“

„Bitte, lassen Sie mich mit ihm reden!“

„Ja, selbstverständlich. Schon sehr bald. Aber zuerst müssen wir dafür sorgen, dass du weißt, was du sagen musst. Wenn du deine Sätze richtig sagst und dein Vater uns das gibt, was wir wollen, dann bist du in ein paar Stunden frei, Alexa.“

„Er wird Ihnen alles geben … Bitte, lassen Sie mich jetzt hier raus. Sie können mich in einen Raum oder einen Schrank einsperren, wenn Sie wollen. Sie müssen das doch nicht tun, bitte, o Gott, bitte, tun Sie das nicht …“

„Wenn du genau das tust, was wir von dir verlangen, dann kommst du sofort da raus.“

„Sie sind ein gottverdammtes *Monster*! Wissen Sie eigentlich, was mit Ihnen passieren wird, wenn man Sie erwischt? Haben Sie eine Ahnung, Sie widerlicher *Psychopath?“*

Schweigen antwortete ihr.

„Hören Sie mich, Sie Widerling?“

Schweigen.

Jetzt erst begriff sie, wie sehr sie von dem Mann mit der Eulentätowierung auf seinem Hinterkopf abhing. Er war ihre einzige Verbindung zur Welt. Sie durfte die Eule nie wieder beleidigen!

„Es tut mir leid“, sagte sie. „Bitte, reden Sie mit mir.“

Nichts. Jetzt verstand sie den Ausdruck „Grabesstille“. Sie schüttelte sich, stöhnte und weinte leise. „Es tut mir leid. Kommen Sie zurück.“

„Alexa“, meldete sich die Stimme endlich. Eine ungeheure Erleichterung durchströmte sie. „Möchtest du jetzt mit uns kooperieren?“

„O ja, das will ich, das will ich wirklich. Bitte, sagen Sie mir, was ich tun soll!“

„Alexa, ich möchte, dass du unter deine Matratze greifst.“

Gehorsam senkte sie ihre Hände auf die dünne Matratze und stellte fest, dass sie auf etlichen Metallbändern lag, die gekreuzt gespannt waren und etliche Zentimeter Zwischenraum hatten. Sie fand eine Lücke zwischen den Bändern und tastete mit den Händen in den freien Raum darunter. Sie berührte mit der linken Hand einen Gegenstand, mehrere Gegenstände, und ertastete den Verschluss und den schmalen Hals von etwas, das sich wie eine Plastikflasche anfühlte. Davon gab es viele. Sie packte eine und zog sie durch die Lücke zwischen den Bändern. Es war eine Wasserflasche.

„Ja, sehr gut“, sagte die Stimme. „Wie du siehst, habe ich dir etwas Wasser dagelassen. Du musst sehr durstig sein.“

Sie öffnete den Verschluss mit der anderen Hand. Es knackte, sie setzte die Flasche an ihre rissigen Lippen und trank gierig.

„Es gibt genug Wasser für ein paar Tage“, erklärte die Stimme. „Vielleicht sogar für eine Woche. Da unten liegen auch ein paar Proteinriegel. Sie reichen für ein paar Tage. Dann wirst du verhungern. Aber vorher wirst du ersticken. Und jetzt musst du mir zuhören, Alexa.“

Sie nahm die Flasche vom Mund. „Ja!“, stieß sie keuchend hervor.

„Wenn du genau das sagst, was ich dir auftrage, und dein Vater genau das tut, was ich von ihm verlange, wirst du von dieser Folter befreit werden.“

„Er wird Ihnen alles geben, was Sie wollen“, sagte sie. „Er *liebt* mich.“

„Ich nehme an, du wirst jetzt bald herausfinden, ob das stimmt“, antwortete die Stimme. „Denn wenn dein Vater dich nicht liebt, wirst du hier unten auf schreckliche Weise verrecken. Und ich werde dich sterben sehen, Alexa. Und ich werde es genießen.“

Nach einem kurzen Zwischenstopp an einem wunderschönen alten Tabakgeschäft am Park Square fuhr ich noch kurz zu Hause vorbei. Ich rief einen alten Freund von mir an und bat ihn, einen schnellen Job für mich zu übernehmen. Kurz darauf klingelte mein BlackBerry.

„Der Porsche ist auf einen Richard Campisi zugelassen“, erklärte Dorothy. „Er hat den Wagen vor über einer Woche als gestohlen gemeldet.“

„Ich nehme an, du hast einen Blick auf sein Foto geworfen.“

„Selbstverständlich. Er ist nicht Costa.“

„Also hat unser Bursche den Wagen gestohlen. Das ist nicht gut, Dorothy. Alexa ist seit mehr als zwölf Stunden verschwunden. Niemand hat etwas von ihr gehört. Es ähnelt dem, was ihr vor ein paar Jahren passiert ist, nur diesmal ist es echt.“

„Du meinst, es ist eine Entführung, um Lösegeld zu erpressen?“

„Ich hoffe, dass es nur darum geht.“

„Du *hoffst*, dass es eine Entführung ist?“

„Ich hoffe, dass es eine Entführung wegen Lösegeld ist. Denn das würde bedeuten, dass sie noch am Leben ist und ihr Dad nur Geld bezahlen muss. Die andere Möglichkeit …“

„Ja“, unterbrach sie mich. „Ich kenne die andere Möglichkeit.“

Dann rief ich Diana an und bat sie, Druck hinter ihre Anfrage zu machen, Alexa Marcus’ Telefon zu lokalisieren.

Diesmal öffnete eine Haushälterin die Tür des Stadthauses von Senator Armstrong. „Der Senator ist nicht da“, sagte sie.

„Eigentlich möchte ich Taylor sprechen. Bitte sagen Sie ihr, dass Nick Heller hier ist.“

Die Frau bat mich, draußen zu warten, und schloss die Haustür.

Fünf Minuten später öffnete sie sich wieder. Es war Taylor. Sie schien ausgehen zu wollen und hatte sich ihre kleine schwarze Handtasche über die Schultern geschlungen.

„Zeit für einen kleinen Spaziergang“, sagte ich.

Ich wartete, bis wir schon halbwegs auf der Mount Vernon Street waren. „Der Mann, mit dem Alexa gestern Abend das Slammer verlassen hat … Wie hieß der noch gleich?“

„Ich sagte Ihnen doch, dass ich das nicht mehr weiß. Sind Sie etwa deshalb wiedergekommen?“

„Ich wollte nur sichergehen, dass ich Sie richtig verstanden habe. Weiß Ihr Daddy, dass Sie mit jemandem mitfahren, dessen Namen Sie nicht einmal kennen?“

Für den Bruchteil einer Sekunde sah ich die Panik in ihren Augen, aber sie überdeckte diese Regung rasch mit einer ungläubigen Miene. „Ich bin nicht mit ihm mitgefahren. Ich bin mit dem Taxi nach Hause gefahren."

„Ich rede davon, wie Sie überhaupt zu der Bar gekommen sind."

„Ich habe ein Taxi genommen."

„Nein", sagte ich leise. „Sie sind mit ihm in seinem Porsche vorgefahren." Ich wollte nicht, dass sie sich noch tiefer hineinritt. „Es ist alles auf dem Überwachungsvideo des Hotels festgehalten. Sind Sie sicher, dass Sie mich weiter belügen wollen?"

„Hören Sie, ich habe nicht …" Sie begann gereizt und trotzig, aber dann schien sie vor meinen Augen zusammenzubrechen. „Ich hab den Kerl im Starbucks getroffen, okay? Gestern Nachmittag. Und er hat sich echt an mich rangemacht!"

Sie sah mich an und wartete auf eine Reaktion, aber ich setzte eine undurchdringliche Miene auf.

„Wir haben angefangen zu reden, und er wirkte irgendwie cool. Dann hat er mich gefragt, ob ich mit ihm ins Slammer gehen wollte, und ich … ich war irgendwie nervös, weil ich ihn gerade erst kennengelernt hatte, wissen Sie? Ich habe gesagt, okay, klar, aber ich wollte, dass meine Freundin mitkommt. Damit es nicht so intensiv wurde. Nicht wie ein richtiges Date, verstehen Sie?"

„Alexa wusste das alles?"

Sie nickte.

„Sein Name?"

Kurze Pause. „Lorenzo."

„Nachname?"

„Er hat ihn mir vielleicht gesagt, aber ich kann mich nicht daran erinnern."

„Sie beide sind also zusammen zum Graybar gefahren, und Alexa hat Sie da getroffen … Wo? Oben in der Bar? Oder vor dem Hotel?"

„In der Schlange davor. Da ist immer eine kilometerlange Schlange."

„Verstehe." Ich konnte mich noch sehr genau an die Aufnahmen der Überwachungskamera erinnern. Alexa, die zu Taylor in der Schlange ging, und kein Mann in ihrer Nähe. Der Kerl hatte sich ihnen erst etwa eine Stunde später in der Bar genähert. Und so getan, als hätte er keine von ihnen je zuvor gesehen. Das bedeutete: eine echt abgekartete Sache.

„Haben Sie eine Zigarette?", fragte ich sie.

Taylor zuckte mit den Schultern und zog eine Packung aus ihrer Handtasche.

„Feuer?“

Sie zog das goldene Dupont-Feuerzeug heraus. Als ich es entgegennahm, rutschte es mir aus der Hand und fiel klappernd auf die Pflastersteine. Ich hob es auf, zündete mir eine Zigarette an und gab ihr das Feuerzeug zurück.

„Danke. Und jetzt erzählen Sie mir etwas über Lorenzo. Hat er Ihnen seine Handynummer gegeben?“

„Nein. Ich habe ihm meine gegeben.“

„Hat er Sie jemals angerufen? Um sich mit Ihnen zu verabreden?“

„Nein.“

„Wie haben Sie sich gefühlt, als er mit Ihrer besten Freundin nach Hause gegangen ist statt mit Ihnen?“

„Er war nicht mein Typ.“ Das klang wenig überzeugend.

Ich hatte sie absichtlich die Mount Vernon heruntergeführt, hatte die Charles Street überquert und war dann nach links in die River eingebogen. Ich wollte mit ihr nicht über die Charles gehen. Noch nicht.

„Als Sie ihn früher am Tag im Starbucks getroffen haben, müssen Sie doch zumindest so fasziniert von ihm gewesen sein, dass Sie bereit waren, ihn wiederzusehen.“

„Na ja, irgendwie wirkte er so ein bisschen, ich weiß nicht, schmierig? Außerdem war er eindeutig mehr an Alexa interessiert.“

„Als Sie also Lorenzo im Starbucks getroffen haben, saßen Sie in einem dieser großen, weichen Sessel am Fenster, ja? Und er kam einfach und setzte sich neben Sie?“

Sie nickte.

„Welcher Starbucks war das?“

„Der auf der Charles Street, an der Ecke Beacon.“

„Und Sie haben einfach allein dagesessen? In einem dieser großen Sessel am Fenster?“

Sie runzelte die Augenbrauen. Es gefiel ihr überhaupt nicht, dass ich immer wieder von diesen großen Sesseln redete. „Worauf wollen Sie hinaus?“

„Was sagt man dazu?“, meinte ich. „Da sind wir ja.“ Wir waren an der Ecke Beacon und Charles stehen geblieben. Direkt gegenüber von uns lag der Starbucks, von dem sie redete. „Sehen Sie hin“, forderte ich sie auf.

„Was?“

„Der Starbucks hat keine großen, weichen Sessel, stimmt’s. Und was sehen Sie noch? Da stehen auch keine verdammten Sessel am Fenster. Hab ich recht?“

Sie sah hin, aber das war nur Show. Sie wusste genau, dass sie gerade bei einer weiteren Lüge erwischt worden war. „Hören Sie zu, er wollte ihr einfach eine tolle Nacht bieten“, sagte sie tonlos und vollkommen unbewegt. „Ich habe ihr nur einen Gefallen getan.“

„Sie sind wirklich eine tolle Freundin“, erwiderte ich. „Sie wussten, dass man Alexa schon einmal entführt hatte und sie davon immer noch traumatisiert ist. Dann haben Sie einen Kerl getroffen, den Sie vielleicht sogar schon kannten, und haben ihn auf Ihre sogenannte beste Freundin angesetzt. Einen Kerl, den Sie selbst für schmierig gehalten haben. Einen Kerl, der eine K.-o.-Droge in den Drink Ihrer besten Freundin geschüttet hat, wahrscheinlich mit Ihrem Wissen. Und sie entführt hat. Vielleicht hat er sie sogar getötet.“

Eine lange schwarze Limousine hielt neben uns an der roten Ampel.

Taylor stieß eine Rauchwolke aus. „Alles, was Sie beweisen können, ist, dass ich mit irgendeinem Kerl zum Graybar gefahren bin. Der ganze andere Mist ist nur geraten.“

Das hintere Fenster der Limousine wurde sanft heruntergefahren. Ein Mann starrte mich an, ein Mann, den ich kannte. Es war ein geschniegelter Kerl mit einem Tweedsakko, einer Fliege und einer runden Hornbrille. Er hieß David Schechter. Er war ein bekannter Bostoner Anwalt und Drahtzieher, ein Kerl, der alle großen Nummern kannte und wusste, welche Strippen er ziehen musste, um etwas zu bewegen. Außerdem war er vollkommen gewissenlos.

Neben ihm auf dem Rücksitz saß Senator Richard Armstrong. „Taylor“, befahl er, „steig ein!“

„Senator“, sagte ich. „Ihre Tochter hat etwas mit Alexa Marcus’ Verschwinden zu tun.“

Armstrong drehte sich zu seinem Anwalt herum, als wollte er den Fall an ihn übergeben.

Taylor öffnete die Tür der Limousine und stieg ein.

Ich unternahm einen letzten Versuch, zu ihr durchzudringen. „Und ich dachte, Sie wären ihre beste Freundin.“

„Ja, und ich glaube nicht, dass ich ein Problem damit haben werde, eine neue zu finden.“ Sie lächelte, und es überlief mich kalt.

Dann winkte mich David Schechter näher heran. „Mr Heller.“ Er sprach so leise, dass ich ihn kaum verstehen konnte. „Der Senator und seine Tochter möchten nicht mehr mit Ihnen sprechen.“ Dann schlug er die Tür zu, die Limousine fuhr an und fädelte sich in den Verkehr ein.

Ich drückte meine Zigarette aus und warf sie in einen Mülleimer. Das Rauchen hatte ich schon vor langer Zeit aufgegeben und wollte nicht wieder damit anfangen.

Mein BlackBerry klingelte. Ich nahm es aus der Tasche und sah, dass es Marcus war. „Nick. Gott sei Dank.“ Aus seiner Stimme klang die blanke Angst, was ich noch nie bei ihm gehört hatte.

„Was gibt es?“, wollte ich wissen.

„Sie haben sie … sie …“ Er unterbrach sich. Schweigen.

„Marshall? Du hast eine Lösegeldforderung bekommen?“

„Nein. Es ist nur eine E-Mail mit einem Link zu einer … Nick, komm sofort her!“

Ich warf einen Blick auf meine Uhr. Bis zur Rushhour war es nicht mehr lang. Also würde die Fahrt nach Manchester noch länger dauern als normal.

„Hast du den Link angeklickt?“

„Noch nicht.“

„Mach ihn nicht auf, bis wir bei dir sind. Bin schon unterwegs.“

ICH HOLTE Dorothy vom Büro ab. Wir schafften es weit schneller, als ich erwartet hatte, und erreichten kurz vor sechs Uhr abends die Umgrenzung von Marcus' Anwesen.

Er erwartete uns bereits an der Tür. Mit aschfahlem Gesicht führte er uns hinein. Belinda schlang ihre Arme um mich, ein Beweis ihrer Zuneigung, mit dem ich nie gerechnet hätte. Ich stellte Dorothy vor, und Marcus führte uns in sein Arbeitszimmer.

Die Jalousien waren heruntergezogen. Die einzige Beleuchtung bildete der kleine Lichtkegel einer Bankerlampe mit einem grünen Glasschirm. Sie stand in der Mitte eines massiven Esstischs, der als Schreibtisch fungierte. Die einzigen anderen Gegenstände auf dem Tisch waren ein großer Flachbild-Computermonitor und eine drahtlose Tastatur.

Marcus setzte sich in einen schwarzen Lederstuhl und tippte auf ein paar Tasten. Seine Hände zitterten. Belinda stand hinter ihm. Dorothy und ich hatten uns rechts und links neben ihn gestellt und sahen zu, wie er eine E-Mail öffnete.

„Als das hereinkam, sagte ich ihm, er solle Sie sofort anrufen“, erzählte Belinda. „Außerdem habe ich ihm gesagt, er soll absolut *nichts* unternehmen, bis Sie hier wären.“

„Das ist mein persönlicher E-Mail-Account“, erklärte Marcus leise. „Die Adresse kennen nicht viele Leute. Und das ist das Merkwürdige … Wie sind sie daran gekommen?“

Dorothy fiel noch etwas auf. „Sie haben einen Anonymizer benutzt. Eine anonyme Wegwerf-E-Mail-Adresse. Man kann sie nicht aufspüren.“

Unter Betreff stand: IHRE TOCHTER. Die Nachricht war ziemlich kurz.

MR MARCUS:
Wenn Sie ihre Tochter wiedersehen wollen, klicken Sie hier:
www.CamFriendz.com
Klicken Sie auf: private Chat-Räume
Tragen Sie in das Suchfeld ein: Alexa M.
Username: Marcus
Passwort: LebenOderSterben?
NOTIZ: Groß- und Kleinschreibung beachten.
Loggen Sie sich nur von zu Hause oder Ihrem Büro aus ein. Sollten wir irgendeine andere IP-Adresse feststellen, einschließlich irgendwelcher Behörden lokaler oder nationaler Art, werden sämtliche Kommunikationskanäle getrennt und Ihre Tochter wird sterben.

Marcus drehte sich zu uns herum und sah uns an. „Belinda hat nicht zugelassen, dass ich den Link anklicke." Er klang erschöpft und resigniert.

„Was ist dieses CamFriendz-Punkt-com?", wollte Belinda wissen.

„Das ist eine Website mit Livevideos", erwiderte Dorothy. „Ein soziales Netzwerk."

„Was soll ich tun?", fragte Marcus.

„Eine Sekunde." Dorothy holte ihr Notebook heraus und verband es mit einem Kabel mit der Rückseite seines Computers. „Okay."

„Sekunde mal, was machen Sie da?", meinte Belinda.

„Zweierlei", erläuterte Dorothy. „Ich benutze eine Screen-Capture-Software, damit wir alles aufzeichnen können, was man Ihnen sendet. Und außerdem eine Packet-Schnüffel-Software, so dass ich auch von meinem Computer aus jede Netzwerkaktivität registrieren kann."

„Sind Sie verrückt geworden?", schrie Belinda. „Die Leute sagen, wenn jemand anders versucht, das zu sehen, wollen sie jede Kommunikation abschneiden. Wollen Sie das Mädchen etwa umbringen?"

„Nein", antwortete Dorothy geduldig. „Ich mache letztlich nur einen Klon von diesem Computer, das ist alles. Ich logge mich nicht ein. Niemand kann das aufspüren."

„Sie können genauso gut auf Marshalls Computer sehen", erwiderte Belinda. „Ich werde nicht zulassen, dass Sie Alexas Sicherheit in irgendeiner Weise gefährden."

„Sie haben keine Möglichkeit, herauszufinden, was ich mache", versicherte Dorothy. Ich spürte, dass ihre Geduld allmählich zur Neige ging. „Außerdem müssen wir dafür sorgen, dass sie nicht versuchen, diesen Computer mit einem bösartigen Trojaner zu infizieren. Darf ich?"

Sie hielt ihre Hände über Marcus' Tastatur. Er nickte.

„Fassen Sie das nicht an!“, rief Belinda panisch.

„Kann ich einen Augenblick mit Ihnen reden?“, sagte ich zu ihr und führte sie hinaus in den Flur. „Ich mache mir Sorgen um Ihren Ehemann. Er wäre längst in Panik geraten, wenn Sie nicht gewesen wären. Sie haben genau richtig gehandelt, als Sie ihm gesagt haben, er soll mich anrufen und diesen Link nicht anklicken.“

Das schien sie zu freuen.

„Und ich hasse es, Sie in einem solchen Moment weiter belasten zu müssen“, fuhr ich fort. „Aber Sie müssen in ein anderes Zimmer gehen und eine Beweissammlung für mich durchführen.“

„Eine … Beweis…?“

„Entschuldigung. Das ist der Fachbegriff für eine ausführliche Beschreibung von allen möglichen Beweisen, die helfen könnten, Alexas Aufenthaltsort ausfindig zu machen.“ Ich hatte diesen Begriff gerade eben erfunden, aber irgendwie klang er plausibel.

„Was für Beweise?“

„Alles. Was trug Alexa zum Beispiel, als sie aufgebrochen ist. Die Machart und die Größe ihrer Schuhe, jedes ihrer Kleidungsstücke, ihre Handtasche, alles, was sie in dieser Handtasche möglicherweise mitgenommen hat. Sie sind weit aufmerksamer als Marshall, und außerdem ist es außerordentlich wichtig. Und wir brauchen diese Beweissammlung sofort. Falls möglich innerhalb der nächsten Stunde.“

„Wollen Sie, dass ich es am Computer oder von Hand aufschreibe?“

„Womit Sie am schnellsten arbeiten können.“

Ich ging wieder ins Arbeitszimmer zurück. Dorothy stand vor Marcus’ Computer. Sie tippte auf der Tastatur, bewegte die Maus, und nach einer Minute sagte sie: „Okay, ich öffne den Hyperlink.“

Nach wenigen Sekunden hatte sich ein neues Fenster geöffnet. Es zeigte eine Website mit einer Schlagzeile: CAMFRIENDZ – DIE LIVE-COMMUNITY! Darunter waren jede Menge sich bewegender Videofenster. In einigen sah man zweitklassige Berühmtheiten wie Paris Hilton. In anderen Teenager mit tief ausgeschnittenen Tanktops und jeder Menge Make-up.

Dorothy tippte wieder auf der Tastatur, benutzte die Maus, gab einen Text ein, scrollte weiter runter und klickte unablässig mit der Maus.

Schließlich öffnete sich ein Foto von Alexa. Es sah aus wie ein Schulfoto aus einer Zeit, in der sie noch jünger gewesen war. Grüne Buchstaben am oberen Rand von Alexas Foto besagten: ENTER CHAT.

Dorothy klickte auf den Button, und ein Login-Fenster öffnete sich. Sie tippte den Usernamen ein und das Passwort, das man Marshall mitgeteilt hatte. Eine Weile passierte nichts. Dorothy ging zu ihrem Notebook, während Marshall und ich uns dichter über den Bildschirm beugten.

Dann öffnete sich ein großes Fenster mit einem anderen Foto von Alexa. Nur schien das erst kürzlich gemacht worden zu sein. Sie hatte die Augen geschlossen, schien zu schlafen. Die dunklen Flecken ihres verwischten Augen-Make-ups gaben ihr das Aussehen eines Waschbären. Ihr Haar war zerzaust. Sie sah schrecklich aus.

Dann bemerkte ich, dass das gar kein Foto war. Es war ein Video. Man konnte die leichten Bewegungen sehen, als sie sich im Schlaf rührte. Das Licht war merkwürdig, grünlich, als würde es mit einer Infrarotkamera aufgenommen. Was darauf schließen ließ, dass sie im Dunkeln war.

Dann ertönte eine laute, metallische Stimme: „Alexa, aufwachen! Es wird Zeit, deinem Vater Hallo zu sagen." Es war die Stimme eines Mannes. Mit einem deutlichen Akzent: vielleicht osteuropäisch.

Alexa riss die Augen auf und öffnete auch den Mund.

Marcus keuchte. „Sie lebt. Allmächtiger Gott, sie *lebt*."

Alexas Augen zuckten hin und her. „Dad?", fragte sie.

„Lexie!", schrie Marcus. „Schatz! Ich bin hier!"

„Sie kann Sie nicht hören", sagte Dorothy.

Die elektronisch verstärkte Stimme meldete sich wieder. „Du kannst jetzt sprechen, Alexa."

Ihre Worte kamen überstürzt, ein schriller Schrei. „Dad, o Gott, bitte, sie haben mich in diesem …"

Ihre Stimme verstummte unvermittelt, als sich die Stimme mit dem Akzent einmischte. „Halte dich genau an das Drehbuch, Alexa, sonst wirst du nie wieder mit deinem Vater oder irgendjemand anderem reden."

Sie kreischte, ihre Augen traten aus ihren Höhlen, ihr Gesicht war gerötet, und ihr Kopf flog von einer Seite auf die andere; aber es waren keine Geräusche zu hören, und nach etwa zehn Sekunden wurde der Bildschirm schwarz.

„Nein!", stieß Marcus hervor.

„Der Link wurde unterbrochen", erklärte Dorothy. Der Videofilm war wieder durch Alexas Jugendfoto ersetzt worden. „Sie hat nicht kooperiert. Sie hat versucht uns etwas mitzuteilen."

Ich warf einen Blick auf Dorothys Notebook, sah eine Reihe von weißen Zahlen, die vor einem schwarzen Hintergrund vorbeisausten. „Hast du etwas?", erkundigte ich mich. „Kannst du herausfinden, woher das Signal gekommen ist?"

Sie schüttelte den Kopf. „Wie es aussieht, sitzt CamFriendz auf den Philippinen. Das ist also eine Sackgasse. Sie können überall auf der Welt sein."

Marcus begann zu zittern. „Sie haben sie umgebracht."

„Nein", widersprach ich. „Sie brauchen sie für ihre Lösegeldforderung."

Dorothy meinte, sie wolle uns ungestört reden lassen. Dann nahm sie ein zweites Notebook aus ihrer Guccitasche und ging in die Küche, um zu versuchen, die IP-Adresse ausfindig zu machen.

„Du hast so etwas erwartet, hab ich recht?", fragte ich und setzte mich.

„Tag für Tag, Nick", antwortete Marcus düster.

„Und zwar nach dem, was Alexa damals im Chestnut-Hill-Einkaufszentrum passiert ist."

„Genau." Er starrte einfach geradeaus.

Ich redete leise weiter. „Wenn sie Kontakt mit dir aufnehmen und verlangen, dass du Geld zahlst, dann wirst du das, ohne zu zögern, tun. Ich kenne dich. Aber du musst mir versprechen, dass du nichts tun wirst. Nicht bis du dich mit mir beraten hast und wir sicherstellen können, dass die Sache richtig über die Bühne geht."

Er starrte weiter geradeaus.

„Du hast die Polizei nie angerufen, hab ich recht?", bohrte ich nach.

„Ich …"

Ich unterbrach ihn, bevor er weitersprechen konnte. „Ich mag es nicht, wenn meine Klienten mich anlügen. Ich mache das hier wegen Alexa, aber wenn ich herausfinde, dass du lügst oder mir etwas vorenthältst, bin ich weg. Kapiert?"

Er sah mich lang an und blinzelte.

„Ich gebe dir eine Amnestie für alles, was du bis jetzt getan oder gesagt hast", fuhr ich fort. „Aber von jetzt an genügt eine Lüge, und ich bin raus. Also versuchen wir es noch einmal: Hast du die Polizei angerufen?"

Er zögerte. Dann schloss er die Augen und schüttelte den Kopf. „Nein."

„Okay. Immerhin ein Anfang. Warum nicht?"

„Weil ich wusste, dass sie einfach nur das FBI verständigen würden."

„Und?"

„Das FBI interessiert sich nur dafür, mich in den Knast zu bringen."

„Und warum? Haben Sie etwas in der Hand?"

Er zögerte. „Ja", sagte er dann.

Ich sah ihn scharf an. „Wenn du mir nicht sofort alles erzählst, verschwinde ich."

„Das wirst du Alexa nicht antun."

Ich stand auf. „Ich bin sicher, dass das FBI alles Menschenmögliche tun wird, um sie zu finden."

„Warte!", rief Marcus. „Nick, hör mir zu. Selbst wenn sie ein Lösegeld fordern würden, könnte ich nichts zahlen." Auf seinem Gesicht mischten sich Demütigung, Wut und tiefe Trauer. „Ich habe nichts mehr. Ich bin vollkommen am Ende. Ich bin ruiniert."

„Du verwaltest zehn Milliarden Dollar!"

„Ich habe sie verwaltet. Es ist alles weg."

„Das ist unmöglich." Ich legte den Kopf schief. „Was ist passiert?"

„Vor etwa sechs oder sieben Monaten hat mein Finanzvorstand etwas so Bizarres bemerkt, dass er zuerst vermutete, wir hätten aus Versehen falsche Zahlen bekommen. Er hat gesehen, dass unsere gesamten Aktien verkauft worden waren. Sämtliche Gewinne sind ausgezahlt worden, zusammen mit dem restlichen Bargeld, das wir zur Verfügung hatten."

„Wohin sind die Gewinne geflossen? Wer hat das veranlasst?"

„Wenn ich das wüsste, hätte ich mir das Geld längst zurückgeholt."

„Du hast doch eine erstklassige Brokerfirma, oder nicht? Die alle deine Käufe und Verkäufe erledigt? Wenn sie es vermasselt haben, müssen sie es auch wieder geradebiegen."

Er schüttelte bedächtig den Kopf. „Sämtliche Vorgänge waren autorisiert, mit unseren Codes und Passwörtern abgesichert. Unsere Broker behaupten, sie wären nicht verantwortlich dafür."

„Gibt es da nicht einen Kerl, der für dein Konto verantwortlich ist?"

„Selbstverständlich. Aber als wir entdeckt haben, was passiert war, hatte er die Bank schon längst verlassen. Man hat ihn ein paar Tage später in Venezuela gefunden … Er und seine gesamte Familie sind bei einem Autounfall ums Leben gekommen."

„Was für eine Brokerfirma hast du denn?"

Ich erwartete den Namen einer der großen Banken zu hören. Deshalb überraschte mich seine Antwort.

„Banco Transnacional de Panamá."

„Panama?", wiederholte ich ungläubig. „Warum Panama?"

Er zuckte mit den Schultern. „Die Hälfte unseres Vermögens liegt in Offshore-Finanzplätzen. Araber und dergleichen. Da befindet sich das richtige Geld."

In dem Punkt hatte ich meine Zweifel. Panama war die Schweiz von Lateinamerika: das Land der Bankgeheimnisse, ein exzellenter Ort, um Geld zu parken, ohne dass Fragen gestellt wurden. Panama bedeutete, man hatte etwas zu verbergen.

„Plötzlich hatte Marcus Capital Management kein Kapital mehr, das es hätte managen können. Wir hatten nichts. *Gar nichts!"*

„Ich glaube, ich begreife, wohin das geführt hat. Du konntest deinen Investoren nicht sagen, dass sie ihr ganzes Geld verloren haben, stimmt's?"

„Einige von ihnen hatten Hunderte Millionen Dollar bei mir investiert. Was sollte ich ihnen sagen? Ich habe Mist gebaut? Du weißt, dass ich in all diesen Jahrzehnten nicht einen einzigen Cent verloren habe. Niemand konnte jemals eine derartige Bilanz vorweisen."

„Was hast du gemacht, Marshall?"

„Ich brauchte Bargeld. Und zwar jede Menge. Ich brauchte gewaltige Einkünfte. Und keine Bank der Welt hätte mir Geld geliehen."

„Ah, verstehe. Du hast neue Gelder angenommen, damit es so aussah, als hättest du nichts verloren. Also, von wem hast du Geld genommen?"

„Das willst du nicht wissen, Nick. Das sind wirklich üble Leute."

„Lass mich ein paar Namen hören."

„Hast du schon einmal etwas von Joost Van Zandt gehört?"

„Bist du völlig übergeschnappt?" Van Zandt war ein holländischer Waffenhändler, dessen private Miliz Liberias mörderischen Diktator Charles Taylor unterstützt hatte.

„Verzweifelt träfe es wohl besser", gab er zurück. „Wie wäre es mit Agim Grazdani? Oder Juan Carlos Santiago Guzman?"

Grazdani war der Chef der albanischen Mafia. Sein Geschäftsbereich erstreckte sich auf Waffenhandel, Menschenhandel und Falschgeldhandel. Guzman war der Anführer des kolumbianischen Drogenkartells Norte de Valle und einer der brutalsten Drogenhändler der Welt.

„Und dann diese verdammten Russen", fuhr Marcus fort. „Stanislaw Luschin, Roman Nawrozow und Oleg Uspenski."

„Mein Gott, Marshall, was zum Teufel hast du dir dabei gedacht?", stieß ich hervor.

„Ich dachte, ich könnte das Schiff mit neuem Bargeld flottmachen und wieder auf die Beine kommen. Aber es reichte nicht, um die ganzen Margin Calls zu bezahlen, die von mir angefordert wurden. Meine ganze Firma ist trotzdem den Bach runtergegangen."

„Das neue Geld und das alte."

Er nickte.

„Guzman, Van Zandt und Grazdani und die Russen – du hast ihr Geld ebenfalls verloren. Und wer von ihnen hat sich deine Tochter geholt?"

„Ich habe keine Ahnung."

„Ich brauche eine Liste von all deinen Investoren."

„Du lässt mich nicht hängen? Danke, Nick."

„Ich will auch eine Liste von all deinen Angestellten, den früheren und den jetzigen. Einschließlich deiner Haushaltshilfen, ebenfalls von früher und jetzt. Und Personallisten."

Jemand klopfte an die Tür.

„Entschuldigt die Unterbrechung“, sagte Dorothy, „aber der Videostream ist wieder aktiv.“

WIR DRÄNGTEN UNS um den Monitor, während Dorothy auf der Tastatur herumtippte. „Es ist gerade hereingekommen“, sagte sie.

Der Bildschirm zeigte dasselbe Foto von Alexa als Mädchen. Darüber stand mit grünen Buchstaben LIVE und ENTER CHAT. Dorothy fuhr mit dem Mauszeiger darauf und klickte. Dann tauchte Alex' Gesicht wieder auf. Es war dieselbe extreme Nahaufnahme. Tränen rannen ihr über die Wangen.

„Dad?“, fragte sie. Sie sah nicht direkt in die Kamera, sondern ein Stück daneben, so als wüsste sie nicht genau, wo die Linse sich befand. „Daddy, sie lassen mich nicht gehen, wenn du ihnen nicht etwas gibst, okay?“

Das Bild stockte und wackelte. Es war keine besonders hohe Qualität.

„Und … zunächst mal, sie sagen, wenn du die Polizei verständigst oder so etwas, dann werden sie einfach …“ Alexa blinzelte hastig, und ihr liefen die Tränen über die Wangen. „Mir ist so kalt, und ich habe so eine Angst, dass ich zu schwach bin und nichts ändern kann“, sagte sie plötzlich, fast monoton. „Ich … ich wälze mich an dem dunkelsten Ort und … ich will nicht mehr hier sein, Daddy.“

Es rumpelte, und plötzlich löste sich das Bild in Pixel auf. Es erstarrte, verwandelte sich in tausend winzige Vierecke, die auseinanderbrachen, und eine Sekunde später wurde der Bildschirm dunkel.

Doch dann war das Video wieder da. „Sie wollen *Mercury*, Daddy, okay?“, sagte Alexa gerade. „Du musst ihnen Mercury in der Urfassung geben. Ich … ich weiß nicht, was das bedeutet. Aber sie sagen, du wüsstest es. Bitte, Daddy, ich glaube nicht, dass ich das hier noch lang aushalten kann.“

Dann wurde der Bildschirm wieder dunkel. Wir warteten ein paar Sekunden, aber diesmal kam das Bild nicht zurück.

„War das alles?“ Marcus blickte hastig von mir zu Dorothy und wieder zurück. „Ist das das Ende des Videos?“

„Ich bin sicher, dass dies nicht das letzte Video gewesen ist“, sagte ich.

„Das war mit Sicherheit eine IR-Kamera.“ Dorothy meinte Infrarot, was den monochromen grünlichen Schimmer des Videos erklärte.

„Sie halten sie in vollkommener Dunkelheit gefangen“, fügte ich hinzu.

„Meine Lexie!“, schrie Marcus. „Was tun diese Leute ihr an? Wo ist sie?“

„Sie wollen nicht, dass wir das jetzt schon wissen“, antwortete ich. „Was ist mit dem Bild am Ende passiert?“

„Vielleicht ein Übertragungsfehler“, mutmaßte Dorothy.

„Da bin ich mir nicht so sicher. Ist dir dieses dumpfe Geräusch aufgefallen? Es klang wie ein Wagen oder ein Laster, ganz in der Nähe."

Sie nickte. „Möglicherweise sind sie direkt neben einer Hauptstraße oder einem Highway."

„Nein. Keine viel befahrene Straße. Das war nur ein Auto, das wir gehört haben. Das sagt uns, dass sie zwar in der Nähe einer Straße ist, aber keiner besonders verkehrsreichen." Ich drehte mich zu Marcus herum. „Was ist Mercury?"

Er war tränenüberströmt. „Keine Ahnung."

„Und was sollte das heißen: ‚Ich bin zu schwach und kann nichts ändern' und ‚Ich wälze mich an dem dunkelsten Ort'?"

„Woher zum Teufel soll ich das wissen?", erwiderte er. „Sie hat schreckliche Angst. Sie hat einfach nur … geplappert!"

„Es klang so, als würde sie etwas zitieren. Ein Buch?", schlug ich vor. „Vielleicht etwas, was du ihr vorgelesen hast, als sie noch klein war?"

„Ich …" Er stockte. „Ihre Mutter hat ihr Bücher vorgelesen. Und deine Mutter. Ich … ich habe das nie gemacht. Ich war ja kaum zu Hause." Er legte eine Hand über seine Augen.

ALS WIR von Marcus' Anwesen losfuhren, war es finstere Nacht, es standen keine Sterne am Himmel. Ich erzählte Dorothy, wie Marcus sein gesamtes Vermögen verloren hatte.

Sie reagierte genauso ungläubig wie ich. „Willst du damit sagen, dass dieser Kerl zehn Milliarden Dollar verloren hat, als wären sie in die Ritzen des Sofas gerutscht?"

„Mehr oder weniger, ja."

Sie schüttelte den Kopf. Während sie redete, tippte sie auf ihr BlackBerry. „Hast du eine Ahnung, was Mercury ist?"

„Nicht einmal Marshall weiß es ja, warum sollte ich es dann wissen?"

„Marshall *behauptet*, er wüsste es nicht. Vielleicht ist es einer seiner ausländischen Fonds oder so etwas. Geld, das er irgendwo ausgelagert hat."

„Nein. Wenn die Kidnapper wissen, dass sie ihr ganzes Geld verloren haben, wissen sie auch, dass er pleite ist. Also kann sich Mercury nicht auf Geld beziehen", überlegte ich laut.

„Vielleicht glauben sie ja, dass er irgendwo etwas abgezweigt hat. Diese Kerle verstecken doch überall irgendwelche Gelder für Notlagen. Sie sind wie Eichhörnchen. Böse Eichhörnchen."

„Aber warum fordern sie dann nicht: ‚Überweise dreihundert Millionen Dollar auf dieses Konto in Übersee oder wir töten das Mädchen'?"

„Das weiß ich nicht“, gab sie zu.

„Nun, was ist wertvoller als Geld? Ein geschützter Handelsalgorithmus zum Beispiel. Eine Investmentformel, die er erfunden hat.“

„Du glaubst, er weiß es, aber er sagt es uns nicht? Selbst wenn das seine Tochter das Leben kosten könnte?“

Ich schwieg lang. „Schwer zu glauben, stimmt’s?“

„Du kennst ihn. Ich nicht.“

„Nein“, gab ich zurück. „Ich dachte, ich würde ihn kennen. Jetzt bin ich mir nicht mehr so sicher.“

„Pah“, meinte sie. Dann wiederholte sie den Laut.

„Was ist?“

„Oh Mann, das kann nicht wahr sein!“

„Wovon redest du?“ Ich sah Dorothy an.

Sie starrte auf ihr BlackBerry. „Erinnerst du dich an dieses verrückte Zeug, das Alexa gesagt hat? ‚Ich wälze mich an dem dunkelsten Ort‘?“

„Ja … und?“

„Ich habe es gegoogelt, Nick. Es ist eine Textzeile aus einem Song einer Rockgruppe namens Alter Bridge. Der Song heißt ‚Lebendig begraben‘.“

6. KAPITEL

Nachdem ich Dorothy vor ihrer Wohnung abgesetzt und schließlich einen Parkplatz in der Nähe meines Lofts im Stadtzentrum gefunden hatte, war es fast 21 Uhr. Ich ging durch eine schmale Gasse zum dunklen Lieferanteneingang und die stählerne Treppe zum Hintereingang im fünften Stock hinauf.

Das Loft war ein einziger großer, offener Raum mit einer fünf Meter hohen Decke. Das Schlafzimmer lag in einer Nische, und zwar auf der anderen Seite des Raumes, gegenüber vom Badezimmer. Schlechte Planung. In einer weiteren Nische befand sich eine Küche mit hochmodernen Geräten, von denen ich bis auf den Kühlschrank keins jemals benutzt hatte. Es gab eine Menge schmiedeeiserner Säulen, blanker Ziegel und Rohre. Das Loft war sparsam und funktional eingerichtet. Nicht mit irgendwelchen Sachen vollgestellt.

Ich ging direkt ins Badezimmer, zog mich aus und stellte mich unter die Dusche. Da blieb ich eine Weile stehen und genoss das heiße Wasser, das auf meinen Rücken herunterprasselte. Ich konnte einfach das Bild der armen Alexa nicht aus dem Kopf bekommen. Ich fragte mich, was sie mit „lebendig begraben“ gemeint hatte. Vielleicht war sie in einem unterirdischen Bunker eingesperrt oder in irgendeinem Gewölbe.

Als ich das Wasser abstellte und nach dem Handtuch griff, glaubte ich ein Geräusch zu hören. Ein Schnappen oder Klicken. Vielleicht war es aber auch nichts.

Ich hielt inne, lauschte noch einen Augenblick und trocknete mich ab.

Da hörte ich es erneut. Es war eindeutig ein Geräusch. Und es kam wohl aus dem Innern des Lofts. Ein leichtes Kratzen.

Ich ließ das Handtuch fallen und öffnete die Badezimmertür ein Stück weit. Lauschte schärfer.

Das Kratzen kam eindeutig aus dem Innern des Lofts, und zwar von der Eingangstür her.

Meine beiden Pistolen waren unerreichbar. Die SIG-Sauer-P250-Halbautomatik lag unter meinem Bett. Aber um die Schlafnische zu erreichen, hätte ich erst an dem, was die Geräusche verursachte, vorbeigemusst. Ich verfluchte den idiotischen Grundriss des Lofts, bei dem das Bad so weit vom Schlafzimmer platziert worden war. Die andere Waffe, eine Smith & Wesson M&P neun Millimeter, lag in dem Bodensafe unter dem Küchenboden. Und damit näher bei der Geräuschquelle als bei mir.

Die Holzdielen waren vor Kurzem erst erneuert worden. Sie waren solide und so glatt wie Seide, und vor allem knarrten sie nicht, wenn man darüberging. Barfuß, wie ich war, konnte ich einige lautlose Schritte in den Raum machen.

Es waren zwei Männer in schwarzen Militärwesten. Der eine war groß und muskulös, hatte eine fliehende Stirn und einen militärischen Kurzhaarschnitt. Er saß am Schreibtisch und machte etwas auf dem Keyboard meines Computers, obwohl er nicht wie ein Computerfreak aussah. Der andere war klein und schlank, hatte kurzes rehbraunes Haar, teigige Haut und Aknenarben auf den Wangen. Er saß auf dem Boden direkt neben meinem riesigen Flachbildschirm, der an die Wand geschraubt war. Er hielt mein Kabelmodem in der Hand und fummelte mit einem Schraubenzieher daran herum.

Sie trugen beide Latex-Handschuhe. Außerdem Jeans und dunkle Jacken. Für jemanden, der schon einmal undercover gearbeitet hatte, war ihre Aufmachung so aussagekräftig wie eine elektronische Werbetafel am Times Square. Ihre Kleidung hatte versteckte Taschen für Pistolen und Magazine.

Ich hatte keine Ahnung, wer sie waren oder warum sie hier waren, aber ich wusste sofort, dass sie bewaffnet waren. Und ich nicht. Ich war nicht einmal angezogen.

Aber Angst hatte ich auch nicht. Ich war stinksauer, wütend über die Kühnheit dieser beiden Männer, die einfach in meine Wohnung eingedrungen waren. Ich wollte wissen, wer sie geschickt hatte und aus welchem Grund.

Also schlich ich wieder ins Badezimmer zurück und blieb eine Weile dort stehen, während ich den Boden nass tropfte und über meine Möglichkeiten nachdachte.

Irgendwie waren sie hereingekommen, ohne den Alarm auszulösen. Es war ihnen gelungen, mein Sicherheitssystem zu überwinden, was nicht einfach war. Ganz offensichtlich hatten sie nicht erwartet, dass ich zu Hause war. Und sie hatten nicht gesehen, dass ich durch den Lieferanteneingang im hinteren Teil des Lofts hereingekommen war. Sie hatten nicht gehört, dass ich am anderen Ende der Wohnung duschte. In diesem alten Gebäude strömte ständig Wasser durch die Rohre.

Mein einziger Vorteil war also, dass sie von meiner Anwesenheit keine Ahnung hatten.

Das war jetzt einer dieser Momente, wo eine vollgestopfte Wohnung sich als nützlich erweisen könnte. Ich schaute mich im Badezimmer um. Auf den ersten Blick sah ich nichts Vielversprechendes, das man als improvisierte Waffen benutzen konnte. Zahnbürsten, Zahnpasta, ein Wasserglas, Mundspülung, Handtücher.

Dann sah ich meinen elektrischen Rasierer. Sein Spiralkabel war etwa sechzig Zentimeter lang. Wenn ich es ganz auseinanderzog, würde es vermutlich zwei Meter weit reichen. Ich schlüpfte in meine Hose, zog den Stecker des Rasierers aus der Dose und schlich vorsichtig und lautlos in den Hauptraum zurück.

Um das Muskelpaket musste ich mich zuerst kümmern. Der Kerl an meinem Fernseher, der wohl der echte Computerfreak war, stellte wahrscheinlich keine besondere Bedrohung dar. Sobald der Gorilla aus dem Weg geräumt war, würde ich versuchen, etwas aus Gigabyte herauszubekommen.

Ich näherte mich den beiden langsam. Nach einigen Sekunden war ich noch knapp drei Meter von den Eindringlingen entfernt und hielt mich hinter einer Säule versteckt. Den Rasierer hielt ich in der rechten Hand und das Spiralkabel in der linken. Dann holte ich mit der Rechten aus, dehnte das Spiralkabel. Und schleuderte den Rasierer mit aller Kraft gegen den Kopf des Gorillas.

Der Rasierer traf sein Ziel mit einem hörbaren Krachen. Der Mann schrie auf, flog im Schreibtischstuhl zurück und landete krachend auf dem Boden. Ich riss am Kabel, und der Rasierer schoss zu mir zurück.

Mittlerweile rappelte sich der Computerfreak auf die Beine. Aber ich wollte sichergehen, dass der große Kerl am Boden blieb. Ich stürzte mich auf ihn, landete auf seiner Brust und rammte ihm mein rechtes Knie in den Solarplexus. Er stieß keuchend die Luft aus, und es gelang ihm, einen harten Schlag gegen meinen Kiefer zu landen. Ich holte aus und rammte ihm so fest ich konnte die Faust ins Gesicht. Sie landete mit einem feuchten Krachen. Er schrie auf und wand sich vor Qual auf dem Boden. Seine Nase war gebrochen, und er hatte vielleicht auch ein paar Zähne verloren.

Aus den Augenwinkeln bemerkte ich, dass der dürre Computerfreak eine Waffe aus seiner Jacke zog.

Während des kurzen Kampfes hatte ich den elektrischen Rasierer fallen gelassen, also griff ich nach dem schweren Klebebandspender auf meinem Schreibtisch und schleuderte ihn mit einer schnellen Bewegung nach dem Computerfreak. Der duckte sich, und der Spender traf ihn an der Schulter. Jetzt sah ich, dass die Waffe in seiner rechten Hand eine schwarze Pistole mit einer dicken, rechteckigen Mündung war. Eine Elektroschockpistole.

Solche Taser sollen Leute außer Gefecht setzen, nicht umbringen, aber ich schwöre, dass keiner von so einem Ding getroffen werden möchte. Sie schicken fünfzigtausend Volt und ein paar Ampere durch den Körper des Gegners, betäuben ihn und legen sein zentrales Nervensystem lahm.

Der Kerl zielte wie ein Experte. Ich sprang zur Seite, als etwas meine Knöchel packte und mich zu Fall brachte. Es war der Muskulöse.

Der dünne Kerl grinste mich nur an. Dann hörte ich das Klicken, als der Taser scharf gemacht wurde. Ich kam hoch, riss die große schwarze Maglite-Taschenlampe vom Rand meines Schreibtisches und schlug damit gegen seine Knie. Er konnte zwar noch ausweichen, und die Lampe verfehlte seine Kniescheiben, landete jedoch stattdessen mit einem Krachen unmittelbar darunter auf seinen Schienbeinen.

Ich versuchte, ihm den Taser aus der Hand zu reißen, erwischte aber nur die schwarze Segeltuchtasche mit Werkzeug auf seiner Schulter. Er drehte sich weg, zielte erneut mit dem Taser und drückte ab.

Der Schmerz war unglaublich. Jeder einzelne Muskel verkrampfte sich immer mehr. Ich konnte meinen Körper nicht mehr kontrollieren. Er wurde so hart wie ein Brett, und ich fiel zu Boden.

Als ich mich wieder rühren konnte, etwa zwei Minuten später, waren beide Männer verschwunden. Es war schon viel zu spät, um sie zu verfolgen, selbst wenn ich hätte laufen können. Was ich ganz bestimmt nicht konnte.

Ich stand ganz behutsam auf, betrachtete die Schweinerei in meiner Wohnung, und meine Wut wuchs. Ich fragte mich, wer mir diese beiden Typen mit dem Auftrag auf den Hals gehetzt hatte, heimlich meine Wohnung zu filzen.

Ich sammelte die Gegenstände ein, die die Einbrecher bei ihrem hastigen Verschwinden zurückgelassen hatten, einschließlich der schwarzen Segeltuchtasche mit Werkzeugen und meinem geöffneten Kabelmodem. Und ich fand noch etwas: ein kleines weißes Gerät zwischen einem der USB-Ports auf der Rückseite meines Computers und dem Stecker meines Keyboards. Die Farbe passte perfekt, und wenn man nicht danach gesucht hätte, wäre es einem niemals aufgefallen. Ich bin wirklich kein Computerexperte, aber dieses kleine Ding nennt man einen Keylogger. Darin befindet sich ein Miniatur-USB-Laufwerk, das jeden Anschlag, den man tippt, aufnimmt und auf einem Memorychip speichert.

In dem Gehäuse meines Kabelmodems fand ich ein kleines schwarzes Gerät, in dem ich einen Speicherstick erkannte. Ich hatte das Gefühl, dass der dort nicht hingehörte. Ich rief Dorothy mit meinem BlackBerry an.

„Sie wussten, dass du dich mit Marcus treffen wolltest“, meinte sie. „Sie haben nicht erwartet, dass du schon zu Hause wärst.“

„Wenn das stimmt, bedeutet das, dass sie uns nicht beobachtet haben.“

„Direkte Überwachung hättest du bemerkt, Nick. Diese Leute sind nicht dumm. Ich möchte, dass du diesen Keylogger wieder in den USB-Drive steckst, okay?“

Ich gehorchte.

„Weißt du, wie man einen Texteditor öffnet?“

„Das weiß ich, nachdem du es mir erzählt hast.“

Sie erklärte es mir, und ich öffnete ein Fenster auf meinem Computer. Es zeigte mir eine lange Reihe von Zahlen, die ich ihr vorlas. Dann nahm ich den Keylogger wieder aus dem USB-Port und steckte das kleine Gerät aus dem Kabelmodem hinein. Ich wiederholte den Prozess und das Fenster zeigte mir noch mehr Zahlen, die ich Dorothy ebenfalls vorlas.

„Bleib dran“, sagte sie.

Ich wartete. Die beiden Stellen, wo die Haken des Tasers mich getroffen hatten, an meiner rechten Schulter und in meinem Kreuz unten links, schmerzten immer noch und fingen an zu jucken.

„Oha“, sagte Dorothy schließlich. „Na, das ist interessant. Diese elektronischen Seriennummern, die du mir gerade durchgegeben hast … Sie stammen beide von Ausrüstungsgegenständen der Regierungsbehörden. Wer auch immer in deine Wohnung eingebrochen ist, hat für die Regierung der Vereinigten Staaten gearbeitet.“

„Oder hat zumindest deren Ausrüstung benutzt. Es müssen nicht zwangsläufig selbst Regierungsbeamte gewesen sein.“ Obwohl ich mittlerweile eine ziemlich klare Vorstellung hatte, wer sie geschickt haben könnte.

Noch bevor ich im Außenbüro des FBI in Boston eingetroffen war, hatte Gordon Snyder bereits gewusst, wer ich war, warum ich mit ihm reden wollte, und er wusste auch, dass ich für Marshall Marcus arbeitete. Der wiederum Ziel einer hochrangigen FBI-Untersuchung war. Und ich galt, weil ich in Diensten von Marcus stand, vermutlich als Komplize. Was mich ebenfalls zu einem Ziel machte.

Snyder hatte mir gegenüber unverhohlen eingeräumt, dass das FBI Marcus' Telefone anzapfte. Was bedeutete, Snyder wusste, dass ich nach Manchester gefahren war, dass ich nicht zu Hause war und dass er ganz unbesorgt seine Einbruchspezialisten losschicken konnte.

Ich erinnerte mich an Dianas Warnung. *Wenn er glaubt, dass du gegen ihn arbeitest, gegen seinen Fall, dann schießt er aus allen Rohren auf dich.*

„Kannst du das Video meiner Überwachungskameras aufrufen?“, fragte ich Dorothy. „Ich möchte gern sehen, wie diese Kerle hereingekommen sind.“

Als ich eingezogen war, hatte ich eine Sicherheitsfirma damit beauftragt, einige digitale Überwachungskameras vor den Türen meines Lofts zu installieren. Sie alle reagierten auf Bewegungen und waren mit einem Videoserver im Büro verbunden. Das Überwachungsvideo war auf meinem Büronetzwerk gespeichert.

Dorothy versprach zurückzurufen. Während ich wartete, suchte ich die Wohnung nach weiteren Spuren ab, die Gordon Snyders Leute zurückgelassen hatten.

„Leider kann ich dir keine Antwort liefern“, meinte Dorothy, als sie schließlich anrief. „Wirf einen Blick auf deinen Computer.“

Ich ging zum Schreibtisch und sah auf meinem Bildschirm etwas, das wie vier Fotos aussah, Standfotos der Treppe vor der Eingangstür und der Hintertür meines Lofts. Ich sah weiterhin, dass jedes von einer anderen Kamera aufgenommen worden war. Irgendwie hatte Dorothy das von ihrem Laptop aus auf meinen Computer gehext

„Wie hast du das gemacht?“

„Eine gute Hexe verrät nie ihre Geheimnisse.“ Der Cursor begann sich zu bewegen, umkreiste die beiden ersten Fenster. „Auf den beiden spielt sich nichts ab, also vergiss sie.“ Die Fenster verschwanden. „Und jetzt pass auf.“ Die restlichen beiden Fenster wurden größer, sodass sie jetzt den größten Teil des Bildschirms füllten. „Sie sind zwanzig Uhr zweiundzwanzig in deine Wohnung eingedrungen. Also, da sind wir, zwanzig Uhr einundzwanzig und … dreißig Sekunden.“ Beide Fenster sprangen ein Bild weiter, und plötzlich tauchte in der Mitte jedes Bildes ein roter Fleck auf, der sich wie ein explodierender Stern ausbreitete und zu einer roten Wolke wurde, die das gesamte Bild verbarg.

„Ein Laserpointer.“

„Ganz genau“, bestätigte Dorothy.

Die rote Wolke verschwand nach etwa einer Minute, und das Bild normalisierte sich wieder.

„Wir wissen also immer noch nicht, wie sie hereingekommen sind“, meinte ich. „Aber trotzdem sagt uns das, dass diese Kerle wussten, wo die Kameras sind.“

„Was willst du damit sagen?“

„Man kann die Kameras nicht blenden, wenn man nicht weiß, wo sie sich befinden. Und beide Kameras sind versteckt. Die eine in einem Rauchmelder, die andere in einem Belüftungsgitter. Die in dem Rauchmelder ist nicht besonders originell. Aber die in dem Belüftungsgitter ist sehr ungewöhnlich. Um die auf Anhieb zu treffen, muss man schon sehr geschickt sein.“

„Worauf willst du hinaus?“

„Die Kerle müssen den Grundriss und den Aufbau der Anlage gekannt haben. Und mein Passwort.“

„Vielleicht haben sie es von der Sicherheitsfirma, die die Kameras installiert hat.“

„Wahrscheinlich. Oder aber aus meinen eigenen Dateien. Aus dem Büro.“

„Das ist unmöglich, Nick. Ich hätte bemerkt, wenn jemand sich Zugang zu unserem Netzwerk verschafft hätte.“

„Ich will es mal so ausdrücken: Sie wussten nicht nur ganz genau, wo meine Kameras sich befinden, sondern sie waren auch in der Lage, das Alarmsystem auszuschalten. Was bedeutet, dass sie den Code kannten.“

„Sie hatten ihn von deiner Sicherheitsfirma.“

„Die kennen meinen Code nicht.“

„Wer kennt ihn denn?“

„Nur ich.“

„Du hast deinen Code nicht irgendwo aufgeschrieben?“

„Nur in meinen persönlichen Dateien im Büro. Auf meinem Computer. Und gespeichert auf unserem Server.“

„Oh. Jemand ist also doch in das Büronetzwerk eingedrungen.“

„Oder wir haben ein Leck“, entgegnete ich. In diesem Moment klingelte die andere Leitung. Ich sah an der Anrufer-ID, dass es Diana war. „Jemand versucht mich zu erreichen, Dorothy. Ich muss drangehen." Ich nahm Dianas Anruf entgegen.

„Nick." Ihre Stimme klang gepresst. „Ich habe gerade Nachricht von AT&T bekommen. Ich glaube, wir haben unser Mädchen gefunden. Ihr Telefon ist angeschaltet und sendet."

„Wo ist sie?"

„Leominster."

„Das ist eine knappe Stunde entfernt." Ich warf einen Blick auf meine Uhr. „Vielleicht sogar weniger, um diese Zeit. Wie genau ist die Ortsangabe, die man dir gegeben hat?"

„Sie haben mir Längen- und Breitengrad gemailt, bis auf die Minute genau. Gib mir zehn Minuten."

„Geh wieder ins Bett. Ich erledige das schon."

„Technisch gesehen habe ich die Anfrage gestellt. Es ist mir nicht erlaubt, die Informationen an jemanden außerhalb des FBI weiterzugeben."

„Okay", meinte ich. „Ich fahre, du navigierst."

Ich sammelte hastig einige Ausrüstungsgegenstände zusammen, einschließlich der Smith & Wesson und eines tragbaren GPS-Empfängers.

Auf der Fahrt erzählte ich Diana, was in den wenigen Stunden passiert war, seit ich sie das letzte Mal gesehen hatte: von dem Überwachungsvideo im Graybar; dem Kerl, der Alexas Getränk präpariert und sie weggefahren hatte; Alexas Freundin Taylor Armstrong, die aus irgendeinem Grund, den ich nicht wirklich kapierte, bei dieser Entführung mitgemacht hatte. Ich erzählte ihr von dem Internetvideo und Marshall Marcus' Geständnis, dass er Geld von irgendwelchen gefährlichen Leuten angenommen hatte, in einem letzten Versuch, seine Firma zu retten, obwohl er dann letztendlich doch alles verloren hatte.

Diana runzelte die Stirn. „Lass mich mal die Telefonunterlagen überprüfen." Sie begann, auf ihrem BlackBerry zu suchen. „Der letzte ausgehende Anruf wurde von dem Turm in Leominster um zwei Uhr siebenunddreißig morgens aufgezeichnet."

„Das war vor fast vierundvierzig Stunden", meinte ich. „Wie lang hat das Telefonat gedauert?"

Sie tippte ein bisschen auf ihrem Smartphone herum. „Etwa zehn Sekunden." Sie tippte weiter, dann sagte sie: „Beim letzten Anruf wurde die neun-eins-eins angewählt, ein Notruf also. Aber es sieht nicht so aus, als wäre der Anruf durchgekommen. Er wurde zwar von der Antenne empfangen, muss aber abgebrochen worden sein."

Hinter dem Friendly's lag ein vierstöckiges Motel, das aus Stuck und Ziegelsteinen errichtet worden war. Auf einem großen Schild an einem hohen Pfosten leuchtete das gelb-rote „Motel-12"-Logo.

Ich hielt auf dem Parkplatz des Motels, auf dem vielleicht ein Dutzend Wagen stand. Aber keiner war der Porsche, den ich auf dem Überwachungsvideo gesehen hatte, was ich allerdings auch nicht erwartet hatte. Neben dem Motel stand eine große Halle, in der man Lagerraum mieten konnte. Irgendwie schien das alles nicht zusammenzupassen.

„Verdammt!", fluchte ich. „Wir brauchen genauere Koordinaten. Kannst du noch mal bei AT&T anrufen und sie bitten, das Telefon noch einmal zu orten? Ich möchte die GPS-Koordinaten auf eine Stelle nach dem Komma genau."

Während Diana anrief, stieg ich aus und ging zur Straße. Nirgendwo wurde etwas gebaut, es gab weder Felder noch Privathäuser.

„Ich habe sie!" Diana glitt aus dem Wagen und lief auf mich zu. Sie hielt mir das GPS hin, und ich nahm ihr das Gerät ab.

Ein blitzender Pfeil repräsentierte uns, und ein Punkt zeigte Alexas iPhone. Es war unmittelbar in der Nähe. Ich ging wieder näher zur Straße, der blitzende Pfeil bewegte sich mit mir. Ich überquerte die Straße und ging zu einer von Büschen bewachsenen Böschung neben einem Geländer. Jetzt waren der Pfeil und der Punkt beinahe übereinander. Ich stieg über das Geländer auf einen steilen Hang, der zu einem Bewässerungsgraben hinabführte und dann wieder scharf anstieg. Ich kletterte hinunter. Als ich unten ankam, warf ich einen Blick auf das GPS. Der Pfeil war direkt über dem Punkt. Ich blickte hoch, dann nach rechts und nach links.

Da, im gelben Licht der Straßenlaterne, sah ich es. Es lag nur einen Schritt von mir entfernt im Graben. Ein iPhone in einem rosa Gummigehäuse.

Statt Alexa fanden wir nur ihr weggeworfenes Handy.

Aber es verriet uns, dass sie sich vermutlich im Umkreis von hundertfünfzig Kilometern um Boston befand. Aus dem Überwachungsvideo des Hotels wussten wir, wann sie entführt worden war. Der Notruf hatte uns verraten, dass sie weniger als eine Stunde später nördlich von Boston durch Leominster gekommen war.

Zwischen ihrer Entführung und der ersten Kontaktaufnahme der Kidnapper mit Marshall Marcus waren nur vierzehn Stunden vergangen. In der Zeit musste man sie transportiert und – wenn man ihre Hinweise wörtlich verstehen durfte – in so etwas wie einer Krypta oder einem Kellergewölbe begraben haben. Und man hatte Kameras installiert, die über das Internet senden konnten. So etwas einzurichten war kompliziert und musste mehrere

Stunden in Anspruch genommen haben. Also konnten sie nicht allzu weit entfernt sein. Aber damit gab es immer noch viel zu viele Möglichkeiten, wo sie stecken konnte.

Ich setzte Diana am Bostoner FBI-Büro ab. Es war erst kurz vor sechs Uhr morgens, aber sie wollte sich die Techniker schnappen, sobald sie kämen, und sie bitten, Alexas Handy gründlich zu untersuchen.

Nachdem Diana ausgestiegen war, saß ich noch einige Zeit im Defender und beschloss schließlich, nach Hause zu fahren und ein paar Stunden zu schlafen. Bis ich meine E-Mails checkte.

Ich fand eine lange Liste von Mails, die als Absender keinen Namen, sondern Zahlenreihen hatten, die ich zuerst nicht zuordnen konnte. Ich brauchte ein paar Sekunden, bis ich begriff, dass sie automatisch von dem Miniatur-GPS-Tracker verschickt wurden, der in Taylor Armstrongs goldenem Dupont-Feuerzeug versteckt war.

Na ja, nicht in *ihrem* Feuerzeug, sondern in dem, das ich ihr statt ihres eigenen zurückgegeben hatte, nachdem ich es „versehentlich" hatte fallen lassen. Ich hatte es im Tabakwarenladen am Park Square gekauft … exakt das gleiche goldene Feuerzeug, das sie besaß: ein S. T. Dupont Ligne 2 Diamond Head. Ein Klassiker und irrwitzig teuer. Aber viel billiger, als jemanden anzuheuern, um sie zu beschatten.

Ein alter Kumpel von mir aus den Special Forces, den wir Romeo genannt hatten, hatte den Peilsender für mich eingebaut. Er hatte jetzt ein eigenes Geschäft in einem Bereich, der mit der Abwehr technischer Überwachungssysteme zu tun hatte. Romeo schaffte es, in den Gastank des Feuerzeugs ein winziges GPS-Gerät einzubauen, und programmierte das Ding so, dass es anfing, ein Positionssignal zu verschicken, wenn es mehr als dreihundert Meter fortbewegt wurde. Ich konnte jetzt sehen, dass Taylor fast unmittelbar nach unserem kleinen Gespräch an der Ecke bei Charles und Beacon nach Hause gegangen oder in David Schechters Limousine nach Hause chauffiert worden war. Danach war sie ins zehn Kilometer nordwestlich gelegene Medford gefahren.

Wen wollte sie wohl so dringend sehen? Das konnte ich mir gut denken.

Zwanzig Minuten später fuhr ich die Oldfield Road in Medford hinunter. Es war eine nette Straße mit anmutigen alten Bäumen und schindelgedeckten Häusern. Bis zum Gelände der Tufts-Universität war es von hier aus nur ein kurzer Spaziergang.

Das Gebäude, in dem Taylor Armstrong in der vergangenen Nacht dreiundvierzig Minuten verbracht hatte, war ein weiß gestrichenes, dreistöckiges Holzhaus. Morgens um 6.30 Uhr war in der Gegend nicht viel los.

Ich stieg aus und ging nach einem kurzen Rundblick leise, aber ganz beiläufig zu dem vorderen Eingangsbereich. Dort befand sich eine Leiste mit fünf Türsummern und den dazugehörigen Klingelschildern. Fünf Apartments. Fünf Nachnamen: Schiff, Murdoch, Perreira, O'Connor und Unger. Ich prägte sie mir ein, dann ging ich zurück zum Wagen, drückte die Kurzwahl an meinem BlackBerry und weckte Dorothy auf.

Fünf Minuten später rief sie zurück.

„Margaret O'Connor ist neunundsiebzig, verwitwet und besitzt das Haus seit 1974. Die anderen vier sind Mieter. Der eine arbeitet für Amnesty International. Zwei weitere sind in den Abschlusssemestern der Tufts-Uni. Der vierte ist unser Mann."

„Welcher ist es?"

„Perreira. Sein Name lautet vollständig Mauricio da Silva Cordeiro-Perreira, und, ja, ich habe ein Bild von ihm gefunden. Es ist derselbe Typ, der auch auf dem Video der Überwachungskamera des Hotels zu sehen ist."

„In welcher Beziehung steht er zu Taylor?"

„Ich habe Folgendes herausgefunden: Alter zweiunddreißig, geboren in São Paulo. Reiche Familie … und ich meine stinkreich. Sein Daddy ist bei den Vereinten Nationen in New York. Er ist Angehöriger der Ständigen Vertretung Brasiliens. Mauricio ist in einer dieser geschützten Wohnanlagen in Morumbi, einer der Vorstädte São Paulos, aufgewachsen."

„Und wieso verschlägt es einen reichen Knaben wie ihn schließlich in ein armseliges Apartmenthaus in Medford?"

„Es sieht so aus, als hätte er ein paar Jahre faul in einem Masterstudiengang an der Fletcher-Schule für Recht und Diplomatie im Tufts herumgehangen. Aber in Wirklichkeit ist er ein Dealer … hauptsächlich Koks, Gras und etwas Meth."

„Jetzt wird's interessant. Was hast du darüber?"

„Vor ein paar Jahren gab es einmal eine gemeinsame Untersuchung seitens der Drogenfahndung und der Einwanderungsbehörde, weil man vermutete, dass der Bursche das Diplomatengepäck seines Vaters dazu benutzte, um Drogen ins Land zu schmuggeln."

„Sein Vater wird darüber nicht sehr erfreut gewesen sein."

„Würde mich nicht wundern, wenn ihn sein Vater davongejagt hätte. Er ist ein paarmal festgenommen worden, aber es reichte nie für eine Anklage."

„Wenn sein Vater bei der UNO arbeitet, dann schützt die diplomatische Immunität auch Mauricio."

„Man kann ihn nicht für Drogendelikte festnehmen?"

„Man kann ihn nicht einmal für Mord festnehmen", sagte ich.

„Oh Mann, da habe ich mir wirklich das falsche Leben ausgesucht. Ich hätte Diplomatin werden sollen. Was gäbe ich nicht für eine geladene Waffe und zehn Minuten diplomatischer Immunität."

„So langsam ergibt sich ein Zusammenhang", sagte ich. „Taylor hat eine Akte wegen Drogengeschichten, und Mauricio ist wahrscheinlich ihr Dealer. Seine Abstammung aus einer vermögenden Familie hat ihm den Zutritt in die richtigen gesellschaftlichen Kreise verschafft und es ihm leicht gemacht, an die betuchten Collegestudenten heranzukommen und an Oberschülerinnen wie Taylor Armstrong."

„Daddy schickt ihn in die Wüste. Damit ist es dann mit der regelmäßigen Unterstützung vorbei", fuhr Dorothy fort. „Und Diplomatengepäck gibt es auch nicht mehr. Der Nachschub bleibt aus, das Geld kommt nicht mehr so schnell rein, und es wird schwer, die Miete zu zahlen. Solche Typen können dann ziemlich heiß auf Geld werden und sehr riskante Jobs übernehmen, wie zum Beispiel den, ein reiches Mädchen zu entführen."

„Vielleicht wurde er auch angeheuert, weil er Taylors Dealer war", meinte ich.

„Von wem angeheuert?"

„Nun, Mauricio kommt aus Brasilien. Einer der Pechvögel, die in Marcus Capital investiert haben, ist Juan Carlos Guzman, ein kolumbianischer Drogenkönig, der in Brasilien lebt."

„O Gott! Ein Drogenkartell hat sich das Mädchen geschnappt? Und du glaubst, du könntest die Kleine aus deren Krallen holen?"

„Mit deiner Hilfe habe ich eine Chance."

„Nick, weder ich noch irgendjemand sonst hat eine Möglichkeit, diese Videoeinspeisung zurückzuverfolgen. Und ich habe mit jedem gesprochen, den ich kenne. Glaubst du, unser Mann ist immer noch in dem Apartment, oder glaubst du, er hat sich aus dem Staub gemacht?"

„Ich bin mir nicht sicher. Wenn überhaupt, dann war er nur der Kurier, hat Alexa einfach nur eingesammelt und an jemand anderen übergeben."

„Was ist, wenn er nicht da ist?"

„Dann werde ich mir sein Apartment vornehmen und schauen, ob ich irgendetwas finde, das mich zu Alexa führt. Wir reden später weiter." Ich legte auf.

Drogenhändler neigen dazu, unter permanentem Verfolgungswahn zu leiden. Perreira hatte wahrscheinlich eine Schusswaffe in der Nähe seines Bettes. Unter dem Bett oder hinter dem Kopfteil.

Das einzige erfolgversprechende Vorgehen war, ihn zu überrumpeln.

Ich bewahrte immer ein Werkzeugset im Handschuhfach meines Wagens auf. Dazu gehörte auch eine professionelle Ausrüstung zum Schlösseröffnen, und ich schnappte mir die *EZ-Pick*-Pistole, eine gute, alte, manuelle Pick-Pistole. Leider sind diese Pistolen nicht gerade leise.

Ich stieg an der seitlichen Außentreppe, über die man die einzelnen Apartments erreichen konnte, bis zum obersten Stockwerk hinauf, blieb dort erst mal am Geländer stehen und peilte die Lage.

Neben der Tür zum Apartment befand sich ein kleines Fenster mit zugezogenen Gardinen. Die Tür war mit einem einfachen runden Knauf versehen, ein Allerweltsschloss. Was für eine Erleichterung!

Und ein kleines LED-Licht von einer Alarmanlage. Aber das Licht war aus. Wahrscheinlich stellte Perreira die Alarmanlage ab, wenn er zu Hause war.

Also war er zu Hause. Gut.

Ich arbeitete schnell und steckte die Picknadel der Pick-Pistole ins Schlüsselloch. Dann zog ich den Abzug. Es gab einen lauten Schlag. Ich musste den Abzug der Pick-Pistole noch zehn- oder elfmal drücken. Falls Perreira nicht sehr tief schlief, musste er es gehört haben. Endlich spürte ich, wie das Schloss nachgab und sich drehte. Dann war ich drin.

Die Luft war kühl. Irgendwo in einem Nebenraum lief eine Klimaanlage. Alle Gardinen waren zugezogen. Trotzdem gewöhnten sich meine Augen nach ein paar Sekunden an die Dunkelheit. Ich näherte mich dem lauten Schnarchen, das durch eine offene Schlafzimmertür drang. Mit offenem Mund und laut wie eine Kreissäge schnarchte dort ein Mann. Ich erkannte Lorenzo, den Typen von dem Überwachungsvideo vom Slammer. Den Kerl, der Alexa entführt hatte. Das stand außer Frage.

Ich ging an die Seite des Bettes, wo Perreira auf dem zerknüllten Laken und halb unter der Decke lag. Mit der Linken packte ich eine Ecke des Lakens, riss es hoch, über seinen Kopf und zog es dann auf der anderen Seite wieder straff herunter. Damit war das Laken fest um seinen Kopf gewickelt.

Nun kam Bewegung in ihn. Er begann um sich zu schlagen. Aber er war so fest eingewickelt wie eine Mumie. Mit meiner Rechten griff ich nach seiner Kehle und drückte zu.

Mauricio schlug und strampelte zunehmend panischer um sich. Ich setzte mich auf ihn und klemmte ihn mit meinen Knien ein, während er sich verzweifelt unter mir wand. Ich hatte Angst, er könnte ohnmächtig werden, deshalb lockerte ich meinen Griff um seine Kehle ein wenig.

Er schnappte nach Luft, dann krächzte er heiser: *„O que você quer?“*

Ich hatte keine Ahnung, was er sagte. Ich kann kein Portugiesisch. „Wo ist sie?“, fragte ich. „Sprich englisch.“

„Ich hab geliefert“, keuchte er. „Ich hab das Päckchen geliefert!“

„Päckchen?“ Er brachte mich derart zur Weißglut, als hätte er mich unter Strom gesetzt. Ich musste mich sehr zurückhalten, um ihm nicht die Luftröhre zu zerquetschen.

Offensichtlich glaubte er, ich hätte etwas mit dem Kidnapping zu tun. Also war er wirklich nur der Botenjunge gewesen. Man hatte ihn angeheuert, um Alexa zu entführen und sie an jemand anderen zu übergeben.

Dass er dachte, ich sei einer seiner Auftraggeber, konnte nützlich für mich sein. „Ich werde dich loslassen, damit du mir ein paar Fragen beantworten kannst“, zischte ich. „Wenn du mich bei irgendetwas anlügst, werde ich dir dein Ohr abschneiden und es an deinen Vater bei der UNO schicken. Dann kann er es in seinem Büro an die Wand hängen.“

„Nein! Nein! Ich werde Ihnen alles sagen! Was wollen Sie? Ich habe getan, was Sie gesagt haben! Ich habe Ihnen das Mädchen ausgeliefert und den Mund gehalten.“

„Wo ist sie?“

„Warum fragen Sie mich das? Sie haben gesagt, ich soll die Schlampe aufreißen, sie unter Drogen setzen und sie zu Ihnen bringen. Und das habe ich getan. Was wollen Sie noch, Mann? Sie haben das Mädchen. Es ist doch alles in Ordnung.“

Es ist doch alles in Ordnung. Eine Phrase, die ich wirklich hasse. „Für dich ist im Moment ziemlich wenig in Ordnung, würde ich sagen.“

Auf seinem Nachttisch lag ein Nokia-Handy. Ich nahm es mit meiner freien Hand und steckte es ein. Dann fasste ich hinter das Kopfteil des Bettes und fand etwas, das sich nach einer Pistole anfühlte, die dort hinten mit Klebeband befestigt war. Es handelte sich um eine sehr teure STI-Pistole. Die steckte ich auch ein, dann löste ich meinen Griff an seiner Kehle.

„In Ordnung“, sagte ich, kletterte von ihm herunter und stellte mich neben das Bett. „Steh auf!“

Erschöpft ließ er die Beine über die Bettkante hängen und keuchte: „Was wollen Sie von mir? Ich hab … ich hab sie doch dem Typen gegeben.“

„Welchem Typen?“

„Dem, der mir das Telefon gegeben hat. Ich kenne keine Namen, Mann. Ich kann nichts sagen. Der Kerl hatte Augen an seinem Hinterkopf!“

Ich wollte ihn fragen, was er damit meinte, als ich draußen auf der Treppe Schritte herandonnern hörte. Er hörte es auch. Sein Gesicht war vor Angst erstarrt. Dann krachte es, und man hörte das splitternde Geräusch, das entsteht, wenn eine Tür mit einem stählernen Rammbock weggehämmert wird.

Die Männer, die ins Zimmer stürmten, trugen grüne Uniformen, grüne schusssichere Westen, schwarze Kevlar-Helme und Schutzbrillen, mit denen sie aussahen wie Rieseninsekten. Und bei allen prangten FBI-Aufnäher auf Schultern und Brust.

Als Mauricio sah, um wen es sich handelte, änderte sich sein Gesichtsausdruck. Er sah erleichtert aus.

7. KAPITEL

Der Mann war gerade dabei, langsam einen brachliegenden Acker in Richtung Bauernhaus zu überqueren, als das Satellitentelefon an seinem Gürtel zu trillern begann. Er wusste, wer der Anrufer war, weil nur eine einzige Person seine Nummer hatte.

Als er ans Telefon ging, machte er exakt auf dem Zentrum des Erdhügels halt und nahm sich vor, noch mal mit dem Pressluft-Rüttler darüberzugehen. Oder vielleicht ein paarmal mit den dicken Baggerreifen. Das Mädchen in drei Metern Tiefe würde natürlich nirgendwo hingehen. Aber hier im ländlichen New Hampshire waren die Nachbarn manchmal sehr neugierig.

„Ja?“, fragte Dragomir.

„Noch nichts“, sagte der Mann, der sich Kirill nannte. Sie sprachen russisch.

Kirill war ein Mittelsmann, der Nachrichten zwischen Dragomir und dem schwerreichen Mann hin- und hertrug, den Kirill nur den „Kunden“ nannte. Es gab keinen Namen. Für Dragomir ging das in Ordnung. Je weniger er und der Kunde voneinander wussten, desto besser. Aber Kirill fürchtete, irgendein Detail könnte danebengehen. Er schien zu glauben, er würde mit seiner ständigen Kontrolle und seinen täglichen Nachfragen dafür sorgen, dass alles glatt über die Bühne ging. Er wusste wohl nicht, dass Dragomir so gut wie nie Fehler machte.

„Es ist erst ein paar Stunden her“, brummte Dragomir.

„Denkst du etwa, der Vater hätte sich danach gleich wieder schlafen gelegt? Er hätte die Akte umgehend schicken sollen. Seine Tochter …“

„Geduld“, sagte Dragomir.

Über seinem Kopf dröhnte ein Flugzeug, und es knisterte in der Leitung. Fast stündlich, meistens nachts, kamen Jets vom Luftwaffenstützpunkt vorbeigeflogen.

„... die Geisel ist bei guter Gesundheit?“, hörte er Kirill, als sich das Rauschen in der Leitung wieder legte.

Das Iridium-Satellitentelefon sendete verschlüsselt, deshalb nahm Kirill kein Blatt vor den Mund, auch wenn Dragomir so etwas nie getan hätte. Er vertraute niemals der Technik. Seine Antwort war barsch.

„Gibt es sonst noch etwas?“

„Nichts.“

Er unterbrach das Gespräch. Die untergehende Sonne legte einen goldenen Schimmer über den frisch gepflügten Boden. Er erinnerte sich flüchtig an den harten Gefängnishof, wo kein Gras wuchs. Seitdem mochte er Rasen.

Dragomir stieg auf die Veranda, ging am Luftkompressor mit der langen Verlängerungsschnur vorbei und zog die Tür mit dem Fliegengitter auf. Im Gitternetz waren Löcher, deshalb öffnete und schloss er die Holztür dahinter so schnell es ging, um die Insekten draußen zu halten. Das ganze verdammte Bauernhaus war marode. Aber er hatte kein Recht, sich zu beschweren. Das Haus und das Land, auf dem es stand, rund 120 Hektar in einem entlegenen Teil New Hampshires, gehörten einem alten Mann, der nach Florida gezogen war. Seit vier Jahren hatte es keinen Besucher auf dem Gelände gegeben. Es gab nicht einmal einen Verwalter. Also hatte er sich selbst zum Verwalter ernannt. Auch wenn die Vermögensverwaltung der Familie davon nichts wusste.

Als er durch den umgebauten Wintergarten ging, konnte er über die Computerlautsprecher das erbärmliche Wimmern des Mädchens hören. Der Lärm ging ihm auf die Nerven, deshalb drückte er einen Knopf an der Tastatur, um den Ton wegzuschalten.

Eine Stunde später stand ich neben Diana im sechsten Stock des One Center Plaza. Sie sah erschöpft aus, ihre Augen waren rot gerädert und übernächtigt. Trotzdem war sie noch immer die schönste Frau, die ich jemals gesehen hatte.

„Wie ist das passiert?“, fragte ich sie leise, während wir losgingen.

„Sie haben mir nur gesagt, dass ihnen ein verdeckter Informant einen Tipp gegeben hat.“

Ein verdeckter Informant. „Wessen Informant?“

Wir erreichten einen Bereich aus lauter separaten Einzelarbeitsplätzen, aber die meisten waren unbesetzt, weil es noch früh war. Dianas Minibüro war unverkennbar. An den Fotos von Grundschulkindern, die sie mit Klebestreifen an die Trennwände ihrer Arbeitszelle geklebt hatte, konnte man erkennen, dass es ihr Arbeitsplatz war. Die niedlich aussehenden Kinder waren offenkundig keine Verwandten von ihr. Und dann gab es noch Zeitungsausschnitte, die Überschriften trugen wie: ANKLAGE GEGEN SEXTÄTER WEGEN VERSCHWUNDENER MÄDCHEN.

„Ich habe keine Ahnung“, antwortete Diana. „Ich habe keine Freigabe für diese Geheimhaltungsstufe.“

„Wer hat den Befehl für den Einsatz des SWAT-Teams gegeben?“

„Die einzige Person, die die Einsatzkräfte mobilisieren kann, ist der befehlshabende Special Agent. Aber woher wusstest *du,* wo du Perreira finden konntest?“

„Ich habe Taylor Armstrong einen Peilsender untergeschoben.“

Diana lächelte und nickte. „Nett.“

„Wer auch immer das veranlasst hat, hat uns die beste Chance vermasselt, Alexa zu finden“, sagte ich. „Wo ist Perreira?“

„Unten in einem abgeschlossenen Verhörraum.“

„Ich will mit ihm reden.“

„Das kannst du nicht. Er beruft sich auf seine diplomatische Immunität. Ein Justizattaché vom brasilianischen Konsulat in Boston ist schon auf dem Weg hierher. Ein Mann namens …“ Sie warf einen Blick auf einen Notizblock neben ihrem Festnetztelefon, „Cláudio Duarte Carvalho Barboza. Solange er seine Besprechung mit Perreira nicht beendet hat, darf niemand den Verhörraum auch nur *betreten*.“

Ich stand auf. „Tu mir den Gefallen und sag mir, wo er ist“, bat ich.

„Warum?“

„Ich bin einfach neugierig.“

Diana führte mich durchs Treppenhaus bis an eine verschlossene Tür. Es standen keine Wachen davor.

„Irgendwelche Kameras oder Halbspiegel?“, erkundigte ich mich.

„Nie. Das ist hier nicht üblich.“

„Weißt du, ich hätte jetzt zu gern eine Tasse Kaffee.“

Ihr Gesicht war ausdruckslos, aber in ihren Augen funkelte es. „Ich werde wohl eine frische Kanne kochen müssen. Das könnte eine Weile dauern.“

MAURICIO saß zurückgelehnt auf einem Metallstuhl hinter einem laminierten Tisch und sah gelangweilt aus. Als er mich erkannte, verzog sich sein Gesicht langsam zu einem breiten Siegerlächeln.

„Ich sage gar nichts, Mann. Ich habe die … *imunidade diplomática*.“

„Sobald der Justizattaché von der brasilianischen Botschaft hier aufgetaucht ist, sind Sie ein freier Mann. Dann können Sie nach Hause. Das gefällt mir.“

Er fand das amüsant. „Das gefällt Ihnen, hä?“

Ich lachte mit ihm. „O ja. Mit Sicherheit. Weil da draußen, da genießen Sie keine diplomatische Immunität mehr. Sobald man Sie hier gehen lässt, wird es da draußen ein Schlachtfest geben. Denken Sie mal an die Typen, die Sie angeheuert haben. Die werden doch davon ausgehen, dass Sie uns alles erzählt haben.“

Er schüttelte rasch den Kopf. „Ich kooperiere nicht mit dem FBI.“

„Aber sicher haben Sie das.“ Ich zog sein Nokia-Handy heraus und zeigte es ihm. „Sie haben uns eine Menge Telefonnummern gegeben. Und die Regierung der Vereinigten Staaten ist Ihnen dafür zu großem Dank verpflichtet.“

„Niemand wird glauben, dass ich gequatscht habe.“ Aber jetzt klang er nicht mehr ganz so zuversichtlich. Er ging davon aus, dass ich zum FBI gehörte, und ich tat nichts, um dieses Missverständnis aufzuklären.

„Tatsächlich? Ich möchte mal wissen, was die wohl davon halten, wenn ich eine Nachricht auf Ihrem Anrufbeantworter hinterlasse. Mit dem Namen Ihres festen Kontaktmannes beim FBI. Und Ihnen erzähle, wie unser nächstes Treffen aussehen wird. Vielleicht rede ich auch darüber, dass Sie verwanzt sein werden, wenn Sie sich das nächste Mal mit Ihren kolumbianischen Freunden treffen. Schon mal gehört, was die mit Leuten machen, von denen sie reingelegt worden sind?“

„Sie werden mich nicht umbringen.“

„Nicht sofort, stimmt“, bestätigte ich. „Vorher foltern und verstümmeln sie ihre Opfer noch. Aber wissen Sie was? Heute ist Ihr Glückstag. Weil ich Ihnen einen Deal anbieten kann. Sie sagen uns, was wir wissen wollen, und Sie hören nie wieder etwas von uns.“ Ich machte eine kurze Pause. „Es ist alles in Ordnung.“

„Was wollen Sie?“, flüsterte er mit brüchiger Stimme.

„Den Namen von dem Kerl, der Sie dafür bezahlt hat, sich das Mädchen zu angeln. Eine vollständige Beschreibung. Wie er zum ersten Mal Kontakt mit Ihnen aufgenommen hat. Wo Sie ihm das ‚Päckchen‘ abgeliefert haben.“

„Ich kenne den Mann nicht. Das war so ein richtig großer Kerl, echt stark. Zum Angstkriegen.“

Ich war davon überzeugt, dass er die Wahrheit sagte. Seine Panik hatte die überhebliche Fassade der Verlogenheit bröckeln lassen. Im Moment gab es für ihn nur noch ein Ziel, und das war, am Leben zu bleiben.

Ich hörte etwas, das nach Schritten klang, die näher kamen, und Stimmen, die lauter wurden. Mauricio hatte es auch gehört. Er erstarrte und schaute zur Tür.

„Wohin hat er sie gebracht?“, fragte ich.

„Der Kerl hatte Augen an seinem Hinterkopf“, flüsterte er.

„Was soll das bedeuten: Augen an seinem Hinterkopf?“

Aber da öffnete sich die Tür, und ein gedrungener, massiger Mann in einem grauen Anzug und mit schimmernder Glatze starrte herein. „Was zum Teufel tun Sie hier?“, polterte Gordon Snyder mit dröhnender Stimme.

Noch bevor ich antworten konnte, ertönte hinter ihm eine laute Stimme. „Niemand darf mit meinem Mandanten sprechen. Das hatte ich am Telefon bereits ganz deutlich gesagt.“

Jemand schob sich an Snyder vorbei ins Verhörzimmer. Es war ein großer, eleganter Mann, etwa einen Meter neunzig groß. Er hatte langes graues Haar, tiefe Augenhöhlen und Aknenarben auf den Wangen. Er trug einen dunklen Nadelstreifenanzug, einen burgunderroten Seidenschlips und verbreitete eine Aura von herrischer Autorität.

Natürlich, der Justizattaché des brasilianischen Konsulats. „Diese Person muss sofort hier verschwinden“, sagte er in makellosem Englisch, in dem kaum eine Spur eines Akzents mitklang. „Mein Gespräch mit meinem Klienten findet ausdrücklich nur unter vier Augen statt.“

„Verstanden, Mr Barboza.“ Snyder funkelte mich wütend an. „Sehen Sie zu, dass Sie hier verschwinden!“, befahl er mürrisch.

IM HOF bellte ein Hund.

Zuerst dachte Dragomir an Jäger. Zwar war keine Jagdsaison, aber es gab Leute, die sich davon nicht abhalten ließen. Er hatte Schilder aufgestellt, auf denen KEIN DURCHGANG/JAGEN VERBOTEN stand, aber nicht jeder achtete darauf. Jäger bedeuteten Eindringlinge, und Eindringlinge bedeuteten prüfende Blicke. In ländlichen Gebieten mischten sich die Leute immer in die Angelegenheiten ihrer Nachbarn ein. Sind Sie der neue Besitzer? Was ist denn mit dem Schaufelbagger da hinten? Bauen Sie etwas?

Er hatte seine gesamte Ausrüstung bar bezahlt. Der Schaufelbagger kam von einem Landmaschinen-Geschäft in Biddeford und der Kompressor aus einem Haushaltswarenladen in Plaistow. Den Sarg hatte er bei einem Sarggroßhandel in Dover ausgesucht. Das Stabilste, was sie hatten, war ein Sarg aus zwei Millimeter starkem Karbonstahl. Grundwassereinbrüche stellten immer ein Problem dar, was dazu führen könnte, dass das Mädchen langsam ertrank, bevor sie mit ihr fertig waren. Das wäre nicht sinnvoll. Zum Glück war das Modell, das er erworben hatte, gegen Wasser abgedichtet. Am Ende des Sargs musste man eine Kurbel drehen, um ihn fest zu verschließen.

Der Umbau war schnell gemacht. Er bohrte dort ein Loch in den Karbonstahl, wo sich der Kopf des Mädchens befinden würde. Dann schweißte Dragomir ein Anschlussstück an diese Stelle und verband es mit einem knickfesten Schlauch, der über einhundert Meter weit bis zu dem Kompressor auf der Veranda führte. Stündlich strömte für mehrere Minuten Luft durch den Schlauch … bei Tag und bei Nacht, weil der Kompressor über eine Zeitschaltuhr gesteuert wurde. Dragomir verlegte den Schlauch zusammen mit dem Netzwerkkabel im Boden.

In das andere Ende des Sarges schnitt er mit der Lochsäge ein viel größeres Loch. Dort schweißte er eine Messingmuffe an, an der er das Abluftrohr befestigte. Nun schaute das graue PVC-Rohr mitten im Acker aus der Erde. An seinem Ende beschrieb das Rohr eine Kurve ähnlich einem Regenschirmgriff. So etwas benutzte man auf Deponien, um das Methangas abzuleiten, das sich unterirdisch bildete.

Auf diese Weise würde das Mädchen stetig mit Frischluft versorgt werden, und das war mehr, als sein Vater gehabt hatte, als er in dem Kohlebergwerk in Tomsk verschüttet worden war.

Jeden Abend wenn sein Vater nach Hause kam, war er so dick mit schwarzem, verkrustetem Staub bedeckt, dass man nur noch seine Augen sehen konnte. Kohleabbau, erzählte er Dragomir einmal, war der einzige Job, bei dem man sich sein Grab selbst schaufelte. Dragomir lauschte hingerissen den Erzählungen seines Vaters. Wie der einmal gesehen hatte, wie die Decke auf einen Freund von ihm heruntergestürzt war und ihm das Gesicht zerschmettert hatte. Oder wie er einmal beobachtet hatte, wie eine Kohlenlore einen Mann in zwei Hälften schnitt. Dragomirs Mutter Dusya war böse auf den Vater, weil er dem Jungen solche Horrorgeschichten auftischte. Aber Dragomir wollte immer mehr davon hören.

Er war fast schon zehn, als diese Gute-Nacht-Geschichten aufhörten. Es klopfte mitten in der Nacht an der Tür der Wohnung. Seine Mutter stieß einen hohen, dünnen Schrei aus. Sie nahm ihn mit zum Bergwerk, um sich der Menge anzuschließen, die dort schon versammelt war und um Nachrichten bettelte. Dragomir war fasziniert. Er wollte wissen, was passiert war, aber keiner wollte es ihm sagen. Er schnappte nur Bruchstücke auf. Darüber, wie die Bergarbeiter versehentlich einen längst aufgegebenen, gefluteten Schacht angegraben hatten. Und dass es einen Wassereinbruch gegeben hatte und sie wie Ratten in der Falle saßen.

Aber Dragomir wollte mehr wissen. Er wollte wissen, wie es sich anfühlte, wenn man wusste, dass man sterben würde und völlig ohnmächtig nichts dagegen unternehmen konnte. Er wollte erfahren, was sein Vater in den letzten Momenten seines Lebens durchgemacht hatte. Er hatte sich immer irgendwie betrogen gefühlt, weil er die letzten Sekunden im Leben seines Vaters nicht gesehen hatte.

Das Einzige, was er hatte, war seine Vorstellungskraft.

Der verdammte Hund hörte einfach nicht auf zu bellen. Dragomir hörte, wie das Vieh draußen an der Fliegentür kratzte.

Er öffnete die Holztür und hielt das WASP-Gas-Injektionsmesser in der Hand bereit. Nur noch das Fliegengitter befand sich zwischen ihm und dem Köter. Der Hund wich erschrocken zurück, fletschte seine Zähne und knurrte leise.

Dragomir rief ihn leise auf Russisch. „Komm her, Hündchen." Er öffnete die Fliegentür. Der Hund sprang ihn an, und er stach die Klinge in den Bauch des Tieres. Mit seinem Daumen drückte er auf den Knopf und löste die basketballgroße Ladung gefrorener Pressluft aus. Die Explosion kam zwar schlagartig, ihre Wirkung war durchaus zufriedenstellend, aber er hatte trotzdem einen Fehler gemacht. Jetzt war er mit den Eingeweiden des Tieres bekleckert.

Manchmal unterliefen ihm solche Fehler. Das nächste Mal würde er das Messer einfach bis zum Heft hineinstechen, bevor er die Pressluft abfeuerte.

Es kostete ihn eine halbe Stunde, den zerfetzten Kadaver in einer Mülltüte in den Wald zu schaffen, wo er ihn später begraben wollte, und dann die blutbesudelte Veranda und die Fliegentür abzuspritzen.

Er duschte und schlüpfte in eine saubere Jeans und ein Flanellhemd. Dann hörte er, dass die Türglocke schellte. Er schaute aus dem Schlafzimmerfenster und sah, dass ein Lexus-SUV vor dem Haus parkte. Lässig schritt er die Treppe hinunter und öffnete die Vordertür.

„Bitte verzeihen Sie die Störung", sagte ein Mann mittleren Alters mit fliehendem Kinn. „Mein Hund ist weggelaufen, und ich dachte, Sie hätten ihn vielleicht gesehen."

„Hund?", fragte Dragomir durch die Gitternetztür.

„Oh, na, wo sind meine Manieren?", sagte der Mann „Ich bin Sam Dupuis, Ihr Nachbar von gegenüber, sozusagen."

„Andros", erwiderte Dragomir. „Verwalter."

„Schön, Sie kennenzulernen, Andros. Ich dachte, ich hätte gesehen, wie Herkules in Ihre Einfahrt gelaufen ist, aber vielleicht habe ich mich geirrt."

„Tut mir sehr leid." Dragomir lächelte. „Ich würde Ihnen gern helfen. Hoffentlich finden Sie Ihren Hund bald."

ICH TRAF MICH mit Diana im Pausenraum. Sie saß allein und wartete. „Dein Kaffee.“ Sie hielt eine Tasse hoch. „Lass uns ein Stück gehen.“ Ich folgte ihr nach draußen.

„Sie haben Alexas Portemonnaie unter seinem Bett gefunden“, berichtete sie. „Perreira hat ihr ganzes Bargeld genommen, aber hatte wohl Angst, ihre Kreditkarten zu benutzen. Der gestohlene Porsche wurde in der Garage der Tufts-Universität gefunden. Man hat Spuren eines weißen Pulvers darin gefunden. Das war Burundanga-Pulver, ein Extrakt aus der Borracio-Pflanze. Die natürliche Quelle für Scopolamin.“

„K.-o.-Tropfen, um sich seine Opfer gefügig zu machen.“

Sie nickte. „Es riecht nicht, ist vollkommen geschmacklos und wasserlöslich. Und es verwandelt die Opfer in Zombies. Sie bleiben wach, sind aber total beeinflussbar. Und wenn die Wirkung nachlässt, können sie sich an nichts mehr erinnern.“

Auf dem Weg zu den Treppen kamen wir an dem Justizattaché vom brasilianischen Konsulat vorbei, dem Kerl mit dem langen grauen Haar. Schwarzgelocktes Brusthaar lugte aus seinem geöffneten Hemdkragen. Er ging rasch, wirkte aber gedankenverloren und hielt den Kopf gesenkt.

Als wir die Treppen heruntergingen, fragte ich: „Irgendwelche Telefonaufzeichnungen in Perreiras Apartment, Handyspuren, irgendwas in der Richtung?“

„Sie haben alles eingesammelt und arbeiten daran.“

Ich stoppte. „Hatte der Typ gerade nicht einen Schlips getragen?“

Sie schaute mich im schummrigen Licht des Treppenhauses an, dann machte sie auf dem Absatz kehrt, und wir gingen ziemlich rasch die Treppen wieder hinauf.

Als wir den Verhörraum erreichten, in dem ich mit Perreira gesprochen hatte, öffnete Diana die Tür und rang im selben Moment nach Luft. Ich kann nicht sagen, dass mich das, was ich sah, völlig überraschte, aber ein grotesker Anblick war es allemal.

Mauricio Perreiras Körper war unnatürlich verdreht und sein Gesicht furchtbar verzerrt … eingefroren in einem stummen Todesschrei. Fest um seinen Hals geschlungen wie ein Druckverband war der burgunderrote Seidenschlips des Justizattachés.

Ich raste durchs Treppenhaus die fünf Stockwerke bis zur Cambridge Street hinunter, aber als ich auf die Straße hinausrannte, war nichts mehr von ihm zu sehen. Es gab mindestens ein Dutzend Möglichkeiten, wo er langgegangen sein konnte. Es war hoffnungslos, den Mann zu erwischen, der gerade die einzige Spur ausgelöscht hatte, die auch nur in die Richtung von Alexa Marcus führte.

In der Lobby der fünften Etage traf ich wieder auf Diana, die sich nicht einmal die Mühe machte, Fragen zu stellen. „Du hattest sowieso keine Chance“, sagte sie.

Der Alarm schrillte durch die Korridore. In dem Verhörraum, in dem Perreira festgehalten worden war, waren schon FBI-Techniker von der Spurensicherung bei der Arbeit und sammelten Fingerabdrücke und Fasern.

„In die Krawatte war eine Art Angelschnur eingenäht“, sagte Diana.

„Vermutlich eine 40-Kilo-Sehne – belastbar, reißfest und geflochten. Das ergibt eine sehr effektive Würgeschnur“, erklärte ich. „Wer hat den Kerl eigentlich überprüft, bevor er durchgelassen wurde?“

„Genau das ist das Problem. Es gab keinen Sicherheitscheck. Jeder ging davon aus, dass irgendwer sich schon darum gekümmert hätte. Er hat am Tresen seinen Ausweis vorgelegt und sich als Cláudio Barboza vom brasilianischen Konsulat ausgegeben. Es gab keinen Grund, das anzuzweifeln.“

„Jemand sollte das Konsulat anrufen, um zu überprüfen, ob es dort überhaupt jemanden mit diesem Namen gibt.“

„Das habe ich gerade getan. Die Brasilianer haben in Boston keinen Justizattaché.“

„Zwei Typen brechen in mein Loft ein, um mein lokales Netzwerk anzuzapfen. In Medford taucht schon wenige Minuten nach meinem Eintreffen das SWAT-Team auf. Sie schnappen sich einen wichtigen Zeugen, der später hier im FBI-Büro ermordet wird. Jemand hatte offensichtlich etwas dagegen, dass ich mit Perreira spreche.“

„Erzähl mir bloß nicht, du hast Gordon Snyder in Verdacht.“

„Ich würde Snyder liebend gern das BP-Ölleck, Krebs und die globale Erderwärmung vorwerfen, wenn ich nur könnte. Aber das hier nicht. Er ist viel zu sehr darauf versessen, Marshall Marcus einzubuchten. Aber es ist jemand in einer Regierungsbehörde. Jemand, der weit oben steht. Jemand, der nicht will, dass ich herausfinde, wer Alexa gekidnappt hat.“

„Okay. Falls also wirklich jemand versucht, dich davon abzuhalten, Alexa zu finden – was für einen Grund sollte er haben?“

„Keine Ahnung. Aber ich glaube, man schickt mir eine Botschaft.“

„Und die lautet?“

„Dass ich auf der richtigen Spur bin.“

MEIN ALTER FREUND ROMEO aus den Special Forces hieß eigentlich George Devlin und war der bestaussehende Mann, den man je gesehen hat.

Doch er war nicht nur der bestaussehende, beliebteste Typ in seiner Highschool-Klasse und dazu Klassensprecher, er war auch noch der Star des

Eishockeyteams der Schule. Außerdem war er ein Computercrack. Er hätte alles werden können, aber die Devlins hatten kein Geld, um ihn aufs College zu schicken. Deshalb verpflichtete er sich bei der Army. Dort qualifizierte er sich für die Special Forces. Nach einer speziellen Ausbildung an Computern machte man ihn zum Communications-Sergeant. So lernte ich George kennen. Er war der Comms-Sergeant meiner Abteilung. Ich weiß nicht mehr, wer als Erster auf die Idee kam, ihm den Spitznamen „Romeo" zu geben, aber er blieb an ihm hängen. Nachdem er dann im Irak verwundet worden war und als die Veteranentherapie ihrem Ende zuging, sagte er uns, wir sollten ihn nicht mehr Romeo nennen, sondern uns daran gewöhnen, George zu ihm zu sagen.

Ich traf mich mit ihm in seinem riesigen, von Antennen strotzenden Wohnmobil, das ihm gleichzeitig als Wohnung und als mobiles Büro diente. Es parkte in einer Tiefgarage in einem Holiday Inn in Dedham. Das war typisch für ihn. Er liebte es, sich an abgelegenen Orten zu verabreden.

Ich öffnete die Tür des Vans und kletterte ins schwach beleuchtete Innere.

„Heller", kam seine Stimme aus der Dunkelheit. Als sich meine Augen an die Finsternis gewöhnt hatten, sah ich ihn mit dem Rücken zu mir vor einer Batterie Computermonitore sitzen.

„He, George. Vielen Dank, dass du so schnell für mich Zeit gefunden hast."

„Aus deiner Anwesenheit schließe ich, dass der GPS-Tracker bei dem Mädchen erfolgreich war."

„Absolut. Der war brillant. Vielen Dank."

Ich holte das Nokia-Handy heraus, das ich aus Mauricios Apartment mitgenommen hatte. Devlin drehte sich um und wandte mir sein Gesicht zu. Vielmehr das, was von seinem Gesicht übrig geblieben war.

Ich hatte mich nie an den Anblick gewöhnen können. Sein Gesicht war nur noch eine schreckliche Masse aus feuchtem Narbengewebe. Er hatte Nasenlöcher und einen Mundschlitz, und die Augenlider, die ihm die Armeechirurgen verpasst hatten, waren aus Hautstreifen angefertigt worden, die man von den Innenseiten seiner Oberschenkel abgeschält hatte.

„Die einzige Telefonnummer in der Liste, gewählt oder entgegengenommen, stammt von einem Mobiltelefon", sagte ich. „Das ist wahrscheinlich sein Kontaktmann, also der, der ihn dafür angeheuert hat, das Mädchen zu entführen. Wenn es irgendjemandem gelingt, den Schurken auf diesem Telefon hier zu lokalisieren, dann bist du es."

Er sprach mit einem heiseren Flüstern. „Warum hast du das FBI nicht um Hilfe gebeten?"

„Weil ich nicht weiß, wem ich dort trauen kann."

„Keinem. Warum arbeitest du überhaupt wieder mit denen zusammen?"

„Weil ich sie brauche. Mir ist jedes Mittel recht, um Alexa zurückzuholen."

Er atmete geräuschvoll ein und aus. „Kein Kommentar."

Er verachtete unterschiedslos alle Regierungsbehörden. Für ihn waren das alles Feinde. Sie hatten zu viel Macht und waren zu bösartig, und ich glaube, er lastete jeder einzelnen Behörde den selbst gebauten irakischen Sprengsatz an, der den Benzintank seines gepanzerten Fahrzeugs zerrissen hatte.

Devlin neigte den Kopf, um das Telefon zu inspizieren. „Ah, ein Nokla 8800."

„Du meinst Nokia."

Er zeigte es mir. „Kannst du lesen, Nick? Da steht NOKLA." Er schob die Gehäuserückseite hoch und drückte die Batterie heraus. „Ein Shenzhen Spezial." Er hielt die Batterie hoch. Sie war vollkommen mit chinesischen Schriftzeichen bedeckt. „Hast du schon mal bei Ebay reingeschaut und einen Sonderverkauf von Nokia-Handys gesehen? Nagelneu, zum halben Preis? Die sind alle aus China."

Ich nickte. „Wenn man sein Handy per Internet bestellt, geht man nicht das Risiko ein, bei Walmart oder Target sein Gesicht in irgendwelche Überwachungskameras zu halten."

Devlin schaute auf einen seiner Monitore. Dort blinkte ein grüner Punkt. „Wo wir gerade von Peilsendern sprechen, Heller, hast du einen an dir?"

„Nicht dass ich wüsste."

„Darf ich mal dein Handy sehen?"

Ich reichte ihm mein BlackBerry. Er drückte das Batteriefach auf, nahm die Batterie heraus, ruckelte mit einer Pinzette etwas lose und hielt es hoch.

„Jemand hat jede deiner Bewegungen verfolgt, Heller. Hast du eine Ahnung, wie lange schon?"

Ich hatte natürlich keine Ahnung, aber wenigstens wusste ich jetzt, wie mich das FBI in Mauricio Perreiras Apartment in Medford hatten orten können. Der Tipp eines „verdeckten Informanten".

„Sieht aus, als würde dich das FBI beschatten. Und ich dachte, du würdest mit denen zusammenarbeiten. Hatte irgendjemand die Gelegenheit, an deinem BlackBerry herumzufummeln, ohne dass du es bemerkt hast?"

Ich nickte. Ich konnte mich daran erinnern, dass ich es am Empfang beim FBI in Boston abgegeben hatte. Und zwar nicht nur ein Mal, sondern zwei Mal.

„Jetzt werde ich allmählich auch schon paranoid", sagte ich.

„Auf jeden Fall hast du absolut recht mit der chinesischen Kopie. Wenn man den Mist übers Internet bestellt, verringert man das Risiko, aufzufallen, aber es gibt noch einen besseren Grund. Etwas, das nur die richtig guten bösen Jungs wissen. Die IMEI. Die elektronische Seriennummer. Jedes Mobiltelefon hat eine. Sogar die billigsten Wegwerfgeräte. Und die Noklas auch. Aber mit der Verwendung von Shenzhen Spezial machen es die bösen Jungs den guten Jungs viel, viel schwerer, sie mit traditionellen Methoden zu erwischen."

„Wieso?"

„Wenn das FBI die Seriennummer eines echten Nokia-Handys hat, dann brauchen sie nur in Finnland anzurufen, und Nokia wird ihnen erzählen, wo sie das Telefon verkauft haben. Aber bei diesem Ding hier … wen soll man da anrufen? Eine Fabrik in Shenzhen? Die sprechen kein Englisch, führen mit Sicherheit keine Unterlagen über Seriennummern und gehen vermutlich nicht mal ans Telefon. Viel Glück dabei."

„Also sind das Profis?"

Devlin antwortete nicht. „Hier ist dein BlackBerry. Blitzeblank."

„Ich weiß das zu schätzen", sagte ich. „Aber kannst du die GPS-Wanze bitte wieder einbauen? Doch ich würde dich bitten, vorher die Batterien des Peilsenders zu entladen. Ich möchte, dass sie in etwa fünfzehn bis zwanzig Minuten eines natürlichen Todes stirbt."

Er nickte. „Damit sie nicht herausbekommen, dass du den Peilsender entdeckt hast."

„Genau. Ich finde es viel besser, unterschätzt zu werden."

Als ich zum Defender zurückging, klingelte mein BlackBerry.

„Eigentlich hätte ich gedacht, dass du dich gelegentlich mal bei mir meldest", sagte Diana.

„Mein Handy war zwischendurch ausgeschaltet."

„Dann hast du nicht gesehen, was ich dir geschickt habe?"

„Was hast du mir denn geschickt?"

„Ein Foto von unserem Kidnapper."

8. KAPITEL

Die Stadt Pine Ridge in New Hampshire, 1260 Einwohner, hatte eine Polizeitruppe, die aus zwei Vollzeitbeamten, zwei Teilzeitbeamten und einem Polizeichef bestand.

Officer Jason Kent, ein Neuling, betrat zögernd das Büro des Polizeichefs. „Chief?"

„Sam Dupuis ruft ständig an“, sagte Chief Nowitzki. „Dem ist irgendeine Laus über die Leber gelaufen, was die Farm der Aldersons betrifft. Irgendwas mit seinem Hund, der weggelaufen sein soll. Ich habe es nicht ganz verstanden. Aber jetzt sagt er, da wird ohne Genehmigung gearbeitet.“

„Wollen Sie, dass ich mal rausfahre und mit Mr Dupuis rede?“

„Fahr bitte einfach mal zur Alderson-Farm und sieh nach, was da los ist.“

„Ich wusste gar nicht, dass überhaupt noch einer von den Aldersons herkommt.“

„Sam meint, da ist ein Verwalter oder ein Handwerker, der für die Familie arbeitet.“

ICH KLICKTE auf Dianas E-Mail und wartete ungeduldig, dass sich der Anhang öffnete. Ein Foto. Ich konnte mit Mühe den Hinterkopf eines Mannes und seine Schultern erkennen. Was machte Diana so sicher, dass das unser Mann war?

Ich schaute mir das Foto genauer an und erkannte etwas, das aussah wie die Kopfstützen eines Autos. Das Foto war vom Rücksitz aus aufgenommen worden.

Die Schultern des Mannes überragten die Kopfstütze. Er war groß. Sein Kopf schien rasiert zu sein. Aber irgendetwas verdeckte einen großen Bereich seines Kopfes und seines Halses. Als ich genauer hinschaute, begriff ich, dass es eine Tätowierung war. Eine Strichzeichnung, sehr detailliert. Stilisierte Federn, ein spitzer Schnabel, aufgerichtete Ohren mit Pinseln. Möglicherweise eine Eule, mit großen, wütend starrenden Augen.

Der Kerl hatte Augen an seinem Hinterkopf.

Als mich Mauricio Perreira damit vollgequatscht hatte, hatte ich es nicht weiter beachtet. Ich war davon ausgegangen, dass er hatte sagen wollen: *Er hat Augen in seinem Hinterkopf.* Das hätte bedeuten können: Dieser Mann hört und sieht alles, er hat überall seine Quellen … ich kann dir nicht sagen, wie er heißt, ich habe Angst vor ihm.

Perreira hatte tatsächlich Angst gehabt. Aber es war keine Metapher gewesen. Er hatte es wortwörtlich gemeint. Da waren Augen auf dem Hinterkopf des Mannes.

Diana ging schon beim ersten Klingeln ans Telefon.

„Wer hat das Foto gemacht?“, fragte ich.

„Alexa Marcus. Es war auf ihrem iPhone und wurde in der Nacht, in der sie verschwand, um zwei Uhr sechsunddreißig aufgenommen.“

„Das ist eine Eule.“

„Stimmt. Die Tätowierung bedeckt seinen Kopf, seinen Hals und wahrscheinlich auch noch einen großen Teil seines Rückens.“

„Die Nationale Verbrecherkartei hast du wahrscheinlich schon durchsucht."

„Sicher. Keine Treffer."

„Gibt es keine zentrale Datenbank für Tätowierungen von Kriminellen?"

„Das wäre schön, gibt es aber nicht. Ich habe das Foto an unsere fünfundsiebzig Justizattachés in der ganzen Welt geschickt und sie darum gebeten, es von den lokalen Strafverfolgungsbehörden überprüfen zu lassen. Vielleicht haben wir Glück."

„Ja, vielleicht", sagte ich skeptisch. „Man sollte glauben, dass man sich an einen Typ mit einer Eule auf Kopf und Rücken ziemlich gut erinnern kann."

„Schlau ist das nicht. Eulen sollten eigentlich schlau sein."

„Mit Schläue hat das nichts zu tun, sondern mit Angstmachen. In manchen Kulturen ist eine Eule ein Symbol des Todes. Ein schlechtes Omen. Die Prophezeiung des Todes."

„Wo? In welchen Ländern?"

Ich dachte einen Moment lang nach. „In Mexiko, Japan und Rumänien, glaube ich. Vielleicht in Russland. Hast du schon mal gesehen, wie eine Eule jagt?"

„Klingt zwar seltsam, habe ich aber noch nicht."

„Sie bewegt den Kopf von einer Seite auf die andere und hoch und runter. Sie beobachtet und lauscht. Sie peilt ihre Beute genau an. Es gibt wirklich kein Lebewesen, das perfekter und skrupelloser tötet."

„HALLO, Mr Heller", sagte Jillian, als ich ins Büro kam. „Dorothy sucht nach Ihnen."

„Sie dürfen Nick zu mir sagen", erklärte ich ihr bestimmt schon zum zwanzigsten Mal, seit sie für mich arbeitete. Mir fiel die Schmetterlingstätowierung auf ihrer rechten Schulter auf. „Was bedeutet das … dieser Schmetterling?", fragte ich.

„Er ist ein Symbol für Freiheit und Metamorphose. Ich habe aber auch auch ein ‚Fleisch-ist-Mord'-Tattoo auf meinem Hintern. Wollen Sie es mal sehen?"

Dorothys Stimme klang schrill, als sie näher kam. „Jillian, du kannst deine Arschgeweihe nach der Arbeit und in deiner Freizeit zeigen." Sie schüttelte den Kopf. „Ich habe das Foto, das du geschickt hast", sagte sie dann zu mir. „Ich habe die Tätowierung gegoogelt, aber bisher noch ohne Erfolg."

„Mein Bruder arbeitet in einem Tattoostudio in Saugus", sagte Jillian.

„Wie wäre es, wenn du die Tonerkartusche wechseln würdest, wie ich dich gebeten habe?", meinte Dorothy.

In meinem Büro sagte Dorothy: „Ich habe eine Spionagesoftware in unserem Netzwerk gefunden. Ein Virus. Es hat sich in unser Intranet geschlichen und einen Trojaner installiert, der durch diese Hintertür Daten übermittelt. Er hat jetzt schon seit ein paar Tagen alle unsere Festplatten nach geschützten Dateien durchsucht und sie nach draußen geschickt."

„So sind sie also an meine Zugangscodes gekommen", seufzte ich. „Und wo wurden die Sachen hingeschickt?"

„Die wurden so oft über Proxyserver hin und her gejagt, dass man das kaum noch feststellen kann. Aber ich habe das Virus ausgemerzt. Jetzt sollte es weg sein."

Meine Gegensprechanlage summte, und Jillian meldete sich: „Sie haben einen Besucher."

Ich schaute Dorothy an, die mit den Schultern zuckte. „Name?"

„Belinda Marcus", meinte Jillian.

„Ich bin krank vor Sorge um Marshall." Belinda streckte ihre dünnen Arme aus und umarmte mich.

„Entschuldigen Sie, Belinda, hatten wir eine Verabredung?"

Sie setzte sich. „Nein, hatten wir nicht, Nick. Aber wir müssen miteinander reden."

„Einen kleinen Moment, bitte." Ich drehte meinen Stuhl und tippte eine Kurznachricht an Dorothy: Brauche Hintergrundinformationen über Belinda Marcus. So schnell wie möglich. „Jetzt bin ich für Sie da, Belinda", sagte ich.

„Nick, ich weiß, ich hätte Sie vorher anrufen sollen, aber ich wollte mit Ihnen unter vier Augen sprechen, seit dieser Alptraum begonnen hat."

Ich nickte.

„Es kommt mir vor, als würde ich ihn hintergehen, aber ich … ich bin mit meinem Latein am Ende. *Irgendjemand* muss etwas sagen. Nick, Sie müssen wissen, dass Marshall unter sehr großem Druck steht. Er wünscht sich nichts sehnlicher, als seine geliebte Tochter zurückzubekommen, aber man … man erlaubt ihm nicht herzugeben, was die Entführer verlangen, und das zerreißt ihn innerlich."

„Wer ist ‚man'?"

Sie schaute mich nervös an. „David Schechter."

„Woher wissen Sie das? Spricht er mit Ihnen darüber?"

„Nein. Ich habe nur gehört … wie sie gestritten haben."

„Dann wissen Sie also, was Mercury ist?"

Sie schüttelte nachdrücklich den Kopf. „Weiß ich nicht. Ich glaube, es ist irgendeine Akte, aber ich habe keine Ahnung, worum es darin geht. Wir müssen es ihnen geben."

„Und warum erzählen Sie mir das?"

Belinda betrachtete ihre Fingernägel. „Marshall steckt so tief in Schwierigkeiten, und ich wusste nicht, an wen sonst ich mich hätte wenden können."

Ich schaute auf meinen Computermonitor. Dort hatte sich eine Kurznachricht von Dorothy geöffnet. Ein paar Zeilen Text.

„Ich bin sicher, dass er Ihnen vertraut", sagte ich. „Sie sind jetzt seit, wie war das noch, seit drei Jahren mit ihm verheiratet, stimmt's?"

Belinda nickte.

„Sie waren Stewardess, als Sie Marshall kennenlernten?"

Sie lächelte. „Er hat mich gerettet. Ich habe das Fliegen immer gehasst."

„Ihr Akzent klingt nach Georgia."

„Wirklich, sehr gut, Nick", meinte sie anerkennend. „Ich komme aus einer Kleinstadt namens Barnesville."

„Ach, was Sie nicht sagen! Ich bin ein paarmal mit einem Mädchen aus Barnesville ausgegangen. Cindy Purcell."

Belinda schüttelte den Kopf. „Sie muss viel jünger sein als ich."

„Aber Sie haben bestimmt schon mal im Restaurant ihrer Eltern gegessen. Im ‚Brownie's'."

„Oh, sicher. Aber, Nick …"

„So etwas wie ihren Low-Country-Topf gibt's nirgendwo sonst."

„Das hatte ich noch nie, ist aber bestimmt gut. Die Südstaatenküche ist die beste, nicht wahr? Ich vermisse sie so."

„Nun denn." Ich stand auf. „Ich bin froh, dass Sie hereingeschaut haben. Das war bestimmt nicht leicht für Sie, aber es war auf jeden Fall hilfreich."

Belinda blieb sitzen. „Ich weiß, dass es Leute gibt, die denken, ich wäre nur hinter dem Geld her, weil ich einen reichen Mann geheiratet habe. Aber ich habe Marshall nicht seines Geldes wegen geheiratet. Ich will nur sein Bestes. Und ich will das Mädchen zurück, Nick. Um jeden Preis."

NACHDEM sie gegangen war, bat ich Dorothy, hereinzukommen.

„Du warst in Wahrheit noch nie mit einer Frau aus Barnesville zusammen, oder, Nick?"

„Nein. Und ein Restaurant Brownie's gibt es dort auch nicht."

„Die Sache mit dem Low-Country-Topf war klasse. Wenn man den noch nie gegessen hat, dann kommt man nicht aus Georgia. Worüber bist du zuerst gestolpert?"

„Ihr Akzent ist falsch. Sie verschluckt das R. So sprechen Leute aus Georgia nicht."

„Auch wahr. Sie ist also nicht aus Georgia, oder?"

„Ich glaube, sie ist noch nicht mal aus den Südstaaten."

„Aber warum tut sie so als ob?"

„Das würde ich auch gern wissen. Könntest du da mal ein bisschen nachhaken?"

„Hab schon damit angefangen", meinte Dorothy.

KURZE ZEIT SPÄTER klingelte mein Telefon. Ich warf einen Blick darauf: Dorothy. Ich nahm das Gespräch entgegen. „Was hast du rausgefunden?"

„Ich habe mit Delta Air Lines gesprochen. Belinda hat nie dort gearbeitet."

„Warum sollte sie in dem Punkt die Unwahrheit sagen?"

„Weil Marshall Marcus sie nie geheiratet hätte, wenn ihm bekannt gewesen wäre, womit sie früher wirklich ihr Geld verdient hat. Sie war ein Callgirl. Ich habe ihre Sozialversicherungsnummer durchlaufen lassen. Sieht aus, als wäre sie eine gescheiterte Schauspielerin. Sie hat mal eine Zeit lang Schauspielunterricht genommen, dann aber abgebrochen. War als ‚Hostess' " – ich konnte ihre Anführungszeichen geradezu spüren – „beim VIP Exxxecutive Service in der Nähe von Trenton angestellt. Exxxecutive wird mit drei X geschrieben."

„Und aus den Südstaaten ist sie auch nicht, oder?"

„Genauer aus dem Süden von New Jersey. Woodbine."

Mein BlackBerry piepte zweimal. Das Signal für eine eingegangene Textnachricht. Ich warf einen Blick auf das Display. Dort stand: 15 MINUTEN, und exakte Ortskoordinaten. Absender der SMS war 18E. Das war eine Berufskennziffer. Ein 18E war ein Communications-Sergeant bei den Special Forces. George Devlin war ein 18E gewesen.

„Entschuldige, Dorothy. Ich muss mich mit einem alten Freund treffen."

GEORGE DEVLIN drehte einen Computermonitor so hin, dass ich etwas sehen konnte.

Auf dem Bildschirm erschien eine grün schimmernde, topografische Karte von Massachusetts. Ungefähr fünfundzwanzig Kilometer nordwestlich von Boston tauchte ein blinkender roter Kreis auf. Dann poppten drei verschlungene Linien in Weiß, Blau und Orange auf. Jede hatte ihren Ursprung an dem roten Kreis. Die blaue Linie führte in den Südosten nach Boston. Die orangefarbene Linie führte nach Nordwesten. Die weiße Linie folgte der blauen Linie aus Boston zum roten Kreis und lief dann zusammen mit der orangefarbenen nach Nordwesten.

„Und das heißt?“

„Wenn du genau hinschaust“, antwortete Devlin, „siehst du, dass jede Linie aus Punkten besteht. Die Punkte sind Funkzellentreffer von drei Handys: Blau ist das Handy von Mauricio Perreira. Weiß das von Alexa Marcus, und Orange steht für Mr X.“

Ich beugte mich vor. „Es sieht so aus, als käme Mr X aus der Nähe der Grenze von New Hampshire. Also haben die drei sich fünfundzwanzig Kilometer nordwestlich von Boston getroffen, in … Ist das Lincoln?“

„Ja. Mauricio und das verschleppte Mädchen kamen natürlich gemeinsam an. Sie blieben dort siebzehn Minuten. Mr X blieb nur für vier oder fünf Minuten.“

Ich sah, dass sie sich in einem Waldgebiet getroffen hatten. In der Nähe von Sandy Point, einem ausgewiesenen Naturschutzgebiet. Abgelegen, einsam. Ein guter Platz, um jemanden zu begraben. Also kam Alexas iPhone von Boston nach Lincoln und dann in den Norden nach Leominster. Dort wurde es fortgeworfen.

Jetzt verstand ich den Ablauf. Mauricio hatte sie vom Hotel mit nach Lincoln genommen. Dort übergab er sie an Mr X. Danach kehrte er nach Boston in sein Apartment in Medford zurück, während Mr X mit Alexa nach Nordwesten fuhr. Als sie durch Leominster kamen, warf er ihr Telefon aus dem Wagen. Sie blieb vermutlich bei ihm im Fahrzeug. Dann überquerten sie die Grenze nach New Hampshire.

„Also hört die Reise im südlichen New Hampshire auf. In Nashua.“

„Nein“, widersprach Devlin. „Das Handy von Mr X wird ab Nashua nicht mehr erfasst. Das könnte bedeuten, dass er es abgestellt hat. Vielleicht hat Mr X auf seinem Weg nach Kanada auch New Hampshire durchquert.“

„Es wäre keine plausible Route, wenn man bis nach Kanada rauf wollte.“

Er nickte.

„Sie sind in New Hampshire“, erklärte ich.

Die Büros von Marcus Capital Management befanden sich im sechsten Stockwerk von Rowes Wharf, einem Gebäudekomplex am Bostoner Hafen. Ich nannte dem Empfang meinen Namen und wartete in der luxuriös eingerichteten Lobby. Ich musste nicht mal eine Minute warten, bis Marcus’ Privatsekretärin erschien, eine schlanke Rothaarige namens Smoki Bacon, eine umwerfend schöne Frau. Das überraschte mich nicht. Marcus war dafür bekannt, dass er nur hübsche Frauen als Mitarbeiterinnen einstellte.

Smoki blendete mich mit einem ebenfalls umwerfenden Lächeln. „Marshall ist gerade in einem Meeting, aber er wird Sie empfangen, sobald es vorbei ist. Es kann allerdings eine Weile dauern. Möchten Sie lieber ein bisschen später wiederkommen?“

„Ich warte.“

„Gestatten Sie mir wenigstens, Sie in den Konferenzraum zu bringen, wo Sie den Computer und das Telefon benutzen können.“

Wir kamen an einem Raum vorbei, in dem eigentlich die Börsengeschäfte abgewickelt werden sollten. In dem Raum waren dreißig oder vierzig Arbeitsplätze, alle unbesetzt. „Sie können sich gar nicht vorstellen, wie krank wir alle vor Sorge um Alexa sind“, sagte Smoki.

„Nun“, erwiderte ich, weil mir nichts Besseres einfiel, „Sie sollten die Hoffnung noch nicht aufgeben.“

An der Türschwelle zu einem leeren Konferenzraum legte sie die Hand auf meine Schulter. „Bitte retten Sie dieses Mädchen, Mr Heller.“

„Ich werde mein Bestes tun“, erwiderte ich.

STATT ZU WARTEN, entschied ich mich jedoch, zu Marcus’ Büro hinüber zu schlendern. Mir fiel ein, dass Smoki von ihrem Schreibtisch aus immer ein Auge auf das Büro hatte. Aber ich erinnerte mich auch daran, dass Marcus gleich neben seinem Büro ein privates Esszimmer eingerichtet hatte. Das eine Mal, als ich dort mit ihm zu Mittag gegessen hatte, waren die Bediensteten immer durch einen Hintereingang gekommen und wieder verschwunden.

Ich brauchte nicht lang, um den Dienstbotengang zu finden. Er führte in eine kleine Teeküche, die sowohl mit dem Konferenzraum als auch mit Marcus’ Esszimmer verbunden war. Das schien schon seit einiger Zeit nicht mehr benutzt worden zu sein.

Die Tür zu seinem Büro war verschlossen. Aber wenn ich dicht davorstand, konnte ich hören, dass dort lautstark diskutiert wurde. Zwei Männerstimmen. Eine davon gehörte Marcus. Er hatte die lautere, emotionalere Stimme. Die andere war moderat, beherrscht und kaum hörbar.

Besucher: „… jetzt weich zu werden.“

Marcus: „Wenn sie stirbt, tragen Sie die Schuld daran, verstehen Sie? Dann haben Sie Alexa auf dem Gewissen! So was wie ein Gewissen hatten Sie doch früher mal, oder?“

Besucher: „… mein Möglichstes getan, Sie am Leben zu halten.“

Marcus: „Es ist mir egal, was ihr jetzt mit mir vorhabt. Mein Leben ist vorbei. Meine Tochter ist das Einzige …“

Besucher: „... jahrelang waren Sie derjenige, der für alles eine Lösung hatte ... jetzt meinen die, Sie seien das Problem? ... wie ihre Lösung aussehen wird."

Marcus: „... auf meiner Seite!"

Besucher: „... will auf Ihrer Seite sein, aber das kann ich nur, wenn Sie auch auf meiner ..."

Marcus: „... Sie wollten es, ich tat es. *Alles!"*

Besucher: „... Ihnen das wirklich erst vor Augen führen, Marshall? ‚Trauernder Finanzier begeht Selbstmord in seiner Residenz in Manchester'?"

Ich stieß die Tür auf und betrat Marcus' Büro. Er saß hinter einem langen Glastisch, auf dem sich Papierberge auftürmten.

Und ihm gegenüber auf dem Besucherstuhl saß David Schechter.

„Nick!", keuchte Marcus. „Was machst du ...? Hat Smoki dich nicht ..."

„Er hat uns belauscht", sagte Schechter. „Ist es nicht so, Mr Heller?"

„Ganz genau. Ich habe jedes Wort gehört."

Schechter blinzelte mich an. „Ab sofort werden Ihre Dienste nicht länger benötigt."

„Sie haben mich nicht engagiert", sagte ich.

„David, lassen Sie mich mit ihm sprechen", sagte Marcus. „Er ist ein grundanständiger Mensch, wirklich."

Schechter erhob sich und sagte zu Marcus: „Ich erwarte Ihren Anruf."

Ich sah zu, wie er ging, und setzte mich dann auf den Stuhl, den er gerade freigemacht hatte. „Was hat er gegen dich in der Hand?", fragte ich.

„In der Hand?"

„Du hast mich engagiert, um Alexa zu finden, und das kann ich nur, wenn du mir reinen Wein einschenkst. Wenn nicht, weißt du ja, was mit ihr passiert."

Er sah aus, als wäre er zwanzig Jahre älter geworden, seit ich ihn das letzte Mal gesehen hatte. „Nick, du musst dich da raushalten. Das ist eine persönliche Angelegenheit."

„Ich habe eine Weile gebraucht, bis ich begriffen habe, warum du mir das Einzige vorenthältst, das sie retten könnte. Schechter erpresst dich. Er ist es, der dich davon abhält, mit den Entführern zu kooperieren."

Marcus drehte sich herum und starrte aus dem Fenster. „Ich habe dich engagiert, weil ich dachte, dass du der Einzige bist, der sie finden kann."

„Nein", sagte ich leise. „Du hast mich engagiert, weil das die einzige Möglichkeit war, deine Tochter wiederzubekommen, ohne ihre Forderungen erfüllen zu müssen. Richtig?"

Langsam drehte er sich mit dem Stuhl wieder zurück. „Kränkt dich das?"

„Ich bin schon schlimmer gekränkt worden. Aber darum geht es nicht. Du hast mich von Anfang an nur benutzt. Du hast gelogen, als du sagtest, du hättest die Polizei angerufen. Du hast mir nicht erzählt, wie du dazu gezwungen wurdest, Geld von Kriminellen zu nehmen, und auch nicht, dass du alles verloren hast. Du hast alles, was geholfen hätte, Alexa zu finden, vor mir geheim gehalten. Jetzt wollen sie die Mercury-Akten … es sind doch Akten, oder? Und du hast getan, als wüsstest du nicht, was das ist. Jetzt frage ich dich: Was auch immer David Schechter gegen dich in der Hand hat … Ist es wirklich das Leben deiner Tochter wert?"

Sein Gesicht verzog sich, und er bedeckte seine Augen, während er leise weinte.

„Du musst mir erzählen, was Mercury ist", fuhr ich fort. „Dann wird uns schon was einfallen." Ich stand auf und ging in Richtung Tür, doch dann hielt ich inne. „Hast du eigentlich jemals irgendwelche Informationen über Belindas früheres Leben eingeholt, bevor du sie geheiratet hast?"

Er ließ die Hände sinken. „Belinda? Was hat Belinda mit all dem zu tun?"

„Es tut mir leid, dir das sagen zu müssen, aber sie war nie eine Stewardess. Und sie stammt auch nicht aus Georgia. Sie ist aus New Jersey. Sie war ein Callgirl, Marshall. Eine Hostess. Ich finde, das solltest du wissen."

„Nick, Junge, werde erwachsen." Er seufzte. „Sie ist ein sensibles Mädchen. Aus irgendeinem blöden Grund ist sie etwas empfindlich, wenn es darum geht, dass die Leute von unserem ersten Date erfahren."

Als ich wieder Richtung Tür ging, machte sich langsam ein Grinsen auf meinem Gesicht breit. Dieser alte Bastard.

„Bitte, lass mich jetzt nicht hängen!", rief er mir nach.

Ich ging weiter und erwiderte, ohne mich umzudrehen: „Keine Sorge. Mich wirst du so schnell nicht los. Auch wenn du dir vielleicht irgendwann wünschen wirst, es wäre dir gelungen."

DRAGOMIR saß am Computer in dem feuchten, muffigen Wintergarten auf der Rückseite des Hauses, als er die Schreie des Mädchens hörte.

Merkwürdig. Er hatte die Lautsprecher des Computers ausgestellt. Er erhob sich und ging zur Hintertür. Dort hörte er noch mehr. Die Schreie kamen von draußen. Schwach, entfernt und leise.

Auf der Veranda hob er den Kopf. Die Geräusche drangen aus dem Hof, vielleicht aus dem Wald dahinter. Dann fiel sein Blick auf das graue PVC-Rohr, das in der Mitte des Feldes aus dem Boden ragte. Das Entlüftungsrohr übertrug also nicht nur die Ausdünstungen des Mädchens, sondern auch dessen Schreie.

Als Dragomir die Idee gekommen war, sie einzugraben, war ihm das wie ein Geniestreich erschienen. Schließlich hatte der Spitzel des Kunden die Akte eines Psychiaters aufgetrieben, aus der hervorging, dass die Zielperson an einer lähmenden Klaustrophobie litt. Doch das war nicht der wahre Grund gewesen. Drei Meter unter der Erde war sie vor ihm sicher.

Wäre das Mädchen unter seiner direkten Kontrolle und so leicht verfügbar gewesen, hätte er kaum widerstehen können, ihm etwas anzutun. Er hätte sie vergewaltigt und getötet, wie er es schon mit so vielen anderen hübschen jungen Frauen getan hatte. Er hätte es niemals geschafft, sich diesem Impuls zu widersetzen.

Dragomir lauschte fasziniert dem Wimmern und hätte deshalb fast das viel lautere Knirschen von Autoreifen auf dem Feldweg vor dem Haus überhört. Er ging ins Haus zurück, marschierte zur Vorderseite und warf einen Blick aus dem Fenster. Vor dem Haus stand ein dunkelblauer Streifenwagen mit weißer Aufschrift: PINE RIDGE POLICE.

Ein schlaksiger junger Mann stieg aus dem Wagen, und als der Polizist schließlich an der Tür klingelte, trug Dragomir bereits eine braune Perücke.

„Hallo“, sagte der Polizist, nachdem Dragomir die Tür geöffnet hatte. „Ich bin Officer Kent. Dürfte ich Ihnen wohl ein paar Fragen stellen?“

ALS ICH am Spätnachmittag ins Büro zurückkehrte, saß Jillian auf dem Boden und packte aus irgendeinem Grund Kartons. Sie sah auf, als ich das Zimmer betrat. Ihr Gesicht war gerötet und tränenüberströmt.

„Auf Wiedersehen, Mr Heller.“

„Was ist los?“, fragte ich.

„Bevor ich gehe, wollte ich mich noch bei Ihnen entschuldigen.“

„Was reden Sie denn da?“

„Jemand hat mir eine E-Card gemailt, und ich habe sie am Computer im Büro geöffnet.“

„Hat Dorothy Sie gefeuert?“

„Nein, ich gehe freiwillig. Offenbar war in dieser E-Card irgendein Virus, eine Spyware oder so was. Dorothy meint, die Leute hätten deshalb auf unseren Server zugreifen und Ihre persönlichen Dateien einsehen können; außerdem kamen sie so an die Codes für Ihr Sicherheitssystem zu Hause.“

„Sie waren das also?“

„Ich dachte … sie hätte es Ihnen erzählt“, stotterte sie.

„Tja, Jillian, tut mir leid, aber Sie haben sich einen sehr ungünstigen Zeitpunkt für Ihre Kündigung ausgesucht. Ich kann sie nicht annehmen. Also setzen Sie sich wieder ans Telefon.“

JE LÄNGER ich über Marshall und Belinda Marcus nachdachte, desto mehr war ich davon überzeugt, dass da irgendetwas nicht stimmte.

Ich kannte einen Cyber-Detektiv in New Jersey und rief ihn an. „Ich möchte, dass Sie den Zeitraum der Beschäftigung von Belinda Marcus bei VIP Exxxecutive Service in Trenton überprüfen und dass Sie so viel wie möglich über ihre Vergangenheit herausfinden."

Dorothy saß an ihrem Schreibtisch und starrte auf den Bildschirm, als ich zu ihr kam. Auf dem Monitor sprach Alexa. *„Ich will hier nicht mehr sein, Daddy!"* Dann fror das Bild ein und zerfiel zu Tausenden von kleinen bunten Quadraten. Schließlich wurde das Bild wieder klar, und sie fuhr fort: „... *Sie wollen Mercury, Daddy, okay? Du musst ihnen das Original von Mercury geben.*"

„Ich habe Jillian gesagt, dass sie nicht kündigen kann ... Was zum Teufel machst du da eigentlich?"

„Ich hämmere meinen Kopf gegen eine Ziegelmauer."

„Kann ich irgendetwas tun?"

„Ja. Schmeiß mich raus, sonst kündige ich."

„Du kannst nicht kündigen. Du darfst nicht. So, und jetzt erzähl mir, was los ist."

Dorothy redete leise. „Ich versage bei dem wichtigsten Auftrag, den mir jemals jemand gegeben hat." Tränen stiegen ihr in die Augen.

Ich legte meine Hand auf ihre Hände. „Du bist frustriert. Ich verstehe das."

„Nick, hast du eine Ahnung, wie oft ich an das Mädchen denken muss und daran, was es durchmacht? Und ich fühle mich einfach nur ... machtlos."

„Also nun erzähl mir mal, wo du nicht weiterkommst."

Dorothy zögerte nur einen kurzen Moment. „Okay, hör dir das mal an."

Sie drückte eine Taste, und wir waren wieder in derselben Schleife, in der Alexa sprach. Dorothy drehte die Lautstärke auf. Außer Alexas Worten war ein Summen zu hören, das zunehmend lauter wurde. Dann fror das Bild ein und zerfiel in winzige Teile.

„Achte mal darauf, Nick! Immer wenn das Geräusch ertönt, bricht das Bild ab. Jedes Mal."

„Okay."

„Die Sache ist die: Ein Auto, ein Laster oder ein Zug würden die Videoaufzeichnung nicht auf diese Weise unterbrechen."

„Und was soll daran so besonders sein?", fragte ich.

„Was daran so besonders ist? Es wird uns zu Alexa Marcus führen."

„Gibt es ein Problem, Officer?“

Dragomir hatte die Erfahrung gemacht, dass amerikanische Polizisten es mochten, wenn man die respektvolle Anrede „Officer“ gebrauchte. Sie sehnten sich nach Respekt und bekamen ihn doch so selten.

„Ach, wir stellen uns nur gern vor, damit Sie wissen, wen Sie anrufen müssen, falls Sie mal Hilfe brauchen. Sie … äh, arbeiten für die Aldersons?“

„Nur Verwalter. Ich arbeite für Familie. Reparaturen.“ Dragomir übertrieb sein schlechtes Englisch noch.

„Oh, okay, richtig. Einem Ihrer Nachbarn fiel so etwas wie Baugerät auf. Ich wollte mich nur davon überzeugen, dass kein Verstoß gegen die Bauordnung vorliegt. Wissen Sie, so was wie ein Anbau ohne Genehmigung zum Beispiel.“

„Kein Bau“, sagte Dragomir. „Besitzer will Terrassengarten.“

„Haben Sie etwas dagegen, wenn ich einen Blick hinter das Haus werfe?“

Dragomir zuckte mit den Schultern und sagte gastfreundlich: „Bitte.“

Er folgte dem Polizisten nach hinten auf das Feld. Der Polizist schien die Spuren auf dem harten Boden wahrzunehmen, dann sah er das graue Entlüftungsrohr in der Mitte des Feldes und ging direkt darauf zu.

„Ist das eine Sickergrube, Andros?“

Dragomir hatte dem Bullen seinen Namen nicht genannt. Der Nachbar offenbar schon. „Ist um Acker zu belüften“, sagte Dragomir, als sie neben dem Rohr standen. „Von der Müllhalde, dem … Misthaufen.“ Eine Improvisation. Etwas Besseres fiel ihm nicht ein.

„Wie bei Methanbildung in etwa?“

Dragomir zuckte erneut mit den Schultern. Er verstand kein Englisch. Er tat nur, was man ihm sagte. Er war ein einfacher Arbeiter.

„Sie brauchen eine Genehmigung, wenn Sie eine Sickergrube bauen, wissen Sie das?“

Dragomir lächelte. „Keine Sickergrube.“

Gedämpfte entfernte Schreie drangen aus dem Entlüftungsrohr.

Der Polizist hob den Kopf. „Haben Sie auch was gehört?“, fragte er.

Die Schreie des Mädchens wurden lauter und deutlicher.

„Hilfe! Gott, hilf mir bitte! Rette mich, oh Gott …“

„Es klingt, als würde es von dort unten kommen“, sagte der Polizist. „Ziemlich verrückt, was?“

„Ich höre“, sagte ich.

Dorothy seufzte. „Beginnen wir mit der Ausgangsfrage: Wie kommen diese Leute ins Internet? Ich glaube kaum, dass das hier eine übliche High-Speed-Verbindung ist.“

„Warum nicht?“

Sie lehnte sich zurück. „Du weißt, dass meine Eltern in North Carolina wohnen, oder? Vor einigen Jahren haben sie beschlossen, sich Kabelfernsehen anzuschaffen, um all diese Filme sehen zu können. Leider gab es für ihre Wohngegend keinen Kabelanschluss, und deshalb mussten sie sich eine von diesen Satellitenschüsseln auf ihr Dach montieren. Einmal habe ich versucht, in ihrem Haus einen Film anzuschauen. Das Bild verschwamm immer wieder. Also fragte ich sie, was das Problem wäre. Und Mama sagte: ‚Oh, das passiert ständig. Jedes Mal, wenn ein Flugzeug über unser Haus fliegt.‘ Sie wohnen ganz dicht am Charlotte-Douglas-Flughafen. Und dann fiel mir auf, dass tatsächlich jedes Mal, wenn ich eins dieser Flugzeuge hörte, der Fernseher ausfiel.“

„Okay“, sagte ich. „Wenn unser Entführer sich also irgendwo tief in den Wäldern oder in einer ländlichen Gegend befindet, dann ist vielleicht eine Satellitenschüssel die einzige Möglichkeit, ins Internet zu kommen. Und du glaubst, ein Flugzeug könnte dieses Signal stören?“

„Aber ja. Satelliten arbeiten per Sichtverbindung; wenn also etwas zwischen die Schüssel und den großen, alten Satelliten oben im Himmel kommt, bricht das Signal ab. Ein ausreichend großes Flugzeug, das tief genug fliegt, kann das Signal unterbrechen.“

„Sie sind also in der Nähe eines Flughafens. Aber wie nah?“

„Schwer zu sagen. Auf jeden Fall aber so nah, dass ein Flugzeug, das startet oder landet, tief genug fliegt, um den Weg zu dem Satelliten zu blockieren. Es hängt davon ab, wie groß das Flugzeug ist, mit welcher Geschwindigkeit es sich fortbewegt.“

„Es gibt verdammt viele Flughäfen in den USA“, gab ich zu bedenken.

„Ach wirklich?“, sagte sie trocken. „Das habe ich nicht bedacht. Wenn wir aber die Suche einengen könnten, würde es sehr viel einfacher.“

„Ich glaube, das können wir.“ Ich erklärte ihr George Devlins Handy-Kartografie und woher wir wussten, dass Mr X Alexa über die Grenze von Massachusetts nach New Hampshire gebracht hatte.

„Ich weiß zwar nicht, wie viele Flughäfen es in New Hampshire gibt, aber immerhin haben wir es jetzt mit einer überschaubaren Anzahl zu tun.“

„Vielleicht können wir das Ganze sogar noch weiter einengen“, sagte ich. „Überträgt diese unheimliche Website CamFriendz in Echtzeit?“

„Ich würde sagen ja, mit einer Verzögerung von wenigen Sekunden.“

„Also vergleichen wir diese Zeiten mit den exakten Flugzeiten der Flugdatenbank der Bundesluftfahrtbehörde. Wir suchen nach Flughäfen in New Hampshire – ach, nehmen wir Massachusetts und Maine dazu, nur um ganz sicher zu sein –, die einen Flugplan haben, der mit unseren Unterbrechungen übereinstimmt. Aber wir können es sogar noch weiter eingrenzen. Gibt es bei einer dieser Übertragungen nicht zwei voneinander unabhängige Unterbrechungen?"

„Richtig."

„Dann kennen wir den zeitlichen Abstand zwischen zwei Flügen."

Langsam wurde ihr Lächeln breiter. „Nicht schlecht, Boss."

Ich zuckte mit den Schultern. „Es war deine Idee." Eins von den paar Dingen, die ich gelernt habe, seitdem ich mich selbstständig gemacht habe: Der Chef soll nie selbst den Ruhm für irgendetwas beanspruchen. „Kannst du dich in die gesicherte elektronische Datenbank der Bundesbehörde zur Luftraumüberwachung hacken?"

„Nein."

„Das FBI wird es können. Ich rufe Diana an."

„Entschuldigung?" Jillian stand etwas unschlüssig in der Tür. „Ich habe vergessen, das hier aus dem Drucker zu nehmen." Sie hielt ein großes, glänzendes Farbfoto hoch. Es war eine Ausschnittsvergrößerung des Fotos von der Tätowierung des Entführers, das man auf Alexas iPhone gefunden hatte.

„Danke." Dorothy nahm es ihr aus der Hand.

„Ich glaube, ich weiß, was das ist", sagte Jillian.

„Das ist eine Eule", sagte ich. „Trotzdem danke."

Da hielt sie noch etwas anderes hoch, das sie in der anderen Hand hatte. Ein dünnes weißes Taschenbuch. Auf dem Buchdeckel war in Schwarz-Weiß die Strichzeichnung einer Eule.

Sie war identisch mit dem Eulentattoo auf dem Foto.

„Was ist das?", fragte ich.

„Ein Buch mit Tätowierungen, das mein Bruder aufgetrieben hat." Jillian gab es mir. Der Titel lautete: „Tätowierungen der russischen Unterwelt".

„Dorothy", fragte ich, „wie spät ist es gerade in Russland?"

Eine meiner besten Quellen war ein ehemaliger Generalmajor des KGB. Anatoly Wasilenko war Ende sechzig, hatte eine Adlernase und das Auftreten eines Cambridge-Professors. Noch während die Sowjetunion zusammenbrach, verdiente er bereits kräftig an sämtlichen Informationen, auf die er zugreifen konnte, und an seinen weitreichenden Beziehungen. Für das entsprechende Honorar konnte er einem so gut wie jede Geheimdienstinformation besorgen, die man brauchte.

Toljas Englisch war besser als das der meisten Amerikaner, die ich kannte.

„Ziemlich interessantes Bild, das Sie mir da geschickt haben. Diese Tätowierung? Das ist Sova."

„Wer?"

„Nicht ‚wer'. Sova ist … Nun, *sova* bedeutet natürlich Eule."

„Ist es eine Tätowierung der russischen Mafia?"

„Mafia? Nein. Sova ist mehr ein lockeres Bündnis von Männern, die alle das gleiche Gefängnis überlebt haben. Das Gefängnis Nummer eins in Kopeisk. Ganz schön übler Ort. Warum ist das wichtig für Sie?"

Ich erzählte es ihm.

Als ich fertig war, sagte er: „Da sind Sie aber in einer üblen Situation. Oder besser gesagt, die Tochter Ihres Klienten. Das sind sehr miese Typen, Nicholas. Schwerverbrecher der übelsten Sorte. Sie sind … sagen wir mal unbeeinflusst von konventionellen Moralvorstellungen."

„Wie schlimm darf ich mir das vorstellen?"

„Ich glaube, Sie hatten da vor nicht allzu langer Zeit einen sehr unerfreulichen Zwischenfall in den Staaten. Erinnern Sie sich an den brutalen Einbruch in ein Haus in Connecticut? Ein wahrer Albtraum. Ein Arzt, seine Frau und deren drei Töchter waren zu Hause, als eines Nachts zwei Einbrecher kamen. Sie verprügelten den Arzt mit einem Baseballschläger. Sie banden die Mädchen an ihren Betten fest und vergewaltigten sie etwa sieben Stunden lang. Danach …"

„Schon gut", unterbrach ich ihn, weil ich mir das nicht länger anhören konnte. „Und das waren Sova-Mitglieder?"

„Genau. Einer von ihnen wurde bei dem Versuch, ihn zu verhaften, getötet, wenn ich mich recht erinnere. Der andere konnte entkommen."

„Ein Einbruchdiebstahl?"

„Nein. Es war nur so zum Spaß."

„Wie bitte?"

„Richtig gehört. Sie haben es nur zu ihrem Privatvergnügen gemacht. Diese Sova-Typen machen Dinge, die sich ein normaler Mensch nicht einmal ansatzweise vorstellen kann. Bessere Vollstrecker kann man nicht bekommen."

„Vollstrecker?"

„Wenn man einen Außenseiter braucht, der Talent für einen wirklich schmutzigen Job hat, sollte man Sova-Leute anheuern. Unsere neureichen russischen Milliardäre brauchen zum Beispiel öfter mal harte Männer. Ein paar von ihnen sind dafür bekannt, dass sie Sova-Mitglieder einsetzen."

„Wer?"

Er lachte. „Nicholas, wir haben noch nicht mal über mein Honorar gesprochen. Also schön der Reihe nach."

Er nannte mir seinen Preis, und ich stimmte seiner Forderung zu.

„Lassen Sie mich ein bisschen herumtelefonieren", meinte er dann.

DIESES MAL wandte Dragomir das WASP-Messer richtig an.

Der junge Polizist kam nicht mal dazu sich umzudrehen, als die Klinge bereits blitzschnell bis zum Heft in seiner Seite verschwand. Dragomir drückte den Knopf.

Officer Kent starb auf der Stelle.

DIANA UND ICH trafen uns in der „Sheep's Head Tavern", einer Art irischem Pub im Behörden-Center gleich neben dem Ortsbüro des FBI. Sie erzählte mir, dass sie nur eben kurz etwas zu Mittag essen wolle und dann wieder zurück an die Arbeit müsse. Das passte mir gut: Ich hatte eine sehr lange Nacht vor mir.

„Ich fürchte, ich kann dir nicht weiterhelfen", sagte sie. „Wir konnten nichts in den Fluglogbüchern der Datenbank der Luftfahrtbehörde finden."

„Nun ja, es war eine brillante Idee. Leider führen nun mal nicht alle brillanten Ideen zum Erfolg. Trotzdem danke, dass du es versucht hast. Ich habe auch etwas für *dich*." Ich reichte ihr Mauricios Handy in einer Plastiktüte.

„Ich kann dir nicht folgen. Was ist das?"

Ich erzählte es ihr.

„Du hast das aus seinem Apartment mitgenommen? Ohne mir etwas zu sagen?"

„Es tut mir leid. Ich habe Snyder nicht getraut."

Sie kniff ihren Mund zusammen und blähte die Nasenflügel.

„Es war ein Fehler von mir, euch das Handy vorzuenthalten. Ist mir klar."

„Und? War es die Sache wert, Nick? Du weißt, dass wir es jetzt vor Gericht nicht mehr als Beweismittel gebrauchen können, oder? Nachdem du die vorgeschriebene Vorgehensweise zur Sicherstellung von Beweismitteln umgangen hast?"

„Ich glaube nicht, dass das FBI einen Toten vor Gericht bringen will."

„Ich rede von demjenigen, der hinter der Sache steckt. Es hat seinen Grund, dass wir bestimmte Vorgehensweisen haben. Wir wollen beide das Gleiche. Wir haben nur unterschiedliche Wege, um dorthin zu gelangen. Aber solange du mit mir und dem FBI zusammenarbeitest, musst du dich an unsere Regeln halten." Sie warf mir einen durchdringenden Blick zu. „Mach so etwas nie wieder mit mir."

„Versprochen."

„Gut. Und nun erzähl mir wenigstens, dass du etwas Brauchbares dabei gefunden hast.“

Ich nickte. „Seine Telefonnummer und die einzige Nummer, die in seiner Anruferliste zu finden war … vermutlich der Typ, der ihn für die Entführung Alexas bezahlt hat. Eine meiner Quellen hat diese Nummern zusammen mit der von Alexa auf einer Karte mit Mobilfunk-Masten verfolgt und war so in der Lage, ihre Reiseroute grafisch darzustellen. Und diese Spur führt anscheinend in den Norden nach North Hampshire.“

„Und das heißt? Dass Alexas Kidnapper ursprünglich von New Hampshire aus heruntergekommen ist?“

„Ja, aber viel wichtiger ist, dass er sie jetzt wahrscheinlich wieder dorthin gebracht hat. Irgendwo nach New Hampshire.“

„Nun, ich schätze, das hilft uns schon weiter. Trotzdem werden wir mehr Eckdaten als das brauchen. Sonst ist eine Suche hoffnungslos.“

„Was ist mit der Tätowierung?“

„Leider kam von keinem unserer Gewährsleute dazu eine Rückmeldung.“

„Ich habe eine exzellente Quelle in Moskau, die gerade einige Telefonate für mich führt. Dieses Eulen-Tattoo wurde mit russischer Gefängnistinte gestochen. Es kennzeichnet Mitglieder der Sova, einer Bande ehemaliger russischer Gefängnisinsassen.“

Diana zückte ein kleines Buch und machte sich eine kurze Notiz. „Bedeutet das dann, dass seine Auftraggeber ebenfalls Russen sind?“

„Nicht mit Sicherheit, aber ich würde drauf wetten. Meine Quelle in Moskau sagt, dass Sova-Mitglieder oft von russischen Oligarchen engagiert werden, um deren Drecksarbeit zu erledigen, damit sie selber hinterher alles glaubwürdig abstreiten können. In der Zwischenzeit würde ich gern herausfinden, welche Rolle David Schechter eigentlich bei all dem spielt.“ Ich erzählte ihr von dem Gespräch zwischen Schechter und Marshall Marcus, das ich belauscht hatte.

„Du glaubst, Schechter hat etwas gegen Marcus in der Hand?“

„Eindeutig. Vielleicht hat es ja etwas mit der zwielichtigen Vergangenheit von dessen Frau zu tun.“

Diana zog eine Augenbraue hoch, und ich erklärte ihr, was ich über Belinda Marcus’ letzte Stellung erfahren hatte. „Ein Privatdetektiv ist schon damit beschäftigt, sich die Sache mal näher anzuschauen. Aber ich glaube nicht, dass das der Grund ist. Es ist zu frisch und zu belanglos.“

„Was ist denn sonst Schechters Druckmittel?“

„Das will ich jetzt herausfinden.“

„Wie?“

Ich erzählte es ihr.

„Das ist illegal“, sagte sie.

Ich zuckte mit den Schultern. „Wie sagte einst ein großer Mann: In gewissen Extremsituationen ist das Gesetz unzulänglich. Um Unzulänglichkeiten zu bestrafen, ist es notwendig, außerhalb des Gesetzes zu handeln.“

„Martin Luther King?“

„Fast. Der Punisher.“

Sie sah mich irritiert an.

„Ganz offensichtlich liest du keine Marvel-Comics“, erklärte ich.

DRAGOMIR wusste, wohin er fahren musste, denn er hatte sich schon vorher einmal in der Gegend umgesehen, um für alle Fälle Fluchtrouten zu erkunden. Schließlich entdeckte er an einer schmalen Straße einen verlassenen Streckenabschnitt, der für seine Zwecke geeignet war.

Er hielt an einer Stelle, an der die Straße vor einer Schlucht scharf abknickte und von der aus er den Verkehr in beiden Fahrtrichtungen im Blick behalten konnte. Es gab keinen Verkehr. Er fuhr noch ein wenig weiter, bis er nur noch etwa sieben Meter von einer Kante entfernt war, an der es keine Absturzsicherung gab.

Nachdem er sich in alle Richtungen umgeschaut hatte, öffnete er den Kofferraum des Polizeiwagens, wuchtete die Leiche von Officer Kent heraus und trug sie rasch zur geöffneten Fahrertür. Dort brachte er den Leichnam sorgfältig in Position. Dann holte er noch die schwarzen Plastikmüllsäcke aus dem Kofferraum.

Eine Autopsie war nicht zu erwarten. Wahrscheinlich würde man glauben, der Polizist sei bei einem tragischen Unfall getötet worden, und es dabei belassen. Aber selbst wenn … bis die Autopsie abgeschlossen war, würde er schon längst verschwunden sein.

Bevor er den Wagen in die Schlucht schob, legte er den Vorwärtsgang ein. Falls der Wahlhebel der Automatik in der neutralen Position stand, wenn man den Unfall entdeckte, würde sich jeder versierte Polizist sofort denken können, was wirklich geschehen war. Solche Fehler machte Dragomir nicht.

9. KAPITEL

Abends, ein paar Minuten nach 21 Uhr, wirkte der John-Hancock-Tower, das höchste Gebäude in Boston, wie ein großer schwarzer Monolith. Hier und da gab es noch einzelne beleuchtete Fenster, verteilt wie einzelne

Maiskörner auf einem fast vollständig abgeknabberten Maiskolben. Bei einigen Mietern des Gebäudes herrschte rund um die Uhr Betrieb.

Ganz sicher aber nicht bei der Rechtsanwaltskanzlei von Batten Schechter in der achtundvierzigsten Etage. Es war eine etablierte, würdevolle Firma, die sich auf Trusts, Immobilien und gelegentliche Rechtsstreitigkeiten spezialisiert hatte, die immer im Stillen hinter verschlossenen Türen nach zähen Verhandlungen beigelegt wurden und vielleicht auch durch ein passendes Wort, das man dem richtigen Richter oder Beamten ins Ohr flüsterte. Es war wie bei der Pilzzucht; dem hellen Tageslicht gingen die Anwälte bei Batten Schechter lieber aus dem Weg.

Ich steuerte den weißen, fensterlosen Ford-Lieferwagen bis an die Rückseite des Hancock-Towers und weiter zu den Laderampen. Eine Reihe von fünf Stahlpylonen blockierte meinen Weg. Ich stieg aus und las das Schild: ZUM EINLASS GEGENSPRECHANLAGE BENUTZEN, FALLS VERSCHLOSSEN. Dann drückte ich den großen schwarzen Knopf.

Das stählerne Rolltor fuhr hoch. Dahinter stand ein Mann von der Größe eines Löschwasserhydranten. In sein Hemd war in Schreibschrift der Name CARLOS gestickt. Er schaute auf das Firmenlogo an der Seite des Lieferwagens – DERDERIAN EDLE ORIENTTEPPICHE –, nickte und betätigte einen Schalter, woraufhin die Stahlsäulen in der Straße versanken. Er zeigte auf einen freien Platz an den Ladebuchten.

„Wollen Sie zu Batten Schechter?“, fragte Carlos.

Ich nickte ebenso höflich wie distanziert.

Er wusste nur, dass die Anwaltskanzlei von Batten Schechter bei der Hausverwaltung des Hancock-Towers angerufen und mitgeteilt hatte, dass kurz nach 21 Uhr ein Teppichreiniger in ihren Räumen arbeiten würde. Er brauchte nicht zu wissen, dass es sich bei der Büromanagerin von Batten Schechter in Wahrheit um Dorothy gehandelt hatte.

Alles klappte wie am Schnürchen. Ich musste Mr Derderian nur versprechen, einen seiner maßlos überteuerten, aber sehr eleganten Teppiche für mein Büro zu kaufen. Im Gegenzug lieh er mir gern einen seiner Lieferwagen.

Ich öffnete die hintere Klappe des Lieferwagens und mühte mich mit dem unförmig großen Teppichshampoonierer ab. Carlos half mir dabei, das Gerät auf den Boden zu wuchten. Dann zeigte er mit dem Daumen zu einer Batterie von Lastenaufzügen. Ich drückte den Knopf zur achtundvierzigsten Etage und rückte Mauricio Perreiras STI-Pistole in meinem Hosenbund zurecht. Seit ich sie aus seinem Apartment mitgenommen hatte, verwahrte ich sie im Handschuhfach meines Defenders.

Die Stahltüren des Aufzugs öffneten sich langsam zu einem indirekt beleuchteten Serviceflur im achtundvierzigsten Stock. Ich rollte den Teppichshampoonierer hinaus und sah vier Stahltüren. Jede war der Serviceeingang einer anderen Firma. Der von Batten Schechter war der einzige, neben dem ein elektronischer Ziffernblock montiert war.

Aus meinem Seesack zog ich eine lange, flexible Metallrute. Sie hatte einen 90-Grad-Winkel und an einem Ende einen Haken. Es handelte sich um ein Spezialwerkzeug namens Leverlock, das nur an Mitarbeiter von Sicherheitsfirmen und staatlichen Behörden verkauft wurde. Ich kniete mich hin, schob die Rute unter der Tür durch, drehte sie um und schob sie nach oben, bis ich den Türdrücker an der Innenseite zu fassen bekam. Dann zog ich ihn herunter. Ich war drin. So viel zum schicken Ziffernblock.

Ich befand mich jetzt in so etwas wie einem rückwärtigen Korridor, in dem die Kanzlei Büromaterial und Reinigungsgerätschaften lagerte. Ich stellte meinen Teppichshampoonierer an eine Wand und ging im schwachen Schein der Notbeleuchtung weiter.

Es war, als käme man aus dem billigsten Zwischendeck in den Prunksaal der *Queen Mary*. Weicher Teppichboden, Mahagonitüren mit Messing-Namensschildern und antike Möbel.

Als namensgebender Partner der Anwaltssozietät belegte David Schechter das Eckbüro. In einer Nische vor den Doppeltüren aus Mahagoni, die ins Allerheiligste führten, befanden sich der Schreibtisch der Sekretärin und eine kleine Couch mit einem Beistelltisch. Die Doppeltür war abgeschlossen.

Dann sah ich einen weiteren elektronischen Ziffernblock, der auf Augenhöhe dezent am Türrahmen befestigt war. Eigenartig. Das bedeutete, dass Schechters Büro wahrscheinlich nicht von der Crew gereinigt wurde, die das übrige Gebäude sauber machte.

Außerdem konnte man daraus schließen, dass sich im Innern etwas befinden musste, dass es wert war, geschützt zu werden.

Ich holte einen schwarzen Transportbehälter aus dem Seesack. Darin lag in einer Schaumstoffschale, zusammengerollt wie eine Metallschlange, ein flexibles Endoskop mit einem etwa zwei Meter langen Glasfaserkabel. Ich bog einen Winkel in das Kabel, schraubte das Okular an, montierte noch eine Halogen-Lichtquelle und schob die Sonde dann unter der Tür durch. Ein Hebel am Griff ermöglichte mir, sie wie einen Elefantenrüssel hin- und herzuschwenken. Nun konnte ich erkennen, was sich auf der anderen Seite der Tür befand. Ich ging etwas weiter nach oben und untersuchte die Wand, die sich gegenüber der Tür befand. Dort schien nichts befestigt zu sein.

Als ich die Sonde dann aber auf die andere Seite des Türrahmens ausrichtete, sah ich ein rotes LED-Licht, das kontinuierlich brannte.

Ein Bewegungsmelder. Es war ein passiver Infrarot-Sensor. Er konnte die geringste Änderung der Raumtemperatur registrieren, wie sie zum Beispiel durch die Wärme verursacht wird, die ein menschlicher Körper ausstrahlt. Es war zwar ein handelsübliches, aber dennoch nicht leicht auszutricksendes Gerät.

Es gibt Methoden, um an diesen Dingern vorbeizukommen, obwohl das nicht mein Fachgebiet war. Ich konnte bestenfalls raten. Ich überlegte, ob ich die Operation abbrechen sollte. Aber ich war schon zu weit gekommen, um jetzt noch umzukehren.

Also suchte ich ein paar Gegenstände in den Büros von Batten Schechter zusammen. Der erste war leicht zu finden. Auf der Ablage hinter dem Schreibtisch von Schechters Sekretärin waren einige Fotografien aufgereiht. Ich schob die rechteckige Glasscheibe aus dem gerahmten Bild eines kleinen Mädchens, das auf den Knien eines Einkaufscenter-Weihnachtsmannes saß. In einem Lagerraum fand ich einen Karton mit Styroportafeln, wie sie zum Auskleiden von Kartons oder zum Schutz gerollter Dokumente verwendet werden, und eine Rolle Klebeband.

Zurück vor Schechters Büro, ließ ich den Leverlock unter den Doppeltüren hindurchgleiten und hatte sie in zehn Sekunden geöffnet.

Nun kam der komplizierte Teil.

Mit dem Styroporblock, den ich vor mich hielt wie ein Schild, bewegte ich mich langsam auf den Bewegungsmelder zu. Wenn ich mich richtig erinnerte, sollte das Styropor meine Wärmeabstrahlung so weit eindämmen, dass sie nicht gemessen werden konnte.

Es dauerte nervtötend lang, bis ich die Wand erreicht hatte, an der der Sensor montiert war. Das Gerät hatte wie die meisten modernen Infrarotsensoren einen Konstruktionsfehler. Es war mit einer sogenannten Kriechzonenerfassung ausgestattet. Falls jemand versuchen sollte, auf dem Boden unter dem Gerät hindurchzuschlüpfen, würde es sofort Alarm geben. Aber was darüber geschah, konnte es nicht erkennen.

Geschützt von meinem Styroporschild nahm ich die kleine Glasscheibe von meinem Gürtel, die mit Klebeband daran befestigt war, hob sie vorsichtig höher und platzierte sie dann vor der Sensorlinse. Mit einem Streifen Packband konnte ich sie sicher fixieren.

Dann ließ ich die Styroporplatte auf den Boden fallen. Das rote Licht leuchtete weiterhin ununterbrochen. Ich hatte keinen Alarm ausgelöst.

Langsam atmete ich aus.

Infrarotstrahlung kann Glas nicht durchdringen. Der Sensor konnte also nicht hindurchschauen, erkannte die Glasscheibe aber auch nicht als Hindernis.

Ich schaltete das Raumlicht an. Zwei Wände waren mit Mahagoni getäfelt, die anderen beiden fast vollständig verglast. Sie boten einen atemberaubenden Blick über Boston. Die Lichter glitzerten, als wäre ein Sternenbaldachin auf die Erde gefallen. Wer jeden Tag von seinem Büro aus so einen Blick genoss, konnte wirklich auf die Idee kommen, er regiere das Land, das sich unter ihm erstreckte.

Schechters Schreibtisch war eine kleine, fein gearbeitete Antiquität. Bis auf ein Telefon stand nichts darauf. Es gab einmal Zeiten, da war ein Schreibtisch um so größer, je mehr Macht ein Manager hatte. Heutzutage wird die Arbeitsfläche jedoch immer kleiner und zerbrechlicher, je wichtiger jemand ist.

Ich bemerkte eine weitere Doppeltür aus Mahagoni, die nicht abgeschlossen war. Als ich sie aufzog, schaltete sich die Deckenbeleuchtung ein. Das hier war Schechters Privatarchiv. Hier verwahrte er die Dokumente, die zu brisant waren, um sie zusammen mit den anderen Akten im Zentralarchiv der Kanzlei zu lagern.

Jeder Stahlarchivschrank war mit einem Hochsicherheitsschloss versehen. Die Schlösser hielten zwar Aufbruchsversuchen stand, die Schränke selbst jedoch nicht. Bei ihnen handelte es sich um ganz normale vierzügige Archivschränke. Genauso gut hätte man Schlösser für eintausend Dollar an einer Pappmascheetür anbringen können, die selbst ein Kind eintreten konnte.

Ich suchte mir den Schrank aus, der mit H-O beschriftet war, weil ich hoffte, dort Marshall Marcus' Akte zu finden. Kniend führte ich einen Blechstreifen zwischen die unterste Schublade und den Rahmen ein. Erwartungsgemäß ließ sich der Verschlussriegel hochschieben.

Dann öffnete ich die oberste Schublade und ging die einzelnen Hängeregister durch. Zuerst wirkten sie wie Akten von Mandanten, alte und aktuelle.

Aber das waren keine gewöhnlichen Mandanten. Es war ein Who's who der Reichen und Mächtigen. Hier befanden sich die Akten einiger der einflussreichsten Personen des öffentlichen Lebens in den Vereinigten Staaten der letzten drei oder vier Jahrzehnte. Es waren Namen von Personen, meistens Männer, obwohl es auch ein paar Frauen gab, die in Amerika das Sagen hatten. Nicht alle davon waren berühmt. An einige konnte man sich, wenn überhaupt, nur noch vage erinnern. Dazu gehörten ehemalige Direktoren der Nationalen Sicherheitsbehörde NSA und des Auslandsnachrichtendienstes

CIA, Staats- und Finanzsekretäre, bestimmte Richter des Obersten Bundesgerichts, Verwaltungschefs aus dem Weißen Haus, Senatoren und Kongressabgeordnete.

Aber es war ausgeschlossen, dass David Schechter auch nur einen Bruchteil von ihnen vertreten haben konnte. Was hatten diese Akten also zu bedeuten?

Während ich noch versuchte zu begreifen, was diese Namen verband, fiel mir ein Name ins Auge. MARK WARREN HOOD, LTG, USA.

Lieutenant General Mark Hood. Der Mann, der die verdeckten Operationen bei der Defense Intelligence Agency, dem militärischen Nachrichtendienst, geleitet hatte, bei dem ich früher einmal angestellt gewesen war.

Ich zog die braune Aktenmappe heraus. Aus irgendeinem Grund begann mein Herz zu pochen, als hätte ich eine Vorahnung.

Ich blätterte die Dokumente schnell durch, bis ich plötzlich ein Wort bemerkte, das mit blauer Tinte auf den Kopf jeder Seite gestempelt war: MERCURY.

Hier war es also. Und irgendwie gab es über meinen alten Boss sogar eine Verbindung zu mir.

Die Erklärung war zum Greifen nah, wenn es mir nur gelang, aus den Spalten voller Zahlen schlau zu werden. Es waren kryptische Abkürzungen, vielleicht auch Codes.

Ich hielt bei einem Foto inne, das an eine Karteikarte geheftet war. Oben auf der Karte standen die Worte BESCHEINIGUNG ÜBER AUSSCHEIDEN ODER ENTLASSUNG AUS DEM AKTIVEN DIENST. Es waren militärische Entlassungspapiere. Der Mann auf dem Foto hatte einen Bürstenhaarschnitt und war ein paar Kilo leichter als heute.

Es dauerte ein paar Sekunden, bis ich mich selbst erkannte.

Der Schock saß so tief, dass ich das leise Schlurfen auf dem Teppich hinter mir erst hörte, als es schon zu spät war. Dann spürte ich einen harten Schlag seitlich auf meinem Kopf, und alles wurde schwarz.

ALS ICH endlich wieder zu mir kam, fand ich mich in einer Art holzgetäfeltem Konferenzraum wieder. Ich saß an einem Ende eines riesigen Konferenztisches aus Kirschbaumholz.

In meinem Kopf klopfte es schmerzhaft. Als ich versuchte, meine Hände zu bewegen, stellte ich fest, dass meine Handgelenke mit Kabelbindern an die Metalllehnen eines Bürostuhls gefesselt waren. Meine Fußgelenke waren an die Mittelsäule des Stuhls gefesselt.

Am gegenüberliegenden Ende des Tisches saß David Schechter und betrachtete mich. Er schenkte mir seine Interpretation eines Lächelns. „Wussten Sie“, sagte er, „dass jeder, der sich widerrechtlich mit dem Vorsatz, eine Straftat zu begehen, Einlass in ein Gebäude verschafft, mit einer Gefängnisstrafe von bis zu zwanzig Jahren rechnen muss? Und dass Sie Ihre Tat wegen des Mitführens einer gefährlichen Waffe sogar lebenslänglich hinter Gitter bringen kann?“

„Ich vermute, die Polizei ist schon unterwegs.“

„Ich wüsste nicht, warum wir das nicht ohne Hilfe der Polizei regeln könnten.“

Ich musste grinsen. Er würde die Polizei nicht rufen. „Ich kann nicht klar denken, wenn mir das Blut in den Extremitäten abgeschnürt wird.“

Am Rand meines Blickfeldes standen zwei kräftige Schlägertypen herum. Wahrscheinlich Sicherheitsleute. Oder Personenschützer. Jeder hielt eine Glock in der Hand. Einer war blond, halslos, mit leerem Gesicht.

Den anderen erkannte ich wieder. Er hatte einen schwarzen Bürstenhaarschnitt und einen muskelstrotzenden Körperbau. Es war einer der beiden Männer, die in mein Loft eingebrochen waren. Über seinem linken Auge befand sich gleich unterhalb der Braue ein weißes Pflaster. Ein viel größeres war neben sein linkes Ohr geklebt. Ich erinnerte mich, dass ich ihm einen Elektrorasierer ins Gesicht geschleudert hatte.

Schechter schaute mich an und nickte. „Schneidet den Mann los!“

Der Gorilla warf seinem Brötchengeber einen protestierenden Blick zu, holte dann aber ein Cutter-Messer aus einer Tasche seiner Kampfjacke und durchtrennte die Nylonfesseln.

„Das ist schon viel besser“, sagte ich zu Schechter. „Falls Sie jetzt ein offenes Gespräch mit mir führen möchten, sollten Sie allerdings vorher diese beiden Muskelprotze wegschicken.“

Schechter nickte. „Semashko, Garrett, bitte wartet draußen!“

Als sich die Tür geschlossen hatte, fragte ich: „Weiß Marshall Marcus eigentlich, dass Sie die Entführung seiner Tochter arrangiert haben?“

Er schnaubte kurz, was wohl höhnisch wirken sollte. „Ich bedauere, dass Sie das glauben. Nichts könnte weniger der Wahrheit entsprechen.“

„Wenn man bedenkt, dass Sie sowohl mit Marcus als auch mit Senator Armstrong zusammenarbeiten, also den Vätern des entführten Mädchens und des Mädchens, das bei der Entführung geholfen hat, dann sind das doch ziemlich viele Zufälle, finden Sie nicht?“

„Ist Ihnen schon einmal der Gedanke gekommen, wir könnten alle auf derselben Seite stehen?“

„Als Sie mir befohlen haben, mich vom Senator und seiner Tochter fernzuhalten, und als Sie verkündeten, dass meine Dienste nicht länger benötigt würden, da sind in dem Punkt doch gewisse Zweifel in mir aufgekommen. Wissen Sie, ich bin auf der Seite von denen, die wollen, dass Alexa Marcus freigelassen wird."

„Ja, glauben Sie denn, dass ich das nicht will?"

Ich zuckte mit den Schultern.

„Lassen Sie es uns statistisch betrachten", sagte er. „Wie groß sind denn, ehrlich gesagt, die Chancen, dass Alexa lebend nach Hause zurückkehrt? Sie ist so gut wie tot."

„Ich würde mal sagen, Sie haben ihre Überlebenschancen drastisch verschlechtert, als Sie Marcus untersagten, ihnen die Mercury-Akten auszuhändigen. Sind diese Akten wirklich zwei Menschenleben wert?"

„Sie haben nicht die geringste Ahnung. Sie sind das Leben von einer Million Amerikanern wert, die für unser Land gefallen sind. Aber ich glaube, Sie wissen das bereits. Ist das nicht der Grund, weswegen Sie den militärischen Nachrichtendienst verlassen mussten?"

„Ich bin wegen einer Meinungsverschiedenheit gegangen."

„Eine Meinungsverschiedenheit mit Mark Hood, Ihrem Boss. Weil Sie sich weigerten, eine Untersuchung abzublasen, die fallen zu lassen man Ihnen ausdrücklich befohlen hatte. Eine Untersuchung, die gewisse Beteiligte vorab gewarnt hätte, denen nicht bewusst war, dass sie bei einer der größten Antikorruptionsermittlungen der Geschichte ins Fadenkreuz geraten waren."

„Komisch, dass mir damals keiner was davon erzählt hat."

„Es ging nicht. Nicht zu jenem Zeitpunkt. Aber jetzt bleibt uns keine andere Wahl, als uns auf Ihre Verschwiegenheit, Ihr Urteilsvermögen und Ihren Patriotismus zu verlassen."

„Sie wissen gar nichts über mich."

„Ich weiß eine Menge über Sie. Ich kenne die beachtliche Auflistung von Diensten, die Sie diesem Land bisher geleistet haben. Und das nicht nur auf dem Schlachtfeld, sondern auch bei der verdeckten Arbeit für das Verteidigungsministerium. General Hood sagt, Sie wären vielleicht der intelligenteste, mit Sicherheit aber der furchtloseste Agent gewesen, mit dem ihm jemals zu arbeiten vergönnt war."

„Ich fühle mich geschmeichelt", bemerkte ich spitz. „Und warum haben Sie sich für meine Dienstakte interessiert?"

Er beugte sich vor und meinte aufgebracht: „Weil das alles nie passiert wäre, wenn *Sie* für Marshalls Sicherheit zuständig gewesen wären! Ja, natürlich habe ich Sie überprüft."

„Weshalb?“, fragte ich.

Er legte eine Pause ein. „Sie haben bestimmt von diesen ‚verschollenen‘ zweitausendsechshundert Milliarden Dollar gehört, deren Fehlen ein Betriebsprüfer vor ein paar Jahren im Pentagon aufgedeckt hat?“

Ich nickte. Die Geschichte hatte in den Massenmedien nicht die Aufmerksamkeit bekommen, die man eigentlich hätte erwarten können. Vielleicht war eine solche Summe einfach zu groß, um sie zu begreifen. „Das Geld wurde nie gefunden, oder?“

Schechter zuckte mit den Schultern. „Darauf will ich gar nicht hinaus. Ich will lediglich sagen, dass das Pentagon ein schwarzes Loch ist. Das weiß jeder bei den Geheimdiensten.“

„Woher sollten Sie das denn wissen? Ist Batten Schechter eine Scheinfirma der CIA?“

„CIA? Ich bitte Sie. Haben Sie gesehen, wie tief die CIA in der Wichtigkeitsskala gefallen ist? Sie kommen jetzt gleich nach dem Büro für Arbeitsmarktstatistik.“

„In Ordnung, aber was zum Teufel sind Sie dann?“

„Ein Mittelsmann, sonst nichts. Nichts als ein Anwalt, der dabei hilft, sicherzustellen, dass niemand jemals wieder fast drei Billionen Dollar ‚verlegt‘.“

„Könnten Sie das nicht noch etwas vager formulieren?“

„Wer hat Ihr Gehalt gezahlt, als Sie für das Verteidigungsministerium gearbeitet haben?“

„Es kam aus irgendwelchen schwarzen Kassen“, antwortete ich. Es waren streng geheime Mittel, irgendwo tief im Budget der Regierung vergraben, für Geheimoperationen und geheime Forschungsprojekte. Für all die Dinge, die es offiziell gar nicht gibt. Und das Geld ist so gut in einem verworrenen Geflecht von Budgets versteckt, dass niemand genau weiß, wie viel es eigentlich ist und was damit bezahlt wird.

„Bingo!“

„Also bezieht sich Mercury auf Finanzierungen durch die schwarzen Kassen der Vereinigten Staaten?“

„Für den Dienstgebrauch reicht das, sagt man wohl. Haben Sie eine Vorstellung, wie groß diese schwarzen Kassen sind?“

„Sechzig Milliarden Dollar oder so.“

Er schnaubte. „Man könnte sagen, dass diese Zahl durchgesickert ist, weil man damit die Öffentlichkeit ruhigstellen wollte.“

„Dann sind Sie also …“, fing ich an und verstummte gleich wieder. Plötzlich wurde mir so einiges klar. „Wollen Sie mir damit erzählen, dass Marshall Marcus das Geld für die schwarzen Kassen der Vereinigten Staaten angelegt und verwaltet hat? Tut mir leid, das kaufe ich Ihnen nicht ab."

„Nicht alles natürlich. Aber einen anständigen Teil davon. Vor ein paar Jahren haben sich einige sehr kluge Männer den ständigen Wechsel von Ebbe und Flut bei den Verteidigungsausgaben angesehen und sind zu dem Schluss gekommen, dass wir unsere nationale Sicherheit von den Launen der Öffentlichkeit und politischen Moden abhängig machen. In einem Jahr heißt es: ‚Tötet alle Terroristen!' Im nächsten Jahr dann wieder: ‚Warum verletzen wir die Bürgerrechte?' Schauen Sie sich einmal an, wie die CIA in den 1990er-Jahren zerlegt wurde. Und dann passierte der 11. September, und alle waren empört. ‚Wo war die CIA? Wie konnte so etwas geschehen?' Ganz einfach, ihr habt die CIA *ausgeweidet*, Leute. Das ist passiert."

„Und?"

„Und dann wurde ganz weit oben beschlossen, in den fetten Jahren Mittel zur Seite zu legen, um die mageren Jahre abzusichern."

„Und man hat diese Gelder Marshall Marcus zum Investieren überlassen."

Er nickte. „Ein paar hundert Millionen hier, ein oder zwei Milliarden dort. Binnen Kurzem hatte Marshall unsere verdeckten Mittel vervierfacht."

„Brillant. Und jetzt ist alles weg. So viel zum Thema ‚schwarzes Loch'. Hört sich nicht gerade so an, als hätten Sie sich wesentlich besser angestellt als die Erbsenzähler im Pentagon."

„Da ist was dran. Aber niemand konnte damit rechnen, dass Marshall auf diese Weise zum Opfer werden würde."

„Also geht es Alexas Entführern gar nicht um Geld, oder? ‚Mercury in der Urfassung' – das bezieht sich auf das Verzeichnis der Investments?"

„Ich will nicht lang um den heißen Brei herumreden. Was die verlangen, gehört zu unseren sensibelsten Betriebsgeheimnissen. Wir haben es mit einem direkten Angriff auf die Grundlagen der nationalen Sicherheit der Vereinigten Staaten zu tun. Und, ehrlich gesagt, würde es mich gar nicht überraschen, wenn Putins Leute dabei ihre Hände im Spiel hätten."

„Also glauben Sie, dass die Russen dahinterstecken?"

„Davon gehe ich aus."

Das würde die Tatsache erklären, dass der Kidnapper ein ehemaliger russischer Strafgefangener war. Tolja hatte gemeint, die Mitglieder der Sova-Bande würden oft von den russischen Oligarchen angeheuert. Aber jetzt fragte ich mich, ob es nicht eher die russische *Regierung* war, die im Hintergrund die Fäden zog.

„Haben Sie Zugriff auf sicherheitsrelevante Informationen, die über die Top-Secret-Geheimhaltungsstufe hinausgehen?"

„Schauen Sie, das Pentagon kann nicht mehr so wie früher Gelder direkt in die Tarnfirmen schleusen. Sie kennen doch die ganzen Anti-Geldwäsche-Gesetze gegen den weltweiten Terror. Diese Gesetze eröffnen viel zu vielen Bürokraten in weltweit viel zu vielen Ländern die Möglichkeit, Mittel zurückzuverfolgen. Investitionen in zivile Projekte müssen aus dem privaten Sektor stammen, sonst fällt es irgendeinem Konzernrevisor auf, wenn er die Bilanzen prüft."

„So weit kann ich folgen. Und nun?"

„Wenn die falschen Leute die Überweisungsdaten in die Hände kriegen, bekommen sie tiefe Einblicke in die Organisationsstrukturen und Tarnfirmen und könnten herausfinden, wer was wo für uns erledigt. Das alles preiszugeben, wäre nicht weniger als ein schwerer Schlag für unsere nationale Sicherheit. Das kann ich nicht zulassen. Und wenn Marshall noch bei Sinnen wäre, würde er das auch nicht wollen."

„Da wäre ich mir nicht so sicher."

„Sie können mir glauben", sagte Schechter, „nichts würde mich glücklicher machen, als wenn es Ihnen gelingen würde, Alexa Marcus zu finden und irgendwie freizubekommen. Aber das ist, wie man mir versichert hat, nahezu unmöglich. Wir haben keine Namen von denen, die sie gefangen halten. Und wir haben nicht die leiseste Ahnung, wo sie ist."

Ich korrigierte ihn nicht. „Sind wir jetzt fertig?"

„Nicht ganz. Sie haben ein paar streng geheime Akten gesehen, und Sie müssen mir zusichern, dass davon nichts weitergetragen wird."

„Was in Ihren Akten steht, ist mir völlig egal. Mich interessiert nur, Marshall Marcus' Tochter zu finden."

Als ich aufstand, begann es wieder in meinem Kopf zu pochen. Ich drehte mich um und ging zur Tür. Schechters Schläger sahen mich draußen böse an. Ich grinste zurück.

„Nick", rief mir Schechter hinterher, „ich weiß, dass Sie das Richtige tun werden!"

„Klar", erwiderte ich. „Darauf können Sie sich verlassen."

Es war fast 22.30 Uhr, als ich wieder in Mr Derderians Lieferwagen saß. Während ich fuhr, schaltete ich mein BlackBerry ein. Es lud E-Mails herunter, und das Signal für eingegangene Sprachnachrichten piepte.

Einer der Anrufer war der Privatermittler in New Jersey, der sich Belinda Marcus' Vergangenheit vorgenommen hatte. Verblüfft hörte ich seine Mitteilung. Ihre Anstellung als Callgirl war der bei Weitem uninteressanteste Teil ihrer Vergangenheit.

Dann bemerkte ich, dass vier der eingegangenen Anrufe aus Moskau kamen. Ich schaute auf die Uhr. Nach Moskauer Zeit war es jetzt 6.30 Uhr morgens.

Ich rief an und weckte Tolja.

„Ich habe Nachrichten für Sie hinterlassen“, sagte er.

„Ich war vorübergehend nicht erreichbar. Haben Sie Namen für mich?“

„Ja, Nicholas, habe ich. Ich hielt es aber nicht für ratsam, diese Information auf Ihrem Anrufbeantworter zu hinterlassen.“

„Moment mal, ich fahre rechts ran und such mir was zum Schreiben.“

„Einen einzigen Namen werden Sie sich sicher merken können.“

ES WAR SCHON ZU SPÄT, um noch den Linienflug zum New Yorker LaGuardia-Flughafen zu erwischen. Aber ein alter Freund flog Frachtflugzeuge für FedEx. Er verschaffte mir einen Platz im 23-Uhr-Frachtflug von Boston nach New York. Kaum eine Stunde später betrat ich schon einen nur Erwachsenen vorbehaltenen „Entertainment Club“ namens „Gentry“ in der fünfundvierzigsten Straße West in Manhattan.

Die Teppiche im Innern waren leuchtend rot. Die Musik war schlecht und laut. Es gab schrille rote Kunststoff-Liegestühle und mit rotem Plastik überzogene Bänke und Sitzgruppen. Die Hälfte davon war mit Messebesuchern und Angestellten aus dem mittleren Management besetzt, die ihre Kunden ausführten. Disco-Stroboskoplichter rotierten.

Ich fand den „VIP“-Raum im ersten Stock. Hier war die Musik etwas gedämpfter, und eine etwas hochkarätigere Klientel saß in Sitzinseln, die mit hellbraunem Wildleder bezogen und zur Bühne hin ausgerichtet waren. Der Kerl, nach dem ich Ausschau hielt, saß in einer dieser Sitzinseln. Er wurde von zwei bulligen Bodyguards flankiert. Man konnte schon aus einem Kilometer Abstand erkennen, dass es Russen waren.

Der Kerl selbst war groß und dünn und hatte einen teigigen Teint nebst ungleichmäßigem Ziegenbart. Er trug ein affiges Jackett aus schwarzem Samt und wurde von fünf oder sechs ebenso ungepflegt wirkenden Typen seines Alters umringt, die Kurze kippten, zu laut lachten und sich ansonsten danebenbenahmen.

Arkady Nawrozow sah aus wie vierzehn, obwohl er fast zwanzig war. Selbst wenn man nicht wusste, dass sein Vater, Roman Nawrozow, geradezu obszön reich war, konnte man das an dem Benehmen des Jungen erkennen. Angeblich belief sich Roman Nawrozows Vermögen auf über fünfundzwanzig Milliarden Dollar. Er war ein Exilant aus Russland, wo er sein Vermögen als einer der frischgebackenen Oligarchen unter Jelzin angehäuft hatte, indem er ein paar staatliche Öl- und Gasfirmen unter seine Kontrolle gebracht und später in seinen Privatbesitz überführt hatte. Als Putin an die Macht kam, steckte er Nawrozow unter dem Vorwurf der Korruption in den Knast, und der saß fünf Jahre im berüchtigten Gefängnis Kopeisk ab.

Aber er musste heimlich irgendeinen Handel mit Putin abgeschlossen haben, weil er ohne Aufsehen aus dem Gefängnis entlassen wurde und mit einem Großteil seines Vermögens ins Exil gehen konnte. Er hatte Häuser in Moskau, London, New York, Paris, Monaco. Seine Jacht, die größte und teuerste der Welt, war mit einem französischen Raketenabwehrsystem ausgestattet.

Denn Roman Nawrozow lebte in Angst. Er hatte zwei öffentlich bekannt gewordene Mordanschläge und vermutlich auch noch zahllose weitere überlebt, was er seiner über fünfzig Mann starken Armee von Leibwächtern zu verdanken hatte. Er hatte den Fehler begangen, sich gegen Putin und dessen „Kleptokratie" auszusprechen; Putin war da anscheinend etwas empfindlich.

Weil er fürchtete, dass sein Sohn entführt werden könnte, sorgte Nawrozow dafür, dass auch Arkady nirgendwo ohne die Begleitung seiner eigenen, zu ihm passenden Truppe von Bodyguards hinging. Aber Arkady war ein moderner junger Mann und postete allerlei auf Facebook, etwa wo man sich im Lauf eines Tages jeweils aufhielt. An diesem Tag hatte er Folgendes gepostet: @ GENTRY: MISCHEN HEUTE ABEND DEN VIP-RAUM AUF!

Auch ich ging ins Gentry. Nur wollte ich es nicht aufmischen, und ich postete es auch nirgends. Das verdirbt einem nur die Überraschung.

Mein Tisch lag auf der anderen Seite des Raumes, aber ich hatte noch Blickkontakt zu dem jungen Russen. Ich sah auf meine Uhr.

Auf die Minute genau näherte sich die bestaussehende Frau im Raum Arkady. Seine Bodyguards hielten Cristal nicht für eine tödliche Bedrohung. Sie flüsterte dem Knaben etwas ins Ohr und schmiegte sich auf seinen Schoß. Seine Freunde kicherten. Arkady stand auf und folgte ihr in einen durch Vorhänge abgeteilten Privatbereich. Seine Bodyguards eilten hinterher, aber er winkte ab. Genau, wie ich es erwartet hatte.

Ich war schon weg, bevor sie wieder bei der Sitzinsel waren.

DER ABGETRENNTE BEREICH für Privataufführungen, in den Cristal Arkady geführt hatte, hatte mit rotem Samt gepolsterte Wände, und in der Mitte stand ein großes rotes Samtbett mit goldenen Fransen. Es gab nur spärliches Licht.

Von meinem Platz hinter den roten Vorhängen aus konnte ich beobachten, wie die beiden hereinkamen. „Mach's dir schön gemütlich, und ich hole etwas Champagner, ja? Magst du Dom?“ Sie setzte ihn aufs Bett, steckte ihre Zunge in sein Ohr und flüsterte: „Süßer, wenn ich wieder da bin, sorge ich dafür, dass dir das Gehirn durch die Schädeldecke fliegt.“ Dann schlüpfte sie durch die Vorhänge hinaus. Ich reichte ihr ein Bündel Geldscheine. Es war die zweite Hälfte von dem, was ich ihr versprochen hatte.

Arkady bemerkte nicht, wie ich mich von der anderen Seite ans Bett heranschlich. Schnell wie eine Kobra stürzte ich nach vorn, klatschte eine Hand auf seinen Mund und rammte ihm meinen Revolver an die Schläfe. Ich krümmte meinen Finger um den Abzug.

„Hast du schon mal gesehen, wie einem Mann das Gehirn durch die Schädeldecke fliegt, Arkady?“, flüsterte ich. „Ich schon. So was vergisst man nie.“

ROMAN NAWROZOW gehörte das Penthouse im „Mandarin Oriental“, von dem aus man einen der schönsten Ausblicke auf die Stadt genießen konnte. Meinem KGB-Freund Tolja zufolge fühlte er sich im Mandarin sicher.

In der Lobby erwartete mich ein schlanker, elegant gekleideter silberhaariger Mann um die sechzig. Er stellte sich als Eugene vor. Er sei ein „Gesellschafter“ Mr Nawrozows. Obwohl er wusste, dass ich gerade den Sohn seines Chefs gekidnappt hatte, bewahrte er angenehme Umgangsformen. Er wusste, dass ich gekommen war, um ein Geschäft auszuhandeln.

Als er mich zu Nawrozows privatem Aufzug führte, sagte ich: „Ich fürchte, meine Pläne haben sich ein wenig geändert. Wir werden uns nicht in seiner Wohnung treffen. Ich habe ein Zimmer im Hotel reserviert.“

„Ich bin mir nicht sicher, ob Mr Nawrozow damit einverstanden sein wird.“

„Falls er seinen Sohn je wiedersehen möchte, darf man vielleicht etwas Flexibilität von ihm erwarten. Aber es ist natürlich seine Entscheidung.“

Fünfzehn Minuten später öffnete sich die Fahrstuhltür zum achtunddreißigsten Stockwerk, und fünf Männer traten aus der Kabine. Es war Roman Nawrozow mit einer kleinen Truppe von Bodyguards. Sie bewegten sich mit militärischer Präzision.

Roman Nawrozow war ein stämmiger Mann. Er war nicht groß, aber er strahlte Autorität aus. Er hatte buschige Augenbrauen, und ein unnatürlich schwarzer Haarkranz rankte sich um eine große, kahle Halbkugel.

Als die Gruppe den Flur zur Hälfte durchquert hatte, hob der erste Bodyguard die Hand. Nawrozow blieb stehen, flankiert von seiner Entourage. Der erste Bodyguard näherte sich mit gezückter Waffe der Tür. Er sah sofort, dass die Tür unverschlossen und an den Schnapper des Sicherheitsschlosses nur angelehnt war. Er machte eine weitere Handbewegung, und ein zweiter Bodyguard schloss sich ihm an. Die beiden nahmen flink ihre Positionen an beiden Seiten der Tür ein. Der erste trat die Tür auf, dann drangen sie mit gezückter Waffe ein.

Aber da ich sie durch den Türspion des gegenüberliegenden Zimmers beobachtete, trafen sie niemanden an. Ich tippte eine Nummer in mein Handy. „Bewege mich zur ersten Position", sagte ich, als abgenommen wurde.

„Verstanden", antwortete eine Stimme.

Sie gehörte einem Mitglied meiner Abteilung bei den Special Forces namens Darryl Amos. Noch während ich im Flugzeug gesessen hatte, war er schon in die Stadt gefahren. Er kam aus Fort Dix in New Jersey, wo er Soldaten für die logistische Planung von Truppenbewegungen ausbildete. Er hatte in der dreiundvierzigsten Straße in einem wanzenverseuchten Hotel eingecheckt und spielte dort momentan den Babysitter für Roman Nawrozows Sohn.

Ich öffnete die Tür und überquerte den Flur.

EINE MINUTE SPÄTER stand ich am Fenster und nur wenige Meter von dem Mann entfernt, der der Drahtzieher von Alexa Marcus' Entführung war. Wir waren allein im Raum.

Er saß mit gekreuzten Beinen im Zimmer und schaute mich herrisch an. „Sie sind ziemlich vertrauensselig", sagte er.

„Weil ich unbewaffnet bin?"

Das waren wir beide. Er trug nur selten eine Waffe, und ich hatte meine abgegeben. Seine Bodyguards waren im Flur direkt neben der Tür in Stellung gegangen.

Er antwortete, ohne mich eines Blickes zu würdigen. „Sie sagen, Sie haben meinen Sohn. Vielleicht haben Sie ihn, vielleicht auch nicht. Auf jeden Fall haben wir jetzt Sie." Er grinste. „Wie Sie sehen, haben Sie diese Geschichte nicht sehr geschickt eingefädelt."

„Vielleicht wollen Sie ihrem Sohn ja selbst erzählen, dass es Ihnen egal ist, was mit ihm geschieht." Ich ging zu dem Laptop, den ich auf dem Tisch platziert hatte, und tippte etwas ein, um das Fenster zum Video-Chat zu öffnen.

Über den Laptopmonitor lief live ein Videostream mit Arkady Nawrozow, der mit zerzaustem Haar vor einer schmuddeligen weißen Gipswand saß. Über seinem Mund klebte ein breiter Klebestreifen. Sein schwarzes Samtjackett trug er nicht mehr. Stattdessen hatte ihn Darryl in eine Zwangsjacke gesteckt. Sie bestand aus schwerem Leinen in gebrochenem Weiß und hatte lange Ärmel, die sich vorn kreuzten und im Rücken festgeschnallt wurden. In der schlechten alten Zeit wurden in sowjetischen psychiatrischen Gefängnissen solche Zwangsjacken bei politischen Dissidenten verwendet. Die Jacke war eigentlich nicht unbedingt nötig, aber ich wusste, dass der Anblick Nawrozows Herz erweichen würde, auch wenn es aus Granit sein mochte.

Sein Sohn kauerte auf dem Bett. Man sah den Lauf einer Waffe, die ins Bild geschoben wurde und die Schläfe des Jungen berührte. Er verdrehte hektisch die Augen, versuchte zu schreien, aber es kam nichts heraus.

Sein Vater seufzte. „Was wollen Sie?“, fragte er.

„Ganz einfach“, erwiderte ich. „Ich will, dass Alexa Marcus auf der Stelle freigelassen wird.“

„Sollte ich den Namen kennen?“ Er lächelte freudlos.

Ich seufzte enttäuscht. „Wir haben beide keine Zeit für solche Spielchen. Wo ist sie? Ich will die genauen Koordinaten.“

„Wenn ich einen Mann für irgendetwas bezahle, schaue ich ihm nicht über die Schulter. Die wissen nicht, wer ich bin, und ich weiß nicht, wer die sind.“

„Und wie kommunizieren Sie mit denen?“

„Über einen Unterhändler. Mittelsmann sagt man hier, glaube ich, oder?“

„Aber Sie müssen doch eine Ahnung haben, wo sie sind.“

Er zuckte mit den Schultern. „In New Hampshire, glaube ich. Das ist alles, was ich weiß.“

„Und wo ist Ihr Mittelsmann?“

„In Maine.“

„Und wie erreichen Sie ihn?“

Als Antwort zog er sein Handy aus der Tasche. Schwenkte es vor mir.

„Rufen Sie ihn an und sagen Sie ihm, dass die Sache abgeblasen ist!“, befahl ich.

Er presste die Lippen aufeinander. Es ärgerte ihn, dass jemand so mit ihm sprach. Daran war er nicht gewöhnt. „Dafür ist es bereits viel zu spät.“

„Brechen Sie die Operation ab“, forderte ich.

Er lächelte. „Sie vergeuden meine Zeit.“

Ich tippte wieder ein paar Tasten auf dem Laptop, woraufhin sich das Videobild zu bewegen begann. Mit einem weiteren Tastendruck schaltete ich das eingebaute Computermikrofon an und sagte: „Erschieß ihn.“

Nawrozow schaute mich an und blinzelte. Er glaubte mir nicht.

Auf dem Bildschirm kam plötzlich Bewegung. Die Kamera ruckelte. Man sah jetzt nur noch einen Teil vom Körper des Jungen – seine Schulter und den Arm im weißen Grobleinen seiner Zwangsjacke.

Und man sah den schwarzen Zylinder des Schalldämpfers, der auf den

Lauf von Darryls .45er-Heckler & Koch geschraubt war. Darryls Hand hielt die Pistole. Sein Zeigefinger krümmte sich um den Abzugsbügel.

Nawrozows Augen wurden immer größer, gebannt betrachtete er das Bild auf dem Monitor.

Darryls Finger zog am Abzug. Der Schuss aus dem Schalldämpfer machte laut *Plopp*. Beim Rückstoß war an der Pistole schwaches Mündungsfeuer zu erkennen.

Nawrozow stieß einen eigenartigen gepressten Schrei aus.

Der Schrei seines Sohnes wurde vom Klebeband unterdrückt. Sein rechter Arm zuckte, und in seinem Oberarm war ein Loch zu sehen. Blut spritzte. Auf dem weißen Leinen erschien ein großer roter Fleck. Arkady Nawrozows Arm zuckte hin und her. Seine Qualen waren unübersehbar. Das ganze Bett schaukelte unter ihm.

Ich klickte das Video weg. „Rufen Sie Ihren Mittelsmann an und sagen Sie ihm, dass die Operation vorbei ist."

Er starrte mich ein paar Sekunden lang an. Dann nahm er sein Handy heraus, drückte einen einzigen Knopf und hielt es an sein Ohr. Ein paar Sekunden später sprach er russisch. Schnell und leise.

Er drückte einen anderen Knopf, um das Gespräch zu beenden. Dann sagte er: „Ich habe getan, was Sie wollten."

„Und wenn Ihr Mittelsmann diesen Anruf getätigt hat: Wie lang wird es dann noch dauern, bis Alexa freikommt?"

„Er muss das persönlich erledigen."

„Sie meinen, er muss den Auftragnehmer eliminieren."

„Das ist eine Sache der betrieblichen Sicherheit", erwiderte Nawrozow.

„Aber er muss von Maine aus hinfahren?"

„Es wird dreißig Minuten dauern. Länger nicht. So. Dann sind wir hier wohl fertig."

„Nicht, bevor ich nicht mit Alexa gesprochen habe."

„Das kann dauern. Mein Sohn braucht sofort eine ärztliche Behandlung."

„Je schneller sie frei ist, desto rascher wird Ihr Sohn behandelt."

Er atmete aus. „Fein. Somit haben wir unser Geschäft abgeschlossen. Marcus erhält seine Tochter zurück, und ich werde meinen Sohn bekommen."

„Eigentlich sind wir hier noch nicht fertig."

Nawrozow betrachtete mich aus zusammengekniffenen Augen.

„Nur ein paar Fragen zu Anja Afanasjewa."

Er holte tief Luft. Nun wusste ich, dass ich ihn hatte.

„Wo hat sie sich einen derartig lausigen Georgia-Akzent zugelegt?"

Roman Nawrozow nahm eine flache schwarze Schachtel aus seiner Brusttasche, die vorn mit einem goldenen Adler bedruckt war. Vorsichtig entnahm er ihr eine schwarze Zigarette mit einem Goldfilter und steckte sie sich in den Mund. Mit einem Streichholz zündete er sie an, nahm einen tiefen Zug und blies eine große Rauchwolke aus.

„Anja Iwanowna war eigentlich keine so schlechte Schauspielerin", sagte er, „aber was den Staat Georgia anbetrifft, hätte sie sich tatsächlich gründlicher einarbeiten müssen."

Ich hatte keinen Grund anzunehmen, dass Marshall Marcus mich angelogen hatte, als er erzählte, wie er die Frau kennengelernt hatte, die sich selbst Belinda Jackson nannte. Schließlich war er das Opfer. Und als er sich dann zum ersten Mal mit ihr in der Bar des Ritz-Carlton in Atlanta getroffen hatte, musste er sofort gewusst haben, dass sie eine Escortlady war. Nur dass sie für Roman Nawrozow arbeitete, wusste er nicht.

Mein Cyber-Ermittler hatte den Zeitraum ihrer Anstellung bei der Begleit-Agentur überprüft und mir mein Bauchgefühl bestätigt. Und dann hatte er noch tiefer in ihrer Vergangenheit gewühlt und herausgefunden, dass die Frau, die ihren Namen in Belinda Jackson geändert und die Schule für darstellende Künste in Lincoln Park, New Jersey, abgebrochen hatte, dort tatsächlich unter ihrem richtigen Namen eingeschrieben gewesen war: Anja Iwanowna Afanasjewa. Sie war in Woodbine, New Jersey, als Tochter russischer Emigranten groß geworden. Und das war dann eigentlich auch schon alles, was ich an Fakten hatte. Alles andere waren Vermutungen.

„Ich nehme an, dass Sie Anja mit einem umfassenden Dossier über Marshall Marcus ausgestattet haben", sagte ich.

Nawrozow brach in Gelächter aus. „Glauben Sie wirklich, dass eine so attraktive Frau wie Anja ein Dossier benötigt, um das Herz eines dummen alten Mannes zu erobern? Die meisten Männer haben sehr schlichte Bedürfnisse."

„Ihre eigenen Bedürfnisse waren auch ziemlich schlicht. Seine Kontonummern und Passwörter, die Struktur seines Fonds und Informationen über die kritischen Schwachstellen."

Nawrozow schnaubte spöttisch, was wohl bedeuten sollte, dass er alles abstritt.

„Hören Sie, die Geschichte Ihrer Karriere ist mir vertraut. Die Art und Weise, wie Sie sich insgeheim die Kontrolle über die zweitgrößte Bank Russlands verschafften und mit ihrer Hilfe die Aluminiumindustrie übernahmen. Das war wirklich außergewöhnlich."

Er zwinkerte und nickte, und es war deutlich, dass er nicht willens war, sich anmerken zu lassen, wie sehr er meine bewundernden Worte genoss. Aber Männer wie er sind ungewöhnlich empfänglich für derartige Schmeicheleien. Und ich spürte, dass mein Plan funktionierte.

„Die Art und Weise, wie Sie sich Marcus Capital Management unter den Nagel gerissen haben, hätte nicht brillanter sein können. Sie haben tatsächlich die Banco Transnacional de Panamá gekauft, über die alle Geschäfte von Marcus abgewickelt wurden. Und seinen Börsenmakler. Genial."

Strategische Täuschung ist eine knifflige Sache. Der Trick dabei ist, seine Zielperson niemals wirklich zu täuschen, sondern sie in der Überzeugung zu bestärken, die sie sowieso schon hat.

Roman Nawrozow lebte in einer Welt von Paranoia und Misstrauen. Deshalb war er schon ganz automatisch geneigt gewesen, das inszenierte Video für bare Münze zu nehmen, das Darryl zuvor mithilfe eines Kumpels aufgezeichnet hatte, der bereit gewesen war, sich eine Zwangsjacke anzuziehen, die er mit einem Knallfrosch und einem blutgefüllten Kondom verdrahtet hatte. Roman Nawrozow hielt alles für echt. Schließlich hatte er den Ehegatten und Kindern seiner Gegenspieler schon weitaus Schlimmeres angetan. Solche Grausamkeit war ihm nicht fremd.

Was ich allerdings gerade machte, ihm Informationen zu entlocken, indem ich vorgab, mehr zu wissen, als es der Wahrheit entsprach, war ein viel riskanteres Spiel. Denn mir konnte jederzeit etwas herausrutschen, an dem er merkte, dass ich schlicht und einfach log.

Ein paar Sekunden lang beobachtete er mich. „Nun", sagte er, und da war es endlich: das stolze Lächeln, das ich zu provozieren erhofft hatte.

Auf eine gewisse verquere Art war es ja auch tatsächlich genial gewesen. Wenn es irgendwo einen Hedgefond gibt, den man plündern will, dann muss man nichts weiter tun, als die Bank zu kaufen, die das Portfolio verwaltet. Den meisten normalen Hedgefonds würde so etwas natürlich nicht passieren, weil sie mit den großen US-Investmentbanken zusammenarbeiten. Aber Marcus Capital war kein normaler Hedgefond.

„Erzählen Sie mir mal", forderte ich ihn auf, „warum Sie dann Marshalls Tochter entführen mussten?"

„Es war ein Akt der Verzweiflung, weil der ursprüngliche Plan überhaupt nicht funktionierte." Er nahm einen tiefen Zug seiner Zigarette und blies den Rauch langsam aus.

„Sie wollten die Mercury-Akten."

„Ganz genau."

„Sie hatten also vor, die Akten über die schwarzen Kassen an die russische Regierung zu verkaufen?"

„Schwarze Kassen? Glauben Sie wirklich, dass die Mercury-Akten etwas mit Amerikas geheimem Militärbudget zu tun haben?“

„Sie enthalten die Details unserer geheimsten Geheimdienstoperationen.“

Er sah mich überrascht an. „Ist es das, was man Ihnen erzählt hat? Wollen Sie mir vielleicht als Nächstes weismachen, dass Sie auch noch an den Weihnachtsmann und den Klapperstorch glauben?“

Dann klingelte sein Handy. Nawrozow schielte auf das Display. „Der Mittelsmann“, sagte er.

10. KAPITEL

Kirill Alexandrowitsch Chuzhoi fuhr den langen Feldweg hinunter. Drecksarbeit machte ihm keinen Spaß, aber Roman Nawrozow bezahlte ihn außerordentlich gut, und wenn er verlangte, dass bestimmte Maßnahmen ergriffen wurden, dann würde Chuzhoi tun, was auch immer erforderlich war. Herrgott, schließlich war er sogar nach Boston gefahren, um einen kleinen Drogendealer direkt vor der Nase des FBI auszuschalten!

Aber der Auftragnehmer, der *Zek,* ein Verurteilter, der in Kopeisk gesessen hatte, war dafür bekannt, so gern zu morden, dass er den Prozess in die Länge zog, um länger etwas davon zu haben. Im Arbeitsumfeld dieses Mannes mochten solch verstörende Anzeichen von Sadismus als Qualifikation gelten. Vielleicht waren sie sogar notwendig. Ihm war alles zuzutrauen.

Der Kerl wusste, dass er den Leuten mit seinem rasierten Schädel, dem starrenden Blick und der grotesken Tätowierung Angst einjagte, und es war unverkennbar, dass ihm das gefiel. Für alle anderen hatte er nur Verachtung übrig. Deshalb würde er nie auf die Idee kommen, dass sich ein alter, abgehalfterter KGB-Mann wie Chuzhoi unterstehen würde, das zu versuchen, was der während ihres Treffens vorhatte. Das Überraschungsmoment war Chuzhois einziger Trumpf gegen dieses eiskalte Monstrum.

Ein überwucherter Rasen kam ins Blickfeld: verwildert, fast wie ein Dschungel. Mitten drin befand sich ein kleines, niedliches Schindelhaus. Chuzhoi parkte seinen schwarzen Audi und ging zur Vordertür. Es hatte zu regnen begonnen.

Chuzhoi trug denselben schicken Maßanzug, den er auch schon in Boston getragen hatte. Sein langes graues Haar hing bis auf seinen Hemdkragen herunter. Seine zuverlässige Makarow .380 war in einem Halfter hinten an seinem Rücken verborgen.

Plötzlich schwang die grün gestrichene Tür auf, und ein Gesicht tauchte aus der Dunkelheit auf. Der rasierte Schädel, das intensive Starren, die tief gefurchte Stirn – Chuzhoi hatte fast vergessen, wie furchterregend der Mann aussah. Der *Zek* sagte nichts. Er glotzte nur und drehte sich um. Chuzhoi folgte ihm in sein düsteres Quartier.

„Hinsetzen." Der *Zek* zeigte auf einen Lehnstuhl mit hoher Rückenlehne.

„Ist das Mädchen hier?", fragte Chuzhoi.

„Nein." Der *Zek* blieb stehen. „Was soll dieses Treffen?"

„Die Operation wurde abgeblasen. Das Mädchen muss sofort freigelassen werden." Chuzhoi zog ein paar Papiere aus der Brusttasche. „Ich werde dafür sorgen, dass Ihnen sofort Ihre Erfolgsprämie überwiesen wird. Sie müssen nur hier unterschreiben. Außerdem werden Sie einen Bonus von einhunderttausend Dollar in bar erhalten, sobald Sie das Mädchen übergeben haben."

„Aber ‚abgeblasen' ist nicht dasselbe wie ‚abgeschlossen'", erwiderte der *Zek*. „Wurde das Lösegeld nicht gezahlt? Oder wurden andere Vereinbarungen getroffen?"

Chuzhoi zuckte die Schultern. „Ich bin nur der Bote."

Der *Zek* kam näher. „Wir könnten selbst in das Geschäft einsteigen. Der Vater des Mädchens ist ein Milliardär. Wir könnten ein Lösegeld verlangen, das für unser ganzes Leben reicht."

„Der Vater hat nichts mehr."

„Männer wie der haben immer noch irgendwo Geld."

Der *Zek* legte kameradschaftlich seinen Arm um Chuzhois Schultern. „Stellen Sie sich doch nur einmal vor, wie viel wir da herausholen könnten – Sie und ich." Seine Hand glitt sanft an Chuzhois Rücken hinunter, bis er leicht den Griff der Pistole umfasste. „Das letzte Mal kamen Sie unbewaffnet."

„Die Waffe dient nur meinem Schutz."

„Wissen Sie, was das hier ist?", fragte der *Zek*.

Chuzhoi sah das Blitzen der Stahlklinge und den dicken schwarzen Griff. Natürlich wusste er, was das für ein Ding war. In dem ruhigsten Tonfall, zu dem er imstande war, sagte er: „Ich unterhalte mich immer gern über neue geschäftliche Möglichkeiten."

Er spürte die Spitze der Klinge an seiner Seite.

Die linke Hand des *Zeks* glitt wieder an Chuzhois Wirbelsäule hinauf bis zu seiner linken Schulter. Plötzlich fühlte er einen stechenden Schmerz, und sein linker Arm wurde bewegungsunfähig.

„Ich weiß, dass die Lösegeldforderung des Klienten noch nicht erfüllt worden ist", sagte der *Zek*. „Und ich weiß auch, dass er einen Deal gemacht hat und mich fallen lassen will."

Chuzhoi öffnete den Mund, um es abzustreiten, aber die Klinge war ein wenig tiefer eingedrungen und dann wieder zurückgezogen worden. Der Schmerz war so intensiv, dass er nach Luft schnappen musste.

„Ich glaube, Sie haben schon eine Ahnung, wo das Mädchen ist", sagte der *Zek*.

Chuzhoi zögerte. Er wollte nicht zugeben, dass er den Mann seit ihrem letzten Treffen beschatten ließ. Chuzhoi hatte dem Beschatter befohlen, ihn nur locker zu überwachen. Tatsächlich war er so weit zurückgeblieben, dass er ihn aus den Augen verloren hatte. Aber war es möglich, dass der *Zek* etwas von der Überwachung mitbekommen hatte?

Trotzdem hatte Chuzhoi nur eine ungefähre Vorstellung, wo das Begräbnis stattgefunden hatte. Den Namen der Stadt wusste er nicht. Das Land, ja. Hunderte von Quadratkilometern. Na und? Das war so gut wie nichts.

Aber noch bevor er sich irgendeine Antwort überlegen konnte, redete der *Zek* weiter. „Ein Mann mit Ihrer Erfahrung sollte zum Beschatten bessere Leute anheuern."

Wieder spürte Chuzhoi die Klinge, und der Schmerz schoss von der Schädeldecke aus bis hinunter in seine Fußsohlen. Völlig verzweifelt schrie er: „Was wollen Sie?" Aber da war das Messer schon tief in seinen Bauch eingedrungen.

„Darf ich mir Ihr Telefon ausleihen?", fragte der *Zek*. „Ich würde gern einen Anruf tätigen."

„LEGEN SIE das Gespräch auf den Lautsprecher", sagte ich Nawrozow.

Das war er nun. Der Anruf, der uns entweder die Nachricht bringen würde, dass die Entführung erfolgreich abgeblasen worden war, oder …

Nawrozow war sofort am Apparat. *„Da?"*

Ich hörte etwas Seltsames, Unerwartetes. Einen Schrei.

Und dann die Stimme eines Mannes, der ruhig etwas auf Russisch sagte.

Im Hintergrund war ein durchgehendes Wimmern zu hören. Ein Wortschwall, der wie ein Flehen klang.

Ich sah zu Nawrozow. „Wer ist das?"

Plötzlich wurde das Wimmern im Hintergrund lauter und verwandelte sich in einen hohen, schrillen Schrei, bei dem sich meine Nackenhaare aufrichteten. Dann wieder ein Wortschwall. Nawrozow sah erschrocken aus.

„Wer ist das?", wollte ich erneut wissen.

Dann kam die ruhige Stimme wieder aus dem Lautsprecher. „Ist da jemand bei Ihnen?", fragte der Mann, diesmal auf Englisch. „Sagen Sie Mr Nawrozow, dass sein Angestellter leider nicht länger in der Lage ist, ihm Bericht zu erstatten. Auf Wiedersehen."

Die Verbindung wurde getrennt.

Ich fühlte mich elend. Ich wusste, dass es zum Äußersten gekommen war. Nawrozow wusste es auch. Er schleuderte das Handy quer durch den Raum.

„Wer war das?“, fragte ich.

„Das ist doch der Sinn eines Mittelsmannes!“, schrie er. „Ich *weiß* nicht, wer das ist.“

„Wissen Sie denn, *wo* er ist?“

„Ich sagte es Ihnen bereits. Irgendwo in New Hampshire!“

„Eine halbe Autostunde von Maine entfernt. Richtig? So weit, so gut. Aber wissen Sie, ob er sich im nördlichen Teil des Bundesstaates oder im Süden oder wo auch immer befindet? Haben Sie wirklich keine Ahnung?“

Er antwortete nicht, und ich sah ihm an, dass er es nicht wusste. Und dass ihm gerade etwas widerfuhr, das er nur äußerst selten erlebte: eine Niederlage.

„Warten Sie“, sagte er dann mit belegter Stimme. „Ich habe doch noch etwas. Ein Foto. Der Mittelsmann konnte heimlich ein Foto des Auftragnehmers machen. Nur für alle Fälle.“

„Vom Gesicht?“

Er nickte. „Allerdings kein Name. Und das Gesicht des Mannes taucht in keiner der Datenbanken Ihrer Strafverfolgungsbehörden auf. Es wird nicht leicht sein, ihn zu finden.“

„Ich will das Foto. Und ich will noch etwas. Ich will wissen, was Mercury wirklich ist.“

Er erzählte es mir.

Dreißig Minuten später, immer noch wie gelähmt von dem Schock, fand ich den Weg zur Straße und hielt ein Taxi an.

KURZ VOR SECHS UHR morgens landete die Frachtmaschine von FedEx in Boston. Ich brauchte dringend etwas Schlaf. Wollte ich auch nur die leiseste Chance haben, Alexa Marcus zu finden, brauchte mein Gehirn unbedingt eine Pause.

Als ich den Defender einparkte, klingelte mein Telefon.

Es war Tolja Wasilenko. „Wegen des Bildes, das Sie mir gerade geschickt haben“, sagte er. „Tut mir wirklich sehr leid für Sie. Das ist ein ziemlich übler Geselle. Erinnern Sie sich an diese grässliche Ermordung der Familie in Connecticut, von der ich Ihnen erzählt habe?“

„War er derjenige, der überlebt hat? Der, der entkommen ist?“

„So wurde es mir berichtet.“

„Und sein Name?“

„Wir haben noch immer nicht über den Preis gesprochen.“

„Also, wie viel wollen Sie?“, fragte ich erschöpft.

„Es geht mir nicht ums Geld. Ich will … Nennen wir es einen Informationsaustausch.“

Er nannte mir seine Forderung, und ich stimmte ohne Zögern sofort zu. Dann sagte er: „Dragomir Wladimirowitsch Schukow.“

Ich wälzte den Namen in meinem Kopf hin und her und versuchte ihn mit dem Foto zusammenzukriegen, das mir Eugene, Nawrozows Sicherheitschef, gemailt hatte: der brutal aussehende Mann mit dem rasierten Schädel und dem entschlossenen Gesichtsausdruck. „Was haben Sie sonst noch über ihn? Details aus seiner Vergangenheit. Seine Familie.“

„Haben Sie jetzt vor, in Ihrer Freizeit zum Psychoanalytiker zu werden?“

„Je mehr ich über das Privatleben einer Zielperson weiß, desto effektiver kann ich arbeiten.“

„Als er in Tschetschenien bei den russischen Bodentruppen gedient hat, wurde er für seinen übermäßigen Eifer bei einer ‚Säuberungsaktion‘ gemaßregelt.“

„Ist das der Grund, warum er ins Gefängnis gesteckt wurde?“

„Nein, nein. Er wurde für ein Eigentumsdelikt zu fünf Jahren Gefängnis verurteilt. Er hatte bei einem dieser Öl-Pipeline-Projekte in Tomsk Arbeit gefunden, wo er das Räumgerät bediente. Allem Anschein nach hat er sich eine dieser Maschinen für den Eigengebrauch ‚ausgeliehen‘.“

„So wie man Al Capone wegen Steuerhinterziehung drangekriegt hat.“

„Das war alles, was sie ihm nachweisen konnten. Die Polizei in Tomsk war nicht in der Lage, ihn für etwas Schlimmeres festzunageln, obwohl man davon überzeugt war, dass er ein Mörder war. Über ein Jahr lang wurde das Verschwinden einer Familie untersucht. Ein Ehepaar und ihr minderjähriger Sohn, die sich über Nacht in Luft aufgelöst hatten. Dann wurde ein Stück Land außerhalb der Stadt für ein Wohnbauprojekt erschlossen, und als das Fundament ausgeschachtet wurde, grub man drei Leichen aus. Die Gerichtsmediziner der Polizei fanden größere Mengen Erde in ihren Lungen. Man hatte sie bei lebendigem Leib begraben.“

„Dafür hatte sich Schukow also das Räumgerät ausgeborgt.“

„So sieht es aus. Trotzdem konnte ihm das vor Gericht nie nachgewiesen werden. Wie Sie sehen, ist er sehr, sehr gut. Wenn Sie aber nach dem psychologischen Hintergrund suchen, Nick, dann wird Sie sicher interessieren, dass sein Vater bei einem Unfall im Kohlebergbau ums Leben kam, als Schukow noch ein kleiner Junge war.“

„Ebenfalls bei lebendigem Leibe begraben?“

„Nicht ganz. Als ein paar von den Grubenarbeitern versehentlich einen aufgegebenen Schacht angegraben haben, der voll Wasser gelaufen war, wurden die Tunnel geflutet. Siebenunddreißig Minenarbeiter sind dabei ertrunken."

„Wie alt war Schukow?"

„Neun oder zehn. Seine Mutter Dusya erzählte unserem Ermittler vor Jahren, dass ihr Sohn sich damals hauptsächlich darüber beklagt hatte, nicht mit angesehen zu haben, wie sein Vater ertrank. Sie sagte, dass sie in jener Zeit begriff, dass Dragomir anders war als andere kleine Jungs."

„Er tut das überhaupt nicht wegen des Geldes, oder?"

„Ich bin mir sicher, dass ihm das Geld ganz gelegen kommt. Aber, nein, ich vermute, dass er diesen Job übernommen hat, weil er ihm eine seltene Gelegenheit bot."

„Eine Gelegenheit?"

„Zuzuschauen, wie jemand vor seinen Augen ertrinkt."

So nötig ich auch Schlaf brauchte – mit Diana zu sprechen war noch viel nötiger. Ich musste ihr sagen, was ich herausgefunden hatte.

Es war sechs Uhr morgens. Sie war eine Frühaufsteherin. Anstatt mich also direkt nach Hause zu begeben, fuhr ich einen kleinen Umweg. In ihrem Apartment brannte Licht.

„Wie wäre es mit einem Kaffee?", fragte sie vorsichtig.

„Ich glaube, ich bin schon über den Punkt hinaus, wo das noch etwas bringt. Noch mehr Koffein versetzt mich einfach nur ins Koma."

Ich saß auf ihrer Couch und Diana auf einem Stuhl daneben. Sie trug ein weißes T-Shirt und eine Jogginghose. Und sie war barfuß.

Dann berichtete ich ihr so gut wie alles, was ich bisher erfahren hatte. Meine Schilderung war genau genommen nicht besonders zusammenhängend. Aber ich schaffte es, das Wesentliche darzulegen. „Nun habe ich Dorothy darauf angesetzt, jeden Laden in New Hampshire ausfindig zu machen, der Geräte für Erdarbeiten vermietet. Allerdings wird sie wohl nichts herausfinden, bevor um neun oder zehn Uhr die Geschäfte öffnen."

„Okay", sagte Diana. „Ich habe mir in der Zwischenzeit die Ermittlungsakten wegen des Überfalls auf das Haus in Connecticut angesehen."

„Schon? Aber woher wusstest du …?"

Sie lächelte mitleidig. „Nico, du brauchst Schlaf. Dringend. Du hast mir doch letzte Nacht alles selbst erzählt." Sie kam näher. „Wenn du deinem Kopf und deinem Körper keine Pause gönnst, wirst du anfangen zu versagen."

„Zerbrich dir darüber nicht den Kopf. Ich werde nicht versagen."

Und ehe ich mich versah, berührten meine Lippen ihre. Dann küsste ich ihren Hals. „Diana“, flüsterte ich.

Sie brachte mich mit einem Kuss zum Schweigen und schlang ihre Beine fest um meine Taille.

„ICH WEISS, dass es für uns kein Zurück mehr gibt“, sagte sie.

„Ich bin auch nicht davon ausgegangen, dass das eine Neuauflage war.“

Diana lächelte. Sie griff nach mir, und ich hielt sie lange Zeit ganz fest umarmt.

Mein Telefon klingelte. Ich spähte auf das Display. Marshall Marcus.

„Nick“, flüsterte er. „Ich habe gerade eine Nachricht bekommen.“

Ein Piepen machte mich darauf aufmerksam, dass ein weiterer Anruf auf meinem Handy einging. Dorothy.

„Warte mal.“ Ich nahm Dorothys Anruf entgegen.

„Nick, Marcus hat gerade eine E-Mail von den Entführern bekommen.“

„Ich weiß. Er hängt in der Warteschleife und hat es mir gerade erzählt.“

„Es sieht gar nicht gut aus. Bist du in der Nähe deines Computers?“

Ich zögerte. „Ich bin in der Nähe *eines* Computers.“

„Ich schicke dir sofort eine Mail.“

Diana brachte mir ihr Notebook. Ich meldete mich an meinem E-Mail-Account an. In der Zwischenzeit schaltete ich mich wieder auf die andere Leitung. „Warte einen Moment, Marshall, ich bin gerade dabei, die Mail zu öffnen.“

> Die Regeln haben sich geändert. Die neue Forderung, um Ihre Tochter zu retten, ist ganz simpel. 500 Mill. US-Dollar müssen bis Geschäftsschluss 17 Uhr Boston-Zeit auf das unten angegebene Konto überwiesen werden.
>
> Darüber wird nicht verhandelt. Dies ist das letzte Angebot.
>
> Wenn die $$$ bis heute 17 Uhr Boston-Zeit zu unserer Zufriedenheit eingegangen sind, wird Ihre Tochter freigelassen. Sie erhalten Nachricht über ihren Aufenthaltsort und können sie dann abholen.
>
> Falls die $$$ nicht eingehen, bekommen Sie eine letzte Gelegenheit, Ihre Tochter über das Internet zu sehen.
>
> Sie werden zusehen, wie der Sarg mit Wasser geflutet wird.
>
> Sie werden die letzten Minuten ihres Lebens sehen.

Dann folgten der Name und die Adresse einer Bank in Belize, die Bankleitzahl und eine Kontonummer.

„Nick“, flehte Marshall Marcus, „bitte, Nick, hilf mir. Fünfhundert Millionen Dollar? Wegen dieser Mistkerle besitze ich eine solche Summe gar nicht mehr, und das wissen die verdammt genau.“

„Lass uns das Gespräch beenden", sagte ich. „Vielleicht gibt es doch noch einen Weg, das Schlimmste zu verhindern."

„Wie?"

Statt zu antworten, legte ich einfach auf. Ich lehnte mich vor und gab Diana einen Kuss.

„Ruf mich bitte an, sobald es irgendetwas Neues gibt", sagte sie.

EINE HALBE STUNDE SPÄTER hatte ich in meinem Büro Oliver Lindo am Apparat, den Minister für nationale Sicherheit in Belize.

Als ich noch für Stoddard Associates in Washington beschäftigt war, hatte ich ihm aus einer unangenehmen Sache herausgeholfen, die mit einem Boot, einer Rumfabrik, einer seiner Exfrauen und einem ganzen Haufen wütender Kubaner zu tun hatte.

„Kennen Sie zufällig jemanden bei der Belize Bank and Trust Limited?"

„Eine ziemlich dubiose Bank, mein Freund. Wenn Sie darüber nachdenken, etwas Geld beiseitezuschaffen, würde ich Ihnen eher empfehlen … obwohl, darüber sollten wir lieber nicht am Telefon sprechen."

„Sollte ich jemals genug Geld haben, um etwas davon zu verstecken, sind Sie der Erste, den ich anrufe", sagte ich. „Aber ich rufe aus einem anderen Grund an."

„WÜRDEST DU mir bitte mal erklären, wie das funktionieren soll?", fragte Dorothy.

„Kurz bevor die Bank in Belize schließt, wird Dragomir Schukow die Bestätigung bekommen, dass fünfhundert Millionen Dollar auf seinem Konto eingegangen sind", antwortete ich.

„Aber es ist alles nur ein Trick, richtig? Die Bank wird eine Einzahlung bestätigen, die es nie gegeben hat?"

„Selbstverständlich."

„Aber was soll das alles? Wenn dieser Schukow jetzt auf eigene Faust handelt, wird er niemandem gehorchen. Es macht keinen Unterschied, ob er das Geld nun bekommt oder nicht. Alexa wird er niemals gehen lassen."

„Nicht solange er glaubt, er müsse es nicht. Darum wird es in letzter Minute eine Komplikation geben. Irgendein Zahlendreher in der Kontonummer seiner Bank, der es nötig macht, dass er telefoniert."

„Und dann wirst du am anderen Ende der Leitung sein."

Ich zuckte mit den Schultern. „Ich werde ihm klar machen, dass er die fünfhundert Millionen erst bekommt, nachdem er Alexa freigelassen hat."

Sie sah mich an. „Er wird es einfach ablehnen, wird sagen, entweder nach meinen Regeln oder gar nicht, und dann wird er Alexa töten."

„Wahrscheinlich hast du recht."

„Also, was habe ich hier jetzt übersehen?

„Er wird sie auf keinen Fall vor 17 Uhr töten. Also habe ich noch bis 17 Uhr Zeit, um Alexa zu finden. Und jetzt würde ich gern auf deine Idee zurückkommen, seinen Standort mithilfe des Flugplans und der Unterbrechungen des Satellitensignals zu ermitteln."

„Worauf sollen wir da zurückkommen? Es ist eine Sackgasse. Hast du mir nicht selbst erzählt, dass das FBI in der Datenbank der Flugaufsicht keine Übereinstimmung gefunden hat?"

„Ja, aber es gibt Luftwaffenstützpunkte in Maine, Vermont und New Hampshire. Jeder von ihnen hat seine eigenen Fluglogbücher."

„Und wie sollen wir da drankommen?"

Ich drückte ihr das Telefon in die Hand. „Auf die altmodische Art."

DOROTHY gab Jillian den Auftrag, eine Liste aller Firmen zusammenzustellen, die in New Hampshire Baumaschinen vermieteten. Es gab fast neunhundert davon. Selbst nachdem wir die Liste auf „Erdbaumaschinen" und „schwere Räumgeräte" reduziert hatten, blieben noch fast hundert übrig. Wir würden extrem viel Glück brauchen.

In der Zwischenzeit verbrachte Dorothy zwei volle Stunden am Telefon und sprach mit Luftwaffenstützpunkten und Fluglotsen der fliegenden Einheiten der Nationalgarde. Als sie aber dann mit einem breiten Grinsen in mein Büro kam, wusste ich, dass sie etwas für mich hatte.

„Jede einzelne Unterbrechung des Videosignals stimmt haargenau mit einem Flug der fliegenden Einheit der Nationalgarde in Pease überein."

„Portsmouth, New Hampshire."

„Nein, nein. Leider ist es nicht ganz so einfach. Die Position des Entführers könnte ungefähr zehn Kilometer bis hin zu sechzig Kilometer davon entfernt sein."

„Kannst du das Gebiet nicht noch weiter eingrenzen?"

„Dafür habe ich nicht genug Datenpunkte. Alles, was ich habe, sind drei Ausschnitte auf dem Video, die etwa zehn Sekunden nach dem Start von drei KC-135-Maschinen entstanden sind."

„Das ist doch eine Menge. Du weißt doch, in welche Richtungen die Flugzeuge gestartet sind, und du weißt sicher auch die Geschwindigkeit, mit der sie normalerweise starten. Dann solltest du in der Lage sein, den Ort auf zehn Kilometer genau zu bestimmen."

Mein BlackBerry klingelte. Ich warf einen Blick darauf und sah, dass es Diana war. „He. Du hast das Foto bekommen, das ich dir geschickt habe?"

„Sogar mehr als das, Nick. Ich glaube, wir haben ihn."

„Ihr habt Schukow gefunden?"

Dianas Stimme war angespannt. „Wir haben sein Telefon geortet."

„New Hampshire?"

„Genau. Gleich westlich von Concord. Wir ziehen Richtung Norden los."

„Ihr geht mit dem SWAT-Team?"

„Sie haben alle aktiven Agenten zusammengezogen, ob sie einsatzbereit sind oder nicht. Mich wollen sie als Beobachterin außerhalb der Einsatzzone. Ich werde nicht richtig an der Front sein."

„Sag mir den genauen Ort."

„Es ist ein Haus an einer Landstraße. Aber du kannst nicht dabei sein. Das ist Sache des FBI."

Ich atmete langsam ein. „Diana, bitte hör mir zu. Ich will nicht, dass Alexa während eines großen, lauten SWAT-Team-Einsatzes stirbt. Ich will, dass sie überlebt."

„Das wollen wir auch, Nick. Oberste Priorität hat immer die Rettung der Opfer."

„Ich rede hier nicht über Absichten. Ich rede von Techniken."

„Was schlägst du also vor?"

„Versteckt er sich dort nur? Oder hat er Alexa auch da vergraben? Das macht einen großen Unterschied für das weitere Vorgehen."

„Wir wissen nicht, ob sie da ist oder nicht."

„Sobald er auch nur das Knacken eines Zweiges hört oder Männer in Tarnuniformen durch den Wald kommen sieht, wird er Alexa töten. Er hat bereits damit gedroht, den Sarg zu fluten, und es würde mich nicht überraschen, wenn er darauf eingestellt wäre, es aus der Ferne zu tun."

„Das ergibt keinen Sinn. Sie ist doch sein einziges Druckmittel."

„Diana, dieser Typ hält sich nicht an die üblichen Regeln. Davon auszugehen, dass er das tut, wäre eine gefährliche Fehleinschätzung. Er will das Grab fluten oder ihr die Luftzufuhr abdrehen, und er möchte auf dem Computerbildschirm zusehen. Er will sie sterben sehen."

„Warum dann die Lösegeldforderung?"

„Er sagt sich, dass er einen Haufen Geld kassieren und sie trotzdem töten kann. Sag dem Einsatzleiter, ich bin mir sicher, dass er mich dabeihaben will. Sag ihm, dass ich der Einzige bin, der alles über Dragomir Schukow weiß."

Als ich auf der 93 in Richtung Norden fuhr, fing es an zu regnen. Zuerst waren es nur ein paar verdächtige Tropfen, dann aber folgte ein sturzflutartiger Platzregen. Ich konnte kaum die Straße erkennen. Normalerweise genieße ich dramatisches Wetter, aber nicht in diesem Moment. Es schien, als würde es das merkwürdige, ungewohnte Gefühl von Angst widerspiegeln, das mich überkommen hatte. Mein Instinkt sagte mir, dass diese Geschichte kein gutes Ende nehmen würde.

Also drehte ich die Musik auf. Und als ich die Grenze von New Hampshire erreichte, hatte ich wieder etwas mehr Hoffnung geschöpft. Dann musste ich die Stumm-Taste drücken, um einen Anruf entgegenzunehmen.

Es war Diana, die mir den Weg zum Sammelpunkt des SWAT-Teams erklärte. „Wir sammeln uns auf einem Parkplatz drei Kilometer vom Haus entfernt. Du wirst dich gemeinsam mit mir dem Team anschließen, das für die Überwachung der Umgebung zuständig ist. Das bedeutet aber auch, dass du außerhalb der Gefahrenzone bleibst."

Fünfundvierzig Minuten später saß ich auf dem Beifahrersitz eines schwarzen Suburban. Diana saß hinter dem Lenkrad. Unter ihrem Sweatshirt trug sie eine Level-III-Traumaweste, eine gut zu verbergende ballistische Unterkleidung, in die eine Traumaplatte eingepasst war.

Es regnete in Strömen. Man ließ uns am Waldrand parken. Wir waren in dem vom SWAT-Team als „Gelbe Zone" deklarierten Bereich stationiert, die letzte Position, bevor die Kampfzone begann. Diese „Grüne Zone" befand sich innerhalb einer imaginären Linie rund ums Haus. Diese Linie zu überqueren bedeutete, mitten im Kampfgeschehen zu sein.

Eigentlich waren wir nichts weiter als Beobachter. Meine Rolle war stark eingeschränkt und klar definiert: Falls es dem SWAT-Team gelingen sollte, den Russen lebend zu erwischen und er sich nicht kooperativ zeigte, würde man mich ans Funkgerät holen, um direkt mit ihm zu kommunizieren. Nicht persönlich, sondern nur über Funk.

Wir warteten. Jeder da draußen schien auf ein Zeichen zu warten. Die Luft war spannungsgeladen.

Nach einer Weile fragte Diana: „Du wärst lieber auch da drüben, oder?"

Ich antwortete nicht. Mir ging so einiges durch den Kopf. An dieser ganzen Situation war irgendetwas faul. „Darf ich mir mal deinen Feldstecher ausleihen?", bat ich.

Sie reichte ihn mir. Ich drehte am Einstellrad, bis das Haus in Sicht kam. Es war überhaupt kein Farmhaus, sondern eher ein Haus im Wald. Der Rasen war überwuchert und ungepflegt, schätzungsweise hüfthoch. Es war dunkel. Ich konnte in der Einfahrt keinen Pkw oder Lkw erkennen.

Dann gab ich Diana das Fernglas zurück. „Da stimmt was nicht“, sagte ich.

„Wie das? Von hier aus wurde mit seinem Handy telefoniert. Das steht zweifelsfrei fest.“

„Schau dir die Zugänge an. Es gibt nur einen einzigen Weg, um rein- oder rauszukommen, und wir sitzen davor. Der Wald hinter dem Haus ist total mit Gestrüpp und Dornen überwuchert. Wenn er versucht, da durchzukommen, hängt er spätestens nach zwei Minuten zwischen den Dornen fest. Er säße in der Falle. Unser Mann würde sich nie im Leben so ein Grundstück aussuchen.“

„Vielleicht haben Nawrozows Leute es für ihn ausgewählt.“

„Ich kann mir nicht vorstellen, dass er die Entscheidung über so etwas einem anderen überlassen würde. Er verlässt sich nicht gern auf irgendwen.“

„Das sind nur Vermutungen, und die stützen sich auf die Einschätzungen in alten KGB-Akten.“

„Ich sehe keine Stromgeneratoren. Wie zum Teufel kommt er also ins Internet? Und was ist mit der Satellitenschüssel? Außerdem ist es nachlässig, sein Handy zu benutzen. Er sollte es nicht mehr benutzen.“

„Er weiß ja nicht, dass wir seine Telefonnummer haben.“

„Dieser Typ unterschätzt nie jemanden.“ Ich holte mein Handy heraus und drückte die Kurzwahl, um Dorothy anzurufen.

„Wo bist du, Nick?“

„Mittendrin in einer Geschichte, die sich allmählich sehr nach Ablenkungsmanöver anfühlt. Westlich von Nashua.“

„Nashua? Das ist … ungefähr fünfundsechzig Kilometer südlich der Einflugschneise. Außerdem habe ich vielleicht noch einen Bezugspunkt.“

„Lass hören.“

„Ich habe die Dateien des Nationalen Informationszentrums für Kriminalfälle auf alles durchsucht, das mit New Hampshire zu tun hat, und bin über etwas gestolpert, das ein Mord sein könnte.“

„Und?“

„In New Hampshire wurde am Grund einer Schlucht ein Polizeibeamter tot in seinem Auto gefunden. Zuerst sah es so aus, als sei er von der Straße abgekommen. Aber der örtliche Polizeichef geht von einem Mord aus. Wegen der Verletzungen des Opfers. Dem Leichenbeschauer zufolge sehen sie absolut nicht so aus, wie man es nach einem Verkehrsunfall erwarten würde. Denn in seinem Brustkorb waren alle inneren Organe zerstört.“

Mein Herz begann zu rasen. „Wo war das?“

„Im Bereich der Einflugschneise. Die Stadt heißt Pine Ridge und liegt in New Hampshire. Fünfundsechzig Kilometer von dir entfernt.“

„Wir sind am falschen Ort, Diana“, sagte ich.

„Was macht dich da so sicher?“

„Sein Telefon wird wahrscheinlich da drin sein, aber er selbst ist es nicht. Das ist eine Art Ablenkungsmanöver, vielleicht sogar eine Falle. Er weiß, dass Nawrozow versucht, ihn auszuschalten. Vielleicht versucht er, Nawrozows Männer an einen falschen Ort zu locken, um seinen wahren Aufenthaltsort zu verbergen.“

„Das SWAT-Team wird gleich stürmen.“

„Was bedeutet, dass die besten Leute vom FBI fünfundsechzig Kilometer entfernt beschäftigt sein werden, während unser Mann seinen Job zu Ende bringt. Komm schon, lass uns von hier verschwinden.“

„Du weißt, dass ich meinen Posten nicht einfach verlassen darf.“

„Man braucht dich hier nicht. Du verschwendest nur deine Zeit.“

Diana sah gequält aus und wirkte hin- und hergerissen.

„Komm schon!“ Ich öffnete die Tür des Suburban.

„Nick, warte.“

Ich drehte mich um.

„Mach es nicht, Nick. Nicht allein.“

Einen Moment lang schaute ich sie an. Diese faszinierenden grünen Augen, die wilden Haare. Ich spürte, wie sich etwas in mir zusammenzog. „Ich muss los“, sagte ich.

Vorsichtig drückte ich die Wagentür zu.

Der Marsch zurück zu dem Parkplatz, auf dem ich in ungefähr anderthalb Kilometer Entfernung meinen Wagen zurückgelassen hatte, war trostlos und zog sich in die Länge. Als ich endlich den Defender erreichte, war meine Kleidung trotz der Regenjacke völlig durchnässt. Ich stellte die Wagenheizung auf die höchste Stufe und fuhr nach Norden Richtung Pine Ridge. Aus der Dämmerung wurde bald Nacht.

Fünfzehn Minuten nachdem ich losgefahren war, rief mich Diana an.

„Sie haben eine Leiche gefunden.“

„Schon identifiziert?“, fragte ich.

„Ja. Der Name ist Kirill Chuzhoi. Mit Dauer-Arbeitserlaubnis in den USA. Lebte in East Rutherford in New Jersey. In Moskau geboren. Steht in Roman Nawrozows Holding RosInvest auf der Gehaltsliste.“

„Und in seiner Tasche habt ihr ein gefälschtes Nokia-Handy gefunden."

„Stimmt. Wahrscheinlich das von Schukow."

„Nein, wahrscheinlicher ist, dass es sein eigenes Handy ist, mit Schukows SIM-Karte darin. Er wusste, wenn er seine SIM-Karte in das Handy von dem anderen Kerl einlegt, wird bei eurer Suche seine Telefonnummer angezeigt. Ihr würdet denken, ihr hättet ihn endlich gefunden. Und er hatte recht. Könntest du mir ein Foto von der Leiche schicken?"

„Bleib dran." Ungefähr eine Minute später kam sie wieder ans Telefon. „Du solltest es inzwischen haben."

Ich legte das Gespräch in die Warteschleife, schaute in meine E-Mails und fand das Bild. Der falsche Justizattaché aus dem brasilianischen Konsulat. Der Kerl, der Mauricio Perreira im FBI-Büro in Boston umgebracht hatte. Roman Nawrozow hatte ihn wahrscheinlich hingeschickt, um sicherzustellen, dass Perreira keine Informationen rausrücken konnte, die Nawrozow mit Alexas Entführung in Verbindung brachten.

Als ich wieder zurück in die Leitung ging, bat ich Diana: „Schick das Foto an Gordon Snyder, okay? Es zeigt, dass Nawrozow in den Mord im FBI-Büro verwickelt ist."

„Verstanden. Werde ich machen."

„Kannst du das Team hierherbeordern?" Ich las ihr die GPS-Koordinaten vor.

„Ist das die exakte Position, an der du ihn vermutest?"

„Nein. Das ist das Stadtzentrum von Pine Ridge. Dorothy hat Grundbücher mit Satellitenbildern von Google Earth abgeglichen. So was wie eine primitive Tatortanalyse."

„Wonach hat sie gesucht?"

„Land, das groß und abgeschieden genug ist. Mit mehreren Zugängen. Unbewohnt. Wenn der Eigentümer weggezogen ist, rückt es auf der Liste nach oben. Wir stochern hier gewissermaßen im Nebel. Deshalb versuch bitte, so schnell wie möglich das SWAT-Team dort hinzubekommen."

„Ich werde mein Bestes tun", sagte sie. „Wir sehen uns dort."

Etwa eine Minute nachdem ich aufgelegt hatte, kam mir eine Idee. Ich erwischte Dorothy auf ihrem Handy. „Kannst du mir die Telefonnummer des Polizeichefs von Pine Ridge geben?", bat ich sie.

„Oh, glauben Sie mir", sagte die Frau des Polizeichefs, „Sie stören nicht beim Abendessen. Walter ist draußen und stapelt Sandsäcke. Ich weiß nicht mal, *wann* ich ihn zurückerwarten kann. Sie sind alle da draußen. Es ist ein Chaos. Der Fluss ist über die Ufer getreten."

„Können Sie mir seine Handynummer geben?"

Chief Walter Nowitzki ging schon beim ersten Klingeln ans Telefon.

„Es tut mir leid, Sie in einer so schwierigen Situation zu belästigen", sagte ich, „aber ich rufe wegen Jason Kent an. Er war doch bei Ihrer Truppe und ist als ermordet gemeldet."

„Wer spricht da?", fragte er scharf.

„FBI."

„Wie kann ich Ihnen behilflich sein?"

„Wir haben hier in Massachusetts einen Mordfall, der grundsätzlich einige Übereinstimmungen mit dem Fall hat, den Sie gemeldet haben. Wenn Sie mir also bitte nur ein paar sehr kurze Fragen beantworten könnten."

„Was wollen Sie wissen?"

„Am Tag seiner Ermordung – was hat Kent da gemacht?"

„Wir haben hier einen Kerl namens Dupuis. Der Kerl hat ständig angerufen, um sich über einen seiner Nachbarn zu beschweren, und ich bat Jason, hinzufahren und sich das mal anzusehen."

„Was für eine Art von Beschwerde?"

„Dupuis meinte, der Typ weiter unten an der Straße hätte seinen Hund gestohlen. Und er sagte, dass der Typ möglicherweise ohne eine Genehmigung arbeitet."

„Was für eine Art von Arbeit?"

„Irgendwelche Bauarbeiten. Ich weiß nur, dass schon seit Jahren niemand mehr auf der Alderson-Farm lebt, nicht seit Ray Aldersons Frau gestorben und er weggezogen ist. Ich dachte, Ray hätte vielleicht einen Verwalter beauftragt, das Grundstück für einen Verkauf vorzubereiten."

„Dieser Verwalter … ist er schon länger dort?"

„Na ja, selbst wenn, woher soll ich das wissen? Ich habe den Kerl nie kennengelernt. Ein Ausländer vielleicht. Rays Farm ist ein schönes Stück Land, aber das Haupthaus fällt fast in sich zusammen. Es sieht nicht gerade gut aus, weil …"

„Wo ist es?", unterbrach ich ihn mitten im Satz.

„Es liegt an der Goddard Road, gleich hinter der Hubbard Farm Road. Wenn Sie mit dem Eigentümer reden wollen, kann ich wahrscheinlich Rays Telefonnummer in Florida auftreiben."

„Nur keine Umstände. Ich weiß ja, dass Sie alle Hände voll zu tun haben." Ich bedankte mich bei ihm und legte auf.

„Dorothy", sagte ich fünfzehn Sekunden später. „Ich brauche eine Wegbeschreibung."

11. KAPITEL

Als ich schließlich nach Pine Ridge hineinfuhr, nieselte es nur noch. An der ersten größeren Kreuzung bog ich nach links ab. Nach fünf Kilometern auf einer baumgesäumten, engen Straße erreichte ich eine Straßensperre. Sie war kurzfristig aufgestellt worden und bestand lediglich aus ein paar Holzböcken, an deren Längsseiten rote Reflektoren angebracht waren. Das war die Goddard Road. Die Alderson-Farm lag drei Kilometer die Straße hinunter.

Falls ich richtig vermutete, war das auch der Ort, wo Alexa Marcus in der Erde vergraben war. Und wo ich Dragomir Schukow finden konnte.

Die Straße bestand aus aufgewühltem, dickem Matsch. Ich stieg aus, räumte einen der Böcke aus dem Weg, stieg wieder in den Defender und fuhr weiter. Es war, als würde ich durch einen Sumpf fahren. Nach und nach verwandelte sich die Straße in eine schmale Schneise.

Dann erfassten meine Scheinwerfer einen verrosteten Metall-Briefkasten, auf dem ALDERSON stand. Falls es in der Nähe eine Farm geben sollte, lag sie zu weit von der Straße entfernt, um sie zu erkennen. Die Zufahrtsstraße zum Alderson-Besitz war der Hauptzugang zum Gelände. Falls dies tatsächlich der richtige Ort war, hatte ihn Schukow wahrscheinlich mit Überwachungstechnik abgesichert. Kameras, Infrarotstrahler, irgendeine Art Frühwarnsystem.

Also fuhr ich weiter geradeaus, an der Einfahrt vorbei, und pflügte noch ungefähr einen Kilometer durch den Strom von Schlamm, bis die Goddard Road abrupt endete. Ich fuhr die steile Böschung hoch und so tief in den Wald hinein, wie ich konnte.

Der Karte zufolge, die mir Dorothy auf mein Handy geschickt hatte, war ich jetzt am äußersten Ende des Farm-Besitzes. Das Haus war etwa fünfhundert Meter von meinem momentanen Standort entfernt. Aufgrund der örtlichen Gegebenheiten konnte man vom Haus aus die Straße nicht sehen.

Mir fielen Schilder mit KEIN DURCHGANG/JAGEN VERBOTEN auf, die ungefähr alle zwanzig Meter an die Bäume genagelt waren. Sie sahen ganz neu aus. Jemand hatte sie erst vor Kurzem angebracht, um zu verhindern, dass sich jemand dem Haus näherte.

Ich hatte ein paar gute Satellitenaufnahmen vom Alderson-Besitz, aber nichts neueren Datums. Das war nicht gerade von Vorteil für mich.

Wenigstens hatte ich eine gute Waffe: eine SIG-Sauer-P250-Halbautomatik. Ich steckte mehrere Magazine mit Hohlspitzmunition ein. Sie ist dafür gemacht, Personen möglichst große Verletzungen zuzufügen.

Meinen Defender stellte ich in einer kleinen Birkenschonung ab und nahm meinen Feldstecher heraus. Ich band mir ein Seitenhalfter um, steckte die SIG hinein und befestigte noch ein paar Ersatzmagazine an meinem Gürtel.

In allerletzter Sekunde erinnerte ich mich daran, dass noch etwas unter dem Rücksitz lag, das ich gebrauchen könnte. Es war eine alte ballistische Interceptor-Weste aus Militärbeständen. Sie war zwar nicht kugelsicher, aber sie stellt die effektivste flexible Schutzkleidung dar, die man bekommen kann. Angeblich soll sie sogar einer 9-Millimeter-Maschinengewehrsalve standhalten. Ich streifte sie über. Wenn ich mit meiner Vermutung richtiglag, musste ich auf alles vorbereitet sein.

Ich machte mich auf den Weg durch den Wald. Der Boden war aufgeweicht und streckenweise so rutschig, dass ich fast hinfiel. Das Gelände stieg steil an, dann erreichte ich ein Plateau. Dort machte ich weit weg ein Bauwerk aus. Ich schaute es mir durch den Feldstecher an und erkannte ein großes, fensterloses Gebäude. Es war eine Scheune.

Als ich näher kam, entdeckte ich schließlich das Haus. Es war unbeleuchtet. Das sah nicht gut aus. Entweder war ich am falschen Ort, oder Schukow hatte ihn bereits verlassen. Das hieße, Alexa wäre schon tot.

Ich rückte weiter vor und konnte schließlich den langen Streifen Land sehen, der sich bis ans Haus erstreckte. Inzwischen hatte sich der Himmel etwas aufgeklart, und das Mondlicht war hell genug, damit ich einen fleckigen Rasen erkannte.

Und auf halber Strecke zwischen der Scheune und dem Haus war fein säuberlich ein Rechteck in den kümmerlichen Rasen geschnitten worden. Ein Rechteck von etwa drei Meter Länge und ein Meter Breite. Wie ein frisches Grab. Aber wo sich sonst an einem frischen Grab ein Erdhügel befindet, war der Boden flach. Reifenspuren verliefen kreuz und quer, so als ob jemand darauf hin und her gefahren wäre. An einem Ende des rechteckigen Fleckchens Erde ragte wie der abgesägte Stamm eines Baumsprösslings ein PVC-Rohr heraus.

Das Haus war eine braune, alte Ruine. Aber auf dem Dach war eine weiße Satellitenschüssel befestigt. Sie sah noch ganz neu aus.

Im Schatten hinter der Scheune konnte ich allmählich die Konturen einer großen Maschine erkennen. Ich schaute genauer hin und sah, dass es ein Baggerlader war.

Ich richtete den Feldstecher auf das Haus. Zwei Stockwerke, kleine Fenster. Auf der Holzveranda befand sich ein weiteres Gerät. Ein Luftkompressor?

Ja. Das ergab Sinn. Damit sorgte er für Luftzirkulation in ihrer Kiste oder was es auch war.

Dies musste der richtige Ort sein.

Ein, zwei Minuten lang beobachtete ich alles genau, schaute nach irgendeiner Bewegung in der Dunkelheit. Ich war geschätzte zweihundertsiebzig Meter vom Haus entfernt, zu weit für genaue Schüsse mit der Pistole. Für jemanden, der sich mit einem Gewehr im Haus aufhielt, stellten zweihundertsiebzig Meter aber kein Problem dar. Sobald ich die Lichtung betrat, war ich ein gutes Ziel.

Ich nahm mein Handy und rief Diana an. „Ich glaube, sie ist hier", flüsterte ich. „Ich sehe etwas, das eine Grabstätte sein könnte. Mit einem Belüftungsrohr, das in die Erde geht. Es gibt Spuren frisch ausgehobener Erde."

„Schukow?"

„Das Haus ist dunkel. Ich weiß nicht genau, ob er drin ist. Sag deinen Chefs, dass es kaum Zweifel gibt. Sie müssen sofort herkommen."

Ich drückte die Taste „Auflegen" und überzeugte mich, dass nur der Vibrationsalarm ein- und die Klingel ausgeschaltet war. Dann ging ich über den Rasen auf die Stelle zu, wo Alexa vergraben sein musste.

Plötzlich wurde der ganze Hof in Licht getaucht. Aus zwei Richtungen strahlte Flutlicht auf und blendete mich. Ich warf mich hin und presste mich flach auf den Boden. Lauschte angestrengt. Nichts.

Ich war in eine unsichtbare Stolperfalle auf Knöchelhöhe gelaufen. Ein einfacher Bewegungsmelder ohne viel technischen Aufwand. Aber war Schukow nun da oder nicht? Wartete er darauf, dass ich aufstand, damit mich die Flutlichter erfassten und er mich ins Visier nehmen konnte? Nach zwei Minuten ging das Flutlicht wieder aus, und alles wurde schwarz. Es war kein Schuss gefallen.

Das Belüftungsrohr war ungefähr dreißig Meter von mir entfernt. Würde Alexa mich hören, wenn ich hineinsprach?

Dann aber begriff ich: Falls sich Schukow im Haus versteckte und Alexa per Fernüberwachung kontrollierte, würde er dasselbe hören wie sie. Deshalb musste ich ihn zuerst ausschalten.

Ich sprang auf die Füße und machte mich auf den Weg zum Haus. Seitlich herum, vorbei an ein paar hölzernen Luken. Auf dieser Seite des Hauses befand sich auch eine Tür. Aber ich steuerte weiter auf die Vorderseite zu. Dort standen keine Fahrzeuge. Schukow konnte nicht im Haus sein, sonst wäre ich inzwischen tot.

Vorn war ein Pfad über den struppigen Rasen bis hin zur Vordertür plattgetreten worden. Ich konnte an keinem der Fenster eine Bewegung erkennen, deshalb zog ich die Fliegentür auf und probierte die Vordertür. Sie öffnete sich sofort.

Der Vorraum war winzig, die Decke niedrig, und in der Luft hing ein muffiger Geruch. Es roch auch nach Zigaretten. Ich bewegte mich leise und verstohlen, hielt die SIG mit beiden Händen, drehte mich mit vorgestreckter Waffe schussbereit abrupt nach links. Dann nach rechts.

Nichts. Jetzt gab es drei mögliche Wege. Eine Tür zu meiner Rechten führte zu einem kleinen Vorderzimmer. Zu meiner Linken lag eine Treppe. Unmittelbar vor mir befand sich ein weiterer Türsturz, durch den es vermutlich in die Küche und ins Hinterhaus ging.

Auf einmal hörte ich von dort eine Stimme. Die Stimme einer Frau. Erstickt, undeutlich, die Tonlage wurde höher und tiefer. Jemand hatte den Fernseher angelassen.

Ich trat über die Schwelle, mein Körper war wie eine gespannte Stahlfeder. Ich scannte den Raum, zerschnitt ihn mit der Pistole von links nach rechts.

Die Küche hatte keine Fenster; sie war erst nachträglich vom Innenraum abgetrennt worden. Es gab einen Herd aus den Vierzigerjahren. Eine weiße Porzellanspüle. Darin stapelten sich Teller und Schüsseln, an denen Essensreste klebten.

Ich hörte wieder die Frauenstimme, jetzt viel deutlicher. Sie kam aus dem angrenzenden Zimmer. Aus dem Hinterhaus. Nicht aus dem Fernseher. Es war Alexas Stimme.

Ich platzte mit gezogener Waffe ins Nebenzimmer.

„… verdammter Bastard!“, fluchte sie. Dann schlug ihr Ton abrupt um. Nun klang ihre Stimme flehend und hoch. „Bitte, o Gott, bitte lass mich hier raus. Ich halt’s nicht mehr aus.“

Ihre Stimme kam aus Computerlautsprechern. Auf einer langen hölzernen Werkbank stand ein schwarzer Dell-Computer. Auf dem Monitor sah ich wieder diese eigentümliche Nahaufnahme von Alexas Gesicht, ein grünliches Bild, das wir zuvor bereits in dem Videostream gesehen hatten. Aber sie sah so übel aus, dass ich sie fast nicht wiedererkannte. Ihr Gesicht war eingefallen, ihre Augen waren zu Schlitzen geschwollen, mit dunkelvioletten Schatten darunter.

Vor dem Monitor befand sich eine Tastatur. Links davon war ein kleines, billig aussehendes Mikrofon. Ich schaltete es ein.

„Alexa?“, sagte ich. „Ich bin’s, Nick.“

„Wer … wer ist da?“

„Ich bin Nick Heller. Alles wird gut. Ich bin im Haus. Ganz in der Nähe.

Hör mal, Alexa, Hilfe ist unterwegs, aber du musst jetzt ganz ruhig bleiben und darfst dich nicht aufregen, in Ordnung? Dir wird nichts geschehen, das verspreche ich dir.“

Eine Sekunde lang sah ich durch das Fenster einen Lichtstrahl im Hof. Autoscheinwerfer. Ich hörte das Brummen eines Fahrzeugmotors und dann das Zuschlagen einer Autotür.

Schukow war da. Es konnte niemand anders sein. Aber ich konnte ihn nicht sehen. Er parkte auf der fensterlosen Seite des Hauses.

„Nick. Hol mich hier raus, Nick!“ Sie fing an zu schreien.

„Er ist zurück“, flüsterte ich. „Verstehst du mich?“

Sie starrte hoch. Sie nickte, wobei sie wieder zu schluchzen begann.

„Alles wird gut. Wirklich. Solange du kein Wort sagst. Okay? Kein Wort.“

Ich hielt meine SIG mit beiden Händen.

Schukow würde das Haus wie ich durch die Vordertür betreten. So viel hatte mir der Trampelpfad bereits verraten. Aber er würde nicht damit rechnen, dass jemand da war. Das konnte mir einen kurzzeitigen Vorteil verschaffen.

Irgendwo ging eine Tür auf. Aber es war nicht die Vordertür. Er musste die Seitentür genommen haben, die mir vorhin aufgefallen war. Jetzt wusste ich nicht, aus welcher Richtung er kommen würde, denn ich kannte das Haus nicht.

Ich musste mich verstecken. Aber wo? Neben dem Eingang zur Küche gab es eine weitere Tür. Ein Wandschrank möglicherweise, mit einem hölzernen Küchenstuhl daneben. Ich schob den Stuhl ein paar Zentimeter beiseite, öffnete die Tür mit meiner Linken, machte einen Schritt ins Dunkle …

… und fiel ins Leere. Es war kein Wandschrank, es war die Treppe in den Keller. Ich griff nach irgendetwas, um meinen Sturz aufzuhalten. Ein Holzgeländer. Ich schwang mich herum und zog die Tür hinter mir zu. Ging bei der ersten Treppenstufe auf die Knie und schaute durchs Schlüsselloch.

Ich wartete darauf, ihn zu Gesicht zu bekommen.

DRAGOMIR SCHUKOW hatte das Auto seitlich am Haus geparkt, nur um sein Muster zu verändern. Man durfte nie vorhersehbar sein.

Ehe er die Tür öffnete, spähte er nach unten auf die Türschwelle und sah den kleinen Streifen durchsichtigen Klebebandes, den er zwischen Türschwelle und Türblatt angebracht hatte. Er war immer noch an derselben Stelle. Also war niemand hier eingedrungen.

Schon vor langer Zeit hatte Dragomir begriffen, wie wichtig es war, nichts dem Zufall zu überlassen. Das war eine der vielen Lektionen, die er auf der

Universität der Hölle gelernt hatte, auch Gefängnis Nummer 1 in Kopeisk genannt.

Die Überweisung war auf seinem Konto gutgeschrieben, der Mittelsmann eliminiert. Die einzige Arbeit, die noch zu erledigen war, konnte man kaum als Arbeit bezeichnen.

Er hatte es unzählige Male geprobt und die Vorfreude darauf genossen. Er wollte dem Mädchen erzählen, was mit ihm passieren würde, weil es nichts Reizvolleres gab, als einem Opfer zu erzählen, welches Ende ihm bevorstand, und zuzusehen, wie es darauf reagierte. Dann würde er den Luftschlauch von dem Kompressor trennen und ihn mit dem Messing-Verbindungsstück am Gartenschlauch befestigen. Sobald er den Hebel des Wasseranschlusses nach oben drückte, würde das Wasser zu fließen beginnen. Das Mädchen würde das Tröpfeln hören und sofort Bescheid wissen.

Wenn der Wasserpegel stiege und die Luftblase kleiner würde, würde sie wild um sich schlagen und treten, aber vor allem würde sie betteln. Hypnotisiert vor Begeisterung würde er dabei zusehen. Sie würde vor seinen Augen ertrinken. Es war eine schreckliche Art zu sterben. So wie sein Vater gestorben war. Jahrelang hatte er sich das nur ausmalen können. Nun aber würde er es sehen.

Er betrat das Haus und hielt inne.

Irgendetwas war anders hier. Ein Luftzug? Ein Vibrieren? Er hatte die fein abgestimmten Sinne eines wilden Tieres.

Jetzt, wo der Mittelsmann tot war, fragte er sich, wie lang es wohl dauern würde, bis der Kunde herausfand, was passiert war. Aber er war sich sicher, dass ihm nach dem letzten Treffen niemand gefolgt war.

Trotzdem, etwas stimmte hier nicht. Leise ging er durch den Salon zur Vordertür, wo er eine weitere Markierung, ein kaum sichtbares Stück Klebestreifen innen und außen am Türblatt neben dem Türrahmen befestigt hatte. Ein winziger Streifen Klebeband lag auf dem Boden.

Jemand war hier.

ICH HÖRTE SCHRITTE und das Quietschen des Holzfußbodens. Die Geräusche wurden lauter. Mit der rechten Hand hielt ich meine Pistole, mit der linken das Geländer. So hockte ich vor dem Schlüsselloch, spähte hindurch und konnte nur das eisblaue Licht des Computermonitors sehen.

Jemand hatte den Raum betreten. Ich sah ein Bein. Die Gestalt ging zum Computer oder zumindest in die Richtung. Dann hört die Bewegung auf.

Wenige Meter von der Tür entfernt stand ein Mann. Ich konnte seinen Rücken sehen. Er hatte einen lang gezogenen Oberkörper, breite Schultern und war mit einem dunklen Sweatshirt bekleidet. Auf dem Kopf trug er eine schwarze Strickmütze. Und hinten auf seinem Hals war eine scheußliche Zeichnung. Es war die untere Hälfte eines Eulenkopfes.

Da ertönte aus dem kleinen Computerlautsprecher rauschend eine Stimme. „Nick", schrie Alexa, „bitte geh nicht weg!"

Schukow drehte sich langsam um. Er hatte eine Waffe gezückt, eine riesige stählerne Halbautomatik, deren Lauf so groß wie ein Kanonenrohr wirkte. Ich erkannte sie sofort. Es war eine israelische Kaliber .50 Desert Eagle.

Jetzt wusste Schukow Bescheid. Er wusste, dass ich hier irgendwo sein musste.

Die Verzweiflung in Alexas Stimme wuchs. „Bitte, Nick, antworte mir! Lass mich hier nicht allein. Verdammt, geh nicht weg!"

Schukows Augen suchten den Raum ab, methodisch und systematisch.

Eigentlich war ich gekommen, um Alexa zu retten. Aber jetzt ging es nur noch ums eigene Überleben.

Die Hohlspitzmunition, die ich geladen hatte, würde nicht durch die dicke alte Holztür dringen, die sich zwischen uns befand. Und meine ballistische Schutzweste war auch nicht dafür ausgelegt, 50er-Magnum-Schüsse aufzuhalten, die aus einer Desert Eagle abgefeuert wurden.

Ich sah, wie Schukows Blick zur Küche wanderte. Dann machte er ein paar Schritte in diese Richtung. Durch das Schlüsselloch hatte ich ihn gut im Auge.

Sobald ich sicher war, dass er sich weiter auf die Küche zubewegt hatte, wollte ich den Türöffner drehen und so leise wie möglich herauskommen. Falls es mir gelang, ihn zu überraschen, könnte ich ihn mit einem einzigen gut gezielten Schuss flachlegen.

Langsam streckte ich den Arm aus und legte meine linke Hand auf den Türgriff. Ich wollte ihn drehen, sobald Schukow den Raum verlassen hatte.

Da machte er auf dem Fuße kehrt. Wandte sich wieder zurück in meine Richtung. Sein Blick ging Richtung Boden, als hätte er gerade etwas entdeckt. Ich sah, wohin er schaute. Es war der Stuhl vor der Kellertür, den ich eben aus dem Weg geräumt hatte. Er stand nicht mehr da, wo er ihn zurückgelassen hatte.

Langsam hob er seinen Blick. Er grinste, hob die Desert Eagle und zielte damit direkt auf die Kellertür. Genau auf mich, so als hätte er Röntgenaugen und könnte durch Holz hindurchschauen.

Er betätigte den Abzug … *bäng, bäng, bäng.*

Ich hechtete aus der Schusslinie. Von jetzt an geschah alles wie in Zeitlupe. Schüsse donnerten, Mündungsfeuer flackerte, die Tür zersplitterte, und als ich Türdreher und Geländer losließ und rückwärtssprang, spürte ich, wie eine Kugel auf meiner Brust einschlug. Dann verlor ich das Bewusstsein.

SEKUNDEN SPÄTER kam ich unter entsetzlichen Schmerzen wieder zu mir. Als wäre etwas in meiner Brust explodiert, während gleichzeitig mein Brustkorb in einem großen Schraubstock zerquetscht wurde. Die Schmerzen in meinem linken Bein waren sogar noch schlimmer. Es war ein pochender, scharfer Schmerz. Alles bewegte sich wie unter Stroboskoplicht als schnelle Folge vieler Einzelbilder. Wo war ich?

Ich lag auf dem Rücken, so viel war klar. Auf kaltem, hartem Boden. Fast in völliger Dunkelheit. Um mich herum der feuchte Geruch von Moder und altem Zement. Von oben fiel fahles Mondlicht durch ein klaffendes Loch in der Unterseite des hölzernen Treppenaufganges.

Ich begriff sofort, was geschehen war.

Eine Kugel war in meine ballistische Weste geknallt, aber nicht in meinen Körper eingedrungen. Ich war nur aus dem Grund noch am Leben, weil drei Zentimeter solide Eiche die Geschwindigkeit des Geschosses verringert hatten. Aber der Treffer hatte mich aus dem Gleichgewicht gebracht und die Treppe hinuntergeschleudert. Dann war ich, die Füße voran, durch die termitenzerfressenen Bohlen durchgebrochen und unten auf dem Zementboden gelandet.

Ich spürte, wie mir warmes Blut am linken Bein hinunterlief. Ich wollte nach der Schussverletzung fühlen. Aber es war keine da. Stattdessen hatte der etwa dreißig Zentimeter lange Splitter einer geborstenen Bohle den Stoff meiner Jeans durchstoßen und war mehrere Zentimeter tief in meine linke Wade eingedrungen. Ich ergriff das Holzstück und riss es aus meinem Bein.

Ich versuchte mich zu erinnern, wie viele Schüsse Schukow auf mich abgegeben hatte. In das Kaliber-.50-Magazin der Desert Eagle passten nur sieben Patronen. Hatte er jetzt vier- oder fünfmal gefeuert? Oder sogar sechsmal? Vielleicht hatte er keinen einzigen Schuss mehr übrig, vielleicht auch nur noch einen.

Ich war außer Atem und fühlte mich wie betäubt. Irgendwo über mir quietschte es, dann hörte ich schwere Schritte auf den oberen Stufen. Schukow kam die Treppe herunter. Ich tastete nach meiner Waffe, aber ich bekam sie nirgendwo zu fassen.

Dann ging das Licht an. Es war eine nackte Glühbirne, die in etwa drei Meter Entfernung auf einem der Balken befestigt war. Schukow machte noch einen Schritt. Ich lag völlig ruhig da, hielt den Atem an. Wenn ich ein Geräusch machte, würde er mich sofort entdecken und hätte ein freies, unbehindertes Schussfeld direkt zu mir. Die Weste würde mich nicht schützen.

Dann sah ich die zersplitterte Bohle auf dem Boden liegen. Das Holzstück, dessen ausgerissene Kante in meinem Bein gesteckt hatte. Ich griff danach und schleuderte es mit einer raschen Bewegung zum Licht. Die Birne zerbarst, und alles wurde wieder dunkel.

Im Dunkeln waren die Chancen wieder gerechter verteilt.

Aber nur ein paar Sekunden später beleuchtete eine Taschenlampe die Treppe, und ich konnte hören, wie Schukow langsam und vorsichtig die Treppe herunterkam.

Dann erlosch der Strahl. Nur noch durch die offen stehende Tür fiel Licht als fahles Trapez von oben in den Keller. Vielleicht hatte er die Taschenlampe wieder eingesteckt. Er brauchte beide Hände, um die Desert Eagle zu halten.

Ich musste auf die Füße kommen, um mich fortbewegen zu können, aber ich durfte keinen Lärm machen. Alles hing vom Timing ab. Ich durfte mich nur dann bewegen, wenn er es auch tat, wenn das Geräusch seiner Schritte die leisen Laute übertönte, die ich beim Aufstehen verursachte.

Ein leises Huschen. Eine Ratte tapste über den Boden auf mich zu. Dann machte sie eine Pause und sondierte die Umgebung mit wachen Augen.

Dann knarzte direkt über uns ein weiterer Schritt. Aufgeschreckt sprang die Ratte über meinen Hals. Ich schloss blitzartig beide Hände um den pelzigen Körper … und schleuderte ihn quer durch den Raum.

Plötzlich fiel ein Schuss. Schukow hatte den Aufprall der Ratte gehört und angenommen, ich wäre die Geräuschquelle.

Aber jetzt wusste er, dass er mich nicht getroffen hatte. Niemand fängt sich einen Treffer mit einem Kaliber .50 ein, ohne zu schreien, zu grunzen oder zu heulen.

War das jetzt sein letzter Schuss gewesen? Ich war mir nicht sicher. Vielleicht hatte er noch einen Schuss übrig. Oder hatte er schon ein neues Magazin nachgeladen?

Durch eine der fehlenden Stufen in der baufälligen Treppe konnte ich seine Stiefelabsätze sehen. Dann hörte ich das unverwechselbare *Klackklack*, das beim Auswerfen eines Pistolenmagazins entsteht. Die Waffe war direkt über mir, nahe genug, um sie zu packen und ihm aus den Händen zu reißen, wenn ich mich schnell genug bewegte und ihn überrumpelte.

Jetzt. Ich presste beide Händen auf den Boden und nutzte die Kraft meiner Arme, um mich abzustoßen. Auf meinem rechten Fuß richtete ich mich auf, bis ich stand. Dann griff ich seinen rechten Stiefel und riss ihn zu mir. Schukow verlor den Halt und polterte die Treppe herunter. Er schrie vor Überraschung und Zorn. Etwas Schweres, Metallisches schlug neben mir auf den Boden. Die Desert Eagle?

Sollte ich mich um die Waffe kümmern oder mich lieber auf ihn stürzen?

Ich entschied mich für die Waffe.

Aber es war seine Taschenlampe: eine lange schwarze MagLite. Ich bückte mich und langte danach. Als ich mich wieder aufrichtete, stand er in etwa zwei Meter Entfernung und hielt die Pistole mit beiden Händen. Er zielte einen halben Meter neben mich.

Im Dunkeln konnte er mich nicht sehen. Ich sah nur wenig mehr.

Ich schleuderte die Taschenlampe an seinen Kopf. Sie traf ihn auf der Nase. Schukow taumelte, und ich sprang auf ihn zu, schlug ihn zu Boden, rammte ihm mein Knie in den Magen und meine rechte Faust an den Kopf. Mein mächtiger Aufwärtshaken traf ihn seitlich am Kinn. Er ließ die Waffe fallen.

Ich drückte ihn mit dem rechten Knie auf den Boden. Aber er verfügte über unerwartete Kraftreserven, so als ob ihn der Schmerz nur anstachelte.

Er richtete seinen Oberkörper vom Boden auf und rammte mir seine Faust auf mein linkes Ohr. Bevor ich zu einem Schlag in sein Gesicht ausholen konnte, kam etwas Großes, Stählernes auf mich zu. Ich begriff, dass er wieder an seine Waffe gekommen war.

Er hielt die Desert Eagle an ihrem langen Lauf und schwang den Griff gegen meine Schläfe wie einen stählernen Totschläger. Mein Kopf explodierte. Ich rutschte zur Seite, und dann saß er auf mir und presste mir mit nur einer Hand den Lauf der Waffe mitten auf die Stirn.

„Mach schon“, keuchte ich. „Drück ab!“

Ich sah das Zögern in seinem Gesicht. Er überlegte, was er als Nächstes tun sollte. Da wusste ich, dass er keinen Schuss mehr übrig hatte. Er hatte das Magazin ausgeworfen, aber er war nicht mehr dazu gekommen, ein neues einzuschieben.

Dann verzog er das Gesicht zu einer Grimasse und zog mit der Linken etwas aus seinem Stiefel. Stahl blitzte auf: eine 13-Zentimeter-Klinge, ein schwarzer Griff. Am Heft befand sich ein runder Stahlknopf. Schukow schwang das Messer gegen mein Gesicht. Ich schlug ihn mit der rechten Faust, aber dennoch befand sich die Spitze der Klinge jetzt direkt unter meinem linken Auge.

„Weißt du, was das ist?“, fragte er.

Mein KGB-Freund hatte mir von dem WASP-Messer erzählt.

„Dusya“, sagte ich.

Es entstand eine winzige Pause. Der Name seiner Mutter schien ihn wachzurütteln.

Diese kurze Zeitspanne reichte mir. Ich brachte mein linkes Bein über sein rechtes, gleich hinter sein Knie, und zog ihn auf mich zu, während ich mein rechtes Knie in seine Weichteile rammte. Zwei gegenläufige Kräfte drehten ihn um, gleichzeitig packte ich seine linke Hand am Handgelenk. Im selben Moment drückte ich ihn wieder zurück auf den Boden.

Meinen rechten Ellenbogen rammte ich in sein rechtes Ohr und zog dabei meinen Kopf so ein, dass er von meiner rechten Schulter geschützt wurde. Mit meinem rechten Knie klemmte ich Schukows Bein fest. Er drosch nach mir, aber ich hatte alle empfindlichen Teile geschützt. Ich ergriff sein linkes Handgelenk und drückte gegen seine Finger, die den Messergriff umklammert hielten. Ich erhöhte meinen Druck noch und versuchte, seinen Griff zu lösen und ihn dazu zu bringen, das Messer loszulassen.

Aber ich hatte Schukows fast unmenschliche Stärke unterschätzt. Er rammte sein Knie in meine Eingeweide, und schon war er wieder über mir und die Messerspitze nur Zentimeter von meinem linken Augapfel entfernt. Ich umklammerte seine Hand und versuchte sie wegzuschieben, aber es gelang mir nur, dafür zu sorgen, dass sie blieb, wo sie war, wobei die Klinge jeden Moment in mein Auge eindringen konnte.

„Wenn du mich umbringst“, hechelte ich, „wird das nichts ändern. Die anderen sind schon unterwegs.“

Mit einem schiefen Grinsen antwortete er: „Aber es wird zu spät sein. Der Sarg ist dann längst geflutet. Und ich bin verschwunden.“ Das Messer kam immer näher. „Ich glaube, du kennst das Mädchen. Wenn ich dir erzählen würde, was sie mit mir gemacht hat … Sie war ein sehr schmutziges kleines Mädchen.“

Ich brüllte vor Wut, und unter Aufbietung all meiner mir verbliebenen Kräfte unternahm ich einen letzten Versuch, ihn wegzustoßen. Das Messer bewegte sich von mir weg, als er zur Seite rutschte, aber er löste noch immer nicht den Griff um sein Messer. Ich rammte Schukow das Knie in den Bauch. Sein rechter Arm wich zurück. Das Messer, das er noch immer fest in seiner Faust umklammert hielt, grub sich ein kleines Stück in seine Kehle, ins weiche Fleisch unter seinem Kinn.

Ich begriff erst später, was im nächsten Augenblick passierte. Seine Handfläche muss ein winziges Stück weiter nach oben gerutscht sein; dabei muss sie auf den vorstehenden Metallknopf gedrückt haben, der den Gasstoß auslöste.

Das WASP-Messer pumpte einen gefrorenen Ball aus Gas in seine Gurgel.

Dann gab es ein lautes *Plopp* und eine fauchende Explosion.

In seinen vortretenden bernsteinfarbenen Augen sah ich so etwas wie einen ungläubigen Ausdruck. Und dann ging ein entsetzlicher Schauer von Haut und Blut auf mich nieder.

Ich schaffte es, noch eine Weile auf den Beinen zu bleiben. So lange, bis der Sarg aus der Erde gehoben wurde.

Fünf Mitglieder des FBI-SWAT-Teams mussten zwei Stunden lang im Schweiße ihres Angesichts mit Schaufeln graben, die ihnen die Polizei von Pine Ridge geliehen hatte. Der Sarg lag in fast drei Meter Tiefe, und die Erde war vollgesogen und schwer von den letzten Niederschlägen. Mit Schlingen aus schwarzem Nylongewebe hievten sie ihn heraus.

Aus dem einen Ende des teilweise ziemlich eingedellten Sarges kam ein gelber Halbzoll-Schlauch heraus, der über eine Strecke von einhundert Meter unterirdisch verlegt worden und mit dem Luftkompressor auf der hinteren Veranda verbunden war. Aus dem anderen Ende ragte ein viel dickeres, festes PVC-Rohr. Das war das Abluftrohr, das, wie ich zuvor gesehen hatte, aus dem Boden herauslugte.

Das Team ließ sich von mir nicht davon überzeugen, dass an dem Sarg keine Sprengfallen angebracht waren. Zwei Bombenexperten inspizierten den Sarg langsam und systematisch, um sicherzustellen, dass es keinen Auslösemechanismus gab.

Irgendwie schafften sie es, das Poltern, das Klopfen und die unterdrückten Schreie aus dem Innern zu ignorieren. Ich dagegen konnte es nicht.

Diana hatte ihren Arm um mich gelegt. Sie war mir eine Stütze. Ich hatte das Gefühl, meine Beine hätten sich in Gummi verwandelt. Vor meinen Augen fing alles an zu verschwimmen, wurde scharf und wieder unscharf, und ich verstand nicht den Grund.

Es stimmte schon, der Schmerz in meiner Brust war immer schlimmer geworden. Der stumpfe Schlag des Projektils war zwar heftig gewesen, aber ich hatte gedacht, ich hätte das Schlimmste schon hinter mir. Ich lag falsch. Der rapide zunehmende Schmerz hätte das erste Warnsignal sein sollen. Aber ich war viel zu sehr damit beschäftigt, Alexa aus ihrem Sarg herauszubringen.

„Nico“, sagte Diana, „du hast keine Traumaplatten getragen.“

„Hey, ich hatte schon Glück, dass ich eine alte ballistische Weste dabei hatte“, antwortete ich zwischen zwei kurzen, schnellen Atemzügen. Es fiel mir immer schwerer zu atmen. Ich bekam nicht genug Luft in meine Lungen. Das hätte das zweite Warnsignal sein sollen.

„Du hättest auf uns warten sollen."

Ich schaute Diana an und versuchte zu lächeln.

„Okay", schloss sie endlich und tätschelte meinen Hals. „Ich bin froh, dass du nicht gewartet hast. Aber musst du denn wirklich immer der Erste auf dem Schlachtfeld sein und der Letzte, der es verlässt?"

„Ich gehe, sobald ich Alexa gesehen habe."

Das hohle Klopfen und die fernen Angstschreie klangen, als kämen sie aus einem Kilometer Entfernung. Ich ertrug es nicht, noch länger zuzuhören. Aber die Bombenexperten setzten ihre Inspektion unbeirrt fort.

„Da sind keine Sprengkörper." Ich taumelte über das matschige Feld. „Er hätte sonst damit geprahlt."

„Wohin gehst du?"

„Ich hole sie da heraus."

Als ich an Alexas Sarg ankam, schob ich einen der Jungs beiseite. Er protestierte, und jemand schrie: „Zurückziehen!"

„Einer von euch muss doch ein Inbusschlüssel-Set dabei haben, oder?", brüllte ich.

Jemand warf mir ein Faltwerkzeug mit einer ganzen Palette Inbusschlüssel zu. Ich fand den passenden Schlüssel, steckte ihn in ein Loch am Fußende des Sarges und drehte ihn vier- oder fünfmal gegen den Uhrzeigersinn, um den Deckel aufzuschließen. An einigen Stellen, an denen der Stahlsarg unter der Last von drei Meter Erde Dellen bekommen hatte, war die Gummidichtung zerquetscht worden, trotzdem schaffte ich es, den Deckel aufzustemmen.

Mir schlug ein entsetzlicher Geruch wie aus einer offenen Kloake entgegen. Alexa lag in ihren eigenen Exkrementen oder vielmehr einige Zentimeter darüber. Sie starrte nach oben, aber ihr Blick richtete sich nicht auf mich. Ihr Haar war verfilzt, ihr Gesicht kalkweiß, und ihre Augen waren tief in die Höhlen eingesunken. Sie trug blaue Krankenhauskleidung und war von Erbrochenem bedeckt.

Sie begriff noch nicht, dass sie frei war.

Ich kniete mich über sie, küsste sie auf die Stirn und sagte: „Hey."

Sie schaute mich völlig verständnislos direkt an. Ich lächelte, und sie fing an zu weinen.

Das blieb dann noch für eine lange Zeit so ziemlich das Letzte, an das ich mich erinnern konnte.

12. KAPITEL

Ich hasse Krankenhäuser.

Leider musste ich ein paar Tage im Beth Israel Hospital in Boston verbringen, in das mich meine FBI-Freunde netterweise von New Hampshire aus mit dem Hubschrauber geflogen hatten. Der Notarzt erzählte mir, dass aufgrund eines Pneumothorax meine Lungen kollabiert wären und ich unter akuter Atemnot gelitten hätte. Dann ließ er einen Haufen Röntgenbilder machen und legte mir eine Thorax-Drainage. Er ließ die Wunde an meinem Oberschenkel reinigen und verbinden und gab mir eine Tetanusspritze. Drei Tage später wurde ich entlassen.

Diana war da, um mich nach Hause zu fahren.

„Ich will Alexa sehen. Ist sie noch im Krankenhaus?"

„Nein. Sie wurde viel schneller wieder entlassen als du. Sie haben nur ihren Flüssigkeitsmangel behandelt und sie einmal gründlich untersucht, aber es geht ihr gut."

„Das bezweifle ich. Ist sie zu Hause?"

„Ja. In Manchester. Ich glaube aber nicht, dass sie glücklich darüber ist."

Als wir die Commonwealth Avenue Richtung Mass. Avenue hinunterfuhren, sagte Diana: „Wie wäre es, wenn ich heute Abend zur Feier des Tages für dich kochen würde?"

„Das würde mir sehr gefallen. Aber was gibt es denn zu feiern?"

Sie spitzte ihre Lippen. „Vielleicht die Tatsache, dass du das Leben des Mädchens gerettet hast?"

UNTEN brachen die Wellen tosend an den Felsen, und der Wind heulte um den Hügel an der Küste. Der Himmel zeigte sich in einem düsterem Grau.

Das Wachhäuschen war unbesetzt. Ich parkte in der runden Auffahrt, überquerte die Veranda und drückte auf die Klingel. Nach einer Minute öffnete sich die Tür.

„Nick", sagte Marcus und lächelte. Aber es war kein glückliches Lächeln. Er wirkte geschwächt und völlig erledigt.

Ich folgte ihm bis vorne ins Haus, von wo aus man das Meer sehen konnte.

„Spricht Alexa immer noch nicht?", fragte ich.

Marcus ließ einen langen Seufzer hören, während er sich auf einen Stuhl sinken ließ. „Sie verlässt kaum ihr Zimmer. Sie schläft die ganze Zeit."

„Nach all dem, was sie durchgemacht hat, sollte sie in Behandlung gehen."

„Ich weiß, Nick. Vielleicht kannst du ihre Meinung ändern. Lexie scheint immer auf dich zu hören. Dir geht's jetzt also besser, Nick?"

„Absolut", antwortete ich. „Du hast eine gute Entscheidung getroffen."

Er schaute mich fragend an.

„Dass du dich mit dem FBI triffst."

„Oh. Na ja, nur weil David Schechter meint, dass er für mich etwas aushandeln kann."

„Gib Gordon Snyder, was er haben will", sagte ich, „dann hast du das FBI auf deiner Seite. Die haben viel Einfluss im Büro des Bundesanwalts."

„Aber was bedeutet das? Dass sie mich ins Gefängnis werfen?"

„Von dem Grad deiner Zusammenarbeit wird es abhängen, ob sie dich ins Gefängnis werfen oder ob du vielleicht ganz davonkommst. Du wirst ihnen alles über Mercury erzählen müssen."

„David meint, ich bräuchte mir um nichts Sorgen zu machen, wenn ich täte, was er sagt."

„Wie gut hat das in der Vergangenheit für dich funktioniert?", fragte ich.

Marcus setzte eine bekümmerte Miene auf und blieb für eine ganze Weile stumm.

Schließlich war ich es, der das Schweigen brach. „Wo ist Belinda?"

„Ihretwegen hatte ich dich gebeten herzukommen", antwortete Marcus. „Sie ist verschwunden."

Er reichte mir eine blassblaue Briefkarte, die oben mit dem Namen BELINDA JACKSON MARCUS bedruckt war. Darauf stand:

> Liebling,
> ich glaube, es ist besser so. Eines Tages werden wir darüber sprechen. Ich bin so glücklich, dass Alexa wieder zu Hause ist.
> Ich habe Dich wirklich geliebt.
> Belinda

„Sie sagte, sie würde sich mit einer Freundin in der Stadt treffen, und heute Morgen, als ich aufstand, fand ich diese Notiz. Was soll das bedeuten?"

Es hieß, dass man sie gewarnt hatte, dass das FBI hinter ihr her war. Obgleich es in Wahrheit sehr schwer gewesen wäre, Anja Afanasjewa irgendeine größere Straftat nachzuweisen.

„Manchmal muss erst eine Krise kommen, damit man feststellt, wer jemand wirklich ist", sagte ich.

Marcus schüttelte den Kopf. „Nick, du musst mir helfen, sie zu finden."

„Ich glaube nicht, dass sie gefunden werden will."

„Was redest du denn da? Sie ist meine Frau. Sie liebt mich!“

„Vielleicht hat sie dein Geld noch mehr geliebt.“

„Sie wusste doch schon seit Monaten, dass ich pleite bin, und es hat sich zwischen uns nie etwas geändert.“

„Nun, Marshall, es gibt pleite, und es gibt *pleite,* richtig?“

Eine lange Pause entstand, dann drehte er sich von mir weg.

„Also ehrlich, Marshall. Hast du wirklich geglaubt, dass man fünfundvierzig Millionen Dollar einfach so ins Ausland schaffen kann, ohne dass es jemand merkt? Das ist heutzutage nicht mehr so einfach.“

Marcus errötete. „Okay, dann gibt es da eben ein kleines Finanzpolster. Geld, das ich nicht anrühren wollte. Geld, das ich nun mal brauche, falls ich jemals wieder zurück ins Spiel kommen will.“ Es klang abwehrend, beinahe empört. „Hör zu, ich werde mich nicht entschuldigen für das, was ich habe.“

„Entschuldigen? Für was solltest du dich denn entschuldigen?“

„Genau.“ Mein sarkastischer Ton war ihm gar nicht aufgefallen.

„Immerhin warst du von Anfang an immer konsequent ... Du hast nie aufgehört, mich zu belügen. Selbst damals, als Alexa zum ersten Mal entführt wurde, hast du behauptet, du hättest keine Ahnung, wer dahinterstecken könnte. Du wusstest, dass es die Männer von Schechter waren, die kurz ihre Muskeln spielen lassen wollten. Weil du auch weiterhin das tun solltest, was man dir sagte.“

Er zögerte ein paar Sekunden. „Sieh mal, wenn es hier um Geld geht, ist alles in Ordnung. Ich werde deine Rechnung vollständig bezahlen.“

Ich lachte. „Wie gesagt, Marcus, es gibt pleite, und es gibt pleite. Seit heute Morgen um neun Uhr bist du tatsächlich finanziell ruiniert. Frag ruhig nach bei der Royal Cayman Bank and Trust. Die gesamten fünfundvierzig Millionen Dollar wurden heute Morgen abgebucht.“

„Es ist *weg*? Wie konnte mir das nur wieder passieren?“

„Nun“, sagte ich, „vielleicht war es nicht gerade die schlaueste Idee, alles auf Belindas Namen laufen zu lassen.“

DAVID SCHECHTER wollte sich mit mir treffen, ehe das FBI in seinem Büro auftauchte. Er sagte, dass es sich um eine dringende Angelegenheit handele.

„Ich wollte mich bei Ihnen entschuldigen.“ Er saß hinter dem antiken Tisch.

„Wofür?“

„Ich habe überreagiert und werde der Letzte sein, der das bestreitet. Ich hätte von vornherein ehrlich zu Ihnen sein müssen. Sie sind ein wahrer amerikanischer Held.“ Er sah mich mit einem Ausdruck tiefster Bewunderung an.

„Das ist sehr nett von Ihnen. Ich nehme Ihre Entschuldigung an."

„Gerade Sie müssten doch verstehen, dass unsere nationale Sicherheit niemals in Gefahr geraten darf."

„Keine Frage."

„Ich habe Marshall schon eingeschärft, wie wichtig es ist, dem FBI nichts über Mercury zu erzählen, solange es für die Untersuchungen nicht relevant ist."

„Warum muss Mercury vor dem FBI geheim gehalten werden?"

„Nick, Sie wissen doch, wie das in Washington funktioniert. Wenn jemals ans Licht kommt, dass zehn Milliarden Dollar aus den schwarzen Kassen des Militärs verloren gegangen sind, weil sie privat investiert wurden – lieber Gott, das wäre so, als würden wir eimerweise Köder ins Meer schütten. Die Haie würden meilenweit herbeigeeilt kommen. Sie waren Soldat. Können Sie sich vorstellen, welchen Schaden eine solche Enthüllung unserer nationalen Sicherheit zufügen würde?"

„Eigentlich nicht."

„Begreifen Sie denn wirklich nicht, was für ein Riesenskandal sich daraus ergeben würde?"

„Doch, natürlich. Er wird riesig sein, klar. Eine Menge Leute werden sich darüber wundern, wie Sie dem Pentagon das viele Geld stehlen konnten."

In einer Suite des Mandarin-Hotels hatte ich nämlich endlich die wahre Geschichte erfahren.

„Sie müssen sich vorstellen", hatte mir Roman Nawrozow erklärt, „wie frustrierend es für mich ist, am Spielfeldrand zu sitzen, über Milliarden von Dollars zu verfügen, die ich bereitwillig in die amerikanische Wirtschaft investieren würde, aber jedes einzelne meiner Geschäfte wird von den US-Behörden blockiert. Während sich Amerika gleichzeitig an jedes andere Land der Welt verkauft. Und dazu gehören sogar seine erklärten Feinde."

„Jetzt übertreiben Sie aber ein wenig", hatte ich erwidert.

„Zehn Prozent von Amerika gehört den Saudis. Und schauen Sie sich an, was die mit dem World Trade Center gemacht haben. Die chinesischen Kommunisten besitzen die meisten US-Staatsanleihen. Ein paar eurer wichtigsten Rüstungslieferanten gehören ausländischen Konzernen. Aber wenn ich ein amerikanisches Stahlwerk, ein Unternehmen aus der Energiebranche oder eine Computerfirma kaufen will, dann lehnen eure Behörden das ab. Ein paar anonyme Bürokraten im Finanzministerium behaupten, es würde eure nationale Sicherheit gefährden."

„Also wollten Sie die Mercury-Akten, um die US-Behörden dazu zu zwingen, alle Ihre Geschäfte durchzuwinken? Dann muss in den Mercury-

Akten etwas enthalten sein, das viele mächtige Leute gern geheim halten würden."

Er hatte gelächelt.

„Lassen Sie hören", hatte ich Roman Nawrozow aufgefordert.

Jetzt lehnte ich mich in Schechters zerbrechlichen, antiken Holzstuhl zurück. „Eine Schmiergeldkasse in einen Hedgefonds umzuwandeln, um den mächtigsten Männern der Vereinigten Staaten drei Jahrzehnte lang verdeckte Zahlungen zufließen zu lassen, das ist genial."

Ich betrachtete die Bildergalerie genauer, die Schechter, um Eindruck zu schinden, an die Wand gehängt hatte. Jede Menge Fotos von ihm beim rituellen Händeschütteln und In-die-Kamera-Grinsen zusammen mit ehemaligen Staatssekretären aus dem Verteidigungs- und Innenministerium, vier ehemaligen Vizepräsidenten und sogar ein paar ehemaligen Präsidenten.

„Aber was wollten Sie damit erreichen?"

„Sie haben wohl überhaupt keine Ahnung, oder?" Schechter machte eine kurze Pause. „Sie sind vermutlich zu jung, um sich noch daran zu erinnern, wie es war, als die besten und schlauesten Köpfe in den Staatsdienst gegangen sind, weil es einfach das Beste war, was man tun konnte. Doch wohin zieht es die Absolventen unserer besten Colleges heutzutage? In die juristischen Fakultäten und zu Investmentbanken. Sie gehen dorthin, wo das Geld ist. Der Vorstandsvorsitzende von Merrill Lynch streicht hundert Millionen Dollar dafür ein, dass er die Bank in Grund und Boden gewirtschaftet hat. Der Kerl, der es fast fertiggebracht hätte, die Baumarktkette Home Depot zu ruinieren, bekommt zweihundertzehn Millionen Dollar nur dafür, dass er geht. Aber ein Staatsdiener, der mithilft, ein Unternehmen namens Vereinigte Staaten von Amerika zu führen, kann es sich nicht einmal leisten, seine Kinder auf ein College zu schicken."

„Der Vortrag war wirklich gut", erwiderte ich. „Ich glaube, ich habe noch nie gehört, dass jemand Bestechung so schöngeredet hat."

„Bestechung?", fragte Schechter mit rotem Kopf. „Wie wäre es, das Ganze Bonusprämie zu nennen? Sinn und Zweck von Mercury ist es, dafür zu sorgen, dass die besten und intelligentesten Köpfe nicht dafür bestraft werden, Patrioten zu sein. Ja, Nick, wir haben das Geld verteilt und sichergestellt, dass sich unsere bedeutendsten Staatsdiener nie über Geld Gedanken zu machen brauchten. Damit sie ihr Leben uneingeschränkt dem Dienst für die Allgemeinheit widmen konnten. Und *das* hat durchaus etwas mit unserer nationalen Sicherheit zu tun. Es hat damit zu tun, unsere Helden, unsere Staatsmänner und Patrioten zu belohnen, anstatt die Banker und Betrüger, die für zwei Basispunkte ihr Land verkaufen würden."

„Nun“, sagte ich ruhig, „Sie haben ein paar gute Argumente. Und ich bin mir sicher, dass Sie Gelegenheit haben werden, sie bei einem Geschworenengericht vor Fachkollegen zu wiederholen.“

„Ich werde abstreiten, dass diese Unterhaltung jemals stattgefunden hat.“

„Machen Sie sich keine Umstände“, antwortete ich.

Ich stand auf und öffnete die Tür zu seinem Büro. Da standen Gordon Snyder und Diana, neben ihnen Marshall Marcus. Hinter ihnen warteten sechs Männer in FBI-Jacken.

„Marshall ist zur Zusammenarbeit bereit“, sagte ich.

Schechter schüttelte den Kopf. „Sie Hurensohn.“ Als er seine Schreibtischschublade aufzog, brüllte einer der FBI-Typen: „Keine Bewegung!“

Aber Schechter wollte nicht zu einer Waffe greifen. Er wollte Lutschpastillen. Er nahm eine und warf sie sich in den Mund. Dann schluckte er sie herunter.

„Herrschaften“, sagte er mit einem erlösten Lächeln, „bitte treten Sie ein.“ Er stand jedoch nicht auf, was gar nicht seine Art war.

„David, es tut mir leid“, sagte Marcus.

Ich sah, dass Schechter mich mit unbeweglichen Augen anstarrte. Aus seinem Mund trat Schaum. Ich konnte Mandeln riechen.

„Hat irgendjemand eine Notfallausrüstung?“, schrie ich.

Ein paar der FBI-Agenten stürmten herein. Einer von ihnen überprüfte Schechters Puls an dessen Handgelenk und an dessen Hals. Dann schüttelte er den Kopf.

David Schechter hatte sich schon immer damit gebrüstet, auf alle Eventualitäten vorbereitet zu sein. Mir scheint, am Ende behielt er recht.

IM FRÜHHERBST nahm ich Diana mit auf eine Spritztour. Sie wollte das Herbstlaub von New England sehen. Ich schlug New Hampshire vor, wo die Bäume schon etwas weiter waren.

Keiner von uns erwähnte das letzte Mal, als wir beide zusammen in New Hampshire gewesen waren.

Wir waren schon einige Zeit auf der Straße unterwegs, als ich sagte: „Ich habe etwas für dich. Wirf mal einen Blick ins Handschuhfach.“

Sie schaute mich verwundert an, dann öffnete sie es und holte eine kleine Schachtel heraus, die mehr schlecht als recht in Geschenkpapier eingewickelt war.

„Na, du bist ja ein richtiger Verpackungskünstler“, neckte sie mich.

„Ist nicht gerade meine Spezialität“, meinte ich. „Wie man sieht.“

Sie riss die Verpackung auf und schnappte erstaunt nach Luft. „Ich fasse es nicht!“ Sie starrte auf den achteckigen schwarzen Parfümflakon. „Wo zum Teufel hast du denn Nombre Noir herbekommen? Und gleich so einen großen Flakon? Und noch versiegelt?“

„Ich wollte ihn dir schon vor Jahren geben“, sagte ich.

Sie gab mir einen Kuss. „Ich hatte auch schon nicht mehr damit gerechnet, jemals so etwas in Händen zu halten. Als ich das letzte Mal bei Ebay geschaut habe, kostete ein halb so großes Fläschchen Nombre Noir über siebenhundert Dollar. Wo hast du es herbekommen?“

„Erinnerst du dich noch an meinen Freund, den jordanischen Waffenhändler? Einer seiner Kunden ist ein Scheich in Abu Dhabi, der einen Vorrat davon in einem klimatisierten Lager vorrätig hatte. Aber als er es mir dann ausgehändigt hat, warst du schon weg.“

Diana hatte mir einmal erzählt, dass Nombre Noir eines der besten Parfüms war, die jemals hergestellt worden waren. Aber inzwischen konnte man es nirgendwo mehr finden. Anscheinend entschied die Europäische Union, einen der Hauptinhaltsstoffe zu verbieten, weil er bei einem sehr geringen Prozentsatz von Menschen Sonnenallergie hervorrufen konnte. Die Firma sammelte in einer Rückrufaktion jede verfügbare Flasche ein und zerstörte sie alle.

Von dem Augenblick an, wo Diana mir erzählte, dass es unmöglich war, noch etwas davon zu bekommen, setzte ich meinen Ehrgeiz daran, doch noch etwas für sie aufzutreiben.

„Na ja, das geschieht mir recht dafür, dass ich einfach weggezogen bin, ohne dir Bescheid zu sagen“, meinte Diana.

„Ja, so in etwa.“

„Wo wir gerade dabei sind: Man hat mir eine Führungsposition als Special Agent in Miami angeboten.“

„He, das ist ja ein tolles Angebot“, entgegnete ich mit allem Enthusiasmus, den ich vortäuschen konnte. „Herzlichen Glückwunsch. Miami könnte großartig werden.“

„Danke.“

„So ein Angebot kann man kaum abschlagen“, setzte ich hinzu.

Die lähmende Stille schien ewig zu dauern.

„Und was ist mit Snyders Posten?“, erkundigte ich mich schließlich.

Gordon Snyders Vorgesetzte waren nicht so glücklich darüber gewesen, dass er mir ohne Gerichtsbeschluss einen nicht zugelassenen Peilsender in mein BlackBerry gepflanzt und später versucht hatte, seine Spuren zu verwischen, indem er einen vertraulichen Informanten vorgeschoben hatte, der ihm angeblich gesteckt hatte, wo Mauricio Perreira war – just in dem

Moment, wo ich im Apartment des Dealers in Medford eingetroffen war. Man hatte ihn degradiert und nach Alaska versetzt.

„Ach, weißt du, die wollen die Stelle mit jemandem besetzen, der sich im Bereich der organisierten Kriminalität auskennt. Also, Nico, hast du etwas dagegen, wenn ich dich noch etwas frage, das Roman Nawrozow betrifft?

„Okay."

„Der Hubschrauberabsturz in Marbella? Kam alles ein bisschen zu gelegen, findest du nicht?"

Ich zuckte mit den Schultern. Geschäft ist Geschäft.

„Lass mich raten. Putins Jungs haben seit Jahren versucht, ihn zu erwischen. Aber er hat es ihnen nie leicht gemacht. Also hast du mit einer deiner Ex-KGB-Quellen einen Deal gemacht. So etwas wie ein Austausch von Informationen."

„Vielleicht war es auch wirklich nur ein gebrochener Rotor, wie behauptet wird. Manchmal passieren Dinge einfach."

„Schon klar."

Danach starrten wir beide eine Zeit lang nach vorn auf die Straße.

„Weißt du", sagte Diana schließlich, „wahrscheinlich dürfte ich dir gar nichts darüber erzählen, aber in der Mercury-Sache werden wir bald eine Verhaftung vornehmen."

„Ich hatte mich schon gefragt, ob es wohl jemals dazu kommen würde."

Aus den Wochen waren Monate geworden, und kein einziger von Marshall Marcus' Investoren war auch nur zu einer Befragung vorgeladen worden. Marcus war noch immer auf freiem Fuß, weil er uneingeschränkt mit dem FBI kooperierte – und seine neuen Anwälte immer noch mit der Börsenaufsicht verhandelten. Es gab eine Menge Investoren, die seinen Kopf forderten. Er würde mit Sicherheit nicht um eine gewisse Zeit im Gefängnis herumkommen.

Davon abgesehen war aber alles so, als wäre nichts geschehen.

„Es ist kompliziert", fuhr Diana fort. „Wir reden hier über ein paar extrem prominente Persönlichkeiten … langjährige Regierungsvertreter, pensionierte Staatsmänner. Und wie heißt es so schön: Wenn man auf den König schießt, dann muss man ihn auch töten."

„Aber ihr habt die Namen und die Kontonummern."

„Plötzlich sind da eine Menge sehr nervöser Leute in der Leitung der Justizbehörde. Sie wollen, dass alles vollständig und zweifelsfrei feststeht, bevor sie auf so hoher Ebene ein Korruptionsverfahren einleiten. Sie bestehen darauf, alle möglichen Bankbelege aus der ganzen Welt zu sehen, und dazu gehören auch die Off-Shore-Banken, die selbst in hundert Jahren nicht mit uns zusammenarbeiten werden."

„Wen wollt ihr denn verhaften?"

„General Mark Hood."

Ich warf ihr einen kurzen Seitenblick zu. „Wie lauten die Vorwürfe?"

„Veruntreuung, Betrug … Er hat den illegalen Transfer verdeckter Mittel aus den schwarzen Kassen des Pentagon überwacht."

Ich nickte. „Das hatte ich mir schon gedacht."

„Du warst damals kurz davor, ihn festzunageln, nicht wahr? Bevor er dich gefeuert hat?"

„Ich schätze, ja. Aber das wusste ich damals noch nicht."

Wir schwiegen wieder. Als ich die Ausfahrt entdeckte, betätigte ich den Blinker.

„Wohin fahren wir, Nick?"

„Hast du schon mal den Campus der Phillips Exeter Akademie gesehen?"

„Nein, wie sollte ich …" Dann begriff Diana. „Meinst du wirklich, sie ist schon so weit, dich zu treffen?"

„Ich schätze, das werden wir gleich herausfinden."

DIANA wartete im Wagen auf mich.

Das Rasenhockey-Team der Mädchen trainierte im Footballstadion am anderen Ende des Campus. Ein paar der Mädchen taten sich wirklich hervor. Eines ganz besonders. Und als sie sich umdrehte, erkannte ich, dass es Alexa war.

Sie trug ein Stirnband und hatte die Haare zurückgebunden. Ihre Arme waren gebräunt und muskulös, ihre Beine lang und mager. Ihr blauer Mundschutz verlieh ihr ein etwas grimmiges Aussehen, aber sie sah gesund und glücklich aus.

Die Trainerin pfiff und rief: „Wasser trinken!"

Die Mädchen nahmen ihren Mundschutz heraus. Sie riefen und redeten laut, während sie sich um den Wasserspender drängelten. Ein paar Mädchen umarmten Alexa. Dann lachte sie über etwas.

Schließlich drehte sie sich um, so als ob sie meine Anwesenheit gespürt hätte, noch bevor sie mich gesehen hatte. Sie sprach schnell mit einer ihrer Mitspielerinnen, dann näherte sie sich langsam.

„He, Nick."

„Du bist ziemlich gut, weißt du das?"

„Geht so. Mir macht es Spaß, und das ist die Hauptsache."

„Du spielst hart. Du kannst was einstecken. Wirkst überhaupt nicht ängstlich."

Sie lachte kurz und nervös auf. „Lohn der Angst, oder?“

„Stimmt. Na, ich wollte nur Hallo sagen und schauen, ob alles in Ordnung ist.“

„Oh, okay, danke. Ja, alles ist cool. Alles gut. Ich bin …“ Sie schaute zu ihren Mitspielerinnen hinüber. „Es ist nur so, irgendwie ist gerade wirklich nicht der beste Moment. Ist das okay?“

„Kein Problem.“

„Ich meine, na ja, du bist doch wohl nicht den ganzen Weg hierhergefahren, nur um mich zu sehen, oder? Ich meine, ich hoffe, nicht.“

„Überhaupt nicht. Ich war gerade zufällig in der Gegend.“

„Na ja, dann, also …“ Sie winkte kurz. „Muss los. Danke, dass du vorbeigekommen bist. War schön, dich zu sehen.“

„Ja“, erwiderte ich. „Ganz meinerseits.“

Ich verstand. Schon mein Anblick löste alle möglichen dunklen und verstörenden Gefühle in ihr aus. Ich würde sie immer an ihren Albtraum erinnern. Sie würde ihre Heilung im Vergessen finden.

Die Trainerin blies wieder in ihre Pfeife. Ich blieb stehen und schaute noch ein paar Minuten zu. Alexa durchquerte das Feld, wobei der Ball ständig zwischen ihr und einer Mitspielerin hin- und hergepasst wurde, und lief dabei immer weiter. Plötzlich ging alles viel zu schnell, um es genau zu verfolgen. Gerade als Alexa den Schusskreis erreichte, kam sie irgendwie wieder in den Ballbesitz, dann sah ich, dass die Torhüterin hereingelegt worden war und Alexa ein freies Schussfeld hatte.

Sie grinste, als sie den Ball in die Luft hebelte und Richtung Tor schmetterte.

Jetzt war sie am Zug.

„Die Handlung auf den Kopf stellen, Schockierendes enthüllen, den Leser überraschen' – so lautet mein Mantra beim Schreiben."

Joseph Finder

Joseph Finder wurde 1958 in Chicago geboren, verbrachte seine frühe Kindheit aber vor allem auf den Philippinen und in Kabul, wo sein Vater Englischschulen aufbaute. Überraschenderweise war die erste Sprache, die Finder erlernte, die afghanische Landessprache Farsi. Doch die Erklärung ist einleuchtend: Während seine Eltern arbeiteten, verständigte sich der kleine Joe mit den Hausangestellten im heimatlichen Idiom.

Zurück in den Staaten, entdeckte Finder durch ein Highschool-Seminar seine Leidenschaft für die russische Sprache und Geschichte. Sein entsprechendes Studium an den Universitäten Yale und Harvard schloss er mit *summa cum laude* ab. Später war er als Russischdozent in Harvard tätig und wurde in dieser Zeit von der CIA rekrutiert. Über seine Tätigkeit dort ist verständlicherweise kaum etwas bekannt – nur, dass er den US-Auslandsgeheimdienst wieder verließ, um sich dem Schreiben zu widmen: „Schon als Kind hatte ich mir ausgemalt, wie es wäre, ein Spion zu sein, doch in Wirklichkeit ist das nicht so interessant, wie es sich anhört. Fiktionale Charaktere zu schaffen ist viel aufregender." Als Finder sich nach seinem Erstlingswerk, einem Sachbuch, auf das Schreiben von Thrillern verlegte, stieß das in seiner Familie nicht nur auf positive Resonanz: „Meinem Großvater, der sein Leben lang hart gearbeitet hatte, erzählte ich, dass ich mein erstes Manuskript an einen Verlag verkauft hätte. Er meinte nur: ‚Such dir einen richtigen Job!'" Doch Finders internationaler Erfolg gab ihm recht.

Mit seiner Frau und seiner Tochter lebt Joseph Finder, der in seiner Freizeit alte, traditionsreiche Tomatensorten züchtet, heute in Boston.

Kein Kuss unter dieser Nummer

Sophie Kinsella

Ich muss reinen Tisch machen. Der Ring gehört den Tavishes. Ich werde ihnen beichten müssen, dass er weg ist. *Ich bin's, das Mädchen, von dem ihr nicht wollt, dass es euren Sohn heiratet. Ich habe euren kostbaren Familienring verloren!*

Kurz entschlossen gebe ich mir weitere zwölf Stunden. Aber dann erzähle ich es ihnen. Ganz bestimmt.

1

Es ist alles eine Frage der Perspektive. Ich muss es nur aus der richtigen Perspektive betrachten. Es ist kein Erdbeben, kein Amoklauf und auch kein Atomunglück. Auf der Katastrophenskala steht es nicht sehr weit oben. Nicht *sehr* weit. Eines Tages werde ich mich bestimmt an diesen Augenblick erinnern und lachen und denken: „Wie dumm ich war, mich deswegen so verrückt machen zu lassen …"

Vergiss es, Poppy. Netter Versuch. Ich lache nicht … mir ist speiübel. Kopflos laufe ich durch den Ballsaal des Hotels und suche vergeblich das blaue Teppichmuster ab. Ich schaue unter vergoldeten Stühlen nach, zwischen weggeworfenen Servietten, an Stellen, wo er unmöglich sein kann.

Ich habe ihn verloren. Meinen Verlobungsring. Seit drei Generationen befindet er sich im Besitz von Magnus' Familie. Es ist ein atemberaubender Smaragd mit zwei Diamanten, und Magnus musste ihn aus einem speziellen Banktresor holen, bevor er mir seinen Heiratsantrag gemacht hat. Drei ganze Monate lang habe ich ihn ohne Zwischenfall am Finger getragen, aber heute, an dem Tag, an dem seine Eltern aus den Vereinigten Staaten wiederkommen, habe ich ihn verloren.

Die Professoren Antony Tavish und Wanda Brook-Tavish sitzen in diesem Moment im Flugzeug, auf dem Rückweg von einem Forschungssemester in Chicago. Ich sehe sie vor mir, wie sie kandierte Erdnüsse knabbern und wissenschaftliche Zeitschriften lesen. Ich weiß ehrlich nicht, wer von beiden mir mehr Angst macht.

Er. Er ist so sarkastisch.

Nein, sie. Mit ihren krausen Haaren. Und dauernd fragt sie einen, was man über den Feminismus denkt.

Okay, sie sind beide ziemlich Furcht einflößend. Und sie landen in etwa einer Stunde, und natürlich werden sie den Ring sehen wollen.

Nicht hyperventilieren, Poppy! Positiv denken! Ich muss das Ganze nur aus einer anderen Perspektive betrachten. Zum Beispiel … was würde Hercule Poirot tun? Der Meisterdetektiv würde nicht panisch herumflattern.

Er würde die Ruhe bewahren und seine kleinen grauen Zellen benutzen, um sich an ein winziges Detail zu erinnern, das dann den entscheidenden Hinweis gibt.

Ich kneife die Augen zu. Kommt schon, kleine graue Zellen! Strengt euch mal ein bisschen an!

Allerdings bin ich mir nicht sicher, ob Poirot drei Gläser rosa Champagner und einen Mojito intus hatte, als er den Mord im Orient-Express löste.

Auf der anderen Seite des Ballsaals sehe ich eine Putzfrau, die Kuchenkrümel und zerknüllte Servietten in einen schwarzen Müllbeutel schüttelt. Sie passt überhaupt nicht auf.

„Verzeihung!", kreischt meine Stimme, als ich zu ihr hinübersprinte. „Sie suchen doch hoffentlich immer noch nach meinem Ring, oder?"

„Bis jetzt ist er nicht aufgetaucht." Ohne die Reste eines Blickes zu würdigen, wischt die Frau sie vom Tisch, direkt in den Müllbeutel.

„Moment!" Ich greife nach den Servietten und hole sie wieder heraus, taste jede einzelne ab. Er muss hier sein, er muss es einfach!

Es sei denn, dass jemand ihn an sich genommen hat. Eine meiner Freundinnen trägt ihn, ohne es zu merken. Vielleicht ist er in eine Handtasche gerutscht …

Insgesamt saßen wir zu acht am Tisch und kippten fröhlich Schampus in uns hinein, als jemand sagte: „Komm schon, Poppy, lass mich mal deinen Ring anprobieren!"

Ich kann mich nicht mal mehr erinnern, wer es war. Annalise vielleicht? Annalise hat mit mir zusammen die Ausbildung zur Physiotherapeutin gemacht, und jetzt arbeiten wir beide im „First Fit Physio Studio", gemeinsam mit Ruby, die auch zu unserem Jahrgang gehörte. Ruby war heute ebenfalls da, aber ich bin mir nicht sicher, ob sie den Ring anprobiert hat.

Unfassbar, wie vergesslich ich bin. Wie kann ich hier den Poirot mimen, wenn ich mich nicht mal an die grundlegendsten Dinge erinnere? Jetzt scheint es mir, als hätten alle den Ring anprobiert, auch Natasha, Clare und Emily (alte Schulfreundinnen aus Taunton), sowie Lucinda (meine Hochzeitsplanerin) und ihre Assistentin Clemency.

Ich gebe es zu: Ich habe die allgemeine Bewunderung sehr genossen, vor allem weil ich es selbst ganz unglaublich finde, dass etwas derart Wertvolles tatsächlich mir gehört. Ehrlich gesagt ist das Ganze ziemlich unglaublich: Ich bin verlobt! Ich, Poppy Wyatt. Mit einem großen, gut aussehenden Universitätsdozenten, der ein Buch geschrieben hat und sogar schon mal im Fernsehen war. Noch vor einem halben Jahr glich mein Liebesleben einer Trümmerlandschaft, und jetzt sind es nur noch zehn Tage bis zu meiner Hochzeit! Mit Dr. Magnus Tavish, Dozent am Londoner King's College[1]!

Magnus … Was wird Magnus wohl dazu sagen? Mein Magen krampft sich zusammen, und ich muss schlucken. Kommt schon, kleine graue Zellen! Gebt alles!

Ich erinnere mich, dass Clare den Ring lange trug. Dann fing Natasha an, daran herumzuzerren, und sagte: „Ich bin dran, ich bin dran!" Und ich weiß noch, dass ich den Ring die ganze Zeit im Blick hatte, als er am Tisch herumgereicht wurde.

Aber ich konnte doch nicht wissen, dass es einen Feueralarm geben würde, oder? Eben saßen noch alle nett beim Champagner. Dann plötzlich heulte eine Sirene, und es herrschte allgemeines Chaos, weil alle aufsprangen und zu den Ausgängen rannten.[2]

Natürlich dachte ich, eine meiner Freundinnen hätte den Ring an sich genommen, und ich würde ihn draußen zurückbekommen. Vor der Tür herrschte jedoch absolutes Chaos, und ich brauchte eine Ewigkeit, um Natasha in dem Tohuwabohu ausfindig zu machen.

„Hast du meinen Ring?", wollte ich sofort wissen. „Wer hat ihn?"

„Keine Ahnung." Natasha zuckte mit den Achseln. „Hatte Annalise ihn nicht?"

Also stürzte ich mich wieder in die Menge, um Annalise zu suchen, aber die hatte ihn auch nicht. Sie meinte, Clare hätte ihn. Aber Clare war der Meinung, Clemency hätte ihn. Clemency sagte, vielleicht hätte Ruby ihn.

Das Problem mit der Panik ist, dass sie sich anschleicht. Im einen Moment ist man noch ganz ruhig, sagt sich: „Mach dich nicht lächerlich. Der Ring kann doch nicht weg sein." Im nächsten Augenblick sind alle deine Freundinnen verschwunden, um noch ihre U-Bahn zu bekommen, und eine Stimme in deinem Kopf kreischt: „O mein Gott! Ich wusste, dass das irgendwann passiert! Man hätte mir einfach kein wertvolles Erbstück anvertrauen dürfen!"

Und so findet man sich eine Stunde später unter einem Tisch wieder, tastet einen versifften Hotelteppich ab und betet um ein Wunder.

---

[1] Sein Spezialgebiet ist kultureller Symbolismus. Ich habe sein Buch „Die Philosophie des Symbolismus" überflogen, gleich nach unserem zweiten Date, und dann habe ich so getan, als hätte ich es schon vor Urzeiten gelesen, rein zufällig, aus Vergnügen. (Was er mir, ehrlich gesagt, keinen Augenblick geglaubt hat.) Und was mich am meisten dabei beeindruckt hat: Es gab so viele Fußnoten! Einfach toll. Und so praktisch! Man setzt sie einfach irgendwo dazwischen, und es sieht sofort schlau aus.

[2] Natürlich stand das Hotel nicht in Flammen. Ein Kurzschluss hatte den Alarm ausgelöst. Das habe ich erst später herausgefunden, was mir allerdings kein Trost war.

Plötzlich merke ich, dass mein Handy blinkt, und ich nehme es mit zitternden Fingern und lese die SMS:

> Hi Poppy, wie schrecklich, dass du deinen Ring verloren hast! Eigentlich dachte ich, ich hätte ihn gesehen … (eingehender Text)

Ich starre mein Handy an. Clare hat ihn gesehen? Wo?

Hektisch wedele ich mit meinem Handy herum, doch der Rest der SMS weigert sich standhaft, durchzukommen. Der Empfang hier drinnen ist das Letzte. Ich muss vor die Tür gehen.

Die Stufen draußen vor dem Hotel sind breit und flach, und ich laufe auf und ab, schwenke mein Handy hin und her, versuche erfolglos, ein Netz zu finden. Schließlich gehe ich hinunter bis auf den Bürgersteig, wedele noch wilder mit meinem Handy herum, dann beuge ich mich auf die Straße hinaus, halte mein Telefon mit den Fingerspitzen in die Luft.

Komm schon, Handy, sage ich im Stillen. *Bitte finde ein Netz!*

„Aaaaah!“ Ich höre meinen eigenen Schreckensschrei, bevor ich überhaupt merke, was passiert ist. Da sind Kratzer an meinen Fingern, und eine Gestalt auf einem Fahrrad hält eilig auf das Ende der Straße zu. Ich sehe nur noch einen alten grauen Kapuzenpulli, als das Rad um die Ecke biegt.

Meine Hand ist leer. Fassungslos starre ich meine Handfläche an. Der Typ hat mir mein Handy geklaut. Mein Handy ist mein Leben! Ohne komme ich nicht zurecht. Es ist ein lebenswichtiges Organ!

„Madam, ist alles in Ordnung?“ Eilig kommt der Portier die Treppe heruntergelaufen. „Ist was passiert? Hat er Sie verletzt?“

„Ich … ich bin überfallen worden“, bringe ich stotternd hervor. „Man hat mir mein Handy gestohlen.“

„In dieser Gegend muss man unheimlich aufpassen …“

Aber ich höre ihm nicht zu. Ich zittere am ganzen Leib. Noch nie habe ich mich so verloren gefühlt. Was soll ich ohne mein Handy machen?

Der Ring! Ich habe allen meine Handynummer gegeben: den Putzfrauen, den Toilettenfrauen, allen. Was ist, wenn jemand den Ring findet und versucht, mich anzurufen?

Ich muss mit dem Concierge sprechen. Ich muss ihm meine Festnetznummer geben. Nein. Keine gute Idee. Wenn sie dort auf den Anrufbeantworter sprechen, könnte Magnus davon erfahren.[3]

Okay, also … also … gebe ich meine Nummer bei der Arbeit raus. Ja.

---

[3] Es ist schließlich immer noch im Bereich des Möglichen, dass ich den Ring wiederbekomme und er nie etwas davon erfährt, oder?

Nur dass heute Abend niemand in der Praxis ist. Und ich kann dort nicht stundenlang rumsitzen, nur für alle Fälle.

Langsam wird mir das ganze Ausmaß der Katastrophe bewusst. Zu meinem weiteren Unglück ist der Concierge von einer Schar Konferenzteilnehmern umringt, als ich in die Lobby renne. Ich versuche, seinen Blick aufzufangen, doch er beachtet mich nicht.

„Madam, möchten Sie sich vielleicht setzen?" Der Portier ist mir in die Lobby gefolgt.

„Nein, danke." Ich kann mich nicht hinsetzen. Dafür bin ich viel zu überdreht. Um meine Nerven zu beruhigen, fange ich an herumzulaufen, lasse meine Absätze auf dem Marmorboden knallen. Vorbei an einem mächtigen Gummibaum … vorbei am Tisch mit den Zeitungen … vorbei an einem großen, glänzenden Abfalleimer … zurück zum Gummibaum. Es ist ein tröstlicher kleiner Rundkurs, und die ganze Zeit über behalte ich den Concierge im Auge und warte darauf, dass er frei wird.

In der Lobby drängen sich nach wie vor die Konferenzteilnehmer. Ein untersetzter Japaner im blauen Anzug steht in meiner Nähe, zusammen mit einigen europäisch wirkenden Geschäftsleuten, und schimpft lauthals. Es klingt wie wütendes Japanisch.

Ich laufe weiter, folge meinem eintönigen Parcours. Gummibaum … Zeitungstisch … Abfalleimer … Gummibaum … Zeitungstisch … Abfalleimer …

Moment. Was ist das? Ich bleibe stehen und starre in den Abfalleimer, frage mich, ob ich Halluzinationen habe. Da liegt ein Telefon. Unten im Abfalleimer. Ein Handy, halb versteckt unter einem weggeworfenen Kaffeebecher. Ich sehe nach, ob mich jemand beobachtet – dann greife ich vorsichtig hinein und hole es heraus. Es ist ein gutes Handy. Ein Smartphone. Nokia.

Auf der Rückseite klebt ein Sticker mit der winzigen Aufschrift White Globe Consulting Group und einer Nummer. Ist es kaputt? Ich stelle es an. Das Display leuchtet. Es scheint völlig in Ordnung zu sein.

Eine leise Stimme in meinem Kopf sagt mir, dass ich es eigentlich an der Rezeption abgeben müsste. Doch meine Füße bewegen sich keinen Zentimeter. Schließlich brauche ich ein Handy. Und es ist ja nicht gerade so, als hätte ich es auf dem Boden oder auf der Toilette gefunden, oder? Es lag in einem Abfalleimer. Sachen, die im Abfall liegen, sind Müll. Allgemeingut. Man stellt sie der Welt zur Verfügung. So ist das normalerweise.

Ich werfe noch einen Blick in den Eimer und sehe eine rote Kordel. Wieder greife ich hinein und hole einen Konferenzausweis hervor, der an der Kordel hängt. Das Foto einer umwerfend schönen jungen Frau starrt mich an, und darunter steht: VIOLET RUSSELL, WHITE GLOBE CONSULTING GROUP.

Plötzlich summt das Handy, und ich zucke zusammen. Das Ding lebt. Der Klingelton beginnt auf höchster Lautstärke – ein Popsong der amerikanischen Sängerin Beyoncé. Eilig drücke ich den Anruf weg, aber im nächsten Moment fängt es wieder an.

Zwei Geschäftsfrauen in der Nähe drehen sich zu mir um, was mich dermaßen aus der Fassung bringt, dass ich den Anruf aus Versehen annehme. Die beiden Frauen beobachten mich immer noch, also halte ich mir das Telefon ans Ohr und wende mich ab.

„Der Teilnehmer ist nicht erreichbar", sage ich und versuche, wie eine Maschine zu klingen. „Sie können eine Nachricht hinterlassen." Damit bin ich den Anrufer sicherlich los.

„Wo zum Teufel bist du?" Eine sanfte, gebildete männliche Stimme fängt an zu sprechen, und fast schreie ich vor Schreck. Es hat geklappt! Er hält mich für die Mailbox! „Ich habe eben mit Scottie gesprochen. Er weiß jemanden, der es hinkriegen könnte. Die reine Schlüssellochchirurgie. Er ist gut. Hinterlässt keine Spuren. Also, was du auch tust, sei vorsichtig."

Er legt auf. Jetzt habe ich ein richtig schlechtes Gewissen. Das war eine Nachricht für die Mailbox, und Violet wird sie nicht bekommen. Ich wühle in meiner Tasche nach einem Stift, aber das Einzige, worauf ich schreiben kann, ist ein altes Theaterprogramm vom „König der Löwen". Darauf kritzle ich: *Scottie hat jemanden, Schlüssellochchirurgie, hinterlässt keine Spuren, sei vorsichtig.*

Gott weiß, worum es dabei gehen mag. Fettabsaugung vielleicht? Egal, entscheidend ist, dass ich dieser Violet die Nachricht weitergeben kann, falls wir uns jemals begegnen sollten. Bevor das Handy wieder klingeln kann, laufe ich eilig zur Rezeption, die mittlerweile nicht mehr umlagert ist.

„Hallo", sage ich atemlos. „Ich schon wieder. Hat jemand meinen Ring gefunden?"

„Ich kann Ihnen versichern, Madam", sagt der Concierge, „dass wir es Ihnen mitgeteilt hätten, wenn er gefunden worden wäre. Wir haben Ihre Handynummer …"

„Nein, haben Sie nicht!", falle ich ihm ins Wort. „Das ist es ja gerade! Die Nummer, die ich Ihnen gegeben habe, ist inzwischen … äh … veraltet." Auf keinen Fall möchte ich, dass er den Kapuzenmann anruft und ihm etwas von einem unbezahlbaren Smaragdring erzählt. „Bitte rufen Sie die Nummer nicht an. Könnten Sie stattdessen diese hier wählen?" Sorgsam schreibe ich die Nummer von der Rückseite des White-Globe-Handys ab.

Ich bedanke mich artig und steuere ein Sofa in der Nähe an. Ich habe ein Handy, und ich habe einen Plan. Fünf Minuten später habe ich meine neue Handynummer auf zwanzig Bogen Hotelbriefpapier geschrieben: *Poppy Wyatt – Smaragdring, bitte anrufen!!!* schreibe ich dazu. Dann streife ich durch die Korridore des Hotels und drücke meine Nummer jedem Hotelangestellten in die Hand, der mir über den Weg läuft.

Ich simse an Ruby, deren Nummer ich auswendig kenne:

> Hi. Mein Handy wurde geklaut. Das ist meine neue Nummer. Kannst du sie weitergeben? Irgendeine Spur vom Ring???

Dann falle ich erschöpft aufs Sofa. Eigentlich müsste ich jetzt Magnus anrufen und ihm die neue Nummer geben … aber ich bin noch nicht so weit.

Als Beyoncé wieder loslegt, schrecke ich auf. Mein Ring! Jemand hat ihn gefunden! „Hallo?“, sage ich erwartungsvoll.

„Violet?“ Die Stimme eines Mannes dringt an mein Ohr. Es ist nicht der Mann, der vorhin angerufen hat. „Bist du noch in der Lobby? Ist die japanische Delegation noch da?“

Unwillkürlich sehe ich mich um. Drüben bei den Türen steht ein ganzer Pulk von Japanern.

„Ja, ist sie“, sage ich. „Aber ich bin nicht Violet. Und das hier ist nicht mehr Violets Handy. Tut mir leid. Könnten Sie vielleicht weitersagen, dass sie eine neue Nummer hat?“

„Wer ist denn da?“, will der Mann wissen. „Und wieso gehen Sie an dieses Handy? Wo ist Violet?“

„Ich habe dieses Handy in Besitz genommen“, sage ich zuversichtlicher, als mir zumute ist. Was stimmt. Das Recht steht doch immer auf der Seite der Besitzenden, oder?[4]

„Was? Sie haben es ‚in Besitz genommen‘?“ Ich höre Schritte in der Ferne. Er hört sich an, als würde er rennen. „Sagen Sie mir einfach: Wollen die gehen?“

„Die Japaner?“ Ich schaue zu der Gruppe hinüber. „Vielleicht. Schwer zu sagen.“

„Ist ein kleiner Mann bei denen? Übergewichtig? Dichtes Haar?“

„Sie meinen den Mann im blauen Anzug? Ja, der steht direkt vor mir. Jetzt zieht er seinen Mantel an.“

„Nein! Er darf nicht gehen! Sie müssen ihn aufhalten! Gehen Sie zu ihm und hindern Sie ihn daran, das Hotel zu verlassen. Um jeden Preis!“

---

[4] Ich habe nie ganz verstanden, was das bedeutet.

„Wie bitte? Hören Sie. Tut mir leid, aber ich kenne Sie doch gar nicht …“

„Ich kenne Sie auch nicht“, erwidert er. „Wer sind Sie eigentlich? Sind Sie eine Freundin von Violet? Können Sie mir erklären, wie sie auf die Idee gekommen ist, ihren Job als persönliche Assistentin mitten in der wichtigsten Konferenz des Jahres zu kündigen?“

Aha! Violet ist also seine persönliche Assistentin. Und sie hat ihn sitzen lassen. Nun, das überrascht mich überhaupt nicht, wenn er einen so herumkommandiert.

„Egal. Das Problem ist: Ich bin auf der Treppe, neunter Stock. Der Fahrstuhl steckt fest. Ich brauche keine drei Minuten. Sie müssen Yuichi Yamasaki festhalten, bis ich da bin. Wer Sie auch sein mögen.“

Der hat ja Nerven. „Und wenn nicht?“, entgegne ich.

„Wenn nicht, dann war ein Jahr mühsamer Verhandlungen umsonst. Wegen eines einzigen, kleinen Missverständnisses. Der größte Deal des Jahres geht den Bach runter. Zwanzig Leute werden ihre Jobs verlieren.“ Seine Stimme klingt gnadenlos. „Nur weil der einzige Mensch, der helfen könnte, nicht helfen will.“

„Schon gut!“, sage ich wütend. „Wie heißt er noch gleich?“

„Yamasaki.“

„Moment!“, rufe ich, als ich durch die Lobby renne. „Bitte! Mr Yamasaki? Könnten Sie kurz warten?“

Mr Yamasaki dreht sich um, fragend. Ich habe keine Ahnung, was ich als Nächstes sagen soll.

„Ich bin ein Riesenfan …“, improvisiere ich, „… Ihrer Arbeit. Würden Sie mir vielleicht ein Autogramm geben?“

Er wirkt verdutzt, und einer seiner Kollegen flüstert ihm die Übersetzung ins Ohr. Augenblicklich glättet sich seine Stirn, und er verneigt sich vor mir.

Ich erwidere die Verneigung, und er schnippt mit dem Finger, bellt eine Anweisung. Im nächsten Moment hat man vor ihm einen kostbaren Lederordner aufgeschlagen, und er schreibt etwas verschnörkeltes Japanisches.

„Ist er noch da?“ Plötzlich dringt die Stimme des Fremden aus dem Handy.

„Ja“, raune ich hinein. „Gerade noch so. Wo sind Sie?“

„Fünfter Stock. Halten Sie ihn fest. Um jeden Preis!“

Mr Yamasaki reicht mir sein Blatt, schraubt die Kappe auf seinen Füller, verneigt sich noch einmal und will gehen.

„Augenblick!“, rufe ich verzweifelt. „Dürfte ich … Ihnen etwas zeigen?“

„Mr Yamasaki ist sehr beschäftigt.“ Einer seiner Kollegen dreht sich zu mir um. „Seien Sie so freundlich und wenden Sie sich an unser Büro.“

Sie machen sich wieder auf den Weg. Was soll ich denn jetzt machen? Ich kann mich ja nicht auf ihn stürzen wie beim Rugby. Irgendwie muss ich seine Aufmerksamkeit erregen …

„Ich bin ein singendes Telegramm!“, rufe ich laut. „Ich überbringe eine Botschaft der zahllosen Fans von Mr Yamasaki. Es wäre ihnen gegenüber wirklich sehr unhöflich, mich zurückzuweisen.“

Das Wort „unhöflich“ scheint seine Wirkung zu tun. Stirnrunzelnd bleiben die Japaner stehen und tauschen ratlose Blicke.

Der Dolmetscher murmelt aufgeregt in Mr Yamasakis Ohr und erklärt mir kurz darauf: „Singen Sie.“

Mr Yamasaki dreht sich zu mir um, und alle seine Kollegen tun es ihm nach, bauen sich nebeneinander auf und verschränken erwartungsvoll die Arme.

„Wo stecken Sie?“, fauche ich verzweifelt ins Handy.

„Dritter Stock“, höre ich die Stimme des Mannes. „Halbe Minute noch.“

Einige andere Hotelgäste in der Lobby sind stehen geblieben, um zuzusehen. Warum habe ich bloß singendes Telegramm gesagt?

Ich hole tief Luft. Komm schon. Ist doch egal, was ich mache. Nur eine halbe Minute, dann ist es geschafft.

„Mister Yamasaki …“, beginne ich zu der Melodie von „Single Ladies“, dem Superhit von Beyoncé, weil mir in der Eile nichts anderes einfällt. „Mister Yamasaki, Mister Yamasaki, Mister Yamasaki.“ Ich wiege meine Hüften und Schultern, genau wie Beyoncé.[5] „Mister Yamasaki, Mister Yamasaki.“

Eigentlich ist es ganz einfach. Ich brauche keinen Text, ich kann einfach immer weiter „Mister Yamasaki“ singen. Bald darauf fangen einige der Japaner sogar an, mitzusingen.

„Mister Yamasaki, Mister Yamasaki. Mister Yamasaki, Mister Yamasaki.“ Ich erhebe meinen Zeigefinger und wackle damit augenzwinkernd in seine Richtung. „Oooh-ooh-ooh … ooh-ooh-ooh …“

Der Song ist unglaublich eingängig. Inzwischen singen alle Japaner mit, abgesehen von Mister Yamasaki, der nur dasteht und sich freut.

„Mister Yamasaki, Mister Yamasaki … Wo sind Sie?“, knurre ich lächelnd ins Telefon.

„Ich sehe Ihnen zu.“

„Was?“ Ich reiße den Kopf hoch und suche die Lobby ab.

Plötzlich bleibt mein Blick an einem Mann hängen, der etwa dreißig Meter entfernt steht. Er trägt einen schwarzen Anzug, hat dichtes, schwarzes,

---

[5] Okay, nicht ganz wie Beyoncé. Wie ich, die Beyoncé nachmacht.

zerzaustes Haar und hält ein Handy an sein Ohr. Selbst auf die Entfernung kann ich sehen, dass er lacht.

„Wie lange stehen Sie schon da?“, fahre ich ihn wütend an.

„Bin gerade gekommen. Wollte Sie nicht unterbrechen. Gut gemacht, übrigens“, fügt er hinzu. „Ich glaube, damit haben Sie Yamasaki für uns gewonnen.“

„Keine Ursache“, flöte ich. „Ich freue mich immer, wenn ich helfen kann. Er gehört ganz Ihnen.“ Mit ausschweifender Geste verneige ich mich vor Mr Yamasaki, dann mache ich auf dem Absatz kehrt und steuere zielstrebig dem Ausgang zu, ignoriere die enttäuschten Rufe der Japaner.

„Moment!“ Die Stimme des Mannes folgt mir durch den Hörer. „Das Handy! Es gehört meiner Assistentin!“

„Na, dann hätte sie es eben nicht wegwerfen dürfen“, antworte ich, als ich durch die Glastür trete. „Wer’s findet, dem gehört’s.“

Es sind zwölf Stationen mit der U-Bahn von Knightsbridge bis zu Magnus’ Elternhaus im Norden von London, und sobald ich aus der Unterwelt wieder an die Luft komme, checke ich mein Handy. Es blinkt mit neuen Nachrichten – ungefähr zehn SMS und zwanzig E-Mails –, aber nur fünf der SMS sind für mich, und keine hat etwas mit meinem Ring zu tun.

Alles andere sind SMS und E-Mails für Violet. Mir fällt auf, dass in ziemlich vielen Betreffzeilen „Sam“ steht. Augenblicklich fühle ich mich wieder wie Monsieur Poirot, sehe mir die Funktion „Abgehende Anrufe“ an, und tatsächlich war die letzte Nummer, die sie angerufen hat, „Sam Mobil“. Das ist er also. Violets Chef. Der Typ mit den zerzausten schwarzen Haaren. Und wie zum Beweis lautet ihre E-Mail-Adresse: samroxtonpa@whiteglobe-consulting.com.

In einem Anflug von Neugier öffne ich eine der E-Mails. Sie ist von jennasmith@grantlyassetmanagement.com, und in der Betreffzeile steht: „Re: Abendessen“.

> Danke, Violet. Ich wäre Ihnen dankbar, wenn Sie Sam gegenüber nichts davon erwähnen würden. Es ist mir etwas peinlich!

Ooh. Was ist ihr denn peinlich? Bevor ich mich bremsen kann, habe ich bereits die vorherige Mail von gestern geöffnet.

> Sie sollten etwas wissen, Jenna: Sam ist verlobt. Liebe Grüße, Violet.

Er ist verlobt. Interessant. Okay, jetzt muss ich die ganze Geschichte in Erfahrung bringen. Ich finde eine lange Mail von Jenna, die diesen Sam Roxton offenbar bei einem Geschäftsessen kennengelernt und sich in ihn verguckt hat. Vor zwei Wochen wollte sie ihn dann zum Abendessen einladen, konnte ihn aber nie erreichen.

Arme Frau. Ich bin entrüstet. Wieso hat er nicht geantwortet? Wie schwer kann es sein, ein kurzes „Nein, danke" zu mailen?

Egal. Wie dem auch sei. Plötzlich wird mir klar, dass ich in den E-Mails von jemand anders herumschnüffle, während ich viele andere, wichtigere Dinge zu bedenken habe. Ich muss zum Beispiel irgendwo Wein für Magnus' Eltern kaufen. Und eine „Herzlich willkommen"-Karte. Und falls ich den Ring nicht innerhalb der nächsten zwanzig Minuten auftreibe, dann brauche ich unbedingt Handschuhe.

KATASTROPHE! Wie sich herausstellt, gibt es im April nirgends Handschuhe zu kaufen. Die einzigen, die ich finden kann, stammen aus irgendeiner Grabbelkiste. Alte Weihnachtsware, nur in kleiner Größe erhältlich.

Unglaublich. Ich ziehe ernsthaft in Erwägung, meine zukünftigen Schwiegereltern mit viel zu engen, roten Rentier-Wollhandschuhen zu begrüßen. Mit Troddeln. Aber was soll ich sonst machen? Ich kann ihnen ja nicht nackthändig entgegentreten.

Als ich langsam den Hügel zu ihrem Haus hinaufgehe, merke ich, dass mir etwas übel ist. Es liegt nicht nur am Ring. Mir macht die ganze Geschichte mit meinen Schwiegereltern Angst. Ich gehe um die Kurve – und sehe, dass die Fenster des Hauses hell erleuchtet sind. Sie sind also da.

Ich habe noch nie ein Haus gesehen, dass besser zu seinen Bewohnern passt als das der Familie Tavish. Es ist älter und hochherrschaftlicher als alle anderen in der Straße, und es blickt von seiner erhabenen Position auf seine Nachbarn herab. An den Wänden hängen geschmackvolle Tapeten, und auf dem herrlichen Parkettboden liegen türkische Teppiche. Und überall, im ganzen Haus, sind Bücher. Antony schreibt Bücher, Wanda schreibt Bücher, Magnus schreibt Bücher, und sein älterer Bruder Conrad schreibt Bücher.[6]

Was toll ist. Ich meine, es ist wunderbar, so viele geniale Intellektuelle in der Familie zu haben. Aber man fühlt sich dabei doch ein klitzekleines bisschen unzulänglich.

---

[6] Allerdings keine Bücher, in denen was passiert, sondern Bücher mit Fußnoten. Bücher über Themen wie Geschichte oder Anthropologie und kulturellen Relativismus in Turkmenistan.

Nicht dass einer mich hier falsch versteht. Ich halte mich für so intelligent wie andere normale Menschen auch, bin zur Schule gegangen, war auf dem College und habe eine Berufsausbildung. Aber das hier sind keine normalen Leute. Die spielen in einer anderen Liga. Die haben Superhirne. Ich bin Magnus' Eltern erst ein paarmal begegnet, doch das reichte mir schon. Ich erzählte Wanda gerade ganz stolz, auf welchem College ich gewesen war, als Antony mit seinen hellen, kalten Augen über seine Lesebrille hinwegsah und sagte: „Ein Abschluss in Physiotherapie. Wie amüsant."

Ich war am Boden zerstört. Magnus sagt, er liebt mich, nicht mein Gehirn, und ich soll seine Eltern nicht so ernst nehmen. Aber jetzt sind seine Eltern wieder da, es ist April und ich trage wollene rote Rentierhandschuhe.

Meine Knie zittern, als ich auf die Klingel drücke. *Hör auf, Poppy. Alles wird gut. Niemand hegt einen Verdacht. Meine Geschichte ist: Ich habe mir die Hand verbrannt.*

„Hi, Poppy!"

„Felix! Hi!"

Felix ist erst siebzehn und geht noch zur Schule. Magnus hat mit ihm im Haus gewohnt, solange die Eltern weg waren, als Babysitter. Nicht dass Felix einen Babysitter gebraucht hätte. Er braucht nicht viel Gesellschaft, liest die ganze Zeit, und man merkt gar nicht, ob er zu Hause ist oder nicht.

Ich folge Felix in die Küche, wo Magnus auf einem Stuhl herumlümmelt und auf ein Blatt Papier deutet. „Ich glaube, hier ist dein Argument nicht ganz stimmig. Zweiter Absatz."

Egal was Magnus gerade tut, irgendwie schafft er es immer, elegant auszusehen. Seine Füße hat er auf den anderen Stuhl gelegt, er hält eine halb gerauchte Zigarette in der Hand, und er hat seine rotblonden Haare wie einen Wasserfall aus seiner Stirn gestrichen.

Die Tavishes haben alle mehr oder minder die gleiche Haarfarbe. Sie sehen aus wie eine Fuchsfamilie. Selbst Wanda färbt ihre Haare mit Henna. Doch Magnus sieht von allen am besten aus, und das sage ich nicht nur, weil ich ihn heiraten werde. Er hat Sommersprossen, wird aber auch schnell braun, und seine braunroten Haare sind wie aus einer Shampoowerbung. Deshalb trägt er sie ziemlich lang.[7] Er ist richtig eitel, was das angeht.

Und obwohl er Wissenschaftler ist, sitzt er nicht den ganzen Tag drinnen und liest Bücher wie ein verstaubter Professor. Er fährt zum Beispiel gut Ski und will es mir auch beibringen. So haben wir uns überhaupt kennengelernt.

---

[7] Nicht so lang, dass er einen Pferdeschwanz tragen könnte; nur irgendwie ein bisschen länger.

Er hatte sich beim Skilaufen das Handgelenk verstaucht und kam deshalb zur Physiotherapie, nachdem sein Arzt unsere Praxis empfohlen hatte. Eigentlich sollte er zu Annalise, aber sie hat ihn gegen einen ihrer Stammpatienten getauscht, und so kam er stattdessen zu mir. In der Woche darauf hat er gefragt, ob ich mal mit ihm ausgehen würde, und nach einem Monat hat er um meine Hand angehalten. Nach einem Monat![8]

Jetzt blickt Magnus auf und strahlt mich an. „Liebste! Wie geht es meiner Hübschen? Komm her." Er winkt mich heran, um mir einen Kuss zu geben, dann nimmt er mein Gesicht in beide Hände, wie er es immer tut.

„Hi!" Ich zwinge mich zu einem Lächeln. „Und, sind deine Eltern schon hier?"

„Hast du meine Nachricht nicht bekommen?" Magnus wirkt überrascht.

„Welche Nachricht? Oh." Plötzlich begreife ich. „Die habe ich nicht bekommen, ich habe mein Handy verloren. Ich geb dir gleich meine neue Nummer."

„Du hast dein Handy verloren?" Magnus starrt mich an. „Was ist passiert?"

„Nichts!", sage ich fröhlich. „Hab's einfach … verloren und musste mir ein neues besorgen. Keine große Sache. Kein Problem." Es ist besser, darüber so wenig wie möglich zu Magnus zu sagen. „Was stand denn in deiner Nachricht?", frage ich eilig.

„Die Maschine meiner Eltern wurde umgeleitet. Sie mussten nach Manchester fliegen. Vor morgen kommen sie nicht nach London."

Umgeleitet? Manchester? Ich bin in Sicherheit! Ich habe eine Gnadenfrist bekommen!

„Wie schrecklich! Die Ärmsten. Manchester. Das ist ja ewig weit weg! Und dabei habe ich mich doch so gefreut, sie wiederzusehen. Wie schade!"

Ich glaube, ich klinge ganz überzeugend. Felix wirft mir einen seltsamen Blick zu, aber Magnus hat das Blatt Papier schon wieder in die Hand genommen. Über meine Handschuhe hat er kein Wort verloren. Felix auch nicht. Besser, ich verkrümle mich, solange es gut läuft.

„Okay, dann mach ich mich wieder auf den Weg", sage ich. „Sag deinen Eltern, ich freue mich, dass sie wieder da sind. Ich komme morgen noch mal vorbei." Ich lächle ihn an.

„Ich kann es dir nicht verübeln", sagt Felix.

„Bitte?", frage ich leicht verdutzt. „Mir was verübeln?"

---

[8] Ich glaube nicht, dass Annalise mir schon verziehen hat. In ihrer Vorstellung – hätte sie nicht die Termine getauscht – würde *sie* ihn jetzt heiraten.

„Dass du nicht hierbleibst." Er zuckt mit den Schultern. „Wenn man bedenkt, wie sie reagiert haben, finde ich, dass du noch ziemlich charmant bist, Poppy."

„Was meinst du denn damit?" Hilfe suchend wende ich mich Magnus zu.

„Ach, nichts weiter", sagt der etwas zu schnell.

Felix starrt seinen großen Bruder an, und ihm scheint ein Licht aufzugehen. „Hast du es ihr gar nicht erzählt? Das ist nicht gerade fair, Magnus."

„Was erzählt?" Ich blicke von einem zum anderen. „Was denn?"

„Nichts weiter." Magnus wirkt konfus. „Nur …" Endlich sieht er mir in die Augen. „Okay, meine Eltern waren nicht gerade begeistert, als sie gehört haben, dass wir verlobt sind. Das ist alles."

Einen Moment lang weiß ich nicht, wie ich reagieren soll. Ich starre ihn an. „Aber du hast doch gesagt … Du hast doch gesagt, sie freuen sich."

„Sie werden sich schon noch freuen", sagt er barsch. „Wenn sie zur Vernunft kommen."

Es war schon schlimm genug, als ich Magnus' Eltern nur für furchterregende Genies gehalten habe. Aber sie sind dagegen, dass wir heiraten?

„Du hast mir erzählt, sie hätten gesagt, sie könnten sich keine liebenswertere, nettere Schwiegertochter vorstellen. War das alles gelogen?"

„Ich wollte nicht, dass du dich aufregst!" Magnus wirft Felix einen finsteren Blick zu. „Das Ganze ist keine große Sache. Die werden sich schon beruhigen. Sie finden nur, dass alles etwas zu schnell geht …"

„Ich wünschte, du hättest es mir erzählt … Wie kann ich ihnen denn jetzt noch ins Gesicht sehen?" Ich fange an zu heulen.

„Poppy, beruhige dich!", sagt Magnus irritiert. „Genau deshalb habe ich dir nichts davon erzählt. Ich liebe dich. Wir werden heiraten, egal was irgendjemand sagt. Hier geht es nur um uns." Seine Stimme klingt ganz fest. Ich beruhige mich. „Und sobald meine Eltern etwas mehr Zeit mit dir verbracht haben, werden sie es schon einsehen. Das weiß ich genau."

Unwillkürlich, wenn auch widerwillig, lächle ich.

„Braves Mädchen." Magnus drückt mich fest an sich, und ich umarme ihn, gebe mir alle Mühe, ihm zu glauben.

Als er mich loslässt, fällt sein Blick auf meine Hände, und er sieht mich fragend an. „Süße … warum hast du denn Handschuhe an?"

Ich bekomme noch einen Nervenzusammenbruch. Wirklich wahr.

Fast wäre das ganze Ringdebakel herausgekommen. Wäre Felix nicht gewesen. Gerade stotterte ich mich durch meine haarsträubende Ausrede mit der verbrannten Hand, als Felix meinte: „Gehen wir noch rüber in den Pub?"

und Magnus plötzlich einfiel, dass er erst noch eine Mail verschicken musste. Keiner dachte mehr an meine Handschuhe. Diesen Moment wählte ich, um zu gehen. Und zwar zügig.

Jetzt sitze ich im Bus und starre in die dunkle Nacht hinaus. Ich habe den Ring verloren. Die Tavishes wollen nicht, dass ich Magnus heirate. Mein Handy ist weg. Mir ist, als hätte man mir alle meine Schmusedecken weggenommen, alle gleichzeitig.

Das Telefon in meiner Tasche plärrt schon wieder Beyoncé. Natürlich ist es keine meiner Freundinnen, die anruft, um mir zu sagen: „Hab ihn gefunden!“ Er ist es, Sam Roxton.

„Sie sind einfach weggelaufen“, sagt er ohne Umschweife. „Ich brauche dieses Handy. Wo sind Sie?“

Wie charmant. Kein „Vielen Dank, dass Sie mir geholfen haben.“

„Keine Ursache“, sage ich. „Gern geschehen.“

„Oh.“ Plötzlich ist er etwas verlegen. „Stimmt. Danke. Ich bin Ihnen was schuldig. Und wie wollen Sie mir dieses Handy jetzt zukommen lassen? Sie könnten es im Büro abgeben, oder ich schicke ihnen einen Fahrradkurier. Wo sind Sie?“

„Die Sache ist die … ich muss mir dieses Handy ausleihen. Nur für eine Weile.“

„Hören Sie, ich fürchte, Sie können das Handy nicht ausleihen. Es ist Firmeneigentum, und ich brauche es dringend für meine Arbeit. Oder bedeutet ‚ausleihen‘ bei Ihnen, dass Sie es stehlen wollen?“

„Ich will es nicht stehlen!“, rufe ich entrüstet. „Ich brauche es nur für ein paar Tage. Ich habe allen Leuten diese Nummer gegeben, und …“

„Sie haben was?“ Er klingt baff. „Warum sollten Sie so etwas tun?“

„Ich habe meinen Verlobungsring verloren. Er ist sehr alt und wertvoll. Und kurz darauf hat man mir mein Handy geklaut, und ich war völlig verzweifelt, und dann kam ich an diesem Abfalleimer vorbei, und da lag es. Im Eimer. Das Handy. Ihre Assistentin hat es einfach weggeworfen. Und Sie wissen ja: Sobald etwas in einem Abfalleimer liegt, ist es Allgemeingut. Jeder kann Anspruch darauf erheben.“

„Wer hat Ihnen das denn erzählt?“

„Das … das ist allgemein bekannt.“ Ich versuche, unerschütterlich zu klingen. „Wieso hat Ihre Assistentin eigentlich ihr Handy weggeworfen? Keine besonders gute Assistentin, wenn Sie mich fragen.“

„Nein, keine besonders gute Assistentin. Eher die Tochter eines Freundes, die den Job nie hätte bekommen sollen. Sie war drei Wochen dabei. Offenbar hat sie heute Mittag um Punkt zwölf einen Modelvertrag ergattert. Eine

Minute später war sie weg. Hat sich nicht mal die Mühe gemacht, mir Bescheid zu sagen, dass sie geht. Hören Sie, Miss … wie heißen Sie?"

„Wyatt. Poppy Wyatt."

„Okay, Poppy. Das mit Ihrem Ring tut mir leid. Ich hoffe, er taucht wieder auf. Aber dieses Handy ist ein Firmenhandy, auf dem ständig Geschäftsnachrichten eingehen. Meine Assistentin organisiert mein Leben. Ich brauche diese Nachrichten."

„Ich leite alles an Sie weiter", biete ich eilig an. „Wie wäre das?"

Er murmelt irgendwas leise vor sich hin. „Okay. Sie haben gewonnen. Ich kaufe Ihnen ein neues Handy. Geben Sie mir Ihre Adresse. Ich schicke es Ihnen rüber …"

Doch ich bleibe stur. „Ich brauche *dieses* Handy mit *dieser* Nummer. Mein Plan ist doch gut! Alles, was reinkommt, leite ich Ihnen sofort weiter. Irgendjemand müsste die Nachrichten sowieso weiterleiten, oder nicht? Was nützt Ihnen ein Assistentinnen-Handy, wenn Sie keine Assistentin haben?" Und dann fällt mir noch etwas ein. „Außerdem sind Sie mir noch was schuldig, weil ich Mr Yamasaki aufgehalten habe."

„Das habe ich damit nicht gemeint, und das wissen Sie …"

„Ich verspreche, dass Ihnen nichts entgehen wird! Passen Sie auf, ich zeige es Ihnen. Geben Sie mir nur zwei Sekunden …"

Ich lege auf, schaue sämtliche Nachrichten durch, die seit heute Morgen auf diesem Handy angekommen sind, und leite sie flugs an Sams Handynummer weiter.

SMS von „Vicks Myers": Weitergeleitet. SMS von „Sir Nicholas Murray": Weitergeleitet. Es ist eine Sache von Sekunden. Und die E-Mails können alle an samroxton@whiteglobeconsulting.com gehen. E-Mail von „HR Department": Weitergeleitet. E-Mail von „Dad" …

Ich zögere kurz. Ist das Violets Dad oder Sams Dad? Die Adresse auf der E-Mail lautet davidr452@hotmail.com, was keine große Hilfe ist. Ich sage mir, dass ich im Dienst der guten Sache handle, wenn ich einen kurzen Blick darauf werfe.

> Lieber Sam,
> lange nichts gehört. Ich denke oft an Dich und würde gern mal mit Dir plaudern. Hast Du meine Nachrichten bekommen? Keine Sorge, ich weiß, Du hast viel um die Ohren.
> Es gibt da eine kleine Sache, die ich gern mit Dir besprechen würde – ist eigentlich ganz spannend –, aber es hat keine Eile.
> Dad

Als ich zum Ende komme, bin ich etwas schockiert. Ich weiß, es geht mich nichts an, aber ehrlich – warum antwortet er denn seinem Vater nicht, wenn der ihm eine Nachricht hinterlässt? Armer, alter Mann, dass er die Assistentin seines eigenen Sohnes anschreiben muss. Am liebsten würde ich ihm selbst antworten.

Egal. Wie dem auch sei. Es ist nicht mein Leben. Ich leite die E-Mail weiter, und im nächsten Moment singt Beyoncé schon wieder. Es ist Sam.

„Wann genau hat Sir Nicholas Murray diese SMS an Violet geschickt?“, fragt er.

„Äh …“ Ich sehe mir das Handy an. „Vor ungefähr vier Stunden.“

„Mist.“ Sam bleibt einen Moment still. „Okay, wenn er Ihnen wieder schreibt, geben Sie mir sofort Bescheid, okay? Rufen Sie mich an.“

„Also … sind wir uns einig? Haben wir einen Deal?“

„Ich werde die E-Mails meiner Assistentin auf meine Eingangsbox umleiten lassen“, sagt er mürrisch. „Morgen spreche ich mit den Technikern. Die Kurznachrichten landen trotzdem bei Ihnen. Sollte ich eine davon verpassen …“

„Werden Sie nicht! Hören Sie, ich weiß, es ist nicht ideal“, sage ich. „Und es tut mir leid. Aber ich bin wirklich verzweifelt. Das gesamte Hotelpersonal hat diese Nummer … sämtliche Putzfrauen … es ist meine einzige Hoffnung. Nur für ein paar Tage. Und ich verspreche, dass ich Ihnen jede einzelne Nachricht weiterleiten werde. Großes Wölflingsehrenwort.“

„Wölflings…was?“ Er klingt ratlos.

„Ehrenwort! Kennen Sie die Wölflinge nicht? Bei den Pfadfindern? Man hebt eine Hand und macht das Zeichen und schwört einen Eid … Augenblick, ich zeig es Ihnen.“

Direkt vor mir befindet sich ein verschmierter Spiegel im Bus. Ich stelle mich davor in Positur, halte das Handy mit einer Hand und mache das Wölflingszeichen mit der anderen. Ich mache ein Foto und schicke es sofort an Sams Handy.

Fünf Sekunden später blinkt eine SMS.

> Das könnte ich der Polizei schicken und Sie verhaften lassen.

Könnte. Es bedeutet, dass er es nicht tun wird. Ich schreibe zurück:

> Ich weiß es wirklich sehr zu schätzen. Danke ☺☺☺

Aber es kommt keine Antwort.

3 Am nächsten Morgen steige ich aus dem Bett und tappe in die Küche. Das Handy summt schon wieder mit Kurznachrichten und E-Mails, also stelle ich den Wasserkocher an, hocke mich auf die Sitzbank im Erkerfenster und schaue meine Nachrichten durch. Ich versuche verzweifelt, mir keine Hoffnungen zu machen. Und tatsächlich sind die Nachrichten allesamt von Freundinnen, die fragen, ob ich den Ring wiederhabe.

Schließlich widme ich mich Sams Nachrichten. Es sind ungefähr fünfzig Stück. Junge, Junge. Anscheinend organisiert ihm seine Assistentin tatsächlich das ganze Leben. Ein wahres Sammelsurium. Sein Arzt, Kollegen, Spendenanfragen, Einladungen … es ist wie eine Hauptstraße zu Sams Universum. Während ich die Mails durchsehe, wird mir langsam unbehaglich. Noch nie hatte ich solchen Zugang zu einem fremden Handy. Ich hätte nie gedacht, dass es sich derart … intim anfühlt.

Ich mache mir einen Tee, dann gehe ich schnell die Nachrichten durch, suche die für Sam raus und leite sie weiter. Ich will ihn nicht ausspionieren oder so. Selbstverständlich nicht. Aber ich muss jede Nachricht antippen, um sie weiterzuleiten, und manchmal komme ich dabei versehentlich auf „Öffnen", werfe einen Blick auf die Nachricht und lese dann zuweilen doch die bisherige Korrespondenz zum Thema. Aber nur ab und zu. Es ist nicht so, als würde ich jede einzelne E-Mail ganz durchlesen.

Aber, meine Güte, sind seine Antworten knapp! Das macht mich ganz kirre! Muss er denn immer so schroff und unfreundlich sein?

Ja, gut. Sam

Wird gemacht. Sam

Okay. Sam

Würde es ihn umbringen, „Mit freundlichen Grüßen" hinzuzufügen? Oder einen Smiley? Oder danke zu sagen? Und wieso kann er den Leuten nicht einfach antworten? Die arme Rachel Elwood versucht einen Sponsorenlauf fürs Büro zu organisieren und hat schon zweimal angefragt, ob er eins der Teams übernehmen könnte. Ebenso wenig hat er jemandem namens Lindy bezüglich seiner Unterbringung während der Firmentagung, die nächste Woche im „Chiddingford Hotel" in Basingstoke, Hampshire, stattfindet, Bescheid gesagt. Am schlimmsten ist, dass diese arme Zahnarzthelferin ihn schon vier Mal wegen eines Termins für eine Vorsorgeuntersuchung angemailt hat. Vier Mal. Will er denn, dass seine Zähne verrotten?

Als ich mich um 8.40 Uhr auf den Weg zur Arbeit mache, ist ein neuer

Schwung E-Mails eingetroffen. Die letzte ist von jemandem namens Willow, und als ich sie öffne, springen mich die Großbuchstaben nur so an.

> Violet,
> lassen Sie uns wie Erwachsene damit umgehen. Sie haben GEHÖRT, wie Sam und ich gestritten haben. Es hat keinen Sinn, etwas vor Ihnen verbergen zu wollen. Also, da sich Sam WEIGERT, auf die E-Mail zu antworten, die ich ihm vor einer halben Stunde geschickt habe, könnten Sie vielleicht so nett sein, diesen Anhang auszudrucken und IHM AUF DEN SCHREIBTISCH ZU LEGEN, DAMIT ER IHN SICH ANSIEHT?
> Vielen Dank, Willow

Willow scheint seine Verlobte zu sein. Holla. Ihre Adresse ist willowharte@whiteglobeconsulting.com. Sie arbeitet bei White Globe Consulting und schreibt Sam trotzdem E-Mails? Ist das nicht etwas seltsam? Oder arbeiten sie vielleicht auf verschiedenen Etagen?

Ich frage mich, was wohl im Anhang ist. Meine Finger zögern, es wäre indiskret, ihn zu lesen. Aber andererseits … sie möchte, dass die E-Mail ausgedruckt wird, oder? Meine Finger scheinen ein Eigenleben zu besitzen. Schon tippen sie den Anhang an.

> Sam,
> Du hast mir immer noch nicht geantwortet. Hast Du es eigentlich noch vor?
> Oder hältst Du es für NICHT SO WICHTIG?????
> Es ist ja nur die wichtigste Sache IN UNSEREM LEBEN.
> Wir müssen reden, ganz, ganz dringend.
> Willow

Meine Augen sind groß wie Untertassen.

Unvermittelt plärrt Beyoncé aus dem Handy, und „Sam Mobil" steht auf dem Display. Plötzlich habe ich das Gefühl, dass er vielleicht ein Hellseher ist und weiß, dass ich gerade sein Liebesleben ausspioniere.

„Oh, hi!" Ich gebe mir Mühe, entspannt und unschuldig zu klingen.

„Hatte ich heute früh eine E-Mail von Ned Murdoch?" Er legt los, ohne auch nur „Hallo" zu sagen.

„Nein, ich habe alle Ihre E-Mails rübergeschickt. Guten Morgen übrigens!", füge ich fröhlich hinzu. „Mir geht es gut, und Ihnen?"

„Ich dachte, Sie hätten vielleicht eine übersehen." Auf meine kleine Spitze geht er überhaupt nicht ein. „Es ist extrem wichtig."

„Nun, und ich bin extrem gewissenhaft", erwidere ich spitz. „Alles, was auf diesem Handy ankommt, geht an Sie weiter. Und da war nichts von Ned

Murdoch. Aber jemand namens Willow hat eben was gemailt.“ Ich versuche meiner Stimme etwas Beiläufiges zu geben. „Ich leite es weiter. Da ist ein Anhang, aber selbstverständlich habe ich ihn mir nicht angesehen.“

„Hmmm. Haben Sie Ihren Ring denn wiedergefunden?“

„Noch nicht. Aber der taucht bestimmt bald auf.“

„Sie sollten auf jeden Fall Ihre Versicherung informieren. Manchmal gibt es da ein Zeitlimit.“

Versicherung? Plötzlich wird mir ganz flau vor schlechtem Gewissen. Daran habe ich überhaupt noch nicht gedacht. Ich habe mich weder bei meiner Versicherung noch bei der von den Tavishes erkundigt. Stattdessen habe ich anderer Leute E-Mails gelesen. Prioritäten, Poppy!

„Stimmt“, bringe ich schließlich hervor. „Ja, das weiß ich. Ich bin schon dabei.“

Ich lege auf und stehe einen Moment regungslos da. Es ist, als hätte Sam eben meine Seifenblase zerplatzen lassen. Ich muss reinen Tisch machen. Der Ring gehört den Tavishes. Ich werde ihnen beichten müssen, dass er weg ist.

Hi! Ich bin's, das Mädchen, von dem ihr nicht wollt, dass es euren Sohn heiratet, und wisst ihr was? Ich habe euren kostbaren Familienring verloren!

Kurz entschlossen gebe ich mir weitere zwölf Stunden. Aber dann erzähle ich es ihnen. Ganz bestimmt.

Das First Fit Physio Studio ist zu Fuß genau achtzehn Minuten von meiner Wohnung in Balham entfernt. Es ist nicht die tollste Praxis der Welt – wahrscheinlich könnte ich mehr verdienen, wenn ich in einem schicken Sportcenter oder einem großen Krankenhaus arbeiten würde. Aber ich bin schon da, seit ich meine Ausbildung abgeschlossen habe, und kann mir gar nicht vorstellen, irgendwo anders zu arbeiten. Außerdem sind meine Kolleginnen meine Freundinnen.

„Ihr beide habt den Ring nirgendwo gefunden, oder?“, frage ich sofort, als ich hereinkomme, obwohl ich weiß, wie dämlich diese Frage ist.

Aber weder Ruby noch Annalise haben ihn gesehen.

Nach der Arbeit habe ich eine Hochzeitsbesprechung mit Lucinda. Sie kommt zu spät, wie immer. Ehrlich gesagt weiß ich gar nicht, wieso ich eigentlich eine Hochzeitsplanerin habe. Aber Lucinda ist eine alte Freundin der Familie Tavish, und jedes Mal wenn ich sie erwähne, fragt Magnus: „Kommt ihr zwei denn miteinander klar?“ Und zwar in einem hoffnungsvollen Ton.

Es ist nicht so, dass ich Lucinda nicht möge. Aber sie stresst mich. Ständig schickt sie mir Zwischenberichte, was sie gerade tut und wo sie es tut, und sagt mir die ganze Zeit, dass sie sich für mich die allergrößte Mühe gibt. Außerdem hat sie etwas seltsame Prioritäten. Zum Beispiel hat sie für viel Geld einen Hochzeitsspezialisten angeheuert, der pfiffige Dinge wie ein SMS-Alarmsystem eingerichtet hat, um allen Gästen gleichzeitig etwas aufs Handy schicken zu können[9], und eine Website, auf der Gäste eintragen können, was sie anziehen wollen, damit „unglückliche Überschneidungen" vermieden werden können[10]. Während sie damit beschäftigt war, hat sie sich allerdings nicht um den Caterer gekümmert, den wir haben wollten, sodass es fast schiefgegangen wäre.

Wir sind in der Lobby vom „Claridge's Hotel" verabredet. Zwanzig Minuten sitze ich geduldig da, trinke schwarzen Tee und fühle mich immer elender und elender bei dem Gedanken, Magnus' Eltern gegenüberzutreten. Da taucht sie auf, rabenschwarz wallendes Haar, Calvin-Klein-Parfum und pinke Wildlederpumps. In ihrem Fahrwasser sehe ich ihre unbezahlte achtzehnjährige Assistentin. Clemency ist sehr gut erzogen, sehr süß und hat schreckliche Angst vor Lucinda. Sie erzählt mir dauernd, wie toll es ist, aus erster Hand von einem erfahrenen Profi zu lernen.[11]

„Ich habe mit dem Pfarrer gesprochen. Diese scheußliche Kanzel muss leider bleiben, wo sie ist." Lucinda lässt sich auf einem Sessel nieder, sodass ihre langen Beine zur Geltung kommen. „Ich verstehe einfach nicht, wieso die Menschen nicht hilfsbereiter sein können. Und ich habe immer noch keinen Trompeter." Lucinda atmet scharf aus. „Es gibt so viel zu tun. Es ist der Wahnsinn. Der reine Wahnsinn. Wenn das hier vorbei ist, brauche ich eine Woche Wellness-Urlaub. Hast du meine Hände gesehen?" Lucinda hält sie mir unter die Nase. „Kaputt! Alles für deine Hochzeit, Poppy! Clemency, bestell mir einen Gin Tonic."

„Natürlich. Gern." Eifrig springt Clemency auf.

Ich versuche, einen leisen Anflug von Ärger zu verdrängen. Ich meine, ich habe sie nicht darum gebeten, meine Hochzeit zu planen, oder? Und wir bezahlen ihr dafür ziemlich viel, oder? Aber ich möchte nichts sagen,

---

[9] Das wir nie benutzt haben.

[10] Auf der sich niemand eingetragen hat.

[11] Ich persönlich habe meine Zweifel, was Lucindas sogenannte „Erfahrung" angeht. Immer wenn ich sie nach anderen Hochzeiten frage, die sie organisiert hat, bezieht sie sich jedes Mal nur auf die eine, die sie für eine Freundin arrangiert hat, und da ging es um dreißig Personen in einem Restaurant. Das erwähne ich den Tavishes gegenüber allerdings nicht. Und auch Clemency gegenüber nicht. Oder sonst wem.

schließlich ist sie ja eine alte Freundin von Magnus. „Lucinda, da fällt mir ein: Haben wir uns eigentlich um die Autos gekümmert?“, frage ich vorsichtig.

Was folgt, ist ominöse Stille. An der Art und Weise, wie ihre Nase zuckt, merke ich, dass in Lucinda eine Woge des Zorns aufwallt. Diese bricht hervor, als die arme Clemency wiederkommt.

„Clemency!“ Ihre Wut richtet sich auf das zitternde Mädchen. „Wieso hast du mich nicht an die Autos erinnert? Wir müssen Autos mieten!“

„Ich ...“ Hilfe suchend sieht mich Clemency an. „Ich wusste nicht ...“

„Irgendwas ist immer!“ Lucinda spricht fast mit sich selbst. „Immer ist irgendetwas zu bedenken. Es nimmt kein Ende ...“

„Soll ich das mit den Autos machen?“, frage ich rasch. „Das kann ich bestimmt klären.“

„Würdest du das tun?“ Lucinda scheint aufzuwachen. „Könntest du das? Ich bin ganz allein damit, weißt du, und ich habe die ganze Woche Details ausgearbeitet, alles für deine Hochzeit, Poppy ...“

„Ja, kein Problem. Ich nehme mir einfach die Gelben Seiten oder gucke im Internet nach.“

Der Gin Tonic kommt, und Lucinda nimmt einen großen Schluck.

„Und ... du wolltest dich um das Konfetti kümmern“, füge ich hinzu. „Aber das kann ich auch übernehmen“, erkläre ich sofort, als ich Lucindas Gesichtsausdruck sehe.

„Großartig!“ Lucinda atmet scharf aus. „Ich wäre dir sehr dankbar! Denn ich kann ja schließlich nicht überall gleichzeitig sein ...“ Plötzlich stutzt sie, als ihr Blick auf meine Hand fällt. „Wo ist dein Ring, Poppy? O mein Gott, hast du ihn noch nicht wiedergefunden?“ Sie sieht mich entsetzt an, und mir wird schon wieder ganz übel.

„Noch nicht. Aber er wird bestimmt bald auftauchen. Das gesamte Hotelpersonal ist auf der Suche ...“

„Und du hast es Magnus noch nicht erzählt?“

„Das tue ich noch!“ Ich muss schlucken. „Bald.“

„Ist es denn nicht ein besonders wichtiges Familienstück? Werden sie denn nicht außer sich sein?“

Will Lucinda mir unbedingt einen Nervenzusammenbruch bereiten?

Jetzt weiss ich, wie es den Leuten während der Französischen Revolution ergangen ist. Wie es sich angefühlt haben muss, zur Guillotine hinaufzusteigen. Als ich von der U-Bahn kommend den Hügel erklimme, werden meine Schritte immer langsamer. Und langsamer. Schließlich merke ich, dass ich gar nicht mehr gehe. Ich stehe. Ich starre zum Haus der Tavishes hinauf und versuche mich selbst zum Weitergehen zu bewegen.

Mein Handy piept, und ich nehme es aus der Tasche, obwohl ich die Hoffnung auf ein Wunder längst aufgegeben habe.

„Sie haben eine neue Nachricht", höre ich die vertraute, bedächtige Stimme der Mailbox-Frau. Ich gehe langsam weiter und höre die Nachricht ab. „Hallo, hier ist das ‚Berrow Hotel' mit einer Nachricht für Poppy Wyatt. Miss Wyatt, wie es scheint, wurde Ihr Ring gestern gefunden. Jedoch …"

Was? Freude leuchtet in mir auf wie eine Wunderkerze. Sie haben ihn gefunden! Ohne die Nachricht ganz abzuhören, rufe ich sofort im Hotel an.

„Berrow Hotel …" Es ist die Stimme des Concierges.

„Hallo!", sage ich atemlos. „Hier ist Poppy Wyatt. Sie haben meinen Ring gefunden! Sie sind der Größte! Kann ich gleich rüberkommen und ihn abholen?"

„Miss Wyatt", unterbricht er mich. „Haben Sie sich die Nachricht angehört?"

„Ich … zum Teil."

„Leider …" Er macht eine Pause. „Leider sind wir uns nicht sicher, wo der Ring sich jetzt gerade befindet."

„Sie haben doch gesagt, Sie hätten ihn gefunden." Ich versuche, ruhig zu bleiben.

„Nach Aussage eines unserer Mitarbeiter hat eine Kellnerin tatsächlich während des Feueralarms einen Smaragdring auf dem Teppich des Ballsaals gefunden und ihn Mrs Fairfax übergeben, die für unsere Gästebetreuung verantwortlich ist. Allerdings sind wir nicht sicher, was danach passiert ist. Wir konnten ihn weder im Tresor noch an einem unserer sonstigen sicheren Verwahrungsorte finden. Es tut uns sehr leid …"

„Na, dann sprechen Sie doch mit Mrs Fairfax! Finden Sie raus, was sie damit gemacht hat!"

„Das werden wir natürlich tun. Aber leider ist sie in Urlaub gegangen, und trotz aller Bemühungen haben wir sie noch nicht kontaktieren können."

„Hat sie ihn geklaut?", frage ich entsetzt.

„Mrs Fairfax ist seit dreißig Jahren bei uns und war stets eine treue Mitarbeiterin. Es ist sehr schwer vorstellbar, dass sie so etwas getan haben könnte."

„Dann muss der Ring irgendwo im Hotel sein."

„Das versuchen wir gerade herauszufinden. Sobald ich mehr weiß, werde ich mich sofort bei Ihnen melden. Ich kann Sie immer noch unter dieser Nummer erreichen?"

„Ja!“ Instinktiv halte ich das Handy fester. „Rufen Sie mich bitte unter dieser Nummer an, sobald Sie irgendetwas hören. Danke.“

Als ich auflege, weiß ich nicht, wie ich mich fühlen soll. Eigentlich ist es doch eine gute Nachricht, oder? Nur dass der Ring immer noch nicht sicher auf meinem Finger steckt. Also steht mir immer noch ein Albtraum bevor. Es sei denn … es sei denn, dass ich …

Nein. Das kann ich nicht machen. Oder?

Vor ungefähr vierhundert Metern bin ich an einem Drogeriemarkt vorbeigekommen. Ohne weiter darüber nachzudenken, verfolge ich meine Schritte dorthin zurück und steuere direkt das Regal mit den Erste-Hilfe-Sachen an. Da gibt es so eine Art Handschuh und ein paar Rollen selbstklebende Bandagen. Ich kaufe alles.

Kurz darauf marschiere ich wieder den Hügel hinauf. Meine Hand ist komplett bandagiert, und man kann nicht erkennen, ob ich einen Ring trage oder nicht. Ich muss noch nicht mal lügen, ich kann sagen: „An einer verbrannten Hand kann man keinen Ring tragen.“ Was stimmt.

Ich bin schon fast am Haus, als ich Magnus’ Stimme höre. „Poppy!“

Er kommt mir auf der Straße entgegen.

„Hallo Magnus! Was machst du denn hier?“

„Milch holen.“ Er bleibt vor mir stehen. „Was ist? Schiebst du den unangenehmen Moment vor dir her?“

„Nein!“ Ich lache entrüstet. „Natürlich nicht!“

Er wirft einen Blick auf meinen Verband. „Deine Hand tut immer noch weh? Du Arme.“

Er verliert kein Wort über den Ring. Ich spüre einen Hoffnungsschimmer. Vielleicht wird dieser Abend ja doch noch ganz nett. „Hast du deinen Eltern von der Generalprobe morgen Abend in der Kirche erzählt?“

Er lächelt. „Keine Sorge. Es ist alles geklärt.“

Während ich neben ihm gehe, schwelge ich in der Vorfreude darauf. Die uralte, steinerne Kirche. Das Ehegelübde: *… zu lieben und zu achten, in guten wie in bösen Tagen … bis dass der Tod uns scheidet.* Mein Leben lang habe ich diese magischen Worte gehört. Bei Trauungen in der Verwandtschaft und in Filmen. Dieselben Worte, immer wieder, wie ein Gedicht, das über die Jahrhunderte weitergereicht wurde. Und jetzt werden wir sie sagen. Da kribbelt es in meinem Nacken; jedes Mal wenn ich mir vorstelle, wie Magnus und ich vor dem Altar stehen, Hand in Hand, und laut und deutlich diese Worte zueinander sagen, erscheint mir alles andere unwichtig.

Doch als wir uns zwanzig Minuten später dem Haus wieder nähern, verebbt mein warmes Gefühl von Geborgenheit. Die Tavishes sind definitiv da. Das ganze Haus ist hell erleuchtet, und aus den Fenstern tönt eine Oper.

Magnus wirft die Haustür auf, dann schnalzt er mit der Zunge. „Verdammt. Ich hab ganz vergessen, Dr. Wheeler anzurufen. Dauert nur zwei Minuten."

Er rennt die Treppe rauf in sein Arbeitszimmer. Er kann mich hier doch nicht allein lassen!

„Magnus!" Ich versuche, nicht allzu panisch zu klingen.

„Geh einfach durch! Meine Eltern sind in der Küche. Ach, ich hab dir was für die Flitterwochen besorgt. Mach es auf!" Er verschwindet um die Ecke.

In der Halle steht ein riesiger Karton mit einer Schleife. Wow! Ich mache das Geschenk auf und finde einen grau-weiß bedruckten Kimono. Er ist absolut hinreißend. Dazu gehört sogar ein passendes Hemdchen.

Spontan verdrücke ich mich in das kleine, vordere Wohnzimmer, das nie jemand benutzt. Ich ziehe die Strickjacke und mein Oberteil aus, streife das Hemd über, dann ziehe ich mich wieder an. Es ist etwas zu groß – aber trotzdem himmlisch. Es ist ein hübsches Geschenk. Wirklich wahr. Ich falte den Kimono wieder zusammen und nehme mir alle Zeit der Welt, ihn zwischen das zerrissene Papier zu stopfen.

Immer noch keine Spur von Magnus. Ich kann es nicht länger hinausschieben.

„Magnus?", höre ich Wandas Stimme aus der Küche. „Bist du das?"

„Nein, ich bin's! Poppy!" Meine Kehle ist dermaßen zusammengeschnürt, dass ich mich wie eine Fremde anhöre.

„Poppy! Komm doch rein!"

Entspann dich. Sei du selbst. Komm schon.

Ich gehe in die Küche, in der es warm ist und nach Bolognese-Soße riecht.

„Hallo, wie geht's?", hasple ich nervös.

„Poppy!" Wanda stürzt sich auf mich. Sie trägt eines ihrer merkwürdigen, weiten Kleider, das aussieht wie aus Fallschirmseide, und dazu bequeme Ballerinas mit Gummisohle. „Die ‚Verlobte'!" Sie artikuliert das Wort mit einer Sorgfalt, die ans Lächerliche grenzt. „Die ‚Versprochene'."

„Das ‚Gespons' ", stimmt Antony mit ein und erhebt sich von seinem Stuhl am Tisch. Er trägt das Tweedjackett, das er auch auf dem Foto auf der Rückseite seines Buches trägt, und mustert mich mit demselben irritierenden Blick. „ ‚Der Pirol freit seine scheckige Gefährtin, die Lilie ist der Biene Braut.' Noch was für deine Sammlung, Liebste?", fügt er an Wanda gewandt hinzu.

„Absolut! Ich brauche einen Stift. Wo ist hier ein Stift?“ Wanda fängt an, zwischen den Papieren herumzusuchen, die sich auf dem Küchentresen stapeln. „Unfassbar, welcher Schaden der feministischen Sache durch alberne, denkfaule Anthropomorphismen schon zugefügt wurde! Nicht wahr, Poppy?“ Sie wendet sich mir zu, und ich sehe sie mit einem starren Lächeln an.

Ich habe keine Ahnung, wovon die beiden reden. Keinen Schimmer. Wieso können sie nicht einfach „Hallo, wie geht's?“ sagen, wie ganz normale Leute?

„Ich nehme an, Magnus hat dir den Smaragdring seiner Großmutter gegeben?“

Panisch zucke ich zusammen. Schon sind wir beim Ring. Höre ich da eine Schärfe in Wandas Stimme, oder bilde ich es mir nur ein? Weiß sie Bescheid? „Ja! Er ist wundervoll.“

Wanda sagt nichts, sieht nur Antony an und zieht vielsagend ihre Augenbrauen hoch.

„Man kann … man kann keinen Ring tragen, wenn man sich die Hand verbrannt hat“, platze ich verzweifelt heraus. So. Das war nicht gelogen. Nicht wirklich.

„Verbrannt?“, Wanda fährt herum und nimmt meine bandagierte Hand. „Liebes Kind! Du solltest zu Paul gehen.“

Antony nickt. „Stimmt. Ruf ihn an, Wanda.“

„Unser Nachbar“, erklärt sie. „Dermatologe. Der beste.“ Schon hängt sie am Telefon. „Er wohnt gleich gegenüber.“

Gleich gegenüber? Ich bin starr vor Entsetzen. Wie konnte das so schnell so schiefgehen?

„Verflixt! Er ist nicht da.“ Sie legt den Hörer auf.

„Schade“, presse ich hervor, als Magnus in der Küchentür erscheint, gefolgt von Felix, der „Hallo Poppy“ sagt und sich dann wieder in das Buch vertieft, das er gerade liest.

Wir sind erst fünf Minuten hier, und schon bin ich ein nervliches Wrack. Was ist, wenn unsere Kinder alle superschlau sind und ich nicht verstehe, was sie sagen, und sie mich nicht für voll nehmen, weil ich keinen Doktortitel habe?

Ein beißender Geruch liegt in der Luft, und plötzlich merke ich, dass die Bolognese anbrennt. Wanda steht am Herd, quasselt und bekommt es nicht mit. Sanft nehme ich ihr den Löffel aus der Hand und fange an zu rühren. Gott sei Dank braucht man dafür keinen Nobelpreis.

Mich ums Essen zu kümmern, gab mir wenigstens das Gefühl, etwas Sinnvolles zu tun. Eine halbe Stunde später sitzen wir alle um den Tisch, und schon fehlen mir vor lauter Panik wieder die Worte. Kein Wunder, dass Antony und Wanda mich nicht zur Schwiegertochter haben wollen. Offensichtlich halten sie mich für eine dusselige Tussi. Wir haben die Bolognese schon halb hinter uns, und noch immer habe ich kein einziges Wort von mir gegeben. Das Gespräch kommt mir vor wie ein Ballspiel, bei dem ich nie den Ball erwische. Oder vielleicht wie eine Sinfonie. Ja. Und ich bin die Flöte. Ich habe sehr wohl eine Melodie und würde sie auch gern spielen, aber es gibt keinen Dirigenten, der mich dazuholt.

Um meine Haltung zu wahren, fange ich an, die Teller zusammenzustellen und abzudecken. Magnus skizziert irgendetwas für Felix auf einem Blatt Papier. Als ich an ihm vorbeikomme, lächelt er mir geistesabwesend zu, was es – offen gesagt – nicht wirklich besser macht.

Als wir uns dann um den Nachtisch versammeln, bringt Magnus mit der Gabel sein Glas zum Klingen und erhebt sich. „Ich möchte Mum und Dad zu Hause willkommen heißen." Er erhebt sein Glas. „Ihr habt uns gefehlt!"

„Mir nicht", wirft Felix dazwischen, und Wanda bricht in schallendes Gelächter aus.

„Natürlich nicht, du schreckliches Kind!"

„Und herzlichen Glückwunsch zum Geburtstag, Mum!"

Was? Was hat er eben gesagt? Mir gefriert das Lächeln auf den Lippen.

Antony hebt sein Glas. „Alles Gute zum Geburtstag, meine Liebe!"

Seine Mutter hat Geburtstag? Aber davon hat er mir nichts gesagt. Ich habe keine Karte. Ich habe kein Geschenk. Wie konnte er mir das antun?

Felix hat unter seinem Stuhl ein Päckchen hervorgeholt und reicht es Wanda.

„Magnus", flüstere ich verzweifelt, als er sich hinsetzt. „Du hast nicht erwähnt, dass deine Mutter Geburtstag hat. Du hättest es mir sagen sollen!"

Magnus macht ein erstauntes Gesicht. „Süße, was hast du denn?"

„Wenn ich es gewusst hätte, hätte ich ihr ein Geschenk gekauft!"

„Ach!" Magnus winkt ab. „Das macht ihr nichts. Nur keinen Stress. Du bist ein Engel, und alle lieben dich. Hat dir der Becher eigentlich gefallen?"

„Welcher Becher?" Ich begreife nicht, was er sagt.

„Der ‚Just Married'-Becher. Ich hatte ihn in der Halle an den Ständer gehängt. Ich hab dir doch davon erzählt! Fand ich ganz lustig."

„Ich habe keinen Becher gesehen." Leeren Blickes starre ich ihn an. „Ich dachte, das große Paket mit der Schleife wäre für mich."

„Welches große Paket?", sagt er und sieht gleichermaßen ratlos aus.

„Und nun, meine Liebe“, sagt Antony zu Wanda. Er ist offensichtlich sehr zufrieden mit sich. „Ich möchte dich gern wissen lassen, dass ich mich dieses Jahr in einige Unkosten gestürzt habe. Wenn du einen kleinen Moment warten würdest …“

Er steht auf und geht hinaus in die Halle.

Plötzlich wird mir ganz flau im Magen. Nein! Bitte nicht!

„Ich glaube …“, setze ich an. „Ich glaube, es könnte sein, dass ich … versehentlich …“

„Was zum Henker …“, tönt Antonys Stimme aus der Halle herüber.

Im nächsten Moment ist er wieder in der Küche, mit dem Paket in seinen Händen. Es ist total verwüstet. Überall zerrissenes Seidenpapier. Der Kimono fällt heraus.

In meinen Schläfen pocht das Blut. „Es tut mir so leid …“ Ich kriege die Worte kaum heraus. „Ich dachte … ich dachte, das Paket ist für mich. Von Magnus. Also habe ich … ich habe es aufgemacht.“

Es ist totenstill. Alle sind verdattert.

„Süße …“, fängt Magnus zaghaft an, dann erstirbt seine Stimme.

„Ist nicht schlimm!“, sagt Wanda rasch. „Gib es mir einfach so!“

„Aber da war noch was drin!“ Antony sucht im Seidenpapier herum. „Wo ist denn das andere?“

Plötzlich wird mir klar, wovon er redet, und ich heule innerlich auf. Jedes Mal wenn ich denke, die Lage kann nicht mehr schlimmer werden, stürzt sie in immer neue, grausame Tiefen.

„Ich glaube … Meinst du … das hier?“, stottere ich mit hochrotem Gesicht. Ich ziehe ein Stück von dem Hemd unter meinem Top hervor, und alle begutachten es, wie vom Donner gerührt. Hier sitze ich also am Esstisch der Familie und trage die Unterwäsche meiner zukünftigen Schwiegermutter!

Alle Mienen am Tisch sind starr, die Münder stehen offen wie eine Reihe unterschiedlicher Versionen von Edvard Munchs Gemälde „Der Schrei“.

„Ich … ich bring es in die Reinigung“, flüstere ich schließlich heiser. „Tschuldigung.“

Okay, der Abend nahm also eine ziemlich unerfreuliche Wendung. Inzwischen hockten wir auf den alten, durchgesessenen Sofas im Salon und spielten Scrabble. Die Tavishes sind totale Scrabble-Freaks. Sie haben sogar ein ledergebundenes Buch, in dem sie die Ergebnisse festhalten – seit 1998. Momentan führt Wanda, aber Magnus ist ihr dicht auf den Fersen.

Antony fing an und legte ÜBERFLIEGER (74 Punkte). Wanda legte

IRIDIUMOXID (65 Punkte). Felix legte KARYATID (80 Punkte). Magnus legte KONTUSION (65 Punkte).[12] Und ich legte STERN (5 Punkte).

In meiner Familie wäre STERN ein gutes Wort. Man würde keine mitleidigen Blicke ernten und sich wie ein Verlierer vorkommen.

Wir sind bei der zweiten Runde. Antony hat ÜBERFLIEGER zu ÜBERFLIEGERTUM verlängert. Wanda hat gleichzeitig OD[13] und OVARIUM gelegt. Felix hat ELISION gelegt und Magnus YAKI, was ihm bei doppeltem Wortwert haufenweise Punkte einbrachte. Inzwischen ist Felix aufgestanden, um Kaffee zu machen, und ich schiebe schon seit fast fünf Minuten meine Spielsteine hin und her.

Ich bringe es kaum über mich, sie zu legen, so sehr schäme ich mich, aber es ist tatsächlich das beste Wort, das ich damit zustande bringe.

„S-A-U", buchstabiert Antony, als ich meine Steine gelegt habe. „SAU. Wie das Säugetier, nehme ich an?"

„Bravo!", sagt Magnus von Herzen. „Drei Punkte!"

„Hey, Poppy", sagt Felix, als er mit einem Tablett wieder hereinkommt. „Dein Handy liegt in der Küche und klingelt vor sich hin. Was hast du gelegt? Oh, ‚Sau'." Seine Mundwinkel zucken, und ich sehe, dass Wanda ihm einen warnenden Blick zuwirft.

Ich kann es nicht mehr ertragen. „Wenn es euch nichts ausmacht, sehe ich mal eben nach, wer angerufen hat", sage ich. „Könnte was Wichtiges sein."

Ich flüchte in die Küche und hole mein Handy aus der Tasche. Der Anruf war von Sam. Ich wähle seine Nummer.

„Könnten Sie mir einen großen Gefallen tun?", sagt er, sobald er dran ist. „Ich bin gerade nicht an meinem Schreibtisch, und irgendwas ist mit meinem Handy los. Ich kann nichts senden, muss aber Viv Amberley eine Mail schreiben. Wären Sie so nett?"

„Ach ja, Vivien Amberley", setze ich sachkundig an … dann bremse ich mich. Vielleicht sollte ich nicht verraten, dass ich seine gesamte Korrespondenz mit Vivien Amberley gelesen habe. Sie arbeitet in der Strategieabteilung und hat sich um einen Job bei einer anderen Firma beworben. Sam will sie unbedingt behalten, doch sie hat geschrieben, dass sie morgen ihren Abschied nimmt.

Okay, ich weiß, das war neugierig. Aber wenn man erst mal anfängt, die E-Mails anderer Leute zu lesen, kann man nicht mehr aufhören. Man kann

---

[12] Bei den meisten dieser Wörter habe ich keine Ahnung, was sie bedeuten.

[13] Was offenbar tatsächlich ein Wort ist. Wie dumm von mir.

dem Drang nicht widerstehen, die endlose Folge der Frage-Antwort-Mails zu überfliegen und sich die Geschichten zusammenzureimen.

„Wenn Sie ihr eine kurze E-Mail schicken könnten, wäre ich Ihnen wirklich sehr dankbar", sagt Sam.

„Also … na gut", sage ich zähneknirschend. „Was soll ich schreiben?"

„‚Hi, Viv. Ich würde wirklich gern noch mal mit Ihnen darüber sprechen. Bitte rufen Sie mich an und geben Sie mir Bescheid, wann wir uns morgen sehen können. Sam.' "

Ich tippe es mit meiner nicht bandagierten Hand ein – dann zögere ich. „Sagen Sie lieber nicht ‚Viv'." Ich muss es einfach sagen. „Sie kann es nicht leiden. Sie möchte gern Vivien genannt werden."

Einen Moment herrscht Stille.

„Poppy", sagt Sam schließlich. „Haben Sie meine E-Mails etwa gelesen?"

„Nein!", rufe ich empört. „Ich habe nur einen kurzen Blick auf ein paar …"

„Okay. Könnten Sie ihren Namen in ‚Vivien' ändern?"

„Einen Moment …" Ich berichtige die Mail und versende sie. „Erledigt."

„Danke. Das war clever von Ihnen. Sie haben einen gut bei mir. Und es tut mir leid, dass ich Sie gestört habe. Aber die Lage ist ziemlich prekär."

„Keine Sorge. Ich verstehe schon. Wissen Sie, ich bin mir ziemlich sicher, dass Vivien eigentlich bei White Globe Consulting bleiben möchte." Uups. Das ist mir wieder so rausgerutscht.

„Ach ja? Ich dachte, Sie hätten meine Mails nicht gelesen."

„Habe ich auch nicht!", sage ich hastig. „Ich meine … also … vielleicht die eine oder andere. Nur um mir einen Eindruck zu verschaffen."

Er lacht kurz auf. „Okay, Poppy Wyatt, welchen Eindruck haben Sie denn? Wieso schert unsere wichtigste Strategin aus und will zu einer kleineren Firma wechseln, obwohl ich ihr alles angeboten habe, was sie sich wünschen könnte – mehr Geld, eine gehobene Position …"

„Na, das ist ja gerade das Problem", falle ich ihm ins Wort. „Sie will das alles nicht. Sie ist total gestresst von dem Druck, besonders wenn sie es mit den Medien zu tun bekommt."

„Woher wollen Sie so etwas wissen?"

„Es stand in ihrem Abschlussbericht", gestehe ich. „Ich hatte so schreckliche Langeweile in der U-Bahn, und da bin ich in einem Anhang darauf gestoßen …"

„Das stand nicht in ihrem Bericht. Glauben Sie mir, ich habe dieses Schreiben von vorn bis hinten gelesen, und da stand nichts von irgendwelchen Medienauftritten …"

„Nicht im letzten. In Viviens Abschlussbericht von vor drei Jahren."

Das Schweigen hält so lange an, dass ich mich schon frage, ob Sam noch da ist.

„Vielleicht haben Sie recht", sagt er schließlich. „Aber warum sagt sie es mir nicht?"

„Vielleicht denkt sie, sie hat es deutlich genug gesagt und es wird sich trotzdem daran nichts ändern. Vielleicht denkt sie, es wäre leichter, einfach die Firma zu wechseln."

„Okay." Sam atmet aus. „Danke. Ich werde dem nachgehen. Ich bin sehr froh, dass ich Sie angerufen habe, und es tut mir leid, dass ich Sie abends gestört habe."

„Kein Problem. Ehrlich gesagt bin ich ganz froh, wenn ich da rauskomme."

„Ist es so schlimm?" Es scheint ihn zu amüsieren. „Was ist denn los?"

Ich spreche ganz leise. „Wir spielen Scrabble. Es ist ein Albtraum."

„Scrabble?" Er klingt überrascht. „Scrabble ist doch super."

„Nicht wenn man mit einer Familie von Genies spielt. Die legen alle Wörter wie ‚Iridiumoxid'. Und ich lege ‚Sau'."

Sam bricht in schallendes Gelächter aus.

„Wie schön, dass das so lustig ist", sage ich verdrossen.

„Okay, kommen Sie." Er hört auf zu lachen. „Ich bin Ihnen was schuldig. Sagen Sie mir Ihre Buchstaben, und ich gebe Ihnen ein gutes Wort."

„Ich kann mich nicht erinnern!" Ich verdrehe die Augen. „Ich bin in der Küche."

„Gehen Sie rüber und sehen Sie nach. Simsen Sie mir die Buchstaben, dann schicke ich Ihnen ein Wort."

Das wäre doch geschummelt! Und wer garantiert mir, dass er gut scrabbeln kann? „Okay", sage ich einen Moment später. „Abgemacht."

Ich lege auf und kehre in den Salon zurück.

„Alles in Ordnung, Poppy?", erkundigt sich Wanda.

„Ja. Prima." Ich gebe mir Mühe, gut gelaunt zu klingen. „Das war ein Patient am Telefon. Manchmal mache ich Online-Beratungen, also könnte es sein, dass ich eine SMS schreiben muss, wenn ihr nichts dagegen habt."

Keiner reagiert. Alle beugen sich schon wieder über ihre Spielsteine.

Ich halte mein Handy so, dass das Brett und meine Steine auf dem Display zu sehen sind. Dann drücke ich den Fotoknopf.

„Ich mache nur ein Familienfoto!", sage ich eilig, als nach dem Blitz alle aufblicken. Schon schicke ich Sam das Foto rüber.

„Du bist dran, Poppy“, sagt Magnus laut. Dann raunt er mir leise ins Ohr: „Soll ich dir ein bisschen helfen, Süße?“

Ich weiß, er will nur nett zu mir sein. Aber die Art und Weise, wie er es sagt, versetzt mir einen Stich.

„Danke, ist okay. Ich find schon was.“ Ich versuche, ein zuversichtliches Gesicht zu machen. Aber jetzt kann ich es nicht länger hinausschieben. Ich nehme die Spielsteine für TOR von meinem Ablagebänkchen, als mein Handy eine SMS anzeigt:

> LOCHIG. Nehmen Sie das L von ELISION. Dreifacher Wortwert, plus 50 Bonuspunkte. Es ist ein schottisches Wort. Findet sich bei Robert Burns.

„Also, ist das dein Wort, Poppy?“ Antony mustert mein klägliches Angebot. „‚Tor‘? Sehr hübsch. Gut gemacht!“ Seine Herzlichkeit schmerzt.

„Nein“, sage ich hastig. „Wenn ich es recht bedenke, nehme ich doch lieber dieses Wort.“

Sorgsam lege ich LOCHIG auf das Brett, lehne mich zurück und blicke lässig in die Runde.

Es herrscht erstauntes Schweigen.

„Poppy, Liebes“, sagt Magnus schließlich. „Weißt du, es muss ein echtes Wort sein. Du kannst dir nicht einfach eins ausdenken.“

„Ach, kennst du das Wort nicht?“ Ich bemühe mich, verwundert zu klingen. „Tut mir leid. Ich dachte, es sei allgemein bekannt.“

„Woher stammt das denn?“, fragt Wanda unsicher.

„Es ist südschottischer Dialekt. Verwendet von Robert Burns“, füge ich mit sachkundiger Aura hinzu. „Neulich Abend lief eine Doku über ihn im Fernsehen. Ich habe wirklich eine kleine Schwäche für ihn.“

„Und in welchem Gedicht kommt ‚lochig‘ vor?“, will Wanda wissen.

„Es ist …“ Ich schlucke. „Es ist ein wirklich hübsches Gedicht. Ich kann mich gerade nicht an den Titel erinnern, aber es geht ungefähr so …“

Ich versuche, mir ins Gedächtnis zu rufen, wie Burns' Lyrik klang.

„‚Lochig war's … und dunkle Fluten … als er sank tief in den See.‘ Und so weiter und so fort!“ Frohgemut breche ich ab. „Ich will euch nicht langweilen.“

Antony blickt vom A-M-Band des Wörterbuches auf. Er wirkt ein wenig verdattert. „Stimmt schon. Lochig. Schottischer Dialekt für ‚besonders kalt‘. Wirklich beeindruckend.“

„Bravo, Poppy!“ Wanda rechnet zusammen. „Also, das ist ein dreifacher Wortwert plus dein Fünfzig-Punkte-Bonus … das macht … 131 Punkte! Das höchste Ergebnis bisher!“

„Glückwunsch, Poppy!" Felix beugt sich herüber, um mir die Hand zu schütteln.

„Danke!" Bescheiden strahle ich in die Runde. „Wollen wir weiterspielen?"

Ich hab gewonnen! Ich hab beim Scrabble gewonnen! Alle waren platt. Sie haben so getan, als wären sie es nicht, aber sie waren es. Mein Name wurde in das Familien-Scrabble-Buch eingetragen. Es war so ein schöner Moment!

Okay, ich weiß, ich habe geschummelt. Ich weiß, das war nicht richtig. Ehrlich gesagt habe ich eigentlich ständig damit gerechnet, dass mich jemand erwischt. Aber ich hatte das Handy leise gestellt, und so hat keiner gemerkt, dass ich mir die ganze Zeit über mit Sam Kurznachrichten geschrieben habe. Und, ja, natürlich habe ich ein schlechtes Gewissen. Mittendrin fühlte ich mich sogar noch schlechter, als ich Sam voller Bewunderung schrieb:

Woher kennen Sie die ganzen Wörter?

Und er mir antwortete:

Ich kenne sie nicht. Aber das Internet.

Sein Computer?

Das nennt man SCHUMMELN!!!

Er schrieb zurück:

Fühle mich geschmeichelt, dass Sie mich für ein Genie gehalten haben.

Inzwischen ist es elf, und Magnus und ich sind in meiner Wohnung. Er hat sich verkrümelt, um sich auf einen Vortrag vorzubereiten, den er morgen halten soll. Also mache ich es mir auf dem Sofa gemütlich und leite ein paar E-Mails weiter, die für Sam gekommen sind.

Nach einer Weile schnalze ich frustriert mit der Zunge. Er hat immer noch nicht auf die Anfragen zum Hotel, zum Sponsorenlauf oder zu seinem Zahnarzttermin reagiert.

Es gibt nur wenige Leute, denen er anscheinend sofort antwortet. Da ist zum Beispiel eine gewisse Vicks, die die PR-Abteilung leitet. Sie klingt sehr geschäftsmäßig und kurz angebunden, genau wie er. Dann gibt es da noch einen Mann namens Malcolm, der Sam fast stündlich nach seiner

Meinung fragt. Und natürlich Sir Nicholas Murray, der offenbar eine sehr leitende Funktion hat und momentan irgendwie für die Regierung arbeitet.[14]

Sams Firma ist offenbar so eine Art Unternehmensberatung. Sie sagen Unternehmen, wie sie ihre Geschäfte führen sollen. Sie sind dabei wohl ziemlich erfolgreich, denn Sam scheint sehr beliebt zu sein. Er wurde allein diese Woche auf drei Partys eingeladen. Und ein Mädchen namens Blue hat schon zum dritten Mal gemailt und angefragt, ob er an einem speziellen Empfang zur Feier der Fusion von Johnson Ellison mit Greene Retail teilnehmen möchte. Der Empfang findet im „Savoy Hotel“ statt, mit einer Jazzband und Häppchen und Präsenttüten.

Aber er hat noch nicht darauf geantwortet. Immer noch nicht.

Ich rolle mit den Augen, während ich jede einzelne Mail weiterleite, und schreibe ihm dann eine Nachricht:

Hab eben neue Mails weitergeleitet. Poppy

Einen Moment später klingelt mein Handy. Es ist Sam.

„Okay, Sie sind ein Genie“, sagt er. „Ich habe Vivien angerufen, um mal mit ihr zu reden, und die Probleme angesprochen, auf die Sie mich hingewiesen hatten. Da kam alles raus. Sie hatten recht. Wir wollen morgen noch mal reden, aber ich glaube, sie bleibt.“

„Oh“, sage ich zufrieden. „Cool.“

„Nein“, sagt er mit fester Stimme. „Nicht nur cool, sondern unglaublich. Wissen Sie, wie viel Ärger Sie mir erspart haben? Ich bin Ihnen was schuldig, aber wirklich.“

„Kein Problem! Gern geschehen.“

„Also ... das wollte ich nur sagen. Ich will nicht länger stören.“

„Gute Nacht. Ich freue mich, dass alles geklappt hat.“ Und als ich auflege, fällt mir etwas ein, und ich schreibe eilig eine SMS.

Haben Sie schon einen Zahnarzttermin vereinbart? Sonst fallen Ihnen irgendwann die Zähne aus!!!

Ein paar Sekunden später piept die Antwort.

Ich werde es überleben.

Er wird es überleben? Ist er irre? Ich suche im Netz nach dem ekligsten, abstoßendsten Foto faulender Zähne, das ich finden kann. Die sind alle

---

[14] Nicht dass ich herumgeschnüffelt hätte oder so.

schwarz, und einige sind rausgefallen. Rasch lade ich es in mein Mailprogramm und schicke es ihm rüber.

Fast unverzüglich piept das Handy mit einer Antwort:

Jetzt habe ich doch glatt meinen Drink verschüttet vor Schreck.

Ich kichere und antworte:

Also sehen Sie sich vor!!!

Fast füge ich hinzu: „Willow dürfte nicht gerade begeistert sein, wenn Ihnen die Zähne ausfallen!!!“ Aber dann lasse ich es lieber sein. Ich komme mir komisch vor. Bei allem Hin-und-Her-Gesimse kenne ich diesen Mann eigentlich gar nicht. Und seiner Verlobten bin ich nie begegnet. Obwohl ich das ungute Gefühl habe, sie irgendwie zu kennen.

Manchmal sind ihre Nachrichten freundlich. Doch in neun von zehn Fällen quengelt sie nur. Heute Abend schwadronierte sie über den Traum, den sie letzte Nacht von Sam hatte, und dass sie sich von ihm erdrückt, aber gleichzeitig auch zu wenig beachtet fühlte. Und ob er sich darüber im Klaren sei, dass er „Gift“ für sie wäre? Ob er sich darüber im Klaren sei, dass er „ihre Seele zersetzt“?

Ich kann nicht anders, als ihr jedes Mal zu antworten. Diesmal schreibe ich:

Bist DU dir darüber im Klaren, wie giftig du bist, Hexe Willow?

Aber dann lösche ich die Antwort. Logischerweise.

SPÄTER, als wir uns bettfertig machen und ich mich mit Bodylotion eincreme[15], lässt Magnus die Bombe platzen. „Meine Mutter hat übrigens vorhin angerufen. Wegen dieses Hautspezialisten. Paul. Er kommt zur Generalprobe in die Kirche, um sich deine Hand anzusehen.“

„Das wäre doch nicht nötig gewesen!“ Ich versuche, nicht allzu panisch zu klingen.

„Es ist schon alles verabredet, Süße.“ Er küsst mich auf den Kopf und geht aus dem Badezimmer. Ich starre mich im Spiegel an. Was soll ich denn jetzt machen? Ich habe mich nicht an der Hand verbrannt. Ich habe

[15] Das ist Teil meiner prähochzeitlichen Vorbereitungen, die aus täglichem Schrubben, täglichem Eincremen, wöchentlicher Gesichtsmaske, Haarmaske und Augenmaske bestehen, dazu täglich hundert Sit-ups und Meditation, um ruhig zu bleiben. Bisher habe ich das mit dem Eincremen geschafft. Obwohl ich heute Abend durch meine bandagierte Hand etwas behindert bin.

meinen Verlobungsring verloren. Und ich besitze auch keine enzyklopädischen Kenntnisse von Scrabble-Wörtern. Eine elende Blenderin bin ich, nichts weiter.

Ich folge Magnus ins Bett, kuschle mich in seine Arme und imitiere ziemlich gut jemanden, der friedlich einschläft. Doch jedes Mal wenn ich abschalten will, stürzen tausenderlei Gedanken auf mich ein. Was wäre, wenn ich Magnus alles jetzt und auf der Stelle beichten würde? Aber ich kann es einfach nicht. Er wäre schockiert. Seine Eltern würden in mir immer nur das Mädchen sehen, das den Familienring verloren hat. Und entscheidend ist doch, dass sie es gar nicht wissen müssen. Es muss ja nicht rauskommen. Mrs Fairfax wird bald anrufen. Bis dahin muss ich durchhalten …

Irgendwann werfe ich einen Blick auf die Uhr – es ist Viertel vor drei –, dann einen auf Magnus, der friedlich atmet. Kurz entschlossen schwinge ich meine Beine unter der Decke hervor und greife nach meinem Morgenmantel. Ich gehe in die Küche und mache mir einen Kräutertee.

Mein Handy lädt gerade auf, und während ich darauf warte, dass der Wasserkocher brodelt, gehe ich in aller Ruhe die Nachrichten durch und leite einige an Sam weiter. Gerade gieße ich heißes Wasser in einen Becher mit einem Teebeutel, als eine SMS piept.

Warum sind Sie denn noch auf?

Es ist Sam. Wer sonst? Ich setze mich mit meinem Tee und nehme einen Schluck, dann schreibe ich zurück:

Kann nicht schlafen. Morgen ist mein Leben zu Ende.

Ich kann mir vorstellen, dass einen das wach hält. Wieso ist es zu Ende?

Tee schlürfend schreibe ich, dass der Ring gefunden und wieder verloren wurde. Ich erzähle von dem Verband an meiner Hand und dass Paul, der Dermatologe, sich meine Hand ansehen will. Und dass ich mir wie ein Zocker vorkomme, der nur noch eine Drehung beim Roulette braucht, damit alles wieder gut wird, dass ich aber keine Chips mehr habe.

Ich könnte Ihnen einen Chip besorgen.

Wie meinen Sie das?

Ein Freund von mir ist Juwelier. Fertigt Repliken fürs Fernsehen. Sehr realistisch. Sie würden Zeit gewinnen.

Ein nachgemachter Ring? Anscheinend bin ich doch ein bisschen dämlich. Denn darauf bin ich überhaupt noch nicht gekommen.

AM NÄCHSTEN MORGEN um zehn Uhr finde ich mich in Hatton Garden ein, es ist die Straße der Juweliere in London. Der Laden von Sams Freund heißt „Mark Spencer Designs“, und es gibt zahllose Platinringe mit Diamanten im Schaufenster zu bewundern. Aber nirgendwo steht etwas von Repliken oder Imitaten. Was ist, wenn Sam ihn missverstanden hat?

Wo ist Sam eigentlich? Er hat versprochen herzukommen und mich seinem Freund vorzustellen. Es ist irgendwie schon komisch, dass wir uns noch nie richtig begegnet sind, so von Angesicht zu Angesicht.

„Poppy?“

Ich drehe mich um, und da kommt er: der Typ mit den dunklen, verwuschelten Haaren. Er ist größer, als ich ihn aus der Hotel-Lobby in Erinnerung habe. Er hat markante, dichte Augenbrauen und tief liegende Augen. Er trägt einen dunklen Anzug und ein schneeweißes Hemd mit anthrazitfarbener Krawatte. Er wirft mir ein kurzes Lächeln zu, und ich sehe, dass er schöne weiße Zähne hat. Nun, so schön werden sie nicht mehr lange sein, wenn er nicht bald zum Zahnarzt geht.

„Hallo, Poppy.“ Er zögert, als er näher kommt, dann reicht er mir die Hand. „Schön, Sie mal richtig kennenzulernen.“

„Hallo.“ Zögernd erwidere ich sein Lächeln, und wir geben uns die Hand.

„Also, Vivien bleibt definitiv bei uns. Vielen Dank noch mal für Ihr Feingefühl in dieser Angelegenheit.“

„Keine Ursache!“ Unbeholfen zucke ich mit den Schultern.

„Ehrlich. Ich bin Ihnen sehr dankbar.“

Es ist merkwürdig, sich so gegenüberzustehen. Per SMS war es leichter.

„Also dann …“ Er deutet auf das Juweliergeschäft. „Wollen wir?“

Sam hat den Summer gedrückt und schiebt mich in den stilvollen, gedämpft beleuchteten Laden. Sofort kommt ein Mädchen im taubengrauen Kostüm auf uns zu.

„Hallo, kann ich Ihnen helfen?“ Sie hat eine sanfte, honigweiche Stimme.

„Wir sind mit Mark verabredet“, sagt Sam. „Ich bin Sam Roxton.“

„Ja, richtig.“ Sie nickt. „Er erwartet Sie bereits.“

Sie führt uns in ein großes Hinterzimmer mit Betonfußboden und vielen Metallschränken. Ein Mann mit Jeans und randloser Brille steht von einem Tapeziertisch auf und begrüßt Sam herzlich.

„Sam! Endlich sehen wir uns mal wieder!“

„Mark! Wie geht es dir?“ Sam klopft Mark auf die Schulter, dann tritt er beiseite. „Das ist Poppy.“

„Nett, Sie kennenzulernen, Poppy.“ Mark schüttelt meine Hand. „Wenn ich es richtig verstanden habe, brauchen Sie einen nachgearbeiteten Ring.“

„Nur ganz kurz.“ Fast flüstere ich. „Nur so lange, bis ich den echten wiedergefunden habe. Was bestimmt ganz, ganz bald passieren wird.“

„Verstanden.“ Er nickt. „Ist sowieso sinnvoll, eine Kopie zu haben. Wir fertigen oft Ersatzstücke für Reisen und dergleichen. Haben Sie ein Foto dabei?“

„Hier.“ Ich zücke ein Foto, das Magnus und mich in dem Restaurant zeigt, in dem er um meine Hand angehalten hat. Wir hatten das Pärchen am Nachbartisch gebeten, uns zu fotografieren, und ich halte stolz meine linke Hand hoch, an der mein Ring deutlich zu erkennen ist. Schweigend starren beide Männer das Bild an.

„Das ist also der Mann, den Sie heiraten“, sagt Sam schließlich. „Der Scrabble-Fan.“

„Ja.“ Irgendwas in seiner Stimme gibt mir das Gefühl, dass ich mich rechtfertigen muss. „Er heißt Magnus“, füge ich hinzu.

„Ich vermute, das ist ein Smaragd von vier Karat?“ Mark Spencer blickt vom Foto auf.

„Kann sein“, sage ich hilflos. „Weiß nicht.“

„Sie wissen nicht, wie viel Karat Ihr Verlobungsring hat?“

Ich merke, dass ich rot werde. „Tut mir leid. Ich wusste ja nicht, dass ich ihn verlieren würde.“

„Das ist echt süß“, sagt Mark mit schiefem Lächeln. „Die meisten Mädchen kennen den Wert bis mehrere Stellen hinterm Komma. Dann runden sie auf.“

„Na ja.“ Ich zucke mit den Schultern, um zu verbergen, dass es mir peinlich ist. „Es ist ein Familienstück. Da war es irgendwie gar kein Thema.“

„Wir haben eine ganze Menge Fassungen auf Lager. Lassen Sie mich kurz nachsehen …“ Mark schiebt seinen Stuhl zurück und fängt an, in den Metallschubladen herumzusuchen.

„Er weiß also immer noch nicht, dass Sie den Ring verloren haben?“, fragt Sam.

„Noch nicht.“ Ich wende mich ab, kämpfe mit meinem schlechten Gewissen. Es gefällt mir nicht, Geheimnisse vor Magnus zu haben. Doch eine andere Möglichkeit gibt es nicht. „Also, ich bekomme immer noch Violets E-Mails auf dieses Handy“, sage ich, um mich abzulenken. „Ich dachte, die Techniker wollten das klären.“

„Dachte ich auch.“

„Sie haben ein paar neue Mails. Viermal hat man Sie jetzt schon nach dem Sponsorenlauf gefragt. Beantworten Sie Ihre Mails denn nicht?“

„Ich setze Prioritäten.“ Gelassen tippt er auf sein eigenes Display.

„Oh, heute ist Lindsay Coopers Geburtstag!“ Ich lese eine Rundmail. „Lindsay aus dem Marketing. Möchten Sie ihr gratulieren?“

„Nein, möchte ich nicht. Ich kenne sie gar nicht.“

„Tun Sie wohl! Ist sie nicht die Frau, die neulich diese Website-Strategie entwickelt hat?“, sage ich, als mir plötzlich eine alte E-Mail-Korrespondenz einfällt. „Waren Sie nicht total begeistert?“

„Ja“, sagt er verdutzt. „Was hat das damit zu tun?“

Ich gehe zur nächsten E-Mail. „Peter hat den Deal mit Air France abgeschlossen. Er möchte Ihnen seinen vollständigen Bericht am Montag gleich nach der Teambesprechung geben. Ist das okay?“

„Ja. Gut.“ Sam blickt kaum auf. „Leiten Sie die Mail einfach weiter. Danke.“

Wenn ich die Mail weiterleite, wird er sie unbeantwortet lassen. „Da Sie schon mal hier sind und ich die Mail geöffnet habe, könnte ich sie auch gleich beantworten“, biete ich an. „Es dauert nur eine Minute.“

„Oh.“ Er wirkt überrascht. „Danke. Sagen Sie einfach ‚Ja, Sam‘.“

„Ja, Sam“, tippe ich sorgsam. Es sieht so kahl aus. So schroff. „Wie wäre es, wenn Sie etwas hinzufügen würden, vielleicht: ‚Sehr schön‘?“, schlage ich vor. „Oder: ‚Gut gemacht!‘ Oder einfach: ‚Schöne Grüße und danke für alles‘?“

Sam scheint das eher nicht zu gefallen. „ ‚Ja, Sam‘ reicht“, sagt er.

„Typisch“, knurre ich leise.

„Wie bitte?“

Ich weiß, ich sollte mir auf die Zunge beißen. Doch ich bin dermaßen frustriert, dass ich mich nicht beherrschen kann. „Sie sind immer so kurz angebunden! Ihre E-Mails sind schrecklich!“

Es folgt eine lange Pause.

„Okay“, sagt Sam schließlich. „Lassen Sie uns eins klären. Erstens gibt Ihnen der Umstand, dass Sie sich mein Handy ausgeliehen haben, nicht das Recht, meine Mails zu lesen und zu kritisieren.“ Er zögert. „Und zweitens fasse ich mich aus gutem Grund kurz.“

„So kurz muss es auch wieder nicht sein“, erwidere ich. „Außerdem beantworten Sie die meisten E-Mails gar nicht. Das ist einfach unhöflich!" Da. Jetzt ist es raus.

Finster sieht Sam mich an. „Wie gesagt, ich setze Prioritäten. Nachdem die Sache mit Ihrem Ring nun geklärt ist, könnten Sie mir das Handy ja vielleicht zurückgeben, dann müssen Sie sich auch nicht mehr über meine Mails ärgern." Er hält mir seine Hand hin.

„Nein!" Ich halte das Handy krampfhaft fest. „Ich meine, bitte! Ich brauche es noch. Jeden Augenblick könnte das Hotel anrufen …"

Ich weiß, es ist absurd, aber ich habe das Gefühl, dass der Ring nie mehr auftaucht, wenn ich dieses Handy aus der Hand gebe. Ich sehe ihn flehend an.

„Das ist doch irrsinnig. Heute Nachmittag stellt sich eine neue Assistentin vor. Das ist ein Firmen-Handy. Sie können es nicht einfach behalten!"

„Will ich auch nicht! Aber kann ich es nicht noch ein paar Tage haben? Ich werde Ihre Mails auch nie mehr kritisieren", füge ich zahm hinzu. „Versprochen."

„Okay, Leute!", unterbricht uns Mark. „Ich habe eine Fassung gefunden. Jetzt suche ich mal ein paar Steine, die ihr euch ansehen könnt. Entschuldigt mich mal eben …"

Als er hinausgeht, piept mein Handy mit einer neuen Nachricht.

„Die ist von Willow", sage ich mit einem Blick darauf. „Hier." Ich deute auf meine Finger. „Weiterleiten." Ohne einen einzigen Kommentar. Absolut ohne.[16]

„Mmmhh."

Es folgt eine betretene, kleine Pause. Eigentlich sollte ich jetzt etwas Höfliches fragen wie: „Wann wollen Sie beide denn heiraten?" Aus unerfindlichem Grund jedoch kann ich mich dazu nicht durchringen. Ich kann ihn mir nicht mit einer mauligen Hexe wie Willow vorstellen.

„Haufenweise Leute antworten auf die Mail wegen Lindsays Geburtstag", bemerke ich. „Die haben offensichtlich kein Problem damit."

Sam zuckt mit keiner Wimper. „Rundmails sind ein Werk des Teufels. Ich würde mich eher erschießen, als darauf zu antworten."

Na, das ist ja reizend! Das Handy summt und blinkt unablässig. Es ist, als fände da drinnen eine Party statt. Ich halt's nicht aus. „Kann ich ihr nicht in Ihrem Namen gratulieren?", bettle ich. „Sie müssen überhaupt nichts machen. Ich tippe es für Sie ein."

---

[16] Was schade ist, denn am liebsten würde ich sagen: Warum schickt Willow dauernd Nachrichten über mich, wenn sie inzwischen doch wissen müsste, dass ich gar nicht mehr Violet bin? Und was hat es überhaupt mit dieser ständigen Kommunikation über seine Assistentin auf sich?

Sam blickt von seinem eigenen Handy auf. „Okay, meinetwegen. Gratulieren Sie ihr zum Geburtstag. Aber nur ganz kurz: ‚Happy Birthday. Sam‘ reicht völlig."

„Happy Birthday, Lindsay!", tippe ich trotzig. „Glückwunsch noch mal zu Ihrer gelungenen Website-Strategie. Beste Grüße, Sam."

Eilig schicke ich den Text ab, bevor er sich wundern kann, wieso ich so viel schreibe.

„Da wären wir!" Die Tür geht auf, und Mark erscheint mit einem dunkelblauen Samttablett in den Händen. „Das sind unsere Smaragd-Imitate."

„Wow", hauche ich und achte eine Weile nicht mehr auf das Handy.

Vor mir liegen zehn Reihen funkelnder Smaragde. Ich meine, ich weiß ja, dass sie nicht echt sind, aber ehrlich gesagt könnte ich keinen Unterschied erkennen.[17]

„Ist einer dabei, der Ihrem verlorenen Ring besonders ähnlich sieht?"

„Der da." Ich deute auf einen ovalen Stein in der Mitte. „Der ist fast genauso. Erstaunlich!"

„Prima." Er nimmt ihn mit einer Pinzette auf und legt ihn in eine kleine Plastikschale. „Ich bin ziemlich zuversichtlich, dass wir eine Replik herstellen können. Ich denke, wir schaffen es in …" Er wirft einen Blick auf seine Uhr. „Drei Stunden?"

„Das wäre toll!"

Als ich aufstehe, kann ich gar nicht glauben, dass es so einfach war. Das wird mir über die kommenden paar Tage helfen, und dann bekomme ich den echten Ring wieder und alles wird gut.

„Ich brauch jetzt einen Kaffee", sagt Sam, als wir aus dem Juweliergeschäft kommen, und macht sich auf den Weg die Straße hinunter. „Wollen Sie auch einen? Da hinten ist eine Bäckerei."

„Ich lad Sie ein!" Ich haste ihm hinterher. „Ich bin Ihnen was schuldig."

„Erinnern Sie sich, dass ich von einem Mann namens Sir Nicholas Murray gesprochen habe?", fragt Sam, als er die Tür zum Café aufdrückt. „Er will mir ein Dokument schicken. Ich habe ihm gesagt, er soll es direkt an meine Mailadresse schicken. Falls es allerdings aus Versehen bei Ihnen landen sollte, geben Sie mir bitte sofort Bescheid."

„Okay. Er ist ziemlich berühmt, oder?" Ich habe gestern ein bisschen im

---

[17] Was die Frage aufwirft: Wenn man heutzutage Smaragde herstellen kann, wieso gibt man dann bergeweise Geld für echte aus? Außerdem: Sollte ich mir vielleicht ein Paar Ohrringe zulegen?

Internet herumgeschaut und bin voll auf dem Laufenden, was Sams Firma angeht. White Globe Consulting wurde 1982 von Nicholas Murray gegründet und dann von irgendeiner großen, multinationalen Gruppe gekauft. Sir Nicholas ist immer noch der Hauptgeschäftsführer. Momentan berät Sir Nicholas den Premierminister in einem neuen Ausschuss zum Thema „Glück und Wohlergehen", worüber sich sämtliche Zeitungen mokieren. „Herzlichen Glückwunsch übrigens zu der Sache mit dem Papierrecycling", füge ich hinzu, eifrig darum bemüht, meine Kenntnisse an den Mann zu bringen.

„Wo haben Sie das denn her?" Sam wirkt perplex, geradezu misstrauisch.

„Aus dem Internet. Das ist doch nicht verboten, oder?", füge ich hinzu, als ich seinen Gesichtsausdruck sehe. „Ich dachte bloß, ich finde mal ein bisschen was raus über Ihre Firma."

„Dachten Sie, ja?" Sam wirft mir einen zweifelnden Blick zu. „Einen doppelten Cappuccino, bitte."

„Für mich einen Latte Macchiato." Ich zücke mein Portemonnaie. „Und einen Schokoladen-Muffin. Möchten Sie auch einen Muffin?"

„Nein, danke." Sam schüttelt den Kopf.

„Ist wahrscheinlich besser so." Ich nicke wissend. „Da Sie sich ja weigern, zum Zahnarzt zu gehen."

Sam betrachtet mich mit leerem Blick, was entweder bedeuten könnte: „Lassen Sie das Thema" oder auch „Welcher Zahnarzt?"

Langsam begreife ich, wie er funktioniert. Es ist, als hätte er einen Ein- und einen Aus-Schalter. Und den An-Schalter benutzt er nur, wenn ihn etwas interessiert.

Ich gehe ins Internet, suche nach einem weiteren abstoßenden Bild von schlechten Zähnen und leite es ihm still und leise weiter.

„Übrigens, dieser Empfang im Savoy", sage ich, als wir zur Kaffeeausgabe gehen. „Sie müssen denen noch Ihre Zusage schicken."

„Ach, da gehe ich nicht hin", sagt er, als wäre das selbstverständlich.

„Wieso nicht?" Ich starre ihn an.

„Ich habe keinen Grund hinzugehen."

Ich fasse es nicht. Wie kann er nicht ins Savoy gehen wollen? „Nun, dann sollten Sie ihnen vielleicht Bescheid geben." Ich kann meinen Unmut kaum verbergen. „Am besten mache ich das jetzt gleich. ‚Liebe Blue, vielen Dank für die Einladung'", lese ich vor, während ich tippe. „‚Leider wird Sam an Ihrem Empfang nicht teilnehmen können. Mit besten Grüßen, Poppy Wyatt.'"

„Das müssen Sie nicht tun." Gedankenverloren starrt Sam mich an. „Eine von den Assistentinnen im Büro hilft jetzt bei mir aus. Jane. Die kann das machen."

„Das macht mir nichts aus." Ich zucke mit den Achseln. Unsere Kaffeebecher zum Mitnehmen stehen auf dem Tresen, und ich reiche ihm seinen. „Also … danke noch mal."

„Kein Problem." Er hält mir die Tür auf. „Ich hoffe, Sie finden Ihren Ring bald wieder. Und sobald Sie mit dem Handy fertig sind …"

„Lasse ich es Ihnen bringen. Noch in derselben Nanosekunde."

„Prima." Er lächelt mich belustigt an. „Nun, ich hoffe, bei Ihnen geht alles gut aus." Er reicht mir die Hand, und ich schüttle sie höflich.

„Hoffentlich geht bei Ihnen auch alles gut aus."

Er macht sich auf den Weg in die Firma, und ich laufe zur Bushaltestelle. Da steht ein Bus und speit Fahrgäste aus. Ich klettere an Bord.

Es geht eine E-Mail von Lindsay Cooper ein, die ich sofort öffne.

> Lieber Sam,
> vielen, vielen Dank! Es tut so gut zu wissen, dass man gewürdigt wird! Ich habe dem ganzen Team, das mir mit dem Strategieentwurf geholfen hat, davon erzählt, und es tat der Arbeitsmoral sehr gut!
> Gruß, Lindsay

Unwillkürlich fühle ich mich bestätigt. Es mag ja effizient sein, Zweiwortmails zu verschicken. Aber damit macht man sich nicht gerade beliebt. Jetzt ist das ganze Website-Team glücklich und motiviert. Und alles nur meinetwegen!

Einem plötzlichen Impuls folgend, suche ich Rachels millionste Mail zum Thema „Sponsorenlauf" raus und beantworte sie einfach:

> Hi, Rachel,
> tragen Sie mich für den Sponsorenlauf ein. Das ist eine großartige Sache, und ich freue mich schon, daran teilzunehmen. Gut gemacht!
> Sam

Er sieht fit aus. Ich finde, er kann ohne Weiteres an einem Sponsorenlauf teilnehmen. Und da ich schon mal angefangen habe, kann ich nicht mehr aufhören. Während sich der Bus voranschleppt, schreibe ich etwas zu all diesen unbeantworteten Mails, die mich belasten. An alle diese armen Menschen, die versuchen, mit Sam in Kontakt zu treten. Wenn ich ihm das Handy wiedergebe, hat sich wenigstens jemand um sein Postfach gekümmert.

Und wie wäre es denn mit einer Rundmail, in der steht, dass er alle super findet? Wem kann das schaden?

> Liebe Mitarbeiter,
> ich wollte nur mal sagen, dass Sie bisher in diesem Jahr alle gute Arbeit geleistet haben. Wir können uns freuen, bei White Globe Consulting derart talentierte Teams zu haben, und dieses Talent möchten wir gern nutzen. Falls Sie Ideen für die Firma haben, die Sie mir gern anvertrauen möchten, schicken Sie mir diese bitte. Und seien Sie ehrlich dabei!
> Alles Gute und weiterhin noch eine schöne Zeit,
> Sam

Zufrieden schicke ich die Mail „An Alle“. So. So funktioniert das mit der Motivation! So funktioniert das mit dem Teamgeist! Ich nehme einen Schluck von meinem Kaffee, greife nach meinem Muffin und stopfe mir eben ein Riesenstück davon in den Mund, als mein Handy klingelt.

Ich nehme das Gespräch an und versuche zu sagen: „Moment mal“, doch heraus kommt nur: „Mummmuul“. Mein ganzer Mund klebt zusammen.

„Bist du das?“ Eine jugendliche, männliche Stimme. „Hier ist Scottie.“

Scottie? Scottie? Plötzlich funkt es in meinem Kopf. Ist das nicht der Name, den Violets Freund erwähnt hat, als er von der Fettabsaugung sprach?

„Alles erledigt. Es war ein chirurgischer Eingriff. Hat keine Spuren hinterlassen. Einfach genial, wenn ich so sagen darf. Adios, Santa Claus.“

Ich kaue meinen Muffin so heftig, wie ich kann, bekomme aber immer noch keinen Ton raus.

„Bist du noch da? Ist das die richtige … “ Als ich endlich schlucken kann, bricht die Stimme ab.

„Hallo? Möchten Sie eine Nachricht hinterlassen?“

Er ist nicht mehr dran. Ich schaue nach seiner Telefonnummer, aber die ist unterdrückt. Also hole ich das Programm vom „König der Löwen“ aus meiner Tasche und notiere neben die erste Nachricht: *Scottie hat wieder angerufen. Alles erledigt. Chirurgischer Eingriff. Keine Spuren. Einfach genial. Adios, Santa Claus.*

Gerade will ich das Handy wegstecken, als wieder E-Mails hereinkommen. Bei der vorletzten stutze ich. Sie kommt von Sams Dad. Ich zögere, dann öffne ich die Mail.

> Lieber Sam,
> ich frage mich, ob Du meine letzte Mail eigentlich bekommen hast. Ich hoffe, es geht Dir gut. Wie gesagt, es gibt da etwas, worüber ich gern mit Dir

sprechen würde. Kommst Du manchmal noch nach Hampshire? Es ist so lange her, und ich denke oft an die alten Zeiten.
Dad

Ich kann es nicht fassen. Hat Sam denn nicht auf die letzte Mail geantwortet? Ist ihm sein Dad denn völlig egal? Ich habe keine Ahnung, was zwischen den beiden vorgefallen sein könnte, aber ich weiß, dass da ein Vater am Computer sitzt und die Fühler nach seinem Sohn ausstreckt, und der beachtet ihn gar nicht. Das kann ich nicht ertragen. Also beantworte ich die Mail:

Hallo,
ich bin Sams persönliche Assistentin. Wollte Ihnen nur kurz Bescheid geben, dass Sam nächste Woche, am 24. April, in Hampshire sein wird, um an einer Firmentagung im Chiddingford Hotel in Basingstoke teilzunehmen. Ich bin mir sicher, dass er Sie dort gern treffen würde.
Mit freundlichen Grüßen,
Poppy Wyatt

Bevor ich es mir anders überlegen kann, schicke ich die Mail ab. Ich habe mich voll in Sams Leben eingemischt. Er wäre fuchsteufelswild, wenn er es wüsste. Aber manchmal muss man eben mutig handeln. Manchmal muss man den Menschen zeigen, was im Leben wichtig ist. Und ich habe dieses starke Bauchgefühl, dass ich das Richtige getan habe.

Ich lehne mich zurück und öffne die letzte Mail, die von Blue kommt.

Mit Bedauern nehmen wir zur Kenntnis, dass Sam am Empfang im Savoy nicht teilnehmen kann. Würde er vielleicht gern jemand anders schicken?

Der Bus hat gerade an einer Ampel angehalten. Ich starre die E-Mail an. *Jemand anders.* Das könnte sonst wer sein.

Montagabend habe ich nichts vor. Magnus hat ein Seminar in Warwick.

Okay. Folgendes: Unter normalen Umständen würde ich nie im Leben eine Einladung zu einem derart glamourösen Event bekommen. So was kriegen Physiotherapeuten einfach nicht. Und die Veranstaltungen, zu denen Magnus so geht, sind Buchvorstellungen wissenschaftlicher Werke oder steife Abendessen am College. Die finden nie im Savoy statt. Da gibt es weder Präsenttütchen noch Cocktails oder Jazzbands. Das hier ist meine einzige Chance. Ich beginne zu tippen:

Vielen Dank für Ihre Mail. Sam würde gern Poppy Wyatt schicken.

5 Der nachgemachte Ring ist perfekt! Okay, nicht ganz perfekt. Er ist ein klitzekleines bisschen kleiner als das Original. Aber wer soll das merken, wenn er keinen Vergleich hat? Ich trage ihn schon fast den ganzen Nachmittag, und er fühlt sich sehr gut an.

Als wir bei der Generalprobe in der Kirche St Edmund ankommen, bin ich optimistisch wie lange nicht mehr. Morgen in einer Woche werde ich mein Brautkleid tragen, und Magnus wird in seinem schicken Frack am Altar stehen![18]

Ich sehe Wanda schon in der Kirche stehen, wo sie sich eine alte Statue ansieht. Als sie sich umdreht, zwinge ich mich dazu, selbstbewusst zu winken.

Magnus hat recht, sage ich mir. Ich habe überreagiert. Wahrscheinlich können sie es kaum erwarten, mich in den Schoß der Familie aufzunehmen.

„Stell dir vor …" Ich nehme Magnus' Arm. „Jetzt ist es nicht mehr lange hin."

„Hallo?" Magnus spricht in sein Handy, das offenbar auf Vibrationsalarm steht. „Oh, hi, Neil." Lautlos formt sein Mund eine Entschuldigung, dann verschwindet er aus der Kirche.

Hätte er nicht sein Handy ausstellen können? Meins ist jedenfalls aus.

„Hallo!", rufe ich, als Wanda den Mittelgang herunterkommt. „Schön, dich zu sehen! Ist das nicht alles wunderbar und aufregend?"

Ich halte ihr meine Hand mit dem Ring nicht gerade hin, aber ich verstecke sie auch nicht.

„Poppy!" Wie immer stürzt Wanda theatralisch auf mich zu und küsst mich auf die Wange. „Mein liebes Kind. Lass mich dir Paul vorstellen. Wo ist er nur geblieben? Was macht denn deine Verbrennung eigentlich?"

Einen Augenblick kann ich mich gar nicht rühren. Den Dermatologen hatte ich ganz vergessen. Ich habe gar nicht mehr daran gedacht, dass ich angeblich lebensgefährliche Brandverletzungen habe.

„Du hast deinen Verband abgenommen", bemerkt Wanda.

„Ja. Habe ich. Meine Hand ist schon besser. Viel besser."

„Aber man kann gar nicht vorsichtig genug sein, selbst bei kleinen Verletzungen." Wanda führt mich den Gang entlang, und ich kann nichts anderes tun, als gehorsam weiterzugehen.

„Hier ist sie. Die Verlobte. Die Versprochene. Die Patientin."

Antony und ein ältlicher Mann im roten Pullover mit V-Ausschnitt wenden sich beide von einem Gemälde ab und betrachten stattdessen mich.

---

[18] Allein die Anzugweste unter dem Frack ist fast so teuer wie mein Kleid.

„Poppy“, sagt Antony, „ich möchte dich unserem Nachbarn Paul McAndrew vorstellen, einem der angesehensten Professoren für Dermatologie im ganzen Land. Spezialist für Verbrennungen. Ist das nicht ein Glücksfall?“

„Wunderbar!“ Meine Stimme ist ein nervöses Quieken, und meine Hände sind hinter meinen Rücken gewandert. „Nun, wie gesagt, es ist schon viel besser …“

„Lassen Sie mich doch mal sehen“, sagt Paul freundlich und sachlich.

Ich winde mich vor Scham, als ich meine linke Hand ausstrecke. Schweigend betrachten alle meine weiche, makellose Haut.

„Wo genau war die Verbrennung?“, fragt Paul schließlich.

„Mmh … hier.“ Vage deute ich auf meinen Daumen.

„War es eine Verbrühung? Eine Verbrennung von einer Zigarette?“ Er hält meine Hand und betastet sie fachmännisch.

„Nein. Es war … von der Heizung.“ Ich schlucke. „Die Stelle war richtig wund.“

„Ihre ganze Hand war bandagiert.“ Wanda klingt verblüfft. „Sie sah aus wie ein Kriegsopfer! Das war erst gestern!“

„Verstehe.“ Der Doktor lässt von meiner Hand ab. „Nun, es scheint wieder okay zu sein, was? Noch Schmerzen? Empfindlichkeit?“

Stumm schüttle ich den Kopf.

„Ich werde Ihnen eine Creme verschreiben“, sagt er freundlich. „Für den Fall, dass die Symptome wiederkehren. Was halten Sie davon?“

Ich sehe, dass Wanda und Antony Blicke tauschen. Super. Offensichtlich halten sie mich nun für hypochondrisch.

Na gut. Meinetwegen. Damit kann ich leben. Ich werde die Familienhypochonderin sein. Das ist eben eine meiner kleinen Schrullen. Könnte schlimmer sein. Zumindest haben sie nicht gerufen: „Was hast du mit unserem kostbaren Ring gemacht, und was ist das für ein billiges Ding, das du da trägst?“

Und als könnte sie meine Gedanken lesen, wirft Wanda noch einen Blick auf meine Hand.

„Der Smaragdring meiner Mutter! Hast du gesehen, Antony?“ Sie zeigt auf meine Hand. „Magnus hat ihn Poppy geschenkt, als er um ihre Hand angehalten hat.“

Okay, es ist definitiv keine Einbildung. Aus ihrer Stimme spricht eine gewisse Schärfe. Was ist los? Hätte Magnus den Ring nicht verschenken sollen?

„Hübscher Verlobungsring“, sagt Paul höflich. „Ein echtes Einzelstück, wie ich sehe.“

Ich nickte. „Er ist antik. Total einzigartig."

„Ach, Poppy!", sagt Antony. „Da fällt mir was ein. Ich wollte dich etwas fragen."

„Schieß los." Höflich lächle ich ihn an und erwarte eine Hochzeitsfrage nach dem Motto: „Wie viele Brautjungfern hast du?"

„Was hältst du von McDowells neuem Buch über die Stoiker?" Seine Augen sind wachsam auf mich gerichtet. „Im Vergleich zu Whittaker?"

Einen Moment bin ich wie vor den Kopf geschlagen. Bitte? Was halte ich wovon?

„Ach ja!" Wanda nickt energisch. „Poppy ist sozusagen Expertin für griechische Philosophie, Paul. Sie hat uns beim Scrabble alle mit dem Wort ‚Aporía' überrascht, nicht wahr?"

Aporía. Das war eins von den Wörtern, die Sam mir gesimst hatte. Ich erinnere mich dunkel, gesagt zu haben, dass ich mich leidenschaftlich für griechische Philosophie interessiere. Warum? Warum, warum, warum?

Ich bemühe mich um ein entspanntes Lächeln. „Ich bin noch nicht richtig zu dem Buch von McDowell gekommen. Aber es steht natürlich ganz oben auf meiner Leseliste."

„Ich glaube, der Stoizismus wird als Philosophie oft missverstanden, habe ich nicht recht, Poppy?"

„Absolut." Ich nicke und versuche so kenntnisreich wie möglich auszusehen.

„So wie ich es verstehe, waren die Stoiker nicht emotionslos. Sie schätzten einfach die Tugend der inneren Stärke. Offenbar begegneten sie Anfeindungen mit einer solchen Leidenschaftslosigkeit, dass die Aggressoren sich fragten, ob sie aus Stein seien."

„Außerordentlich!", sagt Paul lachend.

„Das stimmt doch, oder, Poppy?" Antony wendet sich mir zu. „Als die Gallier Rom angriffen, erwarteten die Senatoren sie im Forum. Die Angreifer waren von deren gleichmütiger Haltung derart überrascht, dass sie die Männer auf den ersten Blick für Statuen hielten."

„Stimmt schon." Ich nicke zuversichtlich. „Genauso war es." Solange Antony immer weiterredet und ich immer weiternicke, wird schon alles gut gehen.

„Faszinierend! Und was passierte dann?" Erwartungsvoll wendet sich Paul mir zu.

Ich werfe einen Blick auf Antony, warte auf eine Antwort – aber er wartet auf eine Antwort von mir. Ebenso wie Wanda.

„Nun ja!" Ich mache eine nachdenkliche Pause, als würde ich überlegen, wo ich anfangen soll. „Es war … interessant. In vieler, vielerlei Hinsicht. Für die Philosophie. Und für Griechenland. Und für die Geschichte. Und für die Menschheit. Man könnte sogar sagen, es war der bedeutendste Moment in der Griechisch…keit.“ Ich komme zum Ende und hoffe, dass niemand merkt, dass ich die Frage eigentlich nicht beantwortet habe.

„Aber was ist passiert?“, hakt Wanda etwas ungeduldig nach.

„Na, die Senatoren wurden natürlich massakriert“, sagt Antony achselzuckend. „Doch was ich dich eigentlich fragen wollte, Poppy …“

„Das ist ja ein hübsches Gemälde!“, rufe ich verzweifelt und deute auf ein Bild, das an einer Säule hängt. „Guckt mal da drüben!“

„Oh, ja, das ist wirklich interessant.“ Er geht hinüber, um es sich anzusehen. Zum Glück ist Antony dermaßen bildungshungrig, dass man ihn leicht ablenken kann.

„Ich muss nur mal kurz was in meinem Kalender nachschlagen …“, sage ich eilig. Meine Beine zittern, als ich mich in eine Kirchenbank flüchte. Das Ganze ist eine Katastrophe. Jetzt muss ich bis an mein Lebensende so tun, als würde ich mich mit griechischer Philosophie auskennen. Ich hole mein Handy hervor, öffne eine neue E-Mail und fange an, Notizen an mich selbst zu schreiben.

VOR DER HOCHZEIT NOCH ERLEDIGEN
1. Expertin in griechischer Philosophie werden
2. Gedichte von Robert Burns einprägen
3. Lange Scrabble-Wörter lernen
4. Nicht vergessen: Ich bin HYPOCHONDERIN.

Ich betrachte meine Liste einen Moment. Sie ist gut. Diese Frau kann ich werden.

„Nun, ihr kennt natürlich meine Ansichten zur Kunst in Kirchen …“ Antonys Stimme hallt durch den ganzen Raum. „Absolut skandalös …“

Ich ziehe den Kopf ein, bevor mich jemand in dieses Gespräch mit reinziehen kann. Jeder kennt Antonys Ansichten zur Kunst in Kirchen, vor allem weil er Gründer einer landesweiten Initiative ist, Kirchen in Kunstgalerien umzuwandeln und sich aller Pfarrer zu entledigen. Vor ein paar Jahren war er im Fernsehen und sagte: „Solche Schätze sollten nicht in Händen von Philistern sein.“ Es gab einen Riesenwirbel und Schlagzeilen wie: PROFESSOR SCHIMPFT KLERIKER PHILISTER.[19]

---

[19] Nach Magnus’ Aussage genoss Antony die Aufmerksamkeit sehr, obwohl er das Gegenteil behauptete. Seither hat er sogar noch kontroversere Sachen gesagt, aber nichts davon war so heftig wie das mit den Philistern.

Plötzlich sehe ich, dass der Pfarrer dieser Kirche durch den Mittelgang zu uns herüberkommt. Seiner finsteren Miene nach zu urteilen, hat er Antony offenbar gehört. Verflixt!

„Guten Abend, Poppy."

Eilig springe ich von meiner Bank auf. „Guten Abend, Reverend Fox! Wir sagten gerade, wie hübsch die Kirche aussieht." Ich lächle lahm.

„In der Tat", sagt er frostig.

„Haben Sie …" Ich schlucke. „Kennen Sie meinen zukünftigen Schwiegervater? Professor Antony Tavish."

Glücklicherweise schüttelt Antony dem Reverend friedfertig die Hand, doch die Atmosphäre bleibt gespannt.

„Sie möchten also etwas vorlesen, Professor Tavish", sagt Reverend Fox, nachdem er einige andere Details geprüft hat. „Aus der Bibel?"

„Wohl kaum." Antonys Augen funkeln den Pfarrer an.

„Das dachte ich mir." Reverend Fox lächelt angriffslustig.

Man kann die Feindseligkeit fast spüren, die hier in der Luft liegt.

Reverend Fox wirft einen Blick in seine Unterlagen. „Und, Poppy, Ihre Brüder werden Sie dem Bräutigam zuführen?"

„Genau. Toby und Tom." Ich nicke. „Die beiden führen mich zum Altar."

„Ihre Brüder!", mischt sich Paul interessiert ein. „Das ist ja eine hübsche Idee. Aber wieso nicht Ihr Vater?"

„Weil mein Vater … Also, offen gesagt, sind meine Eltern beide tot."

Und so sicher wie die Nacht auf den Tag folgt, kommt sie. Die betretene Pause. Ich starre den steinernen Boden an, warte geduldig, dass sie vorübergeht.

„Mein liebes Kind", sagt Paul konsterniert. „Es tut mir so leid …"

„Macht nichts!", falle ich ihm fröhlich ins Wort. „Es war ein Unfall. Vor zehn Jahren. Ich spreche nicht darüber. Ich denke nicht daran. Schon lange nicht mehr."

Ich lächle ihn so tapfer an, wie es mir möglich ist. Ich werde nicht darauf eingehen. Was gibt es da zu reden? Meine Eltern sind gestorben. Und dann haben wir bei meiner Tante und meinem Onkel gelebt. So war es, und weiter gibt es dazu nichts zu sagen.

Mit scheppernden Eisenriegeln öffnet sich die Kirchentür. „Tut mir leid, dass ich spät dran bin", hören wir eine vertraute, schneidende Stimme. „Was für ein Tag!" Mit mehreren Taschen voller Seide kommt Lucinda den Mittelgang entlangmarschiert. Sie trägt ein beigefarbenes Etuikleid, auf dem Kopf sitzt eine gewaltige Sonnenbrille, und sie sieht gestresst aus. „Reverend Fox! Haben Sie meine Mail bekommen?"

„Ja, Lucinda", sagt Reverend Fox müde. „Das habe ich. Ich fürchte, die Kirchensäulen dürfen unter keinen Umständen mit silberner Farbe besprüht werden."

„Dürfen sie nicht? Und was soll ich jetzt machen? Ich habe dem Floristen silberne Säulen versprochen!" Sie sinkt auf die nächstbeste Kirchenbank. „Wo ist diese dämliche Clemency schon wieder?"

„Übrigens, ich habe die Autos angemietet", sage ich hastig. „Und das Konfetti habe ich auch. Soll ich vielleicht ein paar Knopflochsträußchen für die Platzanweiser besorgen?"

„Wenn du so freundlich wärst", sagt sie leicht gereizt. „Ich wäre dir dankbar." Sie blickt auf und scheint mich zum ersten Mal so richtig wahrzunehmen. „Ach, Poppy, *eine* gute Nachricht habe ich. Ich habe deinen Ring gefunden! Er steckte im Futter meiner Tasche fest."

Sie holt den Smaragd hervor und hält ihn mir hin. Ich bin dermaßen verdattert, dass ich nur zwinkern kann. Der echte Ring. Mein echter, antiker, unbezahlbarer Smaragd-Verlobungsring. Da ist er! Wie hat sie …

Ich kann mich nicht dazu überwinden, irgendwen anzusehen. Dennoch bin ich mir der erstaunten Blicke um mich herum bewusst, die sich kreuzen wie Laserstrahlen und hin und her zucken, von meinem falschen Ring zum echten und wieder zurück.

„Was gibt's Neues, Leute?" Magnus kommt den Mittelgang entlang.

„Wenn das der Ring ist …" Wanda scheint ihre Stimme wiedergefunden zu haben. „Was ist dann das?" Sie deutet auf das Imitat an meinem Finger.

Mir schnürt sich dermaßen die Kehle zusammen, dass ich kaum Luft bekomme. Irgendwie muss ich die Situation retten. Irgendwie. Sie dürfen nie erfahren, dass ich den Ring verloren hatte.

„Ja! Ich dachte schon, dass ihr überrascht sein würdet!" Irgendwie finde ich Worte, irgendwie bringe ich ein Lächeln zustande. „Ich habe mir eine Replik anfertigen lassen!" Ich versuche, beiläufig zu klingen. „Weil ich das Original Lucinda geliehen hatte."

Verzweifelt sehe ich sie an, hoffe, dass sie mitspielt. Dankenswerterweise scheint sie gemerkt zu haben, was für ein Fauxpas ihr unterlaufen ist.

„Ja!", flötet sie eilig. „Das stimmt. Ich habe mir den Ring ausgeliehen wegen …"

„Wegen seines Designs."

„Ja! Wir dachten, der Ring könnte vielleicht eine Inspiration sein für …"

„Die Serviettenringe", sage ich aus heiterem Himmel. „Serviettenringe mit Smaragden! Was wir dann am Ende doch verworfen haben", füge ich vorsichtig hinzu.

Alle schweigen. Ich bringe den Mut auf, mich umzusehen.

Wandas Stirn ist tief durchfurcht. Magnus wirkt perplex.

„Nun, also vielen Dank.“ Mit zitternden Händen nehme ich den Ring von Lucinda entgegen. „Ich werde ihn gleich wieder anstecken.“

Meine Gedanken rasen. Wie kommt es, dass Lucinda den Ring hatte? Was ist mit Mrs Fairfax? Was geht hier vor?

„Also …“ Ich wende mich Reverend Fox zu. „Wollen wir loslegen?“

Eine halbe Stunde später zittern meine Knie immer noch. Nie im Leben bin ich einer Katastrophe so knapp entkommen. Ich bin mir wirklich nicht sicher, ob Wanda mir glaubt. Immer wieder wirft sie mir argwöhnische Blicke zu. Was glaubt sie denn? Dass ich das Original verkaufen wollte oder so?

Wir haben geprobt, wie ich den Gang entlangschreite und wie wir dann gemeinsam den umgekehrten Weg nehmen, und wir haben beschlossen, wo wir uns ins Hochzeitsregister der Gemeinde eintragen wollen. Und jetzt hat der Pfarrer einen Durchlauf der Hochzeitszeremonie vorgeschlagen.

Aber ich kann diese magischen Worte nicht sagen, während Antony oberschlaue Sprüche reißt und sich über jeden Satz lustig macht.

„Magnus“, flüstere ich. „Lass uns die eigentliche Zeremonie heute lieber nicht üben. Nicht wenn dein Vater dabei ist. Es bedeutet mir so viel, und ich möchte es nicht kaputt machen.“

Er wirkt überrascht. „Wie du möchtest.“

„Lass es uns am Tag unserer Hochzeit sagen, dann, wenn es darauf ankommt.“ Ich drücke seine Hand.

„Ja, finde ich gut.“ Magnus nickt. „Also … sind wir hier fertig?“

„Nein, wir sind nicht fertig!“, ruft Lucinda empört. „Ich möchte, dass Poppy noch einmal den Mittelgang entlangläuft. Du warst viel zu schnell für die Musik.“

„Okay.“ Ich zucke mit den Schultern und mache mich auf den Weg in den hinteren Teil der Kirche.

„Orgel, bitte!“, kreischt Lucinda. „Ganz von vorn! Sanft gleiten, Poppy!“, kommandiert sie. „Clemency, wo läufst du mit dem Tee hin?“

Clemency ist gerade mit einem Tablett zurückgekommen, und ich sehe aus den Augenwinkeln, wie sie eilig Zuckertütchen aufreißt.

Lucinda hat ein riesiges Arbeitsblatt voll wilden Gekritzels, Umkringelungen und zahllosen Post-its über den Kirchenbänken ausgebreitet. „Wo ist die verflixte Telefonnummer von diesem Floristen?“ Sie blättert ein Bündel Zettel durch. „Clemency!“

Das arme Mädchen zuckt so heftig zusammen, dass der Tee aus einem Becher schwappt.

„Ich mach das schon", sage ich eilig, um sie von dem Tablett zu befreien.

„Das wäre in der Tat äußerst hilfreich." Lucinda atmet scharf aus. „Denn, weißt du, schließlich sind wir alle nur deinetwegen hier, Poppy. Wir haben nur noch eine Woche bis zur Hochzeit. Und es ist noch schrecklich viel zu tun."

„Ich weiß", sage ich betreten. „Mmh … tut mir leid."

Ich habe keine Ahnung, wo Magnus und seine Eltern abgeblieben sind, also mache ich mich mit dem Tablett auf den Weg in den hinteren Teil der Kirche.

„Lächerlich!" Wandas gedämpfte Stimme höre ich zuerst. „Viel zu schnell."

Unsicher sehe ich mich um, dann merke ich, dass ich sie hinter einer schweren, verschlossenen Tür höre. Offenbar sind sie im Vorraum der Kapelle.

„Jeder weiß … Haltung gegenüber der Ehe …" Da spricht Magnus, aber die Tür ist so dick, dass ich nur hin und wieder ein Wort verstehen kann.

„… nicht über die Ehe *per se*!" Wandas Stimme wird plötzlich laut. „… ihr zwei … kann einfach nicht begreifen …"

„Ziemlich fehlgeleitet …" Plötzlich röhrt Antonys Stimme wie ein Fagott dazwischen.

Angewurzelt stehe ich da, drei Meter vor der Tür.

„… absagen … nicht zu spät. Lieber jetzt, als eine hässliche Scheidung …"

Ich schlucke. Meine Hände zittern plötzlich, das Tablett gerät ins Wackeln.

„Nun, wir werden trotzdem heiraten! Also solltet ihr euch mit dem Gedanken anfreunden!", tönt Magnus' Stimme plötzlich, klar wie eine Glocke.

Eine Woge der Zuneigung für Magnus ergreift mich. Er klingt so zornig. Im nächsten Augenblick klappert es an der Tür, und blitzartig weiche ich zehn Schritte zurück. Als er herauskommt, laufe ich wieder vorwärts und versuche, entspannt zu wirken.

„Hallo! Tässchen Tee?" Irgendwie schaffe ich es, normal zu klingen. „Alles in Ordnung? Ich hab mich schon gefragt, wo du geblieben bist!"

„Alles okay." Er lächelt mich liebevoll an und schlingt seinen Arm um meine Taille. Ihm ist nicht anzumerken, dass er sich eben mit seinen Eltern gestritten hat. Mir war gar nicht klar, dass er so gut schauspielern kann. Er sollte in die Politik gehen.

„Ich bringe meinen Eltern das Tablett." Eilig nimmt er es mir aus der Hand. „Die beiden sind gerade … äh … dabei, sich die Kunstwerke anzusehen."

„Super!" Ich bringe ein Lächeln zustande, aber mein Kinn bebt. Ich setze mich auf eine Seitenbank. Eine Weile hocke ich nur da, ziehe den Kopf ein und versuche, nicht loszuheulen. Schließlich nehme ich mein Handy. Eilig simse ich dem Concierge vom Berrow Hotel, dass er die Suche nach dem Ring abblasen kann, und bedanke mich bei ihm für seine Mühe. Dann wende ich mich den Kurznachrichten zu. Ganz oben ist eine SMS von Sam:

> Bin übers Wochenende in Deutschland. Werde eine Weile nicht zu erreichen sein.

Ich schreibe zurück:

> Das mit dem falschen Ring hat nicht geklappt. Wurde erwischt, und Magnus' Eltern finden mich etwas wunderlich. Trotzdem danke für die Hilfe.

Vielleicht sollte ich mal einen Blick in sein Eingangsfach werfen. Das habe ich ein wenig vernachlässigt. Da sind so viele Mails mit derselben Betreffzeile, dass ich staunend blinzle – bis es mir dämmert. Natürlich. Alle reagieren auf meine Einladung, Ideen einzusenden! Voller Vorfreude öffne ich die erste Mail.

> Lieber Sam,
> danke für Ihre Mail. Sie haben um Ehrlichkeit gebeten. In unserer Abteilung kursiert das Gerücht, dass diese sogenannte Ideenfindung Mitarbeiter aussieben soll. Warum sind Sie nicht ehrlich und sagen es uns, wenn wir gefeuert werden sollen?
> Tony

Ich blinzle erstaunt. Wie bitte? Okay, das ist nur eine absurde Reaktion. Der ist doch nicht ganz dicht. Eilig öffne ich die nächste Mail.

> Sam,
> was soll das werden? Wenn Ihnen mal wieder danach zumute ist, eine neue Personalinitiative zu starten, seien Sie so nett und besprechen Sie sich mit den anderen Abteilungsleitern.
> Malcolm

> Lieber Sam,
> es heißt, Sie wollen einen neuen „Ideenzar" ernennen. Wie Sie sich erinnern

werden, war das meine Idee, die ich in einer Abteilungsleiterkonferenz vor drei Jahren eingebracht habe. Ich finde es etwas dreist, dass man sich meiner Initiative bemächtigt, und hoffe sehr, dass ich in die engere Auswahl komme, wenn die Ernennung bevorsteht.
Gruß, Martin

Ich kann es nicht fassen. Was um alles in der Welt habe ich da losgetreten? Und dabei habe ich nur die ersten paar Mails gelesen. Da sind noch ungefähr dreißig weitere. Wenn ich die alle an Sam weiterleite und er steigt in Deutschland aus dem Flieger und bekommt sie alle in einem Schwung ... plötzlich höre ich seine Stimme wieder: *Rundmails sind ein Werk des Teufels.*

Und ich habe eine in seinem Namen verschickt. An die ganze Firma. Ohne mit ihm vorher darüber zu sprechen.

Was habe ich mir dabei gedacht? Ich kann ihm diese Sache nicht einfach so weiterleiten. Vorher muss ich ihm alles erklären und ihn ein bisschen vorbereiten.

Meine Gedanken tuckern wie ein Motor im Leerlauf. Er sitzt im Flugzeug und ist nicht zu erreichen. Außerdem haben wir Freitagabend. Es gibt keinen Grund, ihm irgendetwas weiterzuleiten. Vielleicht haben sich bis Montag alle wieder beruhigt. Ja. Ganz sicher.

6

Ich wusste nicht, was ich wegen Antony und Wanda unternehmen sollte. Und wegen des Kapellenvorraumdesasters, wie ich es im Stillen getauft habe. Also unternahm ich nichts. Ich kann nicht allzu lange daran denken, weil ich mich sonst aufrege und panisch werde.

Wer mich jetzt ansieht, wird jedoch nichts merken. Ich trage mein kleines Schwarzes und schicke Schuhe mit hohen Absätzen. Mein Make-up ist perfekt. Meine Augen leuchten (zwei Cocktails). In dem Spiegel, an dem ich eben vorbeikam, sah ich aus wie ein unbeschwertes Mädchen mit einem Verlobungsring, das im Savoy einen Cosmo trinkt und sich um nichts auf der Welt Sorgen machen muss.

Und wenn ich ehrlich sein soll, bin ich jetzt erheblich besserer Stimmung als zuvor. Zum Teil wegen der Cocktails und zum Teil, weil ich mich so freue, hier zu sein. Ich war in meinem ganzen Leben noch nie im Savoy. Es ist himmlisch!

Die Party findet in einem zauberhaften, holzgetäfelten Raum statt, überall hängen spektakuläre Kronleuchter und Kellner halten Cocktails auf Tabletts bereit. Eine Jazzband spielt, und smart gekleidete Menschen stehen plaudernd in Grüppchen herum. Natürlich kenne ich hier niemanden, aber ich sehe mir die Leute gern an.

Lucinda schreibt mir Nachrichten, erzählt, dass sie in Nord-London unterwegs sei, auf der Suche nach einer bestimmten Sorte grauer Seide, und fragt, ob ich spezielle Vorstellungen hätte, was die Struktur angeht. Magnus schreibt aus Warwick irgendwas von einer Forschungsexkursion, die er mit einem Professor plant. Außerdem sind da Mails für Sam. Haufenweise Leute haben auf die Anfrage wegen neuer Ideen geantwortet. Viele haben lange Anhänge und Lebensläufe beigefügt. Nach wie vor gibt es Gerüchte, dass es sich dabei um eine getarnte Stellenausschreibung handelt. Malcolm schickt noch immer gereizte Mails, in denen er fragt, wer denn eigentlich diese Initiative genehmigt hat. Im Grunde herrscht das reine Chaos. Haben diese Menschen denn nichts anderes zu tun?

Ich schaue eine endlose Liste von E-Mails durch, als mir eine auffällt. Sie ist von Adrian Foster vom Marketing.

> Lieber Sam,
> danke, dass Sie zugesagt haben, Lindsay ihren Geburtstagsstrauß zu überreichen – endlich ist er eingetroffen! Da Sie heute nicht da waren, habe ich die Blumen in Ihrem Büro ins Wasser gestellt.
> Gruß, Adrian

In Wahrheit hat Sam gar nicht eingewilligt, ihr die Blumen zu überreichen. Das war ich, in Sams Namen. Inzwischen bin ich mir nicht mehr ganz so sicher, ob es eine gute Idee war. Was ist, wenn er Montag schrecklich viel zu tun hat? Wie könnte ich es ihm erleichtern?

Ich zögere einen Moment, dann schreibe ich eilig eine Mail an Lindsay.

> Hi Lindsay,
> ich möchte Ihnen etwas geben, in meinem Büro. Etwas, das Ihnen gefallen wird. ☺ Schauen Sie Montagmorgen mal rein. Jederzeit.
> Sam xxxxx

Ich schicke sie ab, ohne sie mir noch einmal durchzulesen, und nehme einen Schluck Cosmo. Etwa zwanzig Sekunden lang bin ich entspannt, genieße meinen Drink. Dann schrecke ich plötzlich auf, als wäre ein Wecker losgegangen.

Moment. Ich habe Küsschen unter Sams Namen gesetzt. Das hätte ich nicht tun sollen. Unter geschäftliche Mails setzt man keine Küsschen!

Ich rufe die Mail auf, lese sie noch einmal und zucke zusammen. Ich bin dermaßen an Küsschen gewöhnt, dass sie ganz automatisch rauskommen. Aber Sam setzt nie Küsschen unter irgendwas. Nie im Leben.

Da ist schon eine Antwort von Lindsay gekommen. Das ging schnell. Ich öffne sie und starre die Mail an.

Bis dann, Lindsay xx ☺

Zwei Küsschen und ein Smiley. Ist das normal? Ich versuche mir einzureden, dass es das ist. Ja. Ja, ich glaube, das ist normal. Es könnte definitiv normal sein. Nur freundliche Bürokorrespondenz.

Ich stecke mein Telefon weg, leere meinen Drink und sehe mich nach dem nächsten um. Ein paar Meter entfernt steht eine Kellnerin, und ich schiebe mich durch die Menge.

„... Vorgehensweise Sam Roxtons Idee?“ Die Stimme eines Mannes erregt meine Aufmerksamkeit. „Das ist doch lachhaft.“

„Du kennst doch Sam ...“

Abrupt bleibe ich stehen, gebe vor, an meinem Handy herumzufummeln. Eine Gruppe junger Männer in Anzügen steht in meiner Nähe. Das müssen Sams Kollegen sein.

Ich überlege, ob ich die Gesichter den E-Mails zuordnen kann. Ich wette, der mit der olivfarbenen Haut ist Justin Cole, der die Rundmail geschickt hatte, dass Freizeitkleidung an Freitagen angesagt sei, man dem jedoch mit einem gewissen Stil nachkommen solle. Er sieht aus, als wäre er von der Fashion Police, in seinem schwarzen Anzug mit der schmalen Krawatte.

„Ist er hier?“, fragt ein blonder Mann.

„Hab ihn noch nicht gesehen“, antwortet der Schönling.

Die Männer gehen weiter und tauchen in der Menge unter.

Ich nehme mir noch einen Cosmo und will gerade rüber zur Jazzband schlendern, als ich höre, wie schrill ein Mikrofon angestellt wird. Ich fahre herum – und stehe kaum zwei Meter vor einem kleinen Podium. Ein blondes Mädchen im schwarzen Kostüm tippt ans Mikro und sagt: „Ladies and Gentlemen! Darf ich kurz um Ihre Aufmerksamkeit bitten?“ Gleich darauf sagt sie lauter: „Leute! Es wird Zeit für die Reden! Je eher wir damit anfangen, desto eher ist es vorbei, okay?“

Allgemeines Gelächter ertönt, und die Menge bewegt sich langsam zu diesem Ende des Raumes. Ich werde direkt vor das Podium geschoben, wo ich absolut überhaupt gar nicht sein möchte.

Die blonde Frau breitet ihre Arme aus. „Willkommen zur Feier der Fusion von uns – Johnson Ellison – mit Greene Retail. Es ist ebenso eine

Verbindung des Herzens und des Verstandes, und wir haben vielen, vielen Leuten zu danken. Unser Geschäftsführer Patrick Gowan hatte die Vision, die dazu geführt hat, dass wir jetzt hier stehen. Patrick, komm hier rauf!"

Ein bärtiger Mann betritt das Podium, lächelt bescheiden und schüttelt den Kopf, und alle fangen an zu klatschen, ich eingeschlossen.

„Und ich weiß, dass er hier irgendwo ist …" Sie blickt in die Runde. „Er wollte heute Abend eigentlich gar nicht kommen, aber wir mussten den entscheidenden Mann einfach hier haben: Mister White Globe Consulting, Mr Sam Roxton!"

Schockiert blicke ich auf. Nein, das kann nicht stimmen, er kann gar nicht …

Neuerlicher Applaus brandet auf, als Sam mit großen Schritten das Podium betritt. Ich bin dermaßen sprachlos, dass ich mich gar nicht rühren kann. Er war doch in Deutschland. Was macht er hier?

Als er mich entdeckt, steht ihm die Überraschung förmlich ins Gesicht geschrieben. Kein Zweifel, dass er sich fragt, was ich hier zu suchen habe.

„Womit wir zur nächsten Schlüsselfigur kommen. Applaus für Jessica Garnett!"

Als eine Frau in Rot das Podium betritt, holt Sam sein Handy aus der Tasche und tippt unauffällig darauf ein. Im nächsten Moment piept bei mir eine Nachricht.

> Ich wusste gar nicht, dass Ihr Name auf meiner Einladung stand.

Beklommen blicke ich auf, versuche, in seinem Gesicht zu lesen, aber er guckt schon wieder in die andere Richtung, mit ungerührter Miene. Ich überlege kurz, dann schreibe ich:

> Wollte nur kurz reinschauen, um Ihr Präsenttütchen abzuholen. Gehört zum Service. Das mache ich doch gern.

> Und meine Cocktails auch, wie ich sehe.

Jetzt fällt sein Blick direkt auf das Glas in meiner Hand. Amüsiert zieht er die Augenbrauen hoch, und ich muss mir das Lachen verkneifen. Er sieht mich an und lächelt. Ich merke, wie ich ihn anstrahle, und halte sogar kurz die Luft an. Es macht irgendwas mit mir, dieses Lächeln. Es ist irritierend. Es ist …

Als der abschließende Applaus aufbrandet, versuche ich, einen Fluchtweg ausfindig zu machen, aber es gibt keinen. Innerhalb von geschätzten zehn Sekunden ist Sam vom Podium gestiegen und steht direkt vor mir.

„Okay, es tut mir leid“, sage ich hastig. „Ich weiß, ich sollte nicht hier sein, aber ich war noch nie im Savoy, und es klang so verlockend, und Sie wollten nicht hingehen, und …“ Ich stutze, als er amüsiert seine Hand hebt, um mich zum Schweigen zu bringen.

„Kein Problem. Sie hätten mir sagen sollen, dass Sie hingehen wollen. Ich hätte Sie auf die Liste gesetzt.“

„Oh! Also … danke. Nette Party!“

„Schön.“ Er lächelt und nimmt sich ein Glas Rotwein vom Tablett eines vorbeilaufenden Kellners. „Wissen Sie was?“ Er macht eine nachdenkliche Pause. „Ich habe Ihnen etwas zu sagen, Poppy Wyatt. Ich hätte es schon längst sagen sollen. Und das ist: ‚Danke‘. Sie waren mir in den letzten Tagen eine große Hilfe.“

„Ich habe es gern getan, wirklich. Kein Problem.“

„Nun nehmen Sie das Lob schon an!“ Er lacht, dann nimmt er einen Schluck Wein. „Also, heute war nichts weiter los? Es ist so verdächtig still geworden. Oder kommen alle meine Mails jetzt bei Jane an?“

In meinem Handy sind 243 Mails für ihn. Und es werden immer mehr. Wo soll ich mit meiner Erklärung anfangen?

„Sam! Da sind Sie ja!“ Ein dünner Mann mit Brille tritt an uns heran. Er hat eine große schwarze Mappe unterm Arm. „Es hieß, Sie könnten heute nicht kommen.“

„Konnte ich auch nicht“, sagt Sam trocken.

„Gut, gut!“ Der dünne Mann zuckt vor Nervosität. „Nun, ich dachte, für den unwahrscheinlichen Fall, dass ich Sie doch hier treffe, bringe ich das hier mal mit.“ Er drückt Sam die Mappe in die Hand, und der nimmt sie verblüfft entgegen. „Wenn Sie heute Abend einen Moment Zeit hätten – ich bin bis um zwei oder drei wach und gern bereit, von zu Hause zu skypen … Ich finde, was Sie da vorhaben, ist eine tolle Sache. Also … ich will Sie nicht länger aufhalten. Danke, Sam!“ Und damit taucht er wieder in der Menge unter.

Einen Moment lang sagen wir beide nichts. Sam, weil er zu verdutzt ist, und ich, weil ich mir überlege, wie ich darauf reagieren soll.

„Was hatte das denn zu bedeuten?“, sagt Sam schließlich. „Haben Sie eine Ahnung?“

„Da war etwas, was ich Ihnen sagen wollte.“ Ich lache laut und hell. „Es ist eigentlich ganz komisch …“

„Sam!“ Eine große Frau mit dröhnender Stimme unterbricht mich. „Wie schön, dass wir Sie für den Sponsorenlauf gewinnen konnten!“

„Für den Sponsorenlauf?“ Sam wiederholt die Worte, als wären sie ihm ein Gräuel. „Nein. Tut mir leid, Rachel. Ich mache keine Sponsorenläufe.“

„Aber Ihre E-Mail!“ Sie starrt ihn an. „Wir haben uns so gefreut, dass Sie teilnehmen wollen! Keiner konnte es glauben!“

Sam sieht verwirrt aus. „Welche E-Mail?“

„Diese nette Mail, die Sie geschickt haben! … Oh, Loulou!“ Plötzlich winkt Rachel durch den Raum. „Entschuldigen Sie mich, Sam.“ Sie schiebt sich durch die Menge, lässt uns allein zurück.

Schweigend stehen wir da. Sam mustert mich, ohne mit der Wimper zu zucken.

„Ich dachte … ich dachte, Sie würden vielleicht gern an einem Sponsorenlauf teilnehmen.“

„Dachten Sie.“ Seine Stimme klingt harsch und unnachgiebig.

„Ja. Dachte ich.“ Meine Stimme ist vor Nervosität ganz heiser. „Ich meine … das macht doch Spaß! Also dachte ich, ich antworte für Sie. Nur um Ihnen Zeit zu sparen.“

„Sie haben eine Mail geschrieben und sie mit meinem Namen unterzeichnet?“, sagt er mit drohender Stimme.

„Ich wollte doch nur helfen!“, sage ich eilig. „Ich wusste, dass Sie keine Zeit hatten, und diese Leute haben gefragt und gefragt …“

„Du meine Güte.“ Er schließt kurz die Augen. „Gibt es noch irgendwas, in das Sie sich eingemischt haben?“

„Ich hatte da noch so eine … eine andere Idee“, flüstere ich. „Leider haben einige es etwas übertrieben, und jetzt mailen alle deswegen und denken, es ginge um einen neuen Job …“

„Fangen Sie ganz vorn an. Was haben Sie getan?“

„Ich habe eine E-Mail verschickt.“ Ich scharre mit dem Fuß, fühle mich wie ein unartiges Kind. „Von Ihnen, an alle in der Firma. Ich wollte doch nur, dass sich alle angespornt und ermutigt fühlen. Also habe ich gesagt, wer Ideen hat, soll sie schicken. An Sie.“

„Das haben Sie verschickt? Unter meinem Namen?“ Er sieht so wütend aus, dass ich ängstlich zurückweiche.

„Es tut mir leid“, sage ich atemlos. „Ich dachte, es wäre eine gute Idee. Aber jetzt denken einige, sie sollen gefeuert werden, und andere denken, Sie suchen hintenrum jemanden für einen neuen Job. Letztlich sind alle ein bisschen durchgedreht … tut mir leid“, ende ich lahm.

„Wie viele Mails genau haben Sie in meinem Namen verschickt?“

„Äh … nicht viele“, stottere ich. „Ich meine … nur ein paar. Ich wollte nur helfen …“

„Sam! Gott sei Dank, ein freundliches Gesicht!“

„Nick.“ Sams Miene ändert sich augenblicklich. Seine Augen leuchten, und die eisige Miene scheint zu schmelzen. „Schön, Sie zu sehen. Ich wusste gar nicht, dass Sie kommen wollten.“

Ein Mann von Mitte sechzig – er trägt einen Nadelstreifenanzug zu einem bunten Hippiehemd – erhebt sein Glas in unsere Richtung. Ich erhebe meins ebenfalls, ehrfurchtsvoll. Sir Nicholas Murray!

„Freiwillig lasse ich keine Party aus“, sagt Sir Nicholas fröhlich. „Sam, seien Sie doch so nett und stellen Sie mir Ihre Freundin vor.“

Offensichtlich verspürt Sam keinen Drang, mich Sir Nicholas vorzustellen. Allerdings scheint er ein höflicher Mensch zu sein, denn nach etwa dreißig Sekunden inneren Kampfes[20] sagt er: „Sir Nicholas, Poppy Wyatt. Poppy, Sir Nicholas Murray.“

„Wie geht es Ihnen?“ Ich schüttle seine Hand. Wow! Sir Nicholas Murray und ich, plaudernd im Savoy.

„Sind Sie bei Johnson Ellison oder bei Greene Retail?“, erkundigt er sich.

„Weder noch“, sage ich unbehaglich. „Eigentlich bin ich Physiotherapeutin.“

„Eine Physiotherapeutin!“ Seine Miene hellt sich auf. „Wie wunderbar! Die medizinische Kunst, die am meisten unterschätzt wird, wie ich finde. Ich gehe wegen meines Rückens zu einem hervorragenden Burschen in der Harley Street, auch wenn er es noch nicht ganz hinbekommen hat …“ Er verzieht leicht das Gesicht.

„Sie sollten zu Ruby gehen“, sage ich weise nickend. „Meine Chefin. Die ist unglaublich. Ihre Tiefengewebsmassage bringt erwachsene Männer zum Weinen.“

„Verstehe.“ Sir Nicholas zeigt offenbar Interesse. „Haben Sie eine Karte?“

„Bitte schön.“ Ich greife in meine Tasche und zücke eine Karte.

„Sir Nicholas.“ Der Mann mit der olivfarbenen Haut ist aus dem Nichts aufgetaucht und gesellt sich zu uns. „Wie schön, Sie hier zu sehen! Immer eine Freude. Wie steht es in der Downing Street? Haben Sie das Geheimnis des Glücks schon ergründet?“

„Wir sind noch dabei.“ Sir Nicholas lächelt ihn entspannt an.

„Nun, es ist mir eine Ehre. Und Sam.“ Der Mann mit der olivfarbenen Haut klopft ihm auf die Schulter. „Mein wichtigster Mann. Wir könnten nicht tun, was wir tun, wenn du nicht wärst.“

---

[20] Also doch nicht *so* höflich.

„Danke, Justin." Sam lächelt angestrengt.

Das ist tatsächlich Justin Cole. Ich hatte recht. Im richtigen Leben wirkt er genauso spöttisch wie in seinen Mails.

„Nun, Poppy, seien Sie so nett, mich zu entschuldigen", sagt Sir Nicholas schließlich. „So gern ich bleiben würde, muss ich mich doch mit diesem unendlich langweiligen Mann von Greene Retail unterhalten. Sam, wir reden später." Er macht sich auf den Weg in die Menge.

„Also …" Ich wende mich Sam zu. „Also … tut mir echt leid, das Ganze."

Sam sagt nichts, hält mir nur fordernd die Hand hin. Nach fünf Sekunden merke ich, was er will.

„Was?" Ich spüre, wie mich die nackte Angst ergreift. „Nein! Ich meine … kann ich es nicht noch bis morgen behalten? Ich hab jetzt alle meine Kontakte darauf, alle meine Nachrichten …"

„Her damit!"

„Aber ich war noch nicht mal im Telefonladen! Ich habe kein anderes, das ist die einzige Nummer, unter der ich zu erreichen bin, ich brauche es …"

„Her damit!"

Er bleibt unerbittlich. Tatsächlich sieht er etwas unheimlich aus.

Andererseits … er kann es mir ja nicht mit Gewalt abnehmen, oder? Nicht, ohne eine Szene zu machen, was – wie ich vermute – das Letzte sein dürfte, was er möchte.

„Ich weiß, Sie sind mir böse. Das kann ich verstehen." Ich versuche, so unterwürfig wie möglich zu klingen. „Aber soll ich Ihnen nicht erst alle Ihre E-Mails weiterleiten? Und Ihnen das Handy dann morgen wiedergeben, wenn ich alles geklärt habe?"

Sam atmet schwer durch die Nase. Ihm wird klar, dass er keine Wahl hat.

„Sie verschicken keine einzige E-Mail mehr", fährt er mich schließlich an. „Und Sie geben mir eine Liste der E-Mails, die Sie schon verschickt haben."

„Okay."

„Sie geben das Handy Montagmorgen zurück, und dann will ich nie wieder was von Ihnen hören."

„Soll ich ins Büro kommen?"

„Nein! Wir treffen uns in der Mittagspause. Ich schreibe Ihnen eine SMS."

„Okay." Ich seufze schwer. „Es tut mir leid. Ich wollte Ihr Leben nicht durcheinanderbringen."

„Gibt es da noch etwas, was ich wissen sollte?", fragt er barsch. „Noch irgendwelche Firmeninitiativen, die Sie in meinem Namen angeschoben haben?“

„Nein!“, sage ich nervös. „Das war alles. Bestimmt.“

„Hey, Sam.“ Eine rauchige Stimme unterbricht uns, und mich umweht eine Wolke von Parfum. Ich drehe mich um und sehe eine Frau von Ende zwanzig mit extrem hochhackigen Schuhen und reichlich Make-up. Ihr Kleid ist sehr tief ausgeschnitten. So tief, dass ich praktisch ihren Bauchnabel sehen kann. „Entschuldigen Sie, dürfte ich Ihnen Sam ganz kurz entführen?“ Sie wirft mir einen feindseligen Blick zu.

„Oh! Äh … klar.“ Ich trete ein Stück beiseite, doch nur so weit, dass ich die beiden gerade noch verstehen kann.

„Ich kann es kaum erwarten, Sie Montagmorgen zu besuchen.“ Sie blickt zu Sam auf und klimpert mit ihren falschen Wimpern.[21] „In Ihrem Büro. Ich werde dort sein.“

Sam wirkt perplex. „Haben wir denn einen Termin?“

„Die Masche also?“ Sie lacht verständig und sexy zugleich. „Ich mache alles mit.“ Sie spricht mit kehligem Flüstern. „Wenn Sie wissen, was ich meine, Sam.“

„Tut mir leid, Lindsay …“ Sam runzelt die Stirn, weiß sich offensichtlich nicht zu helfen.

Lindsay? Fast schütte ich mir meinen Drink über mein Kleid. Das ist Lindsay? O nein. O nein, o nein. Das ist nicht gut. Ich wusste doch, dass ich Sams Küsschen hätte zurücknehmen sollen.

„Ich wusste es“, gurrt sie nun. „Als ich Sie zum ersten Mal gesehen habe, wusste ich, dass da ganz besondere Schwingungen zwischen uns sind. Sie sind heiß.“

Sam sieht verstört aus. „Nun … danke. Kann sein. Aber Lindsay, es ist wirklich keine …“

„O nein, keine Sorge. Ich kann sehr diskret sein.“ Sie streicht mit einem lackierten Fingernagel sanft an seinem Hemd hinab. „Die ganze Zeit kein Zeichen … und dann nehmen Sie aus heiterem Himmel Kontakt zu mir auf.“ Lindsay tritt noch näher an Sam heran und haucht: „Sie haben ja keine Ahnung, was es mit mir gemacht hat, als ich Ihre E-Mail sah. Mmmh. Böser Junge.“

„E-Mail?“, wiederholt Sam. Langsam wendet er sich um und fängt meinen gequälten Blick auf.

---

[21] Wie lautet die übliche Etikette, wenn sich bei jemandem eine falsche Wimper am Rand etwas gelöst hat? Bescheid sagen oder höflich ignorieren?

7

Ich bin der reuigste Mensch auf der Welt. Ich habe wirklich Mist gebaut. Das begreife ich jetzt. Ich habe Sam einen Haufen Arbeit und Ärger eingebracht, ich habe sein Vertrauen missbraucht und war eine totale Nervensäge.

Als ich am Montag zum Lunch komme, trage ich ein angemessen reumütiges graues T-Shirt und einen schlichten Jeansrock. Wir treffen uns in einem Restaurant um die Ecke von seinem Büro, und gleich als Erstes sehe ich eine Gruppe von Mädchen, die gestern Abend auch im Savoy waren, um einen runden Tisch sitzen.

Ich habe etwas Wasser bestellt und versuche, mich zwischen Suppe und Salat zu entscheiden, als Sam in der Tür erscheint. Sofort winken die Mädchen ihn zu sich herüber, und nach kurzem Zögern gesellt er sich dazu. Ich kann nicht das ganze Gespräch verstehen, nur hin und wieder ein Wort: „… tolle Idee …“, „… so hilfreich …“ Alle lächeln, sogar Sam.

Schließlich entschuldigt er sich und kommt zu mir.

„Hi. Schön, dass Sie es einrichten konnten.“ Für mich hat er offenbar kein Lächeln.

„Ja. Tolles Restaurant. Danke, dass Sie gekommen sind.“

„Ich wohne hier mehr oder weniger.“ Er zuckt mit den Schultern. „Wie auch alle anderen bei WGC.“

„Also … hier ist eine Liste aller E-Mails, die ich unter Ihrem Namen geschrieben habe.“ Ich will die Angelegenheit gleich vom Tisch haben. „Und ich habe alles weitergeleitet.“

Ein Kellner unterbricht mich mit meinem Wasser und einem „Willkommen, Sir“ für Sam. Als er geht, faltet Sam meine Liste zusammen und steckt sie kommentarlos ein. Gott sei Dank. Ich dachte schon, er würde sie Punkt für Punkt durchgehen wie ein Schulmeister.

„Die Mädchen da drüben sind aus Ihrer Firma, oder?“ Ich nicke zu dem runden Tisch. „Worüber haben Sie mit ihnen gesprochen?“

„Wie es der Zufall will, haben wir von Ihrem Projekt gesprochen.“

Ich starre ihn an. „Mein Projekt? Sie meinen meine Mail wegen der Ideen?“

„Ja. Die Leute in der Verwaltung haben es gut aufgenommen.“

„Also … haben nicht *alle* negativ reagiert?“

„Nicht alle, nein.“

„Hat denn schon jemand gute Ideen für die Firma vorgeschlagen?“

„Wie es der Zufall will … ja“, sagt er zähneknirschend. „Einige Leute sind allerdings nach wie vor davon überzeugt, dass es sich um eine Verschwörung handelt, alle Mitarbeiter zu feuern, und einer droht uns mit rechtlichen Schritten."

„Oh." Das ist ein Dämpfer. „Schade. Das tut mir leid."

„Hallo." Ein Mädchen mit grüner Schürze kommt heran. Ich bestelle die Kürbis-Walnuss-Suppe. Sam nimmt ein Steak-Baguette und einen grünen Salat.

„Ich möchte nur sagen, dass es mir wirklich, wirklich leidtut", beginne ich, nachdem sie weg ist. „Ich weiß, ich habe Ihnen viel Ärger bereitet, und wenn ich das irgendwie wiedergutmachen kann, will ich es gern tun. Ich meine, soll ich vielleicht ein paar Mails für Sie verschicken?"

„Nein!" Sam klingt, als hätte er sich die Finger verbrannt. „Danke", fügt er etwas ruhiger hinzu. „Sie haben schon genug getan."

„Und wie kommen Sie zurecht?", frage ich. „Ich meine, bei der Bearbeitung der vielen Ideen."

„Das hat vorerst Jane übernommen. Sie schickt meine Mauer-Mail raus."

Ich rümpfe die Nase. „Ihre Mauer-Mail? Was ist das?"

„Sie wissen, was ich meine. ‚Sam hat sich sehr über Ihre Mail gefreut. Sobald er kann, wird er sich bei Ihnen melden. Bis dahin vielen Dank für Ihr Interesse.' Übersetzung: ‚Gehen Sie nicht davon aus, dass Sie in absehbarer Zeit von uns hören.'" Er zieht die Augenbrauen hoch. „Sie haben doch bestimmt auch eine Mauer-Mail. Sehr praktisch, um sich unerwünschter Annäherungsversuche zu erwehren."

„Nein, so was habe ich nicht", sage ich leicht gekränkt. „Ich möchte Leute nicht abbügeln. Ich möchte ihnen antworten!"

„Okay, das erklärt so manches." Er bricht ein Stück Brot ab und kaut es. „Hätte ich das gewusst, hätte ich mich nie darauf eingelassen, mir mit Ihnen ein Telefon zu teilen."

„Na, das müssen Sie jetzt ja nicht mehr." Ich wühle in meiner Tasche herum, hole das Handy hervor und lege es zwischen uns auf den Tisch.

Unser Essen kommt, und eine Weile sind wir mit Pfeffermühle und Senf beschäftigt.

„Haben Sie es eilig?", erkundigt sich Sam, als er gerade in sein Steak-Baguette beißen will.

„Nein. Ich habe mir ein paar Tage freigenommen, um mich um Hochzeitsangelegenheiten zu kümmern, aber so viel ist gar nicht zu tun."

In Wahrheit war ich heute Morgen ein bisschen sauer, nachdem ich mit Lucinda gesprochen hatte. Ich hatte gedacht, wir könnten ein paar von den vergnüglicheren Sachen zusammen erledigen. Doch sie hat mehr oder weniger dankend abgelehnt. Sie erzählte mir eine endlose Geschichte, dass sie zum Floristen nach Northwood wollte, und deutete mehr oder weniger an, da sei ich nur im Weg.[22] Also hatte ich den Vormittag frei.

Während ich meine Suppe löffle, warte ich darauf, dass Sam freiwillig von seiner bevorstehenden Hochzeit erzählt. Tut er aber nicht. Männer stehen einfach nicht so darauf, oder?

„Ist Ihre Suppe nicht richtig heiß?“ Plötzlich nimmt Sam meinen Teller ins Visier. „Wenn sie kalt ist, lassen Sie sie zurückgehen.“

Die Suppe ist tatsächlich nicht gerade brüllend heiß, aber mir ist nicht danach zumute, mich zu beschweren. „Es geht schon, danke.“ Ich nehme noch einen Mundvoll.

„Haben Sie sich eigentlich schon ein neues Handy besorgt?“

„Das wollte ich heute Nachmittag erledigen. Ich schicke Ihnen meine neue Nummer, sobald ich sie habe“, sage ich. „Falls ich irgendwelche Mails oder Nachrichten bekommen sollte …“

„Werde ich sie weiterleiten.“ Er nickt. „Oder besser: Meine neue Assistentin wird es tun.“

„Prima!“ Ich lächle ein wenig matt und esse einen Löffel Suppe, die tatsächlich eher lauwarm als heiß ist.

Sam macht sich über den grünen Salat her. „Aber da wir schon mal hier sind, müssen Sie mir was erzählen. Was zum Teufel haben Sie Lindsay geschrieben?“

„Ach, das! Es war eigentlich gar nichts. Ich habe ihr nur gratuliert und am Ende der Mail ein paar Küsschen daruntergesetzt.“

„Sie haben unter eine meiner Mails Küsschen gesetzt? Unter eine Geschäftsmail?“

„Ich wollte es nicht!“, sage ich geknickt. „Die sind mir so rausgerutscht. Ich setze immer Küsschen unter meine Mails. Das ist nett.“

„Oh. Verstehe. Sie sind auch eine von denen, die sich damit lächerlich machen.“

„Es ist nicht lächerlich“, erwidere ich. „Es ist einfach nur nett gemeint.“

„Lassen Sie mich mal sehen.“ Er greift nach dem Telefon.

„Halt, stopp!“, sage ich entsetzt. „Was haben Sie vor?“

Ich lange hin, doch es ist zu spät. Er hat das Handy in seiner Hand und guckt die SMS und Mails durch. Während er liest, zieht er eine Augenbraue hoch, dann lacht er plötzlich auf.

---

[22] Warum sitzen ihre Lieferanten alle an so abgelegenen Orten? Immer wenn ich sie danach frage, redet sie irgendwas von „Recherchen“.

„Was sehen Sie sich an?“ Ich versuche frostig zu klingen. „Sie sollten meine Privatsphäre respektieren.“

Er beachtet mich gar nicht. Ich esse noch einen Löffel Suppe, aber die ist jetzt so kalt, dass ich sie nicht mehr mag. Sam liest immer noch begeistert meine Nachrichten. Es ist schrecklich, so als ob er in meiner Unterwäscheschublade herumwühlen würde.

„Jetzt wissen Sie, wie es sich anfühlt“, sagt er. „Wer ist Lucinda?“

„Meine Hochzeitsplanerin“, antworte ich widerwillig.

„Das dachte ich mir schon. Sollte die nicht *für Sie* arbeiten? Was soll der ganze Mist, den sie bei Ihnen ablädt?“

„Sie arbeitet auch für mich“, sage ich, seinem Blick ausweichend. „Ich meine, natürlich helfe ich ein bisschen aus, wenn sie mich braucht …“

„Sie haben die Autos angemietet.“ Er zählt alles an den Fingern ab, fassungslos. „Sie haben das Konfetti besorgt, die Knopflochsträußchen, den Organisten …“

„Ich wollte das! Es war okay.“

„Und wenn Sie mich fragen, hat diese Frau einen ziemlichen Kommandoton am Leib. Wieso sagen Sie ihr nicht offen ins Gesicht: ‚Du arbeitest für mich. Deine herablassende Art kannst du dir sparen‘?“

„So einfach ist das nicht. Sie ist nicht nur irgendeine Hochzeitsplanerin. Sie ist eine alte Freundin der Familie Tavish.“

„Familie Tavish?“, wiederholt er, als würde ihm der Name nichts sagen.

„Meine zukünftigen Schwiegereltern! Professor Antony Tavish und Professor Wanda Brook-Tavish. Lucindas Eltern sind gute Freunde der Tavishes, und sie ist Teil dieser ganzen Welt. Sie gehört irgendwie dazu, und ich kann nicht einfach …“ Ich stocke und kratze mich an der Nase, weil ich nicht recht weiß, was ich damit eigentlich sagen wollte.

Sam nimmt einen Löffel, beugt sich vor, probiert etwas von meiner Suppe und rümpft die Nase. „Eiskalt. Dachte ich mir. Lassen Sie sie zurückgehen.“

„Nein, das macht doch nichts. Ich habe sowieso keinen Hunger mehr.“

Sam schüttelt den Kopf. „Für jemanden, der äußerlich so beherzt wirkt, sind Sie ziemlich unsicher.“

„Bin ich nicht!“, erwidere ich aufgebracht.

„Sie sprechen von den Tavishes wie von Göttern …“

„Ja, natürlich tu ich das! Sie spielen in einer anderen Liga …“

Mitten im Satz unterbricht mich eine männliche Stimme.

„Sam! Mein Lieblingskollege!“ Es ist Justin, der Sam auf die Schulter klopft. Er sieht aus wie ein Filmstar mit seinem schwarzen Anzug, der schwarzen Krawatte und der Sonnenbrille. „Wieder mal Steak-Baguette?“

„Du kennst mich einfach zu gut." Sam steht auf und tippt einen Kellner an, der gerade vorbeiläuft. „Verzeihung, könnten wir eine neue Suppe für meine Begleitung bekommen? Die hier ist kalt." Dann: „Hast du Poppy Freitagabend kennengelernt? Poppy, Justin Cole."

„Enchanté." Justin nickt mir zu.

„Hi." Ich bringe ein höfliches Lächeln zustande, bin aber innerlich immer noch viel zu aufgewühlt. Ich muss Sam klarmachen, wie falsch er liegt. Mit allem.

„Bist du heute Abend auf der Tagung?", fragt Justin.

„Erst morgen", antwortet Sam. „Hab hier noch einiges aufzuholen."

„Auch gut. Na, dann trinken wir heute Abend auf dein Wohl." Justin hebt seine Hand zum Gruß, dann geht er.

„Tut mir leid", sagt Sam, als er sich wieder setzt.

Ein frischer Teller Kürbis-Walnuss-Suppe erscheint vor mir, dampfend heiß, und plötzlich habe ich einen Bärenhunger.

„Danke für die frische Suppe", sage ich betreten zu Sam.

„Es war mir ein Vergnügen." Er neigt den Kopf. *„Bon appétit."*

„Wissen Sie, ich habe gehört, wie dieser Justin am Freitagabend etwas abfällig über Sie gesprochen hat."

„Ach, wir sind uns grundsätzlich uneins, wie die Firma zu führen ist", sagt er unbekümmert. „Mein Lager hat kürzlich einen Sieg davongetragen, also ist sein Lager sauer."

„Und was war los?"

„Ein Mitarbeiter hat die Firma verlassen. Was gut war, meiner Meinung nach. Aber Justin sah das etwas anders." Er beißt vom Baguette ab.

„Verstehe. Wer war es denn?", hake ich nach, als er zögert.

„Okay. Ich denke, es ist wohl kein großes Geheimnis." Er fährt mit leiser Stimme fort: „Es ging um einen Mann namens Ed Exton. Leiter der Finanzabteilung. Er musste gehen, als sich herausstellte, dass er die Firma schon eine Weile betrogen hatte. Nick wollte keine Anzeige erstatten, aber das war ein großer Fehler. Jetzt verklagt uns Ed auf rechtswidrige Entlassung."

„Und Justin war sauer, als Ed gefeuert wurde?"

„Justin wollte, dass Ed das Ruder als Hauptgeschäftsführer übernimmt, um selbst dessen rechte Hand zu werden", sagt Sam. „Man könnte also sagen, dass er ziemlich sauer war."

„Hauptgeschäftsführer?", sage ich erstaunt. „Aber was ist mit Sir Nicholas?"

„Oh, sie hätten versucht, Nick loszuwerden, wenn sie genügend Unterstützung gefunden hätten", sagt Sam nüchtern. „Es gibt in der Firma eine Fraktion, die vor allem daran interessiert ist, kurzfristige Profite abzuschöpfen. Nick geht es um langfristige Ziele. Das kommt nicht immer gut an."

Ich löffle den Rest meiner Suppe aus, verdaue das alles. Ehrlich, Bürointrigen sind immer so was von kompliziert. Wie bekommt da überhaupt mal jemand seine Arbeit geschafft?

Ein Kellner kommt, um meinen Suppenteller abzuräumen, und wir bestellen Kaffee. Als er weg ist, sehe ich, dass Sam mich nachdenklich betrachtet.

„Poppy, kleiner Themenwechsel. Darf ich Ihnen mal was sagen? Als Freund?"

„Sind wir denn Freunde?", frage ich zweifelnd zurück.

„Dann als desinteressierter Beobachter."

Na toll. Noch so ein Vortrag? Unwillkürlich rolle ich mit den Augen. „Schießen Sie los."

„Ich weiß, es geht mich nichts an. Aber ich finde, Sie sollten niemanden heiraten, dem Sie sich unterlegen fühlen."

Einen Moment lang suche ich nach der richtigen Reaktion. Schreien? Ohrfeige? Sitzen lassen? „Hören Sie", bringe ich schließlich heraus. „Erstens kennen Sie mich nicht, und zweitens fühle ich mich keineswegs unterlegen."

„Doch. Man merkt es an allem, was Sie sagen. Und es erstaunt mich. Sehen Sie sich an. Sie haben einen Beruf, Sie sind erfolgreich, Sie sind …" Er zögert. „… Sie sind attraktiv. Wieso finden Sie, dass die Tavishes in einer anderen Liga spielen als Sie?"

„Weil sie wichtige, berühmte Leute sind! Alle sind Genies, und alle werden irgendwann zum Ritter geschlagen, und mein Onkel ist nur ein ganz normaler Zahnarzt aus Taunton …" Schwer atmend komme ich ins Stocken. Super. Jetzt bin ich ihm glatt in die Falle gegangen.

„Und Ihr Vater?"

„Er ist tot", sage ich unverhohlen. „Meine Eltern sind beide tot. Autounfall, vor zehn Jahren." Ich lehne mich auf meinem Stuhl zurück und warte auf die betretene Pause. Ich weiß, dass es jetzt auf verschiedenartigste Weise weitergehen kann. Schweigen. Hand vorm Mund. Räuspern. Stöhnen.[23] Aufschrei. Betretener Themenwechsel. Morbide Neugier. Die Geschichte eines

[23] Magnus hat gestöhnt. Dann nahm er mein Gesicht fest in beide Hände und sagte, er habe gleich gewusst, wie verletzlich ich sei, und es mache mich nur noch schöner.

größeren, schlimmeren Unfalls, den die Tante vom Freund eines Freundes hatte.

Aber es ist merkwürdig. Diesmal scheint es kein betretener Moment zu werden. Sam hat sich nicht abgewandt. Er hat sich weder geräuspert, noch hat er leise gestöhnt oder das Thema gewechselt.

„Beide auf einmal?", fragt er schließlich sanft.

„Meine Mutter sofort. Mein Vater am Tag danach."

Ein Kellner kommt mit unserem Kaffee, und einen Moment lang stockt das Gespräch. Doch sobald er weg ist, kehrt dieselbe Stimmung zurück.

„Das tut mir sehr, sehr leid."

„Das muss es nicht!", sage ich fröhlich, wie immer in dieser Situation. „Es hat sich alles zum Guten gewendet. Wir sind zu meinem Onkel gezogen. Er ist Zahnarzt, und meine Tante ist Zahnarzthelferin. Sie haben sich um uns gekümmert, um mich und meine kleinen Brüder."

Ich spüre seinen Blick. Ich sehe hierhin, dann dorthin, weiche ihm aus. Etwas zu schnell rühre ich meinen Cappuccino um und nehme einen Schluck.

„Das erklärt so manches", sagt Sam schließlich.

Ich kann sein Mitgefühl nicht ertragen. Ich kann das Mitgefühl anderer nie ertragen. „Tut es nicht. Es ist Jahre her, und ich bin erwachsen und habe es voll und ganz verarbeitet, okay? Sie irren sich. Es erklärt überhaupt nichts."

„Ich meinte, es erklärt, warum Sie so von Zähnen besessen sind."

„Oh." *Touché.* Widerwillig lächle ich ihn an. „Ja, stimmt, mit Zahnpflege bin ich einigermaßen vertraut."

Sam beißt knirschend in seinen Keks, und ich nehme noch einen Schluck Cappuccino.

Ein bis zwei Minuten vergehen.

„Ein Freund von mir hat seine Mutter verloren, als wir auf dem College waren", sagt Sam dann. „Nächtelang habe ich mit ihm geredet." Er macht eine Pause. „Ich weiß, wie es ist. Man kommt nicht so einfach darüber hinweg. Und da ist es ziemlich egal, ob man angeblich erwachsen geworden ist. Es geht nie weg."

Warum hat er denn wieder von diesem Thema angefangen? Wir hatten es schon hinter uns. Die meisten Leute stürzen sich erleichtert auf etwas anderes, wenn sich die Gelegenheit bietet.

„Nun, ich bin darüber hinweg", sage ich optimistisch. „Und es ging weg."

Sam nickt. „Ja, das hat er auch gesagt, zu anderen Leuten. Das muss man wohl." Er macht eine Pause. „Ist allerdings nicht immer leicht, die Fassade aufrecht zu halten."

Lächeln. Immer lächeln. Ihm nicht in die Augen sehen.

Aber irgendwie kann ich nicht anders und sehe ihn doch an. Und plötzlich werden meine Augen ganz heiß. Das ist mir seit Jahren nicht mehr passiert.

„Sehen Sie mich nicht so an", knurre ich böse und starre wütend den Tisch an.

„Wie denn?" Sam klingt besorgt.

„Als würden Sie es verstehen." Ich schlucke. „Lassen Sie das. Lassen Sie es einfach sein."

Ich hole tief Luft und trinke einen Schluck Wasser. Poppy, du Idiotin. Reiß dich zusammen.

„Entschuldigung", sagt Sam leise. „Ich wollte nicht …"

„Nein! Ist schon gut. Gehen wir einfach zum nächsten Thema über. Wollen wir langsam mal bezahlen?"

„Klar." Er winkt einem Kellner. Ich nehme mein Lipgloss hervor, und nach etwa zwei Minuten fühle ich mich wieder ganz normal.

Ich möchte die Rechnung übernehmen, aber Sam weigert sich rundweg, also schließen wir einen Kompromiss, und jeder bezahlt für sich. Nachdem der Kellner das Geld genommen und die Krümel weggewischt hat, sehe ich Sam über den Tisch hinweg an.

„Okay." Langsam schiebe ich ihm das Handy hin. „Hier ist es. Vielen Dank. Es war nett, Sie kennengelernt zu haben und so."

Sam beachtet es überhaupt nicht. Er betrachtet mich mit so einer freundlichen, besorgten Miene, dass mir Schauer über den Rücken laufen.

„Nur so aus Interesse", sagt er schließlich, „haben Sie jemals Konfrontationsstrategien gelernt?"

„Natürlich nicht. Wieso sollte ich mich mit jemandem bewusst anlegen?"

Sam breitet die Hände aus. „Da haben Sie es. Das ist Ihr Problem."

„Ich habe kein Problem! Sie haben ein Problem! Ich bin wenigstens nett", kann ich mir nicht verkneifen. „Sie sind … ein Miesepeter."

Sam lacht laut und herzlich. Okay, vielleicht war „Miesepeter" das falsche Wort.

„Ich komme ganz gut zurecht." Ich greife nach meiner Tasche. „Ich brauche keine Hilfe."

„Seien Sie kein Feigling! Wenn Sie austeilen können, dann können Sie auch mal was einstecken", sagt er gut gelaunt. „Wenn Sie meine Nachrichten lesen, sehen Sie einen barschen, miesepetrigen Widerling. Das haben Sie mir gesagt. Und vielleicht haben Sie recht." Er macht eine Pause. „Aber wissen Sie, was ich sehe, wenn ich Ihre Nachrichten lese?"

„Nein." Finster starre ich ihn an. „Und ich will es auch nicht wissen."

„Ich sehe ein Mädchen, das anderen zu Hilfe eilt, sich aber nicht selbst hilft. Und im Moment müssen Sie sich mal selbst helfen. Niemand sollte vor den Altar treten und sich dabei minderwertig fühlen oder einer anderen Liga zugehörig. Und man sollte auch nicht versuchen, etwas zu sein, was man nicht ist."

Er nimmt das Handy, drückt eine Taste und hält mir das Display hin. Es zeigt die Liste, die ich in der Kirche geschrieben habe:

VOR DER HOCHZEIT NOCH ERLEDIGEN
1. Expertin in griechischer Philosophie werden
2. Gedichte von Robert Burns einprägen
3. Lange Scrabble-Wörter lernen
4. Nicht vergessen: Ich bin HYPOCHONDERIN.

Ich könnte sterben, so peinlich ist mir das Ganze.

„Das geht Sie nichts an", murmle ich und starre auf die Tischplatte.

„Ich weiß", sagt er freundlich. „Und ich weiß auch, dass es bisweilen schwer ist, über seinen eigenen Schatten zu springen. Aber Sie müssen es tun. Es muss raus. Noch vor der Hochzeit."

Ein, zwei Minuten bleibe ich still. Ich kann es nicht ertragen, dass er recht hat. Doch tief in mir spüre ich, dass alles, was er sagt, so stimmen könnte.

„Es ist ja schön und gut, dass Sie mir das alles erzählen", sage ich schließlich. „Aber was soll ich den Tavishes denn sagen?"

„Sagen Sie: ‚Mr und Mrs Tavish, Sie geben mir das Gefühl, minderwertig zu sein. Finden Sie mich wirklich minderwertig, oder bilde ich mir das nur ein?‘ "

Ich starre ihn an. „Das kann ich nicht sagen! So was sagt man doch nicht!"

Sam lacht. „Wissen Sie, was ich heute Nachmittag tun werde? Ich werde einem einflussreichen Geschäftsmann erklären, dass er nicht hart genug arbeitet, dass seine Vorstandskollegen sich immer mehr von ihm distanzieren und dass seine Körperhygiene langsam zu einem Problem wird."

„O mein Gott." Bei dem bloßen Gedanken wird mir ganz anders.

„Halb so schlimm", sagt Sam ruhig. „Ich gehe es mit ihm durch, Punkt für Punkt, und am Ende wird er mir recht geben. Es ist nur eine Frage der Technik und des Selbstvertrauens. Unangenehme Gespräche sind meine Spezialität. Kommen Sie doch einfach mit zu diesem Meeting und hören Sie es sich an. Falls Sie nichts anderes vorhaben."

Ich hätte nie gedacht, dass er Spezialist für unangenehme Gespräche ist. Das muss ich einfach sehen. „Okay!" Ich merke, dass ich lächle. „Mach ich. Danke."

Plötzlich merke ich, dass er das Handy noch gar nicht an sich genommen hat. Es liegt immer noch auf dem Tisch.

„Also … soll ich das zu Ihnen ins Büro mitnehmen?“, sage ich beiläufig.

„Gern.“ Er zieht seine Jacke über. „Danke.“

Ausgezeichnet. So kann ich mir noch einmal meine Nachrichten ansehen.

Sams Büro ist ein gigantisches Eckzimmer mit einem riesigen Schreibtisch, Blick auf die Themse und die Blackfriars Bridge. Vor der Glaswand im Vorraum steht ein weiterer, kleinerer Schreibtisch, an dem vermutlich immer Violet gesessen hat. Am Fenster steht ein Sofa, zu dem Sam mich führt.

„Das Meeting ist erst in zwanzig Minuten. Ich muss noch kurz was erledigen. Machen Sie es sich bequem.“

Ein paar Minuten lang sitze ich schweigend auf dem Sofa, aber es ist langweilig, also stehe ich schließlich auf und werfe einen Blick aus dem Fenster, sehe mir die kleinen Autos an, die dort unten über die Brücke flitzen. Als ich mich umsehe, fällt mir eine weitere Tür auf, und ich kann nicht anders, als sie mir neugierig anzusehen.

„Ein Badezimmer“, sagt Sam, als er meinen Blick bemerkt. „Nur zu, wenn Sie sich ein bisschen frisch machen möchten.“

Ich gehe hinein und nutze die Gelegenheit, mein Make-up aufzufrischen und mir die Haare zu kämmen. Ich öffne die Tür und will gerade wieder hinaustreten, als ich merke, dass ich einen Suppenfleck auf meinem T-Shirt habe.

Vielleicht bekomme ich ihn wieder raus. Ich befeuchte ein Handtuch und reibe kurz an dem Fleck herum. Nein, nicht feucht genug. Ich werde mich vorbeugen müssen, um die Stelle direkt unter den Wasserhahn zu halten.

Als ich mich vorbeuge, sehe ich eine Frau in einem eleganten schwarzen Hosenanzug im Spiegel und zucke zusammen. Es dauert einen Moment, bis ich merke, dass ich Sams ganzes Büro durch den Spiegel sehen kann und sie gerade auf Sams Glastür zugeht. Sie ist groß und imposant, Mitte vierzig vielleicht, und sie hält ein Blatt Papier in der Hand. Sie blickt ziemlich grimmig drein. Die Frau klopft an seine Tür und stößt sie auf.

„Sam. Ich muss dich kurz sprechen.“

„Komm rein“, sagt er und blickt auf. Dann sieht er ihre Miene. „Vicks, was ist denn?“

Natürlich, das ist Vicks, die PR-Chefin. Ich hätte es gleich wissen müssen.

Ich habe das Gefühl, als würde ich sie schon kennen (von ihren E-Mails), und sie ist genau so, wie ich sie mir vorgestellt habe. Kurze braune Haare, geschäftsmäßige Art, teure Uhr. Und im Moment äußerst angespannt.

„Vor einer Stunde hat mich ein Freund vom Fernsehen angerufen. Er ist bei ITN. Die haben ein internes Memo von Nick in die Finger bekommen, das sie in den Spätnachrichten um zehn bringen wollen. Es sieht böse aus, Sam."

Er wirkt perplex. „Was für ein Memo?"

„Ein Memo, das er offenbar an dich und Malcolm geschickt hat. Vor mehreren Monaten, als du BP beraten hast. Hier, lies das mal!"

Ich spähe hinter der offenen Badezimmertür hervor. Ich sehe, dass Sam etwas liest, und der Schreck steht ihm ins Gesicht geschrieben.

„Das ist ..." Ihm fehlen die Worte.

„Das ist eine Katastrophe", sagt Vicks ganz ruhig. „Im Grunde sagt er damit, dass er bestechlich ist. Und wenn man bedenkt, dass er momentan als Berater in einer Regierungskommission sitzt ..." Sie zögert. „Es könnte sein, dass Malcolm und du ... dass ihr da ebenfalls mit reingezogen werdet. Wir müssen eine Stellungnahme rausgeben."

„Aber ... aber ich habe dieses Memo nie gesehen!" Endlich scheint Sam seine Stimme wiedergefunden zu haben. „Nick hat mir das nicht geschickt! Das hat er nicht geschrieben. So etwas würde er *nie* schreiben. Er hat uns zwar ein Memo geschickt, das so ähnlich anfing, aber ..."

„Ja, das habe ich von Malcolm auch schon gehört. Das Memo, das er bekommen hat, war nicht wortwörtlich dasselbe wie dieses."

„Es war völlig anders! Es ging zwar um dieselben Themen, aber das da stand nicht drin." Er schlägt gegen das Papier. „Ich habe keine Ahnung, woher das hier kommt. Hast du schon mit Nick gesprochen?"

„Natürlich. Er sagt dasselbe. Dass er dieses Memo nicht geschrieben hat. Er hat es noch nie gesehen."

„Na also!", ruft Sam ungeduldig. „Wende die Sache ab! Such das Originalmemo, ruf deinen Freund bei ITN an, sag denen, dass man ihnen einen Bären aufgebunden hat. Unsere Techniker können bestimmt beweisen, was wann geschrieben wurde ..." Er stockt. „Was ist?"

„Wir haben es schon probiert." Sie atmet tief aus. „Wir haben überall gesucht. Wir können nirgends eine Originalversion des Memos finden."

„Aber ... das ist unmöglich. Nick muss es doch gespeichert haben."

„Sie suchen danach. Hier und in seinem Büro in Berkshire. Bisher ist das hier die einzige Version, die sie im System finden konnten."

„Warte. Ich habe es doch auch bekommen!" Wie verrückt klickt Sam mit seiner Computermaus herum. „Wahrscheinlich habe ich es hier irgendwo …“ Er klickt noch ein paarmal. „Da ist es! Siehst du … “ Plötzlich stutzt er. „Das darf nicht wahr sein …“

Es ist ganz still. Ich kann kaum atmen.

„Das ist nicht die Version, die ich damals bekommen habe. Das weiß ich ganz genau.“ Er blickt auf, und ihm ist anzusehen, dass er vor einem Rätsel steht. „Was ist nur los? Ich hatte es doch.“

„Nicht da?“ Vicks klingt richtig enttäuscht.

„Das macht doch überhaupt keinen Sinn. Das Memo kam über das System zu Malcolm und mir. Ich habe es mit eigenen Augen gesehen. Es muss hier sein.“

„Hast du es damals ausgedruckt?“ Ich sehe die Hoffnung in Vicks Augen.

„Nein.“ Sam seufzt. „Ich habe es online gelesen. Und Malcolm?“

„Er hat es auch nicht ausgedruckt. Und auf seinem Notebook findet er auch nur diese Version.“ Vicks holt tief Luft. „Dann … werden wir eben weitersuchen.“

Ich bin so angespannt, dass ich zusammenzucke, als mein Handy summt. Ich werfe einen Blick auf das Display und bekomme gleich den nächsten Schreck. Eilig nehme ich das Gespräch an und trete aus dem Badezimmer.

„Tut mir leid, wenn ich störe“, sage ich und reiche Sam das Handy. „Sir Nicholas für Sie.“

„Wer ist das denn?“, faucht Vicks. „Ist das deine neue Assistentin?“

„Nein. Das ist …“ Sam winkt ab. „Lange Geschichte. Nick!“, sagt er in den Hörer. „Hab’s eben gehört. Meine Güte!“

„Haben Sie irgendwas von unserem Gespräch mitbekommen?“, fragt mich Vicks mit drohendem Unterton.

„Nein! Ich meine, ja. Ein bisschen. Aber ich hab gar nicht richtig zugehört.“

„Okay. Ich bleibe erreichbar. Halten Sie uns auf dem Laufenden.“ Sam legt auf und schüttelt den Kopf. „Wann wird er endlich lernen, die richtige Nummer anzurufen? Tut mir leid.“

„Könnte es noch auf Ihrem Handy sein?“, schlage ich zaghaft vor.

Sams Augen leuchten kurz auf, dann schüttelt er den Kopf. „Nein. Das Telefon speichert Mails nicht länger als zwei Monate. Aber trotzdem eine hübsche Idee, Poppy.“

Vicks sieht aus, als könnte sie nicht glauben, was sie da hört. „Noch einmal – wer ist sie?“

„Sie ist … in Ordnung. Sie wollte mich besuchen. Komm mit! Wir reden mit den Technikern."

Ohne ein Wort in meine Richtung stürmt Sam auf den Flur hinaus. Einen Moment später folgt ihm Vicks.

Als sie weg sind, sinke ich auf das Sofa und fühle mich wie im falschen Film. Junge, Junge. Ich habe keine Ahnung, was ich jetzt machen soll.

Nachdem ich etwa zwanzig Minuten allein dagesessen habe und mich allmählich doch etwas unwohl fühle, sehe ich, dass Sam und Vicks wieder auf das Büro zusteuern, offenbar in einen hitzigen Streit verwickelt. Rasch verkrieche ich mich im Badezimmer.

Als sie hereinkommen, nimmt keiner der beiden Notiz von mir.

„Wir dürfen dieses Statement nicht veröffentlichen", sagt Sam wütend. Er zerknüllt ein Blatt und wirft es in den Papierkorb. „Du fügst Nick damit schweren Schaden zu, begreifst du das nicht?"

„Wir dürfen auf keinen Fall so dastehen, als würden wir diese Praxis billigen." Vicks klingt widerborstig. „Sam, du bist ein Idealist. Ich weiß, du bewunderst Nick. Das tun wir alle. Aber er ist nicht die ganze Firma."

„Nick hat diese Firma gegründet. Er ist unser Leitwolf." Sams Stimme bebt vor Zorn.

„Aber ich habe mit Bruce gesprochen, und Bruce ist unser Vorstandsvorsitzender."

Sam atmet scharf aus und geht ein paar Schritte, als müsse er sich beruhigen. Ich sehe ihm dabei zu, gespannt wie ein Flitzebogen, traue mich nicht zu atmen.

„Vicks." Justin Coles unverkennbare Stimme dringt von draußen herein, und im nächsten Augenblick ist er im Zimmer und dünstet Aftershave und Selbstgefälligkeit aus. „Alles im Griff, oder?"

„Es ist alles geregelt, Justin." Vicks' scharfem Ton nach zu urteilen vermute ich, dass sie Justin ebenso wenig leiden kann, wie Sam ihn mag.

„Wunderbar. Natürlich sehr unangenehm für Sir Nicholas. Wirklich schade." Justin wirkt entzückt. „Obwohl, er kommt langsam in die Jahre …"

„Er kommt nicht in die Jahre!" Sam sieht Justin mit düsterer Miene an. „Du bist ein arroganter, kleiner …"

„Ganz ruhig, Brauner!", sagt Justin liebenswürdig.

„Jungs, bitte!", fleht Vicks.

Mitleidig schüttelt Justin den Kopf und schlendert dann hinaus.

„Dieses Memo ist eine Fälschung", sagt Sam mit leiser, böser Stimme. „Es wurde Nick untergeschoben. Justin Cole weiß Bescheid, weil er dahintersteckt."

„Was?" Vicks klingt, als ginge ihr langsam die Geduld aus. „Sam Roxton, du klingst wie ein geisteskranker Verschwörungstheoretiker!"

„Es war ein anderes Memo. Ich habe die Originalversion doch gesehen. Malcolm hat sie gesehen. Da war keine Rede von Schmiergeldern. Und urplötzlich ist dieses Memo aus unserem System verschwunden. Spurlos. Wenn du mir das erklären kannst, dann darfst du mich als geisteskranken Verschwörungstheoretiker bezeichnen."

„Ich kann es nicht erklären", sagt Vicks. „Und ich werde es nicht mal versuchen. Ich werde einfach meine Arbeit machen." Sie geht zum Papierkorb, holt die zerknüllte Presseerklärung hervor und streicht sie glatt. „Ich kann das eine oder andere Detail ändern", sagt sie. „Aber wir werden das hier im Grunde so veröffentlichen müssen."

„Wann geht die Erklärung raus?", fragt Sam. Er klingt jetzt so kraftlos und so niedergeschlagen, dass ich ihn am liebsten in den Arm nehmen möchte.

„Das ist der einzige Lichtblick. Sie halten die Sache für die Zehn-Uhr-Nachrichten zurück, also bleiben uns noch etwa sechs Stunden Spielraum."

„In sechs Stunden kann viel passieren", werfe ich schüchtern ein, und beide zucken zusammen, als hätten sie sich verbrüht.

„Sie ist immer noch da?"

„Poppy! Entschuldigen Sie. Ich hatte keine Ahnung, dass Sie noch hier sind. Ich rufe jemanden, der Sie rausbringt." Er lehnt sich aus der Bürotür. „Stephanie? Könnten Sie mal kurz kommen?"

Im nächsten Moment kommt ein nett aussehendes Mädchen mit langen blonden Haaren ins Büro.

„Könnten Sie unsere Besucherin zum Ausgang begleiten und sie abmelden?", sagt Sam. „Entschuldigen Sie, Poppy, ich würde es selbst tun, aber …"

„Nein, nein!", sage ich sofort. „Sie sind eingespannt, ich verstehe …"

„Das Meeting!", sagt Sam, als es ihm plötzlich wieder einfällt. „Es wurde abgesagt, Poppy. Aber wir holen es nach. Ich melde mich dann …"

Das wird er nicht tun. Doch ich mache ihm keinen Vorwurf.

„Prima!" Ich bringe ein Lächeln zustande. „Danke. Ich hoffe, die Sache geht für Sie gut aus." Ich sehe Sam in die Augen und spüre plötzlich einen Stich. Das ist tatsächlich unser Lebewohl. „Hier, nehmen Sie." Ich reiche ihm das Handy.

„Okay." Er nimmt es mir ab und legt es auf den Schreibtisch. „Tut mir leid, das Ganze …"

„Nein! Also … vielen Dank noch mal." Ich nicke mehrmals. Es wird seltsam sein, nicht mehr an Sams Leben teilzuhaben. „Bis dann."

Ich drehe mich um und folge Stephanie den Flur entlang. Ein paar Leute mit kleinen Reisetaschen gehen mit uns, und als wir gemeinsam in den Fahrstuhl steigen, unterhalten sie sich über das Chiddingford Hotel und die miesen Minibars.

„Heute ist doch Ihre Tagung", sage ich im Plauderton zu Stephanie, als wir im Erdgeschoss ankommen. „Wie kommt es, dass Sie nicht auch dabei sind?"

„Oh, wir fahren in Schichten." Sie begleitet mich in die Lobby hinaus. „Das große Event findet erst morgen statt. Das Galadinner mit der Rede von Santa Claus. Das ist normalerweise ganz lustig."

„Santa Claus?" Ich kann mir das Lachen nicht verkneifen.

„So nennen wir Sir Nicholas. Es ist nur so ein alberner Insider-Spitzname. Sir Nick … der Nikolaus … Santa Claus … eigentlich ein bisschen doof, ich weiß." Sie lächelt.

Santa Claus. Hat nicht dieser Typ, der Violet angerufen hat, irgendwas von Santa Claus gesagt? Ist das ein Zufall?

Als Stephanie mich zum Haupteingang führt, versuche ich, mich zu erinnern, was er gesagt hat. Es ging um einen chirurgischen Eingriff. Einschnitte. Irgendwas von „hinterlässt keine Spuren" … Ich bleibe stehen, mein Herz rast. So was Ähnliches hat Sam eben auch gesagt: *spurlos.*

Was hat der Mann noch gesagt? *Komm schon, Poppy, denk nach!*

„Also, auf Wiedersehen! Vielen Dank für Ihren Besuch!" Stephanie lächelt noch einmal.

„Danke!", sage ich, doch als ich auf den Bürgersteig hinaustrete, bleibe ich vor dem Gebäude stehen. Ich weiß es wieder! *Adios, Santa Claus.*

Hinter mir kommen immer mehr Leute heraus, ich bin im Weg. Rasch trete ich beiseite neben einen Fensterputzer, der Seifenlauge auf den Glasscheiben verteilt. Ich greife in meine Tasche und suche nach dem Programm vom „König der Löwen". Es ist noch da. Ich hole es heraus und lese, was ich mir aufgeschrieben hatte. *18. April: Scottie hat jemanden, Schlüssellochchirurgie, hinterlässt keine Spuren, sei vorsichtig.*

20. April: Scottie hat angerufen. Alles erledigt. Chirurgischer Eingriff. Keine Spuren. Einfach genial. Adios, Santa Claus.

Es ist, als hörte ich die Stimmen in meinem Kopf. Ich höre die jugendliche Stimme und die ältere, kultivierte Stimme mit diesem charakteristischen Tonfall …

Und plötzlich weiß ich ohne jeden Zweifel, wer die erste Nachricht hinterlassen hat. Es war Justin Cole.

Ich muss umkehren und Sam diese Nachrichten zeigen.

VICKS ist immer noch in Sams Büro. Als sie mich sieht, atmet sie scharf ein.

„Ich kann nur hoffen, dass es wirklich wichtig ist", sagt Sam knapp, als er die Tür hinter mir schließt. „Wir haben hier so was wie einen Notfall …"

„Das ist mir klar", sage ich ebenso knapp. „Darum dachte ich mir, Sie würden sich vielleicht für gewisse Nachrichten interessieren, die letzte Woche auf Violets Handy eingegangen sind. Auf diesem Handy." Ich greife nach dem Telefon, das noch immer auf dem Schreibtisch liegt.

„Wessen Handy ist das denn?", fragt Vicks argwöhnisch.

„Violets", antwortet Sam. „Meine ehemalige Assistentin. Clives Tochter. Die sich aus dem Staub gemacht hat, um Model zu werden."

„Ach die!" Wieder runzelt Vicks die Stirn und deutet mit dem Kopf auf mich. „Und was hat *sie* mit Violets Handy zu tun?"

Sam und ich sehen uns an.

„Lange Geschichte", sagt Sam. „Poppy hat es für uns … aufbewahrt."

„Da kamen zwei Telefonate rein, die ich mir aufgeschrieben habe." Ich lege das Programm vom „König der Löwen" zwischen die beiden und lese die Nachrichten vor. „‚Scottie weiß jemanden, Schlüssellochchirurgie, hinterlässt keine Spuren, sei vorsichtig.' " Ich deute auf das Programm. „Die zweite Nachricht kam zwei Tage später, von Scottie selbst. ‚Alles erledigt. Chirurgischer Eingriff. Keine Spuren. Einfach genial. Adios, Santa Claus.' "

Ich lasse die Worte etwas wirken, bevor ich hinzufüge: „Die erste Nachricht war von Justin Cole."

„Justin?" Das scheint Sam doch sehr zu beunruhigen.

„Zu dem Zeitpunkt kannte ich ihn noch nicht und konnte seine Stimme nicht einordnen, aber jetzt kann ich es. Er war der Mann, der ‚Schlüssellochchirurgie' und ‚hinterlässt keine Spuren' gesagt hat."

„Vicks." Sam sieht sie an. „Jetzt musst du doch einsehen …"

„Ich sehe überhaupt nichts ein! Woher wollen wir überhaupt wissen, ob es wirklich Justin war?"

Sam wendet sich mir zu. „Sind das Mailbox-Nachrichten? Können wir sie uns noch mal anhören?"

„Nein. Es waren nur telefonische Nachrichten. Jemand hat sie hinterlassen, und ich habe sie aufgeschrieben."

Vicks schüttelt nur den Kopf. „Das ergibt überhaupt keinen Sinn. Haben Sie denn Ihren Namen genannt? Warum sollte Justin bei Ihnen eine Nachricht hinterlassen?"

„Er wusste nicht, dass ich ein Mensch bin", erkläre ich und laufe rot an. „Ich habe so getan, als wäre ich ein Anrufbeantworter."

„Wie bitte?“ Sie begreift nicht, was ich ihr da sage.

„Sie wissen schon …“ Mit meiner Anrufbeantworterstimme sage ich: „‚Der Teilnehmer ist nicht erreichbar. Sie können eine Nachricht hinterlassen.‘ Da hat er die Nachricht hinterlassen, und ich habe sie aufgeschrieben.“

Sam prustet ein ersticktes Lachen hervor, doch Vicks ist sprachlos. „Das beweist noch gar nichts“, sagt sie schließlich.

„Aber wir wissen jetzt, was passiert ist.“

„Und was genau ist passiert?“ Ihre Stimme wird schrill. „Und wer ist Scottie?“

„Er hat Sir Nicholas ‚Santa Claus‘ genannt“, sagt Sam nachdenklich. „Was bedeutet, dass es vermutlich jemand aus der Firma ist. Aber wer kann es sein? Einer von den Computerfachleuten?“

„Hat Violet vielleicht damit zu tun?“, überlege ich. „Schließlich war es ihr Handy.“

Einen Moment schweigen alle, dann schüttelt Sam fast bedauernd den Kopf. „Sie war nur drei Wochen hier. Ihr Vater ist ein guter Freund von Sir Nicholas. Ich glaube nicht, dass sie etwas damit zu tun hat.“

„Aber wieso hat man ihr dann diese Nachrichten hinterlassen? Hatten die die falsche Nummer, oder was?“

„Wer hatte Violets Telefon davor?“, fragt Vicks plötzlich. „Es ist ein Firmen-Handy. Könnte die Nummer jemand anders gehört haben, und diese Nachrichten wurden versehentlich hinterlassen?“

„Es gibt nur eine Möglichkeit, das rauszufinden“, sagt Sam und greift nach seinem Festnetztelefon auf dem Schreibtisch. Er drückt drei Tasten und wartet.

„Hi, Cynthia. Sam hier“, sagt er lässig. „Nur eine kurze Frage zu dem Handy, das Violet, meiner Assistentin, zugeteilt war. Ich würde gerne wissen, ob jemand vor ihr dieselbe Nummer hatte.“

Während er zuhört, verändert sich sein Gesichtsausdruck. „Danke, Cynthia“, sagt er und beendet das Gespräch. Drei quälende Sekunden lang schweigt er, dann wendet er sich Vicks zu und sagt: „Ed.“

„Nein.“ Vicks atmet langsam aus.

„Bis vor vier Wochen war das Eds Handy. Dann wurde es Violet zugeteilt.“ Sam wendet sich mir zu. „Ed Exton war Leiter der Finanzabteilung. Gefeuert. Verklagt jetzt die Firma.“

„Ed.“ Vicks wirkt richtig schockiert.

„Wer sonst?“ Die Erkenntnis scheint Sam frische Energie zu geben. „Vicks, das ist nicht nur ein klug orchestrierter Plan, es ist eine ganze Sinfonie in drei Sätzen. Nick wird vorgeführt, Bruce lässt ihn fallen. Der Vorstand braucht einen neuen Hauptgeschäftsführer, und zwar schnell. Ed verkündet freundlicherweise, dass er seine Klage zurückzieht, und springt ein, um uns zu retten, und schon ist Justins Nest gemacht …"

„Und dafür würden die tatsächlich den ganzen Ärger auf sich nehmen?", fragt Vicks skeptisch.

Sam verzieht den Mund zu einem spöttischen Lächeln. „Vicks, ich glaube, du hast keine Ahnung, wie sehr Ed unseren Nick verachtet. Irgendein Hacker hat gutes Geld dafür bekommen, dieses Memo zu ändern und das alte aus dem System zu löschen. Davon bin ich überzeugt."

Angewidert verzieht Vicks das Gesicht. Sie tritt ans Fenster, blickt auf den Verkehr hinaus, schlingt die Arme um sich.

„Die Frage ist: Wer hat den Plan umgesetzt? Wer hat ihn am Ende ausgeführt?" Sams Miene zeigt angespannte Konzentration. „‚Scottie'. Wer ist das? Ein Schotte?"

„Er klang nicht schottisch", sage ich. „Vielleicht ist der Spitzname ein Scherz?"

Plötzlich nimmt Sam mich ins Visier. „Poppy, würden Sie seine Stimme wiedererkennen, wenn Sie den Mann hören?"

„Ja", sage ich, aber er ist so angespannt, dass ich auch nervös werde.

„Gut. Dann gehen wir ihn suchen."

„Sam, jetzt ist aber Schluss!" Vicks ist außer sich. „Du bist wahnsinnig! Was willst du machen? Soll sie sich sämtliche Mitarbeiter anhören, bis sie die Stimme erkennt?"

„Warum denn nicht?"

„Weil es die schwachsinnigste Idee ist, die ich je gehört habe!"

Sam wendet sich mir zu. „Kommen Sie, Poppy. Wir hören uns mal ein bisschen um."

Vicks schüttelt den Kopf. „Und wenn sie seine Stimme erkennt? Was dann? Willst du ihn in Gewahrsam nehmen?"

„Das wäre zumindest ein Anfang", sagt Sam. „Sind Sie bereit, Poppy?"

„Eins nur", sagt Vicks. „Falls du es vergessen haben solltest: Alle sind entweder bei der Tagung oder auf dem Weg dorthin."

„Poppy", sagt Sam. „Hätten Sie ein bisschen länger Zeit? Könnten Sie mit nach Hampshire kommen?"

Es ist völlig surreal. Und spannend. Und ein bisschen ärgerlich. Nicht dass ich es ernstlich bereue, dass ich mit nach Hampshire fahre, aber eigentlich müsste ich jetzt beim Friseur sitzen und Hochsteckfrisuren ausprobieren.

Stattdessen stehe ich im Bahnhof Waterloo herum, kaufe mir einen Becher Tee und klammere mich an das Handy, das ich im Hinausgehen vom Schreibtisch genommen habe. Sam hat bestimmt nichts dagegen.

Im Moment warte ich darauf, dass Magnus abnimmt. Er fliegt heute Nachmittag nach Brügge, zu seinem Junggesellenabschied.

„Oh, hi Magnus!"

„Poppy!" Die Verbindung ist sehr schlecht. „Wir gehen gleich an Bord. Alles okay?"

„Ja! Ich wollte dir nur sagen …" *Dass ich mit einem Mann, von dem du nichts weißt, nach Hampshire fahre, weil ich in eine Affäre verwickelt bin, von der du ebenfalls nichts weißt.* „Ich bin heute Abend unterwegs", sage ich lahm. „Falls du anrufst."

„Okay!" Er lacht. „Na, dann amüsier dich gut. Süße, ich muss …"

„Okay! Bye! Und viel Spaß!"

Die Leitung ist tot, und als ich aufblicke, sehe ich, dass Sam mich beobachtet. Als ich mit ihm durch die Bahnhofshalle gehe und in den Zug einsteige, habe ich wieder dieses Gefühl, im falschen Film zu sein. Worauf habe ich mich da eingelassen? Es liegt an mir, Poppy Wyatt, eine Stimme zu identifizieren, die ich vor Tagen am Telefon gehört habe, ungefähr zwanzig Sekunden lang. Was ist, wenn es mir nicht gelingt?

Der Zug ruckt an und zuckelt los. Eine Weile ist Sam mit Simsen beschäftigt. Schließlich steckt er das Handy ein und beugt sich vor, stützt seinen Ellbogen auf den kleinen Tisch zwischen uns.

„Ich habe eine Frage an Sie", sagt er. „Was haben diese Tavishes an sich, dass Sie sich denen unterlegen fühlen?"

„Alles! Es ist doch offensichtlich! Die sind eben … ich meine, wie ist denn Ihr Verhältnis zu Sir Nicholas? Sehen Sie sich den ganzen Aufwand an, den Sie für ihn treiben. Das machen Sie, weil Sie Respekt vor ihm haben."

„Ja, ich habe Respekt vor ihm. Aber ich fühle mich ihm nicht von Natur aus unterlegen. Er gibt mir nicht das Gefühl, ein Mensch zweiter Klasse zu sein."

„Ich fühle mich nicht wie ein Mensch zweiter Klasse! Sie haben keine Ahnung davon. Also hören Sie einfach auf damit!"

„Okay. Falls ich mich geirrt habe, entschuldige ich mich. Es ist einfach der Eindruck, den ich habe. Aber es ist Ihr Leben. Ich mische mich nicht mehr ein."

Einen Moment lang schweigen wir. Er hat aufgegeben. Ich habe gewonnen. Aber wieso fühle ich mich nicht, als hätte ich gewonnen?

„Okay.“ Ich starre den kleinen Resopaltisch an. „Vielleicht haben Sie recht.“

Sam sagt nichts, wartet nur.

„Aber es ist nicht nur meine Einbildung.“ Trübsinnig ziehe ich die Schultern hoch. „Ich habe ein Gespräch der Tavishes mitgehört. Sie wollen nicht, dass Magnus mich heiratet. Ich habe alles getan, was ich konnte. Ich habe Scrabble gespielt, und ich habe versucht, Konversation zu treiben, und ich habe sogar Antonys letztes Buch gelesen.[24] Trotzdem werde ich nie sein wie sie. Nie.“

„Warum sollten Sie auch?“, fragt Sam verständnislos. „Warum sollten Sie überhaupt so sein *wollen*?“

Ich rolle mit den Augen. „Sie meinen, warum sollte man denn ein prominenter Intellektueller sein wollen, der im Fernsehen auftritt?“

„Antony Tavish hat ein großes Gehirn“, sagt Sam unbeeindruckt. „Ein großes Gehirn zu haben ist genauso, als hätte man eine große Leber oder eine große Nase. Warum verunsichert es Sie? Was wäre, wenn er einen riesigen Dickdarm hätte? Würde Sie das auch verunsichern?“

Unwillkürlich muss ich lachen.

„Aber der entscheidende Punkt ist doch, dass es gar nicht um Antony und Wanda Tavish geht. Es geht um Sie. Um Sie und ihn, Magnus.“

„Ich weiß“, sage ich schließlich. „Ich weiß es ja.“

Es klingt merkwürdig, Magnus’ Namen aus seinem Mund zu hören. Magnus und Sam sind so verschieden. Magnus ist so schillernd, so eindrucksvoll, so sexy. Aber auch ein ganz kleines bisschen ichbezogen.[25] Wohingegen Sam so … stark und geradlinig ist. Und großzügig. Und nett. Man weiß einfach, dass er immer für einen da wäre, egal was passiert.

Jetzt sieht Sam mich an und lächelt, und mein Herz macht diesen winzig kleinen Hüpfer, den es immer macht, wenn er lächelt …

Willow kann sich glücklich schätzen.

Dieser Gedanke kommt ohne jede Vorwarnung. Aber das denke ich doch eigentlich gar nicht. Oder vielleicht doch? So in dem Sinne, dass ich den beiden alles Gute wünsche, als unbeteiligte Freundin … nein, nicht als Freundin …

Ich erröte. Wegen meiner eigenen, dummen, unsinnigen Gedanken. Vor allem muss ich die alberne Vorstellung abhaken, dass Sam meine Gedanken

---

[24] Wenn ich ganz ehrlich sein soll, habe ich vier Kapitel gelesen.

[25] Ich darf das sagen, weil er mein Verlobter ist und ich ihn liebe.

lesen kann und weiß, dass ich ihn attraktiv finde. *Halt! Stopp! Löschen wir das mit dem „Attraktivfinden". Tu ich nicht. Tu ich nicht.*

„Alles in Ordnung?" Sam sieht mich so seltsam an. „Poppy, es tut mir leid, ich wollte Sie nicht verletzen."

„Nein!", sage ich eilig. „Haben Sie nicht! Ich bin Ihnen eigentlich ganz dankbar."

„Gut. Denn …" Er bricht den Satz ab, um ans Handy zu gehen. „Vicks. Irgendetwas Neues?"

Als Sam zum Telefonieren rausgeht, nehme ich das Handy aus der Tasche, sehe nach, ob irgendwas gekommen ist und lege es dann auf den Tisch.

Das Handy summt, als eine Mail hereinkommt, und automatisch greife ich danach, doch Sam ist zurück und kommt mir zuvor. Seine Hand streift meine, und wir sehen uns an.

„Könnte für mich sein."

„Stimmt." Ich nicke. „Machen Sie nur."

Er sieht nach, dann schüttelt er den Kopf. „Das Honorar für den Hochzeitstrompeter. Hier, für Sie."

Mit triumphierendem Lächeln nehme ich ihm das Handy ab. Ich schicke Lucinda eine kurze Antwort, dann lege ich es auf den Tisch zurück. Als es gleich darauf wieder summt, greifen wir beide danach, und ich komme ihm knapp zuvor.

„Hemden im Sonderangebot." Ich reiche es an ihn weiter. „Eher nicht für mich."

Sam löscht die Mail, dann legt er das Handy wieder auf den Tisch.

„In die Mitte!" Ich verschiebe es ein Stückchen. „Schummler."

„Legen Sie die Hände auf die Knie", gibt er zurück. „Schummlerin."

Wir schweigen. Beide sitzen wir aufrecht da und warten darauf, dass das Handy summt. Plötzlich piept eine SMS, und Sams kurzes Zögern genügt mir, um das Telefon als Erste zu schnappen.

„Haha! Und ich wette, es ist für mich …"

Ich öffne den Text. Er kommt von einer unbekannten Nummer, und es ist nur eine halbe SMS, aber das Wesentliche wird klar …

Ich schlucke. „Es ist für Sie … privat."

Ich lese es noch einmal, will das Handy nicht aus der Hand geben, bevor ich mir absolut sicher bin, was ich da sehe.

Ich bin gar nicht sicher, ob das hier die richtige Nummer ist. Aber ich muss Ihnen was sagen: Ihr Verlobte betrügt Sie. Und zwar mit jemandem, den Sie kennen … (eingehender Text)

„Was ist? Hat es mit der Tagung zu tun?“

„Nein. Sam, es tut mir wirklich leid, aber hier steht …“ Ich zögere. „Hier steht, dass Willow Sie betrügt.“ Ich reiche ihm das Handy.

Ich suche den Kummer in Sams Miene, doch er wirkt ganz ruhig. Er legt das Handy wieder auf den Tisch.

„Ergibt keinen Sinn. Ich habe keine Verlobte.“

„Aber Sie sind doch mit Willow verlobt“, sagte ich und komme mir ein bisschen dumm vor.

„Nein, bin ich nicht. Wie kommen Sie darauf?“

Ich verziehe das Gesicht, versuche, mich zu erinnern. „Es stand in einer Mail. Violet hat sie verschickt. Da stand: ‚Sam ist verlobt.‘ Ich weiß es genau.“

„Ach, das. Das nehme ich gelegentlich als Ausrede, um aufdringliche Leute loszuwerden.“ Als ob er ganz klarstellen wollte, was er damit meint, fügt er hinzu: „Frauen.“

Das begreife ich nicht. „Wieso denn Ausrede? Und was ist mit Willow?“

„Willow ist meine Exfreundin“, sagt er nach kurzer Pause. „Wir haben uns vor zwei Monaten getrennt.“

„Aber Sie … das hätten Sie mir sagen müssen!“ Irgendwie regt mich das jetzt total auf. „Die ganze Zeit haben Sie mich in dem Glauben gelassen, Sie wären verlobt!“

„Nein, habe ich nicht.“ Er staunt. „Wieso sind Sie mir böse?“

„Ich … ich weiß nicht! Es ist irgendwie nicht richtig.“ Ich versuche, meine Gedanken zu ordnen. Alles ist jetzt ganz anders. Und das ist seine Schuld.[26] Plötzlich wird mir klar, was mich am meisten aufregt. „Sie verhält sich so, als hätte sie das Recht, Sie zu beschimpfen. Wieso lassen Sie das zu?“

Sam rollt genervt mit den Augen. „Es ist egal. Es ist aus und vorbei.“

„Weiß sie das auch? Sind Sie sicher, dass sie sich darüber im Klaren ist?“

„Selbstverständlich.“ Er klingt ungeduldig.

„Es ist nicht selbstverständlich! Wie genau haben Sie sich getrennt? Haben Sie sich zusammengesetzt und richtig darüber gesprochen?“

Sam schweigt und sieht mir nicht in die Augen. Wahrscheinlich hat er ihr eine kurze SMS geschickt: „Es ist aus. Sam.“

„Ich glaube, Sie müssen ihr sagen, dass sie mit diesen albernen Mails aufhören soll … Sam?“

Sam hat unser Handy genommen und liest die SMS noch mal. „Ich bin nicht verlobt“, sagt er mit gerunzelter Stirn. „Ich habe keine Verlobte.“

---

[26] Ich weiß nicht genau, wie. Aber ich spüre es instinktiv.

„Ja, das habe ich begriffen, danke“, sage ich sarkastisch.

„Und wir beide teilen uns im Moment dieses Handy, ja?“

„Ja.“ Worauf will er hinaus?

„Also könnte diese Nachricht uns beiden gegolten haben. Ich bin nicht verlobt, Poppy.“ Er blickt auf und sieht ein wenig grimmig aus. „Aber Sie.“

Einen Moment starre ich ihn an, ohne zu begreifen … dann ist es, als liefe mir etwas Eisiges über den Rücken. „Sie meinen … Nein! Nein! Seien Sie nicht albern.“ Ich greife mir das Telefon. „Hier steht ‚Verlobte‘.“ Ich zeige auf das Wort, um meine Ansicht zu untermauern. „Sehen Sie? Unübersehbar. Verlobte, weiblich.“

„Zugegeben.“ Er nickt. „Aber wenn Sie mich fragen, ist das ein Tippfehler. Da fehlt der letzte Buchstabe.“

Ich starre ihn an, fühle mich etwas krank, stelle mir den Text ohne Tippfehler vor. „Ihr Verlobter betrügt Sie.“ Nein, Magnus würde niemals …

Es piept, und wir zucken beide zusammen. Der Rest der Nachricht ist gekommen. Schweigend lese ich mir den ganzen Text durch.

> Ich bin gar nicht sicher, ob das hier die richtige Nummer ist. Aber ich muss Ihnen was sagen: Ihr Verlobte betrügt Sie. Und zwar mit jemandem, den Sie kennen. Es tut mir leid, Ihnen das so kurz vor der Hochzeit anzutun, Poppy. Aber Sie sollten die Wahrheit wissen. Eine Freundin.

Dann lasse ich das Handy auf den Tisch fallen. In meinem Kopf dreht sich alles. Ich nehme kaum wahr, dass Sam das Handy nimmt und die Nachricht liest.

„Tolle Freundin“, sagt er schließlich. „Wer es auch sein mag, wahrscheinlich will sie nur Unfrieden stiften. Vermutlich ist gar nichts dran.“

„Genau.“ Ich nicke mehrmals. „Irgendwer will mich auf den Arm nehmen.“ Ich versuche zuversichtlich zu klingen, doch meine bebende Stimme verrät mich.

„Wann ist die Hochzeit?“

„Samstag.“

Samstag. In vier Tagen, und da erhalte ich so eine Nachricht. Es kann nicht wahr sein. Es ist zu niederträchtig, verletzend, schändlich, schrecklich … Eine Träne schlängelt sich über meine Wange bis zu meinem Kinn. Ich weiß nicht, was ich tun soll.

„Wir sind gleich da.“ Sam spricht leise. „Poppy, wenn Sie der Tagung jetzt nicht gewachsen sind, verstehe ich das vollkommen …“

„Nein. Es geht mir gut.“ Ich nehme ein Taschentuch und putze mir die Nase.

„Es geht Ihnen nicht gut."

„Nein, tut es nicht. Aber … was soll ich denn machen?"

„Schreiben Sie zurück. Schreiben Sie: ‚Sag mir ihren Namen!' "

Darauf wäre ich nie gekommen. Ich schlucke, sammle meinen Mut. „Okay. Gute Idee." Als ich nach dem Handy greife, geht es mir schon besser. Zumindest tue ich was. Ich schreibe die SMS und bemerke bei mir einen leichten Adrenalinschub, als ich sie abschicke. *Komm schon, unbekannte Nummer. Spuck's aus. Sag mir, was du weißt.*

Der Zug fährt in den Bahnhof von Basingstoke ein, und an den Türen sammeln sich die Passagiere. Ich schnappe mir meine Tasche und stehe auf.

„Genug von meinen albernen Problemen." Ich zwinge mich, Sam anzulächeln. „Kommen Sie. Jetzt gehen wir und kümmern uns um Ihre."

9

Das Chiddingford Hotel ist groß und imposant, mit einem hübschen georgianischen Haupthaus am Ende einer langen Auffahrt. Ich scheine jedoch die Einzige zu sein, die den Anblick zu schätzen weiß. Sam hat nicht gerade die allerbeste Laune. Im Taxi hat er die ganze Zeit wie wild Kurznachrichten verschickt, und als wir ankommen, werden wir auf der Treppe schon von zwei mir unbekannten Männern in Anzügen erwartet.

Sam drückt die Tür auf, als der Wagen noch gar nicht richtig steht. „Poppy, entschuldigen Sie mich kurz. Hallo, Männer …"

Die drei stecken auf dem Kiesweg schon die Köpfe zusammen, während ich langsam aussteige. Das Taxi fährt ab, und ich sehe mich in dem gepflegten Garten um. Die Anlage scheint menschenleer zu sein, und die Luft ist so frisch, dass ich bibbere.

„Poppy." Sam dreht sich zu mir um. „Das hier sind Mark und Robbie. Sie arbeiten für Vicks."

„Sie ist unterwegs hierher", sagt Mark, als wir alle die Stufen hinaufgehen. In der großen Lobby hängen überall riesige Logos von White Globe Consulting und große Bildschirme. Direkt vor uns befinden sich zwei geschlossene Doppeltüren, und dahinter hört man das Lachen eines großen Publikums.

Die Lobby ist leer bis auf einen Tisch mit ein paar einsamen Namensschildchen, hinter dem ein gelangweilt wirkendes Mädchen herumsteht.

„Wir gehen hier rein." Mark führt uns in einen Nebenraum.

Robbie wendet sich mir freundlich zu. „Poppy, Sam hat uns eben kurz Ihre Theorie erklärt."

„Es ist nicht *meine* Theorie“, sage ich entsetzt. „Ich habe nur diese Nachrichten bekommen und mich gefragt, ob sie vielleicht wichtig sind …“

„Ich glaube, sie hat da etwas entdeckt“, sagt Sam. „Das Memo wurde uns untergeschoben. Darin sind wir uns alle einig.“

„Das Memo ist … untypisch“, ergänzt Robbie.

„Untypisch?“ Sam sieht aus, als würde er gleich explodieren. „Er hat es verdammt noch mal nicht geschrieben! Wir werden rausfinden, wer es war. Poppy hat seine Stimme gehört und wird sie wiedererkennen.“

„Und was wollen Sie jetzt tun?“, fragt Mark ehrlich interessiert.

„Herumlaufen. Zuhören. Die Nadel im Heuhaufen suchen.“ Sam wendet sich mir zu. „Sind Sie bereit, Poppy?“

„Absolut.“ Ich nicke und versuche zu verbergen, dass mir eher mulmig zumute ist.

„Okay“, sagt Robbie. „Legen Sie los. Ich schätze, schaden kann es wohl nicht. Aber wie wollen Sie Poppys Anwesenheit erklären?“

„Machen wir es nicht zu kompliziert“, meint Sam. „Sagen wir einfach, Poppy überlegt, bei uns anzufangen. Ich führe sie herum. Ist Ihnen das recht, Poppy?“

„Ja! Klar.“

„Haben Sie die Personalliste?“

„Hier.“ Robbie reicht sie ihm. „Aber seien Sie diskret, Sam.“

Mark hat die Tür ein Stück weit geöffnet und späht in die Lobby. „Die Leute kommen raus“, sagt er. „Es geht los.“

Wir treten aus dem Nebenraum in die Lobby. Beide Doppeltüren stehen offen, und Menschen strömen heraus, alle mit Namensschildern, plaudernd, lachend.

Langsam folge ich Sam durch das Gedränge. Leute nehmen Drinks von Kellnern, begrüßen sich und rufen Witze über die Köpfe anderer hinweg. Es ist ein Heidenlärm.

„Okay, wir sollten systematisch vorgehen“, sagt Sam. „Wir bewegen uns in konzentrischen Kreisen durch den Raum. Klingt das wie ein Plan?“

Ich lächle ihn an, aber mir ist bewusst, dass ich noch nie im Leben dermaßen unter Druck gestanden habe. Niemand anders hat diese Stimme gehört. Alle Verantwortung lastet auf meinen Schultern. Wir halten auf eine kleinere Gruppe von Männern und Frauen zu.

„Hi!“, begrüßt Sam die Runde freundlich. „Guten Tag allerseits! Ich möchte Ihnen Poppy vorstellen, die sich mal bei uns umsieht … Poppy, das sind Jeremy und Peter. Jeremy, wie lange sind Sie jetzt schon bei uns?“

Okay. Jetzt, aus der Nähe, ist das einfacher. Einer der Männer hat eine tiefe, knurrige Stimme, und der andere ist Skandinavier. Nach etwa zehn Sekunden schüttle ich den Kopf, und Sam führt mich zügig zu einer anderen Gruppe, hakt diskret seine Liste ab.

„Hi! Wie geht es Ihnen? Ich möchte Ihnen gern Poppy vorstellen, die sich bei uns umsieht. Poppy, Stephanie haben Sie ja schon kennengelernt. Sagen Sie, Tim, was treiben Sie denn so in letzter Zeit?“

Es ist doch erstaunlich, wie unterschiedlich Stimmen klingen, wenn man erst mal genauer hinhört. Nicht nur die Tonhöhe, sondern auch der Akzent, das Timbre, die kleinen Sprachfehler, das Nuscheln, all die kleinen Marotten.

Sam ignoriert praktisch alle Frauen und ist nicht gerade feinfühlig in seinem Versuch, die Männer zum Reden zu bewegen. Aber ich schätze, es geht wohl nur so.

„Hey, Leute!“ Sam ist immer noch voll im Gang, als wir uns der nächsten Gruppe nähern. „Ich möchte Ihnen gern Poppy vorstellen, die sich mal bei uns umsieht – Poppy, das ist Tony. Und das hier ist … äh, Willow.“

Sie ist dünn und dunkelhaarig, mit sehr geschwungenen schwarzen Augenbrauen. Sie ist ganz hübsch, wenn auch kein Supermodel.

„Sam!“, sagt sie. „Wer ist … das?“

Noch nie hat mir jemand derart offene Feindseligkeit entgegengebracht. Willows Nasenflügel beben. Ihre Augen blitzen. Doch ihr Lächeln ist mild und freundlich und ihre Stimme ist schmeichelnd. Was eigentlich das Unheimlichste daran ist.

„Poppy überlegt, ob sie bei uns arbeiten möchte“, sagt Sam.

„Oh.“ Willow lächelt immer weiter. „Sehr schön. Willkommen, Poppy.“

„Danke.“

„Wie dem auch sei, wir müssen weiter. Bis später, Willow.“ Sam nimmt meinen Arm, und wir drehen weiter unsere Runde.

Wir steuern auf eine neue Gruppe zu, und Sam zieht wieder seine Nummer ab. Ich machte pflichtschuldig einen langen Hals, um zu lauschen, doch keiner klingt auch nur ansatzweise wie der Mann am Telefon.

Als Sam in ein Gespräch verstrickt wird, nutze ich die Gelegenheit, mich etwas abzusetzen und nachzusehen, ob die Unbekannte geantwortet hat. Hat sie natürlich nicht. Ganz oben in meiner Eingangs-Box jedoch blinkt eine E-Mail, die an samroxton@whiteglobeconsulting.com, mit einem CC an seine persönliche Assistentin, gerichtet ist und bei der es mir die Sprache verschlägt.

Sam,
netter Versuch. Ich weiß GENAU, was du vorhast, und das ist einfach nur LÄCHERLICH. Woher hast du die denn? Von einem Escortservice? Ich hätte gedacht, du hast mehr drauf. Du meine Güte, Sam! Sie ist ja nicht mal passend GEKLEIDET für den Anlass. Oder sind niedliche Jeansröckchen plötzlich angemessene Kleidung für eine Tagung?
Willow

Mein Rock ist nicht niedlich! Und schließlich hatte ich heute Morgen ja nicht vor, an einer Tagung teilzunehmen, oder?

Eben kommt eine Mail von Sam auf meinem Handy an. Er hat Willow geantwortet. Er hat ihr tatsächlich geantwortet! Nur hat er leider statt „Antworten" „Allen Antworten" angetippt, und deshalb habe ich sie auch bekommen. Ich öffne sie und sehe eine einzelne Zeile.

Lass es sein, Willow. Das beeindruckt niemanden.

Die Antwort wird ihr nicht gefallen. Ich warte darauf, dass sie die nächste Hassattacke gegen Sam reitet – aber es kommen keine weiteren Mails. Vielleicht ist sie so sprachlos wie ich.

„Großartig. Wir reden später." Sams Stimme erhebt sich über den Tumult. „Poppy, da sind noch ein paar Leute, die ich Ihnen vorstellen möchte."

„Okay." Ich stecke mein Handy weg. „Los geht's."

Wir klappern den Rest der Lobby ab. Sams Liste ist von Häkchen übersät. Jetzt habe ich so ziemlich jeder männlichen Stimme in dieser Firma gelauscht, aber niemanden gehört, der wie der Mann am Telefon klingt. Als wir über den dicken Teppich im Flur zur offenen Terrassentür laufen, merke ich, dass Sam bedrückt ist. Ich bin selbst ziemlich niedergeschlagen.

„Tut mir leid", murmle ich.

„Sie können nichts dafür." Er blickt auf und scheint meine Stimmung aufzufangen. „Poppy, ehrlich. Ich weiß, dass Sie Ihr Bestes geben." Er verzieht kurz sein Gesicht. „Hey, und das mit Willow tut mir leid."

„Ach." Ich winke ab. „Nicht der Rede wert."

Die Terrasse hängt voller Lampions, und einige Leute stehen in Grüppchen herum, wenn auch längst nicht so viele wie drinnen. In der Ecke der Terrasse interviewt ein Mann mit einer Fernsehkamera zwei kichernde Mädchen.

Wir treten hinaus, und Sam legt gleich wieder mit der alten Nummer los. „Hey, Leute! Wie geht's? Ich möchte Ihnen Poppy vorstellen, die sich ein bisschen bei uns umsieht. Poppy, das ist James. James, erzählen Sie Poppy doch mal, was Sie so treiben. Und das hier ist Brian."

Doch weder James noch Brian haben die Stimme, die wir suchen. Alle Namen auf Sams Liste sind jetzt abgehakt. Fast möchte ich weinen, als ich sein Gesicht sehe.

„Hi, Sam!“ Die Stimme des Mädchens ist so laut, dass ich erschrocken zusammenfahre. Ich drehe mich um und sehe, dass ein quirliges Mädchen mit einem rosa Tuch in den Haaren in Begleitung des Kameramanns zu uns herüberkommt.

„Hi, Amanda.“ Sam nickt ihr zu. „Was gibt's?“

„Wir filmen alle Tagungsteilnehmer“, sagt sie fröhlich. „Sagen Sie nur ein paar kurze Worte. Wir zeigen es dann nachher beim Galadinner.“

Die Kamera ist voll auf mein Gesicht gerichtet, und ich schrecke zurück.

„Egal was“, drängt mich Amanda. „Eine persönliche Nachricht, ein Witz …“ Sie konsultiert ihre Liste, wirkt ratlos. „Tut mir leid, ich weiß nicht, in welcher Abteilung Sie sind …“

„Poppy ist zu Gast bei uns“, sagt Sam.

„Oh! Prima! Ich sag Ihnen was: Als Gast könnten Sie doch ein kurzes Interview geben, oder? Was meinst du, Ryan? Kennen Sie Ryan?“, fügt sie an Sam gewandt hinzu. „Er wurde uns für ein halbes Jahr ausgeliehen, um unsere neuen Werbefilme zu drehen.“

Am liebsten würde ich mich verdrücken, bleibe aber wie gebannt vor der Kamera stehen.

„Ryan, stell ihr doch ein paar Fragen“, sagt das Mädchen gut gelaunt.

„Klar. Also, Poppy, was halten Sie bisher von dieser Tagung?“

Die hohe, dünne Stimme, die hinter der Kamera hervorkommt, trifft meine Ohren wie ein Stromschlag.

Das ist er. Dieser Typ mit dem Bürstenschnitt und der Kamera auf der Schulter. Das ist die Stimme, die ich am Telefon gehört habe!

„Amüsieren Sie sich gut?“, fragt er, und die Erinnerung an seine Stimme am Telefon wird wieder wach, wie bei einer Zeitlupenwiederholung im Fernsehen. *Hier ist Scottie. Alles erledigt. Es war ein chirurgischer Eingriff …*

„Ist alles in Ordnung?“ Er beugt sich hinter der Kamera hervor, wirkt etwas ungeduldig. „Sie können was sagen. Die Kamera läuft.“

Mit klopfendem Herz starre ich das schmale, intelligente Gesicht an. Ich fühle mich wie ein Kaninchen, das im Angesicht einer Schlange erstarrt. Meine Stimme versagt.

„Leute, ich glaube, das ist nichts für Poppy“, sagt Sam. „Könntet Ihr vielleicht …“ Er macht eine kleine Geste.

„Oh, entschuldigen Sie!“, ruft Amanda. „Ich wollte Sie nicht bedrängen!

Schönen Abend noch!“ Sie machen sich auf den Weg, um andere Leute anzusprechen. Wie gelähmt starre ich ihnen hinterher.

„Arme Poppy.“ Sam lächelt mitfühlend. „Das scheint neuerdings auf Tagungen …“

„Halten Sie die Klappe.“ Irgendwie falle ich ihm ins Wort, obwohl ich noch immer kaum sprechen kann.

Erstaunt sieht Sam mich an. Ich rücke näher und stelle mich auf Zehenspitzen, bis mein Mund sein Ohr berührt. Ich atme seine Wärme, seinen Duft ein, dann hauche ich so leise, wie es geht: „Das ist er.“

Wir bleiben noch bestimmt zwanzig Minuten draußen. Sam führt ein langes Telefonat mit Sir Nicholas, von dem ich nichts verstehen kann, dann ruft er kurz bei Mark an. Es ist nicht zu überhören, dass die Spannung zunimmt.

„Also … was wollen Sie unternehmen?“, frage ich zaghaft, als er auflegt.

„Ryans Firmen-E-Mails werden durchsucht. Aber so dumm ist er nicht. Er wird wohl kaum das Firmensystem benutzt haben. Wahrscheinlich hat er alles per Telefon oder über ein privates E-Mail-Konto abgewickelt.“

„Und was jetzt?“

„Gute Frage.“ Frustriert verzieht Sam das Gesicht. „Das Problem ist, dass wir keine Zeit haben, unsere Anwälte zu konsultieren. Wenn es nach mir ginge …“

„Würden Sie ihn verhaften und ihn an einen Lügendetektor anschließen“, rutscht mir heraus. „Irgendwo in einem dunklen Keller.“

Ein widerwilliges Lächeln streicht über Sams Gesicht. „So ungefähr. Egal, kommen Sie. Vicks ist gleich da.“

Wir gehen durch einen Ziergarten auf den Eingang des Hotels zu. Mein Handy summt, und ich nehme es kurz heraus, um nachzuschauen, wer es ist. Unfreiwillig entfährt mir ein leises Winseln. Sam sieht mich fragend an.

„Äh, Sam …“ Meine Stimme klingt ein wenig brüchig. „Warten Sie mal eben.“

„Was ist?“ Er bleibt stehen.

Okay. Folgendes: Zu meiner Verteidigung muss ich sagen, wenn ich gewusst hätte, dass Sam mit einer schweren, bedrohlichen Krise im Zusammenhang mit gefälschten Memos und Regierungsberatern und den Fernsehnachrichten zu tun haben würde, hätte ich seinem Vater diese E-Mail nie geschickt. Nie im Leben.

Aber ich wusste es nicht. Und deshalb habe ich die Mail abgeschickt. Und jetzt …

„Was ist?“ Sam wird ungeduldig.

„Die Sache ist …“ Ich räuspere mich. „Ich dachte, es wäre das Richtige. Aber ich könnte mir vorstellen, dass Sie es vielleicht etwas anders sehen …“

„O nein! Bitte sagen Sie nicht, Sie haben Ihren Freundinnen davon erzählt!“

Ich sehe ihn entsetzt an. „Nein!“, sage ich. „Natürlich nicht!“

„Was dann?“

„Es ist was Familiäres. Es geht um Ihren Dad.“

Sams Augen werden groß, er sagt jedoch nichts.

„Ich fand es nur so schlimm, dass Sie keinen Kontakt mehr zu ihm haben. Also habe ich ihm zurückgemailt. Er möchte Sie unbedingt sehen, Sam.“

„Poppy, bitte hören Sie auf damit.“

„Ich weiß, Sie sind hier mitten in einer Krise.“ Ich halte ihn am Arm fest. „Trotzdem gibt es da einen alten Mann, der sich danach sehnt, mit Ihnen zu reden. Nur fünf Minuten.“

Sam atmet scharf aus. „Poppy, Sie haben das alles falsch verstanden!“

„Ach ja?“ Ich blicke zu ihm auf und spüre, wie tief vergrabene Gefühle in mir hochkochen. „Ich wünschte mir, ich hätte die Möglichkeit, meinen Dad wiederzusehen. Sie wissen gar nicht, wie gut Sie es haben.“ Eine Träne rinnt über meine Wange. Ungeduldig wische ich sie weg.

Sam schweigt. Er sieht mir in die Augen. Als er spricht, tut er es sanft. „Hören Sie, Poppy. Ich kann verstehen, wie Ihnen zumute ist. Ich will familiäre Beziehungen keineswegs trivialisieren. Ich habe eine sehr gute Beziehung zu meinem Vater und besuche ihn, wann immer es mir möglich ist. Aber das gestaltet sich nicht so einfach, wenn man bedenkt, dass er in Hongkong lebt.“

Entsetzt stöhne ich auf. Wissen sie denn gar nichts mehr voneinander? Weiß er nicht mal, dass sein Vater wieder nach England gezogen ist?

„Sam!“ Die Worte purzeln nur so aus meinem Mund. „Er ist wieder hier! Er wohnt in Hampshire! Er hat Ihnen eine Mail geschickt, dass er Sie sprechen möchte. Lesen Sie denn überhaupt keine Mails?“

Sam wirft seinen Kopf in den Nacken und johlt vor Lachen. „Okay“, sagt er schließlich und wischt sich die Augen. „Lassen Sie uns eins klären. Sie meinen die E-Mail von David Robinson, richtig?“

Robinson? Ich nehme mein Telefon und prüfe die E-Mail-Adresse. Davidr452@hotmail.com. Ich war einfach davon ausgegangen, dass er David Roxton hieß.

„Entgegen Ihren Vermutungen habe ich diese Mail sehr wohl gelesen“, sagt Sam. „Und ich habe es vorgezogen, sie nicht zu beantworten. Glauben Sie mir, David Robinson ist mitnichten mein Vater.“

„Aber er hat doch mit ‚Dad' unterzeichnet." Ich bin völlig verwirrt.

„Wenn Sie es unbedingt wissen müssen: Als ich auf dem College war, habe ich mit ein paar Jungs rumgehangen, und er war einer davon. David Andrew Daniel Robinson. D. A. D. Robinson. Wir haben ihn ‚Dad' genannt. Okay? Kapiert?"

Er geht weiter auf den Eingang zu, als wäre das Thema damit beendet, und ich stehe wie angewurzelt da. Also habe ich das mit Sams Vater völlig falsch verstanden … Trotzdem ist dieser David offensichtlich ein ganz alter Freund, der immer wieder vergeblich versucht, ihn zu erreichen. Ich setze mich in Bewegung und haste Sam hinterher.

„Also ist David Robinson ein guter alter Freund von Ihnen?", setze ich an.

„Nein." Sam marschiert mit unvermindertem Tempo weiter. „Was geht Sie das eigentlich an?"

„Nichts", sage ich trotzig. „Ich dachte nur … ich dachte, Sie würden vielleicht gern wieder Kontakt zu ihm haben."

„Ich habe ja Kontakt zu ihm." Sam klingt verzweifelt. „Einmal im Jahr oder so treffen wir uns auf einen Drink, und es ist immer dieselbe Geschichte. Er hat irgendein neues Projekt laufen, für das er Investoren sucht. Wenn es nicht um Fitnessgeräte geht, dann um Anteile an Ferienwohnungen in der Türkei. Wider besseres Wissen gebe ich ihm etwas Geld. Dann geht das Geschäft den Bach runter, und ich höre ein Jahr lang nichts mehr von ihm. Deshalb habe ich seine Mails ausgeblendet. Ich rufe ihn vielleicht in ein, zwei Monaten an, aber nicht jetzt, denn David Robinson ist nun wirklich das Letzte, was ich jetzt gebrauchen kann …" Er stutzt und starrt mich an. „Was ist?"

Ich schlucke. Es gibt kein Entrinnen. „Er wartet in der Bar auf Sie."

ALS WIR vor dem Hotel ankommen, sagt er kein Wort, aber ich kann in seinem Gesicht problemlos ablesen, was er fühlt, die ganze Palette: von Wut zu Zorn zu Frust zu … Na ja, wieder zurück zum Frust.

Wir schieben uns durch die schwere Doppeltür und sehen Vicks, die uns mit dem Handy am Ohr entgegenkommt. Sie wirkt gestresst.

„Klar", sagt sie gerade, als sie näher kommt. „Mark, warte mal kurz. Hab Sam gerade getroffen. Ich ruf dich zurück." Sie blickt auf und legt los, ohne Umschweife: „Sam, es tut mir leid. Wir werden die ursprüngliche Erklärung nehmen müssen."

„Was?!", donnert Sam, sodass ich zusammenzucke. „Das soll wohl ein Witz sein!"

„Wir haben gegen Ryan nichts in der Hand. Keinerlei Beweise für rechtswidriges Verhalten. Uns bleibt keine Zeit mehr. Tut mir leid, Sam. Ich weiß, du hast es versucht, aber …"

„Vicks, wir wissen doch, was passiert ist." Sam klingt, als gäbe er sich alle Mühe, seine Ungeduld im Zaum zu halten. „Wir können doch nicht so tun, als wüssten wir von nichts!"

„Das sind keine Informationen, es sind Vermutungen!" Vicks spricht etwas leiser weiter. „Und wenn wir keine Erklärung an ITN rausgeben, und zwar *pronto*, sind wir eine verdammt leichte Zielscheibe, Sam."

„Also sehen wir tatenlos zu. Wir waschen unsere Hände in Unschuld. Die anderen gewinnen." Sam klingt ganz ruhig. Ich spüre jedoch, dass es in ihm brodelt.

„Die Techniker in London suchen immer noch." Vicks klingt müde. „Aber wenn sie keinen echten Beweis finden …" Sie wirft einen Blick auf eine Uhr in der Nähe. „Es ist schon fast neun. Uns bleibt keine Zeit mehr, Sam."

„Lass mich mit ihnen reden."

„Okay. Gehen wir."

Forsch marschieren die beiden los, und ich folge ihnen, obwohl ich mir nicht sicher bin, ob das jetzt das Richtige ist oder nicht. Vicks führt uns an der Bar vorbei.

„Sam!", ruft uns eine kehlige Stimme von einem Bartisch aus zu. „Da bist du ja!"

Mein Herz gefriert vor Entsetzen. Das muss David Robinson sein. Dieser Typ mit der schwarz gewellten Halbglatze im hellgrau schimmernden Anzug, mit schwarzem Hemd und weißem Lederschlips. Er kommt uns entgegen, ein breites Grinsen im fleischigen Gesicht.

„Es ist schon viel zu lange her!" Er umarmt Sam wie ein Bär den anderen.

„Wer ist das denn?", fragt Vicks erstaunt.

„Lange Geschichte. Ein alter Schulfreund."

„Ich kenne Sams Geheimnisse! Und zwar alle!" David Robinson klopft Sam auf die Schulter. „Wenn ich dich reinwaschen soll, lass mal einen Fünfziger rüberwachsen! Kleiner Scherz! Ich nehm auch zwanzig!" Er lacht viel zu laut.

Der Typ ist ja absolut unerträglich!

„Sam." Vicks kann ihre Ungeduld kaum verbergen. „Wir müssen gehen."

„Gehen?" Robinson tut, als würde er rückwärtstaumeln. „Wo ich gerade erst gekommen bin?"

„David." Sams Höflichkeit ist derart eisig, dass ich mich schütteln möchte. „Entschuldige. Kleine Programmänderung. Ich versuche es einzurichten, dass wir uns später noch sehen."

„Nachdem ich eine Dreiviertelstunde hierhergefahren bin?“ Theatralisch schüttelt David vor Enttäuschung den Kopf. „Hast nicht mal zehn Minuten für deinen alten Kumpel übrig?“

Das hat Sam ganz allein mir zu verdanken. Ich muss etwas unternehmen.

„Ich trinke was mit Ihnen!“, flöte ich eilig. „Sam, gehen Sie nur. Ich kümmere mich um David.“ Ich reiche ihm die Hand. „Ich bin Poppy Wyatt, hi!“ Ich sehe Sam in die Augen. „Gehen Sie ruhig.“

„Okay.“ Sam zögert einen Moment, dann nickt er. „Danke. Bestellen Sie auf Firmenrechnung.“ Und schon eilt er mit Vicks davon.

„Na!“ David scheint etwas unsicher zu sein, wie er reagieren soll. „Das ist ja super! Manche Leute müssen wohl immer den großen Macker spielen.“

„Er ist momentan wirklich sehr beschäftigt“, sage ich entschuldigend.

„Und wer sind Sie? Sams persönliche Assistentin?“

„Nicht ganz. Ich stehe Sam zur Seite. Inoffiziell.“

„Inoffiziell.“ David zwinkert mir übertrieben zu. „Sie brauchen nichts weiter zu sagen. Alles auf Spesen, hm? Soll ja schließlich alles ganz ordentlich aussehen, nicht wahr?“

Dieser Mann ist ein Albtraum. Kein Wunder, dass Sam ihn meidet.

„Möchten Sie noch was trinken?“, frage ich so charmant, wie es mir möglich ist. „Und dann könnten Sie mir vielleicht erzählen, was Sie so treiben. Sam meinte, Sie sind Investor? Sie investieren in Fitnessgeräte?“

David macht ein finsteres Gesicht. „Das ist eine Weile her. Zu viele Sicherheitsvorschriften, das ist das Problem in der Branche. Einen doppelten Whisky, wenn Sie bezahlen.“

Starr vor Scham bestelle ich den Whisky und ein großes Glas Wein für mich. Unglaublich, wie falsch ich die Lage eingeschätzt habe.

Eine halbe Stunde später bin ich wie betäubt. Gibt es irgendeine Branche, in der dieser Mann noch nicht tätig war? Jede Geschichte scheint demselben Muster zu folgen. *Einzigartige Gelegenheit, ich meine, einzigartig, Poppy … ernsthaftes Investment … stand kurz bevor … Megakohle, ich meine, Megakohle, Poppy … Ereignisse außerhalb meines Einflussbereichs … Scheißbanken …*

Von Sam ist weit und breit nichts zu sehen. Keine Spur von Vicks. Keine neuen Nachrichten auf meinem Handy. Vor lauter Anspannung weiß ich kaum noch, wohin mit mir. Mittlerweile hat David zwei doppelte Whiskys intus, hat drei Tüten Kartoffelchips gefuttert und verdrückt gerade einen Teller Hummus mit Tacos.

„Sie interessieren sich doch bestimmt für Kinderunterhaltung, oder, Poppy?“, sagt er plötzlich.

„Eigentlich nicht“, sage ich höflich, aber das hört er gar nicht. Schon hat er eine wuschelige braune Handpuppe aus seinem Aktenkoffer geholt und lässt sie auf dem Bartisch tanzen.

„Mister Wombat. Geht bei den Kindern wie geschnitten Brot. Möchten Sie mal probieren?“

Nein, ich möchte nicht probieren. Aber um das Gespräch in Gang zu halten, zucke ich mit den Schultern. „Okay.“

Ich habe keine Ahnung, was ich mit einer Handpuppe anfangen soll, doch David wird ganz aufgeregt, nachdem ich sie mir übergestreift habe.

„Sie sind ein Naturtalent! Nehmen Sie eine Puppe mit auf einen Kindergeburtstag, auf den Spielplatz, sonst wohin, die Kleinen sind total begeistert. Und das Beste daran ist die Gewinnspanne. Poppy, Sie würden es nicht glauben.“ Er schlägt mit der flachen Hand auf den Tisch. „Außerdem ist man flexibel. Man kann sie neben seinem normalen Job verkaufen. Ich zeige Ihnen mal das ganze Ensemble.“ Wieder langt er in seinen Aktenkoffer und holt einen Plastikordner hervor.

Was meint er denn damit – verkaufen? Er glaubt doch wohl nicht …

„Habe ich Ihren Namen richtig geschrieben?“ Er blickt von dem Ordner auf, den er gerade beschriftet. Ich starre ihn nur an. Wieso schreibt er meinen Namen vorn auf einen Ordner mit dem Aufdruck MR WOMBAT – OFFIZIELLE FRANCHISEVEREINBARUNG?

„Erst nehmen Sie am besten nur eine kleine Lieferung. Sagen wir … hundert Stück.“ Er macht eine vage Geste. „Die verkaufen Sie an einem Tag, ohne Weiteres. Besonders mit unserem kostenlosen, neuen Präsent – Mister Magical.“ Er legt einen Plastikzauberer auf den Tisch und zwinkert mir zu.

„Stopp!“ Ich reiße mir die Puppe von der Hand. „Ich möchte keine Handpuppen verkaufen! Ich mach das nicht!“

David achtet gar nicht auf mich. „Wie gesagt, man ist total flexibel. Der ganze Profit geht an Sie, direkt in Ihre Tasche …“

„Ich will aber keinen Profit in meiner Tasche!“ Ich beuge mich zu ihm hinüber. „Ich will keine Wombats verkaufen! Aber trotzdem danke!“ Plötzlich kommt mir etwas in den Sinn. „Wie viele von diesen Viechern haben Sie denn auf Lager?“

David sieht so aus, als wollte er die Frage nicht beantworten. Schließlich sagt er: „Ich glaube, mein momentaner Vorrat an Mister Magicals beläuft sich auf zehntausend Stück.“ Daraufhin nimmt er einen Schluck Whisky.

Zehntausend Stück? O mein Gott. Armer David Robinson. Jetzt tut er mir richtig leid. Was will er mit zehntausend Plastikzauberern anfangen? Ich wage gar nicht zu fragen, wie viele Wombats er hat.

Kummervoll blickt David von seinem Drink auf. „Gibt Sam mir eigentlich immer noch die Schuld daran, dass sein Haus unter Wasser stand?"

„Mir gegenüber hat er nichts erwähnt", sage ich aufrichtig.

„Na, vielleicht war der Schaden doch nicht so groß, wie es aussah. Beschissene albanische Aquarien." David senkt seinen Blick. „Totaler Schrott. Und die Fische waren nicht viel besser. Kleiner Rat, Poppy. Halten Sie sich von Fischen fern."

„Okay." Ich nicke so ernsthaft wie möglich. „Ich werde es mir merken."

Er verdrückt den letzten Taco, atmet lautstark aus und sieht sich in der Bar um. Oh-oh! Er scheint unruhig zu werden. Ich darf nicht zulassen, dass er herumspaziert.

„Und wie war Sam so auf dem College?", frage ich.

„Ein Überflieger." David sieht etwas griesgrämig aus. „Sie kennen diesen Typ. Gute Noten, war in der Rudermannschaft. Ich wusste schon immer, dass ihm alles gelingen würde. Sackte im zweiten Jahr ein bisschen ab, nachdem seine Mutter gestorben war."

Ich erstarre, mein Glas bleibt auf halbem Weg zu meinem Mund stehen. „Entschuldigen Sie, haben Sie eben gesagt, Sams Mutter sei gestorben?"

„Ja. Am Anfang des zweiten Jahres. Ich glaube, sie war herzkrank. Sam hat es ziemlich mitgenommen. Armer Kerl."

Es summt in meinem Kopf. Er sagte, es sei ein Freund von ihm gewesen. Ich höre ihn jetzt noch: *Ein Freund von mir hat seine Mutter verloren, als wir auf dem College waren …*

„Poppy? Alles in Ordnung?"

„Ja!" Ich versuche zu lächeln. „Tut mir leid … Ich dachte, ein Freund von ihm hätte seine Mutter verloren, nicht Sam selbst. Das muss ich verwechselt haben. Wie dumm von mir."

David mustert mich. „Sie haben nichts verwechselt", sagt er schließlich. „Sam hat Ihnen gesagt, es wäre einem Freund von ihm passiert, stimmt's? Er ist zugeknöpft, unser Sam. Als es passiert ist, hat er am College tagelang niemandem was davon erzählt. Nur seinen engsten beiden Freunden."

„Natürlich." Ich zögere zweifelnd. „Sind Sie … einer davon?"

„Ich?" David stößt ein scharfes Lachen hervor. „Nein, ich doch nicht. Ich gehöre nicht zum engeren Kreis. Das sind Tim und Andrew. Aus der Rudermannschaft. Sind alle im selben Boot gerudert. Kennen Sie die?"

Ich schüttle den Kopf.

„Wie siamesische Drillinge sind die drei, selbst heute noch. Tim arbeitet bei Merrill Lynch, Andrew ist irgendwo Strafverteidiger bei Gericht. Und natürlich steht Sam auch seinem Bruder Josh sehr nah“, fügt David hinzu. „Er ist zwei Jahre älter. Hat Sam beigestanden, als er Probleme bekam. Hat mit seinen Tutoren gesprochen. Er ist ein netter Kerl.“

Ich wusste auch nicht, dass Sam einen Bruder hat. Von Tim oder Andrew oder Josh habe ich noch nie gehört. Aber andererseits, wieso sollte ich von ihnen gehört haben? Wahrscheinlich simsen sie Sam direkt an. Wahrscheinlich halten sie den Kontakt wie andere normale Menschen auch. Privat. Nicht wie die Hexe Willow und alte Freunde, die einem nur Geld aus der Tasche locken wollen.

Ich fühle mich ein wenig gedemütigt. Die ganze Zeit dachte ich, ich hätte Sams Leben im Blick. Doch offenbar war es nicht sein ganzes Leben. Es war nur ein Postfach. Und danach habe ich ihn beurteilt. Er hat Freunde. Er hat einen guten Draht zu seiner Familie. Er hat eine ganze Menge, von dem ich keine Ahnung habe. Ich war so was von bescheuert, als ich dachte, ich würde die ganze Geschichte kennen. Ich kenne nur ein einziges Kapitel. Mehr nicht.

Ich trinke einen Schluck Wein, betäube die seltsame Wehmut, die mich plötzlich umfängt. Sams andere Kapitel werde ich nie kennenlernen. Unsere Wege trennen sich, und ich werde nur den einen Eindruck behalten, den ich schon habe. Die Version von ihm, die im Postfach seiner persönlichen Assistentin lebt.

Überall in der Bar haben sich mittlerweile Angestellte von White Globe Consulting zu Grüppchen versammelt. Ich höre Fetzen von leisen, bedrückten Gesprächen und habe ein paarmal das Wort „Memo“ aufgeschnappt. Offenbar ist die Nachricht durchgesickert.

„Hallo!“ Eine scharfe, weibliche Stimme schneidet in meine Gedanken, und als ich aufblicke, sehe ich Willow, die direkt vor mir steht und böse auf mich herabblickt.

„Hallo“, sage ich höflich.

„Wer sind Sie?“, faucht sie mich an. „Sagen Sie mir das mal.“

„Ich bin Poppy.“

„Poppy.“ Sie klingt argwöhnisch, als wäre „Poppy“ mein Künstlername beim Escortservice.

„Kennen Sie David?“, füge ich höflich hinzu. „Er ist ein alter Kommilitone von Sam.“

„Oh. Hallo David, ich bin Willow.“

„Es ist mir ein Vergnügen, Willow. Sie sind eine Bekannte von Sam?“

„Ich bin Willow. Sam hat mich bestimmt schon mal erwähnt. Will-ow."

Nachdenklich runzelt David die Stirn. „Nicht dass ich wüsste."

„Ich bin mit ihm zusammen."

„Aber im Moment gerade nicht, oder?", sagt David mit einem jovialen Lächeln.

Vielleicht hat David doch ein paar nette Seiten.

„Die ganze Welt ist verrückt geworden", sagt sie wie zu sich selbst. „Sie kennen mich nicht, aber Sie kennen die da?" Sie zeigt auf mich.

„Ich war davon ausgegangen, dass sie Sams Herzblatt ist", erklärt David freundlich.

„Die da?" Willow mustert mich auf eine ungläubige, hochnäsige Art, die mich ärgert.

„Wieso denn nicht?", sage ich energisch. „Wieso sollte er nicht mit mir zusammen sein?"

Einen Moment sagt Willow nichts, sondern blinzelt nur sehr schnell. „So ist das also. Er betrügt mich", flüstert sie schließlich bebend. „Endlich kommt die Wahrheit ans Licht. Es erklärt … so einiges." Sie atmet scharf aus, fährt sich mit den Fingern durchs Haar. „Und wie geht es jetzt weiter?"

Sie ist total durchgeknallt. Ich frage mich, ob sie die Schauspielschule besucht hat und rausgeschmissen wurde, weil sie zu theatralisch war.

Hinter Davids Schulter sehe ich plötzlich Vicks auftauchen. Angesichts ihrer finsteren Miene dreht sich mir fast der Magen um. Ich werfe einen Blick auf meine Uhr. Viertel vor zehn.

„Vicks!" Auch Willow hat sie bemerkt. Sie stellt sich Vicks in den Weg. „Wo ist Sam? Man hat mir gesagt, er sei bei dir."

„Entschuldige mich, Willow", fährt Vicks sie an. „Ich muss mit Poppy sprechen."

„Poppy? Du musst mit Poppy sprechen?"

Vicks schenkt ihr keinerlei Beachtung, sondern kommt zu mir herüber, beugt sich herab und raunt mir zu: „Wissen Sie, wo Sam ist?"

„Nein. Ich dachte, er wäre bei Ihnen."

„War er auch."

„Was ist passiert?", frage ich leise.

„Uns ist die Zeit ausgegangen. Anders ausgedrückt: Sam hat die Schlacht verloren. Dann ist er aus dem Saal gestürmt."

„Was passiert jetzt mit Sir Nicholas?" Ich spreche so leise, wie ich kann.

Vicks beantwortet meine Frage nicht. „Ich muss los", sagt sie abrupt. „Geben Sie mir Bescheid, wenn Sie was von Sam hören. Bitte."

„Okay."

Ich warte, bis Vicks gegangen ist, dann blicke ich auf. Wie zu erwarten, fixiert mich Willow wie eine Kobra. Ich schwöre, sie will gerade mit ihrem Giftzahn nach mir schnappen, als Vicks' Stimme aus den Lautsprechern tönt.

„Ich habe eine wichtige Ansage: Alle Mitarbeiter von White Globe Consulting werden gebeten, sich umgehend wieder im großen Konferenzsaal einzufinden. Danke schön."

Um uns herum fangen alle aufgeregt an zu plappern, und Gruppen von Leuten schieben sich langsam den Doppeltüren entgegen.

„Ich mach mich dann mal auf den Weg", sagt David und steht auf. „Grüßen Sie Sam von mir." Er drückt mir eine Visitenkarte in die Hand.

Ich nicke ernst. „Danke." Als er gen Eingang verschwindet, stecke ich seine Karte für Sam ein. Dann gehe ich langsam zum Konferenzsaal hinüber.

Vicks steht auf der Bühne und spricht mit den schockierten Mitarbeitern. Der Film auf dem großen Bildschirm hinter ihr läuft ohne Ton.

„… und wir wissen nicht genau, welche Form dieser Bericht annehmen wird, aber wir haben im Vorfeld darauf reagiert. Mehr können wir momentan nicht tun. Gibt es irgendwelche Fragen?"

Justin sitzt nur ein paar Schritte von mir entfernt, gibt sich erschrocken. Jetzt hebt er die Hand.

„Justin?", sagt Vicks zögernd.

„Bravo, Vicks! Als Mitglied der Geschäftsleitung möchte ich Ihnen für Ihre außerordentlichen Bemühungen danken. Was Sir Nicholas auch gesagt haben mag oder nicht – und das kann natürlich keiner von uns wirklich wissen –, Ihre Loyalität gegenüber der Firma wissen wir sehr zu schätzen …"

„Ich fürchte, ich muss Sie unterbrechen", geht Vicks dazwischen. „Die Nachrichten fangen an. Ton an, bitte!"

Wo ist Sam? Warum ist er denn nicht hier? Ich nehme mein Handy und schreibe ihm.

Sehen Sie es sich an? Alle sind hier im Konferenzsaal. P

Mein Handy bleibt still. Was macht er?

Reglos starre ich den Bildschirm an, als die Ansagerin sagt: „Heute Abend wurden Zweifel an der Glaubwürdigkeit des offiziellen Regierungsberaters Sir Nicholas Murray laut. Murray ist Gründer und Hauptgeschäftsführer von White Globe Consulting. In einem vertraulichen Memo, das ITN exklusiv vorliegt, nimmt er Bezug auf korrupte Praktiken und Bestechlichkeit innerhalb der Firma und heißt diese offenbar gut."

Jetzt wird einiges Stöhnen und Wispern im Saal laut.

„In einer neuerlichen Wendung der Ereignisse jedoch wurden ITN kurz vor unserer Sendung Hinweise zugespielt, dass möglicherweise ein Mitarbeiter von White Globe Consulting selbst das Memo verfasst und Sir Nicholas wissentlich in Misskredit gebracht hat. Unser Reporter Damien Standforth geht der Frage nach: Ist Sir Nicholas ein Schurke oder das Opfer einer Schmutzkampagne?“

„Was?“ Vicks Stimme gellt durch den Saal. „Was zum …“

Allgemeines Stimmengewirr hebt an, unterbrochen von „Schscht!“ und „Zuhören!“.

Plötzlich piept mein Handy. Es ist eine SMS von Sam.

Wie hat Vicks reagiert?

Sie sieht aus, als wollte sie jemanden bei lebendigem Leib zerfleischen. Ich dachte, die Techniker hätten keinen Beweis gefunden.

Haben sie auch nicht.

Was ist passiert?!

Eine Weile bleibt alles still – dann kommt eine zweiteilige SMS auf meinem Handy an. Staunend blinzle ich. Das ist die längste Nachricht, die mir Sam je geschrieben hat. Eine Steigerung um etwa zweitausend Prozent.

Ich bin selbst an den Sender herangetreten. Ich stehe zu meiner Aussage. Morgen gebe ich denen ein Exklusivinterview über das ursprüngliche Memo, über den Vorstand, der sich von Nick distanziert, die ganze Geschichte. Es ist ein abgekartetes Spiel. Die Heuchelei der Firma geht zu weit. Die Wahrheit muss ans Licht.

Es summt in meinem Kopf. Sam lässt die anderen auffliegen. Dass er so etwas Extremes wirklich tut! Obwohl … wenn ich es mir recht überlege, dann verstehe ich ihn gut.

Das ist ein ziemlicher Hammer.

Irgendjemand muss doch den Mumm haben, Nick beizustehen.

Ich starre seine Worte an, denke es durch.

Aber es gibt kein Beweise, oder?

Einen Moment später antwortet er:

Aber so wecke ich Zweifel an der Geschichte. Das reicht erst mal. Wo sind Sie jetzt?

Im Konferenzsaal.

Können Sie weg, ohne dass jemand was merkt?

Ich blicke zu Vicks hinüber, die wortreich auf einen Mann einredet. Zufällig sieht sie in meine Richtung, und ich weiß nicht, ob es an meinem Gesichtsausdruck liegt, aber ihre Augen werden schmaler. Sie betrachtet mein Telefon, dann sieht sie mir wieder ins Gesicht. Ihr Blick erfüllt mich mit Unbehagen. Ich halte mein Handy tiefer, damit sie es nicht sehen kann, und schreibe:

Wo genau sind Sie?

Draußen. Keine Ahnung, wo ich bin. Es ist dunkel, falls Ihnen das weiterhilft. Stehe auf einer Wiese.

Okay. Am besten sehe ich Vicks gar nicht an, gähne nur, kratze mich unbekümmert an der Nase, mache auf dem Absatz kehrt und verschwinde hinter einer großen Gruppe von Leuten. Fünf Sekunden später bin ich aus dem Saal. Nach zehn Sekunden habe ich die menschenleere Lobby hinter mir. Nach fünfzehn Sekunden bin ich draußen und renne über den Kiesweg zur Rückseite des Hotels, bis ich Gras unter meinen Füßen spüre und das Gefühl habe, entkommen zu sein.

Werden Sie deswegen Ihren Job verlieren?

Wieder Schweigen. Ich gehe etwas weiter, gewöhne mich an das Licht der Nacht, die kühle Luft, die leichte Brise, das weiche Gras. Inzwischen liegt das Hotel gut vierhundert Meter hinter mir. Ich werde etwas ruhiger.

Vielleicht.

Ich bin jetzt draußen. In welche Richtung soll ich gehen?

Weiß der Himmel. Bin hinter dem Hotel einfach losgelaufen.

Das tu ich auch gerade.

Dann treffen wir uns.

Sie haben nie erzählt, dass Ihre Mum gestorben ist.

Ich habe es getippt und abgeschickt, bevor ich mich bremsen kann.

Ich mag es einfach nicht mehr erzählen. Wegen der betretenen Pause. Verstehen Sie?

Es gibt tatsächlich noch einen Menschen auf der Welt, der das mit der betretenen Pause kennt!

Ich verstehe.

Ich hätte es Ihnen erzählen müssen.

Auf keinen Fall will ich ihm ein schlechtes Gewissen machen. Das war nicht meine Absicht. So schnell ich kann, tippe ich eine Antwort:

Nein. Man soll niemals etwas müssen. Das ist mein Motto.

Das ist ihr Lebensmotto?

Mir gefällt die Vorstellung, dass er glaubt, ich hätte ein Lebensmotto.

Nein, mein Lebensmotto ist …Was im Müll liegt, darf man sich nehmen.

Es bleibt still, dann piept das Handy mit seiner Antwort:

☺

Fassungslos starre ich es an. Ein Smiley! Sam Roxton hat mir einen Smiley geschickt! Einen Moment später schreibt er:

Ein Smiley, ich weiß. Ich kann es selbst kaum glauben.

Ich lache laut, dann fährt mir ein kalter Schauer über den Rücken, als mich der Wind umweht. Das ist ja alles gut und schön. Aber ich stehe hier auf einer Wiese in Hampshire, ohne Jacke und ohne die geringste Ahnung, was ich hier eigentlich tue. Jetzt habe ich den Waldrand erreicht.

Wo sind Sie denn? Im Wald? Ich kann nichts sehen.

Hinterm Wald. Auf der anderen Seite. Ich komm Ihnen entgegen.

Vorsichtig bahne ich mir einen Weg durch die Bäume.

Halten Sie nach dem Licht von meinem Handy Ausschau. Nicht rufen. Ich möchte nicht, dass uns jemand hört.

Ich spähe in die Finsternis, aber ich kann rein gar nichts erkennen, nur die dunklen Schatten der Bäume und der Brombeersträucher. Ich komme auf eine kleine Lichtung und zögere einen Moment. Bevor ich weitergehe, möchte ich ihm noch etwas sagen, was ich bestimmt nicht auszusprechen wage, wenn ich wieder vor ihm stehe. Per SMS ist es einfacher. Ich tippe:

Ich bin froh, dass ich Ihr Handy gefunden habe und nicht irgendein anderes.

Ich auch.

Ich spüre, wie mir innerlich ganz warm wird.

Es war gut. Seltsam, aber gut.

Seltsam, aber gut scheint es treffend zu beschreiben, ja. ☺

Er hat mir schon wieder einen Smiley geschickt! Ich fass es nicht! Was ist mit dem Mann passiert, den man als Sam Roxton kannte?

Ich sehe Sie.

Wirklich? Ich kann Sie nicht sehen.

Und dann höre ich plötzlich seine Schritte. Er ist hinter mir, etwa zehn Meter. Kein Wunder, dass ich ihn nicht sehen konnte. Eigentlich müsste ich mich jetzt umdrehen, denn es ist der Moment, in dem es normal wäre, sich umzudrehen, „Hallo“ zu rufen und mein Handy zu schwenken.

Doch ich bringe es nicht über mich, mich zu bewegen. Sobald ich es tue, ist es wieder an der Zeit, höflich und sachlich und normal zu sein. Und ich kann den Gedanken nicht ertragen. Ich will hierbleiben. In diesem Wald, in dem wir uns alles sagen können. In diesem Zauberwald.

Sam bleibt stehen, direkt hinter mir. Einen unerträglichen, zerbrechlichen Moment lang warte ich darauf, dass er die Stille zerstört. Aber es ist, als ginge es ihm ganz genauso. Er sagt kein Wort. Ich höre nur sein leises Atmen. Langsam legt er von hinten die Arme um mich. Ich schließe die Augen und lehne mich an seine Brust, fühle mich unwirklich.

Ich stehe mit Sam in einem Wald, und er hält mich in seinen Armen, was er eigentlich nicht tun sollte. Ich weiß nicht, was ich hier mache.

Doch … ich weiß es. Selbstredend weiß ich es. Denn als seine Hände sich sanft um meine Taille legen, gebe ich keinen Laut von mir. Auch als er mich zu sich umdreht und seine Bartstoppeln mir übers Gesicht kratzen, bin ich ganz still. Ich muss auch nichts sagen. Wir sprechen auf andere Weise. Jede Berührung, jeder Körperkontakt ist wie ein Wort, eine Fortsetzung unseres Gesprächs. Und wir sind noch nicht fertig. Noch lange nicht.

Ich weiß nicht, wie lange wir so dort stehen. Fünf Minuten vielleicht. Zehn Minuten. Aber so ein Moment kann nicht ewig dauern, und das tut er auch nicht. Es ist nicht so, als würde die Blase einfach platzen, eher als löste sie sich langsam auf, sodass wir plötzlich wieder in der Realität landen. Und merken, dass wir uns in den Armen halten. Unbeholfen lösen wir uns voneinander. Ich wende mich ab, räuspere mich, wische mir seine Berührung von der Haut. „Also, vielleicht sollten wir …"

„Ja."

Während wir uns durch den Wald tasten, sagen wir beide nichts. Was eben passiert ist, kommt mir jetzt schon vor wie ein Traum.

Sams Handy summt, und er nimmt es ans Ohr. „Hi, Vicks."

Und plötzlich ist es einfach vorbei. Am Waldrand sehe ich ein paar Leute auf uns zukommen. Ich höre, dass Vicks und Robbie und Mark immer lauter werden und Sam ganz ruhig bleibt und dass die Rede ist von Zügen und Autos und kurzfristig anberaumten Pressekonferenzen, und dann sagt Mark: „Hier ist Sir Nicholas für Sie, Sam", und alle treten einen Schritt zurück, als Sam den Anruf entgegennimmt.

Und dann sind die Autos da, die uns alle zurück nach London bringen sollen, und schon sind wir auf dem Weg zur Auffahrt. Alle sollen sich am nächsten Morgen um sieben im Büro einfinden.

Ich lande im selben Auto wie Sam. Als der Wagen anfährt, simst Sam konzentriert, zieht die Stirn in Falten. Ich wage nicht, auch nur einen Laut von mir zu geben. Kurz werfe ich einen Blick auf mein Handy, um zu sehen, ob ich eine Nachricht von Magnus habe, aber da ist nichts. Also lege ich es auf den Sitz und starre aus dem Fenster, lasse die Straßenlaternen zu leuchtenden Streifen verwischen.

Und merke nicht mal, dass ich einschlafe. Das Nächste, was ich wahrnehme, ist, dass mein Kopf jetzt an Sams Schulter lehnt. „Poppy?", sagt er. „Poppy?", und plötzlich bin ich hellwach.

„Oh." Ich richte mich auf. „Entschuldigung. Sie hätten …"

„Alles in Ordnung. Ist das Ihre Adresse?"

Mit glasigen Augen spähe ich aus dem Fenster. Wir sind in Balham und stehen vor dem Gebäude, in dem ich wohne. Ich werfe einen Blick auf meine Uhr. Es ist nach Mitternacht.

„Ja“, sage ich ungläubig. „Hier wohne ich. Woher …?“

Sam nickt zu meinem Handy, das noch auf dem Sitz liegt. „Die Adresse stand da drin. Ich wollte Sie nicht wecken.“

„Nein. Natürlich. Das macht nichts. Danke.“

Sam nimmt das Handy und scheint es mir geben zu wollen, dann zögert er. „Ich habe Ihre Nachrichten gelesen, Poppy. Alle.“

„Ach.“ Ich räuspere mich, weiß nicht, wie ich reagieren soll.

„Es ist Lucinda. Lucinda ist diejenige, welche …“

„Aber was … wieso?“

„Sie hat Sie belogen. Die ganze Zeit. An den Orten, die sie aufgeführt hat, zu den Zeiten, die sie angegeben hat, kann sie unmöglich gewesen sein. Es ist schlicht unmöglich.“

„Ehrlich gesagt, das ist mir auch schon aufgefallen“, räume ich ein. „Aber ich dachte, sie wollte mir vielleicht mehr Stunden in Rechnung stellen oder so …“

„Ist Ihnen schon mal aufgefallen, dass Magnus und Lucinda Ihnen immer innerhalb von zehn Minuten eine Nachricht schicken?“

Langsam schüttle ich den Kopf. Wieso sollte mir das auffallen? Ich bekomme jeden Tag von allen möglichen Leuten Nachrichten. Und außerdem, wie ist es ihm denn aufgefallen?

„Ich war früher mal Problemanalytiker. Das ist mein Ding.“

Sam holt ein Blatt Papier hervor. Das ist ja unglaublich! Er hat eine Tabelle angefertigt. Daten und Uhrzeiten. Anrufe. SMS. E-Mails.

„Ich habe Ihre Nachrichten analysiert. Sie werden gleich sehen, was los ist.“ Er reicht mir das Blatt. „Sehen Sie die Korrelation?“

Korrelation. Ich habe keine Ahnung, wovon er redet. „Äh …“

„Nehmen Sie dieses Datum.“ Er zeigt auf das Papier. „Beide mailen gegen 18:00 Uhr, fragen, wie es so geht. Um 20:00 Uhr berichtet Magnus Ihnen, dass er noch bis spät in die Nacht hinein in der London Library arbeiten muss, und wenige Minuten später teilt Lucinda Ihnen mit, dass sie in einem Modegroßhandel in Shoreditch ist und die Strumpfbänder für die Brautjungfern aussucht. Um acht Uhr abends? Ich bitte Sie …“

Ich schweige einen Moment. Jetzt erinnere ich mich an die Mail wegen der Strumpfbänder. Sie kam mir damals tatsächlich etwas merkwürdig vor.

„Wer hat Sie überhaupt darum gebeten, meine Nachrichten zu analysieren?“ Ich weiß, ich klinge empfindlich, doch ich kann es nicht ändern. „Wer hat Ihnen gesagt, dass es Sie was angeht?“

„Niemand. Sie haben geschlafen.“ Er hebt entschuldigend die Hände. „Tut mir leid. Ich habe nur mal einen Blick darauf geworfen, und da hat sich ein Muster herausgebildet." Er deutet auf das Blatt. „Erinnern Sie sich noch, wie Magnus Ihnen sagte, er hätte noch einen Doktoranden zu betreuen? Und ganz plötzlich sagte Lucinda Ihre Verabredung ab und schickte stattdessen Clemency. Wenn Sie sich die zeitlichen Übereinstimmungen ansehen …"

Sam redet immer noch, doch ich kann ihn kaum hören. Natürlich. Clemency. Clemency ist manchmal ein bisschen fahrig. Sie könnte sich verschrieben haben. Sie könnte wollen, dass ich Bescheid weiß.

Meine Finger zittern, als ich mein Handy nehme und die Nachricht suche. Als ich sie jetzt noch einmal lese, stelle ich mir die Worte mit Clemencys süßer, ängstlicher Stimme vor. Clemency würde sich so was nicht ausdenken. Sie ist davon überzeugt, dass es stimmt.

Ich sinke in den Autositz. Mir tut alles weh. Ich bin erschöpft und fühle mich ein wenig so, als müsste ich gleich weinen.

„Wie dem auch sei …" Sam scheint zu merken, dass ich ihm gar nicht mehr zuhöre. „Ich meine, es ist ja nur eine Theorie, mehr nicht." Er faltet das Blatt Papier zusammen, und ich nehme es an mich.

Eine Weile schweigen wir beide.

„Also." Schließlich atme ich aus. „Es ist spät. Ich will Sie nicht länger aufhalten. Danke für …"

„Nein", unterbricht er mich. „Ich danke *Ihnen*."

Ich nicke nur. Ich glaube, wir sind beide zu erschöpft für lange Reden.

„Es war …"

„Ja."

Ich blicke auf und mache den Fehler, ihm in die Augen zu sehen, silbrig im Licht der Straßenlaterne. Und für einen kurzen Moment bin ich wieder … *Nein. Nicht, Poppy. Es ist nie passiert. Denk nicht dran.*

„Also, mmh …" Ich lange nach dem Türgriff, versuche, mich wieder in die Welt der Vernunft zurückzubegeben. „Ich muss Ihnen endlich dieses Handy wiedergeben …"

„Wissen Sie was? Behalten Sie's, Poppy. Es gehört Ihnen. Sie haben es sich verdient. Und Sie müssen sich auch nicht mehr die Mühe machen, irgendwas weiterzuleiten. Von morgen an landen alle meine Mails bei meiner neuen Assistentin. Ihre Arbeit ist getan."

„Danke!" Ich öffne die Tür – dann drehe ich mich spontan um. „Sam … ich hoffe, Sie schaffen das …"

„Machen Sie sich um mich keine Gedanken. Es wird schon gehen." Er schenkt mir sein Zauberlächeln, und plötzlich ist mir, als müsste ich ihn an mich drücken. Er steht kurz davor, seinen Job zu verlieren, und kann trotzdem noch so lächeln. „Ich hoffe, *Sie* schaffen das“, fügt er hinzu. „Es tut mir leid … das alles.“

„Oh, mir geht es gut!“ Ich lache spröde, obwohl ich keine Ahnung habe, was ich damit meine. Mein zukünftiger Ehemann schläft höchstwahrscheinlich mit meiner Hochzeitsplanerin. Wie soll es mir jemals wieder gut gehen?

10

Am nächsten Morgen steht es in allen Zeitungen. Es macht Schlagzeilen. Das Memo ist in ganzer Länge abgedruckt, überall, und es gibt ein offizielles Zitat aus der Downing Street, dass Sir Nicholas seinen Posten als Regierungsberater überdenkt.

Aber Sam hat recht behalten: Offenbar herrscht einige Verwirrung. Manche Journalisten glauben, Sir Nicholas hätte das Memo selbst verfasst. Andere glauben das Gegenteil. Wenn Sam ein großes Fragezeichen ins Spiel bringen wollte, dann ist ihm das definitiv gelungen.

Ich selbst fühle mich wie ein Wrack. Am Abend zuvor war ich so aufgedreht, dass ich Stunden brauchte, um einzuschlafen. Und als ich dann um sechs Uhr aufwachte, saß ich sofort senkrecht im Bett und griff mit Herzklopfen nach meinem Handy. Magnus hatte drei Worte geschrieben:

> Amüsiere mich prächtig. M xxx

Amüsiere mich prächtig. Was sagt mir das? Nichts.

Das Handy in meiner Tasche klingelt, und mir krampft sich der Magen zusammen. Was soll ich machen, wenn es Magnus ist? Was, wenn es Sam ist?

Als ich das Display sehe, wird mir ganz flau. Es ist die unbekannte Nummer. Endlich ruft sie an.

„Hallo?“, sagt eine junge, weibliche Stimme am anderen Ende. „Hallo? Können Sie mich hören?“

Ist das Clemency? Ich weiß es nicht.

„Hi“, bringe ich schließlich hervor. „Hallo. Hier spricht Poppy. Sind Sie Clemency?“

„Nein.“ Die Anruferin klingt überrascht. „Ich muss ganz dringend Sam Roxton erreichen.“

Sam? Die Spannung, die sich in mir aufgebaut hat, bricht mit einem Schlag zusammen. Das ist gar nicht *die* unbekannte Nummer.

„Wie sind Sie an diese Nummer gekommen?“, will das Mädchen wissen. „Kennen Sie Sam?“

„Äh, ja. Tu ich. Kann ich ihm etwas ausrichten?“

„Das habe ich heute schon öfter gehört." Sie klingt ziemlich herablassend. „Aber ich muss ihn unbedingt sprechen. Heute noch. Jetzt sofort. Es ist dringend."

„Ich könnte Ihnen seine E-Mail-Adresse geben …"

„Das soll wohl ein Witz sein!" Ungeduldig fällt sie mir ins Wort. „Sam liest seine E-Mails nie. Aber glauben Sie mir, es ist wichtig. Ich muss ihn sprechen, so bald wie möglich. Es geht um das Handy. Genau das, das Sie gerade in der Hand halten."

Was? Woher weiß eine fremde Frau, welches Telefon ich in der Hand halte? „Wer sind Sie denn?", frage ich, und sie seufzt schwer.

„An mich erinnert sich niemand mehr, was? Ich war Sams persönliche Assistentin. Mein Name ist Violet."

VIOLET entpuppt sich als superschlank und hochgewachsen, die dünnen Beine stecken in kurzen, ausgefransten Jeans, ihre Augen sind riesig und dunkel. Sie hat ein bisschen was von einer Giraffe.

Zum Glück wohnt sie in Clapham und brauchte nur fünf Minuten, um in das Café bei mir um die Ecke zu kommen. Mehrmals hat mir Violet jetzt schon erklärt, wenn sie nicht *rein zufällig* gerade in London wäre und nicht *rein zufällig* die Schlagzeilen gelesen hätte, hätte sie von dem Skandal gar nichts mitbekommen, und dann wäre ihr nicht *rein zufällig* schlagartig klar geworden, dass sie genau weiß, was sich da abgespielt hat.

„Also habe ich versucht, Sam anzurufen, dann Nick, doch ich bekomme immer nur schnippische Assistentinnen an den Apparat. Keiner will mir zuhören. Dabei muss ich es unbedingt jemandem erzählen, weil ich weiß, was da gelaufen ist." Zum ersten Mal mustert sie mich mit Interesse. „Also arbeiten Sie da?"

„Nein." Wie soll ich es erklären? „Ich habe dieses Handy gefunden und mir ausgeliehen. Dadurch habe ich Sam kennengelernt."

„Ich erinnere mich an dieses Handy." Sie betrachtet es. „Bin eigentlich nie rangegangen."

Ich verkneife mir ein Lächeln. Sie war bestimmt die schlechteste Assistentin der Welt.

„Aber weil ich das Handy hatte, weiß ich, dass da was lief. Wegen der ganzen Nachrichten da drin."

„Nachrichten? Was für Nachrichten?"

„Auf der Mailbox. Nicht für Sam, sondern für einen gewissen Ed. Ich wusste nicht, was ich damit anfangen sollte. Also habe ich sie mir angehört und aufgeschrieben. Die gefielen mir überhaupt nicht."

„Wieso nicht?“ Plötzlich bekomme ich Herzklopfen.

„Sie waren alle von demselben Mann und hatten mit der Bearbeitung eines bestimmten Dokuments zu tun. Wie sie es machen wollten. Wie viel es kosten würde. Solche Sachen. Es klang irgendwie, als würde da was nicht stimmen, wissen Sie?“

„Haben Sie Sam davon erzählt?“

„Ich habe ihm eine E-Mail geschickt, aber er schien es nicht besonders wichtig zu finden. Und dann schlage ich heute Morgen die Zeitung auf und sehe Sam, wie er über ein Memo redet und sagt, es muss irgendwie manipuliert worden sein, und ich denke: Genau! Darum ging es also!“

„Wie viele Nachrichten waren auf der Mailbox?“

„Vier? Fünf?“

„Aber inzwischen sind keine Nachrichten mehr drauf.“ Ich bringe es kaum fertig, die Frage zu stellen: „Haben Sie sie … gelöscht?“

„Nein!“ Sie strahlt triumphierend. „Darauf will ich ja gerade hinaus! Ich habe sie gespeichert. Oder besser, mein Freund Aran. Er kam ins Büro und hat sie alle in einer Datei gespeichert. Er kann einfach alles, mein Aran“, fügt sie stolz hinzu.

„Und wo ist diese Datei jetzt?“

„Die muss immer noch da sein.“ Sie zuckt mit den Schultern. „Im Computer der Assistentin. Da gibt es einen Ordner mit dem Namen ‚Mailbox‘.“

Ein Icon auf dem Computer der Assistentin. Gleich draußen vor Sams Büro. Die ganze Zeit war es da, direkt vor seiner Nase …

„Jedenfalls fliege ich morgen in die Staaten, und ich musste es jemandem erzählen, aber im Moment bekommt man Sam einfach nicht zu fassen.“

„Lassen Sie es mich mal probieren“, sage ich, und schon schreibe ich Sam eine SMS.

> Sam, Sie MÜSSEN mich anrufen. Sofort. Es geht um Sir Nicholas. Könnte vielleicht helfen. Rufen Sie mich so schnell wie möglich an. Bitte! Poppy

„Na, viel Glück damit.“ Violet verdreht die Augen. „Seine Assistentin meint, er antwortet niemandem …“ Sie stutzt, als tatsächlich ein Anruf eingeht. „Sam Mobil“ steht auf dem Display. „Okay.“ Ihre Augen werden groß. „Ich bin beeindruckt.“

Ich nehme den Anruf an und halte mir das Handy ans Ohr. „Hi, Sam.“

„Poppy.“

Seine Stimme klingt wie Sonnenschein in meinem Ohr. So vieles möchte ich ihm sagen. Aber ich kann nicht. Nicht jetzt. Vielleicht nie.

„Hören Sie“, sage ich. „Sind Sie in Ihrem Büro? Gehen Sie doch kurz an den Computer Ihrer Assistentin.“

Es folgt eine kurze Pause, dann sagt er: „Okay.“

„Suchen Sie mal nach einem Ordner namens ‚Mailbox‘. Finden Sie den?“

Einen Moment ist alles still, dann höre ich Sams Stimme wieder in der Leitung. „Positiv.“

„Okay!“ Mein Atem kommt in einem Stoß heraus. Ich hatte gar nicht gemerkt, dass ich ihn angehalten hatte. „Auf diese Datei müssen Sie gut aufpassen. Und jetzt müssen Sie mit Violet sprechen.“

„Violet?“ Er klingt perplex. „Sie meinen doch nicht etwa Violet, meine wetterwendische Exassistentin?“

„Sie ist hier bei mir. Hören Sie sie an, Sam.“ Ich reiche ihr das Handy.

„Hey, Sam“, sagt Violet locker. „Tut mir leid, dass ich Sie im Stich gelassen habe und so. Aber Poppy hat Ihnen ja geholfen, oder?“

Während sie redet, gehe ich zum Tresen und hole mir noch einen Kaffee. Sams Stimme zu hören, hat mich ein bisschen aus der Spur gebracht. Am liebsten hätte ich ihm gleich alles erzählt. Aber das geht nicht, weil … wer ist er denn? Nicht mein Freund. Nicht mein Kollege. Nur irgendein Mann, für den es in meinem Leben keinen Platz gibt. Es ist vorbei.

„Alles okay, Poppy!“ Violet steht vor mir, wedelt mit dem Handy vor meiner Nase herum. „Hier.“

„Oh!“ Ich nehme es. „Danke. Haben Sie mit Sam gesprochen?“

„Er hat die Datei geöffnet, während wir geredet haben. Er ist total begeistert. Ich soll Ihnen sagen, dass er Sie später anruft.“

„Ach. Na ja … das muss er nicht.“ Ich nehme meinen Kaffee.

„Hey, ich muss gehen. Bestellen Sie Sam liebe Grüße.“

Als sie den Coffee Shop verlässt, klingelt mein Handy wieder. Eine unbekannte Nummer. Aber welche unbekannte Nummer?

„Hi, hier ist Poppy Wyatt.“

„Hallo Poppy. Mein Name ist Brenda Fairfax. Ich bin vom Berrow Hotel. Ich hatte ein paar Tage Urlaub, sonst hätte ich Sie natürlich längst angerufen. Ich muss mich entschuldigen.“

Mrs Fairfax. Nach so langer Zeit. „Sie müssen sich nicht entschuldigen …“

„Aber selbstverständlich muss ich das! Was für ein schreckliches Durcheinander. Aber ich kann es immer noch nicht begreifen! Eine unserer Kellnerinnen hatte ihn mir gegeben, und ich wollte ihn gerade in den Hotelsafe legen, als eine Dame auf mich zueilte und erklärte, der Ring gehöre ihr. Sie war auch Gast bei Ihrer Feier.“

„Eine andere Frau?“, sage ich nach einer verdutzten Pause.

„Ja! Sie sagte, es sei ihr Verlobungsring und sie hätte ihn schon überall gesucht. Sie klang sehr glaubwürdig. Die Kellnerin hat sich dafür verbürgt, dass die Frau an Ihrem Tisch gesessen hat. Und dann hat sie den Ring auf ihren Finger gesteckt. Ich hatte keinen Grund, ihr zu misstrauen.“

Ich reibe mir die Augen und frage mich, ob ich richtig gehört habe. „Sie sagen, jemand anders hat meinen Ring genommen und behauptet, er gehöre ihr?“

„Ja! Ich weiß, dass ich sie streng genommen nach einem Beweis hätte fragen müssen, dass er ihr gehört …“

„Mrs Fairfax“, unterbreche ich sie. „Darf ich Sie fragen … hatte sie zufällig lange, dunkle Haare und trug ein kleines, strassbesetztes Haarband?“

„Ja. Lange, dunkle Haare mit einem Strasshaarband, genau wie Sie sagen.“

Ich schließe die Augen. Lucinda. Es war Lucinda. Der Ring hatte sich nicht ins Futter ihrer Tasche verirrt. Sie hat ihn absichtlich genommen.

Es pocht in meinem Kopf, als ich mich von Mrs Fairfax verabschiede. Ich atme schwer, meine Hände sind zu Fäusten geballt. Es reicht. Vielleicht habe ich keinen Beweis dafür, dass sie mit Magnus schläft – aber auf diese Angelegenheit kann ich sie ohne Weiteres ansprechen. Und das tue ich jetzt gleich. Als ich ihr schreibe, zittern mir richtig die Hände.

> Hi, Lucinda! Wie geht's? Was treibst du so? Kann ich helfen? Poppy.

Sofort antwortet sie:

> Bin zu Hause und hab noch ein paar Sachen zu klären. Keine Sorge, nichts, wobei du helfen könntest. Lucinda

Lucinda wohnt in Battersea. Zwanzig Minuten mit dem Taxi. Ich werde ihr keine Gelegenheit geben, sich eine Geschichte auszudenken. Ich will sie überraschen. Also winke ich mir ein Taxi heran und nenne ihre Adresse, dann lehne ich mich zurück und versuche, nicht die Fassung zu verlieren, doch je länger ich nachdenke, desto ratloser werde ich. Lucinda hat meinen Ring genommen. Macht sie das zur Diebin? Oder wollte sie nur irgendwie helfen? Und hat dann vergessen, dass sie ihn noch bei sich hatte? Vielleicht sollte ich im Zweifelsfall von ihrer Unschuld ausgehen … *Nein, Poppy. Vergiss es.*

Als ich bei ihrem Wohnblock ankomme, macht gerade ein Typ in Jeans die Haustür auf. Eilig schlüpfe ich hinter ihm hinein und laufe die Treppen zu Lucindas Wohnung hinauf. So wird sie nicht vorgewarnt, dass ich komme.

Ich klopfe an die Tür, versuche, wie ein Paketbote zu klingen, und sie reißt die Tür auf, mit genervter Miene und ihrem Handy am Ohr. Dann erstarrt sie, ihr Mund formt ein „O".

Auch ich stehe wie versteinert da, ebenso sprachlos. Mein Blick geht an Lucinda vorbei zu dem riesigen Koffer im Flur, dann zum Reisepass in ihrer Hand.

„So bald wie möglich", sagt sie. „Terminal Vier. Danke." Sie legt auf und funkelt mich an.

„Du hast mir meinen Ring weggenommen!" Als die Worte herausplatzen, merke ich, wie ich rot anlaufe. Vielleicht sollte ich auch noch mit dem Fuß aufstampfen.

„Du hast ihn ja wieder, oder?"

„Aber du hast ihn dir einfach genommen!" Ich trete ein, obwohl sie mich nicht dazu aufgefordert hat.

„Hör zu, Poppy. Ich bin gerade sehr beschäftigt …"

„Augenblick mal!" Die Kraft in meiner Stimme überrascht mich selbst. „Das ist nicht alles. Ich möchte wissen, wieso du meinen Ring genommen hast. Wolltest du ihn verkaufen? Brauchtest du das Geld?"

„Nein, ich brauchte das Geld nicht." Mürrisch sieht sie mich an. „Du möchtest wissen, wieso ich ihn genommen habe? Weil er eigentlich mir gehört!"

„*Dir?* W …"

„Du weißt ja, dass Magnus und ich einmal ein Paar waren."

„Was? Nein! Das hat mir niemand gesagt! Wart ihr verlobt?" Von einer ehemaligen Verlobten hatte Magnus mir nie etwas erzählt.

„Nein, wir waren nie verlobt", sagt sie widerwillig, dann wirft sie mir einen mordlustigen Blick zu. „Aber wir hätten es sein sollen. Immerhin hat er um meine Hand angehalten. Mit diesem Ring."

Ungläubiger Schmerz krampft mir den Bauch zusammen. Magnus hat mit meinem Ring um die Hand einer anderen angehalten? Mit unserem Ring? „Das begreife ich nicht. Was ist dann passiert?"

„Er ist eingeknickt. Das ist passiert", sagt sie wütend.

„O Gott! Hattet ihr die Hochzeit schon geplant?", frage ich entsetzt. „Er hat dich hoffentlich nicht vor dem Altar stehen lassen, oder?"

„Schlimmer. Während er mir den Antrag gemacht hat, hat er es sich mittendrin anders überlegt."

„Was?"

„Wir waren im Skiurlaub, vor zwei Jahren. Ich wusste, dass er den Familienring dabeihatte. Ich wusste, dass er mich fragen wollte. Also saßen wir eines Abends beim Essen. Wir waren ganz allein auf der Hütte. Der Kamin brannte, und Magnus kniete auf dem Teppich nieder und holte diese kleine Schachtel hervor. Er klappte sie auf, und da lag dieser hinreißende Smaragdring." Lucinda macht eine Pause, atmet schwer. Ich rühre mich nicht. „Er nahm meine Hand und sagte: ‚Lucinda, mein Liebling, willst du …' " Sie atmet scharf ein, als könnte sie es kaum ertragen, weiterzusprechen. „Und ich hätte Ja gesagt. Aber dann kam er ins Stocken, stand auf und sagte: ‚Entschuldige, ich kann das nicht. Tut mir leid, Lucinda.' "

Ungläubig starre ich sie an. „Und was hast du gesagt?"

„Ich habe ihn angeschrien: ‚Was kannst du nicht? Du hast mich ja noch nicht mal gefragt!' Aber er hat die Schachtel wieder zugeklappt und weggesteckt. Und das war's. Er hat eine Bindungsphobie!" Sie schäumt vor Wut, und ich kann es ihr nicht verdenken.

„Aber warum um alles in der Welt hast du dich dann darauf eingelassen, unsere Hochzeit zu organisieren?", frage ich fassungslos. „Reibst du es dir damit nicht jeden Tag wieder unter die Nase?"

„Das war das Mindeste, was er zur Entschädigung für mich tun konnte." Wütend funkelt sie mich an. „Ich brauchte dringend einen Job. Obwohl ich mich inzwischen frage, ob ich nicht lieber was anderes mache. Hochzeitsplanung ist ein einziger Albtraum."

Kein Wunder, dass Lucinda die ganze Zeit so schlechte Laune hatte.

„Ich wollte den Ring nie behalten", fügt sie schmollend hinzu. „Ich wollte dir nur einen Schreck einjagen."

„Na, das ist dir ja gelungen." Ich kann nicht fassen, dass ich diese Frau in mein Leben gelassen habe, dass ich mich ihr anvertraut habe … und dabei ist sie Magnus' Ex. Wie hat er das zulassen können? Mir ist, als ob ich endlich in der Wirklichkeit angekommen bin. „Ich habe so eine Ahnung, dass du noch vor Kurzem mit Magnus im Bett warst", platzt es aus mir heraus.

Sie schweigt, und als ich ihr in die Augen sehe, wendet sie sich ab. Sie schnappt sich ihren Koffer und rollt ihn zur Tür. „Ich fahr weg. Mir reicht's. Wenn ich noch ein Wort über diese Hochzeit hören muss …"

„Lucinda?"

„Vielleicht war ich um der alten Zeiten willen ein paarmal mit ihm im Bett. Wenn du nicht auf ihn aufpassen kannst, solltest du ihn vielleicht lieber nicht heiraten." Ihr Handy klingelt, und sie geht ran. „Hi. Ja. Ich komme runter. Entschuldige …" Sie schiebt mich aus der Wohnung, knallt die Tür zu und schließt ab.

„Du kannst doch nicht einfach so abhauen!“ Ich bebe am ganzen Leib. „Du musst mir erzählen, was passiert ist!“

„Was soll ich denn dazu sagen? So was kommt vor. Du solltest es gar nicht mitbekommen, aber was soll’s.“ Sie schleppt ihren Koffer zum Fahrstuhl. „Ach, und übrigens: Falls du denkst, du und ich, wir wären die einzigen Frauen, für die er diesen Ring aus dem Banksafe geholt hat, täuschst du dich. Wir stehen am Ende einer langen Liste, Schätzchen.“

„*Bitte?* Lucinda, warte! Wovon redest du?“

„Weißt du was, Poppy? Das ist dein Problem. Ich habe mich um die Blumen und den Gottesdienst und die Dessertlöffel gekümmert. Ich bin raus.“ Sie drückt einen Knopf, und die Fahrstuhltüren schließen sich.

Als Lucinda weg ist, stehe ich geschlagene drei Minuten reglos da, wie unter Schock. Aber dann bin ich mit einem Schlag wieder da. Ich gehe die Treppe hinunter und stelle das Handy ab, als ich aus dem Gebäude trete. Ich muss nachdenken.

Ohne auf die Richtung zu achten, laufe ich los. Meine Gedanken kreisen um die Fakten, die Vermutungen, die Spekulationen und kehren dann wieder zurück zu den Fakten. Und während ich so vor mich hin laufe, scheinen sich die Gedanken zu sortieren. Meine Entschlossenheit wächst. Ich habe einen Plan.

Ich weiß nicht, woher meine plötzliche Zielstrebigkeit kommt, aber ich werde mich dieser Sache stellen. Das Seltsamste ist, dass ich Sam höre, wie er mir Mut macht und sagt, dass ich es schaffen kann. Und dadurch fühle ich mich tatsächlich stärker. Ich bin dabei, mich in eine völlig neue Poppy zu verwandeln.

Ich hole mein Handy hervor, stelle es an, und ohne auch nur eine einzige neue Nachricht zu lesen, wähle ich Magnus’ Nummer. Natürlich geht er nicht ran, aber das hatte ich nicht anders erwartet.

„Hallo Magnus“, sage ich mit der forschesten, nüchternsten Stimme, die ich zustande bringe. „Kannst du mich so bald wie möglich anrufen? Wir müssen reden.“

Okay. Gut. Das war würdevoll. Jetzt leg auf. Leg auf, Poppy!

Aber ich kann es nicht. Ich möchte jetzt mit ihm reden. Er soll wissen, wie schockiert und verletzt ich bin.

„Denn … ich hab da was gehört, okay?“, höre ich mich sagen. „Ich habe mit deiner alten Freundin Lucinda gesprochen. Und was sie mir erzählt hat, war doch – gelinde gesagt – ein Schock, also denke ich, wir sollten so bald wie möglich miteinander reden. Denn falls du nicht irgendeine wundersame Erklärung hast, was ich mir nicht vorstellen kann, würde Lucinda lügen. Irgendjemand lügt jedenfalls, Magnus. Irgendjemand …"

Piep. Verdammt, die Maschine hat mich rausgeworfen.

Als ich mein Handy abstelle, verfluche ich mich. So viel zu meiner kurzen, knappen Nachricht. So viel zur völlig neuen Poppy.

Trotzdem, egal. Wenigstens habe ich angerufen. Und jetzt zum nächsten Punkt auf meiner Liste. Ich trete auf die Straße hinaus, hebe meine Hand und winke mir ein Taxi heran.

„Hallo", sage ich, als ich einsteige. „Nach Hampstead, bitte."

Ich weiß, dass Wanda heute zu Hause ist, weil sie sich auf irgendeine Radiosendung vorbereitet, in der sie heute Abend auftritt. Und tatsächlich, als ich vor dem Haus halte, schallt Musik aus den offenen Fenstern.

„Poppy!" Als Wanda die Tür aufreißt, strahlt sie mich an. „Was für eine nette Überraschung!" Sie beugt sich vor, um mir einen Kuss zu geben.

„Wir müssen mal miteinander reden."

„Na, dann komm rein!" Sie lächelt wieder, mir entgeht jedoch nicht ihr besorgter Blick. „Wir gehen in den Salon."

Ich setze mich auf eins der Sofas. Wanda sitzt mir gegenüber, in der eigenwilligen Haltung, die sie immer hat: die Knie gespreizt, den Trachtenrock um die Beine gewickelt, nach vorn geneigt, um zuzuhören.

„Wie vielen Frauen hat Magnus schon einen Heiratsantrag gemacht?" So wollte ich eigentlich nicht anfangen, aber andererseits: Warum nicht?

Wanda sieht aus, als fühlte sie sich ertappt. „Poppy!" Sie schluckt. „Du meine Güte! Ich denke wirklich, das sollte Magnus …"

„Magnus ist in Brügge. Ich kann nicht mit ihm sprechen. Also komme ich zu euch."

„Ich verstehe." Wandas Miene wird ernst.

„Lucinda hat mir erzählt, es gibt da eine Liste, und sie und ich, wir stehen ganz am Ende dieser Liste. Magnus hat mir gegenüber nie andere Frauen erwähnt. Er hat mir nicht mal erzählt, dass er mit Lucinda zusammen war. Niemand hat es mir erzählt."

„Poppy. Du darfst nicht …" Wanda fängt an zu stottern. „Magnus hat dich sehr, sehr gern, und du bist ein süßes Mädchen."

Was meint sie denn mit „süßes Mädchen"? Ist das eine herablassende Art zu sagen: „Du hast vielleicht nichts im Kopf, aber du siehst okay aus"? Ich muss was sagen. Jetzt oder nie. Los, Poppy!

„Wanda, du gibst mir immer das Gefühl, minderwertig zu sein." Die Worte kommen einfach so heraus. „Hältst du mich wirklich für minderwertig, oder bilde ich mir das nur ein?“ Irre. Ich habe es getan. Nicht zu fassen, dass ich es laut gesagt habe!

„Was?“ Wandas Augen werden groß.

„Ich fühle mich minderwertig, wenn ich hier bin.“ Ich mache eine Pause. „Immer. Und ich frage mich, ob du tatsächlich so über mich denkst oder …“

„Ich glaube, wir brauchen beide einen Drink“, sagt sie schließlich. Sie schenkt uns aus einer Flasche im Schrank zwei Gläser Scotch ein. Eines davon reicht sie mir, hebt ihres an und nimmt einen großen Schluck. „Ich fühle mich etwas überrannt.“

„Tut mir leid.“ Sofort habe ich wieder ein schlechtes Gewissen.

„Nein!“ Sie hebt eine Hand. „Absolut nicht! Liebes Kind! Es ist an mir, mich zu entschuldigen, solltest du dich je unbehaglich gefühlt haben, ganz zu schweigen von ‚minderwertig‘. Obwohl das eine so absurde Vorstellung ist, dass ich kaum …“ Ihr Satz erstirbt, und sie sieht richtig erschüttert aus. „Poppy, ich begreife das nicht. Darf ich fragen, woher du diesen Eindruck gewonnen hast?“

„Ihr seid alle so klug.“ Unsicher zucke ich mit den Schultern. „Ihr veröffentlicht Artikel in Zeitschriften und ich nicht.“

„Aber warum solltest du Artikel in Zeitschriften veröffentlichen?“

„Weil …“ Ich kratze mich an der Nase. „Ich weiß nicht. Es ist … als ich euch zum ersten Mal begegnet bin, habe ich ständig etwas falsch verstanden, und Antony fand mein physiotherapeutisches Diplom ‚amüsant‘, und das hat mich so gekränkt …“ Ich kann nicht weiterreden, weil es mir plötzlich die Kehle zusammenschnürt.

„Ah.“ Wanda scheint ein Licht aufzugehen. „Also, Antony darfst du nicht ernst nehmen. Hat Magnus dich nicht gewarnt? Sein Sinn für Humor ist manchmal etwas, sagen wir, ausgefallen.“ Sie blickt kurz zum Himmel auf. „Aber im Grunde ist er ein lieber Mensch, wie du noch merken wirst.“

Ich habe keine passende Antwort, also nehme ich einen Schluck von meinem Scotch.

„Poppy, wir sind keine besonders überschwänglichen Menschen. Aber glaub mir, Antony hält auf dich genauso große Stücke wie ich. Er wäre am Boden zerstört, wenn er von deinen Ängsten hören würde.“

„Und worum ging es in eurem Streit in der Kirche?“ Ich werfe ihr die Worte wütend an den Kopf. Wanda sieht aus, als hätte ich ihr ins Gesicht geschlagen.

„Oh. Du hast uns gehört. Tut mir leid. Das war mir nicht bewusst.“

Plötzlich habe ich es satt, um den heißen Brei herumzureden. Ich möchte zum Punkt kommen. „Okay.“ Ich stelle mein Glas ab. „Eigentlich bin ich hergekommen, weil sich herausgestellt hat, dass Magnus mit Lucinda schläft. Deshalb sage ich die Hochzeit ab. Du kannst also ebenso gut ehrlich sein und zugeben, wie wenig ihr mich von Anfang an leiden konntet.“

„Lucinda?“ Erschüttert schlägt Wanda ihre Hand vor den Mund. „Ach, Magnus, dieser dumme, dumme Junge.“ Sie wirkt ein bisschen verunsichert. „Poppy, es tut mir so leid. Magnus hat … wie soll ich es sagen? Einen schwachen Punkt.“

„Also hast du schon geahnt, dass er es tun würde? Hat er so was schon mal gemacht?“

„Ich hatte befürchtet, dass er vielleicht Dummheiten machen würde“, sagt Wanda nach einer Pause. „Zu den Gaben, die Magnus von uns geerbt hat, gehört die Fähigkeit, eine feste Bindung einzugehen, leider nicht. Deshalb waren wir in Sorge wegen eurer Hochzeit. Magnus neigt dazu, sich in romantische Abenteuer zu stürzen und dann eine Kehrtwendung zu machen, was für alle Beteiligten eher unschöne Folgen hat …“

„Dann hat er es also schon mal gemacht.“

„In gewisser Weise.“ Sie verzieht das Gesicht. „Obwohl er es noch nie bis in die Kirche geschafft hat. Bisher war er dreimal verlobt, und dann ist da noch Lucinda, seine Fast-Verlobte. Als er also zum wiederholten Mal verkündet hat, dass er ein Mädchen heiraten wollte, das wir kaum kannten, sind wir nicht gerade in einen Freudentaumel ausgebrochen.“ Sie sieht mich offen an. „Wir dachten, ihr zwei solltet lieber erst mal ein Jahr zusammen sein, um euch besser kennenzulernen. Du solltest auf keinen Fall durch die Idiotie unseres Sohnes Schaden nehmen.“

Ich bin ganz benommen. Ich habe nichts davon mitbekommen, dass Magnus eine andere heiraten wollte. Schon gar nicht, dass er vier andere heiraten wollte, einschließlich Lucinda (halb). Jetzt ergeben auch die schrägen Blicke und scharfen Worte zwischen Antony und Wanda einen Sinn.

„Ich dachte, ihr hasst mich“, sage ich. „Und ich dachte, ihr seid böse, weil er mir den Familienring gegeben hat, weil … ich nicht gut genug bin für so einen wertvollen Schmuck.“

„Nicht gut genug?“ Wanda sieht jetzt richtig erschüttert aus. „Wer hat dir denn diesen Blödsinn eingeredet?“

„Was war dann das Problem?“

„Magnus hat diesen Familienring jetzt schon so oft aus dem Banktresor geholt, dass Antony und ich unsere eigene Theorie dazu haben. Das mit dem Familienring ist ein bisschen zu einfach. Unsere Theorie ist, wenn er sich wirklich zu jemandem bekennen will, wird er selbst einen anderen

Ring wählen." Sie lächelt mich schief an. „Als wir also erfuhren, dass er den Familienring wieder mal benutzt hat, da läuteten bei uns die Alarmglocken."

„Oh. Verstehe." Ich drehe den Ring um meinen Finger. Plötzlich fühlt er sich schwer an. Ich dachte, es sei etwas Besonderes, einen Familienring zu tragen. Ich dachte, es bedeutet, dass sich Magnus damit *mehr* zu mir bekennt. Aber jetzt sehe ich es so wie Wanda: eine leichte Wahl, an die man keinen Gedanken verschwenden muss. Ich kann nicht fassen, dass alles, was ich gedacht habe, jetzt kopfsteht. Ich kann nicht glauben, wie falsch ich alles verstanden habe.

„Und ob du es mir nun glaubst oder nicht", fügt Wanda hinzu, „es tut mir sehr leid, dass es so gekommen ist. Du bist ein süßes Mädchen, Poppy. Immer vergnügt. Ich habe mich darauf gefreut, dich als Schwiegertochter zu haben."

Zum ersten Mal, seit ich Wanda kenne, sehe ich mich in der Lage, ihr Wort für bare Münze zu nehmen. Mit „immer vergnügt" meint sie nicht „niedriger IQ und minderwertiger Abschluss". Sie meint „immer vergnügt".

„Mir tut es auch leid." Das ist die Wahrheit. Ich bin wirklich traurig. Gerade jetzt, wo ich mich mit Wanda etwas besser verstehe, ist es aus. Ich dachte, Magnus sei perfekt und das einzige Problem seien seine Eltern. Jetzt habe ich das Gefühl, dass es genau umgekehrt ist. Wanda ist großartig; schade, dass sie so einen Sohn hat.

„Hier." Ich ziehe mir den Ring vom Finger und gebe ihn ihr.

„Poppy!" Sie macht ein erschrockenes Gesicht. „Bestimmt …"

„Es ist aus. Ich will ihn nicht mehr tragen. Er gehört euch." Ich nehme meine Tasche und stehe auf. „Ich muss jetzt los."

„Aber …" Wanda ist ganz durcheinander. „Bitte überstürz es nicht! Hast du denn schon mit Magnus gesprochen?"

„Noch nicht." Ich atme aus. „Aber das ist nicht mehr wichtig. Es ist aus und vorbei."

Das ist mehr oder weniger das Ende unseres Gesprächs. Wanda begleitet mich zur Tür und drückt mir die Hand, als ich gehe, und plötzlich empfinde ich fast Zuneigung zu ihr.

Die schwere Haustür schließt sich hinter mir. Mein perfekter Verlobter ist also doch nicht so perfekt. Er ist eine unaufrichtige, untreue, bindungsunfähige Niete. Ich werde die Hochzeitsfeier absagen müssen. Eigentlich müsste ich am Boden zerstört sein. Doch als ich den Hügel hinabschreite, fühle ich mich nur benommen.

Ich suche mir eine etwas abgelegene Bank in einem Fleckchen Sonnenschein und starre eine Weile ins Leere. Ziellose Gedanken schweben in meinem Kopf herum. *Ich hätte es wissen müssen … Es war zu schön, um wahr zu sein … Ich muss dem Pfarrer Bescheid sagen … Hat Magnus mich eigentlich je geliebt?*

Schließlich entfährt mir ein schwerer Seufzer, und ich stelle mein Handy an. Es blinkt mit Nachrichten, etwa zehn davon von Sam, und einen Moment lang denke ich: *Er kann Gedanken lesen, er weiß alles …*

Doch als ich sie öffne, merke ich sofort, wie dumm ich war. Natürlich schreibt er mir keine SMS zu meinem Privatleben. Hier geht es nur ums Geschäft.

> Poppy, sind Sie da? Es ist unglaublich. Datei war im Computer. Mailbox-Nachrichten sind noch da. Das ist der Beweis. Wir brauchen das Telefon. Könnten Sie mich so bald wie möglich anrufen?

Ich drücke auf „Anrufen“. Im nächsten Augenblick klingelt es in der Leitung, und ganz plötzlich werde ich nervös. Ich habe keine Ahnung, wieso.

„Hi, Poppy! Endlich! Es ist Poppy“, begrüßt Sam mich überschwänglich, im Hintergrund höre ich Stimmen. „Hier sind alle ganz aus dem Häuschen. Sie haben ja keine Ahnung, was Ihre kleine Entdeckung bedeutet!“

Das stelle ich sofort richtig. „Nicht meine Entdeckung, sondern Violets.“

„Aber wenn Sie Violets Anruf nicht angenommen hätten … schönen Gruß von Vicks! Sie möchte Ihnen einen ausgeben. Wie wir alle.“ Sam scheint in Hochstimmung zu sein. „Also haben Sie meine Nachricht bekommen? Die Techniker hier möchten sich das Handy genauer ansehen, für den Fall, dass noch irgendwas drauf ist.“

„Ach so, ja. Okay. Ich bringe es Ihnen ins Büro.“

Sam steht bei den Glastüren und hält haufenweise Erklärungen für mich bereit, die den ganzen Weg im Fahrstuhl bis nach oben dauern. Es läuft auf Folgendes hinaus: Die Nachrichten auf der Mailbox waren hundertprozentig entlarvend. Mehrere Mitarbeiter wurden bereits verhört. Justin hat die Nerven verloren und praktisch alles zugegeben. Ed Exton ist untergetaucht. Noch ist keiner sicher, ob es eine strafrechtliche Verfolgung geben wird, aber entscheidend ist jetzt vor allem, dass Sir Nicholas’ Name reingewaschen ist. Er schwebt im siebten Himmel. Sam schwebt im siebten Himmel.

Er führt mich in sein Büro. „Hier ist sie! Poppy Wyatt!“

Zwei Typen in Jeans stehen vom Sofa auf, schütteln mir die Hand und stellen sich als Ted und Marco vor.

„Sie haben also das berühmte Handy“, sagt Marco. „Dürfte ich mal sehen?“

„Selbstverständlich.“ Ich gebe es ihm. Ein paar Minuten lang untersuchen die beiden es, tippen darauf herum, sehen es sich genauer an, reichen es hin und her.

„Hätten Sie was dagegen, wenn wir es behalten?“, fragt Marco schließlich, als er aufblickt.

„Behalten?“ Die Bestürzung in meiner Stimme ist unüberhörbar.

„Entschuldigen Sie. Es ist ein Firmenhandy, also bin ich davon ausgegangen …“ Er zögert.

„Jetzt nicht mehr“, sagt Sam stirnrunzelnd. „Ich habe es Poppy geschenkt.“

„Die Sache ist, wir würden es gern eingehend untersuchen. Das wird sicher etwas dauern.“ Marco wirft Sam einen Hilfe suchenden Blick zu. „Ich meine, wir können Ihnen sicher einen gleichwertigen Ersatz besorgen …“

„Absolut.“ Sam nickt. „Der Preis spielt keine Rolle.“ Er grinst mich an.

Ich will aber dieses Handy. Unser Handy. Aber … es wäre unvernünftig, mich zu weigern. „Klar.“ Ich lächle. „Nehmen Sie es. Es ist ja nur ein Telefon.“

„Was Ihre eigenen Nachrichten und Kontakte angeht …“ Marco tauscht einen fragenden Blick mit Ted.

„Wir könnten sie ausdrucken.“ Teds Augen leuchten. „Wie wäre das?“

„Einige davon sind meine Nachrichten“, erklärt Sam.

„Wie?“ Marcos Blick geht von mir zu Sam. „Tut mir leid, ich bin leicht verwirrt. Wessen Handy ist denn das?“

„Wir haben es beide benutzt“, erklärt Sam. „Gleichzeitig. Gemeinsam.“

„Gemeinsam?“ Ted sieht entsetzt aus.

„Ich habe noch nie Leute erlebt, die sich ein Handy teilen“, sagt Marco. „Und … wie war das so?“

„Es gab gewisse Momente …“, sagt Sam mit hochgezogenen Augenbrauen. Er grinst mich an, und unwillkürlich lächle ich zurück.

„O…kay.“ Marco klingt, als hätte er eben gemerkt, dass er es mit Verrückten zu tun hat. „Na gut, wir werden mal loslegen. Komm, Ted.“

„Wie lange werden Sie brauchen?“, fragt Sam.

Ted zieht seine Stirn in Falten. „Könnte eine Weile dauern. Eine Stunde?“

Sie verlassen Sams Büro, und er schließt die Tür hinter ihnen. Eine Minute lang sehen wir uns nur an, und mir fällt ein kleines Grübchen an seiner Wange auf, das gestern Abend noch nicht da war.

Gestern Abend. Sofort stehe ich wieder im Wald. Ich stehe im Dunkeln, seine Arme um mich, sein Mund … *Nein. Hör auf, Poppy. Lass es sein. Denk nicht daran, frag dich nicht, ob …*

„Was für ein Tag!“, sage ich schließlich, weil einer von uns jetzt mal etwas sagen muss.

„Das kann man wohl sagen.“ Sam führt mich zum Sofa, und ich setze mich. Ich bin ein bisschen verlegen.

„Und wie geht es Ihnen?“, fragt er. „Wie ist es gelaufen?“

„Gibt nicht viel Neues zu berichten.“ Ich zucke bewusst sorglos mit den Schultern. „Außer dass ich meine Hochzeit absage.“

Sam verzieht das Gesicht und nickt. „Okay. Das ist ziemlich übel. Haben Sie mit ihm gesprochen?“

„Mit seiner Mutter. Ich war bei ihr zu Hause. Ich habe gesagt: ‚Wanda, hältst du mich wirklich für minderwertig, oder bilde ich mir das nur ein?‘ “

„Haben Sie nicht!“, ruft Sam begeistert.

„Wortwörtlich.“ Unwillkürlich muss ich lachen, als ich sein Gesicht sehe, obwohl ich gleichzeitig weinen möchte. „Sie wären stolz auf mich gewesen.“

„Sehr gut, Poppy!“ Er hebt eine Hand, damit ich ihn abklatschen kann. „Ich weiß, wie viel Mut es Sie gekostet hat. Und was hat sie geantwortet?“

„Es war alles nur in meinem Kopf“, gebe ich zu. „Sie ist eigentlich richtig nett, und sie mag mich gern.“

„Und was haben Sie jetzt vor?“ Sam sieht mir tief in die Augen, und ich glaube, dort noch eine Frage zu sehen. Eine Frage, die uns beide betrifft.

„Weiß nicht“, sage ich nach kurzer Pause. „Ich werde ziemlich viel regeln müssen.“

Er schweigt. Als sich unsere Blicke treffen, setzt in meinem Herzen ein kleiner Trommelwirbel ein. Seine Augen sind so intensiv und ernst und dunkel. Je länger ich hineinsehe, desto mehr möchte ich mich darin verlieren. Wenn er denkt, was ich denke, dann … *Nein. Hör auf, Poppy. Natürlich tut er das nicht. Ich weiß ja nicht mal genau, was ich eigentlich denke …*

Abrupt stehe ich auf. „Ich gehe ein bisschen an die frische Luft.“

Sam sieht mich überrascht an. „Ist das Ihr Ernst?“

„Ja, ich habe noch etwas zu erledigen.“ Ich weiche seinem Blick aus, als ich an ihm vorbeigehe. „Wir sehen uns in einer Stunde.“

ICH ERLEDIGE gar nichts. Ich habe einfach nicht die Energie dazu. Von Sams Büro aus wandere ich bis zur St Paul’s Cathedral. Ich setze mich auf die Stufen in einen Streifen Sonnenlicht und sehe mir die Touristen an. Schließlich trete ich den Rückweg an.

Sam ist am Telefon, als man mich in sein Büro führt, und er nickt mir zu, deutet entschuldigend auf den Hörer.

„Klopf, klopf!“ Teds Kopf kommt hinter der Tür hervor. „Alles fertig.“ Er tritt ein, mit einem dicken Packen Papier unterm Arm.

„Wow!“ Es ist wirklich viel Papier, das er da in der Hand hält.

„So.“ Er legt den Stapel auf den Schreibtisch der Assistentin und teilt ihn in drei Haufen. „Diese hier gehören alle Sam. Bitte schön!“ Er reicht ihm den Stapel, als Sam von seinem Schreibtisch aufsteht.

„Sehr schön, danke“, sagt Sam und blättert darin herum.

„Und das hier sind Ihre, Poppy.“ Er klopft auf einen zweiten Haufen.

„Okay, danke.“ Ich blättere darin herum.

„Und dann ist da dieser dritte Haufen.“ Ted runzelt die Stirn. „Wir wussten nicht genau, was wir damit anfangen sollten. Das ist von Ihnen beiden. Alle Kurznachrichten und E-Mails, die Sie sich gegenseitig zugeschickt haben. In chronologischer Folge.“

Ich starre ungläubig das oberste Blatt an. Es ist ein grobkörniges Foto von mir in einem Spiegel, mit dem Handy in der Hand, wie ich das Wölflingszeichen mache. Es kommt mir vor, als wäre das alles eine Ewigkeit her. Als Sam nur ein Fremder am anderen Ende der Leitung war…

Ich spüre eine Bewegung neben mir. Sam ist herübergekommen, um einen Blick darauf zu werfen. „Merkwürdig, das alles ausgedruckt zu sehen“, sagt er.

„Ich weiß.“ Ich nicke.

Ich komme zu einem Foto von schlechten Zähnen, und beide prusten wir vor Lachen.

Fasziniert blättere ich weiter. Hier steht alles, was wir einander gesagt haben. Seitenweise Kurznachrichten, wie ein Buch der letzten paar Tage. Als ich zu den Nachrichten von gestern Abend komme, stockt mir der Atem. Wenn ich diese Worte sehe, ist es, als wäre ich gleich wieder dort. Ich wage weder Sam anzusehen noch einen Anflug von Gefühlen zu zeigen, also blättere ich schweigend weiter, als würde es mich nicht allzu sehr interessieren. Und plötzlich habe ich einen Kloß im Hals. *Halt. Stopp.* Ich blicke mit unbekümmertem Lächeln auf.

„Ja, nun, wie gesagt“, Ted zuckt mit den Schultern. „Wir wussten nicht, was wir damit anfangen sollten.“

„Wir klären das“, sagt Sam. „Danke, Ted.“ Er zeigt keine Regung.

„Dann können wir dieses Handy jetzt also auseinandernehmen, ja?“, sagt Ted.

„Kein Problem.“ Sam nickt. „Bis bald, Ted.“

Als Ted verschwunden ist, deutet Sam auf den dritten Stapel. „Also … wollen Sie diese Seiten haben?“

Ich spüre, wie mir heiß wird. Diese Ausdrucke sind der einzige Beweis für diese seltsame, wunderbare Zeit. Selbstverständlich will ich diese Seiten haben. Aus unerfindlichem Grunde jedoch kann ich es Sam gegenüber nicht zugeben.

„Mir ist es egal, wie auch immer. Ich meine, nicht, dass ich sie für irgendwas bräuchte …“ Ich zögere.

„Stimmt.“ Er nickt. „Es ist doch alles ziemlich belangloses Zeug …“ Sein Handy piept, und er holt es aus der Tasche. Er betrachtet das Display, dann runzelt er die Stirn. „Ach, du Schande. Das hat mir gerade noch gefehlt.“

„Was ist?“, frage ich beunruhigt.

„Was um alles in der Welt haben Sie Willow geschrieben?“

„Bitte?“ Verblüfft starre ich ihn an.

„Sie ist auf dem Kriegspfad wegen irgendeiner Mail, die Sie ihr geschrieben haben. Wieso schreiben Sie Willow überhaupt?“

„Das habe ich nicht!“ Perplex starre ich ihn an. „Ich kenne sie ja gar nicht!“

„Tja, sie behauptet was ganz anderes …“ Er hält inne, als sein Handy noch einmal piept. „Da, erkennen Sie das wieder?“ Er reicht mir das Handy.

> Hexe Willow, könntest du Sam vielleicht IN FRIEDEN LASSEN UND AUFHÖREN, IN NERVIGEN BLOCKBUCHSTABEN ZU SCHREIBEN? Nur zu deiner Info: Du bist nicht mehr Sams Freundin. Also muss dich auch nicht interessieren, wieso er mit einem „niedlichen“ Mädchen unterwegs ist. Hast du kein eigenes Leben?

Mir läuft ein kalter Schauer über den Rücken. Okay, vielleicht habe ich heute Morgen doch so was Ähnliches geschrieben, als ich auf dem Weg zu Sams Büro in der U-Bahn saß. Nur aus Ärger über Willows neueste Hasstirade. Aber ich habe die Nachricht nicht abgeschickt. Ich meine, selbstverständlich habe ich sie nicht abgeschickt. Ich hätte sie doch nie, niemals abgeschickt …

„Ich … äh …“ Mein Mund ist etwas trocken. „Möglicherweise habe ich es aus Jux geschrieben und dann versehentlich abgeschickt. Es tut mir wirklich leid. Keine Frage. Aber es war wirklich nur ein Versehen …“

„Ist es nicht egal, ob das ein Versehen war oder nicht?“ Er reißt mir sein Handy aus der Hand. „Es nervt, und ich habe absolut keine Lust, mich darum zu kümmern …“

„Moment mal!“ Ich hebe eine Hand. „Wieso müssen Sie sich darum kümmern? Die Mail hat sie doch mir geschickt, nicht Ihnen.“

„Glauben Sie mir.“ Er wirft mir einen grimmigen Blick zu. „Irgendwie ist es am Ende dann doch wieder mein Problem.“

„Hören Sie.“ Ich versuche ruhig zu bleiben. „Ich werde ihr schreiben und mich entschuldigen. Aber ich finde, dass Sie überreagieren. Sie sind nicht mehr mit ihr zusammen. Das Ganze hat eigentlich gar nichts mit Ihnen zu tun.“

Er sieht mich nicht mal an. Er tippt auf sein Handy ein.

„Sie haben die Trennung noch nicht verwunden, oder?“ Schmerzhaft trifft mich die Erkenntnis. „Sie sind noch gar nicht über sie hinweg.“

„Natürlich bin ich das.“

„Sind Sie nicht! Wenn es so wäre, würden Sie sich nicht solche Gedanken um diese E-Mail machen.“ Meine Stimme bebt.

„Poppy, warum sind Sie denn so aufgebracht?“

„Weil … weil …“ Ich atme schwer. Aus Gründen, die ich ihm nicht verraten kann. Aus Gründen, die ich nicht einmal mir selbst gegenüber zugeben kann. „Weil … Sie nicht ehrlich waren! Sie haben mir diesen ganzen Quatsch erzählt, dass mit Willow alles aus ist und sie es endlich einsehen muss. Und dann tun Sie so, als sei sie immer noch ein wichtiger Teil Ihres Lebens und Sie seien immer noch für sie verantwortlich. Und das sagt mir, dass Sie die Trennung noch nicht verwunden haben.“

Er sieht richtig wütend aus. „Sie haben kein Recht, sich über etwas zu mokieren, von dem Sie nichts verstehen …“

„Oh, tut mir leid!“ Ich stoße ein sarkastisches, kleines Lachen aus. „Sie haben recht. Ich habe nicht den leisesten Schimmer, was Sie beide angeht. Vielleicht kommen Sie ja wieder zusammen. Ich hoffe, Sie werden glücklich.“

„Poppy, könnten wir uns mal hinsetzen und … in aller Ruhe darüber sprechen?“

Ich glaube kaum, dass ich ruhig bleiben kann. Alle möglichen versteckten Gefühle melden sich. Ich konnte mir bisher nicht so recht eingestehen, wie viel ich doch erwartet hatte … Egal. Ich war eine dumme Gans und muss so schnell wie möglich von hier verschwinden.

„Tut mir leid. Ich bin etwas gestresst. Bestimmt wegen der Hochzeit. Ist alles okay. Hören Sie, vielen Dank, dass Sie mir Ihr Handy geliehen haben. Es war nett, Sie kennenzulernen, und ich hoffe, Sie werden sehr glücklich. Mit oder ohne Willow.“ Meine Hände zittern, als ich meine Tasche nehme. „Keine Sorge, ich finde den Weg hinaus …“ Ich gehe zur Tür.

Sam scheint gar nicht zu wissen, wie ihm geschieht. „Poppy, bitte gehen Sie nicht so. Bitte."

„Ich gehe gar nicht irgendwie!", sage ich heiter. „Wirklich. Ich habe nur viel zu tun. Ich muss meine Hochzeit absagen."

„Warten Sie, Poppy!" Sams Stimme klingt so eindringlich, dass ich stehen bleibe und mich umdrehe. „Ich wollte nur sagen … vielen Dank." Mit seinen dunklen Augen sieht er mich an und dringt für einen Augenblick durch meinen stachligen Schutzpanzer.

„Ebenfalls." Ich nicke, habe einen Kloß im Hals. „Danke."

Ich hebe eine Hand zum letzten Gruß und marschiere den Flur entlang. *Geh weiter. Erhobenen Hauptes. Dreh dich nicht um.*

Als ich auf der Straße stehe, sind meine Wangen nass von Tränen, und in mir brodelt es – obwohl ich gar nicht sagen kann, auf wen ich am wütendsten bin. Vielleicht auf mich selbst. Aber es gibt eine Möglichkeit, mich auf andere Gedanken zu bringen.

Eine halbe Stunde später bin ich in einem Telefonladen, unterzeichne den teuersten verfügbaren Vertrag und bin mit meinem smarten iPhone auf dem neuesten Stand der Technik. „Der Preis spielt keine Rolle", hat Sam gesagt – ich habe ihn beim Wort genommen.

Draußen vor dem Laden wähle ich Magnus' Nummer und nicke zufrieden, als ich direkt bei der Mailbox lande. Genau das wollte ich.

„Okay, du Mistkerl." Ich färbe das Wort so giftig ein, wie es mir möglich ist. „Ich habe mit Lucinda gesprochen. Ich weiß, dass du mit ihr geschlafen hast. Ich weiß, dass du ihr einen Heiratsantrag gemacht hast. Ich weiß, dass der Ring schon die Runde gemacht hat. Ich weiß, dass du ein verdammter Lügner bist, und nur damit du es weißt … die Hochzeit ist abgesagt. Wir sehen uns, Magnus. *Nie wieder.*"

Es gibt Momente im Leben, für die das Magnum-Eis mit der weißen Schokolade erfunden wurde, und das ist nun so einer.[27]

Den Telefonaten bin ich noch nicht gewachsen. Ich kann es dem Pfarrer, meinen Brüdern, meinen Freunden noch nicht erzählen. Ich bin einfach zu erledigt. Ich muss erst wieder Kräfte sammeln. Und als ich dann zu Hause ankomme, habe ich einen Plan.

Heute Abend: Trost-DVDs gucken, Magnums essen, viel weinen.

Morgen: die Hochzeit absagen.

[27] Nicht einmal der Umstand, dass der Produktname mich an genau den Menschen erinnert, den ich vergessen möchte, kann mich vom Gegenteil überzeugen.

Natürlich will ich mir nichts ansehen, was mit Hochzeiten zu tun hat[28], also entscheide ich mich für Trickfilme, die sich als die größten Schnulzen von allen entpuppen. Ich sehe *Toy Story 3*[29], *Oben*[30] – und gegen Mitternacht bin ich bei *Findet Nemo*[31] angekommen. Ich habe mich in meinem uralten Pyjama auf dem Sofa in eine flauschige Decke gerollt, den Weißwein griffbereit, und habe die verquollensten Augen im ganzen Universum, als es an der Tür klingelt.

Die Gegensprechanlage ist vom Sofa aus bequem zu erreichen, also nehme ich den Hörer, halte *Findet Nemo* an und sage zögernd: „Ja bitte?"

„Hier ist Magnus."

Magnus? Hier, vor meiner Tür? Hat er die Nachricht gehört?

„Hi." Ich versuche, mich zusammenzureißen. „Ich dachte, du bist in Brügge."

„Ich bin wieder da."

„Okay. Und wieso nimmst du nicht deinen Schlüssel?"

„Ich dachte, du hast vielleicht das Schloss auswechseln lassen."

„Aha." Also hat er die Nachricht abgehört. „Hab ich aber nicht."

„Kann ich raufkommen?"

„Meinetwegen."

Trotzig stelle ich *Findet Nemo* wieder an. Schließlich geht mein Leben weiter. Ich habe mich schon lange genug nach ihm gerichtet. Und da höre ich schon seinen Schlüssel im Schloss. Die Tür gibt ein vertrautes Quietschen von sich, und ich weiß, dass er im Zimmer ist, halte meinen Blick jedoch stur auf den Bildschirm gerichtet.

„Hi."

Aus Versehen blicke ich auf, und er kommt sofort herüber und nimmt meine Hände.

„Lass das!" Ich knurre ihn förmlich an, reiße meine Hände an mich. „Ich will das nicht!"

„Entschuldige." Er weicht zurück, als hätte er sich verbrüht.

„Ich weiß nicht mehr, wer du bist. Du hast mich belogen. Ich kann niemanden heiraten, der ein Lügner und Betrüger ist. Also kannst du ebenso gut wieder gehen."

---

[28] Was – wie sich herausstellt – auf die meisten meiner DVDs zutrifft.

[29] Ein Meer der Tränen.

[30] Ein Ozean der Tränen.

[31] Was ist das denn für ein Film, der damit anfängt, dass ein Mutterfisch mit allen seinen kleinen, leuchtenden Eiern von einem Hai gefressen wird?

Magnus gibt einen schweren Seufzer von sich. „Poppy … Ich habe einen Fehler gemacht. Keine Frage. Ich gebe es zu."

„Einen ‚Fehler'?", wiederhole ich sarkastisch.

„Ja, einen Fehler! Ich bin nicht perfekt, okay? Du willst einen perfekten Mann? Glaub mir, den gibt es nicht. Und wenn du die Hochzeit deshalb absagst, weil mir ein einziger kleiner Irrtum unterlaufen ist …" Er streckt die Hände nach mir aus. „Ich bin ein fehlbarer Mensch wie alle anderen, Poppy."

„Ich will keinen perfekten Mann", schnauze ich ihn an. „Ich will nur einen Mann, der nicht mit meiner Hochzeitsplanerin ins Bett geht."

„Leider kann man sich seinen Makel nicht aussuchen. Und ich bereue meine Schwäche zutiefst."

Wie bringt er es fertig, so zu klingen, als wäre er hier das Opfer? „Es ist nicht nur das. Du hast mir nie von deinen anderen Verlobten erzählt. Du hast mir nie erzählt, dass du Lucinda einen Heiratsantrag gemacht hast. Ich dachte, dieser Ring wäre was Besonderes. Ich habe ihn übrigens deiner Mutter gegeben."

„Ja, ich habe anderen Mädchen Anträge gemacht", sagt er langsam. „Aber ich weiß überhaupt nicht mehr, wieso."

„Weil du sie geliebt hast?"

„Nein", sagt er plötzlich vehement. „Habe ich nicht. Ich war verrückt. Poppy, du und ich … mit uns ist es anders. Wir könnten es schaffen. Ich weiß es genau. Wir müssen nur diese Hochzeit hinter uns bringen …"

„Hinter uns bringen?"

„So habe ich es nicht gemeint. Komm schon, Poppy. Alles steht bereit für die Hochzeit. Es geht nicht darum, was mit Lucinda passiert ist – es geht um dich und mich. Wir können es schaffen. Ich will es schaffen. Ich will es wirklich." Er spricht mit solcher Inbrunst, dass ich ihn überrascht anstarre.

„Magnus …"

„Kann dich das hier umstimmen?" Zu meiner Überraschung sinkt er neben dem Sofa auf die Knie und greift in seine Tasche. Sprachlos sehe ich ihm dabei zu, wie er eine kleine Schmuckschachtel öffnet. Darin befindet sich ein fein geflochtener Goldring, auf dem ein kleiner Diamant sitzt.

„Wo … wo kommt der denn her?"

„Hab ich in Brügge für dich gekauft." Er räuspert sich, als wäre es ihm peinlich, es zuzugeben. „Als ich ihn im Schaufenster sah, musste ich an dich denken."

Ich kann es nicht fassen. Magnus hat mir einen Ring gekauft. Nur für mich! Ich höre noch Wandas Stimme: *Wenn er sich wirklich zu jemandem bekennen will, wird er selbst einen anderen Ring wählen.*

Aber ich kann mich immer noch nicht entspannen. „Wieso hast du diesen Ring ausgesucht?“, frage ich. „Wieso hat er dich an mich erinnert?“

„Das geflochtene Gold.“ Er lächelt. „Es hat mich an dein Haar erinnert. Natürlich nicht die Farbe“, räumt er eilig ein, „sondern der Glanz.“

Ich blicke auf, und er sieht mich mit hoffnungsvollem, ein bisschen unterwürfigem Lächeln an. Das war eine gute Antwort. Ziemlich romantisch. Die Gedanken fliegen nur so in meinem Kopf herum. Er hat einen Fehler gemacht. Aber will ich deswegen alles wegwerfen? Bin ich denn selbst perfekt? Hand aufs Herz: Vor vierundzwanzig Stunden stand ich irgendwo im Wald, in den Armen eines anderen Mannes. Der Gedanke an Sam versetzt mir einen Stich, und ich schüttle mich innerlich. *Vergiss es. Denk nicht daran.* Die Situation hat mich mitgerissen. Vielleicht war es bei Magnus genauso.

„Was meinst du?“ Magnus mustert mich gespannt.

„Ich finde ihn traumhaft“, flüstere ich. „Himmlisch.“

„Ich weiß.“ Er nickt. „Er ist etwas ganz Besonderes. Wie du. Und ich möchte, dass du ihn trägst. Also, Poppy … liebste Poppy … willst du?“

„Oh, Magnus!“, sage ich hilflos. „Ich weiß nicht …“ Mein neues iPhone blinkt mit Nachrichten, und ich nehme es, um Zeit zu schinden. Da ist eine ganz neue Nachricht von samroxton@whiteglobeconsulting.com.

Mein Herz macht einen kleinen Hüpfer. Ich habe Sam heute Nachmittag meine neue Nummer geschickt, nur damit er sie hat. Und im letzten Moment habe ich noch hinzugefügt: „Das mit heute Nachmittag tut mir leid“, mit ein paar Küsschen. Nur um alles aus der Welt zu schaffen. Jetzt antwortet er mir. Um Mitternacht. Was will er mir sagen? Mit zitternden Fingern öffne ich die Nachricht.

> Sam hat sich sehr über Ihre Mail gefreut. Sobald er kann, wird er sich bei Ihnen melden. Bis dahin vielen Dank für Ihr Interesse.

Ich spüre einen Stich der Demütigung, als ich die Worte lese. Die Mauer-Mail. Er hat seiner Assistentin gesagt, sie soll mir die Mauer-Mail schicken. Klarer hätte er sich eigentlich nicht ausdrücken können, oder? Ich spüre mehr als nur einen kleinen Stich in meiner Brust – jetzt ist daraus ein bohrender Schmerz geworden. Ich war so dumm.

„Poppy?“ Magnus betrachtet mich. „Schlechte Nachricht?“

„Nein.“ Ich werfe das Handy aufs Sofa und bringe irgendwie ein strahlendes Lächeln zustande. „Du hast recht. Wir alle machen Fehler. Wir werden alle hin und wieder zu dummen Gedanken verleitet. Entscheidend aber ist …“ Da geht mir die Luft aus.

„Ja?“, hakt Magnus sanft nach.

„Entscheidend ist … Du hast mir einen Ring gekauft. Und zwar selbst.“

Als ich die Worte ausspreche, scheinen meine Gedanken eine Form anzunehmen. Alle meine Illusionen fallen von mir ab. Das ist die Realität, direkt hier vor meinen Augen. Ich weiß jetzt, was ich will. Ich nehme den Ring aus der Schachtel. „Du hast ihn selbst für mich ausgesucht. Und ich finde ihn traumhaft. Und, Magnus … ja.“

Ich sehe Magnus offen in die Augen, interessiere mich plötzlich überhaupt nicht mehr für Sam, will mein Leben anschieben, auf zu neuen Ufern.

„Ja?“ Er sieht mich an, als wäre er nicht sicher, was er da hört.

„Ja.“ Ich nicke.

Schweigend nimmt Magnus den Ring aus meiner Hand und steckt ihn auf meinen Ringfinger.

Ich kann es kaum glauben. Ich werde heiraten!

12

Magnus ist nicht abergläubisch. Obwohl heute unser Hochzeitstag ist und obwohl jeder weiß, dass es Unglück bringt, ist er gestern Abend bei mir geblieben. Als ich sagte, er soll bei seinen Eltern übernachten, fing er an zu schmollen und meinte, so einen Schwachsinn könne ich doch wohl nicht ernst nehmen. Deshalb fühle ich mich ihm gegenüber immer noch etwas kratzbürstig. Was an einem Hochzeitstag nicht gerade ideal ist. Eigentlich wollte ich ihn im Wohnzimmer übernachten lassen, aber da lagen schon meine Brüder Toby und Tom in ihren Schlafsäcken. Zumindest habe ich ihm das Versprechen abgerungen, das Haus zu verlassen, bevor ich in mein Hochzeitskleid steige.

Toby und Tom schälen sich gerade aus ihren Kokons, als die Friseurin kommt. Sofort fangen sie an, mit ihr herumzualbern, und drehen sich Lockenwickler in die Haare, dass ich mich vor Lachen kringeln muss und mir zum hunderttausendsten Male wünsche, ich würde sie viel öfter sehen. Dann verschwinden sie, um irgendwo frühstücken zu gehen, und Ruby und Annalise kommen zwei Stunden zu früh, weil sie es nicht abwarten konnten.

Und dann pusten Föne, Nägel werden bemalt, Make-up wird aufgelegt. Haare werden hochgesteckt. Blumen treffen ein, Kleider werden angezogen. Und bevor ich es merke, ist es plötzlich zwei Uhr. Die Autos sind da, und ich stehe in Kleid und Schleier vor dem Spiegel. Tom und Toby stehen links und rechts von mir und sehen in ihren Cutaways so gut aus, dass ich Tränen wegblinzeln muss. Das also sind meine letzten Momente als Single.

„Mum und Dad wären so stolz auf dich“, sagt Toby mit rauer Stimme. „Hammermäßiges Kleid.“

„Danke.“ Ich versuche lässig zu klingen, aber es ist nicht leicht.

Mein Kleid ist richtig lang und schmal, mit tief ausgeschnittenem Rücken und spitzenbesetzten Ärmeln. Meine Haare sind zu einem eleganten Knoten im Nacken zusammengesteckt, mein Schleier ist hauchdünn. Dazu trage ich ein perlenbesetztes Haarband und halte einen hübschen Strauß Maiglöckchen in der Hand. Irgendwie jedoch scheint etwas zu fehlen …

DER WAGEN ist ein schwarzer Rolls-Royce. Ein paar Nachbarn haben sich versammelt, um zu sehen, wie ich herauskomme. Ich tanze eine kleine Pirouette, und alle klatschen, als ich in den Wagen steige. Wir fahren los, und ich komme mir vor wie eine echte, strahlende, glückliche Braut.

Nur als wir die Buckingham Palace Road entlangfahren, beugt sich Tom vor und sagt: „Poppy? Ist dir übel oder was?“

„Wie?“

„Du siehst krank aus.“

„Nein, tu ich nicht.“ Ich mustere ihn düster.

„Tust du wohl“, sagt Toby und sieht mich misstrauisch an. „Irgendwie so … grün.“

„Ja, grün.“ Toms Miene hellt sich auf. „Genau das meinte ich. Als müsstest du gleich spucken. Musst du gleich spucken?“

Das ist so typisch für meine Brüder. Wieso konnte ich keine Schwestern haben, die mir sagen, dass ich wundervoll aussehe, und mir ihr Rouge leihen?

„Nein, ich muss nicht gleich spucken!“ Ich wende mich ab und starre aus dem Fenster, sehe die Straßen vorüberfliegen. Und plötzlich, bevor ich so richtig bereit bin, sind wir da. Die Kirchenglocke läutet, als wir aus dem Wagen steigen.

Es ist so weit. Dies ist der glücklichste Tag in meinem Leben. Ich muss mir jeden Augenblick einprägen. Besonders, wie glücklich ich bin.

Tom betrachtet mich und schneidet eine Grimasse. „Poppy, du siehst schrecklich aus. Ich sag dem Pfarrer, dass du krank bist.“ Er stürmt an mir vorbei in die Kirche.

„Nein, nein! Ich bin nicht krank!“, rufe ich wütend, aber es ist zu spät. Er ist nicht mehr davon abzubringen. Und tatsächlich kommt Reverend Fox im nächsten Moment mit sorgenvoller Miene aus der Kirche geeilt.

„Ach du meine Güte, Ihr Bruder hat recht", sagt er. „Sie sehen tatsächlich nicht gesund aus."

„Ich bin aber gesund!"

„Wieso nehmen Sie sich nicht ein paar Minuten Zeit, um sich zu fangen, bevor wir mit dem Gottesdienst beginnen?" Er führt mich in einen kleinen Nebenraum. „Setzen Sie sich einen Moment, trinken Sie ein Glas Wasser. Wir müssen sowieso noch auf die Brautjungfern warten."

„Ich halte auf der Straße nach ihnen Ausschau", sagt Tom.

„Kommst du zurecht, Schwesterchen?", fragt Toby.

„Klar."

Alle gehen hinaus, und ich bleibe ganz allein in dem stillen Raum zurück. Ein winziger Spiegel steht auf einem Regal, und als ich hineinsehe, schrecke ich zurück. Ich sehe wirklich krank aus. Was ist los mit mir?

Mein iPhone klingelt, und ich werfe einen Blick darauf. Die Nachricht kommt von Sams Handy. Kaum sehe ich das Wort „Sam", bekomme ich weiche Knie, als wäre ich ein Teenager. Das ist doch einfach schrecklich! Am liebsten würde ich ihn ignorieren. Aber ich weiß, dass ich diese Hochzeit niemals durchstehe, solange mir eine ungelesene SMS ein Loch ins Handy brennt. Ich öffne sie so ruhig wie möglich.

Hi. Stör ich?

Ist das sein Ernst? Oder meint er es sarkastisch? Oder … Da begreife ich. Er denkt, ich hätte die Hochzeit abgesagt. Er weiß von nichts.

Ein bisschen.

Dann will ich mich kurz fassen. Sie hatten recht, und ich hatte unrecht. Wegen Willow. Tut mir leid, dass ich so reagiert habe. Ich wollte nicht, dass Sie recht hatten, aber Sie hatten recht. Ich habe mit ihr gesprochen. Ich habe ihr gesagt, dass es aus ist, *finito*. Und dass sie das mit den E-Mails lassen soll.

Wie hat sie reagiert?

Sie war ziemlich schockiert.

Einen Moment bleibt es still. Ich halte mein Handy ganz fest und warte, ob er mir noch mal schreibt. Und dann piept es.

Bestimmt kein leichter Tag für Sie. Heute sollte Ihre Hochzeit sein, oder?

Mir rutscht der Magen in die Knie. Was soll ich antworten?

Ja.

Na, hier kommt was, um Sie aufzuheitern.

Mich aufheitern? Ich behalte das Display im Auge, bis ein Foto kommt, das mich überrascht auflachen lässt. Es ist ein Bild von Sam auf einem Zahnarztstuhl. Er grinst breit und trägt einen Aufkleber am Revers, auf dem steht: „Ich kümmere mich um meine Zähne!"

Das hat er für mich getan, blitzt es in meinem Kopf auf. *Er war für mich beim Zahnarzt! Nein. Sei nicht blöd. Er war wegen seiner Zähne da.*

Ich schreibe:

Sie haben recht, das hat mich aufgeheitert. Bravo! Wurde auch Zeit.

Gleich darauf antwortet er:

Hätten Sie Zeit für einen Kaffee?

Und zu meinem Entsetzen, ohne Vorwarnung, steigen mir die Tränen in die Augen. Wie kann er sich jetzt melden und mit mir einen Kaffee trinken wollen? Er muss doch gemerkt haben, dass sich die Lage verändert hat. Während ich tippe, fangen meine Finger an zu zucken und zappeln.

Sie haben mir doch die Mauer-Mail geschickt.

Ich verschicke nie E-Mails. Das wissen Sie doch. Muss wohl meine Assistentin gewesen sein. Die ist etwas übereifrig.

Er hat sie gar nicht geschickt? Okay, jetzt weiß ich nicht mehr weiter. Gleich muss ich weinen oder hysterisch lachen. Ich hatte mir alles so schön zurechtgelegt. Ich wusste, wo alles war und wo ich stand. Jetzt steht wieder alles kopf. Ich schließe die Augen. Ich muss es ihm sagen. Aber was soll ich … wie soll ich …

Ich bringe es nicht fertig, die Worte zu schreiben. Stattdessen mache ich den Arm so lang wie möglich, fotografiere mich, dann betrachte ich das Ergebnis. Ja. Auf dem Bild ist alles zu erkennen: mein Kopfschmuck, mein Schleier, ein Stück von meinem Hochzeitskleid. Es kann absolut kein Zweifel daran bestehen, was los ist.

Ich gehe auf „Sam Mobil" und schicke es ab. So. Jetzt weiß er Bescheid. Danach werde ich wahrscheinlich nie wieder von ihm hören. Die Glocke über mir hat aufgehört zu schlagen, und eine seltsame Stille macht sich breit.

Und plötzlich piept mein Handy los. Durchdringend, wie eine Sirene. Die

Kurznachrichten stapeln sich nur so in meinem Postfach: eine nach der anderen, alle von Sam.

Nein! Nein, nein, nein! Nicht!

☹

Stopp!

Glauben Sie, dass er Sie liebt?

Liebt mich Magnus? Ich meine … was ist denn Liebe? Niemand weiß genau, was Liebe ist. Niemand kann es beweisen. Aber wenn dir in Brügge jemand einen Ring aussucht, für dich allein, dann muss das doch wohl ein guter Anfang sein, oder?

Ja.

Ich glaube, Sam war wohl auf meine Antwort vorbereitet, denn seine Antwort kommt schnell.

Nein. Sie irren sich. Stopp. Stopp. Stopp.

Am liebsten würde ich ihn anschreien. Das ist nicht fair. Er darf das jetzt nicht sagen.

Was soll ich denn tun???

Das schicke ich gerade ab, als die Tür aufgeht. Es ist Reverend Fox, gefolgt von Toby, Tom, Annalise und Ruby, die alle aufgeregt durcheinanderreden. Annalise fällt über mich her. „Was ist mit deinem Schleier passiert? Der ist ja ganz verknittert. Und dein Kleid sitzt schief! Lass mich mal …"

„Alles klar, Poppy?" Ruby drückt mich an sich. „Bist du bereit?"

„Ich …" Ich bin wie benebelt. „Ich glaube schon."

„Du siehst wundervoll aus", sagt Toby. „Viel besser."

Ich fühle mich machtlos, wie ich so dastehe und alle um mich herumwuseln. Mein Handy piept, und Reverend Fox schenkt mir ein eisiges Lächeln. „Das sollten Sie lieber ausmachen, meinen Sie nicht?"

Annalise kichert. „Stell dir vor, es geht mitten im Gottesdienst los. Gib her, ich packe es für dich ein." Sie streckt ihre Hand aus, aber ich starre sie nur an wie gelähmt. Da ist eine neue Nachricht von Sam. Seine Antwort. Ein Teil von mir will sie ganz dringend lesen. Ein anderer Teil jedoch sagt mir, ich sollte besser nicht darauf eingehen. Wie kann ich sie jetzt lesen, wo ich gleich vor den Altar treten will? Es wird mich völlig durcheinanderbringen. Das hier ist die Realität. Ich stelle das Handy aus und reiche es Annalise.

„Ich werde dem Organisten Bescheid geben, dass wir beginnen können“, sagt Reverend Fox. „Alle nehmen bitte Ihre Plätze für den Einzug in die Kirche ein!“

Annalise und Ruby stehen hinter mir. Tom und Toby nehmen mich in die Mitte und haken sich locker bei mir ein. Es klopft an der Tür, und Felix' eulenhaftes Gesicht taucht auf.

„Poppy, du siehst toll aus!“

„Danke! Komm rein!“

„Ich wollte dir nur eben viel Glück wünschen. Und dir sagen, wie sehr ich mich freue, dass du bald zu unserer Familie gehörst. Wir freuen uns alle. Meine Eltern finden dich super.“

„Wirklich?“, sage ich und versuche, meinen argwöhnischen Unterton zu verbergen.

„O ja.“ Er nickt vehement. „Sie lieben dich. Sie waren richtig am Boden zerstört, als sie hörten, dass alles abgesagt war.“

„Abgesagt?“, rufen vier erstaunte Stimmen gleichzeitig.

„Wann war die Hochzeit abgesagt?“, will Annalise wissen. „Das hast du uns ja gar nicht erzählt, Poppy!“

„Es war nur vorübergehend.“ Ich versuche, die Sache herunterzuspielen. „Ihr wisst schon, so ein ganz normaler Hochzeitsbammel. Hat doch jeder.“

„Mum hat Magnus ganz schön Feuer unterm Hintern gemacht“, erzählt Felix. „Sie meinte, er wäre ein Idiot und würde niemals eine Bessere finden als dich. Sie hat ihm den Ring praktisch an den Kopf geworfen.“

„Den Smaragdring?“, sage ich erstaunt.

„Nein, den geflochtenen Goldring. Den da!“ Er deutet auf meine Hand. „Als sie ihn für Magnus aus ihrer Frisierkommode geholt hat.“

Regungslos starre ich ihn an. Was hat er da gerade gesagt? „Ich dachte … Ich dachte, Magnus hätte ihn in Brügge gekauft.“

Felix macht ein verdutztes Gesicht. „Nein, nein. Es ist Mums. Oder besser: war Mums.“

„Ach so.“ Ich lecke über meine trockenen Lippen. „Ich wünschte, ich wäre dabei gewesen!“ Ich gebe mir alle Mühe, unbeschwert zu klingen. „Erzähl mir die ganze Geschichte, Felix.“

„Na ja …“ Felix verdreht die Augen, als versuchte er, sich zu erinnern. „Mum meinte zu Magnus, er könne sich den Versuch sparen, dir den Smaragdring noch mal zu geben. Und dann hat sie den Goldring geholt und gesagt, sie könne es kaum erwarten, dich zur Schwiegertochter zu bekommen.

Dann meinte Dad: ‚Die Mühe kannst du dir sparen. Es ist doch offensichtlich, dass Magnus kein Durchhaltevermögen besitzt‘, und da wurde Magnus wütend und meinte, das hätte er sehr wohl, und dann gab es wie immer einen Riesenstreit, und … das war es dann mehr oder weniger.“

Es ist Wandas Ring. Magnus hat ihn gar nicht speziell für mich gekauft. Ich starre meine Hand an, und mir wird ein bisschen übel.

„Ich dachte, du wüsstest Bescheid.“ Felix mustert mich überrascht, als dröhnende Orgelakkorde uns alle zusammenzucken lassen. „Oha, es geht los. Ich mach mich auf die Socken. Wir sehen uns drinnen.“

„Ja, okay.“ Irgendwie bringe ich ein Nicken zustande. Aber ich fühle mich, als wäre ich auf einem anderen Planeten. Ich muss das alles erst verdauen.

„Fertig?“ Reverend Fox steht an der Tür und winkt uns. Als wir im hinteren Teil der Kirche ankommen, erkenne ich ganz vorne Magnus’ Hinterkopf.

Magnus. Ich kann nicht … Ich brauche Zeit, um nachzudenken … Aber ich habe keine Zeit. Die Orgel nimmt Fahrt auf. Plötzlich stimmt der Chor mit ein. Die Achterbahn fährt los, und ich sitze ganz vorn.

„Alles klar?“ Toby grinst Tom an. „Bring sie nicht zum Stolpern, mein Lieber!“

Und wir sind unterwegs. Wir schreiten den Mittelgang entlang. Die Leute lächeln mich an, und ich bemühe mich um einen gelassenen, entrückten Blick, doch meine Gedanken stürmen durcheinander. Als ich vor dem Altar ankomme, kann ich nicht anders, als Magnus bestürzt zu betrachten. Er sieht richtig krank aus.

„Hi.“ Er schenkt mir ein schmales Lächeln. „Du siehst hinreißend aus.“

„Bei dir alles okay?“, flüstere ich, als ich Ruby mein Blumensträußchen reiche.

„Wieso sollte nicht alles okay sein?“, erwidert er trotzig.

Das scheint mir nicht ganz die richtige Antwort zu sein, doch ich kann ihn jetzt nicht gut darauf festnageln.

Reverend Fox wendet sich an die Gemeinde. „Liebe Gemeinde, liebes Brautpaar. Wir haben uns hier im Angesicht Gottes versammelt …“

Als ich höre, wie die vertrauten Worte durch die Kirche hallen, entspanne ich mich. *Darum* geht es doch. Um den Treueschwur. Die uralten, magischen Worte, die unter diesem Dach schon so oft ausgesprochen wurden, seit Generationen und Generationen. Zugegeben, es kam im Vorfeld unserer Hochzeit zu ein paar Ausrutschern und etwas Nervenflattern, aber welchem Paar ergeht es nicht so? Wenn wir uns jetzt nur auf unseren Treueschwur konzentrieren …

„Magnus“, wendet sich Reverend Fox an ihn. „Willst du diese hier Anwesende zu deiner Frau nehmen und sie in den heiligen Stand der Ehe führen? Willst du sie lieben und achten, in guten wie in bösen Tagen? Willst du allen anderen entsagen und ihr die Treue halten, bis dass der Tod euch scheidet?“

Magnus hat einen leicht glasigen Blick, und er atmet schwer.

„Magnus?“, hakt Reverend Fox nach.

„Okay“, sagt er wie zu sich selbst. „Okay. Los geht's. Ich schaff das.“ Er holt mächtig tief Luft, und mit lauter, theatralischer Stimme, die den ganzen Raum erfüllt, verkündet er stolz: „Ja, ich möchte.“

Ich möchte? Hat er denn nicht zugehört?

„Magnus“, flüstere ich mit bedeutungsschwangerem Unterton. „Es heißt nicht: ‚Ja, ich möchte‘.“

Magnus glotzt mich an, verdutzt. „Natürlich heißt es: ‚Ja, ich möchte‘.“

Ich spüre, wie Ärger in mir hochkocht. „Es heißt nicht: ‚Ja, ich möchte‘, es heißt: ‚Ja, ich will‘!“ Ich versuche, nicht so aufgebracht zu klingen, wie mir zumute ist. „Hast du denn die Frage nicht gehört: ‚*Willst* du …?‘ “

„Oh.“ Magnus' Stirn glättet sich, als er begreift. „Verstehe. Entschuldige. Dann: ‚Ich will‘. Obwohl es eigentlich keinen großen Unterschied macht“, fügt er hinzu.

„Wollen wir fortfahren?“, sagt Reverend Fox. „Poppy.“ Er strahlt mich an. „Willst du diesen Mann zu deinem angetrauten …“

Tut mir leid. Das kann ich so nicht stehen lassen.

„Entschuldigen Sie, Reverend Fox.“ Ich hebe eine Hand. „Eins noch. Entschuldigung.“ Sicherheitshalber wende ich mich der Gemeinde zu. „Ich muss nur mal eben einen winzigen Punkt klären. Es wird nicht lange dauern …“ Ich drehe mich zu Magnus um und sage grimmig: „Was soll das heißen: ‚Obwohl es eigentlich keinen großen Unterschied macht‘? Selbstverständlich macht es einen Unterschied! Es ist eine präzise Frage, und du sollst sie präzise beantworten.“

„Süße, ich glaube, du nimmst es etwas zu wörtlich. Können wir jetzt weitermachen?“

„Nein, wir können nicht weitermachen! Die Frage lautet: ‚Willst du mich zur Frau nehmen?‘ Was glaubst du denn, was das bedeutet?“

„Na ja.“ Magnus zuckt mit den Schultern. „Es ist ein Symbol.“

Wie kann er so was sagen? Er weiß doch, wie wichtig mir der Treueschwur ist.

„Nicht alles im Leben ist ein bescheuertes Symbol!“, explodiere ich. „Es ist eine präzise Frage, und du hast sie nicht präzise beantwortet! Meinst du denn überhaupt nichts von dem ehrlich, was du hier sagst?“

„Um Gottes willen, Poppy, ist das wirklich der richtige Zeitpunkt?"

Was will er mir hier vorschlagen? Dass wir uns ewige Treue schwören und dann hinterher darüber diskutieren, ob wir es auch so meinen oder nicht? Okay, wir hätten über unseren Eid vielleicht diskutieren sollen, bevor wir vor den Altar traten. Das sehe ich jetzt ein. Aber zu meiner Verteidigung muss ich sagen, dass Magnus den Treueschwur sehr wohl kannte, oder? Ich meine, dieser Eid ist schließlich kein Geheimnis, oder?

Ich wende mich der Gemeinde zu, die mich geschlossen anstarrt. „Hände hoch! Wer findet, dass der Bräutigam bei einer Hochzeit seinen Treueschwur ernst meinen sollte?"

Es ist totenstill. Dann – zu meiner Überraschung – hebt Antony langsam seine Hand, gefolgt von Wanda, die einen etwas verlegenen Eindruck macht. Nach dreißig Sekunden sehe ich in allen Bänken winkende Hände. Tom und Toby haben jeder beide Hände oben.

Reverend Fox ist völlig verwirrt.

„Ich meine es ja auch ernst", sagt Magnus, nur klingt er dermaßen lahm und unglaubwürdig, dass selbst Reverend Fox das Gesicht verzieht.

„Wirklich?" Ich drehe mich zu ihm um. „‚Allen anderen entsagen'? ‚Bis dass der Tod uns scheidet'? Du bist dir absolut sicher, ja? Oder wolltest du nur beweisen, dass du eine Hochzeit durchstehen kannst?"

Und obwohl ich es nicht so sagen wollte, fühlt es sich doch wahr an, sobald ich es ausgesprochen habe. Es ging nie um ihn und mich, sondern nur darum, etwas zu beweisen. Vielleicht geht es nur darum, dass sein Vater in ihm einen Drückeberger sieht. Jedenfalls war diese ganze Sache von Anfang an nicht richtig. Nur ich habe daran geglaubt, weil ich es wollte.

Plötzlich spüre ich, dass mir gleich die Tränen kommen. Aber ich weigere mich, zusammenzuklappen. „Magnus", sage ich sanfter. „Hör zu. Es hat keinen Sinn, damit weiterzumachen. Heirate mich nicht nur, um zu beweisen, dass du kein Drückeberger bist. Denn du wirst davonlaufen, früher oder später. Egal was für Absichten du haben magst. Es wird passieren."

„Quatsch", sagt er böse.

„Du wirst es tun. Du liebst mich nicht genug, um lange durchzuhalten."

„Doch, das tu ich!"

„Das tust du nicht, Magnus", sage ich. „Ich bereichere dein Leben nicht so, wie ich es tun sollte. Und du meins auch nicht." Ich mache eine Pause. „Jedenfalls nicht genug. Nicht genug für die Ewigkeit."

„Tu ich das nicht?" Magnus wirkt schockiert. Ich merke, dass ich seine Eitelkeit verletzt habe.

„Nein. Es tut mir leid."

„Es muss dir nicht leidtun, Poppy“, sagt er beleidigt. „Wenn du tatsächlich so empfindest …“

„Aber du empfindest doch auch so!“, rufe ich. „Sei ehrlich! Magnus, du und ich, wir sind nicht dazu bestimmt, für immer und ewig zusammen zu sein. Wir sind kein Traumpaar. Ich glaube, wir sind …“ Ich versuche, mir etwas einfallen zu lassen, wie ich es ausdrücken kann. „Ich glaube, wir sind Fußnoten im Leben des anderen.“

Totenstille. Magnus sieht aus, als suchte er nach einer Entgegnung, aber es kommt nichts. Ich streiche über seine Hand, dann wende ich mich dem Pfarrer zu. „Reverend Fox, es tut mir ehrlich leid. Ich denke, wir sollten hier lieber abbrechen.“

„Ich verstehe“, sagt Reverend Fox. „Großer Gott! Ich verstehe.“ Er tupft seine Stirn mit einem Taschentuch ab, wirkt etwas nervös. „Sind Sie sicher … vielleicht würde ein kurzes Gespräch in der Sakristei …“

„Ich glaube kaum, dass es damit zu klären wäre“, sage ich leise. „Ich glaube, wir sind hier fertig. Meinst du nicht auch, Magnus?“

„Wenn du es sagst.“ Einen Moment lang sieht Magnus dermaßen ehrlich am Boden zerstört aus, dass ich mich frage …

Nein. Kein Zweifel. Ich tue das Richtige.

„Und … was wollen wir jetzt machen?“, frage ich zögernd. „Wollen wir den Empfang trotzdem geben?“

Magnus nickt. „Meinetwegen. Schließlich haben wir ja dafür bezahlt.“

Ich steige vom Podium des Altars herab, dann halte ich inne. Ich wende mich Magnus zu. „Wie sollen wir es machen? Ich meine, wir können ja schlecht gemeinsam aus der Kirche schreiten, oder?“

„Geh du vor.“ Er zuckt mit den Achseln. „Danach ich.“

Reverend Fox gibt dem Organisten ein Zeichen, und der spielt den Hochzeitsmarsch.

„Nein!“, kreische ich entsetzt. „Keine Musik! Bitte!“

„Verzeihung!“ Reverend Fox macht eine hektische Geste zur Orgel hin. Die Musik verliert sich, und ich mache mich auf den Weg den Mittelgang entlang, in absoluter Stille. O Gott, es ist schrecklich! Alle beobachten mich, sitzen da wie festgenagelt. Aber am wilden Piepen, das aus den Bankreihen laut wird, merke ich, dass überall Handys angestellt werden.

Plötzlich streckt am Ende einer Bank eine Frau direkt vor mir die Hand aus. „Halt!“

Ich habe nicht den leisesten Schimmer, wer sie ist. „Ich?“ Ich bleibe stehen und sehe sie an.

„Ja, Sie." Die Frau wirkt etwas nervös. „Tut mir leid, wenn ich Sie störe, aber ich habe eine Nachricht für Sie."

„Für mich?", sage ich verdutzt. „Aber ich kenne Sie gar nicht."

„Das ist ja gerade das Merkwürdige." Sie errötet. „Verzeihung, ich sollte mich vorstellen. Ich bin Magnus' Großmutter Margaret. Und während der Zeremonie ist bei mir eine Nachricht von einem gewissen Sam Roxton angekommen. Allerdings … ist sie nicht *für* Sie, sondern *über* Sie. Da steht: ‚Falls Sie auf der Hochzeit von Poppy Wyatt sein sollten …' "

Hinter ihr stöhnt jemand auf. „Die Nachricht habe ich auch bekommen!", ruft ein Mädchen. „Genau dieselbe!"

„Ich auch!" „Hier genauso!" Überall in der Kirche werden Stimmen laut. „Ich hab sie eben bekommen! ‚Falls Sie auf der Hochzeit von Poppy Wyatt sein sollten …' "

Was ist hier los? Immer mehr Handys piepen, immer mehr Leute melden sich.

„Haben wir alle denselben Text?" Ungläubig blickt sich Margaret in der Gemeinde um. „Na gut, mal sehen. Wenn Sie die Nachricht auf Ihrem Handy haben, lesen Sie sie laut vor. Ich zähle uns ein. Ein, zwei, drei … *Falls Sie auf der …*"

Als der murmelnde Chor einsetzt, wird mir ganz schwindlig. Das kann doch nicht wahr sein. Von den zweihundert Hochzeitsgästen stimmen die meisten mit ein, lesen gemeinsam von ihren Handys ab.

„ *Hochzeit von Poppy Wyatt sein sollten, möchte ich Sie um einen Gefallen bitten. Greifen Sie ein! Halten Sie die Zeremonie auf! Poppy macht einen Fehler. Bringen Sie sie wenigstens dazu, es sich noch mal zu überlegen.*"

Woher hat er denn die ganzen Telefonnummern? Etwa von Lucinda?

„*Ich will Ihnen erklären, wieso. Ein kluger Mann hat einmal gesagt: Ein solcher Schatz sollte nicht in die Hände von Philistern gegeben werden. Und Poppy ist ein Schatz, auch wenn sie es nicht weiß …*"

Unwillkürlich sehe ich zu Antony hinüber, der sein Telefon in der Hand hält und die Augenbrauen sehr weit hochgezogen hat.

„*Es bleibt keine Zeit mehr, um zu reden oder zu diskutieren oder vernünftig zu sein. Deshalb greife ich zu diesem extremen Mittel. Und ich hoffe, Sie helfen mir. Mit allem, was in Ihrer Macht steht. Die Hochzeit ist ein Fehler. Danke.*"

Magnus kommt den Mittelgang entlang. „Wer war das?"

Ich kann nicht antworten. Sams Worte gehen mir im Kopf herum. Am liebsten möchte ich jemandem das Handy wegnehmen und sie noch einmal lesen.

„Ich werde ihm antworten!“, ruft Magnus’ Großmutter plötzlich. *„Wer sind Sie?“*, sagt sie laut, während sie die Worte in ihr Handy eintippt. *„Sind Sie ihr Geliebter?“* Mit großer Geste drückt sie „Senden“, und in der ganzen Kirche herrscht gespanntes Schweigen, bis ihr Handy plötzlich piept. „Er hat geantwortet!“ Sie macht eine effektvolle Pause, dann liest sie vor: *„Geliebter? Ich weiß nicht. Ich weiß nicht, ob sie mich liebt. Ich weiß nicht, ob ich sie liebe.“*

Tief in meinem Inneren spüre ich eine niederschmetternde Enttäuschung. Natürlich liebt er mich nicht. Er findet nur, ich sollte Magnus nicht heiraten. Er stellt nur richtig, was er falsch findet. Es bedeutet nicht, dass er irgendwas für mich empfindet. Ganz zu schweigen von …

„Ich weiß nur, dass ich immerzu an sie denke.“ Margarets Stimme wird sanfter, während sie liest. *„Ich wünsche mir, ihre Stimme zu hören. Ich wünsche mir, ihr Gesicht zu sehen.“*

Plötzlich habe ich einen Kloß im Hals. Ich schlucke verzweifelt, versuche, meine Haltung zu wahren. Ich denke auch an ihn. Immerzu. Und ich wünsche mir, seine Stimme zu hören.

„Wer ist das denn?“ Magnus kann es nicht fassen.

„Er ist … Ich habe sein Handy gefunden …“ Hilflos lasse ich den Satz versanden. Ich weiß überhaupt nicht, wie ich Sam und das, was wir füreinander waren, beschreiben soll.

Margarets Handy piept wieder. „Es ist von ihm“, sagt sie.

„Was schreibt er?“ Ich kann meiner Stimme kaum trauen.

In der Kirche ist es so leise, dass ich fast meinen eigenen Herzschlag hören kann.

„Und ich werde draußen vor der Kirche warten. Warnen Sie sie.“

Er ist hier! Ich merke erst, dass ich renne, als einer der Platzanweiser mir erschrocken ausweicht. Ich zerre die schwere Kirchentür auf. Ich stürme hinaus und stehe schwer atmend auf den Stufen, suche sein Gesicht.

Da ist er. Auf der anderen Straßenseite. Er trägt eine Jeans und ein dunkelblaues Hemd. Als sich unsere Blicke treffen, sehe ich seine Augen aufleuchten, aber er lächelt nicht. Er starrt nur meine Hände an. In seinen Augen brennt eine große Frage.

„Ist er das?“, haucht Annalise, die mir gefolgt ist. „Traumhaft.“

„Annalise, gib mir mein Handy“, sage ich, ohne mich von Sam abzuwenden.

„Bitteschön.“ Im nächsten Moment schicke ich ihm eine SMS.

Hi.

Er schreibt etwas zurück, was im nächsten Moment ankommt.

Hübscher Fummel.

Unwillkürlich sehe ich auf mein Hochzeitskleid hinab.

Ach, das alte Ding.

Eine Weile schweigen wir, dann sehe ich, dass Sam eine neue Nachricht schreibt. Er neigt den Kopf und blickt nicht auf, nicht mal, als er fertig ist.

Und, sind Sie verheiratet?

Ich richte das iPhone auf meinen nackten, linken Ringfinger und mache ein Foto. Hinter mir drängt sich ein Pulk von Hochzeitsgästen, die etwas sehen wollen, aber ich bewege mich kein bisschen. Mein Blick klebt an Sam fest, sodass ich seine Reaktion sehe, als die SMS ankommt. Ich sehe, wie sich seine Stirn entspannt. Ich sehe, wie sich auf seinem Gesicht ein riesiges, freudiges Lächeln ausbreitet. Und schließlich blickt er zu mir auf. In dieses Lächeln könnte ich mich reinlegen.

Da schreibt er wieder.

Wollen wir einen Kaffee trinken?

„Poppy!" Eine Stimme unterbricht mich, und als ich mich umdrehe, sehe ich Wanda, die voller Anspannung unter ihrem Hut hervorlugt. „Poppy, es tut mir so leid. Ich habe mich selbstsüchtig verhalten."

„Was meinst du damit?", frage ich leicht verwirrt.

„Der zweite Ring. Ich habe Magnus erzählt … jedenfalls habe ich vorgeschlagen, dass er vielleicht …" Wanda bricht ab und verzieht das Gesicht.

„Ich weiß. Du hast Magnus gesagt, er soll so tun, als hätte er den Ring speziell für mich gekauft, stimmt's?" Ich berühre ihren Arm. „Wanda, ich weiß es zu schätzen. Aber den hier solltest du lieber auch zurücknehmen." Ich ziehe den geflochtenen Goldring von meiner rechten Hand und gebe ihn zurück.

„Ich hätte dich gern in unsere Familie aufgenommen", sagt sie wehmütig. „Doch das hätte mein Urteilsvermögen nicht trüben dürfen. Das war nicht richtig von mir." Ihr Blick schweift über die Straße zu Sam. „Er ist derjenige, nicht wahr?"

Ich nicke, und ihre Miene wird weich. „Dann geh zu ihm. Geh."

Ich schreite die Stufen hinab, überquere die Straße, weiche Autos aus, ignoriere das Hupen, reiße mir den Schleier ab, bis ich direkt vor Sam stehe. Einen Moment lang stehen wir nur da, sehen uns an, atmen schwer.

„Du hast einige Nachrichten verschickt", sage ich schließlich.

„Ein paar.“ Sam nickt.

„Interessant.“ Ich nicke zurück. „Hat Lucinda dir dabei geholfen?“

„Wie sich herausstellte, war sie ziemlich scharf darauf, die Hochzeit zu verhindern.“

„Das verstehe ich nicht. Wie hast du sie überhaupt gefunden?“

„Es war ganz leicht. Sie hat eine protzige Website.“ Sam lächelt schief. „Ich habe sie auf ihrem Handy angerufen, und sie war nur allzu gern bereit, mir zu helfen. Wusstest du denn nicht, dass sie so eine hypermoderne Funktion hat, mit der sie automatisch alle Gäste kontaktieren kann?“

Lucindas SMS-Alarmsystem. Schließlich ist es also doch noch nützlich gewesen.

„Zum Kaffeetrinken bist du vielleicht ein bisschen schick angezogen.“

„Zum Kaffeetrinken trage ich immer ein Hochzeitskleid. Ich finde, es macht sich ganz gut. Du nicht?“

Ich drehe mich zur Kirche um und muss lachen. Die ganze Hochzeitsgesellschaft scheint sich davor versammelt zu haben und sieht uns zu.

„Worauf warten die?“ Sam folgt meinem Blick.

Ich zucke mit den Schultern. „Wer weiß? Du könntest ein kleines Tänzchen hinlegen. Oder … die Braut küssen?“

„Nicht die Braut.“ Er legt seine Arme um mich und drückt mich fest an sich. Fast berühren sich unsere Nasenspitzen. Ich kann ihm direkt in die Augen sehen. Ich kann seine warme Haut spüren. „Dich.“

„Mich.“

„Das Mädchen, das mein Handy geklaut hat.“ Seine Lippen streichen an meinem Mundwinkel entlang. „Die Diebin.“

„Es lag im Müll.“

„Ist trotzdem Diebstahl.“

„Nein, ist es nicht …“, setze ich an, doch inzwischen drückt er seinen Mund auf meinen, und ich kann überhaupt nichts mehr sagen. Und plötzlich ist das Leben schön.

Ich weiß, dass nach wie vor vieles unsicher ist. Ich weiß, dass die Realität immer noch da ist. Es wird Erklärungen und Beschuldigungen und schmutzige Wäsche geben. Im Moment jedoch schmiege ich mich an einen Mann, von dem ich glaube, dass ich ihn möglicherweise liebe. Und ich habe den Mann nicht geheiratet, von dem ich sicher weiß, dass ich ihn nicht liebe. Und aus meiner Perspektive ist das so weit schon mal ganz gut.

„Übrigens habe ich dir was zum Lesen mitgebracht“, sagt Sam. „Für den Fall, dass dir langweilig wird.“

Er langt in seine Jacke und holt ein Bündel bedruckter Seiten hervor.

Und als ich sie sehe, ist mir ganz seltsam zumute. Er hat sie aufbewahrt. Obwohl wir so im Zorn auseinandergegangen sind. Er hat unsere Kurznachrichten aufbewahrt.

„Lesenswert?", bringe ich ungerührt hervor.

„Nicht übel. Ich freu mich schon auf die Fortsetzung."

„Wirklich?" Wenn ich sehe, wie er mich ansieht, wird mir am ganzen Körper kribbelig. „Und weißt du, was als Nächstes passiert?"

„Oh … ich habe da so eine Ahnung." Er streicht mit seinen Fingern an meinem nackten Rücken hinab, und augenblicklich brennt in mir die Lust. Ich bin absolut bereit für meine Hochzeitsnacht.[32] Ich brauche weder Champagner noch Schnittchen oder dreigängige Menüs oder den ersten Tanz. Nicht mal den letzten Tanz.

Aber andererseits stehen da immerhin zweihundert Leute auf der anderen Straßenseite und starren mich an. Manche davon sind von weit her angereist. Die kann ich doch nicht einfach da stehen lassen.

„Also … da ist eine Party", sage ich zögernd zu Sam. „Da kommen alle meine Freunde hin und meine Familie, alle auf einmal, ein ziemlich einschüchternder Haufen, dazu Freunde und Familie von dem Typen, den ich heute eigentlich heiraten sollte. Möchtest du mitkommen?"

Sam zieht die Augenbrauen hoch. „Meinst du, Magnus wird mich erschießen?"

„Keine Ahnung." Ich blinzle über die Straße zu Magnus hinüber. Er steht da und beobachtet uns wie alle anderen auch. Soweit ich jedoch erkennen kann, macht er keinen allzu mordlüsternen Eindruck.[33] „Ich glaube nicht. Soll ich ihn ansimsen und fragen?"

„Wenn du willst." Sam zuckt mit den Schultern und holt sein eigenes Handy hervor.

Ich schreibe:

> Magnus,
> der Mann, bei dem ich hier stehe, heißt Sam. Ich weiß, es ist nicht gerade üblich so, aber könnte ich ihn zu unserem Hochzeitsempfang mitbringen? Wieso nimmst du nicht auch jemanden mit?
> Poppy xxx

---

[32] Okay. Vielleicht nicht gerade für meine „Hochzeitsnacht". Es sollte ein spezielles Wort geben, das bedeutet: „Nacht, die man mit einem Geliebten verbringt, für den man seinen Verlobten sitzen gelassen hat".

[33] Tatsächlich sieht er um einiges besser aus als in dem Moment, als er mich heiraten sollte.

Einen Moment später bekomme ich eine Antwort.

Wenn es sein muss.

Was nicht gerade begeistert klingt, aber auch nicht so, als wollte er jemanden erschießen.

Gerade will ich mein Handy wegstecken, als es schon wieder piept und ich es überrascht anstarre. Es ist eine SMS von Sam. Er hat sie wohl vor ein paar Sekunden geschickt. Ohne ihn anzusehen, öffne ich sie und sehe:

<3

Es ist ein Herz. Er hat mir ein verliebtes Herz geschickt! Ohne irgendwas zu sagen. Wie ein kleines Geheimnis.

Meine Augen fühlen sich ganz heiß an, aber irgendwie schaffe ich es, die Ruhe zu bewahren, als ich meine Antwort tippe:

Ich dich auch.

Ich möchte noch mehr hinzufügen … aber nein. Mehr kann später kommen. Ich schicke sie ab, dann blicke ich lächelnd auf, nehme Sams Arm und raffe meine Schleppe auf dem schmutzigen Bürgersteig zusammen.

„Okay. Dann mal los. Auf zu meiner Hochzeitsfeier.“

ENDE[34]

---

[34] Fußnoten von Poppy Wyatt

„Meine Bücher sollen Spaß machen!“

Sophie Kinsella

Moderne Handys mit Internetzugang sind unendlich viel mehr als nur ein Telefon: Man speichert seine E-Mails, Fotos, SMS, Kalender, Tagebücher darauf. Dadurch ist das Handy heute für viele Menschen ein sehr persönlicher Gegenstand. So ist es auch bei Sophie Kinsella – und als der britischen Autorin dies bewusst wurde, erkannte sie schnell, wie viel dramatisches, komisches und auch romantisches Potenzial in der Frage liegt, was alles passieren könnte, wenn man ein fremdes Handy in Besitz nimmt. Diese Idee war der Ausgangspunkt für *Kein Kuss unter dieser Nummer*, eine temperamentvolle und vergnügliche Geschichte mit einer liebenswerten Heldin, die sich fantasievoll und mit einem großen Maß an Selbstironie durch die Widrigkeiten des modernen Lebens kämpft. „Ich möchte, dass meine Leser und Leserinnen sich amüsieren, wenn sie meine Bücher lesen, dass sie sich erholen vom Alltag und abschalten können“, sagt die Autorin. „Deswegen sind die Heldinnen meiner Romane auch Frauen, mit denen man sich identifizieren kann. Sie haben kleine Fehler, tun manchmal unsinnige Dinge, haben aber das Herz auf dem rechten Fleck.“

Sophie Kinsella, die 1969 geboren wurde und eigentlich Madeleine Wickham heißt, wurde weltweit bekannt mit ihren sechs „Shopaholic“-Romanen, von denen zwei auch verfilmt wurden. Insgesamt hat sie bis heute 19 Bücher geschrieben, sieben davon unter ihrem richtigen Namen. Seit 1991 ist sie verheiratet mit Henry Wickham. Das Paar lebt in London und hat vier Söhne und eine Tochter.

Der Teufel von Garmisch

Martin Schüller

Das Nächste, was er hörte, war der Klingelton seines Handys. UNBEKANNTER TEILNEHMER zeigte das Display an.

„Bist du endlich wach, Sebastian?" Die Stimme klang seltsam, wie elektronisch verändert.

Wer ist da?, wollte er fragen, aber es kam nur ein Krächzen heraus. „Hilfe!", stieß er hervor. „Sanne ist tot!" Er begann zu schluchzen.

„Das weiß ich doch, Sebastian. Schließlich habe ich sie getötet."

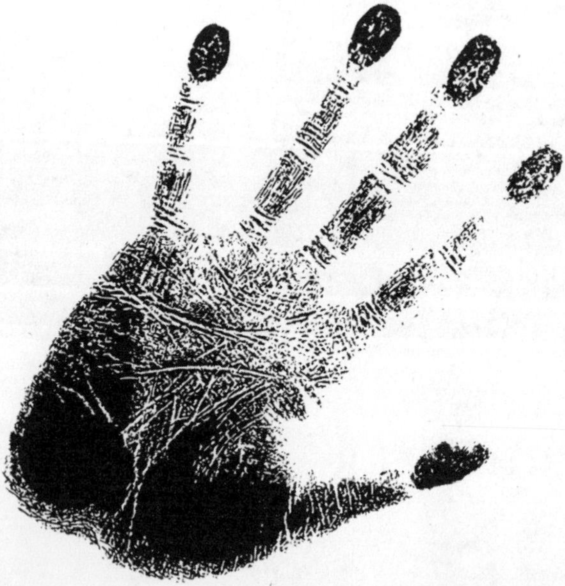

EINS

Man kann sich die Welt vorstellen. Man kann sie erleben. Man kann sie fühlen. Man kann sie fürchten. Und man kann sie formen. Erst dann kann man herrschen. Aber das fällt niemandem in den Schoß. Man muss es sich erkämpfen. Es empfiehlt sich eine gute Bewaffnung.

Sebastian zog seine Daunenjacke an und nahm den Autoschlüssel vom Haken. Der Fernseher dröhnte vom Wohnzimmer her durch die Diele. Sein Vater saß regungslos im Sessel, aber Sebastian gab sich nicht der Illusion hin, unbemerkt die Wohnung verlassen zu können.

„Möcht amol wissn, wo du scho wieder hinwuillst, mitten in der Nacht", sagte sein Vater, ohne den Kopf zu bewegen.

„Fahr halt noch ein bisschen rum", antwortete Sebastian.

„Wos?", rief sein Vater.

„Nur noch kurz an die Luft." Sebastian öffnete die Wohnungstür.

„Schmarrn!", war das Einzige, was sein Vater dazu sagte.

Sebastian zog die Tür hinter sich zu und lief die Treppen hinunter. Im Kellergeschoss öffnete er die schwere Stahltür zur Tiefgarage.

Die Garage war der wenige Luxus, den das Haus an der Ludwigstraße bot, abgesehen davon, dass es zentral lag. So zentral, dass sein Vater bequem zu Fuß ins Wirtshaus gehen konnte. Wahrscheinlich hatte er die Wohnung nur deshalb gekauft, nach Mutters Tod.

Hinter ihm fiel die Garagentür ins Schloss, und er stieg in den R5, dessen dunkles Rot irgendwann einmal fast elegant gewirkt hatte, aber mit den Jahren recht schmuddelig geworden war. Er fuhr noch, das reichte Sebastian. Er machte sich nichts aus Autos. Er machte sich ohnehin aus wenig etwas.

Nur aus Sanne – aus Sanne machte er sich etwas.

Er polierte die Gläser seiner Brille mit einem Papiertaschentuch, bevor er den Motor anließ. Im Hals spürte er den Kloß, den er immer spürte, wenn er unterwegs zu Sanne war. Er räusperte sich, während er den Wagen aus der Garage steuerte.

Du bist über dreißig, dachte er, und du benimmst dich wie ein bescheuerter Teenager. Aber er konnte es nicht ändern. Sanne war in sein Büro gekommen und hatte sich als neue Kollegin vorgestellt. Und da war etwas in ihren Augen gewesen, das er noch nie gesehen hatte. Ein Funkeln, das er niemandem sonst gönnte. Das er nur für sich haben wollte.

Sebastian räusperte sich erneut, aber der Kloß verschwand nicht. Das Rolltor öffnete sich, er fuhr die Rampe hoch und bog in die Ludwigstraße ein. Die Ampel an der Hauptstraße zeigte Rot. Ein nicht mehr ganz junges Paar ging Arm in Arm vor ihm über den Zebrastreifen. Der Mann drückte der Frau zärtlich einen Kuss aufs Haar, Sebastian versuchte es zu ignorieren. Als die Ampel grün wurde, legte er den etwas widerspenstigen ersten Gang ein und fuhr geradeaus in Richtung Garmisch.

Trotz seiner dicken Jacke fror er. Sein Gehirn schien aus zwei Teilen zu bestehen. Die eine Hälfte ließ ihn funktionieren, seine Arbeit machen, auf seinen Vater aufpassen, wie er es der Mutter versprochen hatte.

„Du lässt ihn nicht allein, versprichst mir das, Bastl?", hatte sie ihn angefleht, wenn er sie in der Klinik besucht hatte. Dabei wusste sie doch, dass er und sein Vater noch nie einen Draht zueinander gehabt hatten – und seit er sein Studium abgebrochen hatte, schon gar nicht mehr.

Dann war die Mutter gestorben, zerfressen vom Krebs. Er hatte sein Versprechen nicht gebrochen, auch wenn es ihm jeden einzelnen Tag schwerfiel. Er trauerte dem schäbigen Hof in Gerold nicht nach, aber es war arg anstrengend, eine so enge Wohnung mit dem alten Mann zu teilen.

In dieser Hälfte seines Gehirns war auch abgespeichert, was geschehen war, als er Sanne zum Essen eingeladen hatte. Sie hatten im „La Vie" gesessen, und er hatte den ganzen Abend über in das Funkeln gestarrt. Gut unterhalten hatten sie sich. Er hatte ihr von sich erzählt, was es zu erzählen gab, sogar warum ihn im Büro alle „Milli" nannten. Sie hatte nicht gelacht.

Und am Ende, vor ihrer Haustür, in seinem Wagen, hatte er sie geküsst. Das heißt, er hatte es versucht. Denn sie hatte ihm eine gescheuert, dass ihm die Brille von der Nase geflogen war.

Er hatte sie angerufen, noch in derselben Nacht, hatte sich entschuldigt, um eine zweite Chance gebeten, nein, gefleht. Sie hatte ihm höflich erklärt, dass er ein netter Kollege sei, sie aber außer freundschaftlichen Gefühlen rein gar nichts für ihn empfinde. Bei seinem dritten Anruf war ihr Ton entschlossener gewesen und schließlich scharf geworden.

Sie hatte den Abend nie wieder erwähnt. Im Büro ging sie ihm aus dem Weg. Sie grüßte kühl. Wenn sie – was selten vorkam – zusammen an einem Projekt arbeiten mussten, blieb sie professionell distanziert. Wie er auch.

All das war in der einen Hälfte seines Hirns gespeichert.

Die andere Hälfte war ausgefüllt von dem Funkeln ihrer Augen.

Und diese Hälfte war es auch, die ihn seit Wochen immer wieder dazu brachte, durch die Nacht zu ihrem Haus zu fahren.

Wenn dort Licht brannte, parkte er in der Nähe; nicht direkt davor, aber in Sichtweite. Er starrte zu ihren Fenstern hoch, bis das Licht dahinter erlosch. Manchmal sah er ihre Silhouette hinter den Gardinen. Dann durchfuhr ihn ein Strahl, der gleichzeitig heiß und kalt war. Das waren die Momente, derentwegen er hier war. Die Sekunden, in denen sie ihm gehörte.

Er unterquerte die Gleise am Bahnhof und fuhr weiter in Richtung Grainau, passierte das Einkaufszentrum gegenüber dem Campingplatz, wo auch GAP-Data lag, die Firma, in der Sanne und er arbeiteten. Dahinter bog er links ab nach Untergrainau. Dort, am Zigeunerweg, wohnte sie. Wie die meisten Häuser hier lag auch ihres ein wenig von der Straße entfernt.

Auf der Straße parkte kein Wagen. Wer hier jemanden besuchte, stellte sein Auto auf dem Grundstück ab. Sannes Citroën stand immer hinter dem Haus. Er hoffte, dass er auch heute dort stand, denn er wusste, dass sie die nächsten drei Tage Urlaub genommen hatte vor der Messe in Köln.

Mit einem Blick in den Rückspiegel vergewisserte er sich, dass er allein auf der Straße war, bevor er rückwärts in den Waldweg gegenüber ihrem Haus rangierte. Zwischen den Büschen war er vor Blicken von der Straße her einigermaßen verborgen. Ein- oder zweimal war ein später Jogger vorbeigekommen, der ihn bemerkt hatte. Und einmal hatte eine alte Nachbarin aus ihrem Dachfenster auf ihn heruntergeschaut.

Von hier aus war nur der erste Stock von Sannes Haus zu sehen, und dort brannte Licht. Sie war zu Hause. Sebastian schlug den Kragen seiner Daunenjacke hoch. Nach ein paar Minuten meinte er eine Bewegung an den Gardinen zu sehen, aber er war sich nicht sicher.

Sein Atem hinterließ milchige Streifen auf der Seitenscheibe, die im Licht des zunehmenden Mondes weiß leuchteten. Er kurbelte die Scheibe einen Spaltbreit auf. Kalte Luft strömte herein. Ein Auto näherte sich von der Bundesstraße her. Es fuhr vorbei, und bald umfing ihn wieder die Stille der Nacht. Erneut eine Bewegung an den Gardinen, diesmal bewegten sie sich ganz zweifellos.

Er stellte sich vor, wie sie durch ihr Wohnzimmer ging. Stellte sich ihren schlanken Körper vor und wie ihr die goldblonden Haare sanft über die Schultern fielen. Dabei fühlte er sich krank und lächerlich. Lächerlich krank und krank vor Lächerlichkeit. Es war ein schwacher Trost, dass niemand wusste, was er hier tat.

Er öffnete die Tür und stieg aus. Keine Bewegung hinter den Gardinen, kein Geräusch. Leise schloss er die Fahrertür und überquerte langsam die Straße, hin zu dem kleinen Tor im Gartenzaun. Das hatte er noch nie gewagt. Er stand da und starrte in den mondbeschienenen Vorgarten.

Plötzlich war da ein Geräusch. Ein leiser, aber scharfer Schlag, der aus dem Haus gekommen war. Dann wieder Stille.

Er machte einen weiteren Schritt auf das Haus zu und kniff die Augen zusammen. Konnte es sein, dass die Haustür offen stand?

Wieder näherte sich ein Auto, diesmal aus Richtung Grainau. Bevor die Scheinwerfer ihn erfassten, trat er durch das Törchen in den Schatten einer Tanne im Vorgarten. Der Wagen fuhr vorbei, ohne seine Geschwindigkeit zu verringern. Sebastian ging weiter auf das Haus zu. Nach ein paar Metern gab es keinen Zweifel mehr: Die Tür stand einen Spaltbreit offen.

Er sah zum Fenster hoch. Die Gardinen hingen reglos. Die beiden Hälften seines Gehirns rangen miteinander. Die eine wollte ihn von hier fortlotsen, zurück nach Hause, ins Warme, ins Bett oder auch nur neben seinen Vater vor den Fernseher. Die andere Hälfte hielt ihn fest.

Dort war die Tür. Ihre Tür. Sie stand offen. Musste er sich nicht kümmern? Was war das für ein Geräusch gewesen? War es nicht seine Aufgabe, sicherzustellen, dass Sanne nichts zustieß? Jedermann konnte hinein in ihr Haus, solange die Tür offen stand.

Genau, sagte die andere Hirnhälfte. Geh hin, zieh die Tür zu, fahr heim.

Er näherte sich der Tür. Seine Rechte umfasste den Griff. Ein paar Sekunden zögerte er, dann drückte er die Tür auf und betrat das Haus.

Balthasar Schwemmer zog die Flasche mit dem badischen Weißburgunder aus dem Kühler und teilte den Rest des Weines sorgfältig zwischen Burgls und seinem Glas auf. Dann warf er einen Blick auf seine Armbanduhr. „Ist elf durch“, sagte er bedauernd.

„Noch eine bestellen wir jedenfalls nicht“, sagte Burgl lächelnd.

Er sah sich um. Sie waren die letzten Gäste im „Husar“. Der Abend war so erfreulich verlaufen, wie man es sich für einen dreiunddreißigsten Hochzeitstag wünscht. Sie hatten sich vorweg einen Prosecco mit Holundersirup gegönnt und zur Eröffnung ein Hirschcarpaccio mit Preiselbeeren. Sie hatten es geschafft, nur wenig über seine Arbeit zu reden. Im Moment gab es ohnehin nicht viel zu erzählen. Die Tatsache, dass er nicht mehr Leiter der Garmischer Dienststelle war, weil man sie aufgewertet und ihm einen Polizeidirektor vor die Nase gesetzt hatte, war als Thema zwischen ihnen durch. Es hatte einige Zeit gedauert, bis er Burgl davon überzeugt hatte, dass es ihn überhaupt nicht ärgerte, den Organisationskram nach oben abzugeben, solange er ungestört weiter seine Kriminalabteilung leiten konnte. Ärgern tat ihn nur, dass er sich Frau Fuchs' Dienste nun mit dem neuen Chef teilen musste, was mitunter zu Wartezeiten bei der Kaffeeversorgung führte.

Er hatte sich für das Böfflamott mit Karotten und Spätzle als Hauptgang entschieden, Burgl für in Butter gebratene Seezunge mit Blattspinat. Auf die Crème brûlée verzichtete er schweren Herzens, als er ihren Blick auf seine leicht spannenden Hemdsknöpfe bemerkte – was sie aber keineswegs davon abhielt, sich eine Calvados-Crêpe mit Bourbonvanilleeis zu bestellen.

„Übrigens hab ich neulich Ferdi Schurig im Ort getroffen", sagte Burgl, als die Bedienung die Crêpe servierte.

Schwemmer runzelte die Stirn und griff nach seinem Glas. Er hatte keine Lust, sich von der Erinnerung an Ferdinand Schurig – den flotten Ferdi, wie man ihn damals nannte – den wunderschönen Abend verderben zu lassen.

„Er ist wieder da", sagte Burgl leichthin. „Er wohnt jetzt in Partenkirchen und hat eine Praxis in Hechendorf aufgemacht."

„Hechendorf." Schwemmers Blick wurde misstrauisch. „Ferdi …"

Er merkte, wie seine Hände kalt wurden. Der flotte Ferdi. Der Mann – ach was, das Arschloch, an dem fast ihre Verlobung gescheitert war. Den es leider nur nach Würzburg und nicht, wie Schwemmer gehofft hatte, nach Timbuktu verschlagen hatte. Der mit seinem sportlichen Körper, der blonden Lockenmähne und dem amerikanisch breiten Unterkiefer jede Kommilitonin ins Bett bekommen hatte, die er wollte. Burgl hatte er gewollt.

„Was hast du denn?" Eine kleine, besorgte Falte stand auf Burgls Stirn und machte sie noch schöner. „Wir haben einen Kaffee getrunken und geredet. Er ist geschieden …"

Schwemmer nickte und nahm einen eiligen Schluck.

„Du, der hat einen Drohbrief gekriegt."

„Drohbrief? Von mir nicht."

Burgl lachte kopfschüttelnd. „Hausl, also wirklich … Wahrscheinlich von diesem Spinner, diesem einsamen Rächer, der in Partenkirchen umgeht."

„Aha …" Der Rächer. Eines der wenigen ungelösten Probleme der Kripo Garmisch. Ein Wutbürger, der seine Mitmenschen mit kleinen Racheakten terrorisierte, wenn sie falsch parkten oder sich sonstwie nicht an die Regeln hielten, die er für wichtig erachtete.

„Ja. Ferdis Hund ist ihm aus dem Garten ausgebüxt, und es hat den halben Tag gebraucht, bis er ihn wiedergefunden hat. Und vor ein paar Tagen lag ein anonymer Brief im Kastl. Wenn der Hund noch einmal allein unterwegs sei, dann wär er fällig."

„Soll den Brief auf die Wache bringen“, sagte Schwemmer und ärgerte sich sofort. Jetzt forderte er sie auch noch selbst auf, mit Ferdi zu reden.

Ferdi Schurig, dachte er. Ausgerechnet.

„Hallo?“, rief Sebastian in die dunkle Diele hinein. Er erhielt keine Antwort. Mit zitternden Fingern tastete er nach dem Lichtschalter – und wurde geblendet von einer Halogenschiene an der Decke. Seine Brille beschlug in der warmen Luft. Hastig nahm er sie ab und wischte die Gläser trocken.

Es war nichts Besonderes zu sehen. Ein Schuhschrank mit vielen Klappen; eine Garderobe mit drei oder vier sportlichen Blazern und der eleganten Steppjacke mit Pelzkragen, in der er Sanne schon einmal im Büro gesehen hatte. Hinter der Garderobe eine offene Tür zur dunklen Küche.

Zögernd betrat er die Diele. Was machst du hier?, fragte die eine Hälfte seines Gehirns. Was wirst du sagen, wenn sie dich fragt, was du hier willst?

Er wusste keine Antwort, aber der anderen Gehirnhälfte war das ohnehin egal. Langsam schloss er die Tür hinter sich. Er war drin. In ihrem Haus.

Er streckte die Hand nach der Steppjacke aus und strich zärtlich über den Pelzkragen, trat näher heran und senkte sein Gesicht in den Pelz. Ihr Duft umfing ihn. Er merkte, dass er mit den Tränen kämpfte, und riss sich von der Jacke los. Idiot, dachte er. Du bist ein Idiot. Du benimmst dich wie ein Idiot. Sie hält dich für einen Idioten. Weil du ein Idiot bist.

Geh weg! Aber er schaffte es nicht. Konnte es einfach nicht.

Er warf einen Blick in die Küche. Auch hier nichts Ungewöhnliches. Reste einer Brotzeit standen auf dem Tisch, ein leeres Weinglas.

Er ging zurück in die Diele, griff nach dem Stiegengeländer und ging in den ersten Stock hinauf. Oben gab es zwei Türen, beide geschlossen. Noch einmal rief er „Hallo?“, dann klopfte er an die rechte Tür. Keine Antwort.

Er drückte die Klinke. Das Bad. Es war leer.

Als er an die linke Tür klopfte, bemerkte er, dass sie nur angelehnt war. Das Wohnzimmer. Licht brannte, aber auch hier war niemand. Er trat ein.

Die Stereoanlage war an, aber es lief keine Musik. Ein großer Flachbildschirm hing an der Wand. Daneben stand ein alter Sekretär, darauf ein Mac, ein iPad und ihr Handy.

Auf dem niedrigen Glastisch vor der Ledercouch standen eine Flasche Pernod und ein Wasserkännchen. Daneben ein Glas. Es war umgefallen.

Er tupfte den Finger in die kleine Lache auf dem Glastisch und roch daran. Anis. Pernod hatte sie auch vor dem Ende ihres einen gemeinsamen Abends getrunken. Als die Stimmung noch gut gewesen war zwischen ihnen.

Er lächelte traurig und stellte das Glas auf.

Neben dem Fernseher war eine weitere Tür. Er nahm an, dass sie ins Schlafzimmer führte. Sollte er sie tatsächlich öffnen?

Zögernd ging er im Raum umher. In dem großen Bücherregal standen ein paar gerahmte Fotografien. Er griff nach der erstbesten. Sanne am Strand unter Palmen. Mit einem durchtrainierten dunkelhäutigen Mann, der seinen Arm besitzergreifend um sie gelegt hatte. Ihr Bikini war so winzig, dass Sebastian ihn erst auf den zweiten Blick entdeckte.

Er nahm das nächste Bild. Sanne auf einem Pferd. Daneben, auch auf einem Pferd, ein blonder Mann. Sportlich. Gut aussehend. Elegant gekleidet, soweit Sebastian das beurteilen konnte. Er wusste nicht wirklich, was beim Reiten so zu tragen war. Der Mann hatte auf jeden Fall eine andere Kragenweite als er selbst. Er hatte Stil. Er hatte Geld. Er hatte Sanne.

Sebastian stellte das Foto ins Regal zurück. Unschlüssig sah er zur Schlafzimmertür. Wahrscheinlich war sie einfach ins Bett gegangen und hatte vergessen, das Licht auszumachen. Wenn er jetzt dort hineinging, würde er sie nur wecken. Aber da war dieser scharfe Schlag gewesen, den er gehört hatte. Der ihn überhaupt erst veranlasst hatte, das Haus zu betreten. Wenn nun wirklich etwas passiert war? Er räusperte sich.

„Hallo? Sanne?", rief er und hoffte, die richtige Lautstärke getroffen zu haben. „Ich bin's. Sebastian Polz. Der Milli … aus dem Büro …"

Hinter der Tür rührte sich nichts. Noch einmal rief er. Ohne Reaktion.

Es half nichts. Er trat näher an die Tür heran und klopfte leise.

IN BURGLS BLICK stand eine Mischung aus Mitleid und Ärger. „Hausl, es ist bald fünfunddreißig Jahre her. Ich hatte wirklich gedacht …" Mit einem Kopfschütteln brach sie den Satz ab und trank von ihrem Wein. „Ich trau mich gar nicht, weiterzuerzählen", sagte sie.

Schwemmers Augenbrauen schossen in die Höhe. Wie, weiter? Was würde da denn noch kommen?

„Vielleicht sollte ich es dir besser nicht sagen …"

„Kommt nicht infrage", sagte Schwemmer. „Raus damit!"

„Tja … er hat mich gefragt, ob ich Partnerin in seiner Praxis werden will."

Schwemmer sah sie verwirrt an. „Heißt das, du willst wieder arbeiten?"

„Ich hab's noch nicht entschieden. Wär halt eine schöne Gelegenheit, mit minimalem Aufwand selbstständig zu arbeiten. Ohne Risiko, ohne Investitionen. Wenn ich keine Lust mehr hab, lass ich es wieder."

„Wieso willst du wieder arbeiten? Du hast doch immer gesagt …"

„Ja, ja. Stimmte ja auch. Es hat mich belastet. Ich hatte damals einfach genug … Und jetzt eben nicht mehr."

„Du hast nicht mehr genug? Genug was? Sorgen?“

„Quatsch. Genug zu tun. Die Auszeit war toll. Aber jetzt hab ich das Gefühl …“ In einer vagen Geste breitete sie die Arme aus.

„Als ich noch in Ingolstadt war …“, setzte Schwemmer an.

„Herr Erster Kriminalhauptkommissar, jetzt kommen Sie mir nicht mit Ihren Ingolstadt-Geschichten! Ich war dabei, wie Sie wissen sollten!“ Burgl versuchte ihren Zwischenruf mit einem Lachen zu entschärfen, aber es gelang nicht recht. „Entschuldige“, sagte sie leise.

„Als ich noch in Ingolstadt war, haben wir bei den komplizierten Fällen immer mit dem Doktor Kögl als forensischem Psychiater zusammengearbeitet. Er war zuständig, wenn's um die richtig Abgedrehten ging.“

„Ja, ich erinner mich an ihn. Er war gut. Und?“

„Er ist tot. Leberzirrhose.“

Burgl kniff die Lippen zusammen und hielt ihr Glas hoch. „Wohlsein“, sagte sie und kippte den restlichen Wein hinunter.

„Ich sage nicht, dass du zu viel trinkst.“

„Sondern?“

„Dass man manchmal weniger aushält, als man meint.“

„Das weiß ich! Ich bin Psychologin!“

Schwemmer hob die Schultern und griff nach seinem Glas. Es war fast leer. Die Bedienung warf ihm einen fragenden Blick zu.

„Zahlen bitte“, sagte er und rang sich ein Lächeln ab.

„Ich wollt uns nicht den Abend verderben“, sagte Burgl und schob ihre Hand über den Tisch an seine heran. Er legte seine Finger auf ihre.

„Ausgerechnet Ferdi Schurig“, murmelte er.

AUCH auf sein zweites, etwas lauteres Klopfen erhielt Sebastian keine Antwort. Er öffnete die Tür. Der Raum dahinter war finster. Er wagte nicht, das Licht anzuschalten. Der Schein aus der Wohnstube erhellte nur die ersten Meter hinter der Tür. Sebastian erkannte das Fußende eines Bettes. „Sanne?“

Keine Antwort. Regungslos blieb er stehen und lauschte. Er meinte, leise Atemzüge zu hören. Langsam gewöhnten sich seine Augen an das Dunkel. Er erkannte den Nachttisch neben dem Kopfende, eine Kommode. Schließlich war er sicher, sie auf dem Bett liegen zu sehen. Sie war nicht zugedeckt. Ihr Kopf lehnte am Kopfende des Bettes. Und ihre Augen waren offen.

„Sanne?“

Sie regte sich nicht. Irgendwas stimmte nicht mit ihren Augen. Sie wirkten wie schwarze Löcher. Und ihr Kopf schien von einer dunklen Aura umgeben.

Er tastete nach dem Lichtschalter.

Was er sah, als das Licht anging, ließ ihn um Atem ringen. Er konnte es nicht glauben, nicht verstehen. Wankend suchte er Halt am Türrahmen.

„Sanne …“, sagte er noch einmal, leise und sinnlos.

Sie war tot. Ihre Augenhöhlen waren leer. Dort, wo das Funkeln gewesen war, klafften zwei blutschwarze Löcher. An der Wand hinter ihrem Kopf waren Gewebe, Knochensplitter und Blut verteilt.

Hilflos starrte Sebastian auf die Katastrophe, auf den Tod, auf das Ende von allem. Als er aus den Augenwinkeln eine Bewegung wahrnahm, drang das nicht in sein Bewusstsein durch. Und den Schlag auf den Hinterkopf, der ihn in die Ohnmacht schleuderte, nahm er fast dankbar entgegen.

Es ist nur auf den ersten Blick ein Fehler gewesen, die Haustür offen zu lassen. Ich mache keine Fehler. Wenn ich etwas tue, dann ist es richtig. Und wenn ein Mensch zu einer Figur in dem großen Spiel wird, das ich spiele, dann ist das kein Fehler. Jedenfalls nicht meiner.

SEBASTIAN wehrte sich gegen das Wachwerden, denn es bereitete Schmerzen. Die heftigsten tobten in seinem Schädel, aber auch in den Rücken fuhr ihm ein Stich, als er versuchte, seine Position zu ändern. An der Wange spürte er einen staubigen Teppich. Er wollte sich aufstützen, doch sein rechter Arm ließ sich nicht bewegen. Der linke Arm gehorchte ihm. Immerhin.

Irgendwo über ihm war ein wackliger Halt. Er griff danach und versuchte sich hochzuziehen. Nur ganz langsam wurde ihm klar, wo er sich befand: in seinem R5, kopfüber im Fußraum vor dem Beifahrersitz. Was seine Linke umklammert hielt, war das Lenkrad. Mit Mühe gelang es ihm, sich aufzurichten, sodass er nun quer auf den Vordersitzen lag.

Sein rechter Arm war eingeschlafen und völlig taub. Als er ihn mit der Linken anhob, fiel er wie gelähmt wieder herunter.

Schwerfällig rutschte er hoch in Sitzposition und tastete nach seiner Brille, aber sie war nicht zu finden. Er hatte sechs Dioptrien. Ohne Brille sah er ungefähr so viel wie ein Mensch unter Wasser. Mit zusammengekniffenen Augen musterte Sebastian die Umgebung. Der Mond war verschwunden, aber er glaubte zu erkennen, dass der R5 noch zwischen den Büschen stand, wo er ihn zurückgelassen hatte. Stück für Stück setzte seine Erinnerung wieder ein, und das führte nicht dazu, dass es ihm besser ging.

Er sah zum Haus hinüber. Das Licht im ersten Stock war aus. Für einen Moment keimte die Hoffnung in ihm auf, alles sei nur ein böser Traum gewesen, aber dann ertastete er an seinem Hinterkopf eine riesige Beule.

Sanne war tot. Ermordet. Das Funkeln war fort. Die Augen, in denen es geleuchtet hatte, waren geraubt worden. Und er war niedergeschlagen worden – von ihrem Mörder.

Übelkeit übermannte ihn. Er stieß die Fahrertür auf und erbrach sich auf den Boden. Krämpfe schüttelten ihn, und wieder verlor er das Bewusstsein.

Das Nächste, was er hörte, war der Klingelton seines Handys. Es läutete ausdauernd, aber er schaffte es nicht, sich aufzurichten. Das Handy verstummte, doch schon Sekunden später läutete es erneut.

Es würde sein Vater sein, der ihn suchte. Sebastian hatte keine Ahnung, was er ihm sagen sollte. Das Handy lag im Handschuhfach. Er nahm es heraus und hielt sich das Display dicht vor die Augen. UNBEKANNTER TEILNEHMER meinte er entziffern zu können. Er starrte das Gerät an, bis es zu klingeln aufhörte. Aber wieder dauerte die Pause nur ein paar Sekunden.

Er nahm das Gespräch an, ohne sich zu melden.

„Bist du endlich wach, Sebastian?"

„Wer ist da?", wollte er fragen, doch er brachte nur ein Krächzen hervor.

„Entspann dich." Die Stimme klang seltsam, wie elektronisch verändert.

Sebastian hustete. „Hilfe", stieß er hervor. „Hilfe! Sanne ist tot! Um Gottes willen …" Er begann zu schluchzen.

„Das weiß ich, Sebastian. Schließlich habe ich sie getötet."

Er rang um Atem. „Polizei …", war alles, was er hervorbrachte.

„Sebastian, was willst du denn bei der Polizei? Die werden bloß wissen wollen, wie deine Fingerabdrücke in das Haus gekommen sind. Vielleicht finden sie ja auch deine Haare und deinen Speichel auf der toten Susanne Berghofer. Oh … du nennst sie ja Sanne."

„Aber ich hab nichts getan!", stieß Sebastian hervor. Sein Kopf dröhnte. Er versuchte verzweifelt, die Situation zu erfassen.

Die Stimme erklärte sie ihm geduldig: „Was wird die Polizei wohl glauben, wenn ausgerechnet du sie zu der Toten führst? Wo doch deine Spuren überall sind? Auf der Tatwaffe sind deine Fingerabdrücke. Du hast sogar Schmauchspuren an der Hand."

Sebastian sah ungläubig auf seinen rechten Arm, der immer noch leblos an ihm herabhing. Hastig legte er das Handy in den Schoß und hob mit der Linken seine rechte Hand an die Nase. Und tatsächlich nahm er den metallischen Geruch von Schwarzpulver wahr. Er griff wieder nach dem Handy.

„Aber ich hab die Waffe gar nicht", sagte er atemlos.

„Natürlich nicht. Ich hab sie. Und ich kann dafür sorgen, dass man sie findet. Wo immer ich will. Und wann immer ich will."

Sebastian zwang sich, ruhig zu atmen. Sechs, sieben, acht Atemzüge gönnte die Stimme ihm, bis er sie wieder aus dem Handy hörte.

„Du hast sie sehr geliebt, da besteht kein Zweifel. Aber es ist ein Fehler, sehr zu lieben, Sebastian. Es verursacht Schmerzen.“

„Ja“, war alles, was er sagen konnte.

„Schön, dass wir uns einig sind. Ich bin gern einig mit anderen. Leider ist es mir nur selten vergönnt.“

Sebastian musste sich zwingen, nicht zu schreien.

„Du wirst deine Brille vermissen“, sagte die Stimme. „Sie liegt im Schlafzimmer auf dem Nachttisch. Der Schlüssel steckt in der Haustür.“

SCHWEMMER stöhnte auf, als das Telefon auf dem Nachttisch zu läuten begann. Die Leuchtziffern des Weckers zeigten zehn vor vier. „Schwemmer.“

„Ja … ich … ähm …“, stammelte eine männliche Stimme. „Balthasar?“

„Wer ist denn da?“, fragte Schwemmer irritiert.

„Der Ferdi. Ferdi Schurig. Eigentlich wollt ich ja die Burgl sprechen …“

„Jetzt?“, kreischte Schwemmer.

Neben ihm richtete Burgl sich auf und schaltete ihre Nachttischlampe an.

„Also, ich wollt nicht wirklich die Burgl … Eigentlich wollt ich, dass sie mit dir spricht … und da kann ich natürlich jetzt auch direkt …“

„Sag mal, tickst du noch ganz richtig?“, entfuhr es Schwemmer.

„Nein, äh, ja, mein ich. Es ist nur … Gisa ist tot. Ich hab sie eben gefunden. Ich glaub, er hat sie vergiftet.“

„Tot? Vergiftet? Du willst einen Mord melden und rufst bei Burgl an? Bist du noch ganz dicht? Ruf verdammt noch mal sofort die 110 an. “

„Da hab ich ja schon angerufen … Die haben gesagt … sie kümmern sich im Lauf des Tages drum.“

Schwemmer traute seinen Ohren nicht. „Die kümmern sich im Lauf des Tages um einen Mord? Das glaubst du doch selber nicht!“

„Doch! Sie haben gesagt, wegen einem Hund …“

Schwemmer schlug sich mit der Hand vor die Stirn.

„Was ist los?“, fragte Burgl und rieb sich die Augen.

Schwemmer hielt ihr das Telefon hin. „Für dich.“

ER BEFAND SICH in einem Albtraum. In einem fürchterlich realen Albtraum. Sanne war tot. Sie lag verstümmelt auf ihrem Bett. Neben ihr lag seine Brille. Und er hatte eben mit ihrem Mörder gesprochen.

Woher hat er meine Handynummer?, dachte er panisch und tastete nach seiner Brieftasche. Er durchsuchte alle Jacken- und Hosentaschen, öffnete das Handschuhfach und durchwühlte die Ablagen in den Türen und der Mittelkonsole. Vergeblich. Der Mörder hatte seine Papiere, seine Scheckkarten, seine Visitenkarten. Und mehr noch: seine Notizzettel! Ein paar Dutzend, vollgekritzelt in winziger Schrift. In den letzten Monaten hatte er sich angewöhnt, seine Gedanken zu notieren. Und die hatten sich in den letzten Monaten ausschließlich um Sanne gedreht.

Er hatte keine Ahnung, was er tun sollte. Er konnte die Polizei rufen, aber der Mörder hatte ja recht: Man würde ihn sofort verhaften. Und nicht nur das – er hätte keine Chance, seine Unschuld zu beweisen. Es waren Spuren von ihm in der Wohnung. Er konnte versuchen, die Fingerabdrücke an den Bildern und dem Pernod-Glas zu beseitigen, doch vermutlich würde er dabei nur neue Spuren hinterlassen. Die fanden heutzutage doch alles. Außerdem würde der Mörder schon dafür gesorgt haben, dass es genug zu finden gab. Hatte er nicht von Speichel gesprochen und von Haaren?

Und von der Tatwaffe.

Aber bisher kannte niemand seine Fingerabdrücke. Auch eine DNA-Probe hatte er noch nie abgeben müssen. Vielleicht hatte er also eine Chance, davonzukommen. Doch dann musste er hier weg, bevor er auffiel. Er hielt sich das Handydisplay vor die Augen. Fast vier Uhr. Bald würde der erste Verkehr einsetzen. Er starrte hinaus in die Dunkelheit. Ohne seine Brille konnte er nicht fahren. Unmöglich. Das bedeutete: Er musste noch einmal ins Haus. Noch einmal zu der toten Sanne. Zu ihren toten Augen.

Ich schaff das nicht, dachte er. Das ist zu viel.

Aber dann öffnete er die Fahrertür und stieg aus.

ZWEI

Grüß Gott", sagte Schafmann fröhlich, als er Schwemmers Büro betrat. Schwemmer brummte irgendwas zur Antwort.

Schafmann warf einen Blick auf die Uhr. „Es ist Viertel vor zehn", sagte er. „Die Morgenmuffelzeit ist vorbei."

„Dann betrachte mich heut eben als Ganztagsmuffel."

„Na servus." Schafmann setzte sich. „Krieg ich trotzdem einen Kaffee?"

„Wenn Frau Fuchs Zeit hat." Schwemmer rief bei der Sekretärin an und bestellte Kaffee für sie beide. „Was gibt's?", fragte er, als er aufgelegt hatte.

„Na, den toten Hund halt … Langsam übertreibt er's."

„Wieso er? Kann doch auch eine Sie sein."

Schafmann verzog das Gesicht. „Bist du jetzt auch noch Ganztagsfrauenbeauftragter?"

„Ah, geh. Was war das eigentlich für ein Hund?"

„Irish Setter“, sagte Schafmann. „Ich kannte den übrigens. Der Besitzer wohnt nur drei Straßen von uns weg. Der Köter ist jeden zweiten Tag aus dem Garten getürmt.“ Schafmann schüttelte den Kopf. „Und gestern ist er nicht wiedergekommen. Erst in der Nacht hat er ihn gefunden.“

„Ich weiß“, sagte Schwemmer.

„Woher?“

„Tut nichts zur Sache.“

Schafmann zuckte ergeben mit den Schultern. „Na, jedenfalls: Er lag im Gebüsch am Hang oberhalb von Sankt Anton. Tot, mit verfärbter Zunge.“

Frau Fuchs brachte den Kaffee, stellte ihn mit einem vorsichtigen Blick auf Schwemmer vor ihnen ab und eilte ohne ein Wort wieder hinaus.

„Jesusmaria, was hast du denn mit dem Füchschen angestellt?“, fragte Schafmann, als sie die Tür lautlos hinter sich geschlossen hatte.

„Ihre Arbeit gab Anlass zur Kritik. Die habe ich geäußert“, sagte Schwemmer. Dann winkte er ab. „Es tut mir leid. Ich werd mich bei ihr entschuldigen … Also, wie viele Verdächtige haben wir mittlerweile?“

„Alles in allem ein Dutzend.“ Schafmann seufzte. „Lauter Anschuldigungen, aber nie ein Augenzeuge. Egal ob er Türschlösser verklebt, Autos zerkratzt oder Öl auf Scheibenwischer schmiert. Jetzt haben wir zwar den Drohbrief, aber das ist nur ein Computerausdruck. Dräger hat nichts Brauchbares darauf gefunden.“

„Lässt du den Hund obduzieren?“

„Ja. Gift dauert aber.“

„Weiß ich. Sprichst du mit den Verdächtigen?“

„Was bleibt mir übrig? Aber ich kann ja nicht mal nach einem Alibi fragen, weil ich nicht weiß, wann es passiert ist.“ Schafmann schüttelte traurig den Kopf. „Die Stimmung in der Nachbarschaft ist natürlich extrem mies. Jeder verdächtigt jeden. Und vielleicht gibt es ja auch mehr als einen Täter.“

„Denkbar.“ Schwemmer nickte. „Hör mal … Ich bin sozusagen auch … persönlich an dem Fall interessiert.“

„Persönlich? Kanntest du den Hund?“

„Nein. Aber meine Frau kennt den Besitzer. Mir wär es lieb, wenn er sich nicht … genötigt sähe, sie weiterhin um Unterstützung anzugehen. Ein rascher Ermittlungserfolg wäre da hilfreich.“

„Sehr wohl, Herr EKHK. Meine Männer und ich werden ausschwärmen und tun, was in unserer Macht steht.“

Schwemmer grunzte. „Verarschen kann ich mich selber.“

„Lange nicht so gut wie ich“, sagte Schafmann. „Ich weiß ja nicht, was für ein Problem du mit dem Doktor Schurig hast, aber du wirst ihm auf die

Dauer nicht aus dem Weg gehen können. Polizeidirektor Hessmann will in Zukunft eng mit ihm zusammenarbeiten. Schurig wird unser Experte für die richtig Abgedrehten."

Schwemmer massierte seine Nasenwurzel. Ferdi Schurig. Ausgerechnet.

Es war fast zehn, als der Vater, ohne anzuklopfen, die Zimmertür aufriss. „Wieso bist ned im Büro?", rief er herein.

„Ich hab mich krankgemeldet." Sebastian hoffte inständig, sein Vater werde ihn in Ruhe lassen, aber den Gefallen tat er ihm nicht.

„Wos host denn? Auf d'Nacht zvui gsuffa? Wer saufn ko, der ko a arbeitn! Wann warst denn dahoam? War scho fast Tag!"

„Ich hab nicht gesoffen", entgegnete Sebastian schwach.

„Wos dann? Wos host angstellt?"

Sebastian antwortete nicht. Ein paar Sekunden war Stille, dann sagte sein Vater: „Mach nur so weida", und knallte die Tür zu.

Kaum dass er weg war, begann das Handy auf dem Schreibtisch zu läuten. Sebastian zögerte. Das Läuten erstarb, aber Sekunden später begann es erneut. Er musste all seinen Mut zusammennehmen, um auf das Display zu schauen. Es war kein anonymer Teilnehmer. Carina Öckler stand da.

Er starrte verständnislos darauf. Carina war eine Kollegin. Eine kräftig gebaute Person von Anfang dreißig, die stets irgendwie grau wirkte, obwohl sie rötliche Haare hatte. Sie hatte ihn noch nie angerufen. Ihr Name war nur deshalb in seinem Handy gespeichert, weil sie ihm einmal ihre Nummer aufgedrängt hatte, zusammen mit dem Du, bei irgendeiner Betriebsfeier.

Er nahm das Gespräch an.

„Hallo, ich bin's. Carina. Ich hab gehört, du bist krank, und da wollt ich nur fragen, ob man dir was Gutes tun kann …" Es klang, als hätte sie den Satz eingeübt.

„Vielen Dank, ich komm schon klar." Er hatte nicht oft mit ihr zu tun. Sie war in der Buchhaltung, er in der Entwicklung. Immerhin war sie freundlich zu ihm, das erlebte er bei anderen Kollegen eher selten.

„Du bist ja sonst eigentlich nie krank", sagte Carina.

„Ja … Woher weißt du das?" Er rieb sich den schmerzenden Nacken.

„Ich mach doch die Gehaltsabrechnung." Es klang, als fühlte sie sich ertappt. „Warst du schon beim Arzt?"

„Ach was. Morgen bin ich wieder da."

„Ja, aber du musst ein Attest einreichen."

Sebastian stöhnte auf. Jetzt musste er sich auch noch eine Lüge für den Arzt ausdenken. „Ich glaub, da nehm ich lieber Urlaub", sagte er.

„Ähm …" Sie zögerte, als wollte sie sicherstellen, allein zu sein. „Das können wir irgendwie regeln", flüsterte sie dann. „Ich mach das schon."

„Danke." Er war tatsächlich erleichtert. Nicht wegen des Urlaubstags, den er so sparte, sondern einfach weil er sich keine Gedanken machen musste. „Bis morgen", sagte er und unterbrach die Verbindung.

Carina, dachte er. Wie war noch mal der Nachname? Ockels? Er sah unter „Angenommene Anrufe" nach. Öckler, las er. Carina Öckler. Bisher war ihm an ihr nur aufgefallen, dass sie immer mit dem Roller kam. Aus Murnau, wenn er sich nicht irrte.

Er legte das Handy auf den Nachttisch und setzte sich auf den Bettrand. Er hatte kein Auge zugetan, seit er in seinem Auto vor Sannes Haus aus der Ohnmacht erwacht war. Der Weg zurück in ihr Schlafzimmer war das Härteste gewesen, was er je durchgemacht hatte. Vielleicht wäre er ja auch ohne Brille irgendwie nach Hause gekommen, aber er hatte sie nicht liegen lassen können. Sie hätten den Besitzer aufgespürt, über kurz oder lang. Er hatte sie dort wegholen müssen, und der Mörder wusste das. Er spielte mit ihm.

Auch mit Sanne hatte er gespielt. Er hatte ihr Blut in die Haare geschmiert und sie zu zwei kleinen Teufelshörnern geformt. Sebastian hatte das erst erkennen können, als er endlich seine Brille gesäubert hatte, die ebenfalls blutverschmiert gewesen war. Er war damit ins Bad gewankt und hatte die Flecken von den Gläsern und dem Metall gewaschen. Dabei hatten sich sein Rotz und seine Tränen mit dem Wasser aus dem Hahn vermischt. Schließlich war er vor dem Waschbecken auf die Knie gesunken. Er hatte eine Ewigkeit dort gekauert, bis er genug Kraft hatte, um das Schlafzimmer noch einmal zu betreten und einen letzten Blick auf Sanne zu werfen.

Tatsächlich entdeckte er einen dritten Einschuss, der dort vorher nicht gewesen war, mitten in ihrer Stirn.

Der Mörder hatte gesagt, seine Fingerabdrücke seien auf der Waffe. Er musste ihm die Pistole in die Hand gedrückt und dann gefeuert haben.

Der Mörder konnte mit ihm machen, was er wollte, und Sebastian fürchtete, dass er noch viel mehr wollen würde …

Das Handy auf dem Nachttisch läutete. UNBEKANNTER TEILNEHMER stand auf dem Display. Das Spiel ging weiter.

„JO MEI, Herr Kommissar …"

„Hauptkommissar", sagte Schafmann.

„Hauptkommissar", korrigierte sich der Mann im Janker. „Dann hat er so gschaut, hinter dem armen Zamperl her." Er zog eine Grimasse, als wäre ihm etwas ins Auge geflogen. „Als wollt er eam derschlogn."

„So schauen Sie, wenn Sie jemanden erschlagen wollen?“

„Naaa! I doch ned. Verstehst mi ned? Der Oide von da drüben halt, Herr Kommissar, der schaut oiweil so … Nur wie er dann mein Karrn zerkratzt hat, da hat er mi angrinst, der Sauhund.“

„Da sind Sie sicher, dass *er* den Wagen zerkratzt hat?“

„Mei, so wie der grinst hat! Aber sagn S’ eam ned, dass i …“

„Nein, nein, keine Sorge. Wir werden die Informationen streng vertraulich behandeln.“ Schafmann klappte den Notizblock zu.

Im Treppenhaus gönnte er sich einen Seufzer, ehe er sich auf den Weg zum nächsten Zeugen machte.

Carmen Misera trug einen eleganten roten Morgenrock, als sie ihm die Tür öffnete. „Verzeihen Sie“, sagte die junge Frau mit einem Lächeln. „Ich hatte Nachtschicht.“

„Ich kann später wiederkommen, wenn es Ihnen lieber ist.“

„Ah geh. Kommen Sie rein. Es sei denn, mein Aufzug stört Sie.“

„Aber nein …“ Schafmann registrierte, dass die Wohnung nach Kaffee und frischen Semmeln duftete – und dass er Hunger hatte.

„Mögen Sie einen Kaffee?“ Carmen Misera bot ihm einen Stuhl am Frühstückstisch an, holte, ohne zu fragen, Besteck und Teller und legte beides vor ihn hin. „Bedienen Sie sich.“

Schafmann nickte dankbar. Etwas an ihr irritierte ihn, aber es fühlte sich nicht schlecht an, in ihrer Nähe zu sein. Sie trug das schwarze Haar zu einem nachlässigen Knoten geschlungen. Ihre Augen waren dunkel, fast schwarz.

„Was arbeiten Sie denn?“, fragte er, während er eine Semmel aufschnitt.

„Ich bin Assistenzärztin im Klinikum.“

„Verstehe“, sagte er und legte sich eine Scheibe Emmentaler auf die gebutterte Semmel. „Deswegen waren Sie auch so spät unterwegs?“

„Ja, ich hatte Spätschicht, aber dann gab es Komplikationen bei einer OP. Gegen halb vier bin ich mit dem Radl hier angekommen. Als ich in die Ludwigstraße einbog, hörte ich so ein komisches Geräusch. Ein Kreischen, wie Metall auf Metall. Ich hab mich umgeschaut, aber da war nichts. Erst von hier oben hab ich den Mann gesehen, wie er wegging.“

Schafmann aß den Mund leer, bevor er die nächste Frage stellte. „Sie haben sofort aus dem Fenster geschaut?“

„Ja. Das ist eine Angewohnheit von mir. Wenn ich reinkomm, werf ich meinen Mantel aufs Sofa und mach als Erstes das Fenster auf.“

„Warum?“

Sie lächelte verlegen. „Um eine zu rauchen.“

Schafmann nickte verständnisvoll. „Sie standen also am Fenster.“

„Genau. Ich stand da ein paar Sekunden, dann sah ich einen Mann, der hinter einem Auto gehockt hatte. Er stand auf, und ich sah, dass er eine dunkle Brille aufhatte. Er ging dann ganz ruhig die Straße hinunter und verschwand im Eingang von dem Apartmenthaus."

Schafmann nahm noch einen Schluck Kaffee und erhob sich. Er öffnete das Fenster, und kühle Oktoberluft strömte herein.

Carmen Misera trat neben ihn. Sie hielt sich den Kragen des Morgenmantels zu und zeigte mit der anderen Hand auf die Straße hinunter. „Dort stand der Wagen, hinter dem der Mann hockte. Und dort in der Paul-List-Straße der Wagen, der in der Nacht zerkratzt wurde. Und da unten ist der Hauseingang."

Schafmann nickte. Er nahm ihren Duft wahr, der ihn an eine frisch gemähte Wiese erinnerte. Irritiert stellte er fest, dass sich Gänsehaut auf seinen Unterarmen ausbreitete.

„Lassen Sie uns zumachen, Sie holen sich noch den Tod", sagte er, und sie setzten sich wieder an den Tisch mit dem späten Frühstück.

Sie lächelte – etwas verwirrt, wie ihm schien. Oder lag es daran, dass er selber verwirrt war?

Er hustete verlegen. „Können Sie den Mann beschreiben?", fragte er.

Sie zuckte mit den Schultern, wobei sich der Ausschnitt des Morgenmantels ein wenig verschob und etwas mehr Einblick erlaubte, als man vielleicht schicklich genannt hätte. Schafmann zwang seinen Blick auf den Teller.

„Er war dunkel gekleidet, trug einen Trachtenhut und schien ein bisschen zu hinken, aber ganz sicher kann ich das nicht sagen. Es war halt dunkel."

„Wie alt schätzen Sie ihn?" Fast war er dankbar, wieder auf dienstlichem Terrain zu sein, aber er konnte den Blick kaum von ihr wenden.

„Eher älter", sagte sie. „Ein bisschen füllig, aber nicht dick."

„Würden Sie ihn wiedererkennen?"

„Nein. Keine Chance."

Schafmanns Atem ging flach. Er sah auf seinen Notizblock. Es wollte ihm partout keine vernünftige Frage mehr einfallen, aber etwas hielt ihn hier fest.

Er sah sie an. Sie wich seinem Blick aus und schenkte ihm Kaffee nach. Wieder musste er sich zwingen, nicht in den Ausschnitt des roten Morgenrocks zu starren. Er stellte Fragen nach ihrem Job, sie antwortete mit ein paar Anekdoten. Auch dass sie die Wohnung bis vor Kurzem mit einem gewissen Schorsch geteilt hatte, erzählte sie, aber der sei mit ihren Arbeitszeiten nicht klargekommen. Deshalb sei er zurück nach Freising gezogen, zu seiner Ex.

Sie ist Single, dachte Schafmann. Sie ist allein. Sie braucht jemanden.

„Irgendwie kann ich ihn sogar verstehen." Sie nippte an ihrer Tasse. „Aber so ein Polizistenjob ist für den Partner bestimmt auch nicht leicht."

Schafmann räusperte sich. Eigentlich waren von Bärbel bisher kaum Klagen gekommen. Solange er Fabian zum Eishockey und Felix zur Probe beim Tölzer Knabenchor brachte, schien sie zufrieden zu sein. Wie es allerdings weitergehen würde, wenn auch noch die Kleine alt genug für ein Hobby war, stellte er sich nur ungern vor.

„Manchmal ist es schon ein bisschen viel“, sagte er.

Das Gespräch floss dahin, bis Schafmanns Blick auf seine Armbanduhr fiel. Er schrak zusammen und stand eilig auf.

„Ich hoffe, Sie kriegen den Kerl“, sagte Carmen Misera mit einem warmen Lächeln, als sie ihn zu Tür begleitete. Sie reichte ihm die Hand: warm und trocken, feingliedrig und kräftig zugleich. „Wenn Sie mal Kaffeedurst haben und in der Nähe sind …“

„Ja“, sagte er. „Wenn ich in der Nähe bin.“

Als sie die Tür hinter ihm geschlossen hatte, warf er einen langen, verwirrten Blick zurück. Was, zum Teufel, war das?, dachte er. Ganz langsam ging er die Treppe hinunter. Er dachte an eine frisch gemähte Wiese.

„Du bist nicht im Büro“, stellte die Stimme fest.

„Woher wollen Sie das wissen?“, fragte Sebastian.

„Ich hab versucht, dich dort anzurufen. Man sagte mir, du bist krank.“ Die Stimme war wieder elektronisch verändert. Sie klang unnatürlich hoch.

„Woher wissen Sie, wo ich arbeite?“

„Aber Sebastian! Du hast Visitenkarten in deiner Brieftasche. GAP-Data, ‚Member of Development Department‘. Klingt beeindruckender, als es ist, nehme ich an.“

Sebastian antwortete nicht. Die Stimme hatte recht. Fachlich würden sie in der Firma nie auf ihn verzichten können, aber vorzeigen würden sie ihn auch nie. Er war der Nerd, der die Fleißarbeit machte.

„Was entwickelt ihr denn?“, fragte die Stimme.

„Software für den Betonbau. Für Planung, Einkauf, Herstellung, Lagerhaltung.“ Sebastian atmete heftig aus. Er plauderte mit Sannes Mörder über seinen Job. „Was wollen Sie von mir? Über meine Arbeit reden?“

„Oh, ich weiß noch nicht genau, was ich von dir will. Zunächst habe ich noch eine Frage: Wieso nennen sie dich im Büro ‚Milli‘?“

„Woher wissen Sie das?“

„Sebastian, begreif endlich, dass ich eine Menge über dich weiß. Aber bitte: Du hast dich selber so bezeichnet, als du Susanne Berghofers Haus betreten hast. Und eben am Telefon hat dein Kollege in den Raum gefragt, ob jemand weiß, wo der ‚Milli‘ steckt. Was bedeutet das also?“

„Es bedeutet Millionär“, antwortete Sebastian leise. „Ich war mal bei Günther Jauch.“

„Oh. Und du hast die Million geholt?“

„Nein.“

„Wie viel denn?“

„Fünfhundert Euro“, murmelte Sebastian.

„Was? Wie kann man so doof sein?“ Die Stimme lachte.

„Ich … hatte Lampenfieber“, sagte Sebastian.

„Aber es gibt doch Joker!“ Die Stimme war hörbar amüsiert.

„Die hatte ich bei viertausend schon verbraucht.“

Sebastian schwieg. Der Auftritt war die größte Demütigung in seinem Leben gewesen. Er hatte eine gute Allgemeinbildung, aber als er auf dem Stuhl gesessen hatte, wollte sein Gehirn einfach nicht mehr arbeiten. Schwitzen war das Einzige, wozu er noch in der Lage gewesen war. Sogar Günther Jauch schien Mühe gehabt zu haben, Mitleid mit ihm zu empfinden.

„Das war wohl die eine Chance in deinem Leben“, sagte die Stimme. „Und du hast sie vertan.“ Die Verbindung wurde unterbrochen.

Ja, es war die eine Chance in seinem Leben gewesen. Und so, wie es jetzt aussah, würde es nie wieder eine für ihn geben.

Das Wort Schicksal klingt für die meisten Menschen bedrohlich, und das zu Recht. Sie kennen es nicht, es ist fremd, es ist nicht zu steuern – für die meisten Menschen. Aber für die anderen, die nur wenige, sehr wenige sind – für die steht das Wort Schicksal gerade für das Gegenteil. Es steht für Macht.

„UND?“, FRAGTE SCHWEMMER. „Irgendwelche Resultate?“

Schafmann ließ sich in den Besucherstuhl fallen und zog seinen Notizblock aus der Jackentasche. Fahrig blätterte er darin herum. „Nichts Konkretes … Jemand hat jemanden in einen Hauseingang gehen sehen. Einen älteren Mann, möglicherweise leicht gehbehindert.“

„Und?“

Schafmann winkte ab. „In dem Haus wohnen zwölf Parteien. Soll ich die vielleicht alle überprüfen?“

Schwemmer sah ihn verblüfft an. „Vielleicht? Natürlich sollst du!“

Mit einem Seufzer klappte Schafmann den Block zu und sah auf seine Armbanduhr. „Gleich morgen“, sagte er.

Auch Schwemmer sah auf die Uhr. „Morgen? So spät ist es ja noch nicht. Grad eben haben die vom *Tagblatt* angerufen, und ich hab denen gesagt, dass wir intensiv an der Sache arbeiten.“

Schafmann sah zum Fenster hinaus. Er reagierte nicht auf die sanfte Ermahnung. Schwemmer kam es vor, als hätte er ihn gar nicht gehört.

„Hallo?“, fragte er. „Alles klar?“

Schafmann fuhr herum. „Bitte?“

Schwemmer legte ungläubig den Kopf schief. „Alles in Ordnung bei dir?“

„Ähm … ja, ja. Alles in Ordnung.“ Schafmann erhob sich mit einem Ächzen aus dem Stuhl und schlurfte mit hängenden Schultern zur Tür.

„Wuillst was essn?“, fragte der Vater durch die geschlossene Tür. Es klang nicht sehr freundlich.

Sebastian wusste nicht, was er antworten sollte. Einerseits war der Gedanke an Essen im Moment nur mit Ekel verbunden. Andererseits spürte er, dass er essen musste, wenn er nicht zusammenbrechen wollte.

„Wos is?“, knurrte sein Vater.

Er riss sich zusammen. „Ja“, sagte er in Richtung Tür. „Ich komm gleich.“

„Zehn Minutn“, sagte der Vater. „Leberkas mit Spiegelei.“

„Passt schon“, antwortete Sebastian.

Er ging ins Bad und sah in den Spiegel. Selbst die dicken Brillengläser konnten nicht verbergen, wie verschwollen seine Augen waren. Er ließ sich kaltes Wasser über Kopf und Gesicht laufen. Dann rubbelte er sich die Haare trocken – vorsichtig, denn sein Hinterkopf schmerzte noch immer. Zurück in seinem Zimmer, zog er frische Sachen an und ging dann in die Stube, wo der Vater gerade vier Scheiben Leberkäse auf zwei Teller verteilte.

„Bier hob i vergessn“, brummte er. „Holst mir a Hells ausm Kühlschrank.“

Sebastian tat, wie ihm geheißen. Nach kurzem Zögern nahm er eine zweite Flasche heraus. Eigentlich trank er kein Bier um diese Tageszeit, aber er hatte das Gefühl, heute würde es ihm guttun.

Sein Vater sah ihn forschend an, sagte jedoch nichts. Sie schenkten sich ein, tranken und vertilgten stumm ihr Mahl. Als der Vater aufgegessen hatte, stieß er einen Rülpser aus. „Scheiße schaugst aus“, sagte er dann.

Sebastian nickte nur. Er wagte nicht aufzusehen.

„Wos host angstellt in der Nacht?“, fragte sein Vater.

„Mir hat jemand eins übergebraten“, sagte Sebastian.

„Wer?“

Sebastian zuckte mit den Schultern. „Weiß nicht. Von hinten.“

„Warum?“

„Keine Ahnung …“

Der Vater trank sein Glas leer. „Schmarrn“, sagte er.

Sebastian stand wortlos auf und ging zurück in sein Zimmer. Er schloss die

Tür hinter sich, setzte sich an den Schreibtisch, stützte die Ellbogen auf und legte das Gesicht in die Hände. Er musste nachdenken.

Sanne hatte drei Tage Urlaub genommen. Er hatte Kollegen aus dem Vertrieb darüber reden hören, in der Cafeteria. Dass sie ausgerechnet jetzt freimachen musste, vor der Messe in Köln, und dann auch noch rumposaunen, sie werde die Tage nutzen, um nichts zu tun. Dass sie eine arrogante Ziege sei, die es nicht nötig habe, im Team zu arbeiten. Als die Kollegen gegangen waren, hatte Sebastian ihnen ungläubig hinterhergestarrt. Die beiden waren ihm noch nie besonders sympathisch gewesen.

Er schreckte aus den Gedanken hoch. Drei Tage Urlaub. Drei Tage, in denen Sanne nicht vermisst werden würde. Vielleicht konnte er diese Tage nutzen. Aber wie?

Vielleicht konnte er Spuren beseitigen. Er war doch schon dort gewesen, hatte sie tot dort liegen sehen. Es war hart gewesen, natürlich, aber er hatte es geschafft. Er würde es noch einmal schaffen. Müssen.

Den Schlüssel, den der Mörder so höhnisch für ihn in der Eingangstür hatte stecken lassen, hatte er mitgenommen, als er das Haus wieder verlassen hatte – er hatte einfach nicht gewusst, was die beste Lösung dafür war, und nun hing er an seinem Schlüsselbund.

Vielleicht konnte er sogar die Leiche verstecken?

Erschrocken schüttelte er den Kopf. Die Vorstellung, ihren toten Körper durch die Gegend zu tragen, war zu viel. Das ging nicht. Oder doch?

Wenn Schwemmer seiner Nase trauen konnte, war es nicht wirklich ein Friedensangebot, was Burgl da auf dem Herd hatte. Er betrat die Küche und hob den Deckel vom Topf. „Beuscherl?“, fragte er enttäuscht.

„Hatten wir lange nicht mehr.“ Burgl nahm eine Flasche Weißwein aus dem Kühlschrank, schenkte zwei Gläser ein und reichte ihm eines.

Er lächelte sie gequält an. Wenn sie ein Gericht im Repertoire hatte, das er wirklich nicht mochte, war es Beuscherl. Die Vorstellung, Lunge zu essen, wollte ihm einfach nicht behagen, auch wenn Burgl ihn deswegen schon einen Unbayern geschimpft hatte.

„Ich hatte Appetit drauf.“ Sie prostete ihm zu. „Wie war dein Tag?“

„Ja mei …“ Er seufzte und nahm einen Schluck Wein. Immerhin der war eine Wohltat. Ein 2009er Rivaner aus der Pfalz. Er nickte wohlwollend.

„Nichts Aufregendes heute?“, fragte Burgl.

„Nein.“ Er nahm zufrieden zur Kenntnis, dass sie ihm explizite Fragen nach Ferdis Hund ersparte. Sie setzten sich an den Küchentisch, und Burgl servierte das Kalbslüngerl. Schwemmer vermied jeden Kommentar.

Nach dem vierten Bissen sagte Burgl: „Ich war heute in Hechendorf."

Schwemmer legte den Löffel weg. Er nahm ein Stück Baguette aus dem Korb und begann es zu zerbröseln.

„Ich hab mir Ferdis Praxis angeschaut", sagte Burgl. „Wirklich sehr schön. Großzügig eingerichtet, direkt an der Partenkirchener Straße. Und eine Menge Klienten. Jedenfalls dafür, dass er erst ein paar Monate da ist."

Er sah sie abwartend an, ahnte aber schon, was kommen würde.

„Ich denke, ich mach das", sagte sie.

Er stopfte sich einen Brocken Brot in den Mund und kaute schweigend.

„Ferdi ist auch Sachverständiger", sagte Burgl. „Du wirst also ohnehin mit ihm zu tun bekommen." Sie sah ihn mit einem spöttischen Lächeln an. Er spülte das Baguette mit Weißwein hinunter.

SEBASTIAN rangierte den R5 zwischen die Büsche und schaltete den Motor aus. Seine Hände waren feucht. Er hatte Schwierigkeiten, die dünnen Lederhandschuhe aus dem Nachlass seiner Mutter überzustreifen. Doch als er die Finger hineingezwängt hatte, fühlte es sich gar nicht schlecht an, fast wie eine zweite Haut. Er zog die Duschhaube aus der Tasche, die er einmal aus einem Hotel mitgenommen hatte. Damals war das lustig gewesen, weil er sich nie hatte vorstellen können, etwas wie eine Duschhaube jemals zu benötigen. Und nun brauchte er sie sogar dringend, um die Spuren eines Verbrechens zu beseitigen, das er nicht begangen hatte.

Die Straße war schwach beleuchtet, niemand war zu sehen. Sein Herzschlag pulste im Hals, als er ausstieg und auf das Haus zuging. Vor der Haustür zog er die Duschhaube über den Kopf. Das Gummiband musste im Nacken verknotet werden. Es dauerte endlose Sekunden, bis er es geschafft hatte. Hastig steckte er den Schlüssel ins Schloss und öffnete.

Als die Tür hinter ihm wieder zugefallen war, atmete er durch. Er wollte wenigstens ein bisschen zur Ruhe kommen, bevor er das Licht einschaltete.

Dann, im Schein der Halogenstrahler, sah er sich um: Alles war so, wie er es hinterlassen hatte. In seiner Jackentasche steckte ein Plastikbeutel mit einem feuchten Putzlumpen. Er zog ihn heraus und wischte damit über den Lichtschalter. Dann stieg er die Treppe hoch und fuhr dabei mit dem Tuch sorgfältig über das Geländer. Oben blieb er einen Moment stehen und versuchte sich zu erinnern. Er hatte die Tür zum Bad geöffnet. Beim zweiten Mal war er ins Bad hineingegangen. Oder vielmehr hineingewankt. Er hatte sich überall abgestützt, an der Wand, an der Duschkabine, am Waschbecken.

Hastig begann er über jede nur denkbare Stelle zu wischen, an der ein Fingerabdruck von ihm sein konnte. Er hatte geweint. Konnte man in getrockneten Tränen DNA-Spuren sichern? Er hatte keine Ahnung, aber er wischte auch den Boden vor dem Becken, wo er in die Knie gegangen war.

Als er wieder aufstand, fiel sein Blick in den Spiegel. Fast erschrak er vor der Gestalt mit den dicken Brillengläsern unter der weißen Duschhaube. Er schaltete das Licht aus und ging hinüber ins Wohnzimmer.

Auf dem Glastisch standen die Flasche Pernod und das umgefallene Glas, das er aufgerichtet hatte. Er nahm es und wischte es sauber. Außerdem hatte er mit dem Finger in die kleine, nun klebrig angetrocknete Lache Anisschnaps gefasst. Er wischte den Fleck weg und ging zum Bücherregal. Dort nahm er das Strandfoto von Sanne und dem dunkelhäutigen Mann, wischte es ab und suchte dann unter den vielen gerahmten Bildern nach dem anderen Foto, das Sanne auf dem Pferd zeigte. Es war nicht da.

Sebastian erstarrte. Hastig ging er noch einmal die Bilder durch, insgesamt fast zwanzig Stück, alle gerahmt. Sanne hier, Sanne dort, Männer, Frauen, Katzen, Hunde, Berge, Meer und Seen. Aber keine Pferde.

Sein Handy läutete. Sebastian schloss die Augen. Mit zitternden Fingern tastete er nach dem Gerät in seiner Jackentasche.

UNBEKANNTER TEILNEHMER. Wortlos nahm er das Gespräch an.

„Sebastian, was machst du da?“, fragte die Stimme. „Hatte ich dir nicht gesagt, du sollst mich nicht verärgern? Auch nicht ein bisschen?“

Er zitterte am ganzen Körper. „Ich … ich werd sofort wieder gehen.“

„Dazu ist es zu spät. Ich war ja drauf und dran, die Polizei zu rufen. Aber dann hatte ich eine lustigere Idee. Jedenfalls lustiger für mich. Apropos: Die Duschhaube steht dir ausgezeichnet. Viel Spaß noch!“

Die Verbindung wurde unterbrochen.

Eine lustigere Idee? Was konnte das bedeuten? Sicher nichts Gutes.

Als er das Gerät wieder einsteckte, schrillte die Türklingel durchs Haus. Er fuhr herum. Das Licht über der Stiege brannte noch, man konnte es von draußen sehen. Erneut läutete die Klingel. Sebastian blieb starr stehen. Einen Moment später schloss jemand die Haustür auf.

„Frau Berghofer?“, rief eine Frauenstimme. „San S’ dahoam?“

Sebastian tastete sich langsam rückwärts von der Tür weg.

„Frau Berghofer? I bin’s, d’ Wagmüllerin. San S’ dahoam?“

Harte Sohlen schritten durchs Erdgeschoss, schließlich hörte er sie die Stiege heraufkommen. Sein Blick hetzte durch den Raum. Der einzige Ausweg, der ihm blieb, war das Schlafzimmer. Mit drei Schritten war er an der Tür, öffnete sie rasch, schlüpfte in das dunkle Zimmer und schloss sie lautlos wieder.

Wer war die Frau? Eine Nachbarin? Wahrscheinlich. Warum war sie hier?

„Frau Berghofer?“, hörte er sie erneut rufen.

Natürlich. Sie war hier, weil die Stimme sie hergeschickt hatte. Irgendeine Geschichte. *Frau Berghofer ist nicht erreichbar. Haben Sie vielleicht einen Schlüssel? Könnten Sie nicht kurz nach ihr schauen?*

Es klopfte. „Frau Berghofer? San S' dahoam? I bin's, d' Wagmüllerin." Die Stimme klang atemlos, vom Treppensteigen wahrscheinlich. Noch einmal klopfte es an der Tür. „I kimm eini, wann's recht is."

Sebastian drängte sich an der Wand entlang von der Tür weg. Sie öffnete sich, und ein Lichtstreifen fiel in den Raum. Sebastian fluchte innerlich. Er war in die falsche Richtung ausgewichen. Er hätte hinter der Tür sein sollen. Nun stand er direkt im Blickfeld der Frau, wenn sie eintrat.

Das Deckenlicht ging an. Der erste Blick der Wagmüllerin, einer Frau von mächtigen Ausmaßen, fiel auf das blutverschmierte Gesicht der toten Susanne Berghofer. Ihr Kinn klappte nach unten, sie rang nach Atem.

Sebastian versuchte, weiter zurückzuweichen. Dabei stieß er gegen eine große Ziervase, die auf der Kommode stand und nun umzukippen drohte. Er griff reflexartig zu, um sie aufzufangen, doch die Vase war erstaunlich schwer, sodass er sie nicht richtig zu fassen bekam.

Die Wagmüllerin fuhr herum und starrte ihn an. Was sie sah, war eine bebrillte, Handschuhe und Duschhaube tragende Gestalt, die mit einer großen Vase rang. Und das, während ihr gesamtes Nervensystem noch damit beschäftigt war, die Information zu verarbeiten, dass jemand ihrer Nachbarin beide Augen ausgeschossen und ihr Gehirn über die Schlafzimmerwand verteilt hatte. Das alles entlockte ihr einen schrillen Schrei des Entsetzens, während die Vase den Händen des Bebrillten entglitt und zu Boden stürzte, wo sie mit einem markerschütternden Klirren in Tausende Splitter zerbrach.

Die Wagmüllerin war weit in ihren Achtzigern und hatte schon einiges erlebt, aber das war zu viel. Ihre Knie knickten ein, und ihr schwerer Körper sank mit einem langen, zagenden Röcheln zu Boden.

„Kommst du nicht ins Bett, Werner?" Bärbel stand in der Tür und sah Schafmann verschlafen an. „Es ist schon nach zwölf."

„Ich komm gleich, Schatz." Schafmann warf ihr ein schiefes Lächeln zu. „Ich guck nur noch den Film zu Ende."

Sie verschwand wortlos in Richtung Schlafzimmer, und er starrte wieder auf den Flachbildschirm, ohne wahrzunehmen, was dort zu sehen war.

Er spürte ein Ziehen in der Magengegend, wie er es so lange nicht gespürt hatte. Immer wieder kehrten seine Gedanken zu Carmen Misera zurück, zu ihren feingliedrigen Händen, dem Ausschnitt ihres Morgenmantels und dem Duft, der von ihr ausging. Der Duft einer frisch gemähten Wiese.

Schafmann versuchte diese Gedanken zu verdrängen, aber es wollte nicht gelingen. Wenn er die Augen schloss, sah er sofort das leuchtende Rot ihres Morgenmantels vor sich. Und ihre dunklen Augen.

Mit einem heftigen Kopfschütteln erhob er sich aus seinem Sessel. Er schaltete den Fernseher aus, brachte das Bierglas in die Küche und ging ins Bad, um sich die Zähne zu putzen. Dieses Ziehen im Magen hatte er das letzte Mal kurz nach dem Schulabschluss gehabt. Damals, in den wenigen Wochen zwischen Abgangszeugnis und Ausbildungsbeginn, hatte ein gewaltiger Sommer die kurze Zeit der Freiheit vergoldet. Damals hatte er seine erste große Liebe kennengelernt – und es war nicht Bärbel gewesen.

Beim Stadlfest in Unterammergau hatte die Spannung zwischen ihnen fast einen Lichtbogen erzeugt. Sie hatten Blues getanzt, so was machte man damals noch. Wahrscheinlich macht man das auch heute noch, dachte Schafmann, man nennt es bloß anders. Der Timer der elektrischen Zahnbürste meldete sich, aber er putzte einfach weiter.

Sie hatten beide gewusst, dass es nicht lange dauern würde, aber sie hatten nie darüber gesprochen. Sie hieß Veronika und kam eigentlich aus Hannover. Ihr Vater arbeitete als Bauingenieur an irgendeiner Halle, Schafmann erinnerte sich nicht. Und wenn diese Halle fertiggestellt wäre, dann würde Veronika wieder fortgehen. Gemeinsam mit ihrem Vater, zu einer anderen Baustelle. Dass die dann in Marokko sein würde, hatte er sich nicht ausgemalt. So war Veronika einfach wieder verschwunden und hatte ihm nichts hinterlassen als ein anhaltendes Ziehen in der Magengegend.

Nun war schon so lange verheiratet, sogar glücklich verheiratet, wie er sich sagte. Sie hatten drei Kinder, sie führten eine gute Ehe, sie vertrauten einander. Nie hatte Bärbel ihm unnötige Fragen gestellt, und es hatte auch keinen Anlass dazu gegeben. Aber nie wieder hatte er dieses Gefühl gehabt.

Der Timer meldete sich ein zweites Mal. Schafmann schaltete die Zahnbürste ab, gurgelte ausgiebig und ging dann leise ins Schlafzimmer. Bärbel ließ ein zufriedenes Schnurren hören, als er sich neben sie legte, und schlief sofort wieder ein. Er lag da und starrte in die Dunkelheit. Lange.

DREI

Sebastian zuckte zusammen, als sich die Tür seines Büros nach einem kurzen Klopfen öffnete und sein Chef hereingestürmt kam. Dr. Lerchl hatte die unangenehme Angewohnheit, gelegentlich unangekündigt nach dem Rechten zu sehen. Normalerweise hatte Sebastian nichts zu verbergen.

Er leistete gute Arbeit, und Dr. Lerchl wusste das auch zu schätzen. Er brauchte Leute wie ihn: fähig, mit wenig Profilierungsdrang.

Heute war sich Sebastian allerdings sicher, dass in seinem Gesicht für jedermann zu lesen stand, was er gestern Nacht getan hatte. Deswegen war er im Büro. Hier fühlte er sich sicherer als zu Hause, wo ihn sein Vater misstrauisch beäugte, sicherer als irgendwo sonst. Aber nun stand Dr. Lerchl vor ihm. Sebastian versuchte so entspannt und normal wie möglich zu schauen.

„Herr Polz …“ Dr. Lerchl hatte fröhlich begonnen, aber als er Sebastian ansah, stockte er. „Mein lieber Herr Polz, sind Sie sicher, dass Sie schon wieder fit sind?“

„Passt schon“, sagte Sebastian.

Hinter Dr. Lerchl hatte ein groß gewachsener, schlanker Mann von Ende dreißig das Büro betreten. Er trug ein Sakko zur Jeans, einen kurzen schwarzen Vollbart und sah Sebastian aus dunkelbraunen Augen freundlich an.

„Ich wollte nur kurz einen neuen Kollegen vorstellen: Diplom-Ingenieur Volker Selbach. Er fängt heute bei uns im Marketing an.“ Dr. Lerchl wandte sich dem Neuen zu. „Herr Polz ist eine der Stützen im Development. Bei allem, was mit Stangenoptimierung und Datenrückerfassung zu tun hat, wenden Sie sich vertrauensvoll an ihn. Und bei Fragen der Modularstruktur auch … Eigentlich können Sie ihn alles fragen, nicht wahr, Herr Polz?“

„Äh … ja.“ Sebastian nickte Selbach zu und ergriff die Hand, die ihm der Neue anbot. Er hatte das Gefühl, in eine Stahlbiegemaschine zu fassen.

„Nett, Sie kennenzulernen“, sagte Selbach mit einem Lächeln. „Ich bin für jede Unterstützung dankbar.“

Dr. Lerchl sah Sebastian noch einmal forschend an. „Waren Sie beim Arzt?“, fragte er. „Sie sehen wirklich nicht gut aus.“

„Ich, äh … es geht schon. Gestern war schlimmer.“

„Na, dann gehen wir mal rüber zum Support“, sagte Dr. Lerchl.

Mit einem freundlichen Winken verabschiedete sich Selbach.

Lerchl wandte sich an der Tür noch einmal zu Sebastian um. „Wie lange ist die Frau Berghofer eigentlich noch im Urlaub?“, fragte er. „Mit ihr wird Herr Selbach ja hauptsächlich zusammenarbeiten.“

„Ich … wusste gar nicht, dass sie Urlaub hat.“ Das stimmte offiziell sogar.

„Na, sei's drum.“ Dr. Lerchl folgte dem neuen Kollegen hinaus.

Nachdem sich die Tür geschlossen hatte, atmete Sebastian tief durch. Nervös sah er sein Handy an, das auf dem Schreibtisch lag. Während des gesamten Besuchs war er in Angst gewesen, das Gerät würde klingeln. Seit dem Anruf in Sannes Wohnung gestern Nacht hatte es beharrlich geschwiegen.

Es war ein entsetzliches Gefühl gewesen, die alte Frau tot vor dem Bett mit der blutbesudelten Sanne liegen zu sehen, mit Schaum vor dem Mund. Alle Kraft hatte er zusammengenommen und eine Herzmassage versucht, wie er es im Zivildienst gelernt hatte. Ein paar Dutzend Stöße hatte er geschafft, dann hatte er aufgeben müssen.

Fast wäre er die Stiege hinuntergestürzt, so schwach war er gewesen. Er hatte sich zu seinem Wagen geschleppt und war sofort losgefahren, nur weg von diesem Ort. Von der Bundesstraße war er auf den leeren Parkplatz des Einkaufszentrums gebogen. Dort, keine hundert Meter von seinem Bürofenster entfernt, hatte er fast eine halbe Stunde zitternd im Wagen gesessen, bis er gemerkt hatte, dass er immer noch die Duschhaube auf dem Kopf hatte. Das hatte ihn halbwegs ernüchtert. Er war nach Hause gefahren, hatte einen kurzen Gruß durch die Wohnzimmertür gerufen und sich dann ins Bett verkrochen. Und wieder hatte er kein Auge zugetan. Kein Wunder, dass Dr. Lerchl ihn für krank hielt.

Das Telefon begann zu läuten. Sebastian schreckte zusammen, aber es war nur Carina Öckler. Sie erkundigte sich nach seinem Befinden. „Was fehlt dir denn eigentlich?“, fragte sie, und es klang, als hätte sie viel Mut zusammennehmen müssen für diese Frage.

„Schlaf“, brach es spontan aus ihm heraus. „Was mir fehlt, ist Schlaf.“

„Oh … ich … ich komm mal kurz rüber, wenn’s recht ist“, sagte sie und legte auf, bevor er widersprechen konnte. Eine Minute später stand sie in der Tür und lächelte verlegen, aber ihr Blick wurde ernst, als sie ihn ansah.

Zögernd trat sie näher und legte etwas auf den Schreibtisch, das sie in der Hand verborgen gehalten hatte. Es war ein Blister mit blauen Tabletten. Sie waren in Viertel unterteilbar. „Eigentlich sind die rezeptpflichtig“, sagte sie. „Nimm erst mal nicht mehr als eine halbe.“

„Ja … danke.“ Er griff nach der Packung. „Wieso hast du so was?“

„Ich schlaf auch schlecht“, sagte sie, und es war klar, dass sie genau das nicht gefragt werden wollte. Sie sah zur Seite.

„Eine halbe, sagst du?“, fragte er.

„Ja. Direkt bevor du ins Bett gehst. Und gewöhn dich besser nicht dran.“

Ohne ihn noch einmal anzusehen, drehte sie sich um und ging hinaus. Sebastian sah ihr hinterher. Hatte sie sich daran gewöhnt? Vielleicht zu sehr?

Er sah sich die Tabletten an. Der Name sagte ihm nichts, und ein Beipackzettel war nicht dabei. *Nicht mehr als eine halbe.* Vielleicht würde er ja wirklich schlafen können heute Nacht.

Dann begann sein Handy zu läuten. UNBEKANNTER TEILNEHMER stand auf dem Display.

Schwemmer hüstelte leise und legte mit einem entschuldigenden Lächeln eine Schachtel Konfekt auf den Schreibtisch von Frau Fuchs. Sie nickte zufrieden. „Das war aber auch fällig“, sagte sie.

„Tut mir leid. Ich war gestern ein bisschen …“

„Schon gut. Solang es nicht öfter vorkommt.“ Sie warf einen Blick auf die Tür zum Chefbüro, wo seit fünf Monaten Polizeidirektor Hessmann residierte. „Wenn's von dem jedes Mal Konfekt gäb, wenn's angebracht wär, könnt ich mein Gewicht nicht halten“, flüsterte sie verschwörerisch.

„Der wird auch noch ruhiger“, sagte Schwemmer und verabschiedete sich in sein Büro. Als er hinter dem Schreibtisch saß, schloss er kurz die Augen. „Meine Aufgabe für heute“, murmelte er. „Ich darf meine schlechte Laune nicht an meinen Mitarbeitern auslassen. Ich darf meine schlechte Laune nicht an meinen Mitarbeitern auslassen. Ich darf … Vor allem sollte ich gar keine schlechte Laune haben“, unterbrach er sich laut. „Schon gar nicht wegen Ferdi Schurig. Ausgerechnet.“

Als er die Augen wieder öffnete, stand Schafmann in der Tür und sah ihn verständnislos an. „Was ist mit Ferdi Schurig?“

„Kannst du nicht anklopfen?“ Schwemmer verzog missmutig das Gesicht.

„Du solltest deine schlechte Laune nicht an deinen Mitarbeitern auslassen“, sagte Schafmann und setzte sich. „Ich hab eine Liste der Bewohner des Apartmenthauses gemacht“, sagte er dann. „Ich meine das an der Ludwigstraße, wo die Zeugin einen älteren Mann hat verschwinden sehen. Ältere Männer sind da drei gemeldet. Die werd ich mal abklappern.“

Schwemmer seufzte. „Soll ich mitkommen?“

„Ach nein, nicht nötig“, sagte Schafmann. „Ich wollte auch noch mal zu der Zeugin, um …“ Er brach ab, und Schwemmer entdeckte ein paar rote Flecken auf seinen Wangen.

„Was ist das denn für eine Zeugin, dass ich da nicht mit hindarf?“

„Natürlich darfst du da mit hin.“

Schwemmer hatte keine Ahnung, was mit Schafmann los war, aber wenn der unbedingt allein den Ärger von drei älteren Herren abbekommen wollte, die wegen einer sehr vagen Personenbeschreibung verdächtigt wurden, Autos zerkratzt, vielleicht sogar einen Hund vergiftet zu haben, dann bitte.

„Das hättest du nicht tun dürfen, Sebastian“, sagte die Stimme. „Du hast mich verärgert. So sehr, dass ich bei der Nachbarin angerufen habe. Ich hab ihr erzählt, dass ich mit Susanne bekannt sei … Nun, das stimmt ja sogar.“

Sebastian saß schweigend da und rang um Fassung.

„Ich habe ihr gesagt, ich würde mich sorgen, weil Susanne eine Verabredung nicht eingehalten hat. Auch das stimmt übrigens – zumindest der zweite Teil … Die Nachbarin hatte natürlich einen Schlüssel, genau wie ich angenommen hatte. Du kannst dir gratulieren, so elegant aus der Sache herausgekommen zu sein." Die Stimme lachte.

Elegant.

Vor Sebastians Augen tauchten die Bilder wieder auf: das Gesicht der toten Frau; der Schaum vor ihrem Mund; wie er sie auf den Rücken gedreht, sich neben sie gekniet, die Handflächen auf ihr Herz gepresst hatte.

Elegant.

„Ich werde es für diesmal dabei belassen, Sebastian", sagte die Stimme. „Aber mach nicht noch einen Fehler."

„Was soll ich denn tun?", fragte er flehentlich.

„Das, was ich dir sage, Sebastian. Und nur das."

Das Telefon auf seinem Schreibtisch schrillte. Das Display zeigte die Nummer von Hansi Fellerer, der zwei Türen weiter saß und an einem ähnlichen Projekt arbeitete wie er.

„Lehn das Gespräch ab", befahl die Stimme.

Eine Taste, um das zu tun, besaß sein Telefon nicht. Sebastian griff nach dem Hörer, hob ihn kurz an und ließ ihn wieder fallen.

„Gut", sagte die Stimme. „Was hattest du vor, gestern in Susannes Haus?"

Sebastian schwieg. Er wagte nicht, die Wahrheit zu sagen, auch wenn sie auf der Hand lag.

„Sag es mir: Was genau wolltest du dort?"

Es klopfte an der Tür, dann wurde sie aufgestoßen, und Hansi Fellerer stand im Rahmen. „Was sollte das denn grade?", bellte er.

Sebastian zeigte auf das Handy an seinem Ohr, aber Hansi trat ungerührt ein und schloss die Tür hinter sich. „Ich telefoniere", sagte Sebastian.

„Dann mach's kurz. Ich hab 'ne Frage."

„Kannst du mich bitte allein lassen? Ich meld mich, wenn ich fertig bin."

Hansi sah ihn erstaunt an. Er war es nicht gewohnt, dass einer seiner Wünsche von Sebastian nicht sofort erfüllt wurde. „Na gut", sagte er und tippte auf sein Handgelenk. „Es eilt aber." Damit ging er hinaus.

„Ich habe dir eine Frage gestellt", sagte die Stimme, ohne auf die Unterbrechung einzugehen.

Sebastian zögerte. „Ich wollte die Spuren beseitigen, die ich hinterlassen hatte", presste er schließlich hervor.

„Das ist albern", sagte die Stimme. „Du hast doch keine Ahnung, wo du überall Spuren hinterlassen hast. Ich weiß das – du nicht."

Die Verbindung wurde unterbrochen, aber Sebastian merkte auf: Da war ein Geräusch gewesen, unmittelbar bevor der Unbekannte aufgelegt hatte. Ein Laut, den er nicht zuordnen konnte. *He-se,* so etwa. Ein hohes Geräusch, piepsig, aber irgendwie gedämpft. Eine Kinderstimme?

Langsam legte er das Handy wieder auf den Tisch. Der Mörder war nicht allein. Jemand war in seiner Nähe. Sebastian hatte ihn sich bisher immer als einsamen Jäger vorgestellt. Ein Monster, das im Dunkeln auf Beute lauerte. Das war er gewiss auch – was er Sanne angetan hatte, ließ daran keinen Zweifel. Aber jetzt war da noch eine ganz andere Vorstellung: Ein Mann, der allein in einem Raum hockte und hoffte, nicht erwischt zu werden.

Der Mörder hatte etwas zu verlieren. Sebastian merkte, dass sein Atem schneller ging. Wenn überhaupt irgendwo, dann lag hier eine Chance für ihn.

Intelligenz allein ist zu wenig. Intelligenz ist nur ein Werkzeug. Man muss es zu nutzen verstehen. Ein intelligenter Mensch ohne Ehrgeiz wird kaum irgendwohin gelangen, ebenso wenig einer mit Skrupeln. Überhaupt nirgendwohin gelangt ein Mensch ohne Ziel. Das mag trivial klingen, aber es wird oft vergessen. Ein Ziel ist nicht nur wichtig. Ihm wohnt eine transzendente Schönheit inne. Auch wenn dieses Ziel eine abgefeuerte Kugel ist, die in einen Schädel eindringt.

„VERHEIRAT'? I?" Der kleine Mann lachte auf. Er stand mit verschränkten Armen in der offenen Wohnungstür. Schafmann einzulassen hatte er abgelehnt. „I muss ehrlich sagn, … i bin ned schwul. Aber Weiber … de redn z'vui. Oiweil braaa, braaa, braaa … I moan, manche san scho in Ordnung. Aber I bin ned schwul!"

Schafmann räusperte sich. „Das hat ja nun auch niemand behauptet, Herr Worgall. Uns geht es im Moment darum, festzustellen, wer in der Nacht zum Dienstag unten auf der Straße einen Mercedes beschädigt hat."

„Mercedes! I steh ned auf Mercedes. I steh auf MAN!"

„Das war nicht die Frage, Herr Worgall." Schafmann blätterte in seinem Notizblock. „Können Sie mir sagen, wo Sie sich aufgehalten haben in der Nacht zum Dienstag?"

„Im Bett, wo sonst?"

„Allein, nehm ich mal an."

„I hab doch gsagt: I bin ned schwul!"

„Das hab ich damit auch nicht sagen wollen …" Schafmann rang sich ein Lächeln ab.

„I bin des ned gwesn mit dem Mercedes. Mir doch egal, wie die parkn. War's des?"

Schafmann nickte resigniert und klappte seinen Block zu. Diesen Mann nach dem Hund zu fragen war mit Sicherheit zwecklos.

„Pfüat Eane.“ Worgall schloss die Tür.

Schafmann schüttelte ungläubig den Kopf, dann stieg er in den zweiten Stock hoch und klingelte an der Tür mit dem Namensschild POLZ.

WENN SCHWEMMER sich Rechenschaft darüber abgelegt hätte, was ihn dazu veranlasste, an diesem Tag ausnahmsweise mal früher nach Hause zu gehen, wäre ihm kaum eine Antwort eingefallen. Am ehesten die, dass er heute lieber selber kochen wollte. Das Kalbslüngerl vom Vortag war Grund genug. Aber da war natürlich auch noch das Gefühl, etwas unternehmen zu müssen, um die Stimmung zwischen ihm und Burgl wieder aufzuhellen.

Als er die Tür aufschloss, beladen mit Tüten vom Tengelmann, vom Naturkostladen und vom Krois Ferdl, der ihm mal wieder einen Bordeaux aufgeschwatzt hatte, der seiner Besoldungsstufe eigentlich nicht angemessen war, stellte er enttäuscht fest, dass Burgl nicht daheim war. Er trug seine Einkäufe in die Küche und beschloss, dass ein erstes Helles erlaubt sein sollte, auch wenn die Sonne noch nicht untergegangen war.

Als er den Kühlschrank öffnete, stellte er fest, dass kein Bier darin war. Er unterdrückte ein ärgerliches Brummen, stapfte mit dem Korb in den Keller, lud erst vier, nach kurzem Überlegen sechs Flaschen in den Korb und trug sie zum Kühlschrank. Eine der Flaschen legte er ins Tiefkühlfach, dann begann er mit den Vorbereitungen. Er setzte Gemüsebrühe für die getrockneten Schwammerln auf und schnitt drei Stängel Rosmarin von dem Busch im Terrakottakübel auf der Veranda. Er schälte Knoblauch, und als die Brühe kochte, nahm er sie vom Herd und gab die Schwammerln hinein. Er suchte den Handmixer aus dem Küchenschrank, stellte Mehl und Eier zurecht.

Nachdem die Schwammerl lang genug gezogen hatten, ließ er sie in einem Sieb abtropfen. Er sah zur Uhr und versuchte angestrengt, sich nicht zu fragen, wann Burgl wohl heimkäme, weil das unweigerlich zu der Frage führte, wo sie wohl sein konnte. Er putzte den Rosmarin, überlegte, ob er ihn hacken oder im Mörser zerstoßen sollte, und entschied sich für den Mörser. Dann hackte er die Schwammerl klein, goss die Pilzbrühe in eine Mixschüssel, verrührte die Eier darin, gab Mehl, die Pilze, Salz und Öl dazu, steckte den Knethaken in den Handmixer und begann, das Ganze zu verrühren.

In Frau Fuchsens Rezept für Schwammerlspätzle – das er sich an seinem Schreibtisch genauestens eingeprägt hatte, damit es nicht verräterisch in der Küche herumlag – hieß es, der Teig sei mit dem Löffel zu schlagen, bis er Blasen werfe, aber Frau Fuchs hatte ihm gestattet, den Mixer zu benutzen.

Und tatsächlich: nach einer Zeit, die ihm endlos vorkam, die aber, wie ihm ein Blick auf die Uhr bewies, im einstelligen Minutenbereich lag, tauchte eine Blase im Teig auf. Kurz darauf eine zweite, und bei Nummer drei war er sicher, es geschafft zu haben. Er überlegte gerade, was noch vorzubereiten war, da hörte er Burgl heimkommen. Er trat in die Küchentür und sah zu, wie sie nicht weniger als vier Einkaufsbeutel in der Diele abstellte.

„Was machst du denn schon hier?“, fragte sie mit einem Lächeln.

„Überstunden abfeiern.“

Sie schnupperte neugierig. „Und wonach duftet das? Kochst du?“

„Ich bin dabei.“

„Oh.“ Sie sah auf ihre Einkaufstaschen hinunter. „Was gibt’s denn?“

„Hasenrücken mit Schwammerlspätzle.“

Sie sah ihn erstaunt an. „Du machst Spätzle? Selber?“ Wieder schaute sie auf die Taschen. „Tja … eigentlich wollte ich ja kochen.“ Sie lächelte. „Aber gegen selbst gemachte Spätzle komm ich nicht an.“

„Hält sich das denn, was du da gekauft hast?“

Sie wiegte den Kopf. „Passt bei dir noch ein Salat dazu?“

„Freilich.“ Er lachte. „Aber den machst du.“

Sie drückte ihm einen Kuss auf die Wange. Er umfasste sie und küsste sie auf den Mund. Sie lächelte ihn an.

„Ich hab noch was – außer dem Salat.“ Sie bückte sich und zog eine Flasche Prosecco hervor. „Der ist sogar kalt“, sagte sie.

„Ja mei“, sagte Schwemmer. „Warum nicht?“

Eigentlich war er kein Proseccotrinker – welcher Mann ist das schon? –, aber er würde nicht den Spielverderber geben, schon gar nicht heute. Er öffnete die Flasche, schenkte ein, und sie stießen an.

„Den hat Gigi mir mitgegeben. Das ist der Besitzer von dem neuen Weinladen in der Krottenkopfstraße. Sehr nett.“

„Nett? Der Laden? Oder Gigi?“

Sie grinste und nahm einen Schluck Prosecco. „Beide, würd ich sagen.“

„Und wer ist netter?“

„Der Laden. Aber Gigi sieht besser aus.“

Sein Vater stand in der Diele, als Sebastian von der Arbeit heimkam. Er schien auf ihn zu warten, was ungewöhnlich war. Normalerweise saß er um diese Zeit entweder im Wirtshaus oder vor dem Fernseher.

„Ist was?“, fragte Sebastian.

„Polizei war da.“

Sebastians Kehle krampfte sich zusammen. Er starrte den Vater wortlos an.

„Wuillst ned wissn, was die gwollt ham?"
„Schon", krächzte Sebastian.
„Die verdächtign mi! Die glaubn, i hätt den Hund vergift'!"
„Hund?" Sebastians Kopf schwirrte.
„An Hund von dem Doktor, dem depperten. Kennst den ned?"
„Nein", sagte Sebastian. Er verstand zwar immer noch kein Wort, aber offenbar kümmerte sich die Polizei auch um Dinge, die nichts mit zwei toten Frauen in Grainau zu tun hatten. Ein Hund also. Vergiftet.
„Und?", fragte er. „Warst du's?"
Erstaunlicherweise explodierte der Vater nicht, wie es eigentlich zu erwarten gewesen wäre, sondern sah zur Seite. „Naaa", sagte er nur.
Sebastians Brauen hoben sich. „Wie kommen die überhaupt auf dich?"
Sein Vater steckte die Hände in die Hosentaschen wie ein trotziger Junge. „Irgend so a Schlampn aus der Nachbarschaft wird dene irgendwos verzählt ham. Wahrscheinlich die von drübn, was immer raucht, am offnen Fenster. Im Bademantl. Schämt sich fei gar ned, des Fraunzimmer."
„Und was hat sie erzählt?"
„Dass da oaner Autos zerkratzt. Und jetzt glauben s', der hätt auch den Hund vergift'."
„Autos zerkratzt? Was für Autos?" Sebastian verstand gar nichts mehr.
„Jo mei, da zerkratzt doch oaner Autos, de ned richtig parkt ham, da um d' Ludwigstraßn rum." Der Vater zuckte mit den Schultern. „Wenn die des hier rumratscht, dann kann i mi ned amoi mehr ins Wirtshaus neitraun."
„Wieso das denn?"
„Mei, den 5er vom Poschinger Toni ham s' ja a zerkratzt. Und den A3 vom Laubinger Sepp. Wenn i da jetzt auftauch, und die glaubn …" Der Vater stieß ein Grunzen aus, ging ins Wohnzimmer und starrte durch die Gardinen hinaus.
„Wieso macht einer denn so was?", fragte Sebastian.
Jetzt zog sein Vater die Rechte aus der Tasche und wies auf die Straße hinunter. „Schau's dir doch o, wie's da stehn. Wie Kraut und Ruam. Und kriegn die an Zettel? Wann's jeder Fünfte is von dene, war's vui. Da kunnt oam ja scho mal der Kragn platzn."
„Also hast du die Wagen zerkratzt?"
Sein Vater zögerte. „Naa. Aber verstehn kann i's scho."
Sebastian wusste nicht, was er sagen sollte. Dass sein Vater ein Mensch mit grundsätzlich schlechter Laune war, hatte er zu akzeptieren gelernt. Aber dass er als Bewahrer der öffentlichen Ordnung die Nachbarschaft terrorisierte, konnte er sich nicht vorstellen. Andererseits war sein Verhalten im Moment so untypisch, dass er ihm das Leugnen nicht recht abnahm.

„I vergift doch koan Hund ned“, hörte er ihn in die Gardinen grummeln.

Sebastian stieß einen Seufzer aus und ging in sein Zimmer. Die Polizei im Haus – er wusste nicht, was er gerade weniger gebrauchen konnte.

Der Wecker auf dem Nachttisch zeigte halb sieben. Es fiel ihm schwer, die Augenlider oben zu halten. Er ließ die Jalousie herunter, streifte die Schuhe ab und zog Hemd und Hose aus. Doch in dem Moment, da er sich aufs Bett fallen ließ, begannen seine Gedanken zu schwirren, und sein Herz pochte. Er wälzte sich hin und her. Stundenlang, so kam es ihm vor, aber als er das nächste Mal auf den Wecker sah, war es noch nicht sieben.

Stöhnend richtete er sich auf. Sein Blick streifte das Hemd, das er achtlos auf den Schreibtischstuhl geworfen hatte, und plötzlich fiel ihm ein, was in der Brusttasche steckte. „Nicht mehr als eine halbe“, sagte er, fingerte die Tabletten hervor, drückte eine aus der Packung, brach sie in der Mitte durch und spülte sie mit dem Rest aus der Sprudelflasche hinunter, die seit Tagen neben seinem Bett stand. Dann legte er sich hin und schloss die Augen.

SCHWEMMER hatte die Hasenrückenfilets angebraten und in den Backofen gelegt, wo sie nun sanft vor sich hin garten, während er die Knoblauchzehen in hauchdünne Scheiben schnitt. Sie würden zusammen mit dem Rosmarin die Butter würzen, mit der die Filets hinterher bestrichen werden sollten.

Er war froh, dass Burgl in der Küche war und ein Auge auf das große Ganze behielt. Sie hatte auch gewusst, wo der Spätzlehobel war, nach dem er sonst lange hätte suchen müssen. Ein wenig skeptisch sah er dem Vorgang des Hobelns entgegen, der seiner Erinnerung nach immer mit einem gerüttelten Maß Sauerei auf der Herdplatte einherging. Deshalb war er sehr erleichtert, als Burgl anbot, das zu übernehmen.

Wie immer kam ihm die Zeit beim Kochen sehr relativ vor. Bei Knet-, Schäl- und Wegräumvorgängen dehnte sie sich, aber sobald zwei Gerichte gleichzeitig der Hitze ausgesetzt wurden, schien sie sich zusammenzuziehen, sodass es zwangsläufig zu einem stressbedingten Anstieg der Fehlerquote kam. Und immer – immer – klingelte dann das Telefon.

Sie sahen sich an.

„Erwartest du einen Anruf?“, fragte Schwemmer.

„Ja“, sagte Burgl und ging ins Wohnzimmer.

Schwemmer spürte einen Stich im Magen. Er hatte eine Ahnung oder vielmehr einen Verdacht, wessen Anruf das war. Missmutig hob er den Deckel vom Topf. Das Wasser stand kurz vor dem Sieden. Ein Blick auf die Uhr zeigte ihm, dass der Hasenrücken bald fertig sein würde – zartrosa, wie es sich gehörte – und dass er dann aus dem Ofen genommen werden musste.

Zweifelnd ging sein Blick zwischen der Pfanne mit der aromatisierten Butter und dem Spätzlehobel hin und her, und er versuchte die anzunehmende Länge von Burgls Gespräch in das weitere Vorgehen hineinzukalkulieren, was ihm nicht gelang. Zu seiner Erleichterung kam sie jedoch fast sofort wieder. Allerdings verhieß ihre Miene nichts Gutes.

„Für dich“, sagte sie und hielt ihm das Telefon hin. „Die Wache.“

„Ist Dräger schon drin?“, fragte Schwemmer die Kriminaloberinspektorin Zettel, die vor dem Haus am Zigeunerweg auf ihn wartete.

„Ja“, antwortete die junge Kollegin.

„Habt ihr Schafmann Bescheid gesagt?“

„Sein Handy ist aus. Ich hab ihm auf die Mailbox gesprochen.“

Vier Streifenwagen standen vor dem Haus. Die rotierenden Blaulichter durchzuckten die Dämmerung. Die Ambulanzen waren schon wieder abgezogen, als klar gewesen war, dass es für sie nichts zu tun gab.

Schwemmer wunderte sich, dass die Presse noch nicht da war. Bei zwei Toten musste man sogar mit dem Fernsehen rechnen.

„Wer hat sie gefunden?“

„Die Kollegen Wiesheu und Jäger. Da drüben.“ Zettel winkte die beiden heran. Das Gesicht des Polizeimeisteranwärters Wiesheu wirkte grau.

„Erzählen Sie mal“, sagte Schwemmer.

Polizeiobermeister Jäger holte tief Luft. „Heut Nachmittag kam ein Anruf von einer Frau Mitteregger. Sie teilte mit, dass Frau Wagmüller, die in dem Haus dort drüben wohnt, nicht erreichbar sei. Sie mache sich Sorgen um die alte Dame. Wir sind hergefahren. Das Haus war verschlossen. Frau Mitteregger, die auch vor Ort war, sagte dann, dass Frau Berghofer, die hier in diesem Haus wohnt, einen Schlüssel hätte. Die beiden hatten jeweils den Schlüssel zum Nachbarhaus. Hier öffnete aber auch niemand. Wir haben dann beim Arbeitgeber der Berghofer angerufen. Dort erfuhren wir, sie sei in Urlaub. Mir war da aber schon aufgefallen, dass das Licht in der Diele brannte. Wir haben die Tür von dem Haus drüben vom Schlüsseldienst aufmachen lassen. Das Haus war leer. Frau Mitteregger hat dann bemerkt, dass am Schlüsselbrett der Schlüssel zum Haus der Berghofer fehlte und …“

„Der fällt ziemlich viel auf, dieser Frau Mitteregger“, sagte Schwemmer.

„Sie ist wohl regelmäßig zum Schafkopfen bei der Wagmüllerin“, erklärte Jäger. „Wir haben jedenfalls das Haus der Berghofer auch öffnen lassen. Und da hatten wir den Salat …“

„Na, dann will ich mir das mal anschauen“, sagte Schwemmer. „Wo bleibt denn der Schafmann?“ Er zog sein Handy aus der Hemdtasche, suchte im

Verzeichnis und wählte Schafmanns Privatnummer. Nach ein paar Sekunden meldete sich eine Kinderstimme.

„Hallo, hier ist der Felix!“

„Hallo, Felix, hier ist der Herr Schwemmer. Ist dein Papa da?“

„Nein!“, krähte Felix fröhlich.

„Die Mama denn?“

„Ja!“

„Gibst du mir die mal?“

„Nein!“

„Oh. Warum denn nicht?“

„Die ist aufm Häusl!“

Schwemmer unterdrückte ein Lachen. „Dann probier ich's gleich noch mal“, sagte er. „Pfüat di.“

„Pfüat di!“, rief Felix und legte auf.

Schwemmer ließ sich von Zettel einen weißen Plastikoverall geben und kletterte umständlich hinein. Wenn der kriminaltechnische Fortschritt einen Nachteil hatte, dann waren es diese Dinger.

Sein Handy klingelte. Es war Schafmanns Privatnummer.

„Hallo, Balthasar, hier ist die Bärbel“, meldete sich Schafmanns Frau. „Was gibt's denn?“

„Ich wollt nur fragen, wo dein Mann steckt.“

„Wieso willst du das von mir wissen?“ Sie klang nicht besonders gut gelaunt. „Wegen mir macht der Werner keine Überstunden.“

Schwemmer stutzte. Überstunden, um ein paar Leute in der Ludwigstraße zu befragen? Nie im Leben. Schafmann hatte seine Frau angeflunkert.

„Ach, macht er das tatsächlich heute noch?“, sagte er nach einem kräftigen Räuspern. „So dringend war das auch wieder nicht.“

„Das klang bei ihm aber anders“, sagte Bärbel. „Und nur wegen einem toten Hund. Ans Handy geht er auch nicht.“

„Deswegen ruf ich ja bei euch an. Jetzt muss er nämlich wirklich Überstunden machen. Er soll sofort mich oder die Wache anrufen.“ Schwemmer verabschiedete sich und legte auf, bevor sie fragen konnte, was los war.

„Ja sakra“, murmelte er. „Der Schafmann. Ein Hund is er scho.“

Er zog die Kapuze über die Haare, schloss den Overall und ging ins Haus.

Ich weiß, dass es nicht originell ist, was ich mache. Doch es geht nicht um Originalität. Es geht um die Regeln. Die Regeln sind einfach. Das heißt nicht, dass sie leicht zu ertragen wären. Zumal für diejenigen, die sie nicht einhalten. Ich bringe diese Menschen um. Einfach.

SCHWEMMER stand bereits wieder vor dem Haus. Er wollte gerade Burgl anrufen, um ihr zu sagen, dass es wohl wirklich spät werde, da rollte endlich Schafmann in seinem Vectra heran. Er stieg aus und kam mit betont entspannter Miene auf ihn zu.

„Was war mit deinem Handy?", fragte Schwemmer.

„Ich hatte es im Auto vergessen, in der Tiefgarage. Da ist kein Netz."

„Wo warst du denn eigentlich?"

„Ich hab mich mit 'ner … mit 'nem Bekannten getroffen."

„'nem oder 'ner?", fragte Schwemmer.

„Spielt das eine Rolle?"

„Nein. Aber generell wäre es keine schlechte Idee, mir Bescheid zu sagen, wenn du Überstunden machst. Das hilft, Missverständnisse zu vermeiden. Zum Beispiel zwischen deiner Frau und mir."

Schafmann spitzte die Lippen und zog die Brauen hoch.

„Keine Angst, ich hab dich nicht hingehängt", sagte Schwemmer. „Aber wenn du das noch mal machst, bereite es besser vor."

Schafmann nickte betreten. „Sagst du mir jetzt, was hier los ist?"

„Zwei tote Frauen. Eine mit drei Einschüssen im Kopf, eine ohne äußere Verletzungen. Dräger und der Aufschneider von der Rechtsmedizin sind noch drin. Die Lage ist ziemlich unübersichtlich."

„Gibt es irgendwas Offensichtliches?"

„Außer dass der einen Frau drei Mal in den Kopf geschossen wurde, ist ganz und gar nichts offensichtlich. Laut Dräger war die Tatwaffe eine .44er."

„Eine .44er? So was benutzt man doch bloß im Kino", sagte Schafmann.

„Ja. Drei glatte Durchschläge. Magnummunition. Eine Kugel haben wir – und zwei leere Einschusslöcher im Betthaupt. Die beiden Kugeln wurden herausgehebelt. Ein Sexualverbrechen ist dem ersten Augenschein nach unwahrscheinlich."

Mittlerweile war es fast dunkel. Dräger hatte ein paar Leuchten aufstellen lassen, die einen Kreis aus Licht in die zunehmende Finsternis warfen.

„Können wir im Moment irgendwas machen?", fragte Schafmann.

„Hier nicht. Dräger macht seinen Job. Du könntest zur Wache fahren und rausfinden, ob wir was über die Opfer haben. Ich bleib hier und warte auf die Presse und die Staatsanwaltschaft."

STAATSANWÄLTIN DR. ISENWALD sah sogar in dem weißen Plastikoverall gut aus. „Jesus", sagte sie leise, als sie die leeren Augenhöhlen der toten Susanne Berghofer erblickte.

Sie ging im Raum umher, soweit Drägers Markierungen es erlaubten.

„Es gab da einen Fall in Aschaffenburg …“, murmelte sie.

„Parallelen?“, fragte Schwemmer.

„Ich weiß nicht … Nein … nicht wirklich … “ Sie schüttelte den Kopf. „Wenn ich mich recht erinnere, wurde dem Opfer ins Ohr geschossen. Ich werde trotzdem die Akte besorgen. Können Sie uns schon was sagen?“, fragte sie Rechtsmediziner Dr. von Pollscheidt, der neben der toten Frau Wagmüller kniete.

„Nur Vorläufiges, aber das wissen Sie beide ja.“ Von Pollscheidt unterbrach seine Arbeit nicht, während er antwortete. „Die Dame im Bett ist deutlich früher verstorben als die hier unten. Meine momentane Schätzung: achtundvierzig Stunden gegenüber vierundzwanzig. Das kriegen wir aber noch genauer. Bei der Dame oben konnte ich bisher nichts finden, was auf eine andere Todesart als die offenkundige hinweist. Bei Frau Wagmüller hier …“ Er griff nach seiner Kladde und warf einen zweifelnden Blick hinein. „Stimmt, Wagmüller“, sagte er dann. „Also, bei Frau Wagmüller hier spricht wenig für ein Gewaltverbrechen. Etwas spricht sogar explizit dagegen.“

Eine kleine Kunstpause konnte er sich an dieser Stelle nicht verkneifen.

„Wir hören“, sagte Isenwald, eine Spur schärfer als notwendig.

Von Pollscheidt wies auf die Stirn der auf dem Rücken liegenden Frau. „Sehen Sie die leichte Verfärbung? Ein Hämatom, das auf eine stumpfe Verletzung unmittelbar vor Eintritt des Todes zurückzuführen sein dürfte. Die Verletzung ist aber bei Weitem nicht erheblich genug, um zum Tod geführt zu haben. Meine Theorie lautet: Die Frau stürzte wahrscheinlich infolge eines Myokardinfarkts auf die Stirn. An dem Infarkt, der möglicherweise durch den Anblick der toten Frau …“, wieder warf er einen raschen Blick in die Kladde, „… Berghofer ausgelöst wurde, verstarb sie wenige Sekunden später. Und dann …“, von Pollscheidt sah Isenwald triumphierend an, „… dann kam – woher auch immer – ein barmherziger Samariter, drehte sie auf den Rücken und bemühte sich, ihr Leben zu retten. Leider erfolglos.“ Seine behandschuhten Finger hoben die aufgeschnittene Bluse an und klappten den ebenfalls aufgeschnittenen Büstenhalter beiseite. „Sehen Sie hier die Hämatome in der Herzgegend? Wenn ich mich nicht sehr irre, sind das die Spuren einer erfolglosen Herzmassage.“

„Moment.“ Schwemmer versuchte zu verstehen, was von Pollscheidt da gesagt hatte. „Der Täter schießt der Berghofer drei Kugeln in den Kopf, einen Tag später ist er immer noch hier, wird von der Wagmüller überrascht, sie kriegt ’nen Herzinfarkt, und er will ihr das Leben retten?“

Von Pollscheidt nickte fröhlich. „Manchmal bin ich froh, dass ich meinen Job habe und Sie den Ihren. Abtransport!“, brüllte er dann ins Stiegenhaus.

Schwemmer und Isenwald verzogen sich wieder nach draußen. Dräger kam auf sie zu. „Die Spuren zu interpretieren wird spannend.“

„Sieht so aus“, sagte Schwemmer. „Was haben Sie gefunden?“

„Im Schlafzimmer gibt es Abdrücke und Fremdmaterial ohne Ende. Im Bettzeug zum Beispiel Haare, die offensichtlich nicht vom Opfer stammen. Die Fingerabdrücke müssen natürlich abgeglichen werden, aber ich denke, sie stammen von mehr als einer Person. Interessanterweise sind im Treppenhaus und an manchen Stellen im Wohnzimmer Spuren entfernt worden.“

„Im Treppenhaus? Wieso nicht im Schlafzimmer? Warum hat er nicht am Tatort angefangen, die Spuren zu beseitigen?“, fragte Schwemmer.

Einen Moment herrschte nachdenkliches Schweigen.

„Vielleicht hat ja die Frau Wagmüller geputzt“, sagte Isenwald. „Kann das sein? Dass Sie hier als Zugehfrau arbeitete und dabei auf das Opfer stieß?“

„Dann war sie nicht sehr ordentlich“, sagte Dräger. „Im Wohnzimmer wurden nur ganz bestimmte Stellen abgewischt. Der Tisch, das Schnapsglas, aber nicht die Flasche. Ein paar Fotos im Regal, aber nicht alle. Im Treppenhaus nur der Handlauf an der Stiege und der Lichtschalter. Das Bad oben wurde fast komplett gereinigt, die Küche unten gar nicht.“

„Wir werden das trotzdem überprüfen … Frau Zettel!“, rief Schwemmer über die Schulter. „Ist die Bekannte von der Frau Wagmüller noch hier? Bringen Sie die bitte mal her.“

Die alte Dame in Zettels Begleitung schien sehr wach. Offenbar tat ihr die Aufregung gut. „Ob die Lina bei der Berghoferin geputzt hat? Aber nein. So was würd die Lina nicht machen.“ Sie verzog abfällig den Mund. „Schon gar nicht für diese …“ Sie ließ den Satz in der Schwebe.

Diese was?, wollte Schwemmer fragen, aber Isenwald kam ihm zuvor.

„Der Ruf der Frau Berghofer war nicht der beste, gell?“, sagte sie mit wissendem Unterton und warf Frau Mitteregger einen verschwörerischen Blick zu, sozusagen von Frau zu Frau.

Sie ist gut, dachte Schwemmer. Sie nervt, aber sie ist wirklich gut.

„‚Nicht der beste‘?“ Frau Mitteregger verdrehte die Augen. „Die hat ständig Herrenbesuch gehabt, jede Woch ’n andern, hat die Lina gesagt. Jetzt sieht man ja, was dabei rauskommt. Hinterhergelaufen sind ihr die Mannsbilder, als wär’s eine läufige Hündin. Gehn S’ mir weg! Einer hat stundenlang nächtens vor dem Haus gestanden. Die Lina wollt schon die Polizei rufen, aber ich hab ihr gesagt: Lina, lass es sein. Was werden die schon machen?“ Erschrocken sah sie auf.

„Wer stand denn da vor der Tür?“, fragte Isenwald freundlich. „Hat Frau Wagmüller das erkennen können?“

Doch Frau Mittereggers Redefluss war fürs Erste versiegt. Unbehaglich hob sie die Schultern. „Ein Auto halt", sagte sie schmallippig.

„Wie oft?", fragte Schwemmer.

„Weiß nicht", war alles, was er zur Antwort bekam.

„MÄNNERBEKANNTSCHAFTEN", sagte Schwemmer, nachdem er Zettel angewiesen hatte, Frau Mitteregger nach Hause zu bringen. „Macht man – also, frau, mein ich jetzt – so was heutzutage nicht mit dem Computer?"

„Zunehmend", sagte Isenwald.

„Ich hab gar keinen Computer gesehen", sagte Schwemmer.

„Keiner im Haus, auch kein Handy", sagte Dräger. „Es gibt einen WLAN-Router, aber einen Rechner haben wir nicht gefunden."

„Also vom Täter mitgenommen", stellte Isenwald fest.

„Sehr wahrscheinlich." Schwemmer nickte. „Auto?"

„Fehlt ebenfalls", sagte Dräger. „Schafmann hat gerade angerufen – ein Citroën C5 ist auf sie zugelassen. Baujahr 2009, dunkelblaumetallic. Fahndung ist raus."

„Gut", sagte Schwemmer. „Noch was?"

„Die kaputte Vase passt auch nicht so richtig", sagte Isenwald. „Die Wagmüller lag zu weit weg, um damit etwas zu tun zu haben. Und von einem Kampf kann man ja eigentlich nicht ausgehen."

„Warten wir die Laborergebnisse ab. Vorher hat das Spekulieren keinen Sinn", sagte Dräger.

„Macht aber Spaß", antwortete Isenwald und reichte Schwemmer die Hand. „Ich denke, für mich gibt es hier im Moment nichts mehr zu tun. Und ich weiß mindestens zwei Polizisten, die froh sind, wenn ich weg bin."

Dräger hauchte ihr einen Kuss auf die Wange. Er war vor zwei Jahren bei Frau Dr. Isenwald eingezogen. Seither hatte Schwemmer das Gefühl, die Staatsanwaltschaft in München habe mehr Informationen als nötig über die Kriminalpolizeistation Garmisch-Partenkirchen.

Isenwald grinste ihn fröhlich an. „Wussten Sie eigentlich, dass wir seit zwei Wochen verlobt sind?"

„Oh. Da gratulier ich natürlich", sagte Schwemmer.

Isenwald lachte. „Ihnen wär's lieber gewesen, ich hätt ihn rausgeworfen. Geben Sie's zu!"

„Den Teufel werd ich tun. Das geb ich erst zu, wenn Sie es getan haben."

Isenwald schlug ihm lachend die Hand auf die Schulter. „Ach, Herr Schwemmer. Wie schade, dass es in Garmisch so wenig Verbrechen gibt. Wir arbeiten viel zu selten zusammen."

ALS SCHWEMMER Schafmanns Büro betrat, saß der Hauptkommissar vor seinem Computer und massierte sich die Nasenwurzel.

„Migräne?“, fragte Schwemmer nicht gerade freundlich.

Schafmann sah verwundert auf. „Wir haben bald Mitternacht, da werd ich ja wohl müde sein dürfen. Ich bin seit halb acht im Dienst.“

Schwemmer sagte nichts. Treffen mit einer oder einem Bekannten zählte er eigentlich nicht zum Dienst. Andererseits war ihm klar, dass seine eigene Gereiztheit weniger mit Schafmann zu tun hatte als damit, dass bei ihm zu Hause das Telefon besetzt gewesen war, als er sich vorhin vom Handy aus bei Burgl melden wollte. Wahrscheinlich telefonierte sie ja nur mit ihrer Tante Kati. Aber eigentlich ging Tante Kati um zehn ins Bett.

„Haben wir was über die Opfer?“, fragte er.

„Über die Wagmüller gar nichts. Zur Berghofer haben wir ihr Auto, ihre Mutter, ihre Handynummer …“

„Was ist mit der Mutter?“

„Lebt in Lohr am Main. Verwitwet. Die Kollegen dort sind informiert.“

„Handy?“

„Hab ich sofort checken lassen, ist ausgeschaltet. Der Provider rückt nur die abgehenden Gespräche seit der letzten Rechnung raus“, sagte Schafmann mit einer resignierten Geste. „Das letzte Gespräch von dem Anschluss wurde vor drei Tagen um 18.30 Uhr geführt.

„Mit wem?“

„Anonyme Prepaidkarte. Teilnehmer ist zurzeit nicht erreichbar.“

Nicht erreichbar – das brachte Schwemmer auf eine Idee. „Bin gleich wieder da“, sagte er, überquerte den Flur zu seinem Büro, schaltete den Bildschirm an und suchte im System nach Telefonanschlüssen unter dem Namen Schurig. Es gab zwei Nummern für die Praxis in Murnau-Hechendorf und eine in Partenkirchen. Die wählte er an. Besetzt.

Er legte auf, straffte sich und ging wieder hinüber zu Schafmann.

„Was war?“, fragte Schafmann.

„Vergiss es“, sagte er. „Was hast du noch?“

„Frau Berghofer kam auf respektable zwölf Strafzettel wegen falschen Parkens innerhalb von vier Monaten. Eine Geschwindigkeitsübertretung auf der A 95, gut für drei Punkte, und eine in Farchant auf der B 2, die wahrscheinlich ein Fahrverbot nach sich ziehen wird … gezogen hätte“, korrigierte er sich. „Das war’s bis jetzt. Und was hast du?“

Schwemmer berichtete knapp.

„Siehst du eine Spur, die ich nicht sehe?“, fragte er dann.

„No, Sir“, sagte Schafmann.

„Dann lass uns Feierabend machen.“ Gewohnheitsmäßig zog Schwemmer sein Handy aus der Tasche und wählte. Aber bevor die Verbindung hergestellt war, klappte er das Gerät wieder zusammen und steckte es ein.

ALS DAS HANDY LÄUTETE, war Sebastian sicher, nicht länger als ein oder zwei Stunden geschlafen zu haben. Es war dunkel. Mühsam richtete er sich auf. Sein Rücken war verkrampft, und die Beule am Hinterkopf schmerzte. Er tastete nach dem Handy auf dem Nachttisch und nahm das Gespräch an.

„Vermisst du immer noch deine Brieftasche?“, fragte die Stimme.

„Ja“, krächzte Sebastian. Sein Hals war pulvertrocken.

„Schau aus dem Fenster“, sagte die Stimme.

Das war alles. Die Verbindung war unterbrochen.

Sebastian schaltete das Licht an und setzte die Brille auf. Als sein Blick auf den Wecker fiel, traute er seinen Augen nicht. Vier Uhr. Er hatte fast neun Stunden geschlafen.

Er stand auf und trat ans Fenster. Die Straße war menschenleer, aber gegenüber stand ein Wagen, bei dem das Abblendlicht brannte. Durch das gekippte Zimmerfenster hörte Sebastian den Motor laufen. Auch das Radio war an, dumpfe Bassschläge wummerten zu ihm herauf.

Nur langsam wurde ihm klar, was für ein Auto dort stand. Ein Citroën C5. Er fuhr sich mit der Hand durchs Haar. Sannes Auto. Mit laufendem Motor und dröhnendem Radio. Vor seiner Tür.

Ein paar Sekunden brauchte er, um zu verstehen. Dann griff er hektisch nach seinem Sweatshirt, sprang fast in die alte graue Jogginghose, die neben dem Stuhl auf dem Boden lag, und schlüpfte ohne Socken in die Schuhe. Er lief aus dem Zimmer, schnappte sich an der Wohnungstür seine Schlüssel vom Haken und polterte die Treppe ins Erdgeschoss hinunter. Der Wagen musste weg, so schnell wie möglich. Es konnte nicht mehr lange dauern, bis ein empörter Nachbar das Fenster aufriss, und dann war es zu spät. Dann konnte er nicht mehr einsteigen, ohne gesehen zu werden.

Er spurtete über die Straße, riss die Fahrertür auf, sprang hinein und schaltete die Zündung aus. Die plötzliche Ruhe fühlte sich ohrenbetäubend an. Er schloss so leise wie möglich die Tür und spähte nach draußen.

Es war niemand zu entdecken. Aber etwas weiter die Straße hinauf, in dem Haus gegenüber der Apotheke, meinte er hinter einem offenen Fenster eine Bewegung wahrzunehmen. Plötzlich glomm eine Zigarette auf. Stand die Person schon länger dort? Dann würde sie ihn gesehen haben.

Wie auch immer, seine Situation hatte sich nicht geändert. Egal was er machte, es war besser, als nichts zu tun.

Er startete den Motor wieder, fuhr so gelassen wie möglich die Ludwigstraße hinauf und bog links ab in die Münchner. Außer ihm war kein Mensch unterwegs. Nach einem halben Kilometer fuhr er zur Wankbahn hoch, rollte an der Einfahrt zum Wohnmobilstellplatz vorbei und rumpelte über das Viehgitter. Dort, im Schatten der Bäume, hielt er an. Er ließ das Seitenfenster hinunter. Mit geschlossenen Augen atmete er tief ein und aus. In ihm tobte das Adrenalin, andererseits fühlte er sich immer noch halb sediert. Carinas Tabletten schienen ein ziemliches Teufelszeug zu sein.

Er atmete weiter tief und konzentriert. Die Sitzpolster hatten den Duft von Sannes Parfüm eingefangen. Ihr Bild tauchte vor ihm auf: die goldenen Haare und das Funkeln ihrer Augen. Aber dann zuckte er zusammen, und mit einem Schlag waren dort, wo eben noch das Funkeln gewesen war, zwei schwärzlich rote leere Höhlen. Entsetzt riss er die Augen auf. Er starrte in die Dunkelheit, kämpfte gegen das Zittern an, das Besitz von ihm ergreifen wollte. Plötzlich spürte er die Kälte der Herbstnacht. Seine Füße, ohne Strümpfe in den Lederschuhen, waren Eisklumpen.

Er gab sich einen Ruck. Die Brieftasche. Er musste sie finden. Wenn es nicht ein weiterer makabrer Scherz der Stimme war, lag sie irgendwo im Auto. Er durchsuchte die Mittelkonsole und die Türablagen: Eiskratzer, Parkscheibe, Papiertaschentücher. Er stieg aus, öffnete die hinteren Türen, tastete unter den Sitzen. Nichts.

Dann der Kofferraum. Eine Sporttasche. Er öffnete sie und kippte den Inhalt aus. Ein Tanktop, Leggins, Socken, leichte Sportschuhe, ein Haarband, zwei Handtücher, Duschgel. Keine Brieftasche.

Er stopfte die Sachen wieder in die Tasche und stellte sie neben dem Wagen ab. Als Nächstes hob er den schweren Teppich im Kofferraum an und öffnete die Klappe im Boden.

Da war sie, unter dem Ersatzrad. Durch die Löcher in der Felge konnte er sie sehen. Er löste die Flügelschraube, die das Rad hielt, und hob es heraus. Dann griff er nach der Brieftasche und klappte sie auf.

Seine Papiere waren da. Seine Scheckkarten. Sogar der Fünfzigeuroschein.

Was fehlte, waren seine Visitenkarten. Und seine Notizzettel. Seine Gedanken zu dem einen Thema: Sanne. Er fluchte leise vor sich hin.

Aber zunächst musste er entscheiden, was er mit dem Wagen anfangen sollte. Sobald die tote Sanne entdeckt war, würde danach gesucht werden. Egal wo er das Auto abstellte, über kurz oder lang würden sie es finden. Eigentlich war der Ort hier so gut wie jeder andere. Er würde das Auto einfach stehen lassen und zu Fuß nach Hause laufen. Vielleicht würde ihm sogar ein bisschen warm werden, wenn er sich bewegte.

Er überlegte, seine Fingerabdrücke zu beseitigen, aber letztlich dürfte es kaum noch eine Rolle spielen, wenn man sie in dem Wagen entdeckte, nachdem man sie in der Wohnung oder gar auf der Tatwaffe gefunden hatte.

Sebastian bückte sich nach dem Ersatzrad, um es wieder in den Kofferraum zu legen, aber ein Geräusch ließ ihn aufmerken. Ein Auto näherte sich. Ein Scheinwerferpaar kroch den Berg herauf, das Motorengeräusch wurde immer lauter. Er sah sich hektisch um, dann überquerte er die Straße und lief zwischen Büschen und Bäumen den Hang hinunter.

Es war dunkel zwischen den Kiefern. Dornen rissen an seiner Hose. Plötzlich wurde der Hang steiler. Nach ein paar stolpernden Schritten verlor er auf dem feuchten Waldboden den Halt, stürzte und rutschte bäuchlings bergab. Ein stechender Schmerz fuhr in seinen linken Ellbogen. Keuchend blieb er liegen. Oben auf der Straße hörte er das Auto anhalten. Eine Tür öffnete sich. Ein Funkgerät krächzte. Es war ein Streifenwagen.

„Das ist tatsächlich der Wagen“, hörte er einen der Polizisten sagen.

Die Stimme! Sie hatte es ihnen verraten. Woher sonst sollte die Polizei wissen, wo der Wagen war? Der Mörder musste ihm gefolgt sein. Natürlich. Er war in der Nähe gewesen. Schließlich hatte er das Auto ja vor seiner Tür abgestellt. Eine *lustige Idee.*

Mit schmerzverzerrtem Gesicht robbte Sebastian weiter hinunter, richtete sich dann vorsichtig auf und sah den Hang hoch. Der Strahl einer Stablampe fuhr zwischen den Bäumen umher. Schnell zog er den Kopf ein, aber der Strahl verschwand wieder. Er sah sich um. Unter ihm weißer Kies. Der Philosophenweg. Hier war er oft mit seiner Mutter spazieren gegangen, als sie das noch konnte. Und jedes Mal hatte sie einen der Aphorismen auswendig gelernt, die auf den Metallplaketten der Bänke standen.

Er schüttelte die Erinnerung ab und wollte losgehen. Doch schon bei der ersten Bewegung meldete sich sein Ellbogen. Zischend sog er die Luft ein. Er tastete das Gelenk ab und streckte vorsichtig den Arm. Gebrochen schien nichts, aber der Schmerz war kaum zu ertragen. Er fixierte mit der Rechten den linken Unterarm und marschierte los. Das Wissen, nur durch ein paar Bäume von der Rückseite der Polizeiwache getrennt zu sein, machte ihn nicht ruhiger. Bei jedem Schritt fuhr ein Stich in seinen Ellbogen. Seine kalten Füße schmerzten, doch er ging, so schnell sie ihn trugen.

Im schwachen Licht sah er links vom Weg eine Bank. Die Plakette auf der Lehne war nicht zu entziffern, aber er wusste, dass sie Adam Smith gewidmet war. Hier hatten sie gemeinsam gesessen, und die Mutter wollte den Spruch aufsagen, den sie beim letzten Spaziergang auswendig gelernt hatte, aber sie hatte ihn nur hilflos angesehen. „Der Mensch“, hatte sie gesagt, ein ums andere Mal. „Der Mensch …“ Mehr wusste sie nicht mehr, und beiden war klar gewesen, dass es zu Ende ging. So hatten sie dagesessen, aneinandergelehnt, und geweint.

Auch jetzt hatte Sebastian Tränen in den Augen, nicht wegen der Schmerzen – nicht nur zumindest. Er hatte das lange Zitat nie vergessen: *Der Mensch braucht fortwährend die Hilfe seiner Mitmenschen, und er würde diese vergeblich von ihrem Wohlwollen allein erwarten. Er wird viel eher zum Ziele kommen, wenn er ihren Egoismus zu seinen Gunsten interessieren und ihnen zeigen kann, dass sie ihren eigenen Nutzen davon haben, wenn sie für ihn tun, was er von ihnen haben will.*

Sebastian hatte keine Ahnung, wie er jemanden davon überzeugen könnte, ihm beizustehen. Er war allein.

Er wankte weiter, erreichte die Pforte am Schützenhaus. Vorsichtig querte er den schlaglochübersäten Parkplatz, näherte sich der Kreuzung an der Wankbahnstraße, blieb im Schatten und beobachtete die Fahrbahn. Tatsächlich rasten zwei Wagen von der Münchner Straße her an ihm vorbei. Vorweg ein Streifenwagen, das Blaulicht rotierte, aber das Martinshorn war ausgeschaltet. Dicht dahinter kam ein ziviler Audi. Sebastian wartete, bis er sicher sein konnte, nicht mehr im Rückspiegel bemerkt zu werden, dann hastete er über die Straße und atmete erst auf, als er sich wieder unter Bäumen befand.

Er schleppte sich die Steigung hoch, immer weiter. Irgendwie musste er es ungesehen zur Ludwigstraße schaffen. Wenn er in seinem Zustand jemandem begegnete, würde der das bestimmt nicht vergessen. Es ging inzwischen auf fünf Uhr zu – eine Zeit, in der er mit den ersten Frühaufstehern rechnen musste.

Hinter dem flachen Stück, wo man zwischen den Ästen hindurch die Scheinwerfer der Sprungschanze leuchten sah, nahm er den Abzweig, der zum Ort hinunterführte. Der Weg war so steil, dass er unfreiwillig ins Laufen geriet. Fluchend stolperte er bergab. Unten hielt er einen Moment inne und kämpfte um Atem. Nur das Rauschen des Katzenbachs in seinem Betonbett war zu hören. Sebastian lief an dem Graben entlang bis zum Hölzlweg. In einem der Häuser brannte Licht, aber die Straße war menschenleer. Er bog in die Dr.-Gazert-Straße, auch hier war er allein.

Als er gerade in die Münchner Straße eingebogen war, sah er vom Ort her einen Transporter kommen. Schnell duckte er sich hinter eine Hecke. Sobald der Wagen vorbeigerollt war, beeilte er sich wieder. Noch dreihundert Meter, mehr waren es nicht, aber sie kamen ihm endlos vor. Endlich erreichte er die Haustür. Gleich darauf ließ er sie hinter sich ins Schloss fallen und sank aufatmend dagegen.

Doch schon Sekunden später schreckte er hoch: Das Treppenhauslicht flammte auf. Er sah an sich hinunter. Hose und Sweatshirt waren nass und verdreckt, die Hände blutig zerkratzt. Schritte kamen die Treppe herab. Wer immer es war, er war noch mindestens zwei Stockwerke entfernt. Es gab zwei Möglichkeiten: zurück auf die Straße oder in die Tiefgarage. Schnell streifte er die Schuhe von den Füßen, nahm sie in die Hand und lief lautlos die Treppe hinunter. Er öffnete die schwere Feuerschutztür zur Garage, drückte auf den Lichtschalter und rannte zu seinem R5 hinüber. Hastig schloss er die Fahrertür auf, glitt auf den Sitz und ließ den Motor an.

Dafür, dass er so früh irgendwohin fuhr, würde niemand eine Erklärung verlangen, solange nicht auffiel, wie lädiert er aussah. Er rollte aus der Parknische heraus. Im selben Moment ging hinter ihm die Tür auf, und die unansehnliche Rothaarige aus dem Dachgeschoss betrat die Garage. Sie sah dem R5 desinteressiert hinterher, als Sebastian aus der Garage fuhr. An der Ausfahrt bog er nach links ab, ohne sich Gedanken zu machen, wohin er wollte. Er würde ein paar Minuten herumfahren und dann zurück nach Hause.

Ziellos bog er vor der Kapelle in die Hindenburgstraße und fuhr auf der Hauptstraße Richtung Norden. Auf Höhe der Polizeiwache hatte er sich gerade entschieden, bei der nächsten Gelegenheit zu wenden und zurückzufahren, als er fünfzig Meter weiter einen Polizeiwagen am Straßenrand entdeckte – und zwei Beamte in Leuchtwesten. Einer bedeutete ihm mit seiner Kelle, anzuhalten.

Sebastian zwang sich zur Ruhe. Langsam ließ er den R5 vor dem Streifenwagen ausrollen und kurbelte die Scheibe herunter.

„Grüß Gott. Allgemeine Verkehrskontrolle", sagte der Beamte und tippte an seine Mütze. „Ihren Führerschein und die Wagenpapiere bitte."

Sebastian nickte und versuchte seine Brieftasche aus der Tasche seiner Jogginghose zu ziehen, aber es gelang ihm nicht. Auch als er den Sicherheitsgurt geöffnet hatte, bekam er die Hand nicht tief genug in die Tasche.

„Ich muss aussteigen", sagte er zu dem Polizisten. Der trat ein paar Schritte zurück. Der zweite Beamte kam herbeigeschlendert, die Kelle lässig unter den Arm geklemmt. Als Sebastian mit der linken Hand nach dem Türöffner griff, fuhr vom Ellbogen ein stechender Schmerz durch seinen Arm. Mit mühsam beherrschter Miene stieg er aus.

Die Blicke der beiden Polizisten wurden misstrauisch, als sie seinen Zustand und den seiner Kleidung erkannten. Der mit der Kelle wies auf Sebastians Arm. „Alles in Ordnung mit Ihnen?", fragte er.

„Ja, ja. Alles klar", beeilte sich Sebastian zu versichern, aber die Blicke der beiden blieben skeptisch. „Ich bin beim Joggen gestürzt", schob er nach.

Der eine Polizist ging mit den Papieren zum Streifenwagen. Der andere trat näher an Sebastian heran und musterte ihn von oben bis unten. Sein Blick blieb an den verdreckten Lederschuhen hängen.

„Und damit joggen Sie?“, fragte er.

„Äh … nein.“ Sebastian hustete verlegen. „Meine Joggingschuhe … bei dem Sturz … die sind, äh, nass geworden.“

„Na, trocken sehen die da auch nicht aus.“ Der Polizist nickte nachdenklich und wies auf die blutigen Kratzer an Sebastians Unterarm. „Das sollten Sie verarzten. Kann sich entzünden.“ Er ging zur Hinterachse des R5, zog eine kleine Taschenlampe hervor und warf einen kontrollierenden Blick auf das Profil der Reifen. „Allzu lange machen die es aber nicht mehr.“

„Ich weiß“, sagte Sebastian eilig. „Da kommen bald Winterreifen drauf.“

Wieder nickte der Polizist nur und ging um das Heck herum. Ein großer silberner Mercedes fuhr an ihnen vorbei. Der Beamte beachtete ihn nicht.

„HU im Dezember fällig“, sagte er nach einem Blick auf das Nummernschild.

Sebastian nickte stumm. Die gelangweilte Lässigkeit, mit der dieser Polizist um ihn und den Wagen herumstreifte, wirkte bedrohlich. Stellten sie ihm eine Falle? War die Kontrolle nur ein Vorwand? Hatte die Stimme ihnen einen Hinweis gegeben?

Immer noch saß der andere Polizist im Wagen und sprach in ein Funkmikrofon. Mit wem unterhält er sich so lange?, dachte Sebastian. Wir stehen direkt vor der Wache. Warum geht er nicht einfach rein?

„Darf ich wieder einsteigen?“, fragte er.

„Bitte“, sagte der Polizist mit großzügiger Geste.

Sebastian setzte sich in den Wagen und kurbelte die Scheibe bis auf einen Spalt zu. Was mach ich, wenn sie mich festnehmen wollen?, dachte er. Ich bin erledigt. Sie werden mir nicht glauben. Natürlich nicht. Er konnte ja selbst kaum glauben, was ihm da passierte.

Er durfte sich nicht festnehmen lassen. Er musste in Freiheit bleiben und den Mörder finden. Das war seine einzige Chance.

Im Rückspiegel sah er, wie die Tür des Streifenwagens geöffnet wurde. Der Polizist stieg aus. Seine Rechte lag locker, wie absichtslos auf dem Pistolenholster. Er nickte seinem Kollegen zu.

„Guck dir das an“, sagte er und reichte ihm einen Zettel.

Der Kollege warf einen erstaunten Blick darauf. „Meinen die das ernst?“

Der andere zuckte mit den Schultern und kam auf die Fahrertür des R5 zu, die Rechte immer noch am Griff seiner Pistole.

Sebastians Hand näherte sich langsam dem Zündschlüssel. Ich muss weit genug weg sein, wenn der Bulle seine Knarre draußen hat, dachte er und sah in den Rückspiegel. Freie Bahn von hinten.

„Danke, Herr Polz“, sagte der Polizist und reichte ihm die Papiere durch den Spalt der Seitenscheibe. „Gute Fahrt. Und einen schönen Tag.“

Sebastian sah ihn verwirrt an.

„Drei Sechser, ein Neuner“, hörte er den anderen Polizisten mit empörtem Unterton sagen. „Ein Big-Mac-Menü, drei Cheeseburger … Sag mal, wie viele sitzen denn da oben? Und das sollen wir alles vorstrecken?“

„Jetzt hab dich nicht so …“ Sein Kollege begann die Blinklichter einzupacken. „Freu dich lieber auf den Feierabend.“

Sebastians Hand zitterte, als er den Zündschlüssel drehte.

VIER

Kaffeeduft weckte Schwemmer. „Guten Morgen“, sagte Burgl und setzte sich auf sein Bett. Den Kaffeebecher stellte sie auf dem Nachttisch ab.

„Morgen.“ Er erwiderte verschlafen ihr Lächeln und griff nach dem Becher. „Womit hab ich das verdient?“, fragte er.

„Mit den Überstunden gestern. Warum hast du mich nicht geweckt, als du heimgekommen bist?“

„Ich brauchte ein bisschen Ruhe.“ Er nippte vorsichtig an dem Kaffee.

„Du hast ja noch eine ganze Weile in der Küche gesessen, wenn ich mich bei den Bierflaschen nicht verzählt hab.“

„Hast du die aus dem Eisfach mitgezählt?“

„Es lag eine Bierflasche im Eisfach?“

„Genau genommen liegt sie da noch immer.“

„Oh … Nicht mehr in der ursprünglichen Form, nehme ich an?“

„Nicht wirklich. Sieht lustig aus eigentlich. Ich hatte nur gestern keinen Nerv mehr, die Schweinerei wegzumachen.“

„Was genau ist denn passiert?“

„Na, gestern Nachmittag war kein Bier im Kühlschrank, da hab ich …“

„Schmarrn! Was in Grainau passiert ist, will ich wissen!“

„Ach so. Zwei tote Frauen. Mindestens ein Mord.“ Er gähnte herzhaft. „Darf ich’s dir *nach* dem Frühstück erzählen?“

„Na schön.“ Burgl stand auf. „Dann komm erst mal zu dir.“

Schwemmer nahm sich Zeit für eine ausgedehnte Morgentoilette, bevor er hinunter in die Küche ging. Burgl saß am Frühstückstisch und blätterte im *Tagblatt*. „Hier steht noch nichts drin“, sagte sie.

„Die waren zu spät dran. Redaktionsschluss. In den Blättern mit den großen Buchstaben steht bestimmt schon was. ‚Rätselhafter Fund zweier weiblicher Leichen. Polizei verweigert jede Auskunft‘ oder so ähnlich.“

„Warum?“

„Wir haben überhaupt noch keine Vorstellung, was da abgelaufen ist. Deswegen kenne ich das Täterwissen nicht.“

„Und was wisst ihr?“

Schwemmer nahm sich eine Semmel und schnitt sie auf. „Eine achtunddreißigjährige Frau wurde erschossen in ihrem Bett aufgefunden“, sagte er. „Eine Fünfundachtzigjährige lag tot daneben auf dem Boden.“ Er belegte die Semmel mit Fenchelsalami und biss hinein. „Ende des Wissens.“

Burgl faltete die Zeitung zusammen. „Du Armer …“ Sie streckte die Hand über den Tisch und legte sie auf seine. „Ich hab gestern Abend fast drei Stunden mit Tante Kati telefoniert. Das war auch kein Spaß.“

Schwemmer sah auf. Doch die Tante Kati. Seine Laune zog ein wenig an. „Was gab’s denn?“, fragte er.

„Sie hat Streit mit einer Mitbewohnerin im Wohnheim. Sie will nicht länger dort bleiben.“

„Oh …“, sagte Schwemmer. Das klang nicht gut. „Wo will sie denn hin?“

Burgl sah ihn schweigend an.

„Nein“, sagte Schwemmer. „Oder?“

„Sie hat mich gefragt … Was glaubst du, was ich geantwortet habe?“

„Keine Ahnung“, sagte Schwemmer wahrheitsgemäß.

„Ich hab gesagt, es geht nicht, weil ich wieder arbeite.“

Schwemmer sah sie wortlos an. Dazu fiel ihm nichts ein.

„Sie war beleidigt“, sagte Burgl.

„Kann ich mir vorstellen“, murmelte Schwemmer. „Worüber streiten sich die beiden denn?“

Burgl unterdrückte ein Lachen. „Um einen Mann.“

SEBASTIAN ließ das heiße Wasser über den schmerzenden Nacken laufen. Er wusste nicht, wie lange er bereits duschte, doch es war noch nicht lange genug. Sein Körper fror nicht mehr, aber in seiner Brust war ein kalter Klumpen, der nicht verschwinden wollte. Angst. Schlichte, nackte Angst.

Er schreckte zusammen, als es heftig an der Tür klopfte. Auch durch das Rauschen der Dusche hindurch war die Stimme seines Vaters zu verstehen. „Wirst amoi fertig da drin?“

„Moment!“, rief Sebastian.

Die Antwort darauf war unverständlich.

Als er im Bademantel die Diele betrat, war nichts zu sehen und zu hören von seinem Vater. Er ging in sein Zimmer. Der Wecker zeigte Viertel vor acht. Er nahm sein Handy, das er nach dem letzten Anruf der Stimme neben der Nachttischlampe liegen lassen hatte, und sah auf das Display.

ENTGANGENE ANRUFE: 2

NUMMER: UNBEKANNTER TEILNEHMER

Beide Anrufe waren gegen Viertel nach vier gekommen – da war er mit Sannes Citroën unterwegs gewesen. Er hatte der Stimme wohl den Spaß verdorben, indem er in der Hektik das Handy zu Hause vergessen hatte. Vielleicht war das der Grund, weshalb sie der Polizei gesagt hatte, wo Sannes Wagen war.

Er sah nachdenklich auf das Display. KEINE MAILBOXNACHRICHT.

Das Handy war so eingestellt, dass die Mailbox erst nach zehn Rufsignalen ansprang, und die Ruftonlautstärke stand auf maximal. Damit er so wenig Anrufe wie möglich verpasste. Es könnte ja Sanne sein, hatte er immer gedacht. Heute bedeutete das: Sein Handy hatte in der Nacht zwanzigmal geklingelt. Und sein Vater schlief nebenan, in einer hellhörigen Wohnung.

Mit ungutem Gefühl rief er die Liste der angenommenen Anrufe auf.

UNBEKANNTER TEILNEHMER, las er. UHRZEIT: 05:01:23.

Die Stimme hatte mit seinem Vater gesprochen.

SCHWEMMER sah den Stapel Zeitungen durch, den Frau Fuchs ihm auf den Schreibtisch gelegt hatte. Einer der Reporter hatte tatsächlich selbst recherchiert: Högewald, ein in ganz Oberbayern berüchtigter Boulevardjournalist. Der skrupelloseste Tatsachenverdreher, der Schwemmer je untergekommen war. Er hatte die Zeugin ausfindig gemacht. Wie hieß sie gleich?, dachte Schwemmer. Mitterer? Mittermeier? Mitteregger! Högewald nannte die Namen der beiden Toten, auch wenn er die Nachnamen immerhin abgekürzt hatte. Er nannte Alter, Beruf – und natürlich hatte er es sich nicht verkniffen, Andeutungen über den zweifelhaften Ruf des Opfers zu machen. Es war unfassbar. Susanne Berghofer lag noch auf dem Obduktionstisch, und dieser Schmierfink verbreitete schon schlüpfrige Gerüchte über sie. Weiter unten auf der Seite standen dann die Anzeigen der Puffs und Saunaklubs in München, Dachau und Rosenheim. Schwemmer hätte kotzen können.

Sehr kontrolliert faltete er die Zeitung zusammen und legte sie zurück auf den Stapel. Er sah auf die Uhr. Auf die Morgenmuffel-Schonfrist, die ihm seine Leute normalerweise bis halb zehn einräumten, konnte er angesichts zweier Toter nicht zählen. Und tatsächlich klopfte es zaghaft an der Tür.

„Ja bitte“, sagte er möglichst freundlich.

Schafmann öffnete vorsichtig die Tür. „Das Auto von der Berghofer ist gefunden worden“, sagte er. „Anonymer Hinweis. Kam aus der Telefonzelle an der Wankbahn.“

„Wo war der Wagen?“

„Hundert Meter weiter. Kofferraum offen, eine Tasche und das Reserverad lagen auf der Straße. Der Motor war noch warm.“

Schwemmer sah nachdenklich zur Decke. „Was soll das?“, überlegte er. „Und woher wusste der Anrufer überhaupt, dass wir das Auto suchen?“

„Na ja, zumindest in Susanne Berghofers Nachbarschaft dürfte es kein Geheimnis gewesen sein, dass der Wagen weg war.“

„Wann kam der Anruf?“

„Vier Uhr zwölf.“

„Wer treibt sich denn um die Zeit an der Wankbahn rum? Da sind doch höchstens welche vom Wohnmobilplatz.“

„Die befragen wir gerade, bisher ohne Resultat. Drägers Leute haben das Auto in der Mangel. Mal sehen, was dabei herauskommt.“

„Gut“, sagte Schwemmer. „Du leitest die Mordkommission.“

„Hast du das noch zu bestimmen?“, fragte Schafmann. „Vielleicht solltest du Hessmann wenigstens informieren. Ist immerhin der erste Mordfall, seit er hier Chef ist.“

Schwemmer zählte innerlich bis zehn. Dann zog er das Telefon zu sich heran und wählte die Nummer von Hessmann, der zwei Türen weiter saß. Der Polizeidirektor meldete sich nicht. Schwemmer drückte auf die Lautsprechertaste und spielte Schafmann das Tuten vor. Dann legte er auf.

„Du leitest die Mordkommission“, sagte er und schob das Telefon weg.

„Okay“, sagte Schafmann.

In dem Moment begann das Telefon auf dem Schreibtisch zu klingeln. Sie sahen sich an. Schwemmer zog den Apparat wieder heran, aber es war nicht Hessmann. Es war Oberinspektorin Zettel.

„Grüß Gott, Herr EKHK“, sagte sie. „Hier ist ein Herr, ein Jäger, der hat in seinem Revier was entdeckt.“

„Hallo Carina“, sagte Sebastian. „Du, ich muss mich krankmelden. Ich geh gleich zum Arzt.“

„Warum rufst du auf dem Handy an?“, fragte sie.

„Ich … Ehrlich gesagt wollte ich sicher sein, dich am Apparat zu haben. Ich bin heut nicht in der Form, mich mit Lerchl anzulegen.“

„Ja. Schon gut … nur …“ Carina klang bedrückt. „Du weißt wahrscheinlich noch nicht, was passiert ist.“

Sebastian durchfuhr es eiskalt. Sie hatten Sanne gefunden.

„Was denn?“, sagte er und wunderte sich, dass er das ohne Räuspern und Zögern hinbekam.

„Die Susanne Berghofer aus dem Vertrieb … Sie ist tot. Ermordet.“

„Ermordet?“ Es fiel ihm tatsächlich leicht, aus allen Wolken zu fallen.

Carina zählte stammelnd das Wenige auf, was sie wusste, und dass die Polizei sich angekündigt hatte, um alle Kollegen zu befragen. „Vielleicht ist es besser, wenn du dann hier bist“, endete sie. „Der Lerchl ist sowieso sauer wegen der Sache.“

„Sauer? Weil Sanne ermordet worden ist?“

„Sanne? Wieso nennst du sie so?“

„Ich dachte, alle nennen sie so …“ Am liebsten hätte er sich geohrfeigt. Niemand nannte sie Sanne. Nur er. Insgeheim. Niemand wusste davon. Fast niemand. Carina wusste es jetzt.

Und die Stimme. Sie wusste es auch.

„Also, der Lerchl ist sauer, weil … die Berghofer ermordet wurde?“

„Nach dem Anruf von der Polizei hat er furchtbar geflucht. Dass er die Leute bezahlen muss, während die Bullen sie von der Arbeit abhalten. Er hat wirklich ‚Bullen‘ gesagt. Und dass er jetzt auf die Schnelle jemanden braucht, der die Berghofer auf der Messe ersetzt. Und so weiter. Wenn du dich jetzt auch noch krankmeldest, flippt der aus.“

„Als ob der Laden nicht mal einen Tag ohne mich auskäm …“

„Lerchl hat gesagt, dass du jetzt der Einzige bist, der den Neuen anständig einarbeiten kann. Im Vertrieb wärn ja jetzt nur noch Deppen, hat er gesagt.“

„Na, da hat er natürlich recht.“

Carina lachte tatsächlich. Es war ein schüchternes kleines Lachen, aber es perlte wie warme Musik in sein Ohr.

„Weißt du was? Ich komm gleich. Ich muss mich nur noch ein bisschen frisch machen. Falls Lerchl fragt, sag ihm, ich bin gleich da.“

Er unterbrach die Verbindung und betastete seinen Ellbogen. Wenn er den Finger nur leicht in die Beuge drückte, schoss eine Schmerzwelle hinunter bis in die Fingerspitzen. Außerdem konnte er den Arm nicht höher als bis in die Waagerechte anheben, ohne dass seine Schulter heftig protestierte. Mit einiger Mühe zog er sich an und ging in die Diele hinaus.

Sein Vater saß am Esstisch in der Stube und las Zeitung.

„Guten Morgen“, sagte Sebastian.

Sein Vater starrte stumm auf die Zeitung. Er hatte nur für sich gedeckt. Sebastian ging in die Küche, holte Teller, Besteck und seinen Kaffeebecher. Immer noch blieb der Vater stumm und sah ihn nicht an. Als Sebastian sich

Kaffee eingeschenkt hatte, zog er eine Illustrierte unter der Tageszeitung hervor und knallte sie auf den Tisch. „Kannst mir sagn, was des is?"

Sebastian sah die Zeitschrift, eine Waffenillustrierte, verständnislos an. Auf dem Titel waren drei verschiedene Revolver abgebildet. „Magnum-Revolver im Vergleich" stand darunter.

„Wo ist die her?", fragte er.

„Die hod dei Freind ins Postkastl gsteckt. War wohl wahnsinnig wichtig, dass der deswegn glei dreimoi anruft, mittn in der Nacht."

„Das ist nicht mein Freund. Das ist irgendein Spinner." Sebastian sah den Vater unsicher an. „Was hat er dir gesagt?"

„Dass i ned auf di warten soll – als ob i des tät. Und dass er des da ins Kastl gsteckt hätt für di."

„Sonst nix?", fragte Sebastian.

„Was moanst denn, wos er gsagt hod?" Die Lippen des Vaters bildeten einen schmalen Strich.

Sebastian schwieg. Er nahm einen Schluck Kaffee und blätterte nervös die Zeitschrift auf. Eine Doppelseite war mit einem roten Filzstiftkreuz markiert. Das Foto zeigte einen schweren Revolver, dessen mächtiger Lauf mit einer Art Metallschiene verstärkt war. COLT ANACONDA war seitlich in den Lauf graviert. „Löst auch hartnäckige Fälle", lautete die Bildunterschrift.

„Ich muss zur Arbeit", murmelte Sebastian und stand auf.

Als er in der Diele seine Jacke überzog, rief der Vater: „Dass di einsperrn täten, des hod er gsagt, dei Freind, wannst net schlau bist."

Natürlich ist es ein Spiel. Jedes Wesen, das Entscheidungen treffen kann, spielt. Es spielt um sein Leben. Entscheide und spiele. Entscheide nicht und sei Spielfigur. Das Spiel endet nicht immer am Ende. Manchmal endet es schon an dem Punkt, an dem das Wesen nicht mehr entscheiden kann. Dann muss es aufgeben, das Wesen, denn dann hat es bereits verloren. Das Spiel um sein Leben. Sein Leben ist dann nur noch ein Kredit. Und die Zinsen sind hoch. Ich spiele. Ich entscheide.

SEBASTIAN saß noch nicht richtig hinter seinem Schreibtisch, als Dr. Lerchl in sein Büro gestürzt kam. „Das hätte gerade gefehlt, dass Sie mich jetzt auch noch im Stich lassen", sagte er. Es sollte wohl heiter klingen, tat es aber nicht. Lerchl wirkte angespannt. „Ich nehme an, Sie haben von dieser furchtbaren Geschichte gehört? Wir müssen komplett umdisponieren … Die Messe, wissen Sie. Ich ärgere mich sehr, dass wir so lange gezögert haben, den Herrn Selbach einzustellen. Jetzt rächt sich das."

Er ärgert sich, dass *wir …,* dachte Sebastian. Als ob irgendeiner außer ihm selbst dafür verantwortlich wäre, dass fast alle bei GAP-Data seit einem halben Jahr mit 125 Prozent arbeiteten.

„Lange Rede, kurzer Sinn: Herr Polz, Sie müssen mit nach Köln."

„Ich?", entfuhr es Sebastian. Noch nie war auch nur ansatzweise davon die Rede gewesen, dass er mit auf eine Messe fuhr, sei es Köln, Denver oder Mumbai. Die Vorstellung, tagelang mit fremden Menschen in fremden Sprachen reden zu müssen, hatte nie etwas Anziehendes für ihn gehabt. Er schlief auch nicht gern in Hotels.

„Wir können den Herrn Selbach nicht allein nach Köln schicken. Bis dahin kann er sich beim besten Willen nicht alles draufschaffen, was nötig ist. Sie fahren quasi als technischer Berater mit."

Technischer Berater. Das klang gut. In Wahrheit wäre er nur der persönliche Hiwi eines Mannes, den er noch gar nicht kannte.

Sebastians Blick ging zum Kalender. Die Messe startete in drei Tagen. Die Anfahrt war übermorgen. Für ein paar Tage aus Garmisch zu verschwinden klang verlockend, aber die Frage war, was die Stimme davon hielt.

„Ich kann das nicht zusagen", krächzte er.

Lerchl sah ihn an, als hätte er nicht richtig gehört. „Das war eigentlich keine Bitte, Herr Polz. Wir reden hier von Notwendigkeiten. Sie werden Herrn Selbach nach Köln begleiten." Damit machte er auf dem Absatz kehrt und stürmte aus dem Büro.

Sebastian hatte keine Ahnung, was er tun sollte. Wahrscheinlich würde er demnächst gefeuert, weil die Stimme ihm verbot, nach Köln zu fahren. Andererseits hatte er viel größere Probleme, als bei GAP-Data rauszufliegen …

Das Telefon auf dem Schreibtisch läutete. Es war Carina.

„Hast du ihm wirklich gesagt, dass du nicht mitfährst?", fragte sie.

„Der kann doch nicht erwarten, dass jeder einfach so drei Tage wegkann. Ich kann meinen Vater nicht allein lassen. Wenn Lerchl nicht so lange damit gewartet hätte, jemanden einzustellen, gäb's jetzt keine Probleme."

„Was ist denn mit deinem Vater?", fragte Carina. „Braucht er Pflege? Oder nur jemanden, der mal nach ihm guckt?"

„Nein, Pflege braucht er keine." Der würde mir was erzählen, dachte Sebastian.

„Ich könnt ja nach ihm sehen, dann kannst du nach Köln", sagte sie. „Das würd mir nichts ausmachen. Ich kenn das. Ich leb auch mit meiner Mutter."

Sebastian schloss die Augen. „Ich weiß nicht, was er davon halten würde. Er ist schwierig." Es klopfte an der Tür. „Ich muss Schluss machen. Wir reden noch mal drüber." Er legte auf und rief: „Herein!"

Es war Selbach. „Grüß Gott“, sagte er freundlich. „Stör ich?“

„Nein, nein.“ Sebastian sprang auf, um eine Sitzgelegenheit zu schaffen. Er hatte selten Besuch, der so lange blieb, dass er sich setzen wollte. Deshalb war der zweite Stuhl in dem winzigen Büro mit einem Stapel Fachzeitschriften belegt. Er hievte den Stapel auf die Fensterbank, und Selbach nahm mit einem höflichen Nicken Platz.

„Tja, Herr Polz“, er hob ergeben die Arme, „wie’s aussieht, sind wir beide jetzt so was wie Partner. Schlimme Sache, das mit der Frau Berghofer. Ich kannte sie ja kaum. Beim Vorstellungsgespräch war sie dabei, nachher hab ich noch zwei-, dreimal mit ihr telefoniert. Sie machte auf mich einen … nun ja … sehr kompetenten Eindruck. Und sie schien zu wissen, was sie wollte.“

„Ich hatte auch nicht viel Kontakt mit ihr, nur bei ein paar Projekten. Manchmal wundert man sich, dass man so nebeneinanderher arbeitet, ohne was miteinander zu tun zu haben. So groß ist unser Laden ja nicht.“

„Wir Vertriebler sind ja auch nirgendwo wirklich gern gesehen“, sagte Selbach mit einem Lächeln. „Den Leuten in der Produktion gehen wir auf die Nerven, den Kunden und dem Chef sowieso. Aber keine Sorge, wir nehmen das nicht persönlich. Ich jedenfalls nicht.“

Sie lachten beide.

„Aber zur Sache“, sagte Selbach. „Wenn ich in Köln nicht nackt dastehen soll, brauch ich Nachhilfe. Doktor Lerchl hat Sie zu meinem Pauker erklärt, und für mein Gefühl hat er da keine schlechte Wahl getroffen.“

Sebastian sah ihn verständnislos an. Was war das? Eine Schmeichelei? Für *ihn?* Der Mann kannte ihn doch gar nicht.

„Es hat keiner offen gesagt, aber mein Eindruck ist, dass man Sie allgemein für den Mann mit dem Plan hält“, sagte Selbach.

Sebastian traute seinen Ohren nicht. „Äh …“

„Doktor Lerchl hat Sie von allen Projekten freigestellt.“

„Aber der Luminatox-Auftrag! Ich stecke mitten in …“

„Den übernimmt Herr Fellerer.“

„Der Hansi?“ Sebastian sah ihn entsetzt an. „Aber …“

„Das ist nicht mehr Ihre Verantwortung.“ In Selbachs Augenwinkeln blitzte ein verschwörerisches Lächeln, als wüsste er genau, was Sebastian sagen wollte: Hansi Fellerer würde den Auftrag gegen die Wand fahren.

Aber das war Lerchls Problem. Und Hansis.

„Na gut“, sagte Sebastian. „Was wollen Sie wissen?“

„Alles“, sagte Selbach.

DIE WOLKEN hingen so tief, manchmal hatte Schwemmer das Gefühl, mit dem Kopf dagegenzustoßen. Sie waren den Hohen Weg oberhalb der Partnachklamm hinaufgefahren und am Ende nach rechts in Richtung Oberstall abgebogen, an der Südseite des Kreuzjochs.

Der Jäger – er hieß Hößlin – hatte Schwemmer und Zettel angeboten, sie in seinem Land Cruiser mitzunehmen. Mit einem Streifenwagen wäre es schwierig geworden, hier hochzukommen.

Etwa zwei Kilometer nach dem Abzweig war der Fahrweg zu Ende. „Von hier aus zu Fuß“, sagte Hößlin, und sie stiegen aus.

Es ging gut zehn Minuten parallel zum Hang weiter, dann bog der Jäger nach rechts auf einen Weg, der für Schwemmers Empfinden senkrecht nach oben führte. Nach ein paar Hundert Metern, die ihm endlos erschienen, traten die Bäume zurück, und sie standen vor einer Geröllhalde.

Hößlin deutete auf einen Felsbrocken in halber Höhe der Halde. Darauf lagen die Reste eines Kürbisses. Schwemmer kraxelte zwischen den Steinen hinauf, zog sich Einmal-Handschuhe über und stupste mit dem Finger gegen den Kürbis. Die Schale war weich wie Butter. Drei runde Löcher waren darin. Trotzdem war noch erkennbar, was Hößlin ihnen geschildert hatte: ein aufgezeichnetes Gesicht mit entsetzt aufgerissenem Mund – und mit zwei großen Buchstaben oben auf der Stirn: SB.

Hößlin steckte die Hand in die Tasche und holte ein verformtes Projektil heraus. „Das hab ich hier gefunden – Gewehrmunition“, sagte er. „Und zwar nicht für die Jagd. Ich nehme an, da übt einer Distanzschießen.“ Er reichte Schwemmer die Kugel. „Als ich heut in der Zeitung gelesen hab, dass da eine Susanne B. erschossen worden ist, hab ich gedacht, ich meld das mal.“

„Herr EKHK!“ Zettel stand ein paar Meter höher am Hang und wies auf eine Stelle zu ihren Füßen. Schwemmer mühte sich hin. Auch hier: ein Kürbis, zermatscht zwischen Steinen. Wieder waren darauf ein skizziertes Gesicht und Einschüsse zu erkennen, hier allerdings nur zwei.

Hößlin meldete sich mit einem Ruf. Er hatte einen dritten Kürbis gefunden, ebenfalls mit einem SB auf der Stirn und drei Einschüssen.

Zettel fotografierte die Fundstücke und stopfte die Reste in verschließbare Plastiktüten.

„Von wo, meinten Sie, wurde geschossen?“, fragte Schwemmer den Jäger.

Der wies mit bedauernder Miene in die Wolkendecke hinein. „Dort drüben, südwestlich etwa. Kann man momentan nicht sehen. Aber wenn man da auf der anderen Talseite hochsteigt, kann man sich die Distanz aussuchen, aus der man schießen will. Je höher, je weiter.“

„Wie oft haben Sie hier solche Sachen gefunden?“

„In letzter Zeit fast jede Woche. Ich bin oft hier, mindestens zweimal die Woche, allerdings unregelmäßig. Bloß mittwochs nie."

„Warum nie mittwochs?"

„Besuchstag bei meinen Kindern."

„EHRLICH GESAGT steckte da überhaupt kein Plan dahinter", sagte Selbach und lachte. „Ich bin wieder in der Gegend gelandet, als letztes Jahr unser Vater mit zweiundachtzig gestorben ist und uns das Haus hinterlassen hat. Meine beiden Schwestern hatten kein Interesse, die haben Kinder und eigene Häuser. Da hab ich es halt übernommen. Und jetzt bin ich wieder in der ‚alten Heimat'. Dabei war ich vier, als wir hier weggezogen sind."

„Und?" Carina nippte an ihrem Kaffee. „Wie gefällt es Ihnen?"

Selbach sah durch das Fenster der Cafeteria zum grau verhangenen Himmel. „Wenn die Sonne scheint, gefällt's mir gut. Aber ich muss sagen, dass die Berge manchmal schon bedrückend wirken können."

Carina sah ihn erstaunt an. „Ist das Ihr Ernst? Sie müssen mal rauf auf die Berge, dann sieht das gleich ganz anders aus."

„Ich wollte Ihren Heimatgefühlen nicht zu nahe treten, Frau Öckler." Selbach lachte. „Ich bin mindestens einmal die Woche oben, mit dem Mountainbike. Oder ich geh wandern. Machen Sie auch Sport, Herr Polz?"

„Wenig", antwortete Sebastian. „Ich hab einfach kein Glück mit Sport." Er deutete auf seinen Arm. „Als ich gestern Abend joggen war, bin ich prompt auf einen Ast getreten und in einem Dornbusch gelandet."

„Oh", sagte Carina. „Hast du dir was getan?"

„Der Ellbogen tut weh und halt diese Kratzer am Unterarm."

„Haben Sie die behandelt?", fragte Selbach. „Das kann sich entzünden."

„Ja, ja", sagte Sebastian.

„Wo laufen Sie denn immer?" Es klang, als wollte Selbach mitlaufen.

„Ich lauf nicht immer", sagte Sebastian eilig. „Fürs Erste lauf ich gar nicht mehr, glaub ich. Mir reicht's."

„So dürfen Sie nicht denken", sagte Selbach. „So was passiert. Dann steht man auf und läuft weiter. Wenn ich bei jeder Verletzung aufgehört hätte …"

„Womit aufgehört?", fragte Carina.

„Ich hab früher Fußball gespielt."

„Ach was!" Carina setzte sich auf. „Welche Liga?"

Selbach zuckte mit den Schultern. „Zweite. Bei den Löwen."

Carinas Kinnlade klappte nach unten. „Sie haben *zweite* Liga gespielt?"

Selbach sah verlegen zur Seite. „Das ist jetzt nicht so eine Riesensache,

Frau Öckler. Bitte hängen Sie es nicht an die große Glocke. Ich war nicht mal Stammspieler."

„Ja, aber zweite Liga, das ist doch toll!"

„Löwenfan sind Sie nicht, oder?", fragte Selbach und lachte. „Zweite Liga ist *nicht* toll. *Erste* Liga ist toll. Zweite ist zweite."

„Und wie lange haben Sie gespielt?", fragte Sebastian, um auch etwas beizutragen. Fußball interessierte ihn eigentlich nicht.

„Ich war insgesamt vier Jahre Profi. Anfangs noch Regionalliga, dann zweite. Erst Pfullendorf, dann Unterhaching, am Ende bei den Löwen. Aber ich hatte Pech mit den Kreuzbändern. Von den vier Jahren war ich anderthalb Jahre verletzt oder in Reha."

Sebastian beschloss, sich aus der Unterhaltung zurückzuziehen. „Ich geh dann mal wieder an die Arbeit", sagte er.

Selbach warf einen Blick auf seine Armbanduhr, ein flaches, elegantes Modell, das sich sogar für Sebastians Augen angenehm von den Angeberklötzen unterschied, die die meisten Vertriebler trugen.

„Warten Sie, Herr Polz", sagte er. „Ich brauch noch einen schnellen Kaffee, dann machen wir zusammen weiter." Er stand auf. „Darf ich Ihnen einen mitbringen, Frau Öckler … Herr Polz?"

„Ja, gerne", sagte Carina.

„Gut. Dann für mich auch einen", sagte Sebastian.

„Fußballprofi", flüsterte Carina, kaum dass Selbach drei Meter weg war. „Ich hab noch nie einen Fußballprofi kennengelernt."

„Exprofi." Sebastian stellte fest, dass ihre Begeisterung ihn ärgerte, ohne dass er sagen konnte, warum.

„Und der ist wirklich nett", sagte Carina. „So offen und höflich. Wie ist er denn bei der Arbeit?"

„Schaun mer mal."

Selbach war in den ersten Stunden, in denen Sebastian ihn einarbeiten sollte, hellwach, konzentriert und neugierig gewesen. Er hatte ein gutes Gefühl für Zusammenhänge und Prioritäten. Er stellte die richtigen Fragen und hatte eine angenehme Art von Humor. Sebastian konnte sich gut vorstellen, mit dem Mann nach Köln zu fahren. Wenn die Stimme ihn ließ.

Selbach kam mit einem Tablett vom Kaffeeautomaten zurück und verteilte die Tassen auf dem Tisch.

„Und heute fahren Sie nur noch Mountainbike?", fragte Carina.

„Ja. Und ich schieße."

Sebastian schreckte zusammen.

Carina sah Selbach leicht befremdet an. „Ist das denn ein Sport?"

„Man kann fast alles als Sport betreiben.“ Selbach rührte in seiner Tasse. „Der Kaffee hier ist anständig, da kann man nicht meckern. Ich hab mal einen Job in der Probezeit gekündigt, weil der Kaffee so entsetzlich war.“

„Im Ernst?“, fragte Carina.

„Nein.“ Selbach lachte. „Das war ein Scherz.“

Carina fiel in sein Lachen ein. Sogar Sebastian schaffte ein Lächeln.

„Und wo schießen Sie?“, fragte er.

„Auf dem Schießstand halt. Ich hab da übrigens noch eine Frage zu der LV-Einheit“, sagte Selbach. „Vielleicht können wir da gleich mal drauf zurückkommen. Die Verknüpfung von Projektierung, Lagerhaltung und Workflow – auf welchem Layer findet die statt?“

„Das ist kundenspezifisch“, sagte Sebastian. „Sie können die Priorität der einzelnen Parameter frei wählen. Verknüpfungen sind also auf jedem Layer möglich und wiederum verknüpfbar.“

„Das ist ja toll.“ Selbach nickte anerkennend und leerte seine Tasse.

„Darauf haben wir ein weltweites Patent“, sagte Carina. „Herr Polz war wesentlich an der Entwicklung beteiligt.“

Sebastian wusste nicht, wo er hinsehen sollte. „Das ist so nicht richtig“, sagte er. „Ich war ja nicht mal Mitglied der Projektgruppe.“

Nur ein paar Memos an Dr. Lerchl hatte er geschrieben. Die waren dann mit eingeflossen – als Lerchls Ideen.

„Ich würde mich jedenfalls sehr freuen“, sagte Selbach, „wenn sich eine Lösung für das Problem mit Ihrem Vater finden würde.“

„Wir arbeiten dran“, sagte Carina.

SCHWEMMER bog beschwingt von der Treppe in den Flur des ersten Stocks. Frau Fuchs kam ihm entgegen, einen Stapel Akten in der Armbeuge.

„Ist Schafmann in seinem Büro?“, fragte er sie im Vorbeigehen.

„Nein, der ist außer Haus. Zu einer Zeugenvernehmung.“

Schwemmer bremste heftig und drehte auf dem Absatz um. „Er ist *wo*? In einer halben Stunde ist die Sitzung der Mordkommission.“

„Er sei rechtzeitig wieder da, hat er mir gesagt.“ Frau Fuchs warf ihm einen vielsagenden Blick zu und deutete mit dem Kopf auf die Tür zum Büro von Polizeidirektor Hessmann. Schwemmer zog alarmiert die Brauen hoch, und Frau Fuchs nickte bedauernd.

Langsam ging Schwemmer zu seinem Büro. Als er die Tür aufmachte, klingelte bereits der Apparat auf dem Schreibtisch. Natürlich war es Hessmann, der ihn sofort zu sprechen wünschte.

„Grüß Gott, Herr EKHK. Nehmen Sie Platz“, sagte der Polizeidirektor und deutete gönnerhaft auf den Stuhl vor seinem Schreibtisch. „Man hat mir mitgeteilt“, fuhr er fort, ohne zu warten, bis Schwemmer saß, „dass Sie Herrn Schafmann die Leitung der Mordkommission übertragen haben.“

„Das ist richtig“, sagte Schwemmer.

„Vielleicht sollten wir noch mal das neue Organigramm durchsprechen“, sagte Hessmann. Das hieß übersetzt nichts anderes als: Du hast verdammt noch mal deine Kompetenzen überschritten, du Würstchen!

„Wir haben Sie so schnell nicht erreichen können“, sagte Schwemmer. „Hauptkommissar Schafmann hat das in den letzten Jahren eigentlich immer gemacht. Die Resultate waren durchweg gut bis hervorragend.“

„Die Dienststelle wurde umstrukturiert, Herr Schwemmer, und dem haben wir Rechnung zu tragen.“

Selten hatte in Schwemmers Ohren ein „wir“ derart falsch geklungen. Schafmann führte die Mordkommission, Schwemmer koordinierte – mit dem System lagen sie seit fünf Jahren bei hundert Prozent Aufklärungsquote. Er war gespannt, wie Hessmann das verbessern wollte.

„Die Leitung der Mordkommission übernehmen Sie. Schafmann leitet die Ermittlungen vor Ort.“

„Und wer koordiniert?“ Schwemmer war weniger gespannt auf die Antwort als auf deren Formulierung.

„Koordiniert, Herr Schwemmer, wird an der Spitze.“ Hessmann funkelte ihn an. Er schien mit sich zufrieden.

„Alles klar“, sagte Schwemmer und sah auf die Uhr. „Dann muss ich mich auf die Sitzung vorbereiten.“ Er stand auf und verließ mit einem freundlichen Winken das Büro seines Chefs.

Sein Lächeln hielt genau so lange, wie die Tür offen war. Im Flur standen zwei Kollegen vom K3 beieinander und redeten. Er ging beherrscht an ihnen vorbei in sein Büro und schloss die Tür sorgsam hinter sich.

„Herrgottsakramentnochamal!“, stieß er dann hervor.

Degradiert bei gleichbleibenden Bezügen, so kam es ihm vor. Bisher hatte er sich wenig daraus gemacht, dass man ihm Hessmann vor die Nase gesetzt hatte, aber diesmal fühlte er sich angefasst.

Er warf sich in seinen Stuhl und hackte Schafmanns Nummer ins Telefon. Es meldete sich niemand. Schwemmers Armbanduhr zeigte elf Uhr vierzig. Das darf ja wohl nicht wahr sein, dachte er und wählte Schafmanns Handynummer. „… zurzeit nicht erreichbar.“ Schwemmer schnaufte. Schafmann, dem er die Leitung der Mordkommission übertragen hatte, war zwanzig Minuten vor Sitzungsbeginn nicht erreichbar. Vielleicht kommt das neue Organigramm ja gerade recht, dachte Schwemmer.

Er rief ziemlich heftig „Herein!“, als es an der Tür klopfte.

Dr. Isenwald trat ein. Mit einer spöttischen Falte auf der Stirn musterte sie ihn. „Schlecht gelaunt?“, fragte sie.

„Ja“, antwortete Schwemmer.

Sie setzte sich, ohne seine Aufforderung abzuwarten. „Ich habe gehört, Sie leiten die Mordkommission.“

„Hab ich auch gehört.“

„Herrschaftszeiten, Sie sind aber *wirklich* schlecht gelaunt.“

„Sag ich doch.“

„Na schön, dann werden wir mal dienstlich“, sagte sie. „Von Pollscheidt hat sich zuerst die ältere Dame vorgenommen. Es hat sich bestätigt, was er gestern schon vermutet hatte: Todeszeitpunkt vorgestern Abend, also etwa zwanzig Stunden vor Auffinden. Bei der Berghofer hat er sich allerdings korrigiert: Sie war bei Auffinden bereits zweiundsiebzig Stunden tot, nicht, wie er zunächst annahm, achtundvierzig. Und hier“, sie hielt einen USB-Stick hoch, „hab ich die Akten zu dem Fall aus Aschaffenburg.“

„Der mit dem Schuss ins Ohr?“

„Genau. Sie sollten sich das kopieren. Vielleicht gibt es da tatsächlich einen Zusammenhang. Es waren nämlich zwei Schüsse. Einer in jedes Ohr.“

Schwemmer seufzte angeekelt.

„Mit einer großkalibrigen Waffe. Beide Kugeln verschwunden.“

„Wann war das?“, fragte Schwemmer.

„Vor vier Jahren.“ Sie reichte ihm den Stick.

„Zweiundsiebzig Stunden“, sagte Schwemmer, während er die Datei kopierte. „Dann war sie zwei Tage tot, als die Wagmüller sie gefunden hat. Wenn man jetzt wüsste, was die veranlasst hat, in das Haus zu gehen …“

Es klopfte an der Tür. Schafmann trat ein. „Servus“, sagte er leichthin und setzte sich zu Isenwald an den kleinen Besprechungstisch.

Schwemmer sah ihn ungläubig an. „Ja, sag amal, wo hast du denn gesteckt? In fünf Minuten fängt die Sitzung an!“

„Na und? Ich leite sie ja nicht.“

„Ach, das weißt du schon?“

„Ja, natürlich. Du warst grad mit der Zettel und dem Zeugen aus dem Haus, da durfte ich bei Hessmann antanzen. Der hat so getan, als hätt ich eine Palastrevolution geplant. Bitte schön. Hab ich mich eben um meinen anderen Fall gekümmert.“

Schwemmer schloss kurz die Augen. „Frau Doktor Isenwald“, sagte er dann, „wären Sie so liebenswürdig, uns einen Moment allein zu lassen?“

Isenwald stand auf. „Selbstverständlich, meine Herren. Wir sehen uns ja in ein paar Minuten.“ Damit war sie aus der Tür.

„Was ist?“, fragte Schafmann. „Wenn der Hessmann nicht will …“

„Er will nicht, dass du die Kommission leitest. Aber deswegen kannst du doch nicht die Arbeit an einem Mordfall liegen lassen!“

„Ich hatte nicht den Eindruck, dass das an der Spitze oberste Priorität hat. Priorität hat das Organigramm.“

Schwemmer senkte den Kopf und rieb sich den Nacken. „Auf meinem Mist ist das nicht gewachsen, Werner, das weißt du“, sagte er. „Wir haben einen Mordfall. Da kann ein toter Hund auch mal ein bisschen warten.“

Schafmann sah auf die Uhr. „Wart ab, was ich gleich auf der Sitzung zu erzählen habe – wenn mir der Leiter das Wort erteilt.“

„Du darfst es mir auch sofort erzählen“, sagte Schwemmer beherrscht.

Schafmann tippte auf seine Armbanduhr. „Keine Zeit mehr.“

Wieder rieb Schwemmer sich den Nacken. „Also, hör zu: Ich leite die Sitzungen, du unterbreitest Vorschläge, ich mach sie mir zu eigen. Soll heißen: Du leitest die Kommission, und keiner merkt's.“

„Schön. Und du?“

„Ich versuche, Hessmann so wenig wie möglich übrig zu lassen, was koordiniert werden müsste.“

„LASSEN Sie uns weitermachen“, sagte Sebastian.

Selbach rückte näher an die beiden Monitore auf dem Schreibtisch heran, Sebastian fuhr mit der Erläuterung der Parameter für die Stangenoptimierung fort. Mit dem Kuli deutete Selbach auf eine Stelle im Flussdiagramm. „Ist das die Schnittstelle zum Warenwirtschaftssystem?“

Erneut war Sebastian beeindruckt von der Qualität seiner Fragen. Selbach hatte ein tiefes Gespür für systemische Zusammenhänge – ein Talent, das leider sehr ungleich verteilt war. Sebastian hatte für sich die „Hansi-Fellerer-Skala“ erstellt, mit der er dieses Talent bei seinen Kollegen bemaß. Hansi Fellerer stand hier für den absoluten Nullpunkt. Selbach lag bisher bei neunzig Prozent.

„Wo haben Sie eigentlich zuletzt gearbeitet?“, fragte Sebastian.

„Ich war eine Zeit lang Freelancer. Die letzte Festanstellung hatte ich bei Geeky-Electronics. Sagt Ihnen wahrscheinlich nichts …“

„Doch, die machen Audiosysteme“, sagte Sebastian.

„Richtig, aber nicht nur. Schwierige Firma. Wissen nicht, was sie wollen. Auf der einen Seite High-End-Studioprodukte, andererseits Billigkram für die Discounterebene. Ich hab ihnen geraten, sich aufzusplitten, da haben sie mich gefeuert. Jetzt sind sie insolvent.“ Selbach zuckte mit den Schultern.

Sebastian fragte nicht weiter nach. Er zeigte wieder auf den Bildschirm. „Die WWS-Schnittstelle."

Aber Selbach blieb zurückgelehnt in seinem Stuhl sitzen. „Wie kommt Frau Öckler eigentlich darauf, dass Sie an der Entwicklung der Software beteiligt waren?"

„Ich hatte ein paar Ideen, die Doktor Lerchl ganz brauchbar fand."

„Und? Sind Sie beteiligt?"

„Beteiligt? Woran?"

„Na, am Lizenzgeschäft. Das Programm soll doch vermarktet werden. Hat Doktor Lerchl das noch gar nicht bekannt gemacht? Mittelfristig soll das mein Hauptarbeitsfeld werden. Spricht ja auch nichts dagegen. Man kann mit Sicherheit mehr damit verdienen, wenn man es verkauft, als wenn man es nur benutzt. Wie viel Prozent haben Sie denn vereinbart?"

Sebastian schwirrte der Kopf. Jetzt wo Selbach danach fragte, leuchtete es ihm sofort ein: Ideen, die in der Firma verwendet wurden, waren das eine. Aber wenn seine Ideen verkauft wurden, sollte er eigentlich beteiligt werden. „Wir haben noch nicht drüber gesprochen", sagte er zögernd.

„Das sollten Sie aber. Da steckt eine Menge Geld drin. Und diese Layer-Verknüpfung ist der zentrale Punkt – der Rest ist nur Standard", sagte Selbach. „Passen Sie auf, dass Sie nicht über den Tisch gezogen werden."

DRÄGER stand mit seinem Laptop neben der Leinwand, auf die er die Bilder vom Tatort projizierte. Schwemmer, Schafmann, sieben weitere Kollegen und Staatsanwältin Isenwald saßen an den u-förmig aufgestellten Tischen. Jeder hatte einen Block vor sich, der sich nach und nach mit Notizen füllte.

Dräger zeigte zahlreiche Fotos der beiden Leichen. Nahaufnahmen des Gesichts von Susanne Berghofer. Die beiden Teufelshörner, die der Täter aus ihren blutverschmierten Haaren geformt hatte. Dann das leere Bett. Markierte Fundorte von Haaren, Flecken von Körperflüssigkeiten. „Wir warten auf die DNA-Analysen", sagte er. „Ich hoffe, es sind nicht so viele wie Fingerabdrücke. Da haben wir sechs verschiedene. Alle unbekannt. Zuzüglich der der beiden Opfer."

„Sechs", sagte Isenwald. „Alle am Tatort?"

„Nein, im Schlafzimmer sind es vier."

„Gibt es ein Adressbuch oder so was?", fragte Schwemmer.

„Wenn es eins gab, hat der Täter es mitgenommen. Gleiches gilt für Computer und Handy."

„Die abgehenden Gespräche von Handy und Festnetztelefon haben wir", sagte Zettel. „Das scheinen zu neunzig Prozent berufliche Kontakte zu sein, wir arbeiten das ab."

„Gut. Die Frau Mitteregger sagte, Lina Wagmüller habe nachts mehrfach ein Auto vor dem Haus beobachtet. Die Nachbarn müssen danach befragt werden", sagte Schafmann. „Und wir brauchen ein möglichst umfassendes Bild von Susanne Berghofer. Die Kollegen in Lohr werden ihre Mutter befragen, allerdings erst, wenn sie vom Krankenhaus grünes Licht bekommen. Dort ist sie mit einem Schock eingeliefert worden. Man scheint bei der Überbringung der Nachricht nicht allzu sensibel vorgegangen zu sein. Weitere Verwandte oder Freunde konnten bisher nicht ermittelt werden, weshalb wir mit den Arbeitskollegen anfangen sollten …"

„Klingt gut", unterbrach Schwemmer ihn. „So machen wir das."

Schafmann sah ihn irritiert an, aber ein bisschen mussten sie schon die Form wahren, wenn Schwemmer sich als Leiter der Kommission darstellen sollte. „Gibt es von der Spurensicherung noch etwas, das uns unmittelbar weiterhilft? Was ist mit den Kugeln?", fragte er.

„.44er Magnum. Zwei fehlen. Sie wurden mit einem Schraubenzieher oder etwas Ähnlichem aus dem Kopfende des Bettes entfernt", sagte Dräger. „Die dritte, die von dem Schuss in die Stirn stammt, ist bei den Ballistikern."

„Es gab einen Fall in Aschaffenburg, der vage Parallelen aufweist", sagte Schwemmer. „Wer mag Akten lesen?"

Oberinspektorin Zettel hob die Hand.

„Wo sind Spuren entfernt worden?", fragte Schafmann.

„Im Eingangsbereich hat man Lichtschalter und Treppenhandlauf abgewischt, das Bad fast komplett. Im Wohnzimmer den Tisch und einige Fotos."

„Was ist mit der Vase?", fragte Schwemmer.

„Es gibt Abdrücke von Lederhandschuhen darauf, was immer das bedeuten mag. Jetzt zum Auto …" Dräger schaltete mit der Fernbedienung zum nächsten Bild. Es zeigte Susanne Berghofers Citroën, der mit offenem Kofferraum am Straßenrand stand. Neben dem Heck lagen das Reserverad und eine rote Sporttasche auf der Straße. „Die Tasche enthielt getragene Damensportkleidung. Könnte dem Opfer gehört haben."

„Warum wurde das Reserverad ausgeladen? Hat das Auto einen Platten?"

„Nein. Der Wagen ist völlig in Ordnung."

„Was soll das? Warum hält jemand mitten in der Nacht ausgerechnet dort an und lädt das Reserverad aus?"

Allgemeines Schweigen. Niemand im Raum hatte eine brauchbare Idee.

„Um kurz nach vier", sagte Schafmann in die Stille hinein, „stand ein dunkler Pkw, möglicherweise ein blauer Citroën, beleuchtet in zweiter Reihe auf der Ludwigstraße vor dem Haus Nummer 103. Dann fuhr er die Straße hoch und bog links in die Münchner."

„Woher wissen wir das?“, fragte Schwemmer.
„Es gibt eine Zeugin.“
„Hat sie den Fahrer erkannt?“
„Nur sehr vage: männlich, Brillenträger.“
„Wie kommst du an die Zeugin?“, fragte Schwemmer.
„Zufall“, sagte Schafmann. „Ich hab sie zu einem anderen Fall befragt.“
Schwemmer sah Schafmann einen Moment lang nachdenklich an.
„Gibt es Spuren in dem Wagen?“, fragte er dann.
„Ja“, sagte Dräger. „Fingerabdrücke, die nicht vom Opfer stammen.“
„Sind die auch im Haus?“, fragte Schwemmer.
„Ja. Im Schlafzimmer.“

Schönheit, wenn sie echt ist, hat immer auch mit Symmetrie zu tun. Symmetrie ist nicht alles, aber alle Schönheit wurzelt in ihr. Ein Kunstwerk mag versuchen, sie zu überwinden, sich ihr verweigern, aber ohne Symmetrie fehlt ihm jede Basis, jeder Sinn. Ohne sie kann Schönheit nicht existieren. Das zu wissen macht ihre Herstellung unabdingbar.

ISENWALDS HANDY klingelte. Sie warf einen Blick auf das Display. „Von Pollscheidt“, sagte sie und nahm das Gespräch an. Ihre Brauen hoben sich, und sie notierte etwas. „Danke, Herr Doktor, ich werde es ausrichten“, sagte sie dann und klappte das Handy zusammen. „Doktor von Pollscheidt grüßt ganz herzlich in die Runde. Er hat etwas herausgefunden, was ihm einen Zwischenbericht wert war. Der Schuss ins linke Auge des Opfers war tödlich. Die beiden anderen Schüsse wurden später abgegeben.“
„Klingt logisch“, sagte Dräger.
„Nach Doktor von Pollscheidts Schätzung etwa vierundzwanzig Stunden später“, sagte Isenwald. Ein Räuspern und Murmeln ging durch den Raum.
„Dann war der Täter einen ganzen Tag im Haus?“, fragte Zettel.
„Nein“, sagte Dräger entschieden. „Das geben die Spuren nicht her. Er muss wiedergekommen sein.“
Schwemmer blies die Backen auf. „Der Täter schießt der Frau ins Auge“, sagte er, „verschwindet, geht wieder hin, schießt ihr ins andere Auge und in die Stirn, fährt mit ihrem Auto herum, lässt es mitten in der Nacht stehen, nachdem er ohne erkennbaren Grund das Reserverad ausgeladen hat …“
„… und einem unbekannten Zeugen aufgefallen ist“, ergänzte Schafmann, „der aus der nächsten Telefonzelle anonym die Polizei verständigt.“
„Ich kann euch nur sagen, was ich gefunden habe.“ Dräger grinste schief. „Zusammensetzen müsst ihr es.“

Die Tür des Besprechungsraums öffnete sich, ohne dass angeklopft worden wäre. Polizeidirektor Hessmann trat ein, begleitet von einem Mann, dessen Anblick Schwemmers Gesichtszüge entgleisen ließ.

„Meine Damen und Herren“, sagte Hessmann. „Die meisten von Ihnen werden ihn noch nicht kennen: Doktor Ferdinand Schurig, psychiatrischer Sachverständiger. Ich denke – und da werden wir uns einig sein –, nach Lage des Falles ist psychiatrischer Sachverstand gewiss von Nutzen.“

„Warum?“, fragte Schwemmer.

Hessmann sah ihn erstaunt an. „Ich gehe davon aus, dass wir es mit einem Psychopathen zu tun haben, Herr EKHK Schwemmer.“

Schwemmer holte Luft, um Hessmann zu erläutern, dass Doktor Schurigs Sachverstand gewiss dazu beitragen werde, den Täter am Ende vor dem Gefängnis zu bewahren, dass man ihn dafür aber erst einmal kriegen müsse und er, EKHK Schwemmer, dabei nicht von einem promovierten Amateur gestört werden wollte, der nicht mal in der Lage war, auf seinen Hund aufzupassen. Gott sei Dank kam Schafmann ihm zuvor.

„Sachverstand schadet natürlich nie“, sagte er und lächelte unterwürfig.

Hessmann nickte gnädig und bat Ferdi mit einer Geste, Platz zu nehmen. „Fahren Sie bitte fort, Herr Schwemmer“, sagte er.

Das ging zu weit. Schwemmer kam sich vor wie ein Pennäler, den der Lehrer an die Tafel bittet. Aber er hatte nicht vor, sich auf das Spiel einzulassen. „Sehr schön“, sagte er also. „Wenn keine Fragen mehr sind, wären wir damit wohl durch. Herr Schafmann teilt das Team ein, das die Befragung der Kollegen der Frau Berghofer vornimmt. Wenn nichts anderes verlautet, treffen wir uns morgen um zehn wieder hier. An die Arbeit!“

Isenwald sah ihn einigermaßen verblüfft an. Schafmann hustete, als hätte er sich verschluckt, und Hessmann traute offensichtlich seinen Ohren nicht. Aber die Truppe war bereits in Bewegung. Man erhob sich geräuschvoll, Dräger klappte seinen Laptop zu und ließ die Leinwand hochschnellen.

Ferdi saß etwas betreten neben Hessmann und fühlte sich sichtlich unwohl. Dieser Anblick immerhin hob Schwemmers Laune für den Moment. Er packte seine Unterlagen zusammen und war schon in Richtung Tür unterwegs, als Hessmann ihn am Ärmel fasste.

„Herr Schwemmer, ich hatte gedacht, dass Sie Herrn Doktor Schurig wenigstens eine Zusammenfassung des Falls geben würden.“

Schwemmer wies lächelnd auf Oberinspektorin Zettel. „Die Kollegin Zettel führt das Protokoll. Davon bekommt er selbstverständlich eine Kopie.“

„Es wäre mir lieber, wenn Sie das mündlich machten“, sagte Hessmann.

Ferdi nickte schüchtern. Von seinem sportlichen Körper, der blond-blöden

Lockenmähne und dem amerikanisch breiten Unterkiefer war nur der Unterkiefer übrig geblieben, stellte Schwemmer mit einiger Befriedigung fest. Der ehemals flotte Ferdi war untenrum ziemlich in die Breite gegangen. Die Lockenmähne bestand aus ein paar schütteren Strähnen, die, im Nacken zusammengebunden, unter einem abgetragenen Strohhut hervortraten.

„Na schön“, sagte Schwemmer. „Dann folgen Sie mir bitte in mein Büro, Herr Doktor.“

„Ich bin Kriminalhauptkommissar Schafmann“, sagte der Polizist. Er war höflich von seinem Stuhl aufgestanden, als Sebastian das Zimmer betrat.

Seit vierzehn Uhr schon waren alle vier Besprechungsräume bei GAP-Data von Polizeibeamten belegt, die sämtliche Mitarbeiter befragten, vom Hauswart bis zu Dr. Lerchl. Seit sie im Haus waren, konnte Sebastian kaum noch einen zusammenhängenden Gedanken fassen. Gott sei Dank hatte Lerchl irgendwas mit Selbach zu besprechen gehabt, sodass sie ihr „Monsterbriefing“, wie Selbach es nannte, unterbrochen hatten. Sebastian hatte fast eine Stunde lang auf seinem Stuhl gesessen und Nägel gekaut.

„Nehmen Sie Platz, Herr Polz.“

Den Namen des Polizisten hatte Sebastian schon wieder vergessen. Nur das Wort „Kommissar“ brannte noch in seinem Hirn.

Der Polizist musterte ihn besorgt. „Geht es Ihnen gut, Herr Polz?“

„Was …?“ Sebastian sah ihn erschrocken an. „Ja … natürlich … Wieso?“

Auf der Stirn des Kommissars erschien eine Falte. „Sie sind sehr blass. Nicht dass Sie mir hier gleich vom Stuhl fallen.“

Sebastian straffte sich, so gut es ging. Unwillkürlich fasste er sich an den verletzten Ellbogen.

„Ist was mit Ihrem Arm?“, fragte der Kommissar.

„Es geht schon. Ich bin gestern beim Joggen gestürzt.“

„Zu viel Sport ist gar nicht gesund.“ Der Kommissar lächelte verständnisvoll. „Sie wissen, was mit der Frau Berghofer geschehen ist?“

„Sie wurde ermordet.“ Sebastian versuchte klar und kontrolliert zu sprechen, hatte aber das Gefühl, die Lippen nicht auseinanderzubekommen.

„Ja, das ist richtig“, sagte der Kommissar. „Wir sind dabei, herauszufinden, was genau passiert ist. Dafür brauchen wir ein möglichst genaues Bild von Frau Berghofers Persönlichkeit.“

„Ich kannte sie kaum.“ Sebastian hatte den Satz geübt, vorhin an seinem Schreibtisch. Es gelang ihm auch, ihn so auszusprechen, wie er es vorgehabt hatte: beiläufig, mit einem kleinen Bedauern darin. Aber jetzt, wo er ihn hier aussprach, wurde ihm klar, wie entsetzlich zutreffend dieser Satz war.

Die Frau, die er bis in die letzten Enden seiner Nervenbahnen liebte, deren Bild vor ihm auftauchte, sobald er nur die Augen schloss – er kannte sie kaum. Selbst wenn er wollte, könnte er dem Polizisten nichts erzählen, was für ihn von irgendeinem Belang wäre. Er hustete und rang um Atem.

„Sind Sie sicher, dass alles in Ordnung ist?“, fragte der Kommissar.

„Ganz fit bin ich wirklich nicht“, sagte Sebastian mit einem entschuldigenden Lächeln. „Aber es ist viel zu tun, jetzt wo …“ Er brach den Satz ab, so wie er es für sich geprobt hatte.

„Reden Sie weiter“, sagte der Kommissar freundlich.

„Das klingt so pietätlos, so kurz nach dem allem … Frau Berghofers Arbeit war sehr wichtig. Sie muss getan werden.“

„Und das machen Sie?“

„Oh nein! Ich hab mit ihr direkt ja gar nichts zu tun … gehabt. Aber im Moment ist das ganze Team gefragt.“

„Verstehe. Also, Sie hatten wenig mit ihr zu tun. Kannten Sie sie privat?“

„Privat? Nein.“ Jetzt kam die Stelle, vor der er am meisten Angst hatte. „Kurz nachdem sie bei uns angefangen hatte, haben wir uns auf ihre Bitte hin mal abends zum Essen getroffen. Ich glaube, sie wollte mal reden, ohne befürchten zu müssen, dass jemand zur Tür hereinkäme. Es war das einzige Mal, dass ich sie außerhalb der Firma gesehen habe.“

Er hatte lange überlegt, ob er es erzählen sollte oder nicht. Es schien weniger riskant, es zuzugeben, als Gefahr zu laufen, dass sie es herausfänden. Jetzt, als er es sagte, klang die Geschichte völlig unglaubwürdig. Man ging doch nicht mit jemandem essen, nur um über die Arbeit zu reden.

Dem Polizisten schien das nicht aufzufallen. „Wann war das?“, fragte er, ohne von seinem Notizblock aufzusehen.

„Ich weiß nicht genau. Seit wann war sie hier …?“

„Seit dreizehn Monaten“, antwortete der Kommissar, nachdem er in seinem Block ein paar Seiten zurückgeblättert hatte.

„Na, dann vielleicht vor zehn oder elf Monaten.“

Es waren zehn Monate und neunzehn Tage. Er meinte das Brennen auf seiner Wange zu spüren, wo ihre flache Hand ihn getroffen hatte.

„Über was haben Sie denn geredet bei dem Abendessen?“

„Es ging ihr vorwiegend um die Verbesserung von Abläufen. Manchmal sind es eben konkrete Probleme, die von bestimmten Kollegen verursacht werden, und man kriegt das nicht abgestellt …“

„Um welche Kollegen ging es da?“

Auch auf diese Frage war er vorbereitet. „Hauptsächlich um Frau Schober. Die hat aber sowieso kurz darauf gekündigt.“

Der Kommissar notierte den Namen. „Welche Probleme gab es mit ihr?"

Sebastian hob die Hände. „Sie konnte einfach den Job nicht und hat es nicht bemerkt. Sie machte Fehler und bestritt es hinterher."

„Verstehe. Wissen Sie, was sie jetzt macht?"

„Wenn ich mich nicht irre, ist sie irgendwo im Württembergischen, bei einem Security-Dienstleister."

Der Kommissar schrieb noch ein paar Worte, dann legte er den Block auf den Tisch und lehnte sich in seinem Stuhl zurück.

„Wie würden Sie die Atmosphäre in Ihrer Firma beschreiben?", fragte er.

Sebastian sah ihn überrascht an. Er hatte keine Ahnung, was er darauf antworten sollte. Allzu viel Gutes gab es nicht zu berichten über die Atmosphäre bei GAP-Data. Es war eine Firma. Man arbeitete. Und wenn man Pech hatte, verliebte man sich in eine Kollegin …

SCHAFMANN musterte den schmalen, nicht mehr ganz jungen Mann, der ihm gegenübersaß. Die Frage nach dem Betriebsklima schien ihm nicht zu behagen. Er sah zur Tür, als vermutete er einen Lauscher oder Kontrolleur.

„Keine Angst, Herr Polz", sagte Schafmann freundlich. „Das ist natürlich alles vertraulich. Sprechen Sie einfach frei von der Leber weg."

„Ich weiß nicht …" Polz nahm die Brille ab und polierte umständlich an den dicken Gläsern herum. „Die Atmosphäre …"

Er war kaum zu verstehen, so leise sprach er. Ein verschüchtertes Büromännchen, wie man es allenthalben antraf.

Schafmann freute sich nicht gerade auf die Arbeit an dem Fall. Die dünne und verworrene Spurenlage würde wahrscheinlich wochenlang Gespräche wie diese erforderlich machen: Befragungen von Menschen, die nichts wussten. Gut möglich, dass am Ende einer dieser Menschen irgendein Detail beisteuerte, das letztlich den entscheidenden Hinweis lieferte. Doch bis dahin waren diese Befragungen nur eines: langweilig.

„Ich hab mein eigenes Büro, wissen Sie. Deswegen krieg ich nicht viel mit von der Atmosphäre." Polz lachte, aber es wirkte angestrengt.

Auf Schafmann wirkte er wie ein Mensch, der den Umgang mit anderen möglichst vermied. „Arbeiten Sie denn gern hier?", fragte er.

„Ja … Ja, tatsächlich. Ich habe einen interessanten Job."

Es klang fast, als wunderte er sich selbst über diese Aussage.

„Was ist denn Ihr Job?", fragte Schafmann und registrierte, dass Polz bereitwillig anfing, ihm die Aufgaben zu erläutern, mit denen er betraut war. Es ging um die Steuerung von Maschinen, die Stahlstangen zurechtbogen, die dann in Betonbauten verwendet wurden. Nach dem fünften Satz, in dem von der „Verknüpfung mit systemfremden WWM-Softwaresystemen“ die Rede war, nahm Schafmann seinen Block und notierte das Wort *Fachidiot,* das er aber wieder durchstrich. Stattdessen schrieb er: *Leicht betriebsblind.*

Polz redete weiter, und Schafmann gelang es nicht, seine Gedanken in dem fensterlosen, leicht stickigen Besprechungsraum zu halten. Sie wanderten fort zu einem Paar dunkler Augen und einem Duft, der an eine frisch gemähte Wiese erinnerte. Ein roter Morgenmantel und ein Dekolleté, von dem er den Blick nicht wenden konnte, tauchten in seinen Gedanken auf. Eine warme Altstimme mit einem Lachen, das seine Seele berührte.

Polz redete immer noch. Schafmann erfasste Begriffe wie „Lagerortverwaltung“ und „Mattenverschnittoptimierung“.

Ich darf das nicht, dachte er, Bärbel hat das nicht verdient.

Sie führten eine gute Ehe. Natürlich nagte der Alltag mit den drei Kindern an ihnen, aber er hatte nie das Gefühl gehabt, die falsche Frau geheiratet zu haben oder gar unglücklich zu sein. Und jetzt das.

Dreimal hatte er Carmen Misera nun getroffen. Beim letzten Mal, heute Morgen, hatte er nicht einmal mehr vorgegeben, irgendwas Dienstliches führe ihn zu ihr. Und sie war weder verwundert noch abweisend gewesen. Sie hatte ihn eingelassen und war vor ihm stehen geblieben, bis er begonnen hatte, den Knoten im Gürtel ihres Morgenmantels zu lösen. Sie hatte die Arme um ihn geschlungen und ihn wild geküsst. Er hatte sie zum Sofa getragen, wo sie wie verhungert übereinander hergefallen waren.

Später hatte sie seinen Ehering mit dem Finger berührt und ihn stumm angesehen. Und er hatte den Kopf gesenkt. Sie hatte dann einen Kaffee gemacht, und er hatte zu erzählen begonnen, weil er irgendwas erzählen musste, damit kein Schweigen zwischen ihnen war, denn das hätten sie beide nicht ertragen. Er hatte von den toten Frauen erzählt, von den Spuren, die nicht recht zu deuten waren, von dem verschwundenen Auto. Und da war ihr der dunkle Wagen eingefallen, der am frühen Morgen in der Ludwigstraße gestanden hatte.

Zwei Tassen Kaffee hatten sie getrunken, dann hatte er sich mit einem Händedruck verabschiedet. Sie hatten sich angesehen und beide gewusst, dass das alles völlig falsch war.

„… und ich muss sagen, ich finde das schon eine interessante Herausforderung“, sagte Polz und sah ihn an. Offenbar war sein Vortrag beendet.

„Ähm … ja, das klingt so“, sagte Schafmann. Er sah auf seinen Notizblock, zog einen Strich unter das Geschriebene und stand auf. „Vielen Dank, Herr Polz. Wenn wir noch Fragen haben, melden wir uns bei Ihnen.“

Polz wischte sich die Hand an der Hose ab, bevor er sie Schafmann reichte. Sie war trotzdem feucht.

SCHWEMMER saß auf der Couch und sah sich die Abendschau im Dritten an. Ein Mordfall mit so unklarer Spurenlage wie der aktuelle hatte nur einen einzigen Vorteil: Man konnte nichts überstürzen. Deswegen konnte sogar der Leiter der Mordkommission pünktlich Feierabend machen. Ob es aber ein Vorteil war, allein vor dem Fernseher zu sitzen, ohne so ganz genau zu wissen, wo die Gattin steckte, musste er dahingestellt sein lassen.

Ich weiß noch nicht, wann ich heimkomm. Wart nicht auf mich. Kuss, B., war alles, was sie ihm an Informationen hatte zukommen lassen. Der Zettel pappte mit einem Magneten an der Kühlschranktür.

Schwemmer nahm noch einen Schluck Bier und schaltete schnell um, als ein Bericht über das neue Album von Margot Hellwig angekündigt wurde. Er blieb bei einer Reportage über Biber hängen, die ihn zwar nicht wirklich interessierte, doch immerhin gab es putzige Bilder. Er zwang sich, nicht auf die Uhr zu schauen, aber beim nächsten Umschalten erwischte er das Zweite. Vor blauem Hintergrund lief der Sekundenzeiger auf neunzehn Uhr zu.

Schwemmer schaltete aus und ging mit seinem Bier in die Küche. Er hatte Hunger. Mit rasch schrumpfender Vorfreude wühlte er sich durch die Kühlschrankfächer. Es gab nichts, was ihn ansprach. Zu einer großen Kochaktion hatte er keine Lust, aber nur Spiegeleier waren ihm zu wenig. Das Tiefkühlfach musste erst abgetaut werden, um den großen gelblichen Brocken zu entsorgen, der einmal eine Bierflasche gewesen war. Also doch Spiegeleier. Er holte die Pfanne aus dem Schrank und stellte sie auf den Herd.

Als er gegessen, Teller und Besteck in die Spülmaschine geräumt und sich sein drittes Bier eingeschenkt hatte, setzte er sich wieder vor den Fernseher, aber kein Programm schaffte es, sein Interesse zu wecken.

Eigentlich sollte er zufrieden sein, konnte er das Treffen mit dem ehemals flotten Ferdi doch durchaus als deutlichen Punktsieg verbuchen.

Andererseits war Burgl nicht da. Er nahm noch einen Schluck Bier.

Dr. Ferdinand Schurig hatte höflich auf seinem Besucherstuhl Platz genommen und sich dafür entschuldigt, in die Sitzung geplatzt zu sein. Eigentlich hatte er sich nur bei der Leitung der Kripo Garmisch vorstellen wollen – eine Formulierung, die Schwemmer immer noch irritierte, wenn nicht er damit gemeint war –, doch Polizeidirektor Hessmann hatte ihn nach ein paar warmen Worten schnurstracks in den Besprechungsraum geführt.

Wie er so dasaß, mit dem unglücklich geschnittenen Leinenanzug und dem schütteren Haar, hatte Schwemmer beinah ein bisschen Mitleid bekommen mit ihm. Er hatte sich nach Ferdis Werdegang erkundigt, und der hatte nicht sehr aufregend geklungen. Ein paar Jahre Privatdozent an der Uni in

Würzburg, wo er seinen Doktor gemacht hatte, dann eine Praxis in Randersacker, wo er mit einer Winzerstochter verheiratet gewesen war. Ferdi hatte weit drumherum geredet, aber die Scheidung von der Dame musste zumindest wirtschaftlich erhebliche Verwüstungen angerichtet haben. Jedenfalls lebte er nun wieder in Partenkirchen, im Haus seiner verstorbenen Eltern, und betrieb die Praxis in Hechendorf.

„Und jetzt soll Burgl bei dir einsteigen?“, hatte Schwemmer gefragt, und Ferdi hatte sich etliche Male geräuspert, bevor er antwortete.

„Hör zu, Balthasar“, hatte er endlich angefangen, „es hat sich einfach so ergeben, verstehst? Wir haben im Café gesessen und geredet, und dann kam das irgendwie auf. Burgl war ganz begeistert von der Idee. Ich selbst hatte ja schon Bedenken.“

„Weshalb?“

Ferdi hatte mit den Schultern gezuckt und ihn vielsagend angeschaut.

Burgl war ganz begeistert von der Idee.

Schwemmer stellte irritiert fest, dass auch sein drittes Bier bereits zur Neige ging. Dabei hatte die Tagesschau gerade erst begonnen. Er trank das Glas leer und ging in die Küche, um sich ein neues Bier zu holen.

Natürlich hatten sie auch über den Fall gesprochen. Schwemmer hatte Ferdi eine Zusammenfassung gegeben, und der hatte sich die Fotos vom Tatort angesehen, ohne irgendeine unprofessionelle Regung zu zeigen. Und er hatte ein paar vernünftige Fragen gestellt.

„Am bemerkenswertesten scheint mir die Sache mit der Herzmassage“, hatte er gesagt. „Das ergibt kein konsistentes Bild.“ Dann war er aufgestanden und hatte seinen seltsamen Strohhut vom Schreibtisch genommen. „Was soll ich sagen? Es ist, wie es ist.“ Er hatte den Hut in den Händen gedreht. „Ich weiß, dass du sauer bist, auch wenn's wirklich lange her ist. Aber ich denke, wir sollten einen Modus Operandi finden. Irgendeinen.“

Dann hatte er Schwemmer die Hand hingehalten und dabei gefragt: „Wisst ihr schon was wegen meinem Hund?“

Alles in allem war es ganz okay mit dem Ferdi, dachte Schwemmer, während er sein viertes Bier einschenkte. Burgl war immer noch nicht da.

SEBASTIAN stellte erleichtert fest, dass er allein daheim war. Entweder war sein Vater mutig genug gewesen, den kursierenden Verdächtigungen zum Trotz ins angestammte Wirtshaus zu gehen, oder er hatte sich einen neuen Ort gesucht, an dem er in seine Halbe starren konnte.

Sebastian hockte sich auf den Schreibtischstuhl in seinem Zimmer und sah aus dem Fenster. Er war erschöpft. Geistig – und körperlich sowieso.

Sein Ellbogen schmerzte, ihm graute vor der Nacht. Er hatte keine Ahnung, in welcher Position er schmerzfrei liegen oder gar schlafen sollte.

Carinas Tabletten kamen nicht mehr infrage. Was, wenn die Stimme anrief, während er im medikamentösen Tiefschlaf lag? Dann würde es sofort einen neuen Anschlag geben.

Die Stimme! Er musste raus aus seiner Panik. Es musste einen Weg geben, die Stimme zu finden. Er versuchte sich zu konzentrieren. Was wusste er?

Die Stimme konnte ihn sehen, wenn sie wollte. Sie war in der Nähe.

Er sah auf die Straße hinunter. Konnte es sein, dass der Mörder in der Nachbarschaft wohnte? Dass er dort drüben hinter einer Gardine stand und ihn mit dem Fernglas beobachtete? Oder saß er unten in der „Kaffee-Börse" und blickte nur ab und zu aus dem Fenster? Verfolgte er ihn, wenn er mit seinem R5 losfuhr?

Sebastian nahm ein DIN-A4-Blatt aus dem Papierschacht des Druckers.

1. Nacht, schrieb er hin. Dann darunter: *Mö. bei S.*

Er kaute auf dem Stift herum. Der Mörder war im Haus gewesen. Hatte er gewusst, dass Sebastian draußen im Auto saß? Hatte er die Haustür absichtlich offen stehen lassen? Letztlich war es egal.

Mö. schlägt m. nieder, schrieb er.

Was hatte der Mörder dann getan? Er hatte mit Sebastians Hand einen weiteren Schuss auf die tote Sanne abgefeuert. Mitten in ihre Stirn. Sebastian merkte, wie sein Körper zu zittern begann. Er zwang sich zur Ruhe.

Mö. legt Spuren.

Mö. trägt m. ins Auto.

Mö. ruft an.

Er versuchte sich an das erste Gespräch mit der Stimme zu erinnern. Es fiel ihm schwer. Er war noch gar nicht recht bei Sinnen gewesen, als er den Anruf angenommen hatte.

Mö. hat Tatwaffe.

Das war der Knackpunkt. Solange Sebastian die Waffe nicht hatte, war er Spielball des Schicksals. Wann immer der Mörder beschloss, sie von der Polizei finden zu lassen, war Sebastians Leben vorbei. Sie würden ihn einsperren und nie wieder freilassen.

Brille, schrieb er.

Der Mörder hatte ihn genötigt, noch einmal in Sannes Schlafzimmer zu gehen. Wozu? Um ihn zu demütigen? Es war ihm gelungen.

Sebastian schrieb: *Stimme elektr. verändert.*

Ihm kam eine Idee. Er fuhr seinen PC hoch und googelte „Stimmenverzerrer". Das Resultat war beeindruckend. Es gab professionelle Geräte für zweihundert Euro und einfache für zehn. Gute Kundenbewertungen erhielt ein Gerät für vierzehn Euro. Es verfügte über Voreinstellungen wie „Roboter“, „Darth Vader“ oder „Hohe Stimme“ und funktionierte laut Kundenmeinung „extrem zuverlässig“. Der Hersteller hieß Geeky-Electronics.

SCHAFMANN schreckte aus seinen Gedanken hoch, als die Kofferraumklappe geöffnet wurde. Etwas wurde hineingewuchtet, dann knallte die Klappe zu. Sekunden später kletterte sein Sohn auf die Rückbank.

„Na, wie war’s?“, fragte Schafmann.

„Mist“, erhielt er zur Antwort. Es kam sehr leise und klang resigniert.

Er drehte sich um. „Hey, Großer, was ist los?“

„Er stellt mich nicht auf am Samstag.“ Fabian sah starr aus dem Fenster. Offenbar kämpfte er mit den Tränen.

„Hat er gesagt, warum?“

Die Lippen seines Sohnes bildeten einen schmalen Strich. Eine Antwort kam nicht. Schafmann wartete geduldig.

„Ich hab alle drei Sprints verloren heute“, flüsterte Fabian gegen die Seitenscheibe. „Gegen den Flori, den Basti und den Schorsch. Jetzt lässt er den Flori als Center spielen. In meiner Reihe. Und ich bin nur Ersatz.“

„Warum hast du denn verloren? Denen läufst du doch sonst davon.“

Sein Sohn zog bloß die Nase hoch.

Schafmann startete den Motor und ließ den Wagen anrollen. Langsam fuhren sie um die Halle herum, am Landratsamt vorbei in Richtung Sachsenkamerstraße.

„Papa?“, fragte Fabian, als sie in den Kreisverkehr einfuhren. „Muss ich eigentlich Eishockey spielen? Das ist doch blöd.“

Schafmann sah irritiert in den Rückspiegel. Bisher war die Begeisterung für den Sport bei Fabian durch nichts zu bremsen gewesen, nicht einmal durch einen gebrochenen Unterarm.

„Bloß weil du mal ein paar Sprints verloren hast, ist gleich das ganze Eishockey blöd?“, fragte er und bog nach links auf die Bundesstraße.

„Schmarrn“, sagte Fabian. „Aber immer nur Prügeleien … das ist doch was für Prolos.“

„Wer sagt das?“ Schafmann sah wieder in den Rückspiegel, aber der Kopf seines Sohns war nicht zu sehen. „So ein Blödsinn. Wann hattest du denn deine letzte Prügelei? Das ist doch fast ein Jahr her.“

„Eishockey ist einfach ein Sport für Asis“, murmelte sein Sohn.

„Moment mal!“ Schafmann wandte den Kopf. Fabian sah starr zur Seite. „Wer redet dir so was ein?“ Er konzentrierte sich wieder auf den Verkehr.

Immer noch kam keine Antwort von der Rückbank. An der nächsten Einmündung bog er rechts ab und hielt am Straßenrand an.

„Was ist los, Großer? Spuck's aus!“

Fabians Augen glänzten feucht. „Ich will nicht mehr spielen“, schluchzte er und brach endgültig in Tränen aus.

Schafmann stieg aus, ging um den Wagen herum und öffnete die hintere Tür. Doch als er in die Knie ging, um seinen Sohn in den Arm zu nehmen, stieß der ihn weg und flüchtete auf die andere Seite der Rückbank.

Schafmann fühlte einen Stich, aber er wusste, dass es im Moment keinen Weg zu Fabian gab. „Schnall dich wieder an“, sagte er und warf die Tür zu.

Der Rest der Fahrt verlief schweigend. Kaum dass er in der Einfahrt den Motor abgestellt hatte, sprang Fabian aus dem Wagen und rannte ins Haus.

„Was ist los?“, fragte Bärbel, als er die Stube betrat.

Fabian war schnurstracks in sein Zimmer gelaufen und hatte die Tür hinter sich zugeknallt.

„Die Pubertät, fürchte ich“, sagte Schafmann. „Der Trainer stellt ihn am Samstag nicht auf, und jetzt ist Eishockey nur noch ein Sport für Asis.“

„Das legt sich wieder“, sagte Bärbel und ging in die Küche.

Der Tisch war für drei gedeckt, die beiden Kleinen waren schon im Bett. Schafmann setzte sich und schenkte sich eine Tasse Pfefferminztee ein. Bärbel brachte den Suppentopf aus der Küche, dann ging sie noch einmal hinaus. Er hörte sie die Treppe hochgehen und an Fabians Zimmertür klopfen.

„Magst nix essen, Fabi?“, fragte sie.

Schafmann konnte die Antwort nicht verstehen, aber Bärbel kam allein wieder herunter und füllte ihre Teller mit Leberknödelsuppe.

Eine Weile aßen sie schweigend.

„Wieso wusste Balthasar gestern nicht, dass du Überstunden machst?“, fragte Bärbel dann. Sie hatte den Löffel hingelegt und sah ihn an.

Schafmann hob die Schultern. „Er ist nicht mehr der Chef“, sagte er und hoffte, dass sie ihm diesen Unfug durchgehen ließ. Denn natürlich war Schwemmer immer noch sein direkter Vorgesetzter. Auch wenn es nicht Vorschrift war, faktisch wusste er immer, was Schafmann tat. Außer gestern.

Bärbel nahm den Löffel wieder auf und zerteilte ihren zweiten Knödel.

„Ich hab einfach nicht dran gedacht“, sagte Schafmann heiser.

„Du denkst immer an so was“, sagte Bärbel.

Jetzt war er es, der den Löffel auf den Tisch legte. „Herrschaftszeiten, was ist so schlimm daran, dass ich Balthasar mal nicht Bescheid gesagt hab? So schlimm, dass du mir noch am nächsten Tag Vorhaltungen machen musst?“

„Ich mach dir keine Vorhaltungen.“

„Wie nennst du das denn sonst?“ Schafmann war lauter geworden als beabsichtigt. Bärbels Blick wurde kühl. Schweigend beendeten sie ihr Mahl.

Bärbel stand auf und räumte den Tisch ab. Schafmann wechselte auf die Couch und schaltete den Fernseher ein. Er hörte seine Frau in der Küche werkeln und dann die Treppe hinaufgehen. Sie kam nicht wieder herunter.

Blicklos starrte er auf den Bildschirm, wo irgendeine Schmonzette lief.

Das geht nicht, dachte er. Das darf ich nicht. Das darf nicht sein.

Dann dachte er an den Duft einer frisch gemähten Wiese.

„Und?“, fragte die Stimme. „Hat die Polizei mit dir gesprochen?“

„Ja“, antwortete Sebastian.

„Und du hast ihnen nichts erzählt. Bist ein braver Junge, Basti.“

Sebastian sah auf das Blatt, das vor ihm auf dem Schreibtisch lag.

Mö. unterbricht Gespräch – weil er gestört wird?, stand da. Es war das Letzte, was er vor dem Anruf notiert hatte. Gestern im Büro, nachdem Hansi hereingeplatzt war, hatte die Stimme das Gespräch plötzlich unterbrochen.

Er lauschte aufmerksam, aber er hörte keine Nebengeräusche.

„Sie haben mit meinem Vater geredet“, sagte er.

„Ja. Er scheint ein unhöflicher Mensch zu sein. Du hättest das Handy mitnehmen müssen, Basti. Dann hätte ich dich warnen können vor der Polizei.“

„Ich war in Eile“, sagte Sebastian.

Die Stimme lachte amüsiert. „Du solltest in Zukunft nie ohne dein Handy aus dem Haus gehen. Wer keine Zeit hat, darf die Ruhe nicht verlieren.“

Sebastian verzog angewidert das Gesicht. Er hätte speien mögen.

„Ich muss übermorgen nach Köln“, sagte er. „Da ist eine Messe.“

„Ich weiß noch nicht, ob ich dir das erlauben kann, Sebastian. Das hängt von den Umständen ab.“

Er presste sein Handy ans Ohr. Da war etwas gewesen. Ein Geräusch. An- und wieder abschwellend. Ein Motor?

„Mir ist es egal“, sagte er. „Meinen Chef interessiert das mehr als mich.“

Da war es wieder. Ein Motor, ziemlich sicher.

„Oho“, sagte die Stimme. „Höre ich da eine Spur Hochmut heraus?“

„Nein. Das ist Fatalismus.“

Und wieder: ein Motorengeräusch. Es bewegte sich gedämpft an dem Standort vorbei, von dem die Stimme anrief. Dreimal in der letzten halben Minute. Eine regelmäßig, aber nicht zu stark befahrene Straße.

„Wenn ich nicht mitfahre, schmeißen sie mich wahrscheinlich raus.“

„Und? Täte dir das leid?“

„Wenn es mir nicht leidtäte, würde ich kündigen“, sagte Sebastian und wusste sofort, was die Stimme dazu sagen würde.

„Das würdest du nicht, Sebastian. Du wirst noch am Sankt-Nimmerleins-Tag ‚Member of Development Department‘ sein.“

Er sagte nichts. Die Stimme hatte recht.

„Wir werden sehen“, sagte die Stimme. Dann war die Verbindung unterbrochen.

Mö. wohnt an befahrener Straße, schrieb Sebastian.

BURGL reichte Schwemmer ein Glas von dem Barbera, den sie gestern beim Italiener gekauft hatte. Er nahm es mit verdrossener Miene entgegen und schwenkte es stumm unter der Nase. Burgl tat es ihm nach.

„Hat eine schöne Farbe“, sagte sie. „Aber die Nase … ich weiß nicht …“

Schwemmer verkniff sich eine Bemerkung. Die Nase war tatsächlich eine Enttäuschung, aber er hatte keine Lust, über Wein zu reden.

Burgl hatte sich nicht lange mit der Entscheidungsfindung aufgehalten und ihre Arbeit in Ferdis Praxis bereits aufgenommen, was Schwemmer erst erfahren hatte, als sie weit nach der Tagesschau nach Hause gekommen war.

„Wenigstens Ferdi hätte es mir sagen können, wenn meine Frau es schon nicht für nötig hält“, sagte er. „Wessen Idee war das eigentlich, dass du bei ihm einsteigst? Seine?“

Burgl sah ihn an, als hätte sie sich diese Frage noch nicht gestellt. „Kann ich nicht genau sagen. Das kam so im Gespräch.“

Schwemmer knurrte ärgerlich. Sie nahmen beide einen ersten Schluck, und der Wein hielt, was die Nase versprochen hatte: nicht viel.

„Na ja“, sagte Burgl mit einem schiefen Lächeln. Sie setzte sich neben ihn und legte ihm die Hand auf den Unterarm. „Sei mir nicht böse, Hausl.“

„Schon recht“, brummte Schwemmer in sein Glas hinein.

„Ferdi ist ein guter Arzt“, sagte Burgl. „Und – ja, er tut mir auch ein bisschen leid. Diese Scheidung war wohl wirklich kein Spaß. Und sein Sohn …“

„Er hat einen Sohn? Hat er gar nicht erwähnt. Was ist mit dem?“

„Der ist bald achtzehn und wohnt bei ihm. Die beiden haben es nicht leicht miteinander. Ich hab Ferdi angeboten, mit ihm eine Gesprächstherapie zu machen, aber der Junge will nicht.“

„Es gibt ja offenbar auch so genug zu tun“, sagte Schwemmer, „wenn du schon an deinem ersten Tag so lange arbeiten musstest.“

„Ja. Ich hatte schon zwei Klienten. Und gerade am Anfang einer Therapie kann es ratsam sein, auch mal ein bisschen länger zu machen, wenn's möglich ist. Das trägt zur Vertrauensbildung bei.“

„Verstehe. Kann ich jetzt also immer gegen neun mit dir rechnen?“

Sie strubbelte ihm zärtlich durchs Haar. „Nicht immer. Aber ab und an wird es vorkommen.“ Sie nahm noch einen Schluck Wein und schüttelte den Kopf. „Für den Preis ist das eine Unverschämtheit.“

„Wenigstens sah der Verkäufer gut aus“, sagte Schwemmer.

FÜNF

Da ist eine Dame, die Sie dringend sprechen möchte“, sagte Oberinspektorin Zettel am Telefon. „Die Mutter von Susanne Berghofer.“

Schwemmers Blick streifte die Uhr an der Wand. Keine acht.

„Die Mutter? Ich denk, die liegt im Krankenhaus?“

„Offenbar nicht mehr.“

„Na, dann bringen Sie sie rauf.“

Er rief Schafmann an und beorderte ihn in sein Büro.

„Um diese Zeit? Bist du schon fit?“, fragte Schafmann.

„Nein. Aber die Mutter von der Berghofer ist hier.“

Gleich darauf betraten Schafmann, Zettel und eine sorgfältig gekleidete Dame von Anfang sechzig Schwemmers Büro. Zettel stellte die Dame als Margit Berghofer vor und erklärte, sie habe sich mit ihrem Personalausweis ausgewiesen.

Frau Berghofer setzte sich, strich den engen Rock nach unten und schlug die schlanken, für ihr Alter auffällig straffen Beine übereinander. Schwemmer bemerkte, dass sie gewissenhaft und dabei sehr dezent geschminkt war. Ihr Haar war dicht und von einem leuchtenden Grau, falls es so etwas gab. Sie trug es auf locker wirkende Weise im Nacken zusammengebunden.

„Was ist mit Susanne geschehen?“, fragte sie.

„Darüber können wir noch keine Auskunft geben“, sagte er.

„Warum nicht? Ich bin ihre Mutter!“ Frau Berghofer gehörte eindeutig nicht zu den Menschen, die Entscheidungen allein deshalb akzeptieren, weil sie von der Polizei mitgeteilt wurden.

„Wir wissen noch nicht genau, was passiert ist“, sagte er. „Fest steht, dass Ihre Tochter Opfer eines Gewaltverbrechens wurde.“

„Das hat mir Ihr depperter Kollege daheim in Lohr schon mitgeteilt.“

Schwemmer musterte sie mit dem freundlichsten Gesichtsausdruck, den er um diese Uhrzeit hinbekam. Eigentlich wirkte sie nicht wie eine Frau, die sich von einem depperten Kollegen aufs Krankenbett strecken ließ.

Schafmann schien das ähnlich einzuschätzen. „Schön, dass es Ihnen besser geht“, sagte er. „Wir wurden informiert, Sie lägen im Krankenhaus.“

„Das stimmte auch, für einige Stunden. Natürlich war es ein Schock für mich, zu erfahren, dass meine Tochter ermordet wurde.“ Sie saß aufrecht und sah Schafmann direkt in die Augen. „Sollten Sie Kinder haben, werden Sie das nachvollziehen können. Aber genauso hat mich das Bedürfnis, zu erfahren, was vorgefallen ist, auf dem schnellsten Weg hierhergeführt.“

Rhetorisch hat sie auf jeden Fall alles im Griff, dachte Schwemmer.

„Ich erwarte umfassende Aufklärung, meine Herren.“

Schwemmer hob beschwichtigend die Hände. „Frau Berghofer …“

„*Professor* Berghofer“, korrigierte sie ihn.

„Verzeihung. Frau Professor Berghofer, die Tatsache, dass Sie die Mutter des Opfers sind, bedeutet nicht, dass …“

„Was wollen Sie mir sagen? Ich hätte kein Recht, zu erfahren, was mit meiner Tochter geschehen ist?“ Auf den Wangen ihres schmalen, eben noch so vornehm blassen Gesichts erschienen hektische rote Flecken. „Das werde ich mir nicht gefallen lassen! Ich werde …“ Sie brach ab und rang nach Atem. Ihre rechte Hand tastete über ihre Herzgegend.

Zettel trat von der Tür her an sie heran und legte ihr sanft die Hand auf die Schulter. „Ich hole Ihnen ein Glas Wasser.“

„Danke“, hauchte die Frau Professor. Sie saß mit gesenktem Kopf da, sah niemanden an und sagte nichts, bis Zettel mit dem Glas Wasser erschien. Frau Berghofer nickte dankbar und begann in ihrer Handtasche zu wühlen. Einen Moment später hatte sie ein Fläschchen hervorgekramt, dem sie eine Tablette entnahm. Mit gierigen Zügen aus dem Glas spülte sie sie hinunter.

„Stimmt das, was in der Zeitung steht?“, fragte sie. „Dass noch eine zweite Frau ermordet wurde?“ Es klang ein wenig konzilianter als zuvor, aber immer noch sehr beharrlich.

„Frau Professor Berghofer, wir geben zurzeit keine Auskünfte über den Ermittlungsstand. Bitte haben Sie dafür Verständnis“, sagte Schafmann.

„Woher hat dann die Presse ihre Kenntnisse? Wissen die mehr als Sie?“

Schwemmer meinte ein hämisches Funkeln in ihren Augen zu sehen.

„Die wissen keinesfalls mehr als wir. Sie wissen nur mehr, als sie sollten. Und mehr als gut ist für die Ermittlung in diesem Mordfall“, sagte er mit der Original-EKHK-Schwemmer-vor-seiner-dritten-Tasse-Kaffee-Stimme. „Was haben Sie denn vor, hier in Garmisch-Partenkirchen?“, fragte er.

„Das muss doch alles organisiert werden: die Beerdigung, die Haushaltsauflösung …“

„Es dauert noch, bis der Tatort freigegeben wird“, sagte Schwemmer. „Und wann die Rechtsmedizin so weit ist, kann ich Ihnen auch nicht sagen.“

„Na schön“, erwiderte sie ohne erkennbare Regung.

„Wir wissen bisher sehr wenig über Ihre Tochter“, fuhr Schwemmer fort. „In ihrer Firma hören wir nur Gutes, aber über ihre privaten Kontakte wissen wir so gut wie nichts. Hatte sie Freunde oder Bekannte?“

„Oh, das will ich doch annehmen.“

„Können Sie uns Namen nennen?“

„Nein. Der letzte Anlass, bei dem ich Freunde von Susanne kennengelernt habe, war ihre Abiturfeier – 1993, wenn ich mich nicht irre. Danach ist sie zum Studium nach Heidelberg, und da bekommt man als Mutter ja nicht mehr so viel mit. Wahrscheinlich ist das auch besser so.“ Sie lächelte kühl.

„Hatte sie denn einen Freund?“, fragte Schwemmer.

„Nicht mehr. Ab und zu einer fürs Bett sei das Einzige, was sie sich noch vorstellen könne, sagte sie.“ Das kühle Lächeln blieb unverändert.

„Noch vorstellen? Was soll das heißen?“, fragte Schafmann. „Ist da etwas passiert, dass sie von Männern nichts mehr wissen wollte?“

„Nun ja, vor vier Jahren hat ein Mann sie verlassen.“

„Ein Mann? Offenbar ein besonderer“, sagte Schafmann.

„Für Susanne schon.“

„Für Sie nicht?“, fragte Schwemmer.

„Nun, ab einem gewissen Alter verschiebt sich der Maßstab für Besonderes. Besonders für besondere Männer.“

Zettel lachte leise, obwohl sie, soviel Schwemmer wusste, erst siebenundzwanzig war.

„Können Sie uns den Namen des Mannes sagen?“, fragte er. „Vielleicht auch die Adresse oder das Geburtsdatum?“

„Natürlich“, sagte Frau Professor Berghofer. „Auch die Telefonnummer. Er heißt Peter Ströer, ist neunundvierzig und lebt in Lohr. In meinem Haus.“

Ich weiß nicht, ob es Kunst ist, was ich mache. Aber welcher Künstler kann das wirklich wissen? Auch Künstler ahnen es nur. Es ist nicht originell, was ich tue. Aber es hat eine Form. Und es variiert. Variation ist das Stichwort.

WÄHREND Zettel die Frau Professor zum Ausgang geleitete, saßen sich Schwemmer und Schafmann einigermaßen sprachlos gegenüber.

„Spannt der eigenen Tochter den Mann aus.“ Schafmann begann zu lachen.

„Kennt man sonst nur aus dem Fernsehen“, sagte Schwemmer.

„Ja, aber Unterschichtenfernsehen. Und von Unterschicht kann hier ja wohl keine Rede sein. Professorin für ältere Germanistik. Erbin einer Maschinenbaufirma. Trägerin des Bundesverdienstkreuzes. Hab ich was vergessen?“ Er blätterte in seinem Notizblock.

„Ehemalige Hockey-Nationalspielerin“, sagte Schwemmer.

Schafmann nickte. „Vierundsechzig – dann ist dieser Ströer fünfzehn Jahre jünger als sie.“

„Ungefähr in deinem Alter. Wär die nichts für dich?“

Schafmann verzog zweifelnd das Gesicht. „Gut erhalten ist sie ja …“

„Hängt vielleicht auch davon ab, was so eine Maschinenfabrik wert ist?“

„Da könnte überhaupt der Hase im Pfeffer liegen“, sagte Schafmann. „Berghofer senior vererbt seiner Witwe die Fabrik. Der Partner der Tochter denkt sich daraufhin: Lieber den Spatz in der Hand als die Taube auf dem Dach, und wechselt zur besitzenden Klasse. Als Schwiegersohn hätte er wahrscheinlich noch ein paar Jahrzehnte auf das Erbe gewartet.“

„Und wo siehst du da den Hasen? Wenn die Tochter ihn umgebracht hätte, klar. Aber wo steckt das Motiv für einen Mord an der Tochter?“

„Erbschaftsangelegenheiten sind oft komplexer, als sie von außen wirken. Vielleicht hat sie mit irgendwas gedroht.“

„Behalten wir im Auge“, sagte Schwemmer.

Es klopfte an der Tür. Oberinspektorin Zettel kam mit einem halben Dutzend grauer und gelber Aktenmappen herein. „Der Fall aus Aschaffenburg. Wollen Sie einen Vorabbericht, bevor ich es schriftlich zusammenfasse?“

„Bitte“, sagte Schwemmer. „Machen Sie es kurz.“

„Das Opfer war weiblich, dreiundvierzig Jahre alt, allein lebend. Getötet mit zwei Schüssen, jeweils in die Ohren, quer durch den Kopf. Den Verletzungen nach eine großkalibrige Tatwaffe, am Tatort gab es weder Kugeln noch Hülsen. Keine verwertbaren Spuren. Der Täter hat mit dem Blut des Opfers Tränen auf ihr Gesicht gemalt. Alle Personen, die in direkter Beziehung zum Opfer standen, wurden überprüft – alles ohne Ergebnis.“

„Das sind genug Parallelen, denk ich“, sagte Schafmann.

„Ich auch“, sagte Schwemmer und griff zum Telefon.

„LKA?“, fragte Schafmann.

Schwemmer grinste. „Hessmann“, sagte er.

„Ich hab es mir überlegt“, sagte die Stimme. „Du darfst nach Köln fahren.“

„Aha“, sagte Sebastian. Er saß am Schreibtisch und wartete auf Selbach, der jeden Moment in seinem Büro auftauchen musste.

„Die Messe dauert nur zwei Tage, wie ich gelesen habe. Du wirst sofort zurückkommen. Noch am selben Abend.“

„Ja.“ Sebastian schloss die Augen und lauschte, aber diesmal war kein Geräusch im Hintergrund zu hören. Gleich darauf wurde die Verbindung unterbrochen. Als er die Augen wieder öffnete, stand Selbach im Raum.

„Alles klar?“, fragte er.

„Ja …“ Sebastian holte tief Luft und deutete auf den Stuhl neben sich. Sie würden sich mit Barcode-PDFs und chaotischer Lagerhaltung befassen.

„Ich will Ihnen ja nicht zu nahe treten“, Selbach musterte ihn mit gerunzelter Stirn, „aber Sie machen einen leicht angeschlagenen Eindruck. Ich hoffe, ich bin nicht der Grund dafür.“ Er klopfte ihm lachend auf die Schulter. „In der Verfassung werden Sie wohl nicht mit nach Köln kommen?“

„Doch. Ich komme mit.“

„Und Ihr Vater?“

„Es geht ihm gut genug, dass ich ihn zwei Tage allein lassen kann.“

„Frau Öckler wollte sich doch um ihn kümmern.“

„Das wird nicht nötig sein.“

„Das ist eine Nette.“

„Finden Sie?“ Sebastian sah Selbach von der Seite an. In der Firma redete kaum jemand einmal über Carina. Und wenn, dann klang meist an, was für eine graue Maus sie doch sei. Dass jetzt ausgerechnet ein gut aussehender Ex-Fußballprofi sie nett fand, erstaunte ihn.

„Sie hat mir erzählt, warum die Kollegen Sie Milli nennen.“

Sebastian stöhnte auf. Andererseits war es wohl besser, dass Carina es ihm erzählt hatte, bevor jemand wie Hansi auf die Idee kam.

„Frau Öcklers Version unterschied sich ziemlich von der, die der Herr Fellerer erzählt“, fuhr Selbach da auch schon fort. „Nach seiner Version haben Sie nicht mal die Fünfhundert-Euro-Frage geschafft.“

„Ganz so schlimm war's dann auch nicht“, sagte Sebastian.

„Dachte ich mir.“ Wieder klopfte Selbach ihm lachend auf die Schulter. „Außerdem: Wenn ich mich mit einer Sache auskenne, dann sind das versiebte Elfmeter, das können Sie mir glauben. Machen Sie mal vor dreißigtausend Leuten in einem Halbfinale ein Elfmeterschießen mit … und versemmeln Sie ihn dann. Danach gab es Leute, die wollten mich umbringen.“

Sebastian nahm die Maus und öffnete das Unterprogramm, das er Selbach demonstrieren wollte.

„Aber es gibt eine Menge Unterschiede zwischen Fußball und dem wahren Leben“, redete Selbach weiter. „Zum Beispiel bekommt man im Leben manchmal einen Elfmeter geschenkt und bemerkt es gar nicht.“

„Was meinen Sie?“ Sebastian sah ihn verständnislos an.

„Ich meine, es ist schlimmer, gar nicht gegen den Ball zu treten.“

Sebastian nickte zustimmend und klickte sich in das Programm.

„Wirklich eine Nette, die Frau Öckler“, sagte Selbach.

Sebastian löste den Blick vom Monitor. „Worauf wollen Sie hinaus?“

„Wenn sie sich nicht um Ihren Vater kümmern muss“, sagte Selbach, „dann könnten wir die Frau Öckler doch nach Köln mitnehmen.“

„Wieso? Wofür?“

„Sagt Ihnen der Name Odebrecht was?“

„Das sind die Brasilianer, oder?“

„Genau. Das größte Bauunternehmen in einem der am schnellsten wachsenden Märkte der Welt.“

„Ich weiß. Frau Berghofer stand mit denen in Kontakt.“

„So ist es. Und Frau Berghofer war nicht nur die Vertriebsexpertin – sie sprach auch fließend Portugiesisch. Sprechen Sie Portugiesisch?“

„Nein.“

„Sehen Sie. Frau Öckler schon. Hoffentlich kriegen wir noch Zimmer für Sie beide. Und Sitzplätze. Ab Frankfurt wird's eng im ICE.“ Selbach nahm den Hörer vom Telefon und wählte Carina an. Er erklärte ihr freundlich die Situation und bat sie, sich um Tickets und Zimmer zu kümmern. „Wenn es eng wird, können Sie sich ja eins mit Herrn Polz teilen“, sagte er, und Sebastian konnte sie durch die Leitung kichern hören.

„Schien ihr zu gefallen, die Idee“, sagte Selbach, als er wieder aufgelegt hatte. „Sie klang ganz aufgeregt.“

„Ist wahrscheinlich ihre erste Messe“, sagte Sebastian.

„Ja und?“, sagte Selbach. „Ihre doch auch.“

„Das glaubst du nicht“, sagte Schwemmer und zog Schafmanns Bürotür hinter sich zu. „Hessmann hält die Parallelen zu dem Fall in Aschaffenburg nicht für ausreichend, um das LKA hinzuzuziehen.“

Schafmann lachte ungläubig. „Was soll das denn?“

„Na ja“, sagte Schwemmer. „Das ist sein erstes Kapitalverbrechen hier in Garmisch, wo noch nie jemand einen Polizeidirektor gebraucht hat. Da will er vielleicht nicht gleich den großen Bruder zu Hilfe rufen.“

„Aber wenn die Zettel nachher in der Sitzung über den Aschaffenburg-Fall berichtet, und wir schließen Parallelen von vornherein aus …“

„… müssen wir eine Begründung dafür liefern“, ergänzte Schwemmer.

„Eine Begründung, die wir nicht haben.“

„Die wir haben, aber nicht erwähnen dürfen.“ Schwemmer nahm Schafmanns Telefon und wählte eine Nummer. „Frau Zettel, kommen Sie doch bitte mal eben ins Büro vom Herrn Schafmann … Ja, es eilt.“

Schafmann nickte. „Und was wird die Isenwald dazu sagen?“

Schwemmer grinste. „Das kann ich mir vorstellen. Sie ist allerdings heute nicht dabei.“ Er sah auf die Uhr. „Ich ruf sie nach der Sitzung an.“

Zettel trat ein. Ihre Akten hatte sie gleich mitgebracht. Schafmann hatte sie mal als „schnell im Kopf“ klassifiziert, ein zutreffendes Urteil.

„Frau Zettel, haben Sie schon mit Kollegen über die Akte aus Aschaffenburg gesprochen?“, fragte Schwemmer.

„Nein“, antwortete sie, ohne zu zögern.

„Schön. Dann behandeln Sie das Folgende bitte vertraulich. Auch intern.“

„Intern sogar besonders“, ergänzte Schafmann.

„Die Erkenntnis unseres Vorgesetzten ist, dass die Akte in unserem Fall keine Rolle zu spielen hat.“

Zettel sah ihn einen Moment zweifelnd an, dann sagte sie: „Okay?“

„Sie tragen in der Sitzung also nicht daraus vor.“

„Okay. Und wie lange meint Herr Hessmann das LKA draußen halten zu können?“, fragte Zettel. Ihr Gesichtsausdruck blieb völlig neutral.

Schnell im Kopf, dachte Schwemmer. Kann man wirklich sagen.

„Die letzte Bemerkung haben wir nicht gehört, Frau Zettel“, sagte er.

Sie nickte.

„Nur so viel“, fuhr er fort. „Räumen Sie die Akte nicht allzu weit weg.“

Sie grinste tatsächlich immer noch nicht, als sie hinausging. Schwemmer war beeindruckt.

„Und?“, fragte Selbach, als Carina sich in der Cafeteria zu ihnen setzte. „Haben Sie noch Zimmer gekriegt?“

„Nein“, sagte sie zerknirscht. „Bis jetzt nicht. Da ist alles ausgebucht.“

„Probieren Sie es weiter.“ Selbach lächelte ermutigend. „Vielleicht auf einem Schiff.“

„Ein Schiff?“ Carina hatte sein Lächeln gar nicht wahrgenommen. Sie hielt den Blick starr auf ihren Teller gerichtet und stocherte im Salat herum.

„Ja. Bei Messen liegen da immer Hotelschiffe auf dem Rhein.“

Carina schien es als persönliche Schwäche zu begreifen, dass es ihr nicht auf Anhieb gelungen war, zwei Zimmer in einer völlig überbuchten Messestadt zu besorgen. Anders konnte Sebastian ihren gesenkten Blick und die verhuschte Haltung nicht deuten. „Auf einem Schiff hab ich noch nie übernachtet“, sagte er betont fröhlich. „Ist bestimmt lustig.“

Sie warf ihm einen zweifelnden Blick zu. „Ich probier’s gleich weiter“, sagte sie. „Ich ess nur eben noch auf.“

„Keine ungesunde Eile, Frau Öckler“, sagte Selbach, und sie beschäftigten sich eine Weile schweigend mit ihren Mahlzeiten.

„Sie haben gestern vom Schießen erzählt“, brach Carina schließlich das Schweigen. „Wo genau machen Sie das eigentlich?“

Selbach schien die Frage ungern zu beantworten. „Im Verein“, sagte er einsilbig. „Bei den königlichen Altschützen.“

„Und da schießen Sie regelmäßig? Waren Sie schon mal Schützenkönig?“

Selbach lachte. „Nein. Das war auch nie mein Bestreben.“

Trotz des Lachens war spürbar, dass er nicht gern über das Thema redete. Er schien zu bedauern, es gestern überhaupt erwähnt zu haben.

„Mein Vater war Schützenkönig“, sagte Carina stolz. „In Wunsiedel, da haben wir damals gewohnt. Ich war noch im Kindergarten.“

„Wunsiedel? Wo liegt das noch gleich?“ Dankbar stieg Selbach auf den Themenwechsel ein.

„Im Fichtelgebirge, im Oberfränkischen, südlich von Hof …“

Sebastian schaltete ab. Seine Gedanken kreisten darum, dass die Stimme ihn nun zum zweiten Mal im Büro angerufen hatte, kurz bevor Selbach es betrat. Selbach, der gern schoss, aber nicht gern drüber sprach.

Herr Selbach.

He-se hatte er eine piepsige Stimme sagen hören.

Vielleicht war es „Herr Selbach“ gewesen. Jemand war in Selbachs Büro geplatzt, und er hatte hastig unterbrochen, sodass die letzte Silbe abgeschnitten wurde. Sebastian merkte nicht, dass er bewegungslos vor seinem Cordon bleu saß und es anstarrte.

„Schmeckt’s nicht?“, hörte er Selbach fragen und schreckte auf.

„Doch, doch“, beeilte er sich. „Ich bin nur in Gedanken, wegen morgen … Ich hab ja keine Routine bei solchen Reisen.“

„Ich hab für mich eine Checkliste“, sagte Selbach. „Ich war immer schon viel unterwegs.“

„Ja klar, als Fußballer“, sagte Carina.

Sofort waren die beiden wieder im Gespräch. Sebastian musterte Selbach unauffällig von der Seite. Es gelang ihm nicht, den Mann unsympathisch zu finden. Er sah gut aus, wirkte aber, als hätte er sich noch nie Gedanken darüber gemacht. Er war klug und gebildet, ließ es aber nicht raushängen. Er war freundlich zu Leuten wie Carina. Und mir, dachte Sebastian.

Entschlossen säbelte er ein Stück Fleisch ab und steckte es in den Mund. Den Geschmack nahm er gar nicht wahr.

„Wo steht eigentlich das Haus Ihrer Eltern, Herr Selbach?“, fragte er in eine Gesprächspause hinein. „Irgendwo in Garmisch?“

„Nein, in Murnau.“

„Murnau? Da wohn ich auch“, sagte Carina. „Ganz am Stadtrand, Richtung Bad Kohlgrub.“

„Unser Haus liegt am andern Ende. Im Murnauer Moos.“

„Oh, da haben Sie es ja schön ruhig“, sagte Carina.

„Nicht wirklich“, sagte Selbach. „Einsam ist es, aber nicht ruhig. Es liegt ziemlich nah an der B 2.“

„DAS KANN nicht sein Ernst sein“, sagte Staatsanwältin Isenwald.

„Dachte ich auch“, sagte Schwemmer ins Handy. Er saß in seinem Auto auf dem Parkplatz des Einkaufscenters und fühlte sich wie ein Verschwörer. Aus Hessmanns Sicht war er gewiss einer.

„Ich werde mit ihm reden“, sagte Isenwald. „Mal sehen, was dabei herauskommt. Wie ist der Stand in dem Fall?“

„Von Pollscheidt bestätigt, dass Lina Wagmüller einem Herzinfarkt erlegen ist. Zuvor wurde ihr eine offenbar sachgerecht durchgeführte, aber erfolglose Herzmassage verabreicht. Schwierig ist der gesamte Ablauf: Der Berghofer wird ins Auge geschossen, etwa vierundzwanzig Stunden später werden erneut zwei Schüsse auf die Leiche abgegeben, alle drei übrigens aus kurzer Distanz. Wieder etwa vierundzwanzig Stunden später betritt die Wagmüller den Tatort und verstirbt. Eine weitere Person, die gleichzeitig dort ist, macht die Herzmassage. Das bedeutet, dass der Tatort an drei Tagen mindestens drei Mal betreten wurde. Nach Lage der Dinge vom Täter.“

„Muss aber nicht sein“, sagte Isenwald nachdenklich. „Jedenfalls nicht am dritten Tag.“

„Stimmt. Ein Zeuge kann vor Ort gewesen sein, als die Wagmüller reinkam.“

„Und als die alte Frau trotz seiner Intervention stirbt, flieht er in Panik. Aber wie und wieso ist er ins Haus gekommen?“

„Und vor allem: Wer ist er? Und wo steckt er?“

„Oder sie.“

„Oder sie.“ Schwemmer verdrehte die Augen. „Natürlich.“

„Wie geht es jetzt weiter?“

„Mit den Arbeitskollegen der Berghofer und der Nachbarschaft sind wir noch nicht ganz durch. Außerdem werde ich nach Lohr fahren, um mich mit diesem Herrn Ströer zu unterhalten.“

„Ist Lohr nicht in der Nähe von Aschaffenburg?“

„Keine fünfzig Kilometer weg, schätze ich. Worauf wollen Sie hinaus?“

„Auf gar nichts. Aber die Verbindung sollte man zur Kenntnis nehmen.“

„Das habe ich getan“, sagte Schwemmer. „Und weiter wollen wir doch nicht gehen, oder? Ohne LKA?“

„Nein“, sagte Isenwald. „Ich ruf jetzt Hessmann an. Was haben Sie vor?“

„Einkaufen“, sagte Schwemmer. „Ich hab meiner Frau versprochen, es gibt heut Abend Fisch.“

„WIR HABEN WAS!“ Schafmann war sichtlich aufgeregt, als Schwemmer sein Büro betrat. „Der Provider von Susanne Berghofers Handy hat sich gemeldet. Es ist nach wie vor ausgeschaltet, aber gerade wurde eine Nachricht auf der Mailbox hinterlassen. Von der Prepaidnummer, die die Berghofer als Letztes angerufen hat. Das anrufende Handy befand sich in München Sendling und wurde gleich wieder ausgeschaltet.“

„Wir müssen es überwachen lassen“, sagte Schwemmer.

„Passiert bereits“, sagte Schafmann. „Das war bisher der einzige Anruf. Und das einzige Mal, dass es angeschaltet wurde.“

Er wandte sich seinem Computer zu und klickte ein paarmal. „Ah, da kommt die Mailboxnachricht grade rein. Mal sehen …“ Wieder klickte er zwei-, dreimal, dann lehnte er sich abwartend zurück.

„Hey, meine kleine Stute“, ertönte eine männliche Stimme aus dem Lautsprecher. „Wo steckst du? Du bist überfällig.“

Das war alles.

„Kleine Stute …“ Schwemmer verzog das Gesicht. „Wir brauchen den Kerl. So schnell wie möglich.“

„Wenn er nicht telefoniert, haben wir keine Chance“, sagte Schafmann. „Aber die checken noch die Gerätenummer. Vielleicht gibt das ja was her. Moment …“ Wieder klickte er einige Male mit der Maus. „Na bitte“, sagte er dann. „Ein Siemens A52, ausgeliefert im September 2004, Vertragsnummer …“ Murmelnd las er weiter. „Tarif … Vertragsdauer … Ja sakra, habt ihr’s bald? Ah, da steht’s: Markus Huberbichler, geboren 5. Mai 1962, wohnhaft in – halt dich fest – 82467 Garmisch-Partenkirchen, Angerstraße 31.“

„Das ist Stand 2004“, sagte Schwemmer.

„Schon dabei.“ Schafmanns Finger flogen über die Tastatur. „Der wohnt noch da“, sagte er nach ein paar Sekunden.

„Dann mal los“, sagte Schwemmer.

„Waffe?“, fragte Schafmann.

Schwemmer nickte. „Vorsicht ist die Mutter der alten Polizisten.“

Er marschierte in sein Büro hinüber und holte die PPK samt Schulterholster aus dem verschlossenen Stahlfach in seinem Schrank.

Schafmann wartete schon auf dem Parkplatz neben seinem Vectra. Als Schwemmer einstieg, sog er prüfend die Luft durch die Nase. „Sag mal, hast du ein neues Rasierwasser?“, fragte er und sah Schafmann von der Seite an.

„Hat mir Bärbel zum Geburtstag geschenkt.“

„Geburtstag? Hast du nicht im März?“

„Ja. Ich wollt es endlich mal ausprobieren.“

„Da wird Bärbel sich bestimmt freuen."
„Bestimmt." Schafmann ließ den Motor an. „Dass du so was merkst."
„Ich bin Polizist", sagte Schwemmer. „Ich merk alles."

Herr Huberbichler war Polizeibesuch nicht gewohnt. Er wirkte nervös, als Schwemmer ihn fragte, ob sie hereinkommen dürften. „Ich weiß nicht", sagte er mit einem Blick über die Schulter. „Wissen S', meine Frau ..."
„Wir können das auch auf der Wache besprechen", sagte Schwemmer.
„Wer ist denn da?", rief eine Frauenstimme von drinnen.
„Kommen S' halt rein", sagte Huberbichler, und sie folgten ihm in die enge Diele. Die Wände waren bedeckt mit Regalen, in denen Porzellanpuppen jeder Größe saßen. Auch in der Stube saß auf jedem freien Fleck eine Puppe. Das ganze Haus schien vollgestopft damit.
„Hier hat aber jemand eine echte Leidenschaft", sagte Schwemmer.
„Ja. Meine Tochter." Huberbichler klang nicht, als freute er sich darüber. „Meine Frau unterstützt sie."
Die Tür zur Küche ging auf, und eine resolute Frau von Ende vierzig trat in die Stube. „Wer ist das?" Sie war offenbar gewohnt, klare Fragen zu stellen, und erwartete offenbar genauso klare Antworten.
„Erster Kriminalhauptkommissar Schwemmer, grüß Gott. Das ist mein Kollege Hauptkommissar Schafmann. Es geht um ein Handy."
Frau Huberbichler starrte ihn an. „Wir müssen Sie nicht hereinlassen."
„Nein, aber Ihr Gatte war so freundlich ..."
Sie warf ihrem Mann einen bösen Blick zu. „Welches Handy?", bellte sie.
„Ein Siemens A52, das Sie im September 2004 gekauft haben."
Sie schüttelte empört den Kopf. „Wer hat denn heute noch ein Handy von 2004? Da kann man ja nicht mal Fotos mit machen!"
„Das ist richtig. Wo ist das Handy denn? Haben Sie es weitergegeben?"
„Weiß ich nicht."
„Ursel", sagte ihr Mann, „lass mich doch mit ihnen reden ..."
„Nein! Du erzählst nur wieder Lügen über Vanessa!"
Huberbichler warf Schwemmer einen flehenden Blick zu. „Weißt du was?", sagte er dann zu seiner Frau. „Ich schmeiß die beiden einfach raus."
„Ja! Mach das! Sofort!" Sie drehte sich um und verschwand in der Küche.
Huberbichler deutete zur Tür. Schwemmer und Schafmann gingen hinaus, und er folgte ihnen. Draußen zog er die Haustür hinter sich zu.
„Es tut mir leid. Meine Frau ist seelisch krank. Bitte verzeihen Sie."
„Natürlich", sagte Schwemmer. „Kommen Sie, wir reden im Auto." Er stieg hinten ein und überließ Huberbichler den Beifahrersitz.

„Das muss das Handy gewesen sein, das wir Vanessa gekauft haben. Ihr erstes. Damals war sie elf."

„Vanessa ist Ihre Tochter? Wohnt sie bei Ihnen?"

„Nicht mehr." Huberbichler sah aus dem Fenster. „Sie ist fort. Zwei Tage nach ihrem achtzehnten Geburtstag. Sie hat nicht gesagt, wohin sie geht."

„Oh", sagte Schwemmer. „Deswegen ist Ihre Frau so …"

„Nein, es war eher umgekehrt. Vanessa hat sie nicht mehr ertragen. Jeden Tag das Geschrei …" Er sprach nicht weiter.

„Haben Sie eine Ahnung, was mit dem Handy geschehen ist?", fragte Schafmann.

„Nein. Das müssen Sie Vanessa fragen."

„Und Sie wissen nicht, wo sie ist?"

„Doch. In Tegernsee. Sie arbeitet im ‚Braustüberl'. In der Küche. Ich hab das mühsam herausgefunden. Freundinnen befragt und so weiter …"

„Wissen Sie auch, wo sie wohnt?"

Huberbichler schüttelte traurig den Kopf. „Was ist denn mit dem Handy?", fragte er dann.

„Machen Sie sich keine Gedanken", sagte Schwemmer. „Und vielen Dank für Ihre Hilfe." Sie sahen ihm nach, wie er mit hängenden Schultern auf das Haus zutrottete.

DIE TISCHE zwischen den Säulen des Kreuzgewölbes im Braustüberl waren um diese Zeit nur spärlich besetzt. Schwemmer hatte sich telefonisch nach Vanessa Huberbichlers Dienstplan erkundigt und erfahren, dass sie heute tagsüber arbeitete. Nun hoffte er, dass der Küchenchef, mit dem er gesprochen hatte, seine Zusage eingehalten und Vanessa nicht vorgewarnt hatte.

Tatsächlich war ihr Gesichtsausdruck völlig ahnungslos, als sie aus der Küche trat und zu ihm an den Tisch kam, eine große, stabil gebaute junge Frau, eher noch ein Mädchen. Auf Schwemmer wirkte sie, als wäre sie mit einem Job als Küchenhilfe nicht unterfordert.

„Grüß Gott", sagte sie leise. „Was ist denn?"

„Grüß Gott, Frau Huberbichler. Nehmen Sie doch bitte Platz." Schwemmer stellte sich vor und bemühte sich, ihr die Scheu zu nehmen, die jeden überkommt, wenn plötzlich die Kripo am Arbeitsplatz auftaucht. „Es tut mir leid, dass ich Sie hier bei der Arbeit aufsuchen muss, aber es pressiert."

Er legte das Aufnahmegerät auf den Tisch und schaltete es ein. „Sie haben vor einigen Jahren – genauer gesagt 2004 – von Ihrem Vater ein Siemens-Handy bekommen. Erinnern Sie sich an das Gerät?"

Sie sah ihn verständnislos an. „Handy?"

„Ja. Es war Ihr erstes."

„Woher wissen S' denn das?" Ihr Blick wurde misstrauisch. „Hat meine Mutter Sie geschickt? Ich bin volljährig. Sie hat mir nichts mehr zu sagen."

„Mit Ihrer Mutter hat das überhaupt nichts zu tun", sagte Schwemmer. „Es geht nur um dieses Handy. Ihr Vater ..."

„Der hat mir auch nix mehr zu sagen!" Sie schniefte und sah zur Seite.

Schwemmer beeilte sich, ihr ein Taschentuch aus der Packung in seiner Jackentasche anzubieten. Sie nahm es, ohne sich zu bedanken, und schnäuzte hinein. Der Kellner kam und brachte das Radler, das Schwemmer sich bestellt hatte. Er sah Vanessa neugierig an, verschwand aber wortlos wieder.

„Es geht nicht um Ihre Eltern, nur um das Handy. Haben Sie es noch?"

Langsam wandte sie ihm den Blick wieder zu. „Warum?"

Schwemmer griff nach dem Radler und nahm einen Schluck. „Bitte beantworten Sie einfach meine Frage. Haben Sie es noch?"

„Ich weiß nicht ... Welches soll denn das gewesen sein?"

Er öffnete die Mappe, die vor ihm auf dem Tisch lag, und reichte ihr das Schwarz-Weiß-Foto, das Schafmann ihm ausgedruckt hatte.

„Ach, das alte ... damit konnt man ja nicht mal fotografieren", sagte sie.

„Haben Sie es noch?"

„Ach wo. Was soll ich denn damit? Ich hab ein Smartphone." Zum ersten Mal tauchte so etwas wie Selbstbewusstsein in ihrem Blick auf. „Das hab ich mir selber gekauft."

„Verstehe", sagte Schwemmer. „Sie haben es also nicht mehr. Und was haben Sie damit gemacht?"

Sie sah ihn mit leerem Blick an. Sekundenlang. „Weiß ich nicht."

„Denken Sie noch mal in Ruhe drüber nach." Allzu viel Hoffnung machte Schwemmer sich nicht. Wenn er ihren Blick richtig interpretierte, lief Vanessa Huberbichlers Gehirn bereits an der Grenze seiner Leistungsfähigkeit.

Er nahm einen Schluck von seinem Radler, stellte das Glas mit einem behaglichen Seufzer wieder ab und lehnte sich betont entspannt zurück.

„Oberau", sagte Vanessa.

„Oberau", wiederholte Schwemmer. „Was war da?"

„Flohmarkt. Ich hab es verkauft. Auf dem Flohmarkt in Oberau."

„Wann war das?"

„Ich weiß nicht ... Als ich ein neues gekriegt hab?" Sie sah Schwemmer an, als wüsste der die Antwort. „Nein, später", sagte sie dann. „Die Mutter hat's erst haben wollen, aber sie hat es nie benutzt, weil, sie geht ja eh nie aus dem Haus, und dann hat's der Vater mir gegeben und gesagt: Schau halt, was d' damit machst."

„Und da haben Sie es verkauft. Sind Sie denn oft auf dem Flohmarkt?“

„Damals schon, wegen der Puppen.“

„Sie sammeln Porzellanpuppen.“

„Das hab ich mal gemacht. Aber eigentlich wollt nur die Mutter, dass ich das mach. Eigentlich find ich die furchtbar. Die Augen von denen. Als wären s’ der Tod.“

Schwemmer suchte ihren Blick, aber sie sah nur die Tischplatte an.

„Möchten Sie was trinken?“, fragte er. Keine Reaktion. Er wartete geduldig. Nach einer halben Minute begann sie wieder zu sprechen.

„Nach dem Tod von der Fritzi war’s“, sagte sie. „Das war das letzte Mal, dass ich auf dem Flohmarkt gesessen bin.“

„Wer war die Fritzi?“, fragte Schwemmer.

„Meine Katze. Sie war noch gar nicht alt. Und auf einmal war sie tot. Ein paar Tage zuvor hat die Mutter gsagt, es wär eine Sünd, ein Tier lieber zu mögen als die eignen Eltern. Ich müsst Vater und Mutter lieben …“ Sie sah ihn plötzlich an, Wut im Blick. „Aber das stimmt gar nicht. Du sollst Vater und Mutter ehren, steht da. Ich hab’s nachgeschaut. Nicht lieben. Und dann war die Fritzi tot. Ihre Augen waren genauso wie die von den Puppen. Und dann war ich nur noch einmal in Oberau. Ich hab ganz viel verkauft an dem Tag. Bestimmt zehn Puppen. Und das Handy und noch andere Sachen. Danach hat die Mutter mir verboten, auf den Flohmarkt zu gehen, weil ich die guten Puppen verkauft hab, die besten und seltensten. Sie hat mich geschlagen deswegen, obwohl es doch meine Puppen waren. Danach hab ich nicht mehr mit ihr geredet.“ Sie schlug erschrocken die Hand vor den Mund.

Schwemmer vermutete, dass sie noch nie mit einem Fremden so gesprochen hatte. Das Mädchen tat ihm leid. Burgl wusste in solchen Situationen immer, was zu sagen war. Er nicht. Jedenfalls nicht jetzt.

Vanessa starrte wieder eine Weile die Tischplatte an, bis sie weiterredete. „Ein Jahr ist’s her, dass die Fritzi tot ist“, sagte sie, ohne den Blick zu heben. „Da waren eine Frau und ein Mann … Der Mann war schön. Die Frau auch. Sie hatte lange blonde Haare und hat gelacht, wenn der Mann was gesagt hat. Die haben das Handy gekauft. Für fünfzehn Euro.“

Schwemmer öffnete die Mappe noch einmal und reichte ihr die Vergrößerung von Susanne Berghofers Passfoto. „War es diese Frau?“

„Ja.“ Vanessa sah das Bild verwundert an. „Woher wissen Sie das?“

„Ich interessier mich mehr für den Mann. Kannst du ihn beschreiben?“

„Nein“, sagte sie und begann erst dann, darüber nachzudenken. „Einen Hut hatte er auf. Einen schicken. Und einen Mantel hatte er an. Einen hellbraunen, mit einem dunklen Kragen. Und groß war er. Und einen Schlips hat er getragen, einen roten, mit Pinguinen drauf, das fand ich lustig …" Plötzlich sprudelte es aus ihr heraus. „Die Frau fand das auch lustig, die hat immer daran herumgespielt und gelacht. Und verheiratet war der."

„Woher wissen Sie das?"

„Na, einen Ring hat er angehabt und sie nicht. Sie war nicht verheiratet, aber er schon, und ich glaub, das war eine Sünde, was die gemacht haben. Weil die verliebt waren, das konnt man schon sehen. Und als er das Handy gekauft hat, da hat er gelacht und gesagt …" Sie sah verlegen zur Seite.

„Nur zu", sagte Schwemmer. „Wir von der Polizei kennen uns aus mit Sünden."

Sie kicherte leise. „‚Das ist nur für uns, meine kleine Stute', hat er gesagt. „Ich mein, so was sagt man doch nur, wenn man … eine Sünde vorhat, oder? Suchen Sie ihn deshalb?"

„Nein … Nein, das ist eine Sünde, für die wir nicht zuständig sind." Gott sei Dank, dachte er. Wenn wir uns darum auch noch kümmern müssten, brauchten wir wirklich einen Polizeidirektor in Garmisch.

„Weshalb dann?", fragte Vanessa.

Schwemmer sah keinen Vorteil darin, sie mit der ganzen Wahrheit zu verstören. Die halbe tat es auch. „Wir suchen das Gerät im Zusammenhang mit einer Ermittlung. Und den Mann, der es benutzt."

„Dann ist der Mann ein Verbrecher?"

„Nein. Nur ein Zeuge."

„Das ist schön", sagte sie leise. „Er sah so gut aus …"

„Wenn wir eine genauere Beschreibung von ihm brauchen, würden Sie uns dann helfen?"

Sie verschränkte die Arme. „Wenn Sie ihn nicht verhaften …"

„Nein. Es sei denn, er ist wirklich ein Verbrecher."

Sie nickte langsam. „Darf ich jetzt wieder in die Küche?"

„Bitte", sagte er. „Für den Moment hab ich keine Fragen mehr an Sie."

Er stand auf und reichte ihr die Hand. Sie schüttelte sie artig.

„Wenn Sie den Papa sehen …", sagte sie und erhob sich ebenfalls. „Sagen Sie ihm, ich tät ja zurückkommen. Aber bloß, wenn er mich in Ruh lässt."

„Was meinen Sie damit?"

„Nix." Sie stand starr vor ihm, den Blick gesenkt. „Sagen S' ihm das halt."

„Warum sagen Sie es ihm nicht selber?"

„Das hab ich schon", sagte sie leise. „Aber auf mich hört er nicht."

„Mit was soll er Sie denn in Ruh lassen?"

„Nix weiter." Sie drehte sich um und marschierte auf die Küchentür zu.

Schwemmer sah ihr nach. „Mist", murmelte er.

„Red du doch mal mit ihm“, sagte Bärbel. „Ich weiß nicht weiter. Er hat noch nie zwei Fünfer hintereinander nach Haus gebracht.“

„Letztes Jahr hatte er mal eine Sechs in Mathe.“ Schafmann tunkte mit einem Stück Brot die Reste der Gulaschsoße vom Teller.

„Ja, aber nur in Mathe. Jetzt steht er auf Vier in Mathe und auf Fünf in Französisch und Bio. Da hatte er sonst mindestens eine Drei. Und er redet nicht mehr mit mir. Hast es ja gesehen: Teller leer und ab in sein Zimmer.“

Schafmann nickte verdrossen. „Schaun mer mal“, sagte er und ging, noch kauend, die Treppe hoch zu den Kinderzimmern. Die beiden Kleinen teilten sich eines, der Große hatte ein eigenes. Schafmann klopfte an die Tür.

„Was ist los?“, hörte er Fabians Stimme. Sie klang wütend.

„Ich bin unbewaffnet und komme in Frieden“, sagte Schafmann.

„Hier darf keiner rein“, antwortete sein Sohn.

„Ich könnte mich auch bewaffnen und Verstärkung holen.“

Etwas polterte hinter der Tür, dann machte Fabian auf. Seine Augen waren gerötet.

„He, Großer“, sagte Schafmann. „Alles klar bei dir?“

„Nein. Ich hab zwei Fünfer gekriegt. Das weißt du doch wohl, oder?“

„Darf ich reinkommen?“

Fabian zuckte resigniert mit den Schultern und gab den Weg frei. Schafmann versuchte das Chaos zu ignorieren, kämpfte sich bis zum Schreibtisch durch und setzte sich auf den Stuhl. Fabian lag längst wieder rücklings auf dem Bett und starrte die Decke an.

„Was ist los, Großer?“, fragte Schafmann.

„Nichts“, bekam er zur Antwort.

Schafmann ließ einen Moment verstreichen, ehe er weitersprach. „Wenn Opa mich damals so was gefragt hätte, hätte ich auch ‚Nichts‘ gesagt.“

Fabian starrte weiter die Decke an.

„Opa hätte mir dann gesagt, dass ich auch auf die Hauptschule gehen könnte und dann eine Lehre machen oder direkt als Tankwart arbeiten.“

Fabians Blick wurde unsicherer. Offenbar musste er sich zwingen, ihn an der Decke zu halten. „Was ist ein Tankwart?“

„Leute, die Benzin in Autos füllen. Früher machte man so was noch nicht selbst. Kein besonders toller Job. Und dann hätte Opa gesagt, ich wär schlau genug, ich wär nur zu dumm, das zu merken.“

Jetzt sah Fabian ihn an. „Das ist doch ein Schmarrn, oder?“

„Kam mir auch immer so vor. Aber ich hab’s ihm nie gesagt.“

Fabian sah wieder zur Decke, doch jetzt wirkte es nicht mehr bockig. Nur traurig. „Zu mir hat der Opa nie Schmarrn geredet“, sagte er leise.

„Zu deinen Kindern werd ich auch nie Schmarrn reden." Schafmann lächelte seinen Sohn an. „Also, was ist los?"

Fabian schossen die Tränen in die Augen. „Es ist wegen …" Weiter kam er nicht. Sein Körper wurde von Schluchzen geschüttelt.

Schafmann ließ ihm Zeit, bevor er aufstand und sich auf den Bettrand setzte. Fabian wich seinem Blick aus, aber endlich kuschelte er sich an ihn.

„Es ist wegen der Astrid", nuschelte er in Schafmanns Pullover hinein. „Die Astrid aus meiner Klasse."

„Was ist mit ihr?"

„Ich … ich muss immerzu an sie denken …"

Schafmann hielt den Atem an. Jetzt mach keinen Fehler, dachte er.

„Verbringst du viel Zeit mit ihr?", fragte er.

„Ja … nein … ich weiß nicht. Ich versuch's."

Schafmann nickte verstehend. „Aber sie lässt dich nicht", stellte er fest.

„Nein … doch … aber irgendwie ist immer jemand dabei. Eine Freundin oder einer von den Großen. Und dann macht sie sich über mich lustig."

Schafmann ließ die Schultern sinken. Eine Welle von Mitleid überkam ihn. Elf, dachte er, das ist früh. Er überlegte, wie alt er gewesen war, als er zum ersten Mal einem Mädchen über den Schulhof hinterhergedackelt war. Dreizehn? Irene hatte sie geheißen, den Nachnamen wusste er nicht mehr.

Und nun, bald vierzig Jahre später, saß er hier als derselbe Idiot. Ein Idiot, der es kaum schaffte, an etwas anderes zu denken als an ein Paar dunkler Augen und einen Duft wie eine frisch gemähte Wiese. Und ausgerechnet dieser Idiot sollte jetzt seinen Sohn trösten.

„Sie hat auch gesagt, Eishockey wär ein Sport für Asis", sagte Fabian. „Ich hab ihr erzählt, dass ich letzte Saison die zweitmeisten Tore geschossen hab, und da hat sie nur so ‚Pffff' gemacht. Und dann haben ihre Freundinnen gelacht, und sie hat das mit den Asis gesagt." Er kniete sich vor Schafmann hin. Hilflos sah er ihn aus seinen rot geweinten Augen an. „Das ist so gemein. Warum macht sie das?"

„Willst du es wirklich wissen?", fragte Schafmann. „Es könnte wehtun."

„Es tut sowieso weh!"

Schafmann seufzte. „Du … bist verliebt. Oder verknallt."

Fabian packte ihn wütend an den Schultern. „Das weiß ich selber!"

„Ganz ruhig", sagte Schafmann und fasste ihn ebenfalls an den Schultern. „Was ich sagen will, ist: *Sie* … ist *nicht* … in *dich* verliebt."

Fabian ließ ihn los, seine Züge entgleisten ein wenig.

„Wie alt ist sie?", fragte Schafmann.

„Zwölfeinhalb."

„Und wie sieht sie aus?“

„Schön … Und sie riecht so gut.“

„Verstehe …“ Schafmann räusperte sich.

„Und ich muss immerzu an sie denken. Immerzu. Deswegen … hab ich auch nicht für Bio und Franze gelernt.“ Fabian ließ sich wieder auf die Matratze fallen und kuschelte sich erneut an ihn.

„Wie meinst du das?“, fragte er. „Dass sie nicht in mich verliebt ist? Ich dachte, das kommt automatisch.“

Schafmann lachte traurig. „Nein. Das kommt ganz und gar nicht automatisch … Nur manchmal. Und dann passt's nicht.“

„Wie meinst du das denn?“

„Ach, vergiss es. Vielleicht mag sie dich ja sogar ein bisschen …“

„Ja?“ Fabian richtete sich eilig auf. „Glaubst du?“

Schafmann seufzte. „Nein … Ich weiß es nicht. Aber darum geht es gar nicht. Du magst sie schließlich nicht bloß ein bisschen, oder?“

„Nein, ich mag sie total supersuperviel.“

„Eben. Und so soll sie dich auch mögen, und das ist eben das, was wehtut. Sie kann es einfach nicht. Weil sie nicht verliebt ist in dich.“

Wieder ließ sich Fabian auf die Matratze fallen. Diesmal vergrub er sein Gesicht im Kopfkissen. Eine Weile lag er still da, dann begann er mit beiden Fäusten auf die Matratze einzudreschen. Schafmann ließ ihn gewähren.

Nach einer Weile beruhigte sich Fabian wieder. Langsam drehte er sich zur Wand und murmelte dabei etwas Unverständliches.

Schafmann legte ihm die Hand auf die Schulter. „Was hast du gesagt?“

„Blöde Ziege“, antwortete Fabian in Richtung Wand.

Schafmann klopfte ihm sanft auf die Schulter. Dann stand er auf.

„Schlaf gut“, sagte er und schaltete das Licht aus. Er schloss die Tür und lächelte. Es gab Hoffnung. Für Fabian.

Immer wieder sah Sebastian nervös zu seinem Handy auf dem Nachttisch, aber es läutete nicht. Er hatte seinen halben Kleiderschrank ausgeräumt und den Inhalt im Zimmer verteilt. Er wusste, dass er weder Ahnung noch Gespür hatte, was auf einer Messe zu tragen war. Schlips war Pflicht, so viel war klar, und ihm graute davor, den Knoten binden zu müssen. Er legte zwei seiner drei Krawatten aufs Bett und begann mit der Auswahl der Hemden.

Auf dem Heimweg hatte er sich in der Von-Brug-Straße noch einen Rollkoffer besorgt, weil er ahnte, welche Blicke sein alter karierter Stoffkoffer auf sich ziehen würde, wenn er damit in den ICE stiege.

Er fuhr zusammen, als das Handy dann doch klingelte. Es war sein Vater. Er klang nicht mehr nüchtern.

„Kannst mi holn? I hob mia an Haxn verknackst."

Sebastian unterdrückte einen Fluch. „Weißt du was?", sagte er. „Bestell dir doch einfach ein Taxi."

„A Taxi? Woaßt, was des kost?"

„Ich geb's dir wieder", sagte Sebastian und klappte das Handy zusammen.

Er ging in die Küche und überprüfte den Inhalt von Kühl- und Vorratsschrank. Sein Vater würde locker über die drei Tage kommen, nur Bier war nicht genug da. Er klappte das Handy wieder auf.

„Wos is? Kimmst doch?"

„Nein. Aber bring dir von der Tankstelle noch ein Tragerl Bier mit."

„Wieso denn des? Kannst des ned morgn holn?"

„Ich bin ab morgen für drei Tage auf der Messe in Köln."

„Köln?" Sein Vater klang so fassungslos, als hätte er Kathmandu gesagt.

„Ich erklär's dir nachher", sagte Sebastian.

Er hatte das Handy kaum weggelegt, da läutete es erneut. Die Nummer im Display sagte ihm nichts.

Es war Volker Selbach. „Na, alles beieinander?", fragte er.

„Ich denk schon. Aber sicher bin ich nicht."

„Handyladegerät?"

„Verdammt ... das hätt ich liegen lassen."

„Schuhputzzeug?"

„Ist das nötig?"

„Nur wenn Sie es vergessen. Dann wirft Ihnen garantiert irgendwer seine Currywurst auf die Füße." Selbach lachte. „Aber eigentlich ruf ich an, damit Sie meine Handynummer speichern können. Nur für den Fall ..."

„Ja, gut. Mach ich."

„Wir sollten im Zug nebeneinandersitzen. Ich hab noch reichlich Fragen an Sie. Wir sehen uns am Bahnhof. Servus."

„Servus."

Sebastian behielt das Handy eine Weile in der Hand. Er wartete auf den Anruf der Stimme, aber das Gerät schwieg.

SCHWEMMER wendete den Waller in der Pfanne und nahm einen Schluck von dem Riesling, den er aus dem Keller geholt hatte. Ein 2009er Boppard Hamm. Angenehm spritzig. Er sah auf die Uhr. Der Fisch würde noch ein bisschen brauchen, die Kartoffeln auch, er lag gut in der Zeit. Jetzt durfte sich nur Burgl nicht verspäten.

Das Telefon läutete. Na toll, dachte er, wischte die Hände an der Schürze ab und ging ins Wohnzimmer. Nummer unterdrückt. Das hieß um diese Uhrzeit so gut wie sicher: Tante Kati. Abwägend hielt er das Mobilteil in der Hand, aber letztlich meldete er sich doch. Es *war* Tante Kati.

Ab und zu „Ja“, „Hmm“ und „Verstehe“ murmelnd, ging er in die Küche zurück und sah nach dem Waller, während Tante Kati ihm erläuterte, dass ein Leben im selben Gebäude mit der Wallhuber Vroni schlicht kein Leben sei. Die Art und Weise, wie sich dieses Frauenzimmer an den Schloch Bartl heranschmiss, sei auf die Dauer nicht zum Aushalten und …

Schwemmer atmete auf, als sich endlich Burgls Schlüssel in der Haustür drehte. Er eilte auf seine Frau zu, drückte ihr einen Kuss auf die Wange und das Telefon in die Hand. Dann kehrte er eilig an den Herd zurück, wo nicht nur der Waller, sondern auch die Kartoffeln und das Spitzkohlgemüse seine Aufmerksamkeit verlangten. Er schüttete die Kartoffeln ab und stellte sie warm. Dann beeilte er sich, Burgl mit einem Glas Riesling zu versorgen, um nach dem Tante-Kati-Überfall ihre Laune wiederherzustellen. Sie funkelte ihn an, als sie das Glas entgegennahm.

„Ich werde mit Balthasar drüber reden, Tante Kati“, sagte sie.

Er trottete in die Küche zurück und deckte den Tisch mit den vorgewärmten Tellern aus dem Backofen. Burgl schaffte es tatsächlich, das Gespräch umgehend zu beenden, und kam ebenfalls in die Küche.

Er hielt ihr sein Glas entgegen, und sie stießen an.

„Du hättest mich wenigstens den Mantel ausziehen lassen können“, sagte sie vorwurfsvoll.

„Waller“, sagte Schwemmer und wies mit dem Kinn in Richtung Herd.

„Schön“, antwortete Burgl. „Der Riesling auch.“

Der Fisch war ihm gut gelungen, und das Mahl hob die Stimmung zwischen ihnen wieder an, sogar ein wenig über Normalmaß.

„Wie war dein Tag?“, fragte Burgl.

„Fing schlecht an und hörte schlecht auf. In der Mitte ging’s.“

Er berichtete ihr von Hessmanns Weigerung, das LKA einzuschalten, und von dem bösen Verdacht, auf den er gestoßen war, als er eigentlich nur routinemäßig eine Spur in einem Braustüberl verfolgte. „‚Er soll mich in Ruh lassen‘ reicht natürlich nicht für eine Ermittlung. Und ich glaube nicht, dass sie mehr dazu sagen wird – jedenfalls nicht uns.“

„Frag mal beim Jugendamt nach, ob da schon mal was war.“

„Das werd ich tun. Aber auch dann wird es nicht reichen.“

„Vielleicht spricht sie ja mit mir? Wir können am Wochenende einen Ausflug dahin machen. Wir könnten die Radl mitnehmen.“

„Die Radl? Im Oktober?“

„Warten wir das Wetter ab. Der Waller war übrigens toll.“

„Danke.“ Er schenkte den Rest aus der Rieslingflasche ein. „Über was wollte Tante Kati, dass du mit mir redest?“

Burgl lachte kopfschüttelnd. „Jetzt reg dich bitte nicht auf …“

Schwemmer sah sie in besorgtem Schweigen an.

„Also: Tante Kati hat dem Schloch Bartl Briefe geschrieben. Mehrere.“

„Aha.“

„Und nun ist sie sich sicher, dass die Dingsbums Vroni in den Besitz der Briefe gelangt ist, weil sie ständig Anspielungen macht auf Sachen, die sie nur daraus kennen kann. Und das immer, wenn möglichst viele Leute zuhören. Der Bartl hat der Kati versichert, dass er gar nie nicht der Vroni die Briefe gezeigt hätte, er wisse aber auch nicht mehr, wo er sie hingetan hätte.“

Sie lachten beide ein wenig, Schwemmer ein bisschen weniger, weil er zu ahnen begann, in welche Richtung Tante Katis Überlegungen gingen.

„Wenn der Bartl der Vroni die Briefe also nicht freiwillig gegeben hat, heißt das zwangsläufig, dass sie widerrechtlich in ihren Besitz gelangt sind.“

„Und da, nehme ich an, komm ich ins Spiel“, sagte er.

Burgl lachte. „Einem guten Polizisten kann man eben nichts vormachen.“

So richtig witzig konnte Schwemmer das nicht finden. Jetzt musste er Tante Kati erklären, dass die Beweislage zu dünn und das Ganze sowieso komplett lächerlich war. Und Burgl war fein raus.

„Hauptsache, sie will nicht bei uns einziehen.“

„Nicht wenn du die Vroni hinter Gitter bringst, sagt sie.“

Schwemmer stand auf und holte die zweite Flasche Riesling aus dem Kühlschrank. Als er wieder saß, war es an ihm, nach ihrem Tag zu fragen. Sie verzog ein wenig das Gesicht.

„Ferdis Sohn war heute bei mir. Er scheint mich zu mögen.“

„Verständlich.“

„Danke schön.“

„Was für Probleme hat der Junge denn eigentlich?“

„Er ist seinem Vater gegenüber extrem aggressiv, manchmal sogar körperlich. Er hat keine Freunde, kein Hobby. In der Schule ist er unbeliebt und schlecht. Da ist nichts, womit er punkten könnte. Der einzige Hebel, den er hat, ist der Hass zwischen seinen Eltern. Und den weiß er anzusetzen.“

„Das kann ein mächtiger Hebel sein“, sagte Schwemmer. „Und wie ist der Bursche sonst so?“

Burgl stieß einen langen Atemzug aus. „Unsympathisch“, sagte sie.

SEBASTIAN hatte seinem Vater die Treppen hinaufgeholfen und anschließend das Tragerl Helles hochgetragen, was ihm mit seinem lädierten Ellbogen nicht leichtgefallen war. Jetzt saß der Vater in der Stube. Die Joppe hatte er noch an, auch den Hut noch auf dem Kopf, aber den rechten Schuh und die rote Stricksocke hatte er abgestreift. Der Knöchel hatte den Umfang einer Pampelmuse. Sebastian ging ins Bad und wühlte im Medizinschrank. Er fand eine Salbe für Sportverletzungen und eine elastische Binde.

„Des mach i selber“, sagte sein Vater, als er sich damit vor ihn hinkniete.

Sebastian reichte ihm die Salbe und die Binde und stand wieder auf.

„Wieso hast nix gsagt, dass d’ auf Köln naufgehst?“ Mühsam bückte sich der Vater zu seinem Knöchel. Er erreichte ihn nur mit den Fingerspitzen.

„Ich hab es heute erst erfahren. Bei uns ist jemand ... ausgefallen.“

Sein Vater massierte schnaufend die Salbe ein, ohne Sebastian anzusehen. „Ausgfalln? Daschossn moanst.“

„Woher weißt du das?“

„Ausm Wirtshaus. Der Strohacker Sepp is von Grainau, der hod gwusst, dass die Frau bei euch gschafft hat. Muss ja grad ganz a Lockere gwesn sei. Hat jede Woch an andern im Bett ghabt. So wird’s verzählt in Grainau.“

Sebastian traute seinen Ohren nicht. Wer konnte so über Sanne reden? Ja, ein-, zweimal hatte sie Besuch gehabt, und gewiss waren auch Männer über Nacht geblieben, aber ...

„Schau mi ned so o. Wos host denn mit dera z’ schaffn ghabt?“

Sebastian zuckte mit den Schultern. „War halt eine Kollegin.“

Sein Vater versuchte die elastische Binde am Knöchel zu fixieren, aber sie rutschte immer wieder ab. „Lass mich das machen“, sagte Sebastian, und diesmal wehrte sich der Vater nicht.

„Wann fahrst denn morgen?“, fragte er.

„Früh. Fünf vor sechs nach München. Ab Pasing dann ICE nach Köln.“

„Köln. Da war i no nie. Den Dom musst oschaugn ... War übrigens a guade Idee mit dem Tragerl. Nett, dass d’ drodenkt hast.“

Sebastian hörte das verwundert, während er die Binde mit zwei Häkchen schloss. Es kam so gut wie nie vor, dass sein Vater sich bei ihm bedankte.

„Traust dich jetzt doch wieder ins Wirtshaus?“, fragte er und stand auf.

„Jo mei, i hob gsogt, i war’s ned. Was sollns da sagn?“

„Gut“, sagte Sebastian. „Ich muss jetzt fertig packen.“

Er half seinem Vater aus dem Sessel hoch, damit er die Joppe ausziehen konnte. Der machte ein paar prüfende Schritte und zog jedes Mal scharf die

Luft ein. „In der Wohnung wird's gehn", sagte er und ließ sich in den Fernsehsessel fallen. Sebastian reichte ihm noch die Fernbedienung und ging in sein Zimmer.

Er fuhr den Computer hoch und googelte nach Krawattenknoten. Als er eine Anleitung gefunden hatte, band er sich unter halblautem Fluchen den Stoffstreifen um den Hals und stellte nach einem Blick in den Spiegel fest, dass der Knoten tatsächlich so aussah wie auf der Abbildung. Er öffnete ihn vorsichtig so weit, dass er erhalten blieb, als er die Krawatte über den Kopf wieder abnahm. Morgen würde er den Knoten nur wieder zuziehen müssen. Er atmete auf.

Immer noch hatte sich die Stimme nicht gemeldet. Würde sie ihn heute in Ruhe lassen? Er mochte es nicht glauben. Andererseits: Wenn es wirklich Selbach war, würde der bestimmt Wert darauf legen, dass er morgen fit war. Wenn sich die Stimme heute Nacht nicht meldete, war das ein weiteres Indiz, das auf den neuen Kollegen deutete.

Sebastian hatte eine Idee. Bei seiner Suche nach dem Stimmenverzerrer war er auf die Seite eines Onlineshops für Detektivbedarf gestoßen. Die rief er erneut auf. Dort wurden erstaunliche Dinge angeboten. Eine bewegungsgesteuerte Video- und Audio-Raumüberwachung, versteckt in einem Digitalwecker. Mikrofone, die durch die Wand hören konnten. Und eine Software, die man „in wenigen Augenblicken" auf ein Handy spielte, um anschließend sämtliche Verbindungsdaten und SMS-Texte online abfragen zu können. Expresslieferung möglich bei Vorkasse – 799 Euro.

Sebastian kratzte sich am Kinn. Er sah durchaus die Chance, mal ein paar unbewachte Momente mit Selbachs Handy zuzubringen. Aber auch bei Expresslieferung würde er die Software erst bekommen, wenn er aus Köln zurück wäre. Und 799 Euro waren natürlich eine Stange Geld. Andererseits gehörte Geld eigentlich nicht zu seinen Problemen. Er war nicht reich, und er verdiente gewiss zu wenig für seine Qualifikation, aber da er sich außer einem neuen PC alle drei Jahre keine Extravaganzen leistete, stellte die Summe kein Problem für ihn dar.

Eine Weile überlegte er noch, ob das Ding wirklich funktionieren konnte oder ob er da irgendwelchen Betrügern aufsaß, dann klickte er auf „Warenkorb" und eröffnete ein Kundenkonto. Er hatte gerade auf „Bestellen" geklickt, als es an der Tür klopfte. Sein Vater stand da, am Türrahmen abgestützt. Er trug bereits seinen Schlafanzug.

„Was gibt's?", fragte Sebastian.

„Zweng dem Taxi", sagte der Vater. „I kriag no acht Euro von dir."

Ich kann nicht recht beschreiben, was ich tue. Es pulsiert. Und das Pulsieren dringt nach außen. Ich dringe nach außen. Das Pulsieren ist die Tat, der Rhythmus. Es ist die eigentliche Quelle. Ich kann es spüren, sonst niemand. Dann und wann springt es, oder es fehlt ein Schlag, aber am Ende findet alles immer in den Puls zurück. Der Puls des Handelns. Er lebt. Er tötet.

SECHS

Sebastian hatte eine unruhige Nacht. Immer wieder schaute er auf die Uhr. Um Viertel vor fünf – zehn Minuten bevor der Wecker geläutet hätte – schaltete er das Licht an, rieb sich ausgiebig die Augen und versuchte das Dauergähnen in den Griff zu bekommen. Schließlich schleppte er sich ins Bad, um unter der Dusche wach zu werden, was halbwegs gelang.

Er hörte den Vater schnarchen, während er sich in der Küche ein Brot mit Emmentaler belegte und einen Schnellkaffee aufbrühte. Der dunkle Oktobermorgen draußen vor dem Fenster war trocken und schien es auch bleiben zu wollen. Er konnte zu Fuß zum Bahnhof gehen. Als er seinen Kaffee getrunken hatte, war es halb sechs. Er griff seinen Koffer und verließ das Haus.

Die frische Morgenluft ließ ihn frösteln, und als er an der Hauptstraße auf Fußgängergrün wartete, überkam ihn eine erneute Gähnattacke. Als plötzlich eine Frau mit einem Damenrad neben ihm stand und ihn ansah, hielt er hastig die Hand vor den Mund. Die Frau war ein paar Jahre älter als er, hatte dichte schwarze Locken und ein offenes Gesicht. Er meinte sie schon mal auf der Straße gesehen zu haben, hatte aber keine Ahnung, wer sie war.

Ihr Blick war unsicher, aber sie musterte ihn intensiv. „Entschuldigung, wohnen Sie hier in der Nachbarschaft?“, fragte sie.

„Ja.“ Er wandte sich um und wies die Ludwigstraße hinauf. „Da drüben.“

„Ah ja.“ Sie wirkte verlegen. „Ich hab mich nur gefragt, woher ich Sie kenne … Einen schönen Tag noch.“ Sie schob ihr Rad an und fuhr auf die Hauptstraße hinaus, in Richtung Mittenwalder Straße. Ihre weiße Hose fiel ihm auf. Eine, wie Ärzte sie tragen.

Sebastian war als Erster auf dem Bahnsteig. Er wünschte, er hätte die dickere Jacke angezogen, aber er hatte sich für den Trenchcoat entschieden. Der war schicker, hatte dem Wind, der über die Gleise pfiff, jedoch wenig entgegenzusetzen. Als er sich gerade entschlossen hatte, in die Halle zurückzugehen, kamen Carina und Selbach. Carina winkte aufgekratzt, als sie ihn entdeckte. Sie schien sich wirklich auf die Tour zu freuen. Selbach wirkte unausgeschlafen und leicht zerknautscht. Nach und nach erschien auch der Rest des Vertriebs; als Dr. Lerchl kam, war der Zug bereits in Sicht.

Carina begann die Fahrkarten und Reservierungen zu verteilen. Ab Pasing würde die Gruppe in unterschiedlichen Wagen sitzen.

„Herr Polz und ich müssen beieinanderbleiben“, sagte Selbach.

Sie suchte die passenden Reservierungen heraus. „Wir haben einen Platz zu wenig“, sagte sie. „Vielleicht find ich ja einen freien in Ihrer Nähe.“

Das war zunächst kein Problem, der Zug war angenehm leer. Die Kollegen verteilten sich im Waggon und klappten ihre Laptops auf, Dr. Lerchl faltete geräuschvoll seine *FAZ* auseinander. Selbach, der Sebastian gegenübersaß, zwinkerte ihm zu. „Hinter München ist es noch früh genug zum Arbeiten“, sagte er, lehnte den Kopf ans Seitenpolster und schlief sofort ein.

„Beneidenswert“, sagte Carina.

„Ja“, antwortete Sebastian. „Ich probier das auch mal.“ Doch natürlich war an Schlaf nicht zu denken. Alle fünf oder sechs Minuten gab es einen Halt, mit Geruckel des Waggons und Geschiebe im Gang.

Sebastian hielt eisern die Augen geschlossen. In seine Gedanken schlich sich die Frau mit dem Fahrrad. Warum hatte sie ihn angesprochen? Er konnte sich keinen Reim darauf machen. Zu anderen Zeiten hätte er sie vermutlich längst vergessen. Aber es waren keine anderen Zeiten. Es war diese Zeit. Die Zeit der toten Sanne. Alles konnte eine Bedeutung haben.

In Huglfing stieg eine Gruppe halbwüchsiger Schüler ein, und mit der Ruhe war es endgültig vorbei.

„Kaffee?“ Carina hatte eine Thermoskanne aus ihrem Rucksack gezogen. Sebastian nahm das Angebot dankbar an. Der Tag würde hart werden. Die Messe begann zwar erst morgen, aber sie mussten den Stand bestücken, und es gab einige Termine außerhalb der Messe, die noch von Sanne vereinbart worden waren und die Lerchl unbedingt wahrnehmen wollte.

Carina sah nervös auf ihre kleine goldene Armbanduhr, die wahrscheinlich nicht ganz billig gewesen war, die aber nicht so recht zu ihrem breiten Handgelenk passen wollte. „Der ICE geht um fünfunddreißig von Gleis neun“, las sie von ihrem ausgedruckten Reiseplan ab und sah wieder auf die Uhr. „Wenn das so weitergeht, wird es knapp.“ Aber als sie in Pasing ankamen, hatten sie noch gut sieben Minuten. Sebastian, Selbach und Carina trennten sich von den anderen und stiegen in ihren Wagen. Tatsächlich fand Carina einen freien Platz nur eine Reihe hinter ihnen.

Selbach ließ sich aufatmend in die Polster sinken, Sebastian setzte sich neben ihn. „Kaffee?“, fragte Carina von hinten. Auch Sandwiches bot sie an und Schokoladenkekse. Sie nahmen dankbar und reichlich.

Als der Zug die Außenbezirke Münchens hinter sich gelassen hatte, sagte Selbach: „Nun denn“ und packte seinen Laptop aus. Sebastian folgte seinem Beispiel, und kurz darauf waren sie in das Kontrollmodul der Verladungsrückerfassung und dessen Kombination mit der Strichcodeleservernetzung vertieft. „Mann, das ist nicht gut“, sagte Selbach, nachdem Sebastian ihm das Flussdiagramm hinter der Benutzeroberfläche erläutert hatte.

Dass er nicht begeistert war, sprach definitiv für Selbach. Hansi Fellerer hatte da eine Idee, die Sebastian vor ein paar Monaten Dr. Lerchl als dessen eigene untergeschoben hatte, derart umständlich und benutzerfeindlich umgesetzt, dass das Modul ohne Überarbeitung gar nicht in den Verkauf hätte gehen dürfen. Es war Sanne gewesen, die darauf gedrängt hatte, es trotzdem noch vor der Messe ins Programm zu integrieren, denn bei einem der „Marktbegleiter“, wie sie das nannte, gab es offenbar ein ähnliches Feature.

„Am besten, wir erwähnen es gar nicht“, sagte Selbach jetzt. „Hoffen wir, dass wir damit durchkommen.“

„Tut mir leid“, sagte Sebastian. „Ich hätte es früher ansprechen sollen.“

„Schon recht“, sagte Selbach. „Sie haben das völlig richtig gemacht. Es hätte keinen Zweck gehabt, über fragwürdige Details zu reden, solange ich keine Ahnung vom großen Ganzen hatte.“ Er seufzte. „Lassen Sie mich mal raus, Herr Kollege?“

Sebastian stand auf, und Selbach verschwand in Richtung Toiletten.

Auf dem heruntergeklappten Tischchen vor Selbachs Fensterplatz lag neben dem Laptop sein Smartphone. Langsam schob Sebastian die Hand in Richtung des Gerätes. Er müsste nur zugreifen, die getätigten Anrufe abfragen, und er wäre schlauer. Als seine Finger sich gerade um das Handy geschlossen hatten, fragte eine Stimme hinter ihm: „Kaffee?“

Erschrocken ließ er das Handy los, drehte sich um und grinste schief. „Nein danke, Carina. Ich glaub, ich hab genug Koffein im Moment.“

„Der bleibt lange warm in der Kanne“, sagte sie. „Bestimmt bis Frankfurt. Schickes Ding, das Smartphone vom Selbach, oder?“

„Ja.“ Sebastian räusperte sich. „Wär vielleicht auch was für mich.“

„Soll ich das mal beantragen?“

„Wie? Beantragen?“ Er verstand nicht recht. „Bei wem?“

Sie lachte. „Na, genau genommen bei mir. Ich leg das dann Doktor Lerchl vor, aber da macht immer der Ton die Musik.“

„Du meinst … der Lerchl bezahlt mir das?“

Ein amüsiertes Lächeln erschien in ihrem Gesicht. „Na, was meinst du, wer das da bezahlt?“

Sebastian schüttelte den Kopf. Das war einfach nicht seine Art zu denken.

„Na ja“, sagte er, „dann beantrag mir doch mal so ’n Ding.“

„Okay.“ Carinas Kopf verschwand hinter der Sitzlehne.

Selbach tauchte im Gang auf und nahm wieder Platz. „Muss ich sonst noch irgendwo mit so einem versteckten Sprengsatz rechnen?“, fragte er.

„Nein. Der Rest ist top“, sagte Sebastian. „Dafür steh ich grade.“

„Freut mich zu hören.“ Selbach griff nach seinem Handy, um es in die Tasche seines Jacketts zu stecken. Er hielt in der Bewegung inne. „Haben Sie das gesehen?“ Er zeigte Sebastian das Smartphone. „Coole Sache. Sagen Sie Doktor Lerchl, dass Sie auch eins brauchen.“

„Brauch ich eins?“, fragte Sebastian. „Wozu?“

„Es wäre einfacher für mich“, sagte Selbach.

„HEREIN!“, rief Schwemmer. Es war ein auffallend schüchternes Klopfen gewesen. Auch der sehr junge Kollege von der Wache, der nun eintrat, war schüchtern. „Was kann ich für Sie tun … Herr Markowiak?“ Schwemmer brauchte eine Sekunde, bis er auf den Namen kam.

Markowiak trug ein Schreibheft bei sich, das er fest umklammert hielt. „Mir ist da was eingefallen“, sagte er.

Schwemmer wies auf die Besucherstühle, und Markowiak setzte sich.

„Ich führe da so ein persönliches Protokollheft“, sagte er. „Bei Anrufen, wo man nicht weiß, zum Beispiel.“

„Was muss ich mir denn unter einem ‚Anruf, wo man nicht weiß‘ vorstellen, Herr Kollege?“, fragte Schwemmer.

Markowiak wand sich ein bisschen. „Ja … halt die Anrufe, wo nicht ins offizielle Protokoll kommen. Und wo man dann nichts gemacht hat.“

„Also Scherzanrufe? Telefonstreiche?“

„Ja. Auch. Oder wenn jemand anruft und nur um Rat fragt. Oder nur jammern will. Oder wenn Touristen von außerhalb anrufen, wie das Wetter ist.“

„Verstehe. Und warum machen Sie das?“

Markowiak sah ihn verlegen an. „Weil, man weiß ja nie …“

Schwemmer nickte. „Dann kommen Sie mal zur Sache, Herr Kollege.“

Markowiak blätterte nervös in seinem Heft und reichte es aufgeschlagen über den Schreibtisch. „Da, in der Mitte von der linken Seite.“

Schwemmer warf einen Blick auf die in winziger Schrift verfassten, beinahe unleserlichen Notizen. „Erzählen Sie mir doch einfach, was da steht.“

„Also, vor drei Monaten hatte ich eine Dame am Apparat, die wollte ihren Namen nicht sagen. Sie wollte wissen, was sie gegen einen Mann machen kann, der sie verfolgt. Ich hab ihr gesagt, Stalking ist eine Straftat, und wir würden das verfolgen, wenn sie es anzeigt. Aber sie wollte nur, dass wir den

Mann verjagen, weil er immer spätabends vor ihrem Haus parkt. Ich hab gesagt, entweder sie zeigt ihn an, oder wir können nichts machen. Aber anzeigen wollte sie ihn nicht und hat dann aufgelegt."

„Das haben Sie ganz richtig gemacht. Und um was geht es jetzt?"

„Sie hat mit unterdrückter Nummer angerufen, aber das nützt bei uns ja nix, und ich hab mir dann den Namen rausgesucht, nur für alle Fälle ... Das war die Frau, wo jetzt ermordet worden ist." Markowiak biss auf seiner Unterlippe herum. „Ich hab die ganze Zeit gedacht, dass ich den Namen schon mal gehört hab. Und eben hab ich meine Hefte noch mal durchgesehen, und da hab ich es gefunden."

Schwemmer hob die Brauen und nahm das Heft vom Schreibtisch. „Darf ich das haben?"

„Freilich." Markowiak stand auf und verabschiedete sich schnell.

Schwemmer begann seine Unterlagen zusammenzusuchen. Die Sitzung der Mordkommission würde in ein paar Minuten beginnen.

Er wollte sich gerade erheben, als es erneut an seiner Tür klopfte. Diesmal allerdings weniger schüchtern. Es war Polizeidirektor Hessmann.

„Grüß Gott." Hessmann blieb steif vor Schwemmers Schreibtisch stehen und räusperte sich, bevor er zu sprechen begann. „Ich vermute, dass es Sie nicht überrascht, zu hören, dass Frau Doktor Isenwald darauf besteht, das LKA zu dem Fall hinzuzuziehen."

„Ich weiß nicht, worauf Sie hinauswollen, Herr Polizeidirektor." Schwemmer sah Hessmann direkt in die Augen, was diesem merklich nicht behagte.

„Nun, es ist ja kein Geheimnis, dass Sie sehr gut mit Frau Doktor Isenwald kooperieren ..."

„Das klingt, als wollten Sie mir deshalb einen Vorwurf machen."

„Nein, natürlich nicht ..." Hessmann schüttelte ärgerlich den Kopf. Offenbar hatte er nicht damit gerechnet, so schnell in die Defensive zu geraten. „Die Staatsanwaltschaft will den Fall von Aschaffenburg mit in die Untersuchungen einbezogen haben. Bitte veranlassen Sie also das Nötige."

„Selbstverständlich, Herr Hessmann", sagte Schwemmer.

Hessmann verneigte sich sehr kurz und verließ das Büro.

Mit zufriedener Miene griff Schwemmer zum Telefon. „Frau Zettel? Bringen Sie doch bitte die Akte aus Aschaffenburg mit zur Sitzung."

In Stuttgart wurde Carina von einem ziemlich fülligen Mann von ihrem Platz vertrieben und machte sich auf die Suche nach einem anderen freien Sitz. Die Thermoskanne und eine Packung Kekse ließ sie ihnen da.

„Wirklich eine Nette", sagte Selbach, als sie weg war. „Von der Statur her ist sie natürlich …“ Mit einem entschuldigenden Lächeln ließ er den Satz offen.

Sebastian zuckte mit den Schultern. Carina war so groß wie er selbst, und er war sich nicht sicher, ob er sie im Armdrücken würde schlagen können. Aber unter erotischen Gesichtspunkten hatte er sie noch nie betrachtet. Da hatte es für ihn seit dreizehn Monaten nur eine einzige Frau gegeben.

„Na, dann mal weiter im Text“, sagte Selbach, und sie beugten sich wieder über ihre Bildschirme, bis kurz vor Frankfurt Carina im Gang auftauchte.

„Und? Haben Sie einen Platz gefunden?“, fragte Selbach.

„Ja, drei Wagen weiter …“ Sie sah sehr verlegen aus. „Aber … das Hotel hat angerufen. Wir waren für ein Zimmer ja nur auf der Warteliste. Und das ist jetzt weg.“

„Oh“, sagte Selbach. Mit gerunzelter Stirn dachte er nach. „Wir sind sieben Männer und drei Frauen, wenn ich richtig zähle. Dann müssten sich also ein Mann und eine Frau finden, die sich ein Zimmer teilen, korrekt?“

Ihrem überraschten Gesicht war anzusehen, dass sie auf den Gedanken noch nicht gekommen war. „Aber wer sollte das sein?“

„Na, die Letzten beißen die Hunde“, sagte Selbach. „Und die Letzten sind Herr Polz und Sie.“

„Ich?“, entfuhr es Sebastian, und Carina hatte plötzlich rote Flecken auf den Wangen.

„Also, von mir aus …“, sagte sie. Für Sebastian klang es, als wollte sie schon, traute sich aber nicht recht.

„Na, wenn es Frau Öckler nichts ausmacht, sollte es an Ihnen doch nicht scheitern, Herr Polz!“ Selbach rammte Sebastian den Ellbogen in die Seite. „Oder wollen Sie zu allem andern heut auch noch durch Köln latschen und ein Zimmer suchen? Wo wir ein Bett über hätten?“

Sie waren unterwegs zum Tatort. Schwemmer wollte das Haus noch einmal in Ruhe ansehen, ohne ständig von der Spurensicherung zurückgepfiffen zu werden.

Die Sitzung der Mordkommission war nicht sehr ergiebig gewesen. Oberinspektorin Zettel hatte aus der Aschaffenburger Akte vorgetragen, und Jochen Roller, Drägers Computerspezialist, hatte in seiner umständlichen Art über die Auswertung von Susanne Berghofers privatem E-Mail-Account berichtet. Es gab ein paar Kontakte, die man befragen konnte, aber in den gespeicherten Mails ließ sich keinerlei Hinweis auf eine Verbindung zur Tat finden. Das wollte Roller jedoch noch mal von den Linguisten beim LKA überprüfen lassen, wie er erklärte. Schließlich sei er nur für Daten zuständig, nicht für Texte.

Schwemmer hatte von Markowiaks Notizen berichtet, die den Verdacht begründeten, dass Susanne Berghofer von einem Stalker belästigt worden war. Auch einige Nachbarn hatten von einem Mann gehört, der gelegentlich nachts vor dem Haus gestanden haben sollte, aber außer der verstorbenen Lina Wagmüller hatte ihn niemand wirklich gesehen.

Nun saß Schwemmer in Schafmanns Vectra und ließ sich durch den dichten Vormittagsverkehr in Richtung Grainau chauffieren. Ein Bus mit der Aufschrift NORGES SKIFORBUND rollte langsam vor ihnen her.

„Ist schon wieder Weltcup-Saison?“, fragte Schwemmer.

„Bald. Die trainieren hier für Sölden“, sagte Schafmann und wurde dann dienstlich. „Das Prepaidhandy aus München hat sich nicht mehr gerührt.“

„Kein Wunder. Wer hinterlässt eine Nachricht auf einer Mailbox, wenn er weiß, dass die Besitzerin tot ist?“ Schwemmer runzelte die Stirn. „Morgen fahr ich nach Aschaffenburg. Und dann nach Lohr, um mich mal mit dem Ex von der Berghofer zu unterhalten.“

„Mit ihrem Quasi-Stiefvater, meinst du.“

Sie hatten den Ortsausgang erreicht. Immer noch zockelte der Bus der norwegischen Skifahrer vor ihnen her. Endlich erreichten sie den Abzweig nach Untergrainau, und Schafmann bog nach links in die Schmölzstraße ab. Sie waren noch hundertfünfzig Meter vom Haus der Berghofer im Zigeunerweg entfernt, als sie den Wagen bemerkten, der vor der Scheune stand.

„Presse?“, fragte Schwemmer.

„Unwahrscheinlich“, antwortete Schafmann. „Die fahren keine E-Klasse.“

Sie stiegen aus, betraten den Vorgarten und gingen auf die Haustür zu, als Schafmann plötzlich stehen blieb und auf die Tür zeigte. Das Polizeisiegel war aufgeschnitten, die Tür nur angelehnt.

„Hast du deine Waffe dabei?“, fragte Schwemmer leise. „Ich nicht.“

„Dann geh ich mal vor.“ Schafmann zog seine Walther und lud durch. Er schob vorsichtig die Tür auf, sie spähten in die Diele. Niemand war zu sehen. Aber als sie eintraten, hörten sie ein Geräusch aus dem ersten Stock.

Mit gehobener Waffe schlich Schafmann die Stiege hoch; Schwemmer folgte ihm auf dem Fuß. Oben stand die Tür zum Wohnzimmer halb offen.

Schafmann sah Schwemmer an. *Laut oder leise?,* las Schwemmer von Schafmanns Lippen ab. *Leise,* antwortete er, ebenfalls lautlos.

Schafmann drückte langsam die Tür auf, das Wohnzimmer war leer. Sie pirschten weiter. Die Schlafzimmertür war angelehnt. Als sie sie erreichten, zählte Schafmann pantomimisch bis drei, Schwemmer stieß die Tür auf, und Schafmann trat mit gehobener Waffe ein.

Im Schlafzimmer stand ein Mann, der herumfuhr, als Schafmann „Polizei!

Hände hoch!“ brüllte. Er gehorchte mit einer langsamen Bewegung. „Ich bin nicht bewaffnet“, sagte er. Schwemmer tastete ihn ab und fand tatsächlich keine Waffe, aber eine Brieftasche und zwei Handys: ein iPhone und ein Siemens A52. Es war ausgeschaltet.

SEBASTIAN hatte einen Kloß im Hals, seit sie aus dem ICE ausgestiegen waren. Es fühlte sich an, als würde er von den Menschenmassen mitgerissen, die Treppen hinunter in die Gänge des Kölner Hauptbahnhofs, die kaum leerer waren als der Bahnsteig, vorbei an zahllosen Geschäften und Imbissständen, hinaus in Richtung Vorplatz. Er klammerte sich am Griff seines Rollkoffers fest und konzentrierte sich darauf, die anderen nicht aus den Augen zu verlieren. Menschenmengen machten ihm Angst, schon immer.

Das kalte Nieseln, das sie draußen empfing, war seinem Wohlbefinden weiter abträglich. Er räusperte sich heftig und folgte Selbach, der zielsicher auf den Taxistand zusteuerte, an dem die Wagen im Fünf-Sekunden-Takt an- und wieder abfuhren. „Sie und Frau Öckler nehmen am besten einen eigenen Wagen. Ihr Hotel liegt nicht an unserer Strecke“, sagte Selbach zu ihm. „Ich würde sagen, in zwei Stunden treffen wir uns alle am Stand.“

„Alles klar“, sagte Sebastian und öffnete den Kofferraum eines Taxis. Carina und er hoben ihre Koffer hinein und stiegen in den Fond.

„MS River Symphony“, las Carina von einem Zettel ab. „Das ist ein Schiff. Es liegt an der Frankenwerft.“

Der Kopf des Fahrers fuhr herum. „Frankenwerft?“, blaffte er unter seinem Schnäuzer hervor. „Dat is doch direkt do unge! Da brauchste doch kejn Tax för! Da jeht er ma schön ze Foß!“

„Aber …“ Carina sah Sebastian unsicher an. Der nahm die Brille ab, atmete ein-, zweimal tief durch und setzte die Brille wieder auf.

„Hören Sie, mein Herr“, sagte er. „Sie fahren uns jetzt zu diesem verdammten Schiff, oder ich sorg dafür, dass Sie einen Ärger kriegen, von dem Sie noch Ihren Enkeln erzählen werden.“

Er traute seinen Ohren nicht, als er sich das sagen hörte, aber die Worte beeindruckten den Fahrer genauso wie Carina, die ihn mit leicht offenem Mund von der Seite anschaute. Sebastian tat, als bemerkte er es nicht.

Es waren dann tatsächlich nur vier Euro auf der Uhr, als sie am Rheinufer ausstiegen. Über die vom Regen leicht glitschige Gangway betraten sie das Schiff.

Ihre Kabine lag zum Wasser hin, was bedeutete, dass sie den Dom nicht im Blick hatten. Dafür war es schön ruhig. Im Vergleich zu einem normalen Hotelzimmer war der Raum ziemlich klein, aber zu Sebastians Erleichterung standen die Betten getrennt. Auch Carina schien das sehr recht zu sein, wenn er ihre Miene richtig interpretierte.

Sie hängte ihre Sachen ordentlich in den Schrank und verschwand im Bad. Sebastian nutzte die Zeit, seine Sachen ebenfalls in den Schrank zu räumen. Dann legte er sich auf sein Bett und schloss die Augen. Vielleicht kann ich ja ein paar Minuten dösen, dachte er und war schon eingeschlafen.

SCHWEMMER massierte sich die Schläfen. Vor ihm auf dem Tisch im Verhörraum stand ein leerer Kaffeebecher – sein dritter, seit sie mit Herrn Thomas Kaltenbusch hier saßen. Ein arroganter Schnösel im teuren Anzug und mit protzigem Ehering. Kein Wunder, dass der Ring einem Mädchen wie Vanessa Huberbichler aufgefallen war.

Wie er so dasaß, präsentierte sich Kaltenbusch als Prototyp des Münchner Großkopferten. Aber sein fahriger Blick, die kleinen Schweißperlen auf der Stirn und die zu laute Stimme ergaben ein anderes Bild: Der Mann war nervös. Er stammte auch nicht aus München, sondern aus Bochum. In München hatte er einen Zweitwohnsitz, wofür er, wie er betonte, jedes Jahr 2100 Euro Zweitwohnsitzsteuer zu berappen hatte. Schwemmer rechnete überschlägig im Kopf und kam auf eine Monatsmiete von um die zweitausend Euro.

Dräger hatte bereits die Fingerabdrücke abgenommen, und es war klar, dass Kaltenbusch früher schon am Tatort gewesen war. Die Spuren stimmten aber nicht mit denen überein, die sie im Auto des Opfers gefunden hatten. Darüber, was er am Tatort zu suchen gehabt hatte, gab Kaltenbusch ebenso wenig Auskunft wie über seinen Anruf auf Susanne Berghofers Mailbox. Sobald Schwemmer ihm eine Frage stellte, die über Angaben zur Person hinausging, forderte er, zunächst seinen Anwalt zu sprechen. Der hatte, wie ein Telefonanruf ergab, allerdings heute einen Gerichtstermin und würde erst morgen kommen. Die Aussicht, eine Nacht in Untersuchungshaft zu verbringen, beunruhigte Kaltenbusch offensichtlich.

Schwemmer winkte Schafmann hinter sich her aus dem Raum.

„Meinst du, der war's?“, fragte er.

„Ich hab keine Ahnung“, sagte Schafmann. „Ein Arschloch jedenfalls. Macht auf Schickeria, dabei hat er die Hosen gestrichen voll.“

Schwemmers Handy läutete, es war Staatsanwältin Isenwald. Kaltenbusch war der Staatsanwaltschaft Bochum bekannt, allerdings ausschließlich im Zusammenhang mit Wirtschaftsdelikten. Es hatte einige Ermittlungsverfahren, aber keine Anklage gegeben. Er war Teilhaber mehrerer Handelsfirmen, Schwerpunkt Export von Stahlröhren. Derzeit war er dabei, sich an der Ostseepipeline eine goldene Nase zu verdienen. In München lag eine Reihe von Verkehrsdelikten minderer Bedeutung vor, sonst nichts.

Isenwald versicherte, auf gar keinen Fall verpassen zu wollen, wenn Kaltenbuschs Anwalt auftauchte, den sie noch von der Uni kannte. Man konnte sich also auf ihren Besuch einstellen.

„Das ist einer von diesen Typen, die nicht mal dann mit der Polizei reden, wenn sie nichts zu verbergen haben“, sagte Schwemmer, als er sein Handy wieder eingesteckt hatte.

„Ein reicher Stenz, der sich eine Gespielin hält“, sagte Schafmann. „Wer weiß, was die gespielt haben. Und ob ihm dabei vielleicht die Sicherungen durchgebrannt sind. Was machen wir mit ihm?“

„Einlochen und abwarten.“

DIE NUMMER auf dem Display seines Telefons sagte Schwemmer nichts. Er meldete sich mit seinem Namen.

„Oh“, hörte er eine weibliche Stimme. „Ich wollte eigentlich den Herrn Schafmann sprechen …“ Die Dame klang unsicher.

„Der spricht wohl gerade“, sagte Schwemmer, „deswegen sind Sie bei mir gelandet. Kann ich Ihnen vielleicht helfen? Mit wem sprech ich denn?“

„Misera ist mein Name … Es geht um das Auto, das ich vorgestern Morgen … Aber ich weiß nicht, ob Sie darüber Bescheid wissen.“

„Der dunkle Wagen in der Ludwigstraße?“

„Ja, genau. Ich hab heut Morgen auf dem Weg zur Arbeit …“ Sie unterbrach sich. „Nein, das ist einfach zu … vage.“

„Sie können es ruhig uns überlassen, zu beurteilen, was vage ist und was nicht. Es geht um einen Mordfall, Frau Misera. Sprechen Sie bitte.“

„Ach, es ist … der Fahrer trug eine Brille, das war alles, was ich von ihm sehen konnte. Und heute Morgen war da ein Mann in der Ludwigstraße, der trug halt auch eine Brille, und irgendwie kam es mir so vor …“

„Kennen Sie den Mann?“

„Vom Sehen. Er wohnt irgendwo in meiner Nachbarschaft. Aber ich weiß nicht, wie er heißt.“

„Können Sie den Mann beschreiben?“

„So Anfang dreißig, schätze ich. Mit ziemlich wenig Haaren und einer dicken Brille. Ungefähr so groß wie ich, also etwas über eins siebzig.“

Schwemmer notierte die Angaben. „Wir brauchen eine ordentliche Aussage von Ihnen, Frau Misera. Können Sie zur Wache kommen?“

„Nein, das ist ganz schlecht, ich hab Bereitschaft. Ich bin Klinikärztin. Deswegen wollte ich ja auch mit dem Herrn Schafmann sprechen …“

„Dann hätten wir trotzdem eine ordentliche Aussage gebraucht." Schwemmer runzelte die Stirn. Schafmann vernahm Zeuginnen, Schafmann machte Überstunden, Schafmann hatte ein neues Rasierwasser …

„Wann haben Sie denn Mittag?", fragte er.

„Ich hab jetzt eine OP … Danach wahrscheinlich, so in einer Stunde. Aber nur, wenn kein Notfall dazwischenkommt."

„Ich meld mich bei Ihnen", sagte Schwemmer.

Es ist nicht immer nötig, dort zu sein, wo die Kontrolle ist. Wichtig ist nur, den Rhythmus zu spüren. Das Pulsieren. Denn wenn der Rhythmus verloren geht, geht der Sinn verloren. Nicht der Sinn des Handelns. Es ist der Sinn des Seins, der verloren geht. Und des Nichtseins.

SCHWEMMER ließ den Blick durch die Cafeteria des Klinikums schweifen. Carmen Misera saß an einem runden Tisch direkt an der Fensterfront. Auch ohne ihre Beschreibung wäre sie nicht zu verwechseln gewesen – sie war die Einzige in weißer Arztkleidung hier. Er trat an den Tisch, und sie bat ihn mit einer Geste, Platz zu nehmen. Sie war ohne Frage eine ansprechende Person, wenn auch keine echte Schönheit, dafür war ihr Gesicht ein wenig zu grobknochig. Schwemmer fiel es schwer, sich vorzustellen, dass Schafmann womöglich dabei war, ihretwegen den Kopf zu verlieren.

„Warum wollten Sie mich sprechen?" Sie nippte an ihrem Kaffee.

„Ich verzichte bei wichtigen Zeugenaussagen ungern auf einen persönlichen Eindruck", sagte Schwemmer. „Ist der Kaffee gut hier?"

„Wenn Sie nicht zu anspruchsvoll sind, geht's."

Er entschied sich gegen einen Versuch. „Herr Schafmann hat Sie eigentlich zu den Vandalismus-Fällen befragt, nicht wahr?" Sie nickte. „Dann haben Sie das Auto gesehen, und das haben Sie dann Herrn Schafmann erzählt. Woher wussten Sie denn, dass wir nach einem blauen Citroën suchten?"

„Herr Schafmann hat es mir gesagt … Als er wegen der anderen Sache bei mir war. Wieso fragen Sie das?" Auf ihrer Stirn stand eine steile Falte.

Schwemmer beschloss, nicht weiterzubohren. Natürlich war es ein Unding, Interna aus einer Mordermittlung an Außenstehende weiterzugeben. Aber Schafmann war offenbar verknallt und machte deshalb Fehler. Dieser hier war lässlich, letztlich vielleicht sogar nützlich, das würde man sehen.

„Was genau haben Sie denn beobachtet, vorgestern? Laut Herrn Schafmann doch nur den Wagen, der wegfuhr."

„Stimmt. Aber ich meine, der Fahrer hat eine Brille getragen … und ein ziemlich rundes Gesicht gehabt."

„Das mit dem runden Gesicht haben Sie Herrn Schafmann nicht gesagt.“

„Schon. Er meinte bloß, wegen der Lichtreflexe auf der Windschutzscheibe sei ihm das zu unsicher. Er hat es aber notiert.“

Das darf nicht wahr sein, dachte Schwemmer. Schafmann hat die Aussage auch noch gefiltert. Er holte tief Luft. „Frau Misera, hat Herr Schafmann Sie eigentlich schon ein Protokoll Ihrer Aussage unterzeichnen lassen?“

Sie sah ihn erstaunt an. „Nein. Ist das nötig?“

„Allerdings. Wenn Sie in den nächsten Tagen Zeit haben, müssen Sie auf die Wache kommen. Wir brauchen ein ordentliches Protokoll.“

Sie verzog unwillig den Mund. „Können wir uns das nicht sparen?“

„Leider nicht. Sehen Sie, wenn es ein solches Protokoll gäbe, müsste ich Sie jetzt nicht alles noch einmal fragen. Von wo aus haben Sie den Wagen denn gesehen?“

„Von meinem Fenster aus. Ich lag im Bett und konnte nicht schlafen. Und dann fing draußen ein Autoradio an. Richtig laut. Da hab ich gedacht, ich rauch eine und guck mir das mal an. Als ich das Fenster dann aufmachte, ging das Radio aus.“

„Aber der Wagen stand noch da?“

„Ja. Es saß auch jemand drin. Und dann fuhr er weg. Ende der Geschichte.“

„Welcher Fahrzeugtyp war das?“

„Herr Schafmann sagte, Sie suchten einen Citroën C5.“

„Das ist keine Antwort auf meine Frage. Haben Sie den Typ erkannt?“

„Nein. Aber es könnte ein Citroën gewesen sein.“

„Verstehe“, sagte Schwemmer. Es war also gut möglich, dass erst Schafmanns Geplauder sie auf die Idee gebracht hatte, einen Citroën gesehen zu haben. „Mal zurück zu dem Mann von heute Morgen. Der hatte eine Brille und ein rundes Gesicht?“

„Ja. Und für sein Alter ziemlich wenig Haare.“

„Wo haben Sie ihn gesehen?“

„Er stand an der Fußgängerampel an der Hauptstraße. Ich war mit dem Rad unterwegs zur Arbeit, da ist er mir aufgefallen. Ich hab ihn gefragt, ob er in der Nachbarschaft wohnt, und er hat Ja gesagt.“

Schwemmer kratzte sich an der Oberlippe. „Sie wissen, dass es um einen Mordfall geht, Frau Misera. Es hätte gefährlich sein können, den Mann anzusprechen.“

„Wie ein Mörder sah er nicht aus.“

Schwemmer lachte auf, und auch Carmen Misera lachte ein wenig, als ihr klar wurde, was sie da gesagt hatte.

„Der Mann wohnt also in der Ludwigstraße, die Hausnummer wissen Sie nicht“, stellte Schwemmer fest. „Sollten Sie ihn noch mal sehen, rufen Sie mich bitte an.“

„Sie oder Herrn Schafmann?“

„Mich“, sagte Schwemmer und reichte ihr seine Visitenkarte. „Ich leite die Mordkommission.“

SEBASTIAN wachte auf, als Carina ihn sanft an der Schulter rüttelte. „Wenn du dich noch frisch machen willst, solltest du aufstehen“, sagte sie mit einem schüchternen Lächeln. Er nickte und beeilte sich, ins Bad zu kommen.

Der Nachmittag verging in Hektik. Sie fuhren mit der Personenfähre über den Fluss zur Messe, dort schloss sich ein schier endloser Fußmarsch an. In der Messe herrschte noch das Chaos, aber Selbach schaffte es, dass ihre Truppe konzentriert und trotzdem einigermaßen entspannt auf dem Stand ihre Materialien verteilte und sich einrichtete.

„Und? Wie ist Ihre Kabine?“, fragte er Sebastian, der gerade das Intranet installierte.

„Passt schon“, antwortete er.

„Machen Sie mir keinen Unfug mit der Frau Öckler.“ Selbach sagte das mehr in Carinas Richtung, auf deren Wangen prompt rote Flecken erschienen. Er sah auf die Uhr. „Um sechs sind wir mit den Brasilianern verabredet. Sind Sie bis dahin fertig?“

„Ja“, sagte Sebastian. „Locker.“

„Das Treffen ist eher informell, die Kollegen vom Vertrieb bleiben erst mal außen vor. Nur Doktor Lerchl, Sie und ich – und Frau Öckler als Dolmetscherin.“

Carina fuhr erschrocken herum. „Ich auch?“

„Ja. Mögen Sie nicht essen gehen?“, fragte Selbach mit einem Lächeln.

„Schon. Aber ich war da gar nicht drauf vorbereitet … Ich hätte sonst was anderes angezogen …“

„VERSTEHE“, sagte Schafmann in den Hörer. „Nein, nein, das ist völlig in Ordnung … Ja, bitte, tun Sie das, Frau Misera … Ja, pfüat Eane.“

Langsam legte er den Hörer auf und starrte seine Schreibtischplatte an. Er hatte einen Kloß im Hals. Carmen wollte ihn nicht mehr sehen. Er wusste nicht, wieso. Sie wollte ein Protokoll unterschreiben. Auf der Wache. Es sei nicht nötig, dass er extra noch mal zu ihr in die Wohnung komme.

Nicht nötig.

Idiot, Idiot, Idiot, dachte er. Sei verdammt noch mal froh! Du bist doch

Familienvater! Willst du tatsächlich alles riskieren, weil irgendwelche Hormone in deinem Körper verrücktspielen?

Sein Blick ging zur Uhr. Feierabend war vorbei. Er hatte Bärbel gesagt, er müsse Überstunden machen wegen des Mordfalls, aber das war gelogen. Er hatte sich noch ein paar Fragen an Carmen ausgedacht. Völliger Unfug, aber es wäre ein Grund gewesen, sie zu sehen.

Schon die Sache mit dem Auto war so vage gewesen, dass er sie eigentlich gar nicht hätte verwenden dürfen. Er hatte ihr von dem Citroën erzählt, den sie suchten, und prompt glaubte sie, einen gesehen zu haben. Sie meinte sogar, den Fahrer beschreiben zu können, aber das war ihm wirklich zu weit gegangen.

Er schaltete den Computer aus und räumte seine Sachen zusammen. Dabei rutschte ihm eine Mappe aus der Hand und klappte auf. Es waren die Protokolle von den Befragungen der Arbeitskollegen des Opfers.

„Sebastian Polz", las er auf dem obersten Blatt. Das war der Nerd mit der dicken Brille und dem runden Gesicht gewesen. Sein Blick blieb bei den Personalien hängen. „Adresse: Ludwigstraße 102", stand dort.

FAST hätte Sebastian bitter gelacht, als er den Namen über der Restauranttür las: „Sorgenfrei". Dr. Lerchl hatte das Bistrorestaurant in der Innenstadt ausgesucht, und den drei Brasilianern schien es zu gefallen. Sie radebrechten auf Englisch mit der Kellnerin und nahmen auf ihre Empfehlung, ohne zu zögern, zwei halbe Flaschen Champagner als Aperitif.

Natürlich fragten sie nach Susanne Berghofer, schließlich war sie bisher ihre Ansprechpartnerin gewesen. Lerchl erklärte, Frau Berghofer sei wegen einer schweren Krankheit ihrer Mutter nicht abkömmlich. Letztlich schien es den Brasilianern völlig egal zu sein, mit wem sie tranken.

Sebastian starrte auf die Speisekarte. Er hatte keine Ahnung, was er nehmen sollte. Die Preise lagen deutlich über dem, was er von zu Hause gewohnt war, und er hatte Angst, bei der Bestellung zu übertreiben.

Von der anderen Seite des Tisches zwinkerte Selbach ihm zu. „Ich denke, ich nehm einfach das Vier-Gänge-Menü und die Weinempfehlung. Das liest sich doch klasse", sagte er beiläufig.

„Ja", sagte Sebastian rasch. „Ich glaub, das nehm ich auch."

Carina schloss sich eilig an und versuchte dann den Brasilianern zu erklären, was Kabeljau im Speckmantel mit Rahmsauerkraut und Petersilien-Kartoffelpüree war. Die kleinen Portionen, in denen das Menü serviert wurde, sorgten für Heiterkeit. Offenbar waren die Herren aus Brasilien sehr große Stücke gegrilltes Rindfleisch auf dem Teller gewohnt. Dafür hatten sie viel Freude an dem Champagner, dem Elsässer Gewürztraminer und dem

Vino Nobile di Montepulciano, den Lerchl für sie aussuchte. Ihre Stimmung stieg mit dem Alkoholpegel. Carina übersetzte hier und da ein bisschen, aber den Großteil der Unterhaltung bestritten Lerchl und die Brasilianer in einer Sprache, die sie jeweils für Englisch hielten.

Sebastian fühlte sich überflüssig. Er hatte den Eindruck, dass an ein fachlich orientiertes Gespräch nicht mehr zu denken war. Selbach nickte ihm jedoch ermutigend zu. „Ein gutes Klima ist die halbe Miete. Es läuft super", sagte er und hielt Sebastian sein Bordeauxglas zum Anstoßen hin.

Sie waren schon bei Wacholder-Panna-Cotta und Käseplatte angelangt, als einer der Herren etwas zu Carina sagte, bei dem sie erst nachfragte, bevor sie es übersetzte. Dabei bekam sie wieder rote Flecken auf den Wangen.

„Senhor Olivero meint, im Kontrollmodul ‚Verladungsrückerfassung' sei die Strichcodeleservernetzung nicht zufriedenstellend."

Sebastian schluckte mühsam das Stück alten Gouda hinunter, das er sich gerade in den Mund gesteckt hatte. Innerlich hatte er den Abend längst abgehakt, und jetzt kam dieser Kerl mit dem einzigen Mist, den es in ihrer Software zu entdecken gab. Selbach sah ihn beruhigend an, aber Dr. Lerchl schaffte es kaum, seine Panik zu verbergen.

„Das Problem ist uns bewusst." Selbach beugte sich vertraulich zu seinen Gesprächspartnern hinüber. „Die familiären Sorgen von Frau Berghofer hatten leider auch kleinere Auswirkungen auf ihre Arbeit", sagte er mit verständnisheischendem Blick. Carina hatte Mühe, ihre Mimik unter Kontrolle zu halten, während sie das übersetzte. „Deshalb haben wir die Qualitätskontrolle nun in die Hände von unserem Herrn Polz hier gelegt." Alle Gesichter wandten sich Sebastian zu: die drei mäßig neugierigen der Brasilianer, das freundliche von Selbach und die beiden überraschten von Lerchl und Carina. „Und Herr Polz hat, wie er mir sagte, bereits das Konzept für ein Upgrade in der Schublade", fuhr Selbach fort. „Nicht wahr, Herr Polz?"

Sebastian hatte keine Ahnung, was er sagen sollte. Aber die Brasilianer sahen ihn so erwartungsvoll an, dass er einfach anfing zu reden. Immerhin ließen die ständigen Übersetzungspausen ihm Zeit, nachzudenken. Und so kam es, dass er vor den Resten seiner Käseplatte und nach dem vierten Glas Wein mal eben das komplette Konzept der Lagerhaltungssoftware von GAP-Data umkrempelte. Irgendwann konnten die Brasilianer ihm nicht mehr folgen und forderten ihn auf, ein Diagramm zu zeichnen. Jemand reichte ihm ein Blatt, und er entwarf mit wenigen Strichen das neue Konzept, das die Vernetzung der Strichcodeleser überflüssig machte und damit radikal einfacher war als der Mist, den Hansi Fellerer konzipiert hatte. Dr. Lerchl saß wie die anderen vorgebeugt da und starrte auf Sebastians Skizze. Er war blass.

Schließlich lehnten sich die Brasilianer in ihren Stühlen zurück und besprachen sich kurz. Dann nickte Senhor Olivero, und sein Kollege klopfte Dr. Lerchl anerkennend auf die Schulter. *„Very good"*, sagte er und winkte der Kellnerin. *„Schnaps for all!"*, rief er ihr zu und lachte dröhnend.

SEBASTIAN hatte das Gefühl, leicht zu wanken, als sie vor dem Restaurant auf der Straße standen und zusahen, wie Lerchl und die Brasilianer ins Taxi stiegen, um in einen Klub namens „Cesar's Palast" zu fahren. Die Brasilianer waren fast beleidigt gewesen, als Sebastian und Selbach sich geweigert hatten mitzukommen, aber Selbach hatte es geschafft, sie mit Hinweis auf Carina zu entschuldigen.

„Miss Ockler must relax a little more. Miss Berghofer came with us to the club last year", krähte Olivero aus dem Fenster, als das Taxi anfuhr.

Selbach sah ihnen mit gerunzelter Stirn nach. „Die Berghofer ist da mitgegangen? Das ist doch ein Puff … Können Sie sich das vorstellen?"

„Nein", sagte Sebastian entschieden. „Das kann ich mir nicht vorstellen."

„Ach, wer weiß", sagte Carina. „So wie die manchmal geredet hat …"

Sebastian fuhr zu ihr herum. „Die Berghofer hat gesagt, sie geht mit Männern in den Puff?"

„Deswegen brauchst du mich doch nicht so anzugehen", sagte Carina verwundert. „Sie hat gesagt, irgendwann geht sie auch mal in so 'nen Swingerklub, sie weiß nur noch nicht, mit wem."

„Na, da tun sich ja Abgründe auf bei den Damen von GAP-Data." Selbach lachte. „Hört mal, Kollegen", sagte er dann und legte Sebastian und Carina die Hände auf die Schulter. „Wir – das heißt natürlich in erster Linie der Herr Polz –, wir haben uns super aus der Affäre gezogen. Ich finde, das sollten wir ein bisschen feiern. Wir fragen den Taxler, ob er einen Tipp hat. Einen Laden, wo bestimmt keine Leute von der Messe sind."

„Au ja", sagte Carina zu Sebastians Verwunderung. Er selbst hob nur ergeben die Schultern. *Sanne. In einem Swingerklub.* Er wusste nicht, wie er das aus seinen Gedanken kriegen sollte.

Das Taxi kam. Selbach stieg vorn ein. Der Fahrer war ein junger, freundlicher Mann, der verstehend lachte, als Selbach ihm sein Anliegen vortrug. „Ist aber ein Raucherladen", sagte er, während er losfuhr.

Fünf Minuten später hielten sie vor einer winzigen Kneipe mit dem Namen „Durst". Raucherladen war untertrieben. Die Wände wirkten auf Sebastian, als wären sie von einer soliden Schicht aus Nikotin überzogen. Die Kneipe bestand aus dem Thekenbereich und einem zweiten, kleineren Raum, in dem ein Kicker stand. Es gab eigentlich nichts, was man eine Einrichtung nennen konnte. Ein paar hohe Tische, ein knappes Dutzend Barhocker, an der Wand ein paar heruntergekommene Dekoartikel. Es lief eine abstruse Hardrocknummer, die Sebastian noch nie gehört hatte.

Sie stellten sich an die Theke, für Carina gab es noch einen freien Hocker. Hinter dem Tresen stand ein korpulenter Mann mit glatten blonden Haaren und einer Brille, die mindestens so dick war wie Sebastians.

„Was darf ich euch denn antun?“, fragte er mit dröhnender Stimme.

„Ich seh, ihr habt Guinness? Da nehm ich eins“, sagte Selbach fröhlich.

Sebastian bestellte ein Weißbier und Carina einen Gin Tonic. Der Blonde versorgte sie und wandte sich wieder dem Würfelspiel mit ein paar Gästen zu, das er für sie unterbrochen hatte.

Selbach prostete Sebastian und Carina zu. „Das war große Klasse vorhin.“

„Ich hatte gar nicht mehr damit gerechnet, dass die noch mit so was anfangen“, sagte Carina.

„Doch, doch“, sagte Selbach und nahm einen Schluck Stout. „Das hatte ich im Urin. Das sind knallharte Profis. Die machen auf locker, und wenn sie dich eingelullt haben, schießen sie dir von hinten durchs Knie ins Auge.“

Sebastian starrte ihn fassungslos an.

„Oh, Verzeihung“, sagte Selbach. „Das war gedankenlos …“

„Allerdings“, sagte Carina.

Sebastian wusste nicht, wohin er gucken sollte. Zu Carina, die der Meinung war, Sanne wäre in Swingerklubs gegangen? Oder zu Selbach, der alles tat, um seinen Verdacht zu nähren, ihr Mörder zu sein?

„Dahinten steht ein Kicker“, sagte Selbach, bevor das Schweigen peinlich wurde. „Lust auf ein Spiel?“

„Ja, super“, sagte Carina erfreut. „Aber passen Sie auf, ich bin gut!“

Sebastian schüttelte nur abwehrend den Kopf, und die beiden ließen ihn allein. Bald hatten sich zwei andere Gäste zu ihnen gesellt, und nun tönte immer mal wieder ein Kreischen oder Fluchen durch den Raum.

Der Barmann würfelte nach wie vor mit zwei Männern, von denen einer zwei Meter groß war und immer wieder drohende Blicke in den Raum warf, was außer Sebastian niemanden zu beeindrucken schien. Auf dem Hocker neben ihm saß ein Typ, der stumm in sein kleines Kölschglas starrte. Er war Mitte vierzig, schlank und trug eine Jeansjacke. Die dunkelblonden Haare waren ziemlich lang, konnten aber die Geheimratsecken nicht verbergen.

Der Typ schwieg beharrlich, und Sebastian war es recht. Er nahm noch einen Schluck Weißbier. Normalerweise trank er nur wenig. Die vier Gläser Wein zum Essen und die beiden Calvados danach waren schon deutlich mehr, als er gewohnt war. Aber das Bier tat ihm gut jetzt. Zumindest fühlte es sich so an.

Sein Glas ging zur Neige, und er bestellte ein neues. Der Barmann stellte es ihm hin und dann drei Stamperl mit einer honigfarbenen Flüssigkeit vor den Typen neben ihm. Der reichte eins an den Barmann zurück, schob eins zu Sebastian hinüber und hob selbst das dritte. *„Sláinte“,* sagte er.

„Sláinte“, antwortete der Barmann, und beide kippten das Getränk auf ex.

Sebastian griff zögernd nach seinem Glas und roch daran.

„Jameson“, sagte der Barmann. „Irischer Whiskey.“

Was soll's, dachte Sebastian und kippte das Glas, wie man es ihm demonstriert hatte. „Danke“, sagte er. Der Typ nickte nur, und der Barmann begab sich wieder zu seinem Würfelspiel. Die Musik wechselte zu Jimi Hendrix.

Selbach kam und bestellte Getränkenachschub. „Die kann vielleicht kickern“, sagte er gut gelaunt. „Die zieht uns echt ab … Coole Mucke“, sagte er noch zum Barmann, bevor er mit den Gläsern wieder verschwand.

„Messe?“, fragte der Typ neben Sebastian plötzlich.

„Ja. Sieht man das?“

„Weiß nicht. Kriegt man 'n Gefühl für.“

Schweigen.

Ganz langsam löste sich Sebastians Anspannung ein wenig. Liegt wahrscheinlich am Alkohol, dachte er und bestellte drei weitere Jameson. Sie kippten die Gläser, und Sebastian war klar, dass es ihm morgen schlecht gehen würde, aber es war ihm egal.

„Wo komms 'n her?“, wollte der Typ wissen.

„Garmisch-Partenkirchen.“

Der Typ stieß ein grunzendes Lachen aus. „Das einzig Gute an Garmisch ist die Sportklause. Da ist Schäng Löhring immer hingegangen.“

„Wer ist das?“

„Kennst du nicht? Präsident von Fortuna. Ist aber auch schon tot.“

„Fortuna?“, fragte Sebastian.

Der Typ winkte resigniert ab. „Vergiss es.“ Wieder schwieg er eine Weile. „Was machs 'n so?“, fragte er dann.

„Software“, sagte Sebastian.

Der Typ nickte verstehend. „Ich auch. Vermittlungstechnik. Handynetz.“

„Oh …“ Sebastian sah zum Kickertisch hinüber. Selbach und Carina schienen in ein ausuferndes Turnier geraten zu sein. „Sag mal, du als Fachmann … Wenn mich einer anruft, mit unterdrückter Nummer … Hab ich irgendeine Chance, die trotzdem rauszukriegen?“

„CLIRO“, sagte der Typ nur.

„Was ist das denn?“

„Na ja, genau das, was du brauchst. CLIR heißt *Calling Line Identifica-*

tion Restriction. Und O heißt *Override,* überwinden also. Das überwindet die Anomyni… Anymi… Anonymisierung. Die Bullen haben das oder die Feuerwehr. Als Privatmann kriegst du das nur in absoluten Ausnahmefällen. Da müsste quasi ein richterlicher Beschluss her. Trinkst du noch 'n Jamie?"

„Hab ich 'ne Wahl?"

„Theoretisch ja. Wenn du 'n Spacken bist."

Auf sein Winken hin brachte der Barmann drei Whiskey, und man trank.

„Wer ruft dich denn an?", fragte der Typ.

„Ach … Ich glaub, 'ne Kollegin. Die will irgendwas von mir, traut sich aber nicht, es mir zu sagen."

„Stalking. Kannste doch anzeigen. Dann kriegste auch den Beschluss."

„Nein, das will ich nicht. Wenn das wirklich die Kollegin ist, möchte ich das lieber so regeln. Man muss ja nicht immer gleich die Bullen rufen."

„Sehr richtig", sagte der Typ. „Man muss nicht immer gleich die Bullen rufen." Er schien da Erfahrungen zu haben, aber Sebastian fragte nicht nach.

„Ich brauchte das auch nicht lange. Zwei oder drei Tage", sagte Sebastian.

„Spielt keine Rolle. Du brauchst 'n richterlichen Beschluss."

Sebastian spülte mit Bier dem Whiskey hinterher.

„Es sei denn", sagte der Typ und warf sein leeres Stamperl einfach über die Theke ins Spülbecken, „es sei denn, du kennst einen an der richtigen Stelle mit der richtigen Zugangsberechtigung. Und zwar möglichst einen, dem es egal ist, wenn er rausfliegt."

„Jetzt bin ich wohl mal dran." Der Barmann stellte drei Stamperl auf die Theke, schenkte sie aus einer dunkelgrünen Flasche voll und hob sein Glas. „Ich bin der Jürgen. Kannst ruhig Du sagen."

„Sebastian." Er nahm das Glas. „Sag mal, wie machst du das eigentlich?" Seine Zunge war mittlerweile merklich schwer. „Mit dem Arbeiten und dem Whiskey, mein ich." Dass der Wirt mittrank, hatte er schon erlebt, aber diese Schlagzahl war unglaublich.

„Na, so!" Jürgen hob das Glas und kippte den Inhalt in sich hinein. „Ist ganz einfach." Er lachte dröhnend.

Sebastian gab sich damit zufrieden. Er trank aus, warf sein Stamperl ins Spülbecken, wie der Typ neben ihm, und war froh, als er getroffen hatte.

„Hast du 'n Stift?", fragte der Typ. Sebastian suchte in der Innentasche seines Sakkos und fand einen Kugelschreiber von GAP-Data. Er hielt ihn dem Typen hin, aber der schob ihm stattdessen einen Bierdeckel zu. „Schreib mal deine Handynummer auf."

„MANN, war das ein Schuppen!“, sagte Selbach lachend, als sie im Taxi saßen. „Dabei war der Typ in der Ecke Träger des hessischen Kulturpreises.“

„Im Ernst?“, fragte Sebastian. „Den haben Sie erkannt?“

„Ja klar, Sie nicht?“

Carina lachte. „Lass dich nicht auf den Arm nehmen. Das hat ihm der Dicke erzählt, mit dem wir gekickert haben!“

„Aber ich weiß nicht, ob man dem glauben kann“, sagte Selbach. „Der hat auch behauptet, er würde Oberbayernkrimis schreiben. Als Kölner!“

Das Taxi hielt bei der *River Symphony,* Carina und Sebastian stiegen aus.

„Morgen früh um neun in alter Frische“, sagte Selbach.

„In alter Frische … Oje“, sagte Sebastian, als der Wagen weg war.

In der Kabine hängte er als Erstes sein rauchgeschwängertes Jackett auf den Balkon. Der Regen hatte nachgelassen, und eine erstaunlich milde Brise strich über das Wasser. Sebastian bemerkte, dass Carina hinter ihm darauf wartete, ebenfalls ihre Jacke rauszuhängen. Es war genug Platz für zwei auf dem Balkon, aber sie hätte sich ein wenig vorbeidrängen müssen, was ihr anscheinend unangenehm war.

„Ich geh mal ins Bad“, sagte Sebastian und räumte den Balkon.

Unter der Dusche betastete er seinen Ellbogen, der sich mittlerweile wieder strecken, aber noch immer nicht ganz anheben ließ.

Zu schade, dass er das Zimmer nicht für sich allein hatte. Am liebsten wäre er ewig unter dem heißen Strahl stehen geblieben, aber Carina musste ja auch noch ins Bad. Widerwillig drehte er den Hahn zu und rubbelte sich trocken. Als er die Glastür der Duschkabine aufschob, meinte er Carinas Stimme im Zimmer zu hören. Wahrscheinlich telefonierte sie.

Er nahm einen der dicken weißen Bademäntel aus dem Regal und streifte ihn über. Dann putzte er seine beschlagenen Brillengläser mit einem Kosmetiktuch. „Bad ist frei“, sagte er, als er das Zimmer wieder betrat.

Carina sah ihn unsicher an. „Du … dein Handy hat geklingelt …“ Sie hielt ihm das Gerät hin.

Er ahnte, nein, er wusste, was ihr Blick zu bedeuten hatte.

„Du bist drangegangen“, sagte er.

„Ja …“ Sie sah zu Boden. „Ich dachte, es ist vielleicht dein Vater, aber …“

„Wer war dran?“, fragte er, obwohl er die Antwort kannte.

„Ich weiß nicht. Es war ein anonymer Anruf. Eine ganz komische Stimme. Wie elektronisch verändert.“

„Was hat er gesagt?“

Sie machte hilflos rudernde Bewegungen mit den Händen. „Er sagte … Aber ich weiß gar nicht, ob das ein Mann war …“

„Was hat er gesagt?“

„Dass ich nicht hätte drangehen dürfen.“

Sebastian stieß ein ungläubiges Lachen aus. „Sonst nichts?“

„Doch. Eine Menge … Dass du besser auf dein Handy aufpassen sollst. Und dass er dich treffen will.“

„Was?“

„Ja. Du sollst am Schokoladenmuseum vorbeigehen. Und da ist eine Baustelle. Da sollst du auf ihn warten.“

„Wann?“

„Na, jetzt.“

„Scheiße“, flüsterte Sebastian und ließ sich aufs Bett sinken.

„Er sagt, eine Viertelstunde würde er warten, dann wär es vorbei.“

„Hast du eine Ahnung, wo das ist, dieses Schokoladenmuseum?“

Carina holte einen Gratisstadtplan, den sie auf dem Messegelände mitgenommen hatte, aus ihrer Handtasche, faltete ihn auseinander und fuhr suchend mit dem Finger darüber. „Wir sind hier“, murmelte sie. „Und da … Das ist nicht weit! Einfach am Ufer links. Ein paar Hundert Meter.“

Sebastian raffte sich auf und suchte seine Kleidung zusammen. Dann begann er sich anzuziehen, ohne Rücksicht auf eventuelle Peinlichkeiten.

„Was ist das überhaupt für einer?“, fragte Carina.

„Mach dir keine Gedanken“, sagte er.

„Aber wieso ist das so wichtig? Wieso musst du da jetzt hin?“

Sebastian griff nach seinem Trenchcoat und verließ das Zimmer.

„Soll ich nicht mitkommen?“, rief Carina ihm nach, aber er schloss einfach die Tür und lief los.

Der verschlafene ältere Herr an der Rezeption sah ihm mäßig interessiert hinterher, als er über die Gangway an Land hastete und sich nach links wandte. Tatsächlich kam das auffällige Gebäude des Schokoladenmuseums nach wenigen Schritten in Sicht. Er lief unter einer Brücke hindurch, dann machte der Weg einen Schlenker und überquerte die Einfahrt zum Jachthafen. Sebastian rang nach Atem. Hinter dem Schokoladenmuseum kam das Sport- und Olympiamuseum, dann eine umgebaute alte Lagerhalle. Über ihm war die nächste Rheinbrücke, dahinter stand das erste von drei bizarr aussehenden riesigen Häusern. Hier war der Straßenbelag noch nicht fertig.

Rechts des Weges tauchte der Gitterzaun einer Baustelle auf. Er hielt an. Es war eine unwirkliche Atmosphäre. Er stand auf einer alten Hafenstraße, die er im gelben Licht der Straßenlaternen schier endlos weit entlangsehen konnte, aber da war kein Mensch. Zwischen diesen riesigen Gebäuden inmitten dieser großen Stadt war er völlig allein.

Er zog das Handy aus der Hosentasche. Das Display zeigte fast zwei Uhr. Er rief die angenommenen Anrufe auf. Der letzte war um ein Uhr fünfunddreißig eingegangen. Also war er fünf Minuten zu spät. Sebastian hatte keine Ahnung, was das bedeuten würde. Vielleicht war der Mörder noch da?

Die Minuten verrannen. Sebastian überlegte, was die Stimme wohl von ihm erwartete, und beschloss noch eine Weile zu bleiben. Dann hörte er ein Geräusch, ganz in der Nähe. Als er sich danach umdrehte, sah er etwas auf sich zukommen. Einen dunklen, kantigen Gegenstand. Er kam sehr rasch näher. Und traf ihn an der Stirn. Dann sah er nichts mehr.

In der Dunkelheit liegt Sinn. Nicht im Licht. Aller Sinn liegt im Finstern. Am Anfang war die Dunkelheit. Das Licht ist der große Zerstörer. Vollkommen kann nichts sein im Licht. Vollkommenheit ist nur in der Finsternis. Es gilt sie zu schaffen, wo immer es möglich ist. Im Innern. Und im Äußeren. Im eigenen Innern. Und im Äußeren der anderen.

In blutroten Buchstaben leuchtete der Schriftzug Swingerklub über der schwarzen Tür. Sebastian wusste, dass Sanne dahinter war, und er wollte nicht wissen, was sie tat. Plötzlich ging die Tür auf, und sie stand vor ihm. Sie trug Wäsche aus schwarzer Seide, lächelte, aber ihre Augen waren nicht mehr da. *Wach auf,* sagte sie, *wach auf …*

„Wach auf, Sebastian. Wach doch auf! Bitte!“

Er verstand, warum sie das wollte. Er sollte aufwachen und verschwinden aus ihrer Welt. Ihr nicht im Weg sein. Der Gedanke schmerzte. Er wollte sich an die Stirn greifen, aber eine andere Hand fasste die seine und hielt sie fest.

„Alles wird gut“, sagte Carina, und er schlug die Augen auf.

Er lag flach auf dem Rücken neben dem Bauzaun, genau dort, wo ihn der Schlag gegen die Stirn getroffen hatte. Er wunderte sich, dass er sofort wusste, was passiert war. Sollte er nicht eine Gedächtnislücke haben?

Carina kniete neben ihm und hielt seine Hand, ließ sie aber sofort los, als er die Augen öffnete. „Wie geht es dir?“, fragte sie.

„Keine Ahnung“, antwortete er wahrheitsgemäß und versuchte sich aufzurichten. Vorsichtig tastete er über seine Stirn. Er hatte eine Mordsbeule, aber er entdeckte kein Blut an den Fingern. Immerhin.

„Was ist passiert?“, fragte Carina.

„Jemand hat mir einen Knüppel oder so was übergezogen.“

„Hat er dich ausgeraubt?“

Er suchte die Taschen seiner Jacke ab. Brieftasche und Hotelschlüssel waren noch da. „Mein Handy“, sagte er. „Mein Handy ist weg.“

„Das hab ich“, sagte Carina. „Als ich dich fand, hat es gerade angefangen zu klingeln. Ich hab’s aus deiner Tasche genommen.“

„Bist du drangegangen?“

Sie nickte schuldbewusst. „Ich wusste ja nicht …“

„Schon gut. Was hat er gesagt?“

„Das wäre, weil du nicht auf dein Handy aufgepasst hast. Was soll das, Sebastian?“

„Das ist eine lange Geschichte. Und ich möchte sie nicht erzählen.“

Sie sah ihn traurig an. „Kannst du aufstehen?“

„Ich denk schon.“

Sie reichte ihm die Hand und half ihm mit einem kräftigen Zug hoch. Er hatte Mühe, auf den Beinen zu bleiben, und hielt sich an dem Bauzaun fest.

„Wie lang war ich weg?“

„Das weiß ich nicht. Ein paar Minuten. Komm. Du musst ins Bett.“

SIEBEN

Also: Der Mann trägt eine Brille und wohnt da in der Nähe, wo ein dunkles Auto losgefahren ist. Das nenn ich mal eine Spur.“

„Hast du was Besseres?“, fragte Schafmann.

„Wir haben den Kaltenbusch.“

„Ja. Aber die Fingerabdrücke im Auto sind nicht von ihm.“

Schwemmer nickte widerwillig und trank von seinem Kaffee. Staatsanwältin Isenwald steckte wohl im morgendlichen Berufsverkehr fest, vermutlich auf der B 2 vor Oberau. Da kann sie sich schön auf ihren zweihundert PS ausruhen, dachte er grimmig. Immerhin brachte ihm das ein paar zusätzliche Minuten Ruhe. „Na schön“, sagte er. „Kümmern wir uns also um diesen Polz. Wann kommen die GAP-Data-Leute aus Köln zurück?“

„Morgen, spätabends“, antwortete Schafmann.

„Dann laden wir ihn für Montag zur Aussage vor. Mit dem Üblichen: Alibi, Fingerabdrücke, DNA.“

„Glaubst du dran?“, fragte Schafmann.

„Ich? Du hast Polz befragt. Ich kenn den Mann nicht.“

Schafmann blätterte in seinem Notizblock. „‚Leicht betriebsblind‘ hab ich notiert. Er wirkte extrem harmlos.“

„Klingt verdächtig.“

Sie lachten beide, aber irgendwie wollte die Stimmung nicht recht heiter werden. Und das lag weder an Schwemmers üblichem Morgentief noch an

Högewalds Schlagzeile POLIZEI SUCHT DEN TEUFEL VON GARMISCH. Es lag daran, dass Schafmann nicht er selbst war und dass er das nicht verbergen konnte. Er machte einen irgendwie zerknitterten Eindruck, eine Mischung aus unausgeschlafen und unglücklich. Fast tat er Schwemmer leid.

„Wie geht es der Bärbel?", fragte er.

„Warum fragst du?", erhielt er zur Antwort.

„Warum nicht? Darf ich mich nicht nach deiner Familie erkundigen?"

„Natürlich darfst du. Der Bärbel geht's gut."

„Schön." Schwemmer nahm einen weiteren Schluck Kaffee.

„Warum warst du gestern bei der Misera?", fragte Schafmann plötzlich, ohne ihn anzusehen.

„Sie hatte angerufen", sagte Schwemmer leichthin.

„Bei dir oder bei mir?"

„Bei dir, wurde aber zu mir rübergeschaltet. Spielt das eine Rolle?"

„Natürlich nicht", sagte Schafmann. „Ich mein nur, ich hatte ja schon ein paarmal mit ihr gesprochen."

„Ja. Ich hab davon gehört. Nur gelesen hab ich nichts."

„Ich hätte das Protokoll schon noch geschrieben. War halt alles recht viel die letzten Tage."

„Hm." Schwemmer war erleichtert, als sein Handy der peinlichen Unterhaltung ein Ende setzte. Seine Erleichterung verflog allerdings schnell, als er das Gespräch annahm. Es war Tante Kati. Beim Frühstück wären weder die Wallhuber Vroni noch der Schloch Bartl am Tisch gesessen, erzählte sie, und der Bartl hätt nicht geöffnet, als die Kati bei ihm klopfte, und jetzt würd sie hingehen und der Wallhuberin die Zimmertür eintreten, es sei denn, der Hausl tät das Weibsbild auf der Stelle verhaften.

Schwemmer sah sich nicht in der Lage, ihr das zuzusagen, und war ein bisschen beunruhigt, als die Kati daraufhin wortlos das Gespräch beendete. Er hoffte, die zierliche Person würde sich nicht die Haxn brechen, falls sie tatsächlich der Vroni gegen die Tür träte. Er überlegte, ob er Burgl in der Praxis anrufen sollte, aber dann klopfte es und Frau Dr. Isenwald kam mit einem bestgelaunten „Servus miteinand!" in sein Büro gestürmt.

DER BLICK in den Spiegel war extrem unschön. Eine rotblaue Beule von der Größe einer Birne prangte mittig auf seiner Stirn. Der stechende Schmerz war einem dumpfen Pochen gewichen. Sebastian putzte sich vorsichtig die Zähne und ging zurück ins Zimmer.

„Ich ruf Doktor Lerchl an", sagte Carina. „Ich meld dich krank."

„Lass mal", sagte er. „Ich brauch nur ein paar Kopfschmerztabletten.

Dann krieg ich das hin.“ Er wollte unbedingt mit auf die Messe. Zwischen den Menschen dort wäre er sicherer als allein hier auf dem Schiff.

„Das kann nicht dein Ernst sein!“ Auch Carina sah man die durchwachte Nacht an. Immer wieder hatte sie an der Rezeption Eiswürfel besorgt, mit denen sie seine Stirn kühlte. Wie die Beule sonst ausgesehen hätte, wagte Sebastian sich nicht vorzustellen. „Es gibt keinen Grund, den Helden zu spielen“, sagte sie. „Und wenn du dich wirklich bewegen kannst, dann solltest du besser zur Polizei gehen.“

„Nein“, entfuhr es ihm. „Nicht zur Polizei.“

„Willst du den Kerl denn ungeschoren davonkommen lassen?“

„Ach, die kriegen den ja doch nicht …“, sagte er und begann sich anzuziehen.

Dr. Lerchl sah ihn ungläubig an, als sie leicht verspätet am Messestand auftauchten. Sebastian hatte sich eine Geschichte zurechtgelegt von einem kleinen Spaziergang vor dem Schlafengehen und einem vermummten Räuber, der geflohen sein musste, vor wem auch immer. Lerchl forderte ihn dringend auf, zur Polizei zu gehen, und es war Selbach, der das gleiche Argument vortrug wie Sebastian: „Die kriegen den ja doch nicht.“

Noch waren nur wenige Besucher am Stand, mit denen die Vertriebler ganz gut allein zurechtkamen. „Ich würde gern mit Ihnen beiden über gestern Abend reden“, sagte Dr. Lerchl zu Selbach und Sebastian und schob ein halbherzig klingendes „Wenn es Ihre Verfassung zulässt“ hinterher.

Sie zwängten sich in die winzige Küchennische, den einzigen abgetrennten Raum, über den ihr Stand verfügte. „Meine Herren“, begann Lerchl sehr beherrscht, „ich muss sagen, dass Ihr Vorgehen gestern Abend mit mir hätte abgesprochen werden müssen. Sie können mich doch nicht vor Kunden – vor Kunden! – vor vollendete Tatsachen stellen. Wie seh ich denn da aus?“

Sebastian versuchte sich vorzustellen, wie Lerchl im Cesar's Palast ausgesehen hatte, aber es gelang ihm nicht recht.

Selbach lächelte freundlich. „Herr Doktor Lerchl, wir mussten improvisieren. Ich denke, wir schulden Herrn Polz Dank dafür, wie er die Situation gerettet hat.“

„Aber Sie können doch nicht hinter meinem Rücken ein Konzept entwickeln und das dann bei erstbester Gelegenheit aus der Schublade ziehen!“, fauchte Lerchl Sebastian an.

„Ich hatte kein Konzept“, sagte Sebastian.

Lerchl starrte ihn an. „Das hat Herr Selbach aber behauptet!“

„Ich habe gelogen“, sagte Selbach ernst. „Herr Polz hat improvisiert.“

Lerchls Blick war zu entnehmen, dass er sich das nicht vorstellen konnte.

„Mein Vorschlag wäre“, fuhr Selbach fort, „dass wir – auch um Ihre Position gegenüber unseren Kunden aus Brasilien zu wahren – den Herrn Polz tatsächlich mit der Qualitätskontrolle beauftragen. Das müsste natürlich mit einer neuen Position innerhalb der Firma demonstriert werden.“

Lerchl lachte höhnisch auf. „Ein größeres Büro, meinen Sie wahrscheinlich. Und darf's vielleicht auch eine höhere Gehaltsstufe sein?“

„Genau das“, sagte Selbach. „Ein Smartphone braucht er übrigens auch.“

Kaltenbuschs Rechtsanwalt hätte der Bruder seines Klienten sein können. Dr. Fredekötter hatte die gleiche Statur und teilte anscheinend nicht nur den Schneider, sondern auch den Friseur mit ihm. Allerdings war der Anwalt erheblich kaltschnäuziger, aber das war schließlich sein Job.

„Solange wir nicht exakt wissen, was Sie Herrn Kaltenbusch vorwerfen, wird er sich zur Sache nicht äußern“, sagte er.

„Solange er sich nicht äußert, bleibt er in Haft“, konterte Isenwald.

„Vielleicht hat Herr Kaltenbusch ja ein überprüfbares Alibi. Aber dafür müssten Sie mir den Tatzeitpunkt nennen.“

„Die Tat hat sich über drei Tage hingezogen. Wir haben Herrn Kaltenbuschs Kreditkartendaten überprüft. Er war die ganze Zeit in erreichbarer Nähe.“

„Seine Kreditkarte war in erreichbarer Nähe. Das ist nicht das Gleiche. Vielleicht hat jemand anders sie benutzt.“

„Ach, hören Sie doch auf. Das sind Haarspaltereien, mit denen Sie bei keinem Haftrichter durchkommen. Warum ist Ihr Mandant überhaupt so unkooperativ? Es gibt durchaus entlastende Momente, aber die entwertet er mit seinem Verhalten.“

„Herr Kaltenbusch ist der Meinung, dass Kooperation mit staatlichen Behörden seine Freiheit beschneidet.“

„Seine Freiheit scheint mir im Moment auch ziemlich beschnitten.“ Isenwald winkte ab.

„Na schön“, sagte Schwemmer. „Dann teilen Sie ihm doch mit, dass die Bochumer Kollegen seine Gattin befragen werden, wie sie seine Einstellung zum Prinzip der ehelichen Treue beurteilt angesichts der Tatsache, dass er Frau Berghofer am Telefon mit ‚meine kleine Stute‘ anzureden pflegte.“

Dr. Fredekötter blickte ihn starr an, und Schwemmer hatte das Gefühl, den Punkt gemacht zu haben.

„Falls er uns aber ein paar Fragen zu Frau Berghofer beantworten könnte, wäre das vielleicht überflüssig“, setzte Isenwald hinzu.

Der Anwalt nickte und stand auf. „Ich werde das meinem Mandanten mitteilen“, sagte er und ging hinaus.

MÜDE betrat Sebastian die erste freie Kabine der Herrentoilette, schloss den Klodeckel und ließ sich erschöpft daraufsinken. Fast zwei Stunden hatte er ununterbrochen reden müssen. Von wegen Beraterfunktion für Selbach – die Kunden bombardierten ihn mit Fragen. Seine Hinweise auf den Vertriebskollegen hatten bereits nach einer Viertelstunde nicht mehr verfangen, da der am anderen Ende des Stands ebenso umlagert war wie er selbst.

Die Beule an der Stirn tat ein Übriges, ihn fertigzumachen. Er musste alle Gespräche gegen das dumpfe Dröhnen führen, das von ihr ausging. Mitunter übertönte es die Stimmen seiner Gesprächspartner.

Er tastete in der Brusttasche nach seinem Handy. Carina hatte in der Nacht sogar daran gedacht, es aufzuladen. Nicht auszudenken, was die Stimme machen würde, wenn er den nächsten Anruf wieder nicht entgegennähme.

Der Mörder war in Köln, so viel stand fest. Er beobachtete ihn. Selbach war Minuten vor dem letzten Anruf mit dem Taxi weggefahren. Aber wohin? In sein Hotel? Genauso gut konnte er an der nächsten Ecke wieder ausgestiegen sein. Vielleicht hatte er sich auch direkt zu diesen modernen Häusern fahren lassen und ihn dann dorthin kommandiert …

Sebastian zuckte zusammen, als das Handy zu läuten begann.

UNBEKANNTER TEILNEHMER. Er nahm das Gespräch an.

„Wie geht es dir, Sebastian?“, fragte die Stimme.

„Schlecht“, antwortete er und versuchte das ständige Kommen und Gehen an den Urinalen vor der Kabine zu ignorieren. Er ahnte, dass die Stimme genau wusste, wo er sich befand. Und tatsächlich hörte er Stimmengewirr im Hintergrund, das typisch monotone Geräusch der Messehalle.

Der Mörder war hier. In seiner Nähe.

„Schlecht soll es dir auch gehen, Sebastian. Das ist deine Strafe.“

„Was soll ich tun?“, fragte er ergeben.

„Für mich da sein, Sebastian. Immer für mich da sein.“

Die Verbindung war beendet.

Er erhob sich schwerfällig, ordnete seine Kleidung und verließ die Kabine. Am Waschbecken begutachtete er die Beule, deren Farbe immer mehr ins Blaue changierte, und richtete seinen Schlips, den Carina ihm am Morgen gebunden hatte. Als er aus der Toilette wieder in die Halle trat, sah er Selbach direkt auf sich zukommen.

„Passen Sie auf mich auf?“, fragte Sebastian.

„Kann man so sagen.“ Selbach sah ihn prüfend an. „Sie waren so lange weg, da hab ich mir ein bisschen Sorgen gemacht. Nicht dass Sie uns auf dem Klo zusammenklappen.“ Er zeigte mit dem Kinn auf einen Getränkestand. „Lassen Sie uns kurz was trinken.“

Der Stand lag neben dem Ausgang zur Raucherterrasse. Selbach holte zwei Becher Orangensaft, und sie gingen hinaus. Zwar rauchten sie beide nicht, aber die kühle Oktoberluft war eine Erholung gegenüber der stickig klimatisierten Atmosphäre der Halle.

„Ich muss mich wohl bei Ihnen bedanken." Sebastian studierte aufmerksam Selbachs Züge und sah das spöttische Zucken eines Augenwinkels.

„Na ja, ein größeres Büro für Sie ist wohl kein Luxus. Das war wirklich kein Spaß, da zu zweit in Ihrer Abstellkammer zu hocken."

Sie lehnten sich an das Geländer der Terrasse. Über den Dächern der Messehallen stachen die Spitzen der Domtürme in den grauen Himmel.

„Das Smartphone kriegen Sie schon am Montag. Carina sagt, Lerchl hätte neulich ein Dutzend für die Vertriebler gekauft und eines wär übrig."

Sebastian konnte sich nichts vorstellen, was ihn im Moment weniger interessierte. Er musste einen Weg finden, Selbach aufs Glatteis zu führen. Ihn verunsichern, damit er sich verriet. „Sie haben neulich von Ihren Waffen erzählt", sagte er. „Haben Sie die alle zu Hause?"

Selbach sah sich um, ob niemand zuhörte. „Ja", sagte er dann leise.

„Darf ich mir die mal ansehen?", fragte Sebastian.

Selbach wiegte zweifelnd den Kopf. „Warum?"

„Es interessiert mich. Irgendwie fand ich Waffen immer faszinierend. Mein Vater hatte früher ein Jagdgewehr, aber das hat er verkauft, als wir den Hof in Gerold aufgegeben haben."

„Mein Vater hat nie eine Waffe verkauft", entgegnete Selbach. „Aber gekauft hat er wie ein Irrer. Und ich hab sie geerbt."

„Verstehe", sagte Sebastian. „Hat er damit auch geschossen?"

„Er hatte einen eigenen Schießstand."

„Ach was? Wo denn?"

„Bei uns. Den hat er selber gebaut, in den Sechzigern schon. Wollen Sie ihn anschauen?"

„Klar", sagte Sebastian, obwohl es ihm kalt den Rücken hinunterlief bei der Vorstellung, allein mit Selbach und dessen Waffen zu sein.

„Wie wär's mit Samstagnachmittag?", fragte Selbach.

„Gern", sagte Sebastian.

„WIE OFFEN darf ich sprechen?", fragte Kaltenbusch mit einem unsicheren Blick auf Isenwald.

„So offen wie möglich", antwortete sie. Aber was Kaltenbusch ihnen dann erzählte, war sogar für die Staatsanwältin eine Spur zu explizit, wenn Schwemmer ihren Gesichtsausdruck richtig deutete.

Kaltenbusch hatte Susanne Berghofer zufällig bei einem Wochenendausflug in Florenz kennengelernt. Sie waren sich im Hotel begegnet, was, wie er sich ausdrückte, ihm an jenem Wochenende eine Menge Geld sparte, das er normalerweise für das bezahlt hätte, was Susanne Berghofer dann unentgeltlich mit ihm tat. Eine begabte Amateurin, nannte er sie.

„Wenn man so eine Frau gefunden hat, die einfach immer das Gleiche will wie man selbst, dann muss man zugreifen. Und man sollte dafür sorgen, dass ihre Wünsche auch befriedigt werden“, sagte er und warf Isenwald einen beinahe verschwörerischen Blick zu. Nach Schwemmers Einschätzung hob er seinen Punktestand bei der Staatsanwältin damit eher nicht an.

Es folgte eine lange, detailreiche Schilderung dieser Befriedigung, die anfangs in Hotels, später abwechselnd in ihrem Haus in Garmisch und seiner Wohnung in München stattfand und bei der das Paar eine Menge unterschiedlicher Gerätschaften einsetzte. Schwemmer bemerkte, dass inzwischen auch Schafmann unbehaglich auf seinem Platz hin- und herrutschte.

Kaltenbusch und die Berghofer hatten sich jedenfalls ein- bis zweimal im Monat getroffen. Laut Kaltenbusch, und das betonte er mehrfach, war beiden klar, dass es sich um eine rein sexuelle Beziehung handelte, die auf gar keinen Fall mit ihrem restlichen Leben in Kontakt geraten sollte.

„Verstehe. Und wieso haben Sie sie von diesem Handy aus angerufen?“, fragte Schwemmer.

„Meine Frau ist ziemlich neugierig. Ich weiß, dass sie mein iPhone kontrolliert. Wir haben das Handy damals extra dafür gekauft, irgendwo auf einem Flohmarkt, wenn ich mich recht erinnere.“

Isenwald nickte. „Gehörten auch Schusswaffen zu ihrem gemeinsamen Spielzeugarsenal?“, fragte sie dann.

„Wir hatten …“

„Diese Frage wird mein Mandant nicht beantworten“, sagte Dr. Fredekötter schnell.

Kaltenbusch blickte unsicher zu seinem Anwalt. „Es war ja nur …“

„Bitte, Herr Kaltenbusch“, unterbrach Fredekötter ihn erneut.

„Es ist also denkbar, dass Sie auch mit Schusswaffen gespielt haben“, stellte Isenwald fest.

„Das ist eine unzulässige Schlussfolgerung“, sagte Fredekötter eisig.

„Das wird der Haftrichter entscheiden“, entgegnete Isenwald gelassen.

Die Dunkelheit zu ertragen fällt den Menschen schwerer, als sie zu bekämpfen. Dabei ist dieser Kampf, so hart oder lange er auch geführt wird, hoffnungslos. Die Menschen lieben hoffnungslose Kämpfe, aber nur, wenn sie nicht ahnen, dass sie hoffnungslos sind. Die Dunkelheit jedoch liebt hoffnungslose Kämpfe bedingungslos und verbirgt sich deshalb immer wieder im Licht, um den Menschen Hoffnung vorzugaukeln. Aber kann Hoffnung vorgegaukelt werden? Ist sie nicht ohnehin Gaukelei? Reine Gaukelei?

KALTENBUSCH hatte kein durchgehendes Alibi für die fraglichen Tage, aber in der Nacht, als der erste, tödliche Schuss abgefeuert worden war, hatte er sich bis zum Morgengrauen in einem Dachauer Bordell aufgehalten. Laut Auskunft der Kollegen in Dachau erinnerten sich die Damen dort unzweifelhaft, wenn auch ungern an den Herrn mit den ausgefallenen Wünschen.

Sein Eindringen in das Berghofer'sche Haus begründete er mit Sorge um Susanne Berghofer. Die Sache mit dem Polizeisiegel, das hatte Fredekötter mit Isenwald klargezogen, würde durch einen Strafbefehl aus der Welt geschafft. Außerdem musste sich Kaltenbusch bis auf Weiteres täglich auf einer Polizeiwache melden. Er wurde blass, als er das hörte, akzeptierte den Deal aber letztlich auf Anraten Fredekötters.

Nach der Vernehmung saß Schwemmer ziemlich unzufrieden hinter seinem Schreibtisch. Dieser Kaltenbusch mit seinem zur Schau gestellten Reichtum und seinen Sexprotzgeschichten hatte ihm die Laune verhagelt. Dass das so war, ärgerte ihn zusätzlich. Er beschloss, Frau Fuchs um einen Kaffee zu bitten. Seine Bitte wurde erfüllt, und danach bekam er seine Laune so weit in den Griff, dass er auch den unkonzentriert wirkenden Schafmann ertrug, der sich müde in seinen Besucherstuhl sinken ließ.

„Was gibt's?“, fragte Schwemmer.

„Ein Zeuge hat sich gemeldet. Er hat in den letzten Monaten immer mal einen roten Kleinwagen vor dem Haus der Berghofer stehen sehen. Nachts.“

„Hat der Kaltenbusch einen roten Kleinwagen?“

„Hab ich noch nicht überprüft. Kann ich mir aber nicht vorstellen.“

„Nein“, sagte Schwemmer. „Ist eher nicht der Kleinwagentyp, der Herr Kaltenbusch. Check es trotzdem.“ Er überlegte. „Vielleicht war es der Stalker, den die Berghofer nicht anzeigen wollte.“

„Gut möglich.“

„Was für ein Kleinwagen soll das denn gewesen sein?“

„Wahrscheinlich ein französischer. Genauer hat er es nicht. Ist sich aber sicher, dass es immer derselbe war. Er joggt da manchmal spätabends.“

„Kein Kennzeichen?“

„Ist ja finster um die Zeit.“ Schafmann sah aus dem Fenster und machte keine Anstalten, weiterzusprechen.

„Ich fahr morgen nach Aschaffenburg. Heut ist mir ja der Kaltenbusch dazwischengekommen", sagte Schwemmer, um irgendwas zu sagen. „Und was machst du?"

Schafmann sah ihn an, als hätte er darüber noch nicht nachgedacht. „Ja mei … ich arbeit meine Liste ab."

„Das Protokoll von der Aussage Misera fehlt noch."

Schafmann sah wieder aus dem Fenster. „Ja", sagte er.

Sebastian ließ sich aufs Bett fallen und genoss den seltenen Moment des Alleinseins, während Carina im Bad war. Vorsichtig streckte und beugte er den linken Arm. Es schmerzte, aber er brachte die Hand bis an die Stirn, sodass er die pochende Beule betasten konnte.

Die Beule am Hinterkopf, die ihm der Mörder am Tatort verpasst hatte, konnte er nur mit der Rechten erreichen.

Der Mörder. Sollte er ihn gleich Selbach nennen?

Er stieß zischend die Luft aus. Was er hatte, waren nur Indizien, keine Beweise. Aber er war auch kein Staatsanwalt. Er war ein Opfer, das um sein Leben kämpfte.

Selbach irrtümlich zu beschuldigen war kein Problem. Das Problem war die Gefahr, der er sich aussetzte, wenn er sich irrte. Die Stimme war hier, in Köln, aber da waren ungefähr noch eine Million anderer Menschen, die meisten davon wohl weniger sympathisch als Selbach. Sebastian konnte sich nicht erinnern, von einem quasi Fremden schon mal so freundlich behandelt worden zu sein. Es sei denn, derjenige wollte etwas von ihm – meistens sein Geld. Aber diesmal wollte jemand sein Leben.

Es gehört ihm doch schon, dachte Sebastian. Ich kann nicht mal mehr aufs Klo ohne mein Handy. Ich werde beobachtet.

Wie auf Kommando klingelte das Gerät. Er zog es mit einem Seufzer aus der Tasche und nahm das Gespräch an, ohne aufs Display zu schauen.

„Ja, hallo", sagte eine männliche Stimme, die er nicht kannte. „Ich hab nur grad die Nummer in meiner Jacke gefunden und wollt mich mal erkundigen, warum ich anrufen sollte."

„Was?", fragte Sebastian und richtete sich halb auf.

„Bist du der Typ aus Garmisch?", fragte die Männerstimme. „Warum hast du mir noch mal deine Nummer gegeben?"

Sebastian hatte keine Ahnung, mit wem er redete. „Ich weiß jetzt gerade nicht … Haben wir auf der Messe gesprochen?"

„Nee, im Durst. Gestern Abend."

„Durst? Ach, die Kneipe!" Endlich machte es Klick in seinem Hirn. „Du bist der Telefonmann."

„Von mir aus.“ Die Bezeichnung schien dem anderen nicht zu gefallen.

„Du hast irgendwas erzählt von wegen … Wie hieß das noch? Soundso-Override. Und dann sollt ich dir meine Nummer aufschreiben.“

„Ach ja …“ Der Telefonmann erinnerte sich langsam. „CLIR-Override. Wie lange, sagtest du?“

„Kannst du das machen?“

Der Mann seufzte. „Falsche Frage“, sagte er. „Wie lange?“

„Ein paar Tage sollten reichen.“

„Okay. Heut wird das aber nix mehr. Morgen auch nicht. Dann viel Spaß noch in Köln“, sagte der Mann und legte auf.

Mit einem Stöhnen bettete Sebastian seinen Kopf wieder aufs Kissen und steckte das Handy zurück in die Hemdtasche.

Carina kam aus dem Bad. Sie trug einen der weißen Bademäntel und hatte ein Handtuch um den Kopf geschlungen. Es sah beinahe gut aus.

„Wer hat denn da grad angerufen?“, fragte sie.

Was geht dich das an?, hätte Sebastian am liebsten geantwortet, aber das ging natürlich nicht. Nicht nach gestern Nacht. „Ein Bekannter“, sagte er.

Sie setzte sich auf ihr Bett und rubbelte ein bisschen an ihren nassen Haaren herum. Dann sah sie ihn an und kaute auf der Unterlippe. „Kannst du mir erklären, was da gestern Nacht passiert ist?“

„Nein“, antwortete Sebastian.

Sie wandte den Blick ab. „Das ist schade“, flüsterte sie.

Er sah Tränen ihre Wangen hinunterlaufen.

„Ich kann es wirklich nicht“, sagte er. „Vielleicht irgendwann mal. Aber nicht jetzt. Am besten, du fragst nicht mehr.“

„Nicht fragen? Da ruft irgendwer an, befiehlt dir, irgendwohin zu gehen, und wenn du das machst, schlägt er dich nieder? Ich sollte zur Polizei gehen, weißt du das?“

„Nein, tu das nicht!“

Sein heftiger Ton brachte sie dazu, ihn wieder anzusehen. Die Tränen waren getrocknet. „Was sollte mich davon abhalten?“, fragte sie ernst.

„Du würdest mir schaden“, sagte Sebastian.

„Was hast du angestellt?“

„Ich? Nichts. Absolut nichts.“

„Und warum würde es dir dann schaden, wenn ich zur Polizei gehe?“

Er stöhnte. „Ich kann es dir nicht sagen!“

„Dann kann ich dir nicht helfen.“ Sie starrte den Miró-Druck an, der über dem kleinen Tisch an der Kabinenwand hing.

Vielleicht hat sie ja recht, dachte er. Vielleicht könnte sie mir helfen.

Aber warum sollte sie das tun? Wenn er ihr erzählte, dass er in Sannes Haus gewesen war, am Tatabend, und dass Sanne da schon tot war … Warum sollte sie ihm glauben? Niemand würde ihm das glauben.

Er stand auf und ging zu ihr hinüber. Als er die Hand auf ihre Schulter legen wollte, zuckte sie zurück. Verlegen setzte er sich wieder auf seine Matratze.

„Ich hab einen Fehler gemacht", sagte er. „Und jetzt werde ich erpresst."

„Von wem?"

„Das weiß ich nicht."

„Und womit? Was hast du getan?"

Sein Hirn arbeitete nicht so schnell, wie er es brauchte. Er schluckte.

„Ich hab ein Patent verraten", sagte er heiser und versuchte verzweifelt, eine glaubhafte Geschichte zustande zu bringen.

„Ein Patent? Von uns?"

Er schloss die Augen. Das Lügen fiel ihm so leichter. „Ja", sagte er. „Ein GAP-Data-Patent. Das Modul zum Plandaten-Im- und -Export."

„Das Schnittstellenmanagement?"

Er war überrascht, dass Carina als Verwaltungskraft die Details ihrer Softwaremodule kannte.

„Ja, genau", sagte er. „Das Schnittstellenmanagement."

„Und was bedeutet ‚verraten'?"

„Na ja, ich hab jemandem erklärt, wie er das Programm so verändern kann, dass er um die Lizenzgebühr herumkommt."

„Aha." Ihre Stimme klang sachlich. „Und was hast du dafür gekriegt?"

„Gekriegt?" Auf die Frage war er nicht vorbereitet.

„Na, hör mal! Damit kann man zwanzig-, dreißigtausend Euro sparen."

„Ja …" Er überlegte fieberhaft, was eine realistische Summe für so etwas wäre. „Er hat mir fünftausend versprochen", sagte er zögernd. „Aber ich hab sie nicht gekriegt. Stattdessen hat er angefangen, mich zu erpressen."

Sie nickte verstehend. „Und wer ist es?"

„Das weiß ich selbst nicht genau. Aber der Mann ist irre."

„Himmel, dann geh doch zur Polizei", sagte Carina.

„Dann flieg ich raus." Sebastian merkte sofort, wie lahm das klang.

„Was Besseres als GAP-Data findest du doch überall", sagte sie.

„Drei Wochen", berichtete Burgl. „Der Stationsarzt meint, sie müssten erst mal schaun, wie sie die Verschraubungen verträgt."

Schwemmer schüttelte den Kopf und säbelte ein Stück von der Pizza, die Burgl mitgebracht hatte. Schinken mit Sardellen, die aß er am liebsten. Aus dem Pappkarton und lauwarm hielt sich der Genuss allerdings in Grenzen.

„Sie hat tatsächlich versucht, die Tür einzutreten. Unglaublich, oder?“ Burgl schien nicht zu wissen, ob sie lachen oder weinen sollte.

„Irgendwie hatt ich gehofft, so was ließe nach mit dem Alter. Also, dass das Gehirn ausfällt wegen Verliebung“, sagte Schwemmer mit vollem Mund. „Immerhin brauchen wir die nächsten drei Wochen nicht damit zu rechnen, dass sie hier einzieht.“

„Also wirklich, Hausl“, sagte Burgl in vorwurfsvollem Ton und spülte einen Bissen ihrer Spinaci mit einem Schluck Chianti hinunter. Dann wechselte sie das Thema. „Ferdi sagte, er will heut Abend mal die Aschaffenburger Akte lesen. Er ruft dich dann an, soll ich dir sagen.“

„Wie schön.“

„Hausl, bitte …“ Sie sah ihn mit schräg gelegtem Kopf an.

Er zuckte mit den Schultern. „Wie läuft’s denn mit seinem Sohn?“

Burgl legte das Besteck hin. „Wenn ich das Gefühl hätte, dass es dich interessiert, würd ich’s dir erzählen.“

Er sah sie verblüfft an. „Warum sollte ich sonst fragen?“

„Ich vermute, weil du hoffst, dass Ferdi Probleme hat.“

Ich kann ihr eben nichts vormachen, dachte Schwemmer und lächelte sie an. Sie lächelte zurück, aber ihr Lächeln saß ein wenig schief im Gesicht. Sie nahm einen weiteren Schluck Chianti und runzelte die Stirn.

„Was hab ich mir da wieder andrehen lassen?“

„Sah der Verkäufer gut aus?“, fragte Schwemmer.

„Nein. Aber der Pizzabäcker.“

„Und der hat dir den Chianti empfohlen?“

„Er hat gesagt, den trinkt er selber zu Hause.“

„Das hat er gesagt?“

„Nein. Er hat gesagt, den würde ich zu trinken kriegen, wenn ich ihn zu Hause besuchte.“

„Na, da brauch ich mir ja jetzt zum Glück keine Sorgen mehr zu machen“, sagte Schwemmer.

„Nein“, sagte Burgl. „Jetzt nicht mehr.“

Sie aßen eine Weile schweigend.

„Du wolltest von Ferdis Sohn erzählen. Wie heißt der eigentlich?“

„Gérard.“

„Oh. *Très élégant.*“

„Gefällt ihm auch nicht. Er nennt sich Gerd.“

„Klingt erst mal sympathisch“, sagte Schwemmer. „Ein Name, mit dem man als Bayer was anfangen kann. Und? Wie läuft es mit ihm?“

„Er macht’s mir schwer. Fast möchte man glauben, er liest die Fachbücher seines Vaters und sucht sich da raus, was er brauchen kann, um zu beweisen, dass er für nichts was kann. Er leidet unter Aufmerksamkeitsdefizit, Legasthenie, seit einer Fünf minus in Mathe auch Dyskalkulie; Einzelkind, Scheidungskind, mütterlicherseits erblich vorbelastet …"

„Ach. Womit?"

„Manische Depression."

„Klingt wirklich nicht nach einer schönen Kindheit."

„Behauptet ja auch keiner. Aber man schafft es trotzdem nicht, Mitleid zu haben mit diesem kleinen …" Sie brach den Satz ab.

„… Arschloch?", fragte Schwemmer.

„Das trifft es nicht ganz", sagte sie. „Kleines intrigantes Arschloch. Oder bösartiges. Der Junge ist einfach fies. Und er ist intelligent. Macht keinen Spaß, mit ihm zu arbeiten."

„Wenn er dazu noch gar nicht wirklich will …"

„Das ist fachlich ja auch völliger Unfug. Der Junge wird niemals glauben, dass sein Vater nichts davon erfährt, was er mir erzählt."

„Und? Erfährt er?"

„Natürlich nicht!"

Sie tauschten einen Blick, und Burgl nahm mit ärgerlicher Miene den nächsten Schluck Wein. „Wie war dein Tag?", fragte sie.

Schwemmer berichtete angewidert von Kaltenbuschs Aussage.

„Solche Beziehungen gibt es natürlich", sagte Burgl. „Das muss auch gar nicht ungesund sein … Psychisch, mein ich." Sie grinsten beide.

„Psychisch ist es wahrscheinlich ungesünder, wenn dein Verlobter sich für deine Mutter entscheidet", sagte Schwemmer. „Mit dem Kerl werd ich mich morgen mal unterhalten."

„Du fährst nach Lohr?"

„Und nach Aschaffenburg."

„Wann kommst du wieder?"

„Morgen nicht mehr. Das sind fast tausend Kilometer hin und zurück."

ACHT

Peter Ströer schien sich in seinem Arbeitszimmer so unwohl zu fühlen wie in seiner Haut. Zumindest erweckte seine Körperhaltung den Eindruck. Die Knie hatte er übereinandergeschlagen, die Arme verschränkt.

„Margit hat mir natürlich berichtet", sagte er. „Die ganze Sache ist natürlich ungeheuer belastend für sie. Sie leidet seit einiger Zeit an einer

Herzschwäche. Natürlich habe ich versucht, ihr zu helfen, aber sie gab mir zu verstehen, dass sie als Mutter das natürlich allein bewältigen muss.“

Ströer war ein schlanker, hochgewachsener Mann, eine überaus gepflegte Erscheinung, mit Fransen und Bömmeln auf den braunen Lederslippern und Einstecktuch in der Brusttasche seiner Hausjacke. Einen Schlips trug er nicht, aber ein Halstuch, das nach teurer Seide aussah.

„Es ist natürlich schon lange her, dass Susanne und ich ein Paar waren. Aber so etwas geht natürlich an niemandem spurlos vorbei. Ich war tagelang nicht fähig zu arbeiten.“

„Natürlich“, sagte Schwemmer, der ihm gegenübersaß. „Was arbeiten Sie, wenn ich fragen darf?“

„Ich bin Schriftsteller.“ Ströer hob den Blick über Schwemmer hinweg.

„Und was schreiben Sie?“

„Novellen und Lyrik. Überwiegend Lyrik.“

„Natürlich“, sagte Schwemmer.

„Wie meinen Sie das?“, fragte Ströer irritiert.

„Ich meine, dass Sie wie ein Lyriker wirken.“

„Ach, wirklich?“ Ströer war offenbar nicht sicher, ob das ein Kompliment war. Schwemmer auch nicht.

„Kann man davon leben?“, fragte er.

Ströer lachte auf in einer Mischung aus Spott und Mitleid mit dem Mann, der auf eine solche Idee kam. „Natürlich nicht“, sagte er.

Schwemmer sah sich im Raum um. Sein Blick glitt über großformatige Öl- und Acrylgemälde, ein deckenhohes Bücherregal, einen schlichten, aber extrem teuer wirkenden Schreibtisch aus Stahl und Mahagoni, ein Ledersofa und einen Deckenstrahler, dessen Preis wahrscheinlich knapp unter seinem Monatsgehalt lag. Der Stuhl, auf dem Ströer saß, war mit Sicherheit teurer.

Das Haus, ein denkmalgeschütztes Fachwerkgebäude in der Altstadt von Lohr, hatte drei Stockwerke und ein zum Atelier umgebautes Dachgeschoss. Schwemmer schätzte es auf zweihundertfünfzig Quadratmeter Wohnfläche.

„Wovon leben Sie denn?“, fragte er.

Ströers Gesicht verzog sich zu einem gequälten Grinsen. „Ich bin in der Geschäftsführung von Margits Kunsthandelsgesellschaft tätig.“

Schwemmer sah ihm in die Augen, und das Grinsen verzerrte sich noch ein bisschen mehr. Immerhin ist es ihm peinlich, dachte Schwemmer. „Gehe ich recht in der Annahme, dass diese Firma in erster Linie das Geld der Familie Berghofer in Kunst anlegt?“, fragte er. „Das heißt, Frau Professor Berghofer bezahlt Sie dafür, dass Sie ihr Geld ausgeben.“

„Das könnte man natürlich so sehen. Fakt ist, dass etliche der von mir eingekauften Werke erheblich an Wert zugelegt haben."

„Etliche aber auch nicht, nehm ich mal an."

„Natürlich, aber das gehört dazu."

„Was war denn Susanne Berghofers Meinung zu diesem Konstrukt?"

Ströer lachte verlegen, dann flüchtete er sich in ein Husten. „Sie war natürlich nicht begeistert", sagte er endlich. „Zumindest am Anfang."

„Gab es Auseinandersetzungen deswegen?"

„Natürlich gab es Auseinandersetzungen, nicht nur deswegen. Immerhin ging damals eine langjährige Partnerschaft in die Brüche. Das war natürlich nicht immer angenehm, wie Sie sich vielleicht vorstellen können."

„Natürlich", sagte Schwemmer. „Wie weit gingen denn diese Auseinandersetzungen?"

„Nun, von meiner Seite habe ich sie vermieden, so gut es ging, aber das war natürlich nicht immer möglich. Es kam immer wieder zu unvermeidbaren Zusammentreffen, privat oder auch gesellschaftlich, und das war anfangs natürlich sehr unangenehm. Nicht nur für mich, auch für Margit."

„Wie verhielt sich Frau Professor Berghofer in solchen Situationen?"

„Nun …" Ströer begann sich wieder zu winden. „Margit ist vom Charakter her nicht sehr … deeskalierend."

Das glaubte Schwemmer ihm aufs Wort. „Was hat Sie denn damals veranlasst, Ihre ‚langjährige Partnerschaft' mit Susanne Berghofer zu beenden?"

Ströer schien sich in sich verknoten zu wollen, was ihm ziemlich gut gelang. „Susanne ist ein … schwieriger Mensch … äh, gewesen. Manchmal."

„Können Sie das ein bisschen genauer erläutern?"

„Sie …" Ströer klappte seinen Oberkörper nach vorn, als wollte er in die Mahagoniplatte beißen. „Sie war sehr fordernd", quetschte er heraus.

„Fordernd in welcher Hinsicht?"

Ströers Gesicht leuchtete in changierenden Rottönen. Es mochte an seiner Körperhaltung liegen, aber er schien überhaupt nicht mehr zu atmen.

„Sie brauchte sehr viel … Zuwendung. Auch …", endlich japste er nach Luft, wodurch seine Gesichtsfarbe aber nicht nennenswert gesünder wurde, „… auch … körperlich."

Erleichtert sackte er in sich zusammen. „Möchten Sie einen Kaffee?"

„Natürlich", antwortete Schwemmer.

„Des können S' mir scho glaubn", sagte Herr Worgall. „I steh ned auf Mercedes. I steh auf MAN …"

„Und privat fahren Sie Audi", hielt Schafmann fest.

„Genau. I find, an Audi is a Auto, des ma brauchn kann, verstehn S'? Ned oans zum Angebn, moan i. Oans zum Braucha. Und dass der Sack mir die Tür zerkratzn tät, weil i mal a hoibe Stund da gstandn hab, wo's eam ned passt, des geht fei ned! Oaner, der so was macht, der daschiaßt auch Weiber. Und i woaß, wer's war, Herr Kommissar."

„Hauptkommissar", sagte Schafmann und unterdrückte ein Seufzen. Der kleine Mann, der ihm gegenübersaß, war ihm hier im Büro noch unangenehmer als bei der Befragung an seiner Haustür. „Bitte verzeihen Sie, wenn ich Ihre Schlussfolgerung nicht ganz teile, aber …"

„Ned teiln? Wieso des?"

„Bleiben wir mal dabei, dass Sie zu wissen meinen, wer es getan hat. Also: Wer soll das sein, und woher wissen Sie das?"

„Der Polz war's. Der oide."

„Der alte Herr Polz. Aha."

„Die wohnen glei über mir. Im gleichn Haus. Er und der Filius."

„Und woher wissen Sie, dass er es war?", fragte Schafmann.

„Des hob i ghört. Im Wirtshaus! Da Laubinger Sepp hod gsagd, er kennt oan, der gsehn hätt …"

„Nein, nein, Herr Worgall, so geht das nicht. Sie können niemanden aufgrund von Hörensagen beschuldigen. Das ist üble Nachrede."

Worgall war sichtlich verblüfft. „Aber mei Audi …", sagte er, doch Schafmann war bereits aufgestanden und forderte ihn mit eindringlicher Gestik auf, sein Büro zu verlassen. Worgall gehorchte, wenn auch unter Protest. Ein Uniformierter kam gerade vorbei, und Schafmann gab ihm den Zeugen an die Hand, sodass er ihn nicht auch noch zur Tür runterbringen musste.

Kaum saß er wieder hinter seinem Schreibtisch, da klingelte das Telefon. Er zog die Brauen hoch, als er die Nummer erkannte: Fabians Handy.

„Hey, Großer", meldete er sich.

„Hallo, Papa." Er klang, als hätte er geweint. „Ich wollt nur sagen, ich hab ihr gesagt, was du gesagt hast."

„Moment … Was hast du wem gesagt?"

„Ich hab der Astrid gesagt, dass sie nur so gemein ist, weil sie nicht in mich verliebt ist. Und dass sie eine blöde Ziege ist."

„Das hab ich aber nicht gesagt. Und dann?"

„Dann hat sie mir eine reingehauen. Jetzt hab ich ein blaues Auge und krieg einen Eintrag."

„Einen Eintrag? Warum?"

„Weil ich nicht gesagt hab, wer's war."

Schafmann fühlte eine warme Welle von Liebe und Stolz auf seinen Sohn.

„Das hast du richtig gemacht“, sagte er.

„Echt? Findest du?“

„Ja, das finde ich.“

„Und sagst du das auch der Mama? Aber nicht, dass ich verknallt war.“

„Ich versuch's. Das könnte aber schwierig werden.“

„Papa? Dass sie mir eine reingehauen hat …“

„Du hast sie blöde Ziege genannt.“

„Ja, aber das sag ich doch dauernd zu Mädchen.“

„Das solltest du dir besser langsam abgewöhnen.“

„Ich mein nur: Dass sie mir eine reingehauen hat … kann das nicht heißen, dass sie doch in mich verliebt ist?“

DIE STIMME hatte nicht angerufen, den ganzen Tag nicht. Dieser zweite Messetag war für Sebastian fast eine Erholung gewesen im Vergleich zu gestern. Achtzig Prozent der Kundenfragen wiederholten sich, und bald musste er aufpassen, dass er bei der Beantwortung nicht ins Leiern geriet. Als ihm das zum ersten Mal passierte, fing er sofort einen strafenden Blick von Selbach auf. Er lässt mich nicht aus den Augen, hatte er gedacht.

Selbach war ständig in seiner Nähe gewesen. Und die Stimme hatte nicht angerufen …

Der Zug rumpelte durch die Nacht in Richtung Garmisch. Sebastian saß mit geschlossenen Augen auf seinem Sitz. Im ICE hatte noch aufgekratzte Stimmung geherrscht. Lerchl hatte mehrere Flaschen Champagner spendiert. Mittlerweile waren die Unterhaltungen ringsum versiegt. Selbst Selbach war wortkarg geworden. „Wir waren gut“, hatte er auf Höhe Frankfurt noch gesagt. „Wirklich gut.“ Dann war er eingeschlafen.

Als der Zug in Garmisch hielt, war es fast ein Uhr nachts. Selbach und Carina teilten sich ein Taxi, und auch Sebastian gönnte sich eines für den knappen Kilometer nach Hause.

„Morgen Nachmittag“, hatte Selbach zum Abschied noch gesagt.

Der Gedanke, dass er den Nachmittag mit Selbach in dessen Schießstand verbringen würde, ließ Sebastian frösteln.

Als er die Haustür aufschloss, fiel sein Blick auf den Briefkasten. Sein Vater hatte ihn nicht geleert. Natürlich nicht, mit seinem verstauchten Fuß. Sebastian schloss den Kasten auf. Ein Kuvert ohne Absender lag darin und ein blauer Behördenumschlag. POLIZEIINSPEKTION GARMISCH-PARTENKIRCHEN las er und riss den Umschlag auf. Eine Vorladung zur Zeugenvernehmung. Montag, elf Uhr.

Er ließ die Schultern sinken. Sie waren ihm auf der Spur. Andererseits: Wenn sie ihn festnehmen wollten, könnten sie es doch einfach tun.

Fahrig öffnete er den anderen Umschlag. „Detektiv-Online-Outlet dankt für Ihre Bestellung“, stand da.

NEUN

Auf dem Weg zur Wache hatte er den Wagen in der Hindenburgstraße abgestellt. Nun schlenderte Schafmann an der Fensterfront der Kaffee-Börse vorbei und sah wie absichtslos hinein. Carmen hatte ihm erzählt, dass sie am Wochenende gern am späten Vormittag dort die Zeitung las, wenn ihr Dienst es zuließ. Er hatte Glück – wenn es denn Glück war.

Sie war in ihre *SZ* vertieft und bemerkte ihn erst, als er an ihren Tisch trat.

„Darf ich mich zu dir setzen?“, fragte er.

Sie antwortete nicht, und er wusste ihre Miene nicht zu deuten. Zögernd setzte er sich ihr gegenüber. Sie legte umständlich die Zeitung zusammen.

„Vielleicht muss ich mich entschuldigen“, sagte er leise.

„Wofür?“, fragte sie. Es war kein Lächeln in ihrem Gesicht.

„Für … du weißt schon …“

„Wenn dir ein Stein auf den Kopf fällt, entschuldigst du dich auch nicht.“

„Nein.“

„Bei uns waren es zwei Steine. Einer bei dir und einer bei mir. Jetzt sollten wir unsere Beulen kühlen, die Brocken wegkehren und uns dazu gratulieren, dass nicht mehr passiert ist.“

„Können wir das?“ Er starrte vor sich auf die Tischplatte, weil er nicht wagte, ihr in die Augen zu sehen.

„Ich hoffe es. Ich werde jedenfalls keine Affäre mit einem verheirateten Mann beginnen. Und ich werde keine Familie zerstören.“

„Und was machen wir jetzt?“

„Uns aus dem Weg gehen. So gut wie eben möglich. Bitte.“

Er nickte stumm und erhob sich von seinem Stuhl. Er fühlte sich plötzlich sehr alt. Carmen blieb sitzen und reichte ihm die Hand. Sie war eiskalt.

Die Hoffnung, so sagt man ja, stirbt zuletzt. Doch dazu müsste sie gelebt haben. Die große Leistung der Hoffnung, die sie so unangreifbar macht, ist, dem Menschen ihre Existenz überhaupt einzureden. Denn die Existenz der Hoffnung besteht aus nichts weiter als Hoffnung. Hoffnung ist nicht einmal ein Gedanke. Sie ist das Gegenteil jeden Dings. Hoffnung ist ein Unding.

Selbach trug eine Jogginghose und ein offenes kariertes Baumwollhemd über dem grauen T-Shirt.

„Schön, dass Sie da sind", sagte er und reichte Sebastian die Hand.

Das heruntergekommene zweistöckige Wohngebäude mochte vor fünfzig Jahren vielleicht einmal ganz respektabel gewesen sein. Von einer Baumreihe vor Blicken geschützt, lag es in der Nähe der B 2 am Rand des Murnauer Mooses. „Mein Großvater wollte hier ein Hotel aufmachen", sagte Selbach. „Ausgerechnet. Ich weiß nicht, welche Gäste er erwartet hat. Die Römerfunde haben sie weggebaggert, und so ein Quarzitwerk ist ja nicht gerade eine Attraktion. Jetzt, wo's weg ist, könnte man es glatt noch mal versuchen. Aber das bekäme man wohl nicht genehmigt. Ist ja jetzt Naturschutzgebiet."

„Dann war das nie ein Hotel?", fragte Sebastian.

„Nein. Als das Haus stand, hat Großvater einen Herzkasper gekriegt. Aber so hatten wir wenigstens immer eine Menge Platz."

„Es wirkt ein bisschen unheimlich", sagte Sebastian.

Selbach lachte. „Ja. Vom Moos aus sieht es fast aus wie das Haus von diesem Kannibalen, wissen Sie noch? In Rotenburg war das, nicht wahr?"

Sebastian musste sich überwinden, einzutreten. Innen wirkte das Haus allerdings alles andere als heruntergekommen. An ein Hotel erinnerte hier allenfalls die breite Treppe in den ersten Stock.

„Ich hab hier unten fast alle nicht tragenden Wände rausgenommen." Selbach führte ihn in einen großen Wohnbereich mit offener Küche. Die Fenster an der Rückfront waren riesig. Der Blick ging über das Moor, die zahllosen Stadel dort, große, einzeln stehende Bäume, Hochsitze und Schilfstreifen. Die Ausläufer des Ammergebirges begrenzten den Blick.

„Hier haben Sie wirklich Ihre Ruhe", sagte Sebastian.

„Ja. Und wenn man mal was verschwinden lassen will: Das Moor ist direkt vor der Tür." Selbach lachte wieder, und Sebastian lachte mit, so gut es ihm gelang.

Die Einrichtung des Hauses war schlicht, aber alles wirkte ein bisschen über dem Durchschnitt. Es passte zu Selbach.

„Sie sind Junggeselle?", fragte Sebastian.

„Zurzeit. Ich war lange mit einer Frau zusammen, aber nicht verheiratet. Das ist, glaub ich, nichts für mich. Möchten Sie was trinken? Ein Weißbier?"

„Ich bin mit dem Auto."

„Ach, ein Weißbier wird ja wohl gehen, oder?" Selbach holte zwei Flaschen aus dem großen zweitürigen Kühlschrank und öffnete sie, ohne auf Sebastians schwachen Protest einzugehen. „Dann macht das Schießen mehr Spaß", sagte er, als er seinem Gast das Glas reichte.

Schafmann saß am Schreibtisch und starrte auf seinen Notizblock, ohne etwas wahrzunehmen von dem, was da stand. Eigentlich war heute sein freier Tag. Es gab für ihn nichts zu tun, was nicht auch der Kriminaldauerdienst hätte erledigen können. Er war nur hergefahren, um einen Grund zu haben, aus dem Haus zu gehen. Und weil er gehofft hatte, Carmen zu sehen. Nun, das war ihm gelungen.

Mit einem ärgerlichen Kopfschütteln zwang er sich zur Konzentration und blätterte in seinem Block hin und her, auf der Suche nach dem einen Punkt, an dem er einhaken konnte. Dem Punkt, den sie bisher übersehen hatten.

„Befragung Polz, Sebastian", las er. Dann, ein paar Seiten weiter: „Befragung Polz, Hartmut".

Die wohnen glei über mir. Im gleichn Haus. Er und der Filius.

Natürlich war dieser Worgall als Zeuge ein Witz, aber dass er den Namen Polz nun schon zum dritten Mal auf seinem Block fand, gab ihm zu denken.

Er schaltete den Monitor ein. Polz, Hartmut, fand er, Jahrgang 1940, hatte im Jahr 2004 eine Tikka-512-Jagdflinte abgemeldet. Wohnhaft Ludwigstraße 102, vormals Gerold, Haus Nr. 21, 82494 Krün. Und Polz, Sebastian, Jahrgang 1981, wohnhaft Ludwigstraße 102, vormals Gerold, Haus Nr. 21, 82494 Krün, war Eigentümer eines Renault 5, Baujahr 1999, Farbe Rot.

Ein roter Kleinwagen.

Ein roter französischer Kleinwagen, der immer wieder nachts vor dem Haus der Berghofer stand.

„Der Stalker", sagte Schafmann halblaut. „Der Polz ist der Stalker."

Bei Ulm war eine Baustelle, und es wurde Nachmittag, bis Schwemmer endlich nach Hause kam. Er fand Burgl schlafend auf dem Sofa. Auf ihrer Brust lag ein psychologisches Fachbuch.

Leise durchquerte er das Wohnzimmer und kniete sich neben sie. „Bin wieder da", flüsterte er ihr ins Ohr.

Burgl öffnete ein Auge. „Hä?" Ächzend richtete sie sich auf, gähnte und rieb sich die Augen. „Ich muss wohl tatsächlich eingenickt sein."

„Eingenickt? Du hast fest geschlafen."

„Ist das nicht das Gleiche?" Sie gähnte erneut. „Wie war's?"

„Wenig ergiebig. Die Kollegen in Aschaffenburg waren sehr kooperativ, aber letztlich gab es nichts von Belang, was nicht bereits in den Akten steht. Das Haus mit dem Tatort ist abgerissen worden. Und der Ströer hat für beide Tatzeiten wasserdichte Alibis."

„Kommen Sie." Das Bierglas in der Hand ging Sebald die Treppe hinauf. Sebastian folgte ihm. Ein langer Flur durchzog die erste Etage über die komplette Länge. Rechts und links gab es in gleichmäßigen Abständen Türen, die – bis auf eine – alle geschlossen waren. Dazwischen standen auf der einen Seite schmale Tische, sonst war der Gang leer. Eine Stirnwand war hell erleuchtet. An der Decke des Flurs liefen über die ganze Länge etliche dünne Stahlseile. „Für die Zielscheiben", sagte Selbach, der Sebastians Blick bemerkte. „Willkommen auf dem Joseph-Selbach-Gedächtnis-Schießstand."

„Joseph Selbach? War das Ihr Vater?"

„Genau. Er hat hier oben schon als Bub mit dem Luftgewehr geschossen. Der Großvater meinte, er hätte Talent. Aber mein Vater hat nie woanders geschossen als hier. Vereine mochte er nicht. Er war ein Eigenbrötler."

„Und jetzt schießen Sie hier?"

„Ja. Auch meistens allein."

„Dann ist es eine Ausnahme, dass Sie mich eingeladen haben."

„Durchaus." Selbach stieß sein Bierglas an Sebastians. „Kommen Sie, ich zeig Ihnen was." Er ging zu der offenen Tür und schaltete das Licht dahinter an. Beinahe wäre Sebastians Kiefer nach unten geklappt angesichts der Unzahl von Waffen, die in dem nicht gerade kleinen Raum aufbewahrt wurden. Gewehre – alte, neue, antike und hochmoderne – standen in Halterungen an der rechten und der hinteren Wand. An der linken hingen Pistolen, ebenfalls in den verschiedensten Ausführungen. Darunter stand eine Reihe niedriger Stahlschränke, und neben der Tür hingen drei Armbrüste. Falls der Raum mal ein Fenster gehabt hatte, war es nun zugemauert.

„Sakra", murmelte Sebastian. „Wie viele sind das?"

„Zweiunddreißig Gewehre, davon vierzehn Schrotflinten, achtundzwanzig Pistolen und zweiundzwanzig Revolver."

Sebastian ging langsam an den Waffen entlang und blieb vor einem bizarr aussehenden Gewehr stehen, das ein riesiges Zielfernrohr trug.

„Ein belgisches Scharfschützengewehr. Das ist nichts für hier", sagte Selbach. „Der Flur hat ja nicht mal dreißig Meter."

„Wo schießen Sie denn damit? Im Schützenverein?"

„Ach, die haben auch nur eine Hundert-Meter-Schießbahn. Mit so einem Ding wird es erst ab vierhundert richtig interessant."

„Und wo schießen Sie damit?"

„Es gibt schon einige Schießstände, aber nicht hier in der Nähe, jedenfalls keine öffentlichen. Und in der freien Natur ist es verboten."

„Also schießen Sie gar nicht damit?"

„Es ist verboten", sagte Selbach.

„Haben Sie das auch geerbt?“, fragte Sebastian. „Es sieht so neu aus.“

„Ja. Das ist ein hochmodernes Gerät, das hab ich selbst gekauft.“

„Wofür?“

„Ach, persönliches Hobby.“ Selbach wählte einen mittelgroßen Revolver aus. „Fangen wir mal mit einem normalen .38er Single-Action an.“

Aber Sebastians Blick blieb an einem riesigen verchromten Revolver mit klobigem schwarzem Griff hängen, in dessen Lauf COLT ANACONDA eingraviert war. „Was ist denn mit dem?“, fragte er.

Selbach grinste. „Ist vielleicht ein bisschen zu schwer. Wenn Sie das nicht gewohnt sind, verstaucht Ihnen der Rückstoß glatt das Handgelenk. Haben Sie so ein Ding schon mal abgefeuert?“

„Manchmal glaub ich es fast“, sagte Sebastian und sah Selbach direkt in die Augen.

Der runzelte die Stirn. „Wie soll ich das verstehen?“

„Es kommt mir vor, als hätte ich ihn mal in der Hand gehabt.“

Selbach ging nicht darauf ein. Stattdessen wies er auf eine im Vergleich winzige Pistole mit Perlmuttgriff. „Schauen Sie hier. Meine kleinste. .22er Rigarmi. Halbes Kaliber wie der Colt, aber genauso tödlich. Vorausgesetzt, man trifft. Es geht immer ums Treffen.“

Er holte eine Schachtel Munition aus einer der Schubladen, klappte die Trommel des .38ers auf und steckte Patronen in die Kammern. Aus einer anderen Schublade nahm er einen dünnen Stapel Zielscheiben, aus einer dritten zwei Gehörschutze, von denen er einen Sebastian reichte.

„Das Ding funktioniert elektronisch, Sie müssen es anschalten“, sagte er. „Es dämpft die Schüsse, man kann aber trotzdem miteinander reden.“

Sebastian setzte den Gehörschutz auf und folgte Selbach auf den Gang hinaus. Der ging zu der beleuchteten Wand, hängte eine der Zielscheiben an einer Vorrichtung auf, machte fünf große Schritte und blieb stehen.

„Das ist fürs Erste weit genug“, sagte er. „Kommen Sie her.“

Sebastian trat zögernd näher.

Selbach hielt den Revolver in der Hand. Der Lauf zielte auf den Boden. „Ich mach es Ihnen erst mal vor“, sagte er, hob den Revolver, spannte den Hahn und feuerte. „Haben Sie gesehen? Gerader Arm, aber locker im Ellbogen. Die linke Hand stützt den Knauf.“

Er reichte ihm die Waffe. Sebastian nahm sie vorsichtig.

„Und machen Sie keinen Unfug.“ Das kleine Grinsen, mit dem Selbach das sagte, beseitigte einen weiteren Zweifel bei Sebastian. Da war ein böser Funke in seinen Augen gewesen, einer, den er bestimmt lieber versteckt hätte. Aber solche Funken kann man nicht verstecken, nicht auf Dauer.

Sebastian hob die Waffe und zielte auf die Wand. Sein Daumen spannte den Hahn. Er brauchte sich nur zu Selbach umzudrehen. Und zu feuern …

Er schoss auf die Zielscheibe.

„Nicht schlecht. Eine Acht“, sagte Selbach.

Vier weitere Schüsse feuerte Sebastian ab, dann war die Trommel leer. Besser als Acht traf er nicht.

„Respektabel für einen Anfänger.“ Selbach stieß die leeren Hülsen aus der Trommel und lud erneut. „Stellen Sie sich ein bisschen breiter hin.“

Sebastian versuchte umzusetzen, was Selbach ihm sagte, und brachte es bei den nächsten sechs Schüssen auf einen Neuner.

„Noch ein Bier?“, fragte Selbach.

Sebastian wollte ablehnen, aber dann sah er, dass Selbach sein Handy auf den schmalen Tisch an der Wand gelegt hatte. „Eins darf ich vielleicht noch“, sagte er, und Selbach verschwand in Richtung Erdgeschoss.

Sebastian griff sich das Handy, rief hastig den Browser auf und tippte die Adresse der Website ein, die in dem Brief des Online-Detektiv-Shops gestanden hatte. Für sein Gefühl dauerte es ewig, bis sich die Seite aufgebaut hatte, aber dann ging alles ganz schnell. Er klickte auf DOWNLOAD. Sekunden später wurde er bereits aufgefordert, die Installation zu bestätigen. Er klickte auf WEITER, und das Fenster schloss sich.

„FÜR DICH.“ Burgl reichte ihm das Telefon.

Schwemmer hatte sich auf einen gemütlichen Nachmittag gefreut, aber was Schafmann ihm erzählte, elektrisierte ihn. „Sind die aus Köln zurück?“

„Meines Wissens schon.“

„Hast du schon mit der Isenwald gesprochen?“

„Ja. Aber für einen Haftbefehl reicht’s noch nicht.“

„Verstehe. Komm mich bitte abholen. Wir klingeln mal bei ihm an. Vielleicht ist er ja daheim.“

„Soll ich dir deine Waffe mitbringen?“

„Ich bitte darum“, sagte Schwemmer.

SIE SCHOSSEN eine weitere Runde, dann legte Selbach den Revolver auf den Tisch. „Ich muss grad mal das Bier wegbringen“, sagte er. „Hantieren Sie mit dem Ding nicht rum, solange ich weg bin. Da ist schnell was passiert.“ Er grinste. „Sie können ja schon mal eine neue Zielscheibe aufhängen.“

Damit verschwand er die Treppe hinunter. Sebastian zog die Zielscheibe aus ihrer Halterung und warf sie in den Karton mit den verbrauchten Scheiben. In der Pappkiste lagen auch große, achtlos zusammengefaltete Papierbögen. Er nahm einen heraus und faltete ihn auseinander. Es war eine stilisierte, mannshohe menschliche Silhouette darauf gedruckt. So etwas hatte er bisher nur in amerikanischen Polizeifilmen gesehen.

Ursprünglich hatte die Figur kein Gesicht gehabt, aber es war eines mit dickem Filzstift hineingemalt worden, mit grinsendem Mund. In dem Gesicht waren drei Einschüsse: einer in der Stirn und zwei dicht neben den Augen. Anstelle der Ohren standen da zwei Buchstaben: S und B.

Mit aller Kraft wehrte sich Sebastian gegen das Zittern, das seinen Körper befiel. Hastig nahm er den Revolver und klappte die Trommel aus. Er sah zur Treppe – von unten war nichts zu hören. Fahrig fummelte er am Ausstoßer herum, bis die Hülsen endlich aus den Kammern klimperten. Mit mühsam beherrschten Bewegungen steckte er sechs neue Patronen hinein.

Er hätte die Waffe fast fallen lassen, als sein Handy zu läuten begann.

„Na, wie fühlt sich das an, Sebastian?", fragte die Stimme. „Inmitten all dieser Waffen? Das Gefühl von Stärke – genieß es. Du kannst machen, was du willst. Wer könnte dich hindern? Du hast Macht, Sebastian."

Die Verbindung wurde unterbrochen. Sebastian fluchte in sich hinein. Er konnte sich genau vorstellen, wie Selbach mit einem Handy irgendwo im Erdgeschoss saß und ihn verhöhnte.

Du hast Macht, Sebastian. Er stieß ein böses Lachen aus. Na schön, dachte er, griff sich den Revolver und steckte ihn hinten in den Hosenbund.

Gleich darauf hörte er schnelle Schritte auf der Stiege. Selbach hatte zwei Flaschen Bier in der Hand, die er auf einem der Tische abstellte. „Für Sie ein Alkoholfreies", sagte er. „Lassen Sie uns mal was anderes probieren." Er verschwand im Waffenzimmer und kam Sekunden später wieder heraus, in der Hand eine Pistole. „Kimber 1911 – irgendwie mag ich die besonders. Eine schöne Waffe."

Er zog das Magazin aus dem Griff und begann es zu laden.

Sebastian trat langsam zu ihm. Es gelang ihm kaum, das Zittern zu unterdrücken. „Sie haben Susanne erschossen", sagte er heiser.

Selbach sah ihn verständnislos an. „Was?"

„Drei Schüsse", sagte Sebastian. „Genau wie Sie es geübt haben. Ich hab das Ziel gesehen, hinten in der Kiste. Sie haben sogar ihre Initialen daraufgeschrieben. SB."

„SB?" Selbach lachte auf. „Ich weiß nicht, wovon Sie sprechen."

„Doch, das tun Sie. Drei Schüsse in den Kopf. Mit einem Colt Anaconda."

„Wenn ich Sie recht verstehe, trauen Sie mir also zu, ein Mörder zu sein", sagte Selbach kühl. Mit einem Klicken ließ er das Magazin einrasten. „Finden Sie es nicht etwas gewagt, einem bewaffneten Mann so was zu sagen?"

„Ich bin auch bewaffnet." Sebastian zog den Revolver aus dem Hosenbund und spannte den Hahn. Langsam richtete er den Lauf auf Selbach.

„Zielen Sie woandershin!", sagte der scharf, aber Sebastian blieb starr stehen. Der Lauf der Waffe zitterte, doch er war nah genug. Er würde nicht danebenschießen.

„Woher wissen Sie das eigentlich alles?", fragte Selbach. „Das mit den drei Schüssen und dem Colt? Davon hat nichts in der Zeitung gestanden."

„Machen Sie sich nicht länger lustig über mich."

„Ich mache mich nie lustig über Leute, die mit geladenen Waffen auf mich zielen. Ich frage mich nur verzweifelt, was zum Teufel in Sie gefahren ist!"

Sie standen sich gegenüber, die Sekunden verstrichen. Selbach hielt noch immer die Pistole in der Hand, aber sie war nicht durchgeladen.

„Ich will Sie nicht provozieren", sagte er. „Aber ich glaube nicht, dass Sie in der Lage sind, auf einen Menschen zu schießen."

„Verlassen Sie sich nicht drauf", sagte Sebastian. „Wo haben Sie die Tatwaffe? Ist es der Colt, der drüben an der Wand hängt? Oder ein anderer?"

„Meines Wissens wurde mit keiner meiner Waffen jemals auf einen Menschen geschossen."

Sebastians Kopf schwirrte. Falls Selbach log, tat er das sehr überzeugend. Aber er log ja auch um sein Leben.

„Legen Sie die Pistole weg", sagte er. Selbach legte die Waffe gehorsam auf den Tisch und schob sie ihm zu. Mit dem Kinn wies Sebastian den Flur entlang. „Kann man die Zimmertüren abschließen?"

„Einige schon. Wenn der Schlüssel steckt …"

Sebastian wandte kurz den Kopf und entdeckte einen Schlüssel im Schloss der Tür schräg hinter sich. „Da rein", sagte er.

Selbach nickte und machte einen Schritt nach vorn. Ehe Sebastian reagieren konnte, schlug er mit der geballten Faust gegen den Revolver. Sebastians Hand knickte zur Seite, aber er hielt die Waffe umklammert. Ein Schuss löste sich, die Kugel schlug in der Wand ein.

Selbachs zweiter Hieb landete auf Sebastians Kinn. Während er nach hinten taumelte, hechtete Selbach nach der Pistole. Er hatte sie schon wieder in der Hand, als Sebastian die Kontrolle über seine Bewegungen zurückgewann. Er riss den Hahn des Revolvers nach hinten, aber Selbach hatte bereits durchgeladen und schoss. Sebastian spürte einen Luftzug an seiner linken Wange und feuerte hektisch einen Schuss in Richtung Selbach. Die Kugel riss Splitter aus dem Türrahmen neben Selbachs Kopf. Selbach machte zwei schnelle Schritte und verschwand durch die offene Tür des Waffenraums.

Sebastian zögerte nicht eine Sekunde. So schnell er konnte, rannte er die Stiege hinunter. Er durchquerte das Erdgeschoss und spurtete, den gehobenen Revolver in der Hand, zu seinem Wagen.

Mit durchdrehenden Reifen hetzte er den Schotterweg zur Ausfahrt des Grundstücks entlang. Sekunden später sah er Selbach im Rückspiegel aus dem Haus kommen und zu seinem BMW rennen. Als Sebastian halsbrecherisch auf den geteerten Weg in Richtung Bundesstraße eingebogen war und erneut in den Rückspiegel schaute, entdeckte er ein Auto hinter sich auf dem Weg. Der Wagen bremste und kam unmittelbar vor der Ausfahrt von Selbachs Grundstück zum Stehen. Dann sah Sebastian die Schnauze des BMW auftauchen und dem anderen Wagen in die Seite fahren.

Er ging vom Gas, bevor er auf die Bundesstraße einbog, und bemühte sich um eine zügige, aber unauffällige Fahrweise. Immer wieder sah er in den Rückspiegel, doch Selbach tauchte nicht auf.

Neben ihm auf dem Beifahrersitz lag der Revolver.

Vier Schuss, dachte Sebastian. Vier Schuss hab ich noch.

„Immerhin“, sagte Schwemmer, als der Türöffner brummte. Der Mann, der in der Wohnungstür im zweiten Stock auf sie wartete, sah ihnen misstrauisch entgegen. „Grüß Gott“, sagte Schwemmer. „Herr Polz?“

„Der do kennt mi.“ Der Mann deutete mit dem Kinn auf Schafmann.

„Mein Name ist Schwemmer. Kriminalpolizei Garmisch-Partenkirchen. Wir würden gern Ihren Sohn sprechen.“

Polz’ Blick wurde noch misstrauischer. „Warum?“, fragte er.

Schwemmer hörte das Klappen einer Wohnungstür im Stockwerk über ihnen. „Vielleicht können wir das drinnen besprechen?“

Polz verzog das Gesicht, hinkte aber in die Diele hinein und winkte sie mit einer Kopfbewegung hinter sich her. Durch die Stubentür sah Schwemmer einen Fernseher, der ohne Ton ein Autorennen zeigte.

„I war des ned und der Bua war’s a ned. Mia ham nix zum doa damit.“

„Herr Polz, es geht diesmal nicht um zerkratzte Autos. Ist Ihr Sohn da?“

Polz schüttelte stumm den Kopf.

„Wo steckt er?“

„Woaß i ned.“ Polz verschränkte die Arme vor der Brust.

„Ist er denn aus Köln zurück?“

„Woaß i a ned.“

Schwemmer sah sich um. Neben der Garderobe stand ein ziemlich neu wirkender Rollkoffer. „Welches ist das Zimmer Ihres Sohnes?“, fragte er.

„Da brauch i Eane ned neilassn, des woaß i gnau.“

„Irrtum, Herr Polz. Wir ermitteln in einem Kapitalverbrechen. Gefahr im Verzug. Den Durchsuchungsbefehl reich ich Ihnen heut noch nach."

Polz' eben noch trotzig vorgerecktes Kinn sank nach unten. „Kapitalverbrechen? Der Basti? Wos soll der denn do ham?"

„Es geht um Mord, Herr Polz", sagte Schwemmer. „Ob Ihr Sohn etwas damit zu tun hat, versuchen wir grade herauszufinden."

Polz begann den Kopf zu schütteln und hörte nicht mehr damit auf. „Na", sagte er, „ned der Basti. Der Basti kann des doch gar ned. An Mord." Er war leichenblass und rang nach Atem.

„Vielleicht setzen Sie sich besser hin, Herr Polz." Schwemmer nahm ihn am Arm und führte ihn in die Stube. Polz wehrte sich nicht dagegen. Schwach sank er in den Fernsehsessel. „Ein Glas Wasser?", fragte Schwemmer.

„Ja, bittschön", keuchte Polz. Schwemmer begann sich ernsthaft Sorgen zu machen. Er ging in die kleine Küche und kam mit einem gefüllten Glas zurück. Polz trank gierig daraus. „Dankschön", flüsterte er dann.

Schafmann trat in die Stube. „Schau mal", sagte er und reichte Schwemmer einen Brief von einem Online-Shop für Detektivbedarf. Offensichtlich hatte Sebastian Polz kürzlich einen beachtlichen Betrag für eine Handyüberwachungssoftware ausgegeben.

„Was will er denn damit?", fragte Schwemmer.

„Wenn er sie einsetzt, finden wir das raus. Hier ist auch unsere Vorladung an ihn. Die Briefe waren beide geöffnet. Er ist also aus Köln zurück."

Polz sah starr zu Boden. Sein Atem ging schwer.

Schwemmer und Schafmann tauschten einen Blick, dann zückte Schwemmer sein Handy. „Ich ruf Ihnen einen Krankenwagen", sagte er.

Sebastian bog von der Schotterstraße in einen noch schmaleren Arbeitsweg ab. Der Renault quälte sich durch den Schlamm. Als der Weg um einen Felsen bog und ihn den Blicken von der Straße entzog, stellte er den Motor ab. Es war still um ihn herum. Er stieg aus und versuchte, zur Ruhe zu kommen. Dort oben war ein Stadel, der zu ihrem alten Hof gehörte. Er wusste nicht, in welchem Zustand sich das Gebäude befand, aber er hatte keine bessere Idee. Zuerst hatte er vorgehabt, nach Hause zu fahren, aber dort war er nicht sicher. Dort würde Selbach ihn als Erstes suchen.

Der Vater, dachte er plötzlich. Was wird er mit dem Vater machen? Er zog sein Handy heraus und rief zu Hause an. Es klingelte viermal, dann hörte er seine eigene Stimme bei der Ansage des Anrufbeantworters. Er klappte das Handy zusammen und machte sich an den Aufstieg zum Stadel.

Der Hirschschädel prangte noch am Giebel, wo sein Vater ihn vor ewigen

Zeiten angenagelt hatte, aber die Tür hing schief in den Angeln. In einer Ecke war das Dach eingeknickt, darunter hatte sich eine große Pfütze gebildet. In der anderen Ecke lag ein Haufen faulig riechenden Heus.

Hier konnte er auf Dauer nicht bleiben, das war klar. Aber es war ein Ort, um seine Gedanken zu ordnen.

Er knöpfte sich die Jacke bis zum Kragen zu. Trotzdem war ihm kalt. Im Kofferraum lag eine alte Decke. Er wollte sie gerade holen, da klingelte sein Handy. CLIRO stand auf dem Display und eine Nummer. Verwirrt starrte er das Handy an. Es war nicht Selbachs Nummer, so viel war klar.

Mit einem Kloß im Hals nahm er das Gespräch an.

SCHAFMANN legte den Hörer auf und nickte Schwemmer zu. „Treffer. Im Auto und am Tatort."

Sie hatten Sebastian Polz' Zahnputzbecher mitgenommen. Darauf hatte das K3 fünf verwertbare Fingerabdrücke isoliert.

„Dann mal los", sagte Schwemmer und wählte die Nummer der Staatsanwaltschaft. Der Haftbefehl war jetzt nur noch Formsache. Finden mussten sie Polz allerdings noch. „Ich brauche Handyüberwachung", sagte Schwemmer, als er Isenwald am Apparat hatte.

„Kein Thema", sagte die Staatsanwältin. „Wie sind Sie eigentlich auf den Mann gekommen?"

„Hintenrum", antwortete Schwemmer und legte auf.

Im nächsten Moment läutete Schafmanns Telefon. „Frau Misera … Grüß Gott", sagte er und schien plötzlich nicht mehr zu wissen, wo er hinschauen sollte. Doch dann setzte er sich ruckartig auf. „Was will er gestehen?", fragte er und schaltete den Lautsprecher des Telefons ein.

„Einen Mord", sagte Carmen Misera.

„Wer?", fragte Schwemmer.

„Polz senior", sagte Schafmann. Und in den Hörer: „Wie geht es ihm? Ist er überhaupt bei Sinnen?"

„Er hatte einen Schwächeanfall, aber nichts Bedrohliches. Normalerweise würde ich ihn in ein paar Stunden wieder heimschicken."

„Wir kommen." Schafmann legte auf.

„WO BIST DU, Sebastian?", fragte die Stimme. „Hat es dir nicht gefallen? All die schönen Waffen …"

Seine Gedanken rasten. Der Typ aus Köln hatte ihm tatsächlich dieses Override eingerichtet. Aber die Nummer war nicht die von Selbach.

„Was ist los, Sebastian? Redest du nicht mehr mit mir?"

Natürlich! Selbach hatte noch ein Handy. Er war viel zu clever, um die Anrufe von seiner offiziellen Nummer aus zu machen.

„Nein, Herr Selbach“, sagte Sebastian. „Es hat mir nicht gefallen.“

Die Stimme lachte. „Du hast einen Namen für mich gefunden. Das soll mir recht sein. Ich hatte bisher gar keinen. Ich bin nämlich das Namenlose.“

„Selbach, hören Sie auf mit dem Scheiß. Wir müssen reden!“

„Aber wir reden doch, Sebastian. Was willst du mehr?“

„Ich will, dass Sie mich in Ruhe lassen!“, schrie er das Gerät an.

„Aber Sebastian, das geht nicht. Du wirst keine Ruhe mehr finden. Nicht in diesem Leben.“

Sebastian schloss die Augen und ließ die Hand mit dem Telefon sinken.

„Willst du mir nicht sagen, wo du bist, Sebastian?“, hörte er die Stimme leise aus der Hörmuschel. Da drückte er auf den roten Knopf und unterbrach das Gespräch. Mit zitternden Fingern rief er die angenommenen Anrufe auf und sah sich die Nummer an, unter der Selbach eben angerufen hatte. Wenn er zurückrief, wusste Selbach, dass er sie kannte. Es würde ihn allenfalls verwundern, aber Sebastian nichts nützen.

Er schreckte zusammen, als das Gerät in seiner Hand wieder zu läuten begann. Es war Carina.

„Ich wollt mich nur mal melden“, sagte sie. „Und fragen, wie es dir geht.“

„Nicht gut“, sagte Sebastian.

„Was ist denn?“ Sie klang ehrlich besorgt. „Kann ich dir helfen?“

„Nein … Nein, es ist besser, wenn du dich raushältst.“

„Wo bist du, Basti?“ So hatte sie ihn noch nie genannt.

Er lachte traurig. „In einem Stadel oberhalb von Gerold.“

„Was machst du denn da?“

„Überlegen, wie ich aus dem Schlamassel wieder rauskomme.“

„Und wie lange willst du da bleiben?“

„Keine Ahnung. Bis mir was eingefallen ist.“

„Brauchst du irgendwas?“

Sebastian ließ den Kopf sinken. Es war nicht richtig, Carina da mit reinzuziehen. Aber er wusste nicht weiter. Resigniert nahm er das Handy wieder ans Ohr. „Ja“, sagte er. „Ein paar Sachen könnt ich brauchen.“

Hartmut Polz schien zu schlafen. Neben ihm hing an einem Ständer ein Plastikbeutel, aus dem eine klare Flüssigkeit in eine Kanüle auf seinem Handrücken tropfte. Carmen Misera fasste die andere Hand und schüttelte sie sanft. „Herr Polz“, sagte sie leise. „Sind Sie wach?“

Er schlug die Augen auf und sah sie mit misstrauischem Blick an.

„Die Polizei ist da“, sagte sie. „Sie haben ein paar Fragen.“

„I hob ois gsagd.“ Polz presste die Lippen aufeinander.

Schwemmer bemühte sich um einen geduldigen Ton. „Sie haben es aber leider nicht uns gesagt, Herr Polz. Haben Sie die Frau Berghofer getötet?“

Polz’ Lippen bildeten einen harten Strich. Er schloss die Augen.

„Was genau hat er Ihnen gesagt?“, fragte Schwemmer.

Carmen Misera stand mit verschränkten Armen neben dem Bett und ließ ihren Patienten nicht aus den Augen. „Er hat gesagt, er habe die Frau erschossen. ‚Ich hab die Frau erschossen. Sagen S’ das der Polizei.‘ Ich hab natürlich nachgefragt, aber er hat den Satz nur wiederholt.“

„Wann war das denn, Herr Polz?“, fragte Schwemmer, aber Polz schwieg.

„Ihnen ist klar, dass wir Sie in Untersuchungshaft nehmen müssen, Herr Polz?“, sagte Schafmann.

„Und wenn scho“, murmelte Polz mit geschlossenen Augen.

„Ist er transportfähig?“, fragte Schwemmer.

Carina war mit ihrem Roller gekommen. Sebastian hatte unten am Weg auf sie gewartet und dabei immer wieder ängstlich in alle Richtungen gespäht. Sie hatte eine große Tasche mitgebracht, vollgestopft mit warmer Kleidung und Lebensmitteln. Darauf lag, zusammengerollt, eine Isomatte.

Gemeinsam schoben sie den Roller in den Wald hinein, bis er einigermaßen getarnt war, dann stiegen sie den steilen Weg hoch zum Stadel.

Als Carina den Stadel betrat, schüttelte sie entsetzt den Kopf. „Hier kannst du doch nicht bleiben.“ Sie sah sich um, ihre Schultern sanken herab. „Ich würd dich ja mit zu mir nehmen … aber meine Mutter …“

„Lass mal“, sagte Sebastian und begann die Tasche auszupacken. „Ist ja nicht für ewig.“

„Sondern?“, fragte sie.

Er zuckte mit den Schultern. „Ich weiß es nicht.“

Sie wusste, dass er ihr etwas Wesentliches verschwieg, das konnte er ihr ansehen. Aber sie fragte nicht nach.

Sie hatte an alles gedacht. Pullover, eine Decke, Knäckebrot und Kekse, Konserven, die man auch kalt essen konnte. Sogar Brillenputztücher und eine kleine Taschenlampe. Er steckte beides in die Jackentasche.

„Ich danke dir.“ Er trat auf sie zu und legte die Hände auf ihre Oberarme. Irgendwie hätte er ihr gern einen Kuss gegeben, nur auf die Wange, aber er spürte, dass sie nicht berührt werden wollte – nicht nur von ihm, sondern gar nicht. Also ließ er die Hände wieder sinken und grinste verlegen.

„Ich hab noch etwas“, sagte sie, als wäre nichts gewesen, und zog ein

Handy aus der Tasche. „Das Smartphone, das Lerchl dir versprochen hat. Ich hab es eben aus dem Büro geholt. Da ist ein Navi drin, und ins Internet kannst du auch. Kann nicht schaden, wenn du hier oben hockst. Einfach deine SIM-Karte reinstecken. Der Akku ist geladen."

„WAS IST eigentlich mit der Handyüberwachung von Polz junior?", fragte Schwemmer.

„Läuft noch nicht. Die richterliche Genehmigung ist raus, aber da hakt irgendwas beim Provider …"

Schafmanns Telefon signalisierte einen Internanruf. Er warf einen Blick auf das Display. „Hessmann", sagte er.

„Ich bin nicht da", sagte Schwemmer.

Schafmann nahm ab und meldete sich. „Nein, der ist nicht hier …Doch, soweit ich weiß, ist er im Haus … Ja, durchaus. Wir haben einen Geständigen und einen Verdächtigen. Nach dem Verdächtigen suchen wir gerade … Weil wir dem Geständnis nicht so recht trauen. Es handelt sich um den Vater des Verdächtigen … Nein, die Presse ist noch nicht informiert … Weil … Nein … Jawohl, Herr Hessmann, jawohl."

Er legte auf. „Der Chef hat Angst, dass wir wertvolle Zeit vor der Verbreitung der Erfolgsmeldung verstreichen lassen. Der Herr EKHK möge sich bei ihm melden. Und zwar pronto."

„Das hätt er wohl gern", sagte Schwemmer grimmig.

Wieder klingelte Schafmanns Telefon. „Das K3", sagte er, bevor er abnahm. Er lauschte und sagte nur „Danke", bevor er auflegte. „Keine Übereinstimmung. Der Alte hat weder im Auto noch am Tatort einen Fingerabdruck hinterlassen."

„Er lügt für seinen Sohn", sagte Schwemmer.

„Das heißt, er weiß, dass sein Filius der Täter ist", sagte Schafmann.

Schwemmer wiegte bedächtig den Kopf. „Er muss es nicht wissen. Er muss es nur glauben."

DER MOTOR von Carinas Roller war noch lange zu hören gewesen. Sebastian hatte ein paar Kekse gegessen und Cola getrunken. Nun schaltete er das Smartphone ein, ging ins Internet und loggte sich auf der Seite des Handyüberwachungsprogramms ein. Er klickte auf BEWEGUNGSPROFIL – das Programm funktionierte! Selbach war um kurz nach vier von seinem Haus nach Murnau hineingefahren und hatte sich seither nicht mehr bewegt.

Kurz nach vier. Um diese Zeit war Sebastian aus Selbachs Haus geflohen.

Er ließ sich die Karte anzeigen und vergrößerte sie. Selbach befand sich etwas südlich der Kohlgruber Straße. Fast am westlichen Stadtrand.

„Um Himmels willen“, entfuhr es Sebastian. Selbach war bei Carina.

Erschrocken fuhr er zusammen, als das Gerät in seiner Hand zu läuten und zu vibrieren begann. ANONYMER ANRUFER stand auf dem Display.

Anonym? Voll finsterer Vorahnung nahm er das Gespräch an.

„Hömma, du Spacken“, hörte er den Typen aus Köln sagen. „Ich weiß ja nicht, was du da in Bayern anstellst. Aber dein CLIRO musste ich leider wieder abschalten. Du kannst dir ja wohl denken, warum?“

Streng genommen verstand Sebastian nicht einmal die Frage.

„Pass mal auf, du Held. Vor mir liegt ein Fax aus München mit der richterlichen Anordnung, dein Handy zu überwachen. Und denen werd ich bestimmt nicht erzählen, dass ich dir CLIRO freigeschaltet hab. Und ich hab auch nie mit dir telefoniert. Jedenfalls nicht wenn es nach den gespeicherten Daten geht, da kannst du dich drauf verlassen. Außerdem … Wart mal …“

„Hallo?“, fragte Sebastian wie betäubt. Die Polizei war ihm auf der Spur.

„Mann, auf dich hamses aber echt abgesehen“, sagte der Typ. „Bei dir ist eine Überwachungssoftware installiert. Die stammt garantiert nicht von den Bullen. Die ist übrigens im Gerät, nicht auf der SIM-Karte. *Big Brother is watching you.* Mein Gratistipp zum Abschied: Schalt das Ding ab und nimm den Akku raus. Und jetzt vergiss, dass du jemals mit mir gesprochen hast.“

Der Anrufer unterbrach die Verbindung. Fahrig schaltete Sebastian das Gerät aus und nahm mit zitternden Fingern den Akku heraus.

Er musste nach Murnau. Vier Schuss, dachte er.

„ICH FÜHLE MICH nicht gut informiert, Herr EKHK.“

„Wir hatten Sie am Wochenende nicht im Dienst erwartet“, sagte Schwemmer und schloss eine kleine Wette mit sich selbst ab.

„Ein Polizist ist immer im Dienst“, antwortete Hessmann, und Schwemmer hatte die Wette gewonnen. „Der Vater lügt also?“

„Sieht so aus. Und der Sohn hat sein Handy abgeschaltet.“

„Motivlage?“

„Eskaliertes Stalking. Wir vermuten, dass der Sohn die Berghofer über längere Zeit belästigt hat.“

Hessmann sah nachdenklich zur Decke. „Ich denke“, sagte er dann, „es ist besser, wenn ich ab jetzt die Leitung der Kommission übernehme. Das Tagesgeschäft ist umfangreich genug. Es kommt Ihnen gewiss entgegen, wenn ich Ihnen diese Zusatzbelastung abnehme.“

Schwemmer traute seinen Ohren nicht. „Hören Sie, Herr Hessmann, übertreiben Sie es nicht“, sagte er ruhig. „Wenn Sie mich loswerden wollen, sagen Sie es mir einfach. Dann weiß ich, woran ich bin.“

Hessmann schien ernsthaft erschrocken. „Aber Herr Kollege“, sagte er. „Da haben Sie etwas in den falschen Hals bekommen.“

„Kein Wunder“, sagte Schwemmer. „So dick, wie der ist.“

SEBASTIAN wäre gern schneller gefahren, viel schneller, aber der Verkehr ließ es nicht zu. Er durfte auch nicht riskieren, der Polizei aufzufallen. Dabei war er kaum in der Lage, einen klaren Gedanken zu fassen.

Wieso war auf dem Smartphone eine Überwachungssoftware? Hatte Selbach es präpariert? Natürlich! Er hatte gewusst, dass Carina nur noch ein Gerät auf Lager hatte, und er hatte dafür gesorgt, dass Sebastian es bekam. *Es wäre einfacher für mich.* Das waren seine Worte gewesen, als Sebastian ihn gefragt hatte, warum er eins haben müsse.

Aber viel wichtiger war die Frage: Was hatte Selbach bei Carina vor? Sie lebte allein mit ihrer Mutter. Womöglich saßen die drei jetzt beim Kaffee zusammen, und Selbach wartete auf die passende Gelegenheit, ihnen in die Augen zu schießen. Mit seinem Colt Anaconda oder mit welcher Waffe auch immer. Er hatte ja genug.

.22er Rigarmi. Halbes Kaliber wie der Colt, aber genauso tödlich. Vorausgesetzt, man trifft. Es geht immer ums Treffen.

Sebastian knirschte mit den Zähnen. Lkws und Trecker, Trecker und Lkws. Es schien, als hätte sich jedes langsame Fahrzeug der Gegend aufgemacht, vor ihm herzufahren. Endlich erreichte er den Kreisverkehr vor dem Tunnel und gab Gas, aber schon ein paar Hundert Meter weiter hing er hinter einem Wohnmobil mit Hamburger Kennzeichen.

Die Uhr am Armaturenbrett zeigte 19:35. Die Dämmerung war längst in Dunkelheit übergegangen. Endlich erreichte er die Autobahn und gab Vollgas bis zur nächsten Ausfahrt. In Eschenlohe fuhr er wieder auf die Bundesstraße. Als er den Abzweig zu Selbachs Haus passierte, keimte der Gedanke in ihm auf, sich dort mit Munition zu versorgen. Aber das hätte Zeit gekostet. Zeit, die er nicht hatte. Am Ortseingang zwang ihn der Verkehr wieder vom Gas. Hinter dem Tunnel ging es nach links. Mit quietschenden Reifen umrundete er den Kreisel, fuhr unter der Bahntrasse entlang, die Kohlgruber Straße hinauf und bog am Ortsausgang links ab.

Die Software hatte Selbachs Handy ein gutes Stück südlich der Straße geortet, aber nach knapp hundert Metern war die Bebauung zu Ende. Ein Schild verbot die Weiterfahrt, außer für Land- und Forstwirtschaftsverkehr. Und für Anwohner.

Sebastian fuhr weiter. Der Weg führte steil abwärts und überquerte die Bahnlinie. Die Scheinwerfer seines Wagens erhellten die schlammige Fahrspur, rechts und links war in der Dunkelheit kaum etwas zu erkennen. Plötzlich tauchte rechts eine Einfahrt auf. Er brachte den Wagen schlingernd zum Stehen, setzte zurück und bog ab. Im Licht der Scheinwerfer stand ein ungepflegt wirkendes Haus, umgeben von kniehohem Gras, dichten Hecken und Baumreihen. Die Fensterläden waren geschlossen. Ein brauner Opel parkte vor dem Haus. Links stand ein altes Ölfass neben einem unordentlichen Stapel Brennholz. Selbachs Auto war nirgendwo zu sehen.

Sebastian schaltete die Scheinwerfer aus. Er fragte sich, ob er überhaupt an der richtigen Adresse war. Er stieg aus, steckte den Revolver in den Hosenbund und ging mit vorsichtigen Schritten auf das Haus zu. Durch die Butzenscheiben der Tür drang ein schwacher gelblicher Lichtschein nach draußen. Daneben hing ein Klingelschild. ÖCKLER, las er im Licht der kleinen Taschenlampe. CARINA UND MARGOT. Das Schild war handgetöpfert. Irgendwann einmal hatte sich hier jemand Mühe gemacht mit so etwas. Aber das schien lange her.

Sebastian zögerte. Er musste versuchen, unbemerkt hineinzugelangen.

Vier Schuss. Ob er je dazu käme, sie abzufeuern?

Die Wolken rissen auf, und der blasse abnehmende Mond kam zum Vorschein. Sebastian spähte um die Hausecke. Auch an der Giebelseite waren die Läden geschlossen. An der hinteren Ecke versperrte eine Hecke mit einem mannshohen hölzernen Tor den Weg zur Rückseite des Hauses. Er lief hin und drückte auf die Klinke. Das Tor war verschlossen. Es öffnete nach innen und wirkte nicht sehr stabil. Er machte fünf Schritte rückwärts, nahm Anlauf und trat unterhalb des Schlosses gegen das Tor. Mit einem Ächzen lösten sich die Schrauben. Er musste noch zweimal kräftig drücken, dann war das Tor offen. Es war nicht mal besonders laut gewesen.

Auch hinten waren die Fensterläden geschlossen, aber es gab eine kleine Treppe, die zu einer Kellertür führte. Sie machte nicht den Eindruck, als würde sie wesentlich mehr Widerstand leisten als das Gartentor.

Er sah sich um. In einem offenen windschiefen Geräteschuppen erkannte er Carinas Roller. Daneben entdeckte er eine Axt. Ohne Zögern griff er sie sich und lief die Stufen hinunter. Die Kellertür war verschlossen. Er drückte die Schneide der Axt in den Türspalt und zog kräftig am Schaft. Mit einem knirschenden Geräusch sprang die Tür auf.

Sebastian betastete innen die Wand und fand einen alten Knebelschalter, aber als er ihn drehte, passierte nichts. Der Keller blieb finster. Der Schein seiner kleinen Taschenlampe reichte nicht besonders weit. Vorsichtig betrat er den Keller. Er schien sich in der Waschküche zu befinden; dahinter lag ein weiterer Raum, und am anderen Ende war die Stiege nach oben.

Das Knarren der hölzernen Stufen beunruhigte ihn; er konnte kaum hoffen, ungehört zu bleiben. Als er die Tür im Erdgeschoss erreicht hatte, blieb er stehen und zog den Revolver aus dem Bund. Er spannte den Hahn, bevor er mit der Linken auf die Türklinke drückte. Die Tür war unverschlossen.

„DAS HAT er wirklich gesagt?“ Burgl lachte.

„Zu dem Zeitpunkt fand ich es ja auch noch lustig“, sagte Schwemmer. „Vor allem den Ton: ‚Ein Polizist ist immer im Dienst.‘ Als ob er den Spruch gerade erfunden hätte.“

„Kriegt ihr diesen Burschen denn?“, fragte Burgl.

„Klar. Wir kennen sein Auto, er kann sein Handy nicht benutzen, und er kann höchstens ein paar Hundert Euro in der Tasche haben. Aber die Zeit drängt. Möglicherweise ist er schon dem nächsten Opfer hinterher. Er hat vor ein paar Tagen eine Software gekauft, um ein Handy zu überwachen.“

„Welches denn?“

„Wissen wir noch nicht. Die Firma, die ihm das verkauft hat, rückt die überwachte Nummer nur gegen richterlichen Beschluss raus. Das dauert.“

„Heißt das, jetzt ist endlich Wochenende?“

„Sicher ist das nur, wenn ich die Leitung an Hessmann abgebe.“

„Verstehe.“ Sie nahm das Telefon aus der Ladeschale. „Dann bestell ich uns jetzt eine Pizza.“

„Pizza? Ich dachte, wir gehen essen?“

„Das machen wir wieder, wenn du grade keinen Mörder suchst.“

DIE TÜR knarrte leise, als er sie aufdrückte. Vorsichtig streckte Sebastian den Kopf durch den Spalt, den gespannten Revolver in der Rechten. In der Diele brannte Licht, doch es war niemand zu sehen. Kein Geräusch, nirgends. An den Wänden entlang waren Bündel alter Zeitschriften gestapelt, an einigen Stellen mannshoch. Es blieb kaum Platz dazwischen.

Als er den ersten Schritt in den Hausflur hinaus wagte, schien das Knarren der Dielen entsetzlich laut. Er erstarrte, aber nichts geschah. Zu seiner Linken war die Haustür, gegenüber die zur Küche, wie er vermutete. Sie war geschlossen. Er machte ein paar weitere Schritte durch den schmalen Gang zwischen den Papierstapeln. Nach ein paar Metern öffnete sich der Raum. Er entdeckte zwei weitere Türen rechts im Gang, beide geschlossen, und noch eine links neben der Treppe.

Er spähte die Treppe hinauf. Oben war es dunkel. Nichts zu sehen oder zu hören. Er wandte sich nach rechts. Dort waren blaue Müllsäcke gestapelt, die mit etwas Leichtem gefüllt waren, Styroporverpackungen oder so. Carinas Mutter war offenbar ein Messie. Oder waren das womöglich Carinas Sachen? Immer wieder hielt er inne und lauschte, aber da war nichts.

Er erreichte die erste Tür. Sie war unverschlossen, aber als er sie aufdrücken wollte, stieß sie gegen Widerstand. Er sah durch den Spalt. Der Raum war bis zur Decke angefüllt mit Plastiktüten, die meisten mit Bindfaden verschlossen, einige aufgeplatzt. Er ging weiter. Die nächste Tür ließ sich mühelos öffnen. Er schob sie ganz auf.

Was er sah, ließ seinen Atem stocken.

Das Zimmer, das er betrat, war säuberlich aufgeräumt. Ein riesiges Messingbett beherrschte den Raum. Auf den beiden Nachttischen standen Kandelaber mit jeweils sieben brennenden Kerzen. Auf dem Bett lag ein Körper. Er war mit einer dicken dunkelroten Decke komplett zugedeckt.

Sebastian musste sich zwingen, auf das Bett zuzugehen. Seine rechte Hand hielt zitternd den Revolver. Langsam beugte er sich nach vorn und zog die Decke von dem reglosen Körper. Ein hilfloser, unartikulierter Schrei entrang sich seiner Kehle, als er erkannte, was da vor ihm lag.

Die Hoffnung hat einen bösen Bruder. Es ist der Irrtum. Die beiden Geschwister lieben einander. So sehr, dass sie sich gegenseitig Gespielen zuführen. Und die Geschwister laben sich an den Qualen, die sie den Menschen zufügen. Die Hoffnung und der Irrtum sind die bösesten Existenzen, die es gibt. Ich glaube, es sind Engel.

DER REVOLVER glitt ihm aus der Hand. Die Schwäche, die ihn durchfuhr, war überwältigend. Langsam sank er auf die Knie. Sein Magen verkrampfte, und er erbrach bittere Galle auf den Fußboden.

Es war nicht der Anblick der Leiche, der ihn zu einem keuchenden Häufchen Elend machte. Der tote Körper war beinahe liebevoll hergerichtet. Die Hände lagen gefaltet auf der Brust, genau zwischen den beiden Einschüssen, von denen der eine das Herz getroffen haben musste.

Nicht dieser Anblick setzte ihm derart zu. Sondern die Tatsache, dass es Selbach war, der dort lag.

Und der Schluss, zu dem diese Tatsache ihn zwang.

Sebastian würgte noch einmal, dann raffte er sich auf.

Carina, dachte er. Wie konnte ich so blind sein? Auf einmal passte alles zusammen. Sie war immer in seiner Nähe gewesen, sie hatte Zugang zu dem Smartphone. Sie kannte Sanne.

Aber da blieb die eine Frage: Warum? Um Himmels willen, warum?

Er schüttelte die Gedanken ab. Wenn sie im Haus war, befand er sich in höchster Gefahr. Wahrscheinlich war sie im Obergeschoss. Er konnte versuchen, zu entkommen.

Er warf noch einen Blick auf den toten Selbach, dann schlich er zur Tür und spähte hinaus. Nichts. Nach einem tiefen Atemzug trat er, den Revolver gehoben, in den Flur. Wieder geschah nichts. Schritt für Schritt ging er in Richtung Treppe und erreichte die Ecke. Ab hier war er im Schussfeld, falls sie auf der Treppe stand. Aber wenn er nach links abbog statt zur Haustür, waren es nur Sekunden.

Mit fünf hastigen Schritten war er an der Kellertür. Kein Schuss fiel. Aufatmend drückte er die Klinke. Die Tür war verschlossen.

SCHWEMMER hatte die Pizzen gerade aus dem Karton auf die Holzteller verfrachtet, als das Telefon läutete. Burgl grinste und begann ihre Salamipizza zu zerlegen, während er mit ärgerlicher Miene ins Wohnzimmer ging.

Es war Schafmann. „Er hat sein Handy angeschaltet“, sagte er. „Er ist in Murnau, im Haus einer Kollegin.“

SEBASTIAN hatte sich in die Ecke neben der Kellertür gepresst. Hier war er halbwegs in Deckung, aber alles andere als in Sicherheit. In der Rechten hielt er immer noch den Revolver, mit dem Daumen der Linken bearbeitete er das Handy. Fast ärgerte es ihn, dass er nicht früher auf den Gedanken gekommen war. Er rief die angenommenen Anrufe auf und wählte die Nummer der Stimme an. Nach ein paar Sekunden erklang aus dem Obergeschoss die Titelmelodie von „Titanic“.

Es dauerte ziemlich lange, bis abgenommen wurde.

„Woher hast du diese Nummer?“, fragte Carina kalt. Ihre Stimme war nicht elektronisch verzerrt, aber sie klang fremd in seinen Ohren.

„Carina, was tust du?“

Sie gab keine Antwort. „Woher hast du diese Nummer?“, wiederholte sie.

„Was spielt das für eine Rolle, Carina? Du hast zwei Menschen getötet!“

„Das war leicht.“

Sebastian ließ ungläubig das Handy sinken.

„Es waren nicht die ersten.“ Die Stimme aus dem Handy mischte sich mit ihrer Stimme, die leise aus dem Obergeschoss zu ihm drang. „Und dich muss ich auch töten, Sebastian. Weil du das Spiel zerstört hast.“ Plötzlich wurde ihre Stimme weicher. „Dabei liebe ich dich doch.“

„Du liebst mich?“

Ihre Stimme wechselte wieder in den fremden, gefährlichen Klang. „Ich hab es dir doch bewiesen. Sie war böse, Sebastian. Du gehörst zu mir, nicht zu dieser bösen Frau. Aber es gibt Regeln. Ich muss sie einhalten."

„Regeln? Welche Regel kann dich denn zwingen, Menschen zu töten?"

„Die Regeln, die mir erlauben zu leben. Wenn ich sie nicht einhalte, muss ich sterben. Und das kannst du nicht wollen."

„Natürlich will ich nicht, dass du stirbst! Aber ich will auch nicht sterben! Du sagst doch, du liebst mich! Wie kannst du …"

„Sei nicht dumm, Sebastian", unterbrach sie ihn. „Meine Liebe hat damit nichts zu tun. Es geht nie um mich. Auch nicht um dich. Oder deine Sanne. Oder Selbach. Oder meine Mutter. Es geht immer um die Regel. Und du hast sie gebrochen. Du hast das Spiel kaputtgemacht."

„Was für ein Spiel?", schrie er. „Hör auf, Carina, ich flehe dich an!"

„Du hast eine Waffe, Sebastian. Auch das ist gegen die Regel. Es macht alles nur furchtbar kompliziert. Am einfachsten wäre es, du gibst sie mir."

„Du bist verrückt", entfuhr es Sebastian.

Sie unterbrach die Verbindung, aber er hörte sie im Obergeschoss schrill lachen. Dann wurde das Haus wieder still. Und es wurde dunkel, als die Lampen erloschen.

„DIE FRAU heißt Carina Öckler", sagte Schafmanns Stimme in Schwemmers Headset. „Zweiunddreißig Jahre alt, geboren in Murnau, hat zwischenzeitlich in Aschaffenburg gelebt. Mehr hab ich im Moment nicht."

Das Magnetblaulicht auf dem Dach seines Wagens kreiste, während Schwemmer auf der B 2 in Richtung Ortsausgang raste. „Sind die Kollegen schon vor Ort?"

„Die ersten müssten jetzt da sein, ich erwarte jeden Moment Meldung."

„Sie sollen reingehen", sagte Schwemmer. „Sofort."

ZÖGERN half nicht, so viel war Sebastian klar. Wenn sie die Treppe herunterkam, war es zu spät. Er spurtete auf die Haustür zu und riss an der Klinke, aber wie erwartet war sie verschlossen.

„Ich kann dich sehen, Sebastian", hörte er Carina sagen. Im selben Moment zersplitterte die Butzenscheibe der Haustür neben seinem Kopf. Er riss den Revolver hoch und feuerte ins Dunkel über der Treppe.

„Daneben", sagte Carina.

Er rannte panisch nach rechts, zum einzigen Raum, den er offen wusste: dem mit dem aufgebahrten Selbach. Das Licht der Kerzen wies ihm den Weg. Endlich war er durch die Tür und schlug sie zu. Er hieb mit der flachen

Hand auf die Dochte des einen Kandelabers, sprang auf das Bett, über den toten Selbach hinweg und löschte die Kerzen in dem anderen Ständer. Dann zog er die kleine Taschenlampe aus der Jacke, schaltete sie ein und legte sie so auf den Nachttisch, dass sie die Tür anstrahlte.

„Warum machst du es so kompliziert, Sebastian?“ Er hörte ihre Schritte draußen näher kommen. „Es wird enden, wie es enden muss.“

Drei Schuss. Er hockte neben dem Bett und starrte zur Tür.

Der Lauf eines mächtigen Colts schob sich in den Türrahmen.

„Die Regeln gelten für uns beide, Sebastian. Wir müssen sie einhalten.“

Sebastian hob den Revolver und zielte sorgfältig über Kimme und Korn. Seine Hände zitterten, trotzdem wagte er den Schuss.

„Daneben“, sagte Carina. Für den Bruchteil einer Sekunde erschien sie im Türrahmen. Sie trug eine riesige klobige Brille vor den Augen.

Sebastian spannte den Hahn und schoss erneut.

„Daneben“, sagte sie wieder, und wieder schob sich der Lauf des Colts in den Raum. Erneut ein Schuss, und die Taschenlampe erlosch.

„Getroffen“, sagte Carina.

Er hörte ein Knarren, aber er konnte nichts sehen. Plötzlich explodierte ein greller Schmerz in seinem linken Arm. Er schrie auf und fiel zur Seite.

„Getroffen“, sagte Carina. „Ich kann dich sehen, Sebastian.“

Er riss den Revolver hoch und feuerte blindlings in Richtung der Tür.

„Daneben“, sagte Carina.

Gleich darauf ertönte aus dem Gang ein brachiales Krachen.

„Waffe runter! Polizei!“, schrie eine Frauenstimme. Der Strahl einer Stablampe hastete durch das Dunkel und traf Carinas Kopf.

„Waffe runter!“ Eine Männerstimme diesmal.

Ein zweiter Lichtstrahl traf Carina. Langsam hob sie den riesigen Revolver. „Ich habe die Regeln nicht gemacht. Aber wir müssen danach leben. Und sterben.“ Dann schob sie sich den Lauf in den Mund und drückte ab.

ZEHN

Ich weiß, dass es nicht originell ist, was ich mache“, las Schwemmer vor. „Doch es geht nicht um Originalität. Es geht um die Regeln. Die Regeln sind einfach. Das heißt nicht, dass sie leicht zu ertragen wären. Zumal für diejenigen, die sie nicht einhalten. Ich bringe diese Menschen um. Einfach.“

„Wo habt ihr das her?“, fragte Ferdi.

„Von ihrer Festplatte. Sie hat beinah jeden Tag so etwas geschrieben.“

„Habt ihr sonst noch was, außer den Texten?“

„Ihre Ausrüstung. Woher Waffe und Munition stammen, wissen wir noch nicht. Die andern Sachen – Stimmenverzerrer, Überwachungssoftware, Abhörmikros, Minikameras, Nachtsichtgerät – sind legal und problemlos erhältlich. Wir haben vier verschlossene Gläser mit abgefeuerten Kugeln gefunden, jeweils zwei in einem Glas. Sie hat immer zweimal geschossen. Bei der Berghofer ist sie einen Tag später noch mal hin, nur um den zweiten Schuss zu setzen. Wegen der Symmetrie“, sagte Schwemmer. „‚Symmetrie ist nicht alles, aber alle Schönheit wurzelt in ihr.‘“ Er schüttelte sich. „Ich bin sicher, dass sie den Mord in Aschaffenburg auch begangen hat. Das Opfer war befreundet mit einem Mitarbeiter der Firma, in der die Öckler damals gearbeitet hat. Sie ist seinerzeit sogar befragt worden.“

„Viermal zwei Kugeln. Die Frau in Aschaffenburg, die Berghofer und Selbach“, zählte Ferdi auf. „Da sind zwei Kugeln übrig. Wen hat sie damit erschossen? Ihre Mutter?“

„Die ist vor vier Jahren gestorben. Sie wird exhumiert. Die Tochter hat niemandem von ihrem Tod erzählt. Ihre Kollegen gingen immer davon aus, dass sie die Mutter pflegt.“

„Solche Verdrängungsmechanismen kommen vor. Sieht nach einer schizophrenen Psychose aus. Gibt es sonst was?“

„Wir wühlen uns noch durch den Müll. Das iPad und das Handy von der Berghofer haben wir. Außerdem einen Stapel Notizzettel, die offenbar von Sebastian Polz stammen. Er war wohl tatsächlich der Stalker. Der muss völlig verknallt in die Berghofer gewesen sein“, sagte Schwemmer. „Und die Öckler, zumindest die wahnsinnige Hälfte von ihr, war besessen von Sebastian Polz. Sie hatte den wirklich am Wickel. Er war ihre Spielfigur.“

Es klopfte, und Polizeidirektor Hessmann trat ein. „Gibt es etwas, das ich wissen müsste, bevor ich vor die Presse trete?“, fragte er.

„Sie machen das?“, fragte Schwemmer. „Bisher hat das bei uns immer der Leiter der Mordkommission gemacht.“

„Der scheint in diesem Fall wenig Interesse daran zu haben“, sagte Hessmann süffisant. „Sonst hätte er längst eine Pressekonferenz angesetzt.“

„Der Leiter der Mordkommission hat in der Tat wenig Interesse daran, mit unvollständigen Informationen an die Öffentlichkeit zu gehen. Und solange Sebastian Polz nicht vernehmungsfähig ist, bleiben Lücken im Ablauf.“

„Wie dem auch sei“, sagte Hessmann. „Die PK ist für morgen Mittag angekündigt, und ich werde sie leiten. Ich brauche also allerspätestens um elf Ihren Bericht auf meinem Schreibtisch.“ Damit war er wieder weg.

„Sag jetzt nichts“, sagte Schwemmer, und Ferdi nickte brav.

„Was für Lücken sind das denn?“, fragte er.

„Wir haben keine Ahnung von den Abläufen, weder bei der Berghofer und der toten Nachbarin, noch was genau bei Selbach passiert ist. Die Farbspuren an den Autos vom Selbach und der Öckler legen nahe, dass die beiden Wagen zusammengestoßen sind. Wahrscheinlich hat sie ihn dann gezwungen, mit ihr nach Murnau zu fahren und sich in das Bett zu legen. Aber wie der Polz an den Revolver vom Selbach gekommen ist, wissen wir nicht.“

Es klopfte, und die junge Ärztin kam herein. Sebastian hatte sie wiedererkannt, als sie das erste Mal an sein Bett getreten war. Es war die Frau aus der Nachbarschaft, die ihn frühmorgens auf der Straße angesprochen hatte.

„Da ist jemand, der Sie sprechen möchte“, sagte sie.

„Polizei?“

„Nein. Das werde ich Ihnen für heute noch ersparen. Es ist Ihr Vater.“

Sie ging zur Tür und winkte Polz senior herein. Er hinkte kaum noch. Artig bedankte er sich bei ihr, und sie ließ die beiden allein.

Der Vater zog sich einen Stuhl heran und nahm Platz wie ein Schuljunge in Erwartung einer Strafpredigt. „Hast ghörd, was i do hab?“, fragte er, ohne seinen Sohn anzusehen. „I … i hab den Mord gstandn.“

Sebastian starrte ihn fassungslos an. „Wieso denn das?“

„Na, weil i glaubt hab, du wärst des gwesn … Als die kimma san, um di zum holn, hab i denkt, wenn i des zulass, dann … dann kann i deiner Mutter ned unter d’ Augn tretn, wann i s’ wiederseh.“

Sebastian zog die Nase hoch. Er spürte einen Kloß im Hals.

„I wollt mi entschuldign.“

„Entschuldigen?“, krächzte Sebastian gegen den Kloß an. „Wofür denn?“

„Dass i dir des zutraut hab.“ Der Vater zögerte. „Aber da is noch was“, sagte er dann. „Des mit de zerkratztn Autos … des war i …“

„Ist das Ihr Ernst?“, fragte Schafmann. Polz sah ihn nicht an, aber er nickte entschlossen. „Wie kommen Sie dazu?“, fragte Schafmann. „Wir haben nichts gegen Sie in der Hand. Warum wollen Sie gestehen?“

„Es ist mir ein Bedürfnis.“ Sebastian nahm die Brille ab und putzte umständlich daran herum. „Nach all diesen … Vorfällen will ich keine Unklarheiten mehr in meinem Leben.“

„Na schön.“ Schafmann klappte seinen Notizblock auf. „Aussage Sebastian Polz, Fall Vandalismus“, notierte er. „Wie viele Autos haben Sie insgesamt zerkratzt?“

„Eines möchte ich klarstellen“, sagte Polz. „Das mit dem Hund war ich nicht.“

„AM ENDE saß er heulend vor mir“, erzählte Burgl. „Den Drohbrief an Ferdi hat er geschrieben, um eine falsche Spur zu legen. Er sagt, er habe das Vieh immer gehasst. Aber am schlimmsten sei gewesen, dass sein Vater sich mehr um den Hund als um ihn gekümmert habe.“ Sie seufzte. „Das Selbstmitleid von diesem Burschen kann wirklich abstoßend sein. Aber ich kann mir halt meine Klienten nicht immer aussuchen.“

„Ich nie“, sagte Schwemmer, hörte ihr Lachen im Hörer und lächelte.

„Und?“, fragte sie. „Hast du es schon geschrieben?“

„Nein“, antwortete er.

„Machst du es?“

„Ja.“

„Gut. Ich liebe dich.“ Sie legte auf.

Es war spät geworden gestern. Burgl und er hatten lange in der Küche gesessen. Sie hatten gegessen, getrunken und geredet. Vor allem geredet.

Wieder, wie schon zahllose Male zuvor, war ihm klar geworden, was für ein Glück er in seinem Leben gehabt hatte. Er war gesund, er liebte seine Frau. Und Tante Kati interessierte sich nicht mehr für den Schloch Bartl, sondern nur noch für den Weinbir Flori, sodass auch von dieser Seite keine unmittelbare Gefahr mehr drohte.

Trotzdem gab es Dinge, die musste er sich in seinem Alter nicht antun, und Burgl hatte ihm darin sehr den Rücken gestärkt.

Er schaltete den Bildschirm an und rückte die Tastatur zurecht. AN DIE LEITUNG DER KRIMINALPOLIZEISTATION GARMISCH-PARTENKIRCHEN, Z. HD. POLIZEIDIREKTOR HESSMANN, schrieb er. BETR.: VERSETZUNGSGESUCH.

Wissen hilft, aber es ist nicht wesentlich. Die Macht strebt zum Wissen, doch sie braucht den Handelnden, um es zu erreichen. Es ist nicht wichtig, zu wissen, solange man das Heft des Handelns in der Hand hält. Wenn ich alles gewusst hätte, hätte ich nicht gehandelt. Und nichts wäre geschehen.

„Verbrechen passieren überall. Der Schauplatz ist nur die Leinwand, vor der die Geschichte spielt.“

Martin Schüller

Wie kommt ein Rheinländer dazu, Krimis zu schreiben, die ausgerechnet in Oberbayern spielen? Ganz einfach: Er wird gefragt und sagt Ja.

1960 im beschaulichen Haan im Landkreis Mettmann geboren, zog es Martin Schüller mit 26 Jahren in die Großstadt. Nach acht Jahren Düsseldorf lebt er seit 1994 in Köln. Zunächst war er Schlagzeuger, Komponist und Texter diverser Jazz- und Rockbands. *Jazz* hieß denn auch sein im Jahr 2000 erschienener erster Krimi, der – naheliegend – in Köln spielt. Dass er sich überhaupt als Krimiautor versuchte, daran ist, so Schüller, seine Frau schuld: „Sie behauptete, ich könne das, und ich wollte beweisen, dass sie unrecht hat. Hat nicht geklappt.“ Denn er konnte es doch – so gut, dass sich dem ersten noch weitere Kriminalromane anschlossen, die allesamt in seiner Heimat, dem Rheinland, angesiedelt sind.

Als sein Verlag dann bei ihm anfragte, ob er nicht einen Oberbayern-Krimi schreiben könne, begab er sich vor Ort und recherchierte. Er besuchte die Polizeistation in Garmisch und unterhielt sich mit den Einheimischen, die „nicht so unfreundlich sind, wie es dem Rheinländer erscheint, sondern nur weniger reden“. Das, was sie reden, ließ sich der Rheinländer Schüller von einem Holzkirchner Kollegen in korrektes Bayerisch übersetzen. Und so entstand das Figurenensemble um den sympathischen Kriminalhauptkommissar Schwemmer, den der Literaturkritiker Peter Hetzel als einen „großartigen Charakter auf dem Krimimarkt“ bezeichnet und der mit der Jagd nach dem *Teufel von Garmisch* bereits seinen dritten Fall löst.

WIND
ÜBER DEN
SCHÄREN

Inga Lindström

Der Drachen tanzte perfekt in der Luft. Pelle lachte und ließ einen begeisterten Aufschrei hören. „Guck mal, fliegt er nicht toll?“

Niclas, der etwa dreißig Meter entfernt auf dem Felsen hockte, konnte seine Blicke nicht von dem Bild wenden, das sich ihm bot. Hanna und sein Sohn rannten ausgelassen hin und her. Ihre vergnügten Schreie schallten über die Wiese und brachten ihm zu Bewusstsein, wie lange hier draußen nicht gelacht worden war.

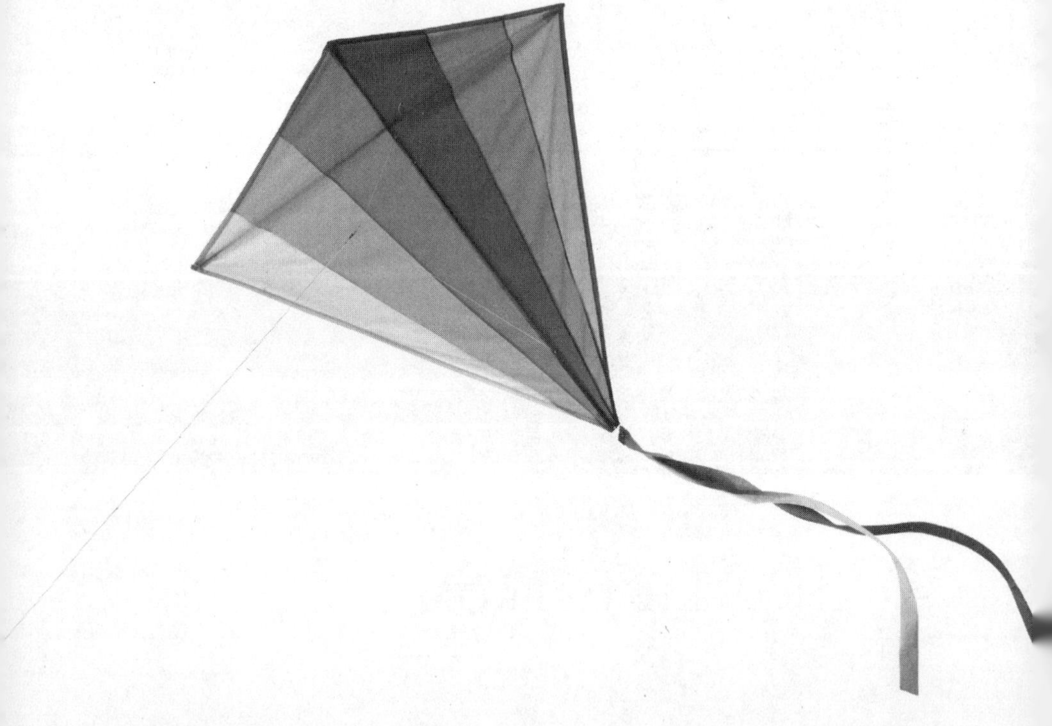

Im Stockholmer Jachthafen war um diese Tageszeit noch nicht allzu viel los. Erik Bellmann schritt eilig die Reihe der hochmastigen Boote ab und versuchte dabei, zu ignorieren, dass die Gurte der Tragetasche ihm in die Schulter schnitten und die Reisetasche in seiner Rechten so schwer war, dass seine Finger bereits taub wurden. Mit der Linken hielt er den Blumenstrauß, den er vorhin noch schnell an einem Stand am Hötorget besorgt hatte. Es konnte nicht schaden, die Reise mit einer netten Geste zu starten, wenn schon alle anderen Vorzeichen so ungünstig waren.

Er hatte die *Miranda* erreicht und freute sich kurz am Anblick der hochseetüchtigen kleinen Jacht, die er im Laufe der vergangenen Tage endgültig seeklar gemacht hatte. Mit Schwung warf er zuerst beide Taschen auf die sauber polierten Holzplanken, bevor er selbst über die Reling an Bord kletterte. Er verstaute die Blumen und rollte dann die eingeschweißte Seekarte aus, die er ebenfalls an diesem Morgen noch erstanden hatte. Er betrachtete sie und fragte sich dabei, was ihm die nächsten Wochen und Monate bringen würden. Es dauerte eine Weile, ans andere Ende der Welt zu segeln. Hatten sie sich aus diesem Grund ein Ziel ausgesucht, das so weit weg war? Solange sie unterwegs waren, blieben sie in Bewegung. Möglicherweise war es ja genau das, worum es bei der ganzen Sache ging. Bloß nicht innehalten und nachdenken.

Er warf die Karte nachlässig zur Seite und zog sein Handy hervor, um Hanna anzurufen.

Die Frau, die ihn beobachtete, stand nicht allzu weit entfernt an einer Gebäudeecke. Ihr war kalt, obwohl sie trotz der frühen Tageszeit schon fast zwanzig Grad hatten. Erik hatte tatsächlich ernst gemacht. Er wollte wirklich weg. Nicht dass er es ihr nicht gesagt hätte – sie hatte es nur nicht geglaubt. Fast jeden Tag der letzten Woche war sie hier gewesen und hatte ihn beobachtet. Hatte zugesehen, wie er das Boot klargemacht hatte.

Jetzt stand er an Bord, das blonde Haar windzerzaust, das Gesicht zu einem Lachen verzogen. Er lachte, während sie selbst am liebsten tot gewesen wäre!

Als sie sah, dass er sein Handy am Ohr hatte, wusste sie, warum er so froh war. Er telefonierte mit seiner Frau.

Hanna beugte sich über ihren PC und bereitete die aktuelle Datei zum Versenden vor, als ihr Handy klingelte. Während sie die Verbindungstaste drückte, blickte sie auf die Uhr und stellte schuldbewusst fest, dass sie völlig die Zeit vergessen hatte.

„Hanna, wo bleibst du?“, fragte Erik ungeduldig. „Ich habe eben die letzten Seekarten abgeholt, alles an Bord ist klar. Wir können starten!“

„Ich bin praktisch schon unterwegs. Ich muss nur schnell den letzten Entwurf abschicken, dann bin ich auch schon hier weg.“ Hanna klickte auf *senden*, und die Zeichnungen für eine Hollywoodschaukel verschwanden im virtuellen Äther. Anschließend leuchtete ihr Firmenlogo auf dem Display, groß und bunt, so wie sie es mochte. Ein H, ein B und ein D, alles hübsch ineinander verschlungen. Hanna betrachtete es einen Moment lang versonnen, bevor sie den PC ausschaltete. Es war vorläufig das letzte Mal, dass sie es sah. „Hanna Bellmann Design“ würde für eine ganze Weile aufhören zu existieren. Sie ging ein letztes Mal durch die Wohnung, die von allen persönlichen Sachen befreit war. Das meiste hatten sie und Erik eingelagert. Einen Teil der Möbel hatten sie hier gelassen, die neuen Mieter hatten angeboten, sie zu übernehmen. Hanna hatte sofort zugestimmt. Sie wollte ihr neues Leben ohne jeden Ballast beginnen.

Ballast … Vor der Tür des letzten Zimmers zögerte sie unmerklich, doch dann drückte sie die Klinke hinunter und schaute hinein. Betreten wollte sie es nicht. Wozu auch. Hier drin war es seit Monaten unverändert, und so würde es auch bleiben. Die neuen Mieter erwarteten in zwei Monaten ihr erstes Kind, sie waren dankbar für die funkelnagelneue Babyausstattung, die Hanna ihnen zu einem Spottpreis überlassen hatte.

Sonne fiel ins Zimmer und malte helle Flecken auf den großen Teddybär, der neben dem Gitterbettchen auf dem Boden saß. Mit einem Mal fand Hanna, dass es viel zu hell hier drin war. Eilig ging sie zum Fenster und ließ das Rollo herab. Dann verließ sie den Raum, bevor die Panik überhand nehmen konnte. In ihrem Hals steckte ein schmerzhafter Kloß, aber ihre Augen blieben trocken. Heftig zog sie die Tür hinter sich ins Schloss, als könne sie so die Gespenster ihrer Vergangenheit wegsperren. Doch als sie kurz darauf mit ihrer Reisetasche auf die Straße trat, merkte sie, dass das nicht so einfach war. Vor dem Haus stand ein Kinderwagen. Eine Frau aus der entfernteren Nachbarschaft hatte vor ein paar Monaten entbunden. Hannas Kind wäre jetzt im selben Alter wie das Baby, das gerade von einer Bekannten der Frau bestaunt wurde.

Hanna kannte die Frau nur vom Sehen und hatte auch nie mit ihr gesprochen. Ihr war damals nur aufgefallen, dass sie zur selben Zeit schwanger waren, und später hatte sie mitbekommen, dass das Baby da war.

Hanna vermied es, näher hinzusehen. Hastig warf sie ihre Tasche über die Schulter und ging dann eilig an dem Kinderwagen vorbei. Dabei blickte sie an der Fassade des Hauses hoch und vergewisserte sich, dass sie alle Fenster geschlossen hatte.

Einen Moment später verfluchte sie sich stumm, denn sie rempelte in vollem Lauf einen Passanten an, der gerade in seinen Wagen steigen wollte.

Erschrocken wandte sie sich ihm zu. „Tut mir leid!"

„Macht doch nichts."

Der Mann lächelte sie an, und er kam Hanna eigentümlich vertraut vor. Unwillkürlich blieb sie stehen, um ihn betrachten zu können. Er hatte ein markantes Gesicht, das im Moment zu einem jungenhaften Grinsen verzogen war. Sein dunkles Haar lockte sich in einem ungebärdigen Wirbel über der Stirn. Neben dem rechten Mundwinkel zeigte sich ein mutwilliges kleines Grübchen. Und in der Rechten trug er einen zusammengerollten bunten Winddrachen.

All das nahm Hanna im Bruchteil einer Sekunde in sich auf, während sie sich bereits wieder in Bewegung setzte und ihre Schritte zu dem Taxi lenkte, das sie vorhin bestellt hatte und das jetzt ein paar Meter weiter auf sie wartete. Während sie einstieg, überlegte sie, ob sie den Mann schon einmal gesehen hatte. Normalerweise hatte sie ein gutes Gedächtnis für Namen und Gesichter. Dann entschied sie, dass er ein Fremder war. Was ihr im ersten Moment wie ein klassisches Déjà-vu-Erlebnis vorkam, war einfach ein Zeichen von zu viel Stress. Höchste Zeit, dass sie endlich wegkam von Stockholm.

Als das Taxi anfuhr, drehte sie den Kopf und sah ein letztes Mal an der Fassade hoch. Ihre Blicke irrten suchend nach oben, bis sie das Fenster ausgemacht hatte, an dem das Rollo herabgelassen war.

Niclas hatte vollkommen vergessen, dass er den Drachen hatte ins Auto legen wollen. Er stand mitten auf dem Gehsteig und starrte eine ganze Weile dem Taxi nach, bis es um die nächste Ecke verschwunden war, zusammen mit der Frau, die ihn gerade eben angerempelt hatte.

Endlich warf er den Drachen auf den Rücksitz, immer noch von einer merkwürdigen Spannung erfüllt. Er konnte sich nicht erinnern, wann er das letzte Mal beim bloßen Anblick einer Frau derart beeindruckt gewesen war.

Sicher, sie war überdurchschnittlich hübsch, aber das waren ein Dutzend andere Frauen, die er kannte, ebenfalls. Sie hatte einen außergewöhnlich zarten Teint gehabt und ihre Augen waren von einem so silberhellen Blau, wie er es noch nie gesehen hatte. Aber Pfirsichhaut und hübsche Augen allein waren keine Erklärung dafür, warum ihr Gesicht ihn innerhalb dieses winzigen Sekundenbruchteils so in Bann geschlagen hatte. Vielleicht war es dieser besondere Ausdruck in ihren Augen gewesen. Eine Spur von Sehnsucht hatte darin gestanden, und noch etwas anderes, das Niclas sofort erkannt hatte. Ein Gefühl, das ihm selbst so vertraut war wie kaum ein anderes. Es war Trauer.

Erik war dabei, die zusammengerollten Taue zu prüfen, als Hanna den Liegeplatz der *Miranda* erreichte.

„Erik!“ Mit einem entschuldigenden Lächeln kletterte sie an Deck und stellte ihre Tasche ab.

„Na endlich!“

„Jetzt kann’s losgehen.“ Sie kam auf ihn zu und küsste ihn rasch auf den Mund.

„Herzlich willkommen an Bord. Und …“ Er machte eine kurze Pause, während der er einen Gegenstand hinter seinem Rücken hervorzog. „… in unserem neuen Leben.“

Hanna betrachtete die Blumen. Es war ein hübscher Strauß. Vermutlich hätte sie jetzt sagen sollen, wie sehr er ihr gefiel und dass sie sich darüber freute. Doch ihr wollte nichts Rechtes einfallen. Sie blickte ihn an. Er sah so erwartungsvoll drein, dass es ihr einen Stich gab.

„Wir versuchen es“, sagte sie. „Jetzt lass uns endlich fahren.“

Erik löste bereits das Haltetau vom Steg, und sie legten ab. Anschließend befestigte er das Fall, und gemeinsam hissten sie das Hauptsegel.

Sie arbeiteten schweigend und routiniert, während das Boot langsam aus dem Jachthafen glitt und die Uferpromenade des Strandvägen mit ihren prachtvollen, von Zuckerbäckertürmchen gekrönten Fassaden hinter ihnen zurückblieb.

Ein Regenbogen spannte sich über der Bucht und schien die pittoreske Hafeneinfahrt von Stockholm mit ihren Prachtbauten und geschwungenen Brücken in eine Märchenlandschaft zu verwandeln. Hanna sagte sich, dass dies ein Symbol der Hoffnung sei. Es war buchstäblich ein Aufbruch zu neuen Ufern. Endlich konnte sie alles, was sie belastete, hinter sich lassen.

Erik stand am Steuer und hielt die *Miranda* auf Kurs. Sie segelten an Ausflugsdampfern, größeren Ozeanschiffen und Lastkähnen vorbei, hinaus in die offene Schärenlandschaft.

Hanna trat neben ihren Mann und beschattete die Augen mit der Hand, während sie die Silhouette der Stadt betrachtete. „Weißt du, was? Ich bin mir nicht sicher, ob ich abgeschlossen habe!"

„Was?" Erik wirkte leicht irritiert. „Willst du jetzt schon umdrehen? Oder hast du Zweifel, ob es richtig ist?"

„Natürlich ist es richtig", versicherte Hanna hastig. „Es ist das Beste, was wir tun können." Es klang in ihren eigenen Ohren so, als müsse sie nicht nur ihn, sondern auch sich selbst davon überzeugen.

Eriks Hände glitten über das Ruder. „Wir können auch gar nicht zurück, selbst wenn wir es wollten. Die Wohnung ist vermietet, wir haben die tollste Abschiedsparty aller Zeiten gegeben. Die Vergangenheit liegt hinter uns, Hanna. Sieh nach vorn!"

Seine kleine Ansprache hätte vielleicht mehr Eindruck auf sie gemacht, wenn nicht in diesem Moment sein Handy geklingelt hätte. „Tut mir leid. Ich habe ganz vergessen, es abzuschalten." Er zog es aus der Hosentasche und warf einen Blick auf das Display, wobei er unauffällig darauf achtete, dass Hanna nicht mitlesen konnte.

Er drückte auf *abweisen* und lachte gekünstelt. „Die müssen sich beim Gericht noch daran gewöhnen, dass sie auf mich verzichten müssen!"

„Das wird ihnen schwerfallen. Magst du Kaffee?"

„Gern."

Nervös wartete Erik, bis sie in der Kajüte verschwunden war, dann drückte er auf die Wahlwiederholung. „Bitte, Elsa. Ruf mich nicht mehr an." Er hatte die Stimme zu einem Flüstern gesenkt und starb tausend Tode, weil er fürchtete, Hanna könnte etwas mitbekommen. „Es ist vorbei!"

NICLAS STELLTE DEN KOMBI hinterm Haus ab und nahm seine Tasche und den Drachen vom Rücksitz.

„Pelle?" Er blickte sich suchend nach seinem Sohn um, entdeckte ihn aber nirgends. „Pelle!", rief er erneut, diesmal lauter. Niclas brannte förmlich darauf, den Drachen auszuprobieren. Er hatte schon immer eins von diesen modernen Dingern kaufen wollen, die mit zwei Haltegriffen bedient wurden und mit denen man wahre Kunststückchen in der Luft vollführen konnte. Der Drachen, den er als Kind besessen hatte, war aus Seidenpapier gewesen, das auf einem Holzgestell befestigt war. Damals war es mehr oder weniger darum gegangen, den Drachen in die Luft zu kriegen und ihn dann oben zu behalten, während es bei den heutigen Nylonfliegern eher darauf ankam, möglichst kühne Pirouetten und Überschläge zu schaffen.

Niclas ging ins Haus. Es roch nach Essen, und als er einen kurzen Blick in die Küche warf, sah er, dass das Frühstücksgeschirr noch nicht abgeräumt war. Der Abwasch von gestern Abend stand auch noch in der Spüle.

Niclas spürte einen Anflug von hilflosem Zorn und fragte sich, wieso er einer Haushälterin eine Menge Geld dafür bezahlte, dass sie es nicht mal ansatzweise schaffte, den Haushalt zu erledigen.

Dann tröstete er sich mit dem Gedanken, dass sich das ab nächstem Monat ohnehin erledigt hätte. In Stockholm würde er sich einfach jemand anderen zum Saubermachen und für die Betreuung von Pelle suchen. Die Wohnung zu finden war der erste Schritt gewesen, alle weiteren würden folgen.

Er stellte seine Tasche ab und legte den Drachen zur Seite. „Pelle? Lina? Keiner da?"

Lina kam die Treppe herunter. Sie hatte eine Reisetasche in der Hand und sah auch sonst ganz danach aus, als sei sie in Aufbruchstimmung. „Da sind Sie ja endlich, Herr Dr. Söderlind."

„Tut mir leid, dass ich so spät dran bin." Mit wachsender Besorgnis blickte Niclas auf ihre Reisetasche. Es war dasselbe hässliche alte Ding, mit dem sie hier vor drei Monaten eingezogen war. Niclas begriff im selben Augenblick, dass selbst eine schlechte Haushälterin immer noch besser war als gar keine. Lina mochte sich ständig über ihre Wechseljahrsbeschwerden beklagen, beim Bügeln Löcher in seine Hemden brennen und den Abwasch vergessen – aber sie war immerhin da, wenn er weg war. Er konnte Pelle ja nicht einfach ohne Aufsicht lassen. Lina war bereits die vierte Haushälterin in zwei Jahren, und wie es aussah, würde er bald nach Nummer fünf Ausschau halten müssen.

Niclas unterdrückte ein Seufzen und stellte die unvermeidliche Frage. „Wollen Sie verreisen, Lina?"

„Ich muss nach Uppsala. Meine Schwägerin hatte einen Unfall. Meine Familie braucht mich."

Soweit Niclas informiert war, hatte sie ihr Leben lang weder einen Ehemann noch Geschwister gehabt, sodass sich ernstlich die Frage stellte, wie sie an eine Schwägerin gekommen war. Doch er hatte eine ungefähre Ahnung, was sie tun würde, wenn er sie der Lüge bezichtigte. Wahrscheinlich wäre sie noch schneller draußen, als sie es sowieso vorhatte.

Auf dem Weg zur Tür drückte sie ihm einen Zettel in die Hand. „Meine

Adresse. Da können Sie das letzte Gehalt hinschicken. Ich muss jetzt weg. Mein Bus fährt in zehn Minuten. Wiedersehen, Herr Doktor."

Niclas fand, dass er sich selbst und Pelle einen letzten Versuch schuldig war. „Sie können mich doch nicht einfach so im Stich lassen!"

Lina hatte dazu offenbar ihre eigene Ansicht. Sie marschierte kommentarlos ins Freie.

„Einen Moment noch!" Er folgte ihr, inzwischen mehr als verärgert. „Lina, wo ist Pelle?"

Sie blieb stehen. „Sehen Sie, das ist auch so eine Sache." Griesgrämig starrte sie ihn an. „Immer soll ich hinter ihm her sein. Ich habe keine Ahnung, wo der Junge schon wieder ist. Vielleicht in der Werft bei Jan oder beim Fußball oder beim Angeln. Ich weiß es nicht. Und ich bin ehrlich gesagt auch froh, dass ich mir keine Gedanken mehr darüber machen muss!"

Mit diesen Worten stapfte sie davon.

Niclas ließ entnervt die Schultern hängen. Er nahm den Hörer vom Wandtelefon und rief in Jans Bootswerkstatt an. Pelle trieb sich gern dort herum und sah dem Alten oft bei der Arbeit zu.

Jan ging zwar ans Telefon, aber er hatte keine Ahnung, wo Pelle sich aufhielt. „Heute war er noch nicht hier", sagte er mit seiner heiseren und immer ein wenig gedehnt klingenden Stimme. „Wenn er hier auftaucht, schicke ich ihn sofort nach Hause. Bis dann!"

Niclas legte frustriert auf und fragte sich, wie ein Tag, der so verheißungsvoll begonnen hatte, sich binnen kürzester Zeit in eine einzige Katastrophe verwandeln konnte.

Jan hängte den Hörer ein und fuhr sich über den Rücken. Die Schmerzen waren seit gestern wieder schlimmer geworden, sie strahlten bis in die Schultern aus und schienen auch auf die Arme überzugreifen. Wenn das so weiterging, würde er irgendetwas einnehmen müssen, und davor scheute er zurück wie der Teufel vorm Weihwasser. Er hasste alle Arten von Tabletten, und noch mehr hasste er es, zum Arzt zu gehen. Nicht dass er etwas gegen Niclas Söderlind gehabt hätte, im Gegenteil. Der Junge war in seinen Augen der beste Arzt, den die Gegend hier je gesehen hatte, und es war ein einziger Jammer, dass er nicht mehr praktizierte. Aber der Arzt, der Jan Olsson in seine Fänge kriegen würde, müsste erst geboren werden. Konnte gut sein, dass sie ihm sogar eine Spritze verpassen würden, wenn er von seinen Rückenschmerzen erzählte. Vor ungefähr zwanzig Jahren hatte Lotta einmal eine Ischiasattacke gehabt, und Jan erinnerte sich nur allzu gut daran, dass sie damals an mehreren Tagen hintereinander beim Arzt gewesen war – wo sie jedes Mal eine Spritze bekommen hatte.

Jan unterdrückte einen Schauer des Widerwillens, und als er über das Wasser das Taxiboot seiner Tochter auf den Steg zutuckern sah, betrachtete er das als willkommene Ablenkung.

Sivs Boot legte an. Sie warf ihm das Tau zu und sprang auf den Steg, knabenhaft hübsch in ihrer Jeanskluft. „*Hej*, Papa! Ich glaube, ich brauche Öl! Kannst du mal schnell nachsehen?"

„*Hej!*" Er bückte sich und befestigte das Tau am Steg. „Gut, dass du mich hast. Sonst würdest du mit deinen Taxibooten schon längst auf dem Trockenen liegen!"

„Du hast recht. Ohne dich wäre ich aufgeschmissen." Sie warf ihren langen Zopf zurück und grinste ihn an. „Hast du ein Geschenk für Mama?"

„Wozu brauche ich ein Geschenk? Ich bin nicht eingeladen."

Siv wirkte verärgert. „Das gibt's doch nicht! Ich habe auf sie eingeredet wie auf einen lahmen Gaul!"

„Ach", versetzte Jan trocken.

„Sie hat gesagt, sie überlegt es sich dieses Jahr wirklich!"

„Hat sie ja dann wohl auch. Nur eben nicht zu meinen Gunsten." Gegen seinen Willen musste Jan ein wenig schmunzeln. Ihm war klar, dass dieses Hin und Her zwischen ihm und Lotta für Dritte eine ganz eigene Komik entfalten musste. Manchmal hatte er ja sogar selbst das Gefühl, darüber lachen zu können. Aber eben nur manchmal. Seine Erheiterung verschwand denn auch binnen Sekunden wieder und machte der üblichen Nachdenklichkeit Platz. Lotta hatte Geburtstag, und er wollte hingehen. Nur dass ihm bis jetzt kein plausibler Grund eingefallen war, mit dem er sein Auftauchen rechtfertigen konnte.

„Soll ich dir mal was sagen?" Siv stemmte die Hände in die Hüften. „Ich finde das dermaßen kindisch! Wieso könnt ihr euch nicht wie erwachsene Leute verhalten?"

Doch Jan war schon auf ihr Boot gestiegen, um den Ölstand zu überprüfen.

ERIK, DER GANZ SELBSTVERSTÄNDLICH seit Anbeginn ihrer gemeinsamen Segelzeit die Rolle des Skippers innehatte, bediente immer noch das Steuer. Hanna hatte es sich auf der Ruderbank bequem gemacht und sah in Gedanken versunken übers Wasser.

Bis jetzt hatte alles geklappt. Sie hatten in stummer Übereinkunft alle anfallenden Routineaufgaben an Deck erledigt und waren überraschend gut vorangekommen. Nachdem sie den belebten Teil des Sunds hinter sich gelassen hatten, war nicht mehr viel zu tun gewesen, folglich hatte Hanna angefangen, sich zu entspannen. Sie hatte versucht, in einem Buch zu lesen. Aber zu ihrem Verdruss war es unglaublich langatmig, sodass sie es schnell wieder weggelegt und stattdessen begonnen hatte, die Umgebung zu betrachten.

Vor der *Miranda* erstreckte sich kilometerweit die offene Schärenlandschaft. Der Bug des Bootes durchpflügte schäumend das klare Wasser, unter dessen Oberfläche hin und wieder ein silbern flirrender Fischschwarm vorbeizog. Zahllose kleine und größere Inseln waren über den Sund verstreut wie Smaragde auf blauem Samt, und nur hier und da leuchtete es rot in dem Grün der Inselchen oder am Ufer, wenn eine Ansammlung von Häusern auftauchte.

Hanna richtete sich auf, als sie unweit der *Miranda* in Ufernähe ein kleines gelbes Ruderboot ausmachte, auf dem eine Gestalt bedrohlich hin und her schwankte. Es war ein Junge von vielleicht neun oder zehn Jahren, der mit beiden Händen eine Angel umklammerte. Die Rute war von dem Gewicht am Haken durchgebogen, doch der Kleine hielt sie mit verbissener Kraft fest. Das Boot schaukelte bei dieser Aktion und war drauf und dran, umzukippen.

Hanna betrachtete den Jungen, halb belustigt, halb besorgt. „Sieh dir den Kleinen an, der hat aber einen dicken Fisch gefangen!“

Erik beachtete sie nicht. Er war damit beschäftigt, den Motor zu starten. Vorhin hatte er ihn auch schon einmal getestet und dabei zwischendurch den Eindruck gehabt, dass er nicht richtig rund lief. Nach ein paar Minuten hatte es sich dann allerdings ganz normal angehört, und Erik hatte sich vorgenommen, es weiter draußen noch einmal zu überprüfen. Das tat er jetzt und hatte diesmal das untrügliche Gefühl, dass der Motor im Begriff war, seinen Geist aufzugeben. Die Maschine gab nur ein schwächliches Rattern von sich und verstummte dann mit einem dünnen Quietschton endgültig.

„Na, unsere Weltumseglung fängt ja gut an“, kommentierte Hanna, ohne ihre Blicke von dem Jungen zu wenden. „Ich dachte, du hast ihn überholen lassen.“

Erik starrte finster den Zündschlüssel an. „Das dachte ich auch.“

In diesem Augenblick ertönte der Schrei. Hanna fuhr auf und sah gerade noch, wie der Junge in hohem Bogen ins Wasser fiel. Das Boot kippte hinter ihm um und platschte wie eine umgedrehte Nussschale auf die Wasseroberfläche.

„Mist", sagte Hanna laut. Sie stand auf und ging zur Reling. „Geh hier mal vor Anker. Ich komme gleich wieder."

„Hanna!" Erik tat fassungslos einen Schritt in ihre Richtung, doch sie war bereits mit einem beherzten Kopfsprung über Bord gehechtet.

Zügig kraulte sie auf den Jungen zu. „Halt aus! Ich komme!"

Der Kleine hielt weiter mit Leibeskräften seine Angel umklammert. Zwischendurch tauchte er immer wieder kurz ab und schluckte Wasser.

Hanna sah es voller Panik. „Ich bin gleich da!", rief sie.

Noch ein paar schnelle Züge, dann hatte sie endlich den Jungen erreicht. Sie packte ihn bei den Schultern und zog ihn in Richtung Ufer. Er begann sofort, sich zu wehren. „Lassen Sie mich!" Er strampelte wie ein Derwisch. „Das ist der größte Fisch, den ich je an der Angel hatte!"

Hanna achtete nicht auf seinen Widerstand. Wenn er beschlossen hatte, zusammen mit dem Fisch auf Grund zu gehen, war das seine Angelegenheit. Aber sie würde den Teufel tun und zulassen, dass der Knirps ertrank. Mit aller Kraft zerrte sie das widerstrebende Kind mit sich. „Lass die Angel los!", befahl sie.

„Nein!", kreischte der Kleine.

Irgendwie schaffte sie es dennoch, ihn ans Ufer zu bugsieren. Während sie triefend und keuchend hinter ihm an Land stapfte, hörte er nicht auf, wie ein Rohrspatz zu schimpfen. „Sind Sie verrückt? Beinahe wäre ich Ihretwegen ertrunken!"

„Es sah aus, als könntest du nicht schwimmen!", fauchte sie ihn an. „Ich dachte, du ertrinkst wirklich!"

Der Junge warf ihr einen wutfunkelnden Blick zu. „Ich kann schwimmen, seit ich drei bin!"

Na toll, dachte Hanna. Auch das noch. Sie hatte für nichts und wieder nichts ein Bad genommen.

Ein Mann kam auf sie zugelaufen und blieb schwer atmend vor dem Jungen stehen. „Pelle! Um Gottes willen, was ist denn passiert?"

Der Kleine zeigte anklagend mit dem Finger auf Hanna. „Ohne sie hätte ich den größten Fisch meines Lebens gefangen!"

Hanna schlang sich beide Arme um den patschnassen Körper, damit ihr T-Shirt an Ort und Stelle blieb. Vorhin im Wasser war es bereits drauf und dran gewesen, ihr vom Körper zu rutschen. Der Ausschnitt war ein bisschen zu weit für diese Art von Freizeitbetätigung. „Als ich das Boot sah, ist wohl der Lebensretter mit mir durchgegangen." An den Jungen gewandt, setzte sie hinzu: „Tut mir leid, dass ich dich unterschätzt habe."

Sie blickte den Mann an. Er war ganz augenscheinlich der Vater des

Jungen, nicht nur weil er den Kleinen mit einer fast an Verzweiflung grenzenden Besorgnis betrachtete, sondern weil er ihm unglaublich ähnlich sah. Pelle – das war offensichtlich der Name des Knirpses – war dem Mann wie aus dem Gesicht geschnitten. Er hatte das gleiche dunkle Haar und exakt den gleichen Mund.

Verdattert stellte Hanna fest, dass sie den Mann kannte. Er war der Fremde, den sie heute früh angerempelt hatte! Du liebe Zeit, gab es solche Zufälle überhaupt?

Er hatte sie ebenfalls wiedererkannt, sein Gesichtsausdruck wechselte von Verblüffung zu unverhohlener Faszination. Das hinderte ihn allerdings nicht daran, seinem Sohn die verdiente Standpauke zu halten. „Du bist wieder allein angeln gewesen, Pelle!" Als er sah, wie Pelle zitterte, nahm er ein großes dunkelblaues Handtuch vom Steg und schlang es ihm um den Körper. „Das ist streng verboten! Die Strömung treibt dich aufs Meer raus, und das weißt du!"

Pelle schob trotzig das Kinn vor und sah dabei so sehr aus wie eine Miniaturausgabe seines wütend vor ihm stehenden Vaters. „Mama hat nie etwas dagegen gehabt, dass ich angeln gehe!"

„Deine Mutter hatte immer ein Auge auf dich, das war etwas ganz anderes! Jetzt ist es *verboten*!"

Pelle wirkte alles andere als kleinlaut. „Alles, was Spaß macht, verbietest du mir!" Mit diesen Worten drehte er sich um und rannte den steinigen Uferstreifen hinauf in Richtung Haus.

Niclas sah ihm mit gerunzelter Stirn hinterher. Er hätte seinem Sohn folgen und weiter versuchen sollen, ihm Vernunft einzubläuen. Doch er hatte eine ungefähre Ahnung, was Pelle sich daraus machen würde – nämlich nichts. Er würde sich im Bad einsperren und die Dusche voll aufdrehen, nur damit er nichts hören musste. In seinem Zimmer benutzte er für diesen Zweck meist seine Kopfhörer, und draußen hatte er Platz genug, um einfach wegzulaufen. So wie gerade eben.

Lina hatte vermutlich recht. Sein Sohn war nicht unbedingt pflegeleicht. Wahrscheinlich hatte der Junge sie nach Strich und Faden überfordert. Pelle hatte sich einfach angewöhnt, das zu tun, was er wollte. Und da Niclas den ganzen Tag über nicht zu Hause war, um andere Saiten aufzuziehen, würde er daran auch nichts ändern können, zumindest nicht von heute auf morgen. Kindererziehung, so viel hatte er in den zwei Jahren seit Silkes Tod immerhin begriffen, war keine Sache, die sich mal eben im Vorbeigehen oder am Feierabend erledigen ließ.

Niclas seufzte resigniert. „Er ist in einem schwierigen Alter."

Langsam wandte er sich zu Pelles Retterin um, und als er sah, wie sie in ihren nassen Sachen fröstelte, nahm er eilig ein weiteres Badelaken vom Steg. Lina hatte hier in der Ferienzeit jeden Morgen welche bereitgelegt, weil Pelle ständig im Wasser herumplanschte und dabei leicht vergaß, wie kühl der Wind sein konnte, wenn er anschließend zum Haus hinauflief.

Niclas wusste, dass er sich höchstwahrscheinlich unmöglich benahm, weil er einfach nicht aufhören konnte, die Frau vor sich anzustarren. Er schluckte und sagte das Nächstbeste, was ihm in den Sinn kam. „Wenn ich gewusst hätte, dass wir Besuch bekommen, hätte ich …“

„Kuchen gebacken?“, fiel sie ihm lächelnd ins Wort.

„Oder das Haus aufgeräumt.“ Niclas hatte es gesagt, bevor ihm etwas Geistreicheres einfallen konnte. Er stöhnte innerlich. Diese Bemerkung war an Dämlichkeit wohl kaum zu überbieten! Doch dann sah er, dass sie lachte. Der Auftakt ihrer Unterhaltung hätte also schlimmer sein können.

„Wissen Sie, dass ich Sie schon mal gesehen habe?“, meinte er eifrig. „Heute früh in Stockholm. Wer sind Sie?“

„Hanna Bellmann.“ Sie wandte sich ab und sah hinaus auf den Sund, wo in knapp zweihundert Meter Entfernung ein schnittiger weißer Motorsegler vor Anker lag.

„Ist das Ihr Schiff?“, wollte Niclas wissen.

Hanna nickte. „Ich denke, ich sollte jetzt zurückschwimmen.“

„Möchten Sie nicht vielleicht vorher einen Kaffee … oder … oder …“ Niclas verhaspelte sich in dem Bemühen, sie irgendwie dazu zu bringen, noch hierzubleiben. Ganz plötzlich hatte er das verrückte Gefühl, sie unmöglich gehen lassen zu können. Oder schwimmen, wenn man es genau nahm.

„Nein, wirklich nicht. Ich muss zurück aufs Boot.“

„Dann bringe ich Sie“, sagte Niclas kurz entschlossen. Er ging voraus, und nachdem er auf den Steg des Bootshäuschens gesprungen war, reichte er ihr die Hand, um ihr hinaufzuhelfen. Ihre Finger waren nass und kühl, und Niclas hatte unwillkürlich das Verlangen, sie zwischen seinen Händen zu wärmen, ein Gefühl, das sich noch verstärkte, als er ihr anschließend auf dieselbe Weise half, in das kleine Boot zu steigen.

Er hatte Mühe, den Außenbordmotor in Gang zu bringen, was vermutlich daran lag, dass er das Boot seit Wochen nicht benutzt hatte. Er musste auch noch das Ruderboot bergen, das drüben auf halber Strecke zu der Jacht umgedreht auf dem Wasser dümpelte. Und nachher musste er unbedingt daran denken, Pelle noch einmal ins Gebet zu nehmen.

All das schoss ihm durch den Kopf, während er die Frau anstarrte, die vor ihm im Bug saß und seine Blicke erwiderte. Ihr nasses blondes Haar fiel in wirren Locken um ihr schmales Gesicht, und ihre Iris leuchtete wie poliertes Silber. Wieder spürte Niclas dieses seltsame Gefühl von Vertrautheit. Er war wie hypnotisiert.

Doch ein paar verträumte Sekunden später riss er sich aus seiner Versunkenheit und machte sich klar, dass er nichts von ihr wusste außer ihrem Namen. Er empfand plötzlich den drängenden Wunsch, alles über sie zu erfahren. „Schön, Sie kennenzulernen", hob er ein wenig unbeholfen an. „Sind Sie auf einem Wochenend-Törn?"

„Wir sind auf dem Weg nach Neuseeland." Hanna machte eine kurze Pause. „Mein Mann und ich."

Niclas zuckte wie unter einem leichten Schlag zusammen. Sie war verheiratet. *Natürlich* war sie verheiratet. Eine Frau wie sie wäre wohl kaum allein. Ein wenig verlegen blickte er zur Seite. „Beneidenswert." Er ließ offen, ob sich das auf die Weltumsegelung bezog oder auf ihren Mann. „Und schade", fügte er mit schwachem Lächeln hinzu.

Viel zu schnell hatten sie die *Miranda* erreicht. Hannas Mann stand an der Reling, ein großer blonder Typ, der mit jeder Pore seines schlanken, durchtrainierten Körpers Erfolg und Selbstsicherheit zu verströmen schien. Er trug ein teures marineblaues Poloshirt zu edlen weißen Leinenhosen und machte den Eindruck, als hätte er alles unter Kontrolle. Das Seil, das Hanna ihm vom Boot aus zuwarf, fing er geschickt auf und befestigte es mit routinierten Bewegungen an Deck der Jacht.

„*Hej!*" Niclas nickte ihm grüßend zu und stand auf, um Hanna beim Aussteigen zu helfen. Er fühlte sich bemüßigt, eine Erklärung abzugeben. „Ich bringe Ihnen Ihre Frau zurück."

Erik lachte kurz, während er mit dem Seil hantierte.

Hanna zog das Boot an den Rumpf der Jacht und kletterte an Bord der *Miranda*, wo sie sich zu Niclas umdrehte und ihm zum Abschied die Hand entgegenstreckte. „Wiedersehen, Herr …"

„Söderlind. Niclas Söderlind." Er holte Luft. „Wiedersehen, Hanna. Ich wünsche Ihnen eine schöne Reise."

Sie lächelte. „Alles Gute, Niclas."

Er hörte mit einem Mal seinen eigenen Herzschlag. Ihre Hand lag in seiner, wesentlich länger, als es bei einem normalen Händedruck üblich war. Er machte keine Anstalten, sie loszulassen, und sie versuchte nicht, sich ihm zu entziehen. Sie sahen einander an, endlose, magische Augenblicke.

Doch dann löste ihr Mann die Leine und warf sie Niclas kurzerhand vor die Füße. Niclas machte sich notgedrungen auf den Rückweg zum Ufer, aber während der Fahrt blickte er immer wieder zurück zur Jacht. Hanna stand am Bug. Sie beschirmte mit der Hand ihre Augen und verfolgte seinen Weg.

ERIK SAH dem davonfahrenden Boot düster hinterher. Irgendetwas hatte ihn an dem Burschen gestört, ohne dass er genau hätte sagen können, was es war. Vielleicht lag es daran, dass der Typ Hanna auf eine ziemlich aufdringliche Art angegafft hatte. Ganz zu schweigen davon, dass er beim Abschied mindestens fünfmal so lange ihre Hand gehalten hatte, wie es normalerweise üblich war.

Na gut, sie hatte vielleicht seinen Sohn aus dem Wasser gefischt. Aber es war bestimmt keine Dankbarkeit, die vorhin in den Augen dieses Kerls gefunkelt hatte, darauf hätte Erik die letzte Schraube dieses dämlichen Motors verwettet.

Möglicherweise hing sein Ärger aber auch damit zusammen, dass Hanna nicht den geringsten Versuch unternommen hatte, den Abschied zu beschleunigen. Im Gegenteil. Es war ihm keineswegs entgangen, dass sie diesen Niclas auf ungewöhnlich intensive Art gemustert hatte. So, wie eine Frau einen Mann ansieht, der ihr über alle Maßen gut gefällt.

Erik sagte sich, dass gerade er kein Recht hatte, sich deswegen aufzuregen, aber eine archaische Regung in ihm lehnte sich vehement gegen diese Stimme der Vernunft auf. Sie war immer noch seine Frau, und er machte mit ihr diese verdammte Reise nur, damit sich daran nichts änderte.

Bei diesem Gedanken steigerte sich sein dumpfer Unmut noch. Dass der Motor kaputt war, machte das Ganze auch nicht besser. Er hatte die Abdeckung des Motors abgenommen und nach dem Fehler gesucht, aber soweit er es beurteilen konnte, handelte es sich um einen komplizierteren Defekt, als er erwartet hatte. Was es auch immer sein mochte, er wurde nicht allein damit fertig.

Hanna kam aus der Kajüte geklettert. Sie hatte sich umgezogen und frottierte ihr nasses Haar. Erik musste zugeben, dass sie zauberhaft aussah. Kein Wunder, wenn sich andere Männer nach ihr umdrehten.

Verdrossen blickte er sie an. „Tu mir bitte einen Gefallen und mach so was nie wieder! Mit solchen Eskapaden gefährdest du die ganze Reise!"

Sie musterte ihn verständnislos. „Ich dachte wirklich, das Kind ertrinkt!"

„Er war mindestens zehn Jahre alt, da können hier alle Kinder schwimmen!"

Hanna starrte ihn an. In ihren Augen standen Wut und Bitterkeit. „Und du weißt so genau, ob ein Kind in Gefahr ist, oder?“

Es war wie ein Schlag ins Gesicht für Erik. Hastig wandte er sich ab, weil er nicht wollte, dass sie ihm den Schmerz und das schlechte Gewissen ansah. Er hätte sich entschuldigen sollen, doch stattdessen begegnete er ihrem Vorwurf mit Aggression. „Jetzt fang nicht schon wieder damit an!“, sagte er im Befehlston. „Wir machen diese Reise, um es zu vergessen!“ Mit diesen Worten verschwand er eilig unter Deck.

Hanna ließ sich verbittert auf die Bank neben dem Kajütenaufgang fallen. „Entschuldigung“, sagte sie zu niemand Bestimmtem. Mit erhobener Stimme fügte sie hinzu: „Was ist mit dem Motor? Hast du den Fehler gefunden?“

Erik tauchte kurz auf der Leiter auf. „Ich weiß nicht, was es ist. Wir müssen den nächsten Hafen anlaufen. Ich habe mich schon erkundigt, es gibt hier in der Nähe eine Werft.“ Mit unbewegtem Gesicht zog er sich wieder in das Innere des Schiffs zurück.

Hanna blieb stumm an Deck sitzen und blickte hinüber zu dem grün bewaldeten Ufer. Das kleine Boot war nicht mehr zu sehen.

Niclas wartete, bis Pelle mit Duschen und Umziehen fertig war, und erwischte ihn anschließend im Gang, bevor er sich in seinem Zimmer verbarrikadieren konnte. „Ich muss mit dir reden“, eröffnete er das Gespräch.

Pelle verzog das Gesicht. Er ahnte, was jetzt kam. „Ich habe keine Lust, nach Stockholm zu ziehen! Ich will hierbleiben!“

„Ach komm, Pelle! Ich dachte, du hättest es verstanden!“ Niclas hatte das unangenehme Gefühl, gegen eine Mauer zu reden. „Ich brauche jeden Tag mehr als drei Stunden nur für die Fahrt zum Büro und wieder zurück! Das ist die reinste Zeitverschwendung!“

Pelle wirkte unbeeindruckt. Er stand vor dem Fenster und starrte hinaus in den Garten. Sein Haar stand störrisch vom Kopf ab, weil er vergessen hatte, es nach dem Duschen durchzukämmen.

Niclas versuchte, mehr Überzeugungskraft in seine Stimme zu legen. „Außerdem sehe ich dich kaum. Morgens schläfst du noch, wenn ich losfahre. Und abends bist du oft schon im Bett.“

„Du musst ja nicht in Stockholm arbeiten“, versetzte Pelle finster. „Mach einfach deine Praxis wieder auf!“

Niclas versteifte sich. „Du weißt, dass das nicht geht.“

„Weiß ich nicht.“ Pelle sah halsstarrig aus dem Fenster, bevor er sich unvermittelt zu Niclas umwandte und mit trostloser Stimme hinzusetzte: „Ich weiß nicht, warum du kein Arzt mehr sein willst."

Niclas fühlte sich mit der Situation hoffnungslos überfordert. Er hätte seinen Sohn gern in die Arme genommen und ihn gehalten und ihm etwas von seiner Stärke und Wärme gegeben. Vor zwei Jahren war Pelles ganzes Leben aus den Fugen geraten, und nichts war seitdem wieder wirklich in Ordnung gekommen.

Doch Pelle hasste es, wie ein Baby behandelt zu werden. Mit neun Jahren legte er keinen Wert mehr darauf, spontan in den Arm genommen zu werden.

Auf dem Dielentisch lag der Drachen. Niclas nahm ihn und ging zu Pelle. „Sieh mal, was ich dir mitgebracht habe! Wollen wir ihn gleich zusammenbauen?"

Wenn irgend möglich, schaute Pelle noch ergrimmter drein als vorher. „Du willst mich bestechen!" Mit diesen Worten drehte er sich auf dem Absatz um und verschwand nach oben.

Hanna stand auf dem Anlegesteg der Werft und blickte sich um. Eigentlich war es weniger ein Schiffsbaubetrieb als eine Reparaturwerkstatt für Boote aller Art, die teils auf dem felsigen Uferstreifen lagen und teils aufgedockt in der Halle standen.

Jan Olsson, der Eigentümer, machte einen ziemlich kompetenten Eindruck, zumindest schien er sofort zu wissen, wonach er suchen musste. Abgesehen davon war er auch äußerlich eine beeindruckende Erscheinung. Er mochte um die sechzig sein, machte aber eine gute Figur mit seinem drahtigen Körper und seinem braun gebrannten Gesicht. Er hatte eine raue, leicht schleppende Stimme und strahlend blaue Augen, in denen es bewundernd aufgeblitzt hatte, als Hanna von Bord gekommen war. Als er sie mit Handschlag begrüßt hatte, war sein Lächeln noch um einiges breiter geworden. In seiner Jugend hatte er vermutlich eine Menge Frauen betört.

Hanna beobachtete von der Anlegestelle aus, wie er sich an den Innereien des Motors zu schaffen machte. Erik stand neben ihm und sah ihm mit beinahe argwöhnischer Gründlichkeit über die Schulter. Er war ein passionierter und äußerst fähiger Segler, aber von Maschinen verstand er weniger, als er zugeben wollte.

Ein Ausdruck von Betroffenheit trat auf sein Gesicht, als Jan den Schraubenzieher weglegte und von der *Miranda* zurück auf den Steg kletterte.

„Und?", fragte er angespannt.

Jan zuckte die Schultern. „Tut mir leid, das sieht nicht gut aus."

„Aber Sie können es doch reparieren, oder?", fragte Hanna beunruhigt.

„Kann ich.“ Er ging an ihr vorbei in Richtung Halle. „Aber die Elektronik ist hin. Ich muss beim Hersteller anrufen und die Ersatzteile bestellen.“

Erik folgte ihm. „Und wie lange dauert das?“

„Bei diesem Modell?“ Jan blieb vor dem offenen Tor der Bootshalle stehen und drehte sich zu ihm um. „Drei bis vier Tage.“

Erik schüttelte entnervt den Kopf. „Da wollten wir schon im Skagerrak sein!“

Jan hob leicht spöttisch die Brauen, enthielt sich aber einer Bemerkung.

Hanna sah zu ihm auf. „Können wir nicht einfach weiterfahren und den Motor dann irgendwo unterwegs austauschen? Ein bisschen funktioniert er doch noch.“

„Wenn Sie nur hier in den Schären segeln würden …“ Jan machte eine ausholende Geste. Überall Land, schien sie zu besagen, kein Problem. Er streckte sich unmerklich, weil ihm plötzlich wieder der Rücken und die Schulter wehtaten. „Sie wollen ein ganzes Jahr unterwegs sein. Was sind da schon drei oder vier Tage. Und außerdem ist es doch hier auch sehr schön.“ Bezeichnend deutete er auf die grüne Küstenlinie. Dann zog er sich in das kleine Kontor am Eingang zur Halle zurück, um die Bestellliste für die Ersatzteile aufzusetzen.

Hanna warf Erik einen beschwörenden Blick zu. „Erik, ich will endlich hier weg!“

Erik bedachte sie mit einem nachsichtigen Lächeln. „Wir sind doch schon unterwegs.“ Er legte ihr den Arm um die Schultern und ging mit ihr den Steg entlang. „Komm, Schatz, wir machen uns hier ein paar nette Tage, und dann geht's richtig los.“

Vor der offenen Hallentür blieben sie stehen. Jan machte sich an einem Pult Notizen.

„Gibt es hier ein Hotel, das Sie uns empfehlen können?“, fragte Erik.

Hanna sah überrascht zu ihm auf. „Wir können doch auf dem Schiff schlafen!“

Erik streichelte kurz ihren Arm. „Wir werden noch so oft in der Kajüte schlafen, da will ich jede Nacht, die ich in einem richtigen Bett verbringen kann, unbedingt ausnutzen.“

„Es gibt hier ganz in der Nähe ein hübsches kleines Hotel direkt am Wasser, das Hotel ‚Solros‘“, meldete sich Jan zu Wort. „Wenn Sie wollen, bringe ich Sie hin.“

„Das ist doch nicht nötig“, wehrte Erik höflich ab. „Wenn Sie uns sagen, wo es ist, finden wir es bestimmt.“

Das hätte Jan um nichts in der Welt zugelassen. Immerhin hatte Lotta heute Geburtstag, und hier standen gleich zwei Gründe vor ihm, die ihm endlich den bisher fehlenden Vorwand lieferten, zu der Party zu erscheinen.

„Übers Wasser geht's schneller", gab er sich großzügig. „Ich wollte sowieso heute noch dort vorbeischauen."

„Ich hole die Taschen", sagte Erik.

Jan nickte und ging hinüber zum Ende des Stegs, wo ein paar Motorboote vertäut lagen.

Das Hotel lag inmitten einer ausgedehnten, sattgrünen Rasenfläche, die bis zum Ufer reichte. Kleine Wellen schwappten ins Gras, ohne dass ein Sand- oder Felsstreifen das Land vom Wasser trennte. Der Landungssteg mündete in einen bekiesten Weg, der zwischen prächtigen alten Bäumen hindurch schnurgerade zum Haus führte, das mit seinem bernsteingelben Anstrich, den rot leuchtenden Schindeln und der weiß lackierten Veranda aussah wie der Landsitz eines begüterten Adligen aus einem Lagerlöf-Roman. Drei hohe, geschwungene Gaubenfenster im tief gezogenen Dachgeschoss vervollständigten das Bild eines malerischen Postkartenidylls.

Hanna war angenehm überrascht. Für ihren Zwangsaufenthalt hätten sie es auch schlechter treffen können.

Unter den Bäumen waren Tische aufgebaut, zwischen denen zwei Mädchen mit weißen Häubchen und karierten Schürzen geschäftig hin und her liefen und ein Büfett aufbauten. Beaufsichtigt wurden sie dabei von einer hoch gewachsenen, festlich gekleideten blonden Frau.

„Sehr schön", sagte sie zufrieden zu einem der Mädchen. „Fehlen nur noch das Brot und die Suppe. Aber die kommt erst auf den Tisch, wenn die Gäste da sind." Dem anderen Mädchen, das sich auf dem Weg ins Haus befand, rief sie nach: „Hat sich meine Tochter eigentlich gemeldet? Sie sollte doch schon längst hier sein!"

Hanna und Erik hielten sich ein wenig im Hintergrund, während Jan unbeirrt auf die Frau zuschritt und ihr die Hand auf die Schulter legte. „Die Unpünktlichkeit hat sie von dir."

Die Frau fuhr herum. Jan achtete nicht auf ihren leicht erbosten Gesichtsausdruck, sondern küsste sie herzhaft auf den Mund. „Die herzlichsten Glückwünsche zum Geburtstag, meine liebe Lotta Olsson. Mögest du weiterhin so schön bleiben wie bisher!"

Hanna war spontan einer Meinung mit Jan. Diese Frau war schön, wenn auch vielleicht nicht unbedingt im landläufigen Sinne, dafür war ihr Gesicht eine Spur zu herb. Doch ihre Züge bestachen durch einen lebhaften Ausdruck, der von Humor, Güte und einer gehörigen Portion Lebenserfahrung zeugte. Hanna wusste sofort, dass diese Lotta Olsson eine ganz besondere Frau sein musste.

Im Moment schien sie allerdings nicht allzu gut aufgelegt zu sein. Sie funkelte den unerwarteten Besucher an. „Was machst du denn hier?“

„Was ich immer an diesem Tag mache“, entgegnete Jan in gespieltem Gleichmut. „Oder denkst du, ich würde je deinen Geburtstag vergessen? Außerdem bringe ich dir zwei Hotelgäste.“ Er schnappte sich ein Fleischbällchen von einer der Platten, dann deutete er auf Hanna und Erik, die in ein paar Meter Entfernung stehen geblieben waren. „Ihr Boot hat einen Schaden, sie brauchen für ein paar Tage ein Dach über dem Kopf.“

Lotta nahm ihm das Fleischbällchen weg und betrachtete ihn mürrisch. „Wieso sagst du das nicht gleich?“

Sie ging zu Hanna und Erik und begrüßte sie strahlend. „*Hej*! Ich bin Lotta Olsson. Willkommen im Hotel Solros. Sie haben Glück. Das schönste Zimmer ist noch frei.“

Hanna fühlte sich trotz der freundlichen Begrüßung ein wenig unbehaglich. „Sie haben Geburtstag? Meinen herzlichen Glückwunsch.“ Hilfe suchend blickte sie sich zu Erik um, doch er betrachtete nur interessiert das Büfett. Wahrscheinlich war er genau so hungrig wie sie.

„Wir haben nicht gewusst, dass wir hier in Ihre Feier platzen“, meinte sie entschuldigend, während sie sich bemühte, nicht so gierig zum Büfett zu schielen. „Wir können uns auch gern woanders umsehen.“

„Ach was, Sie bleiben hier“, widersprach Lotta. „Kommen Sie, ich zeige Ihnen Ihr Zimmer. Und wenn Sie Lust haben, machen Sie mir die Freude und essen mit uns. Ich sage immer, je mehr Gäste, desto schöner ist die Feier.“

„Das kann ich doch machen“, mischte Jan sich ein. „Du bleibst hier und wartest auf deine Gäste, und ich zeige Hanna und Erik das Zimmer.“

Er nahm Hanna kurzerhand eine Tasche ab und ging voraus zum Haus. Lotta blickte ihm mit unergründlicher Miene nach. Jan blickte über die Schulter zurück und zwinkerte ihr frech zu. Lotta drehte sich weg und tat so, als hätte sie etwas am Büfett zu richten.

Hanna verfolgte das Verhalten der beiden mit einigem Befremden. Zwischen ihnen schienen Funken zu stieben, von denen wohl ein nicht geringer Teil von unterdrücktem Zorn herrührte. Zumindest soweit es Lotta betraf. Was Jan anging, hatte Hanna ganz andere Gefühle wahrgenommen. Als er sich vorhin für einen Moment unbeobachtet geglaubt hatte, war ein Ausdruck unverhohlener Sehnsucht in seine Augen getreten. Es sah danach aus, als ob er wesentlich mehr für diese Frau empfand als schlichte Zuneigung.

Niclas prallte verblüfft zurück, als Siv zur Haustür hereingefegt kam. Er hatte sich gerade in der Küche eine Kleinigkeit zu essen herrichten wollen und ließ fast das Brotmesser fallen, als er ihrer ansichtig wurde. Siv sah umwerfend sexy aus in ihrem roten, schwingenden Seidenrock und der weißen Spitzenbluse. Ihr dunkles Haar fiel offen über ihren Rücken und umrahmte ihr feenhaft zartes Gesicht. Sie war schmal und für eine Frau ungewöhnlich groß, fast so groß wie Niclas mit seinen Einsachtzig. Wenn sie, so wie jetzt, Schuhe mit hohen Absätzen trug, überragte sie ihn sogar.

„*Hej*, Niclas! Seid ihr fertig?“ Sie küsste ihn rasch auf die Wange.

„O Mann! Die Geburtstagsparty!“ Niclas hätte am liebsten mit dem Kopf gegen die Wand geschlagen. Damit war auch geklärt, warum sie sich so herausgeputzt hatte. Normalerweise trug sie nie etwas anderes als Jeans und bequeme Hemden. Ihre Mutter wurde heute fünfundfünfzig, und er stand hier wie ein Idiot in seiner Küche und hatte nicht mal ein Geschenk.

„Ich hab's total vergessen!“ Er schüttelte reumütig den Kopf. „Entschuldige, es war heute so viel los ...“

„Kein Problem“, fiel Siv ihm ins Wort. „Aber jetzt beeil dich bitte. Wo ist Pelle?“

Niclas sah seufzend die Treppe hoch. „Ich glaube nicht, dass er mitkommt.“

Siv zog die Brauen zusammen. „Warum denn nicht?“

Niclas hob die Schultern. „Wir hatten eine … ähm, Auseinandersetzung.“

In diesem Moment hörte man im ersten Stock eine Tür zuklappen, und eine Sekunde später tauchte Pelle oben an der Treppe auf.

Niclas fiel die Kinnlade herab. Sein Sohn schaffte es immer wieder, ihn in Erstaunen zu versetzen. Pelle hatte sich umgezogen, er trug seine besten Jeans und dazu das neue T-Shirt, das Niclas ihm kürzlich aus der Stadt mitgebracht hatte. Die Schuhe hatte Pelle sich vor ein paar Wochen selbst ausgesucht, es war eine dieser verboten teuren Turnschuhmarken, die bei Jungs seines Alters zur Pflichtausstattung gehörten und die schon Heerscharen von Eltern an den Rand des nervlichen und finanziellen Ruins getrieben hatten, Niclas nicht ausgenommen.

Die Haare hatte Pelle sich mit Gel zu einer flotten Igelfrisur hochgestylt, und wenn Niclas seiner Nase trauen konnte, wehte ihm da eben sogar ein Hauch seines eigenen Rasierwassers entgegen. Sprachlos sah er zu, wie sein Sohn an ihm vorbei und zur Haustür marschierte. In seinen Händen hielt er ein kompliziert aussehendes Konglomerat aus unzähligen Legosteinen, das erst auf den zweiten Blick als entzückendes individuelles Kunstwerk zu erkennen war: es war ein Blumentopf mit vielen leuchtend bunten Blüten.

Wenn sich Niclas nicht sehr täuschte, war dieses Gebilde noch vor ein paar Tagen ein ganz profanes Raumschiff gewesen.

Er war fasziniert von seinem eigenen Kind, und mit einem Mal fühlte er sich von einem fast albernen Stolz übermannt. Sein Sohn mochte ihn tagtäglich mit seinen eigensinnigen Extratouren zur Verzweiflung treiben, aber wie man es auch drehte und wendete – er hätte Pelle um nichts in der Welt auch nur um ein Jota anders haben mögen.

In der offenen Haustür blieb Pelle stehen und drehte sich um, ein schiefes Grinsen auf den Lippen. „Können wir endlich fahren? Tante Lotta wartet bestimmt schon auf uns!"

Niclas warf Siv einen Blick zu, und sie tauschten ein kurzes Lächeln, bevor sie dem Jungen nach draußen folgten.

HANNA SAH SICH ERFREUT UM. Lotta hatte nicht übertrieben, das Zimmer war wirklich zauberhaft. Die Wand neben der Tür wurde von einem großen, gemauerten Kamin beherrscht, auf dessen Sims ein dunkel lackiertes Schiffsmodell stand, eine antike Rarität. Auf einer kleinen, ebenfalls antiken Kommode stand eine Vase mit gefällig arrangierten Rosen im selben cremeweißen Farbton wie der Wandanstrich dahinter. Mattweiß war auch die Tagesdecke auf dem großen, von einem schmiedeeisernen Schnörkelrahmen umgebenen Bett. Die hohen Sprossenfenster wiesen zum Garten und boten einen prachtvollen Ausblick aufs Wasser. Die ersten Gäste waren eingetroffen, ihr Lachen und einzelne Gesprächsfetzen schallten herauf ins Zimmer.

„Ich hoffe, es gefällt Ihnen." Jan hatte die Reisetasche vor einem der offenen Fenster abgestellt.

„Sehr hübsch." Erik stellte eine weitere Tasche auf einem Stuhl ab. „Was meinst du, Hanna?"

Hanna nickte kurz und wandte sich dann Jan zu. „Ich weiß nur nicht, ob es richtig war, so in die Geburtstagsfeier Ihrer Frau …"

„Meiner Exfrau", unterbrach Jan sie.

Hanna zuckte mit den Schultern. „Tja … Ich hatte den Eindruck, dass sie vielleicht ein bisschen … irritiert war."

„Das hatte nichts mit Ihnen zu tun." Jan sah leicht betreten drein. „Dabei ging's nur um mich. Sie kann mir einfach nicht verzeihen, dass ich …" Er suchte nach Worten, während er verlegen an seinem blauen Pulli zupfte. „Dass ich mal einen Fehler gemacht habe", beendete er brummig den Satz. Dann lachte er, und mit einem Mal waren seine Augen wieder so strahlend hell wie der Sommerhimmel draußen. „Kommen Sie, gleich wird sie das

Büfett eröffnen, und das ist Legende hier in der Gegend!“ Mit einem aufmunternden Grinsen verließ er das Zimmer.

Erik wandte sich Hanna zu. „Bist du so weit?“

„Gleich.“ Hannas Blicke irrten zum offenen Fenster. Gerade eben hatte sie eine Stimme gehört, die ihr bekannt vorgekommen war. „Geh nur schon vor, ich mache mich noch ein bisschen frisch.“

Sie wartete, bis Erik draußen war, dann eilte sie zum Fenster und blickte hinaus. Es war tatsächlich Pelle, den sie gehört hatte. Er stürmte auf Lotta zu. „Tante Lotta! Alles Gute zum Geburtstag!“ In den Händen hielt er ein bunt aussehendes Ding, von dem Hanna auf die Entfernung nicht sagen konnte, was es darstellte.

„He, so was habe ich mir immer gewünscht!“ Lotta beugte sich zu dem Kleinen hinab und küsste ihn. „Vielen Dank, Pelle!“

Im selben Moment tauchte er auf. Hanna hielt den Atem an. Er bewegte sich mit einer natürlichen Geschmeidigkeit, die ihr schon vorher an ihm aufgefallen war. In den Händen trug er einen türkisblauen Terrakottatopf mit voll erblühten gelben Rosen, den er Lotta artig überreichte, bevor er ihr gratulierte.

„Mhm, die riechen gut!“, sagte Lotta.

Zwischen den Bäumen tauchte eine dunkelhaarige junge Frau auf, groß und grazil in ihrem roten Rock und der weißen Bluse.

„Du hast die Schleife im Boot liegen lassen, Niclas!“ Ihr helles Lachen tönte durch den Garten, während sie breites, rot glänzendes Geschenkband um den Blumentopf wand. Sie neigte sich zu Lotta und umarmte sie. „Alles Gute zum Geburtstag, Mama!“ Anschließend trat sie zu Niclas und küsste ihn. „Wenn du mich nicht hättest!“ Strahlend hakte sie sich bei ihm ein, und gemeinsam schlenderten sie alle zum Büfett.

Hanna starrte ihnen hinterher. Natürlich war er verheiratet. Wieso auch nicht. Die Gründe dafür lagen auf der Hand. Erstens hatte er ein Kind. Und zweitens würde ein so ungewöhnlich attraktiver Mann wie er wohl kaum allein leben.

Hanna trat vom Fenster zurück. Hitze war in ihre Wangen gestiegen, und eilig ging sie hinüber zum Schminktischchen. Sie musterte sich in dem runden, mit Schnitzwerk verzierten Spiegel und schnitt sich selbst eine Grimasse, während sie sich das Haar aus dem Gesicht strich. „Lächeln, Hanna!“, befahl sie sich.

Doch daraus wurde nichts, weil im nächsten Moment Eriks Handy klingelte. Hanna suchte ein paar Sekunden, bis sie es in seiner Jacke lokalisiert hatte, die über dem Stuhl hing.

Auf dem Display leuchtete der Name *Elsa*. Befremdet runzelte Hanna die Stirn, dann steckte sie das Handy ein und ging nach unten.

Die kleine Hotelhalle war mit ähnlicher Liebe zum Detail ausgestattet wie das Zimmer. Auf dem Empfangstresen standen frische Blumen, und im Hintergrund war ein großes hölzernes Relief zu sehen, das vermutlich vor zweihundert Jahren eine alte Bauernkirche geschmückt hatte. Lotta hatte einen exquisiten Geschmack. Für Hanna war es beinahe wie die Begegnung mit einer Seelenverwandten. Farben und Formen und das fantasievolle Komponieren von Materialien unterschiedlicher Art waren bisher immer ein unverzichtbarer Bestandteil ihres Lebens gewesen. Bange fragte sie sich, ob sie es ein ganzes Jahr aushalten konnte ohne ihre Arbeit.

Eines der Küchenmädchen trug auf dem Weg nach draußen eine Platte mit Häppchen durch die Halle. Lotta, die am Fuß der Treppe stand, streckte die Hand aus und stibitzte sich eines davon. Genüsslich kauend wandte sie sich zu Hanna um, als diese die Treppe herunterkam.

„Entschuldigung, aber ich nasche für mein Leben gern!" Sie lachte Hanna an. „Ich kann's mir einfach nicht abgewöhnen!"

Hanna lächelte unwillkürlich. „Wenn das Ihr einziger Fehler ist …"

Lotta lachte noch lauter. „Das glaube ich nicht. Fragen Sie mal meinen Mann!" Sie hielt inne und hob die Brauen. „Übrigens – für ihn sind Sie gerade richtig gekommen." Als sie Hannas verständnislosen Blick bemerkte, fuhr sie launig fort: „Das können Sie nicht wissen. Aber ich bin immer wieder überrascht, was er sich jedes Jahr einfallen lässt, um auf meiner Geburtstagsparty zu erscheinen. Diesmal waren Sie der Vorwand."

Hanna sah sie von der Seite an. „Das scheint Ihnen zu gefallen. Wieso laden Sie ihn denn nicht einfach ein?"

Lotta zwinkerte ihr zu. „Das wäre zu einfach. Er soll sich ruhig ein bisschen Mühe geben." Lächelnd hielt sie inne. „Ja, Sie haben recht. Es gefällt mir. Es gefällt mir sogar sehr, wenn er sich Mühe geben muss." Sie legte Hanna leicht die Hand auf den Rücken. „Jetzt lassen Sie uns mal rausgehen. Meine Gäste vermissen mich bestimmt schon."

Die Party war bereits in vollem Gange. Ungefähr vierzig Gäste jeden Alters hielten sich im Garten auf, verteilt in Grüppchen oder einzeln beim Büfett oder am Getränkestand.

Erik stand beim Büfett und musterte die Köstlichkeiten mit hungrigen Blicken. Doch er wusste, was sich gehörte, und wollte nicht ohne seine Frau anfangen zu essen. Ungeduldig wartete er, dass Hanna endlich auf der Bildfläche erschien.

Drüben beim Getränkestand hatte er bereits vor einer Weile diesen Niclas

Söderlind ausgemacht, *Doktor* Söderlind, wie er von Jan Olsson erfahren hatte. Der Typ war Arzt. Früher hatte er wohl hier am Ort praktiziert, arbeitete aber mittlerweile in Stockholm bei irgendeiner Behörde.

Das Auftauchen des Mannes hatte bei ihm zunächst einen Anflug von Missmut ausgelöst, der sich aber wenig später gelegt hatte, als die große Brünette sich zu dem guten Doktor gesellt hatte. Die beiden waren ein nettes Paar und verstanden sich offenbar blendend.

Erik blickte begehrlich zuerst zum Büfett und dann zum Haus, wild entschlossen, Hanna zu holen, wenn sie nicht innerhalb der nächsten dreißig Sekunden erschien.

Doch im nächsten Augenblick tauchte sie endlich auf. Gemeinsam mit der Eigentümerin des Hotels trat sie ins Freie, sah kurz in die Runde und kam sofort auf ihn zu, als sie ihn erspäht hatte. Einen Moment lang hatte er den Eindruck, dass ihr Lächeln ein wenig mühsam wirkte, doch dann sagte er sich, dass sie immerhin einen sehr aufreibenden Tag gehabt hatte. Es war nicht so ohne, den ganzen Tag auf einem Schiff zu verbringen, vor allem wenn der letzte Törn schon über ein Jahr zurücklag. Während der Schwangerschaft und auch danach waren sie nicht segeln gewesen.

Erik merkte, in welche Richtung seine Gedanken drifteten, und presste die Lippen zusammen. Als Hanna näher kam, zwang er sich zu einem Lächeln. „Da bist du ja."

Sie reichte ihm sein Handy. „Da war ein Anruf, aber bis ich das Telefon gefunden hatte, war keiner mehr dran." Sie machte eine kurze, wie zufällig wirkende Pause. „Wer ist Elsa?"

Erik spürte, wie sich sein Inneres in stummer Abwehr verkrampfte. „Die neue Gerichtssekretärin", log er. „Die kennt sich noch nicht so gut aus." Rasch schob er das Handy in die Hosentasche. „Soll ich dir was zu trinken holen?"

„Ja gern. Ich schaue dann schon mal, was es alles zu essen gibt."

Während Erik sich in Richtung Getränkestand entfernte, schritt Hanna das Büfett ab und überlegte, was sie zuerst auf ihren Teller packen sollte. Nach den vielen Stunden an der frischen Luft hatte sie das Gefühl, einen ganzen Ochsen verschlingen zu können. Während sie sich den Teller füllte, spürte sie mit allen Sinnen *seine* Anwesenheit. Aus den Augenwinkeln hatte sie gesehen, dass er unter einem der Bäume stand, ein Glas Sekt in der Hand.

Hanna war sicher, dass er sie noch nicht bemerkt hatte. Andernfalls wäre er sicher bereits auf sie zugekommen.

Einen Augenblick später zuckte sie nervös zusammen, denn sie spürte seine Gegenwart hinter sich, auch ohne sich nach ihm umzudrehen. Fassungslos fragte sie sich, was um Himmels willen zwischen ihm und ihr im Gange war. Sie war verheiratet, und er war es auch. Es durfte einfach nicht sein, dass sie derartig außer sich geriet, sobald sie seiner nur von Weitem ansichtig wurde!

„Nach Neuseeland geht's aber in die andere Richtung." Seine Stimme war dunkel und klang wie Samt. Er stand dicht hinter ihr. Hanna drehte sich mit weichen Knien um und tat so, als hätte sie ihn erst jetzt bemerkt.

„*Hej!*" Leicht verkrampft lächelte sie ihn an. „Unser Boot hat einen Motorschaden. Wir sind bei Jan Olsson gelandet, und der hat uns hierhergebracht. Alles ganz einfach."

„Einfach?" Niclas sah ihr in die Augen. „Ich sehe Sie heute zum dritten Mal. An den unterschiedlichsten Orten. So etwas ist doch …"

„Zufall", unterbrach sie ihn.

„Es gibt keinen Zufall." Er sagte es sehr ruhig. Eindringlich fügte er hinzu: „Was tun Sie hier, Hanna?"

Erik enthob sie einer Antwort. Er kam zurück und drückte ihr ein Glas in die Hand. „Hier, dein Wein."

Sie trank rasch und ohne hinzusehen, während Erik sich in gespielter Leutseligkeit zu Niclas wandte. „*Hej*, wir kennen uns doch!"

„Ich muss jetzt wirklich etwas essen", fuhr Hanna hastig dazwischen. Erik nickte bereitwillig, und sie gingen beide hinüber zu einem der anderen Tische und ließen Niclas stehen. Hanna drehte sich nicht mehr zu ihm um. Er hätte ebenso gut Luft sein können.

Niclas umklammerte sein Glas und schob die freie Hand in die Hosentasche, wo er sie zu einer harten Faust ballte.

PELLE SASS ALLEIN auf dem Steg, den Kopf in beide Hände gestützt und den Blick verdrossen auf das strömende Wasser unter seinen baumelnden Füßen geheftet.

Siv näherte sich ihm von hinten. „Guck mal, Pelle!" Sie setzte sich neben ihn und präsentierte ihm einen Teller. „Ich habe dir deine Lieblingsgerichte zusammengestellt. Hackfleischbällchen, Dillhäppchen, Krebssalat …"

Pelle nahm schweigend den Teller entgegen und stellte ihn neben sich auf dem Steg ab, um gleich darauf wieder den Kopf in die Hände zu stützen.

„Was ist denn, Pelle? Schlechte Laune?" Siv stupste ihn aufmunternd an. „He, du hast Ferien!"

„Ich will nicht nach Stockholm ziehen", erwiderte er mürrisch.

Erstaunt sah Siv ihn von der Seite an. „Das musst du doch auch nicht."

„Doch, muss ich. Papa hat heute eine Wohnung gemietet.“

„Ach.“ Sie blickte völlig verdattert drein. Dann meinte sie langsam: „Du, Stockholm wird dir gefallen …“

„Ich will aber da nicht hin! Ich will hierbleiben!“

Niclas war unbemerkt auf den Steg gekommen und ging hinter ihnen in die Hocke. „Es ist das Beste für uns, Pelle, auch wenn du das jetzt noch nicht sehen kannst.“

Siv drehte sich zu ihm um, ein fragendes Lächeln auf den Lippen. „Wieso hast du nichts davon gesagt? Das ist ja eine tolle Neuigkeit!“

„Ich habe die Wohnung heute erst bekommen. Sie ist perfekt für uns.“

Pelle sprang auf. „Unser Haus ist perfekt. Hier ist es perfekt! Ich will nicht wegziehen!“ Wütend rannte er über den Steg davon.

Niclas richtete sich seufzend auf. Heute lief anscheinend nichts so, wie es sollte. Gemeinsam mit Siv schlenderte er zurück in den Garten.

Sie versuchte, ihm Mut zu machen. „Er wird sich schon daran gewöhnen. Es ist ganz sicher die richtige Entscheidung.“

„Ich habe keine andere Wahl.“ Niclas hob die Schultern. „Ich habe einen neunjährigen Sohn, den ich nicht allein lassen kann, und ich habe einen anstrengenden Job in Stockholm. Außerdem hat meine Haushälterin mich verlassen.“

Siv sah ihn betroffen an. „Lina ist weg?“

„Ja.“

„Das tut mir leid.“

Niclas konnte den Verlust in menschlicher Hinsicht durchaus verschmerzen, doch darum ging es bei der ganzen Geschichte ja überhaupt nicht. Der entscheidende Punkt war, dass er irgendwie sein Leben in den Griff kriegen musste. Nicht nur um seinetwillen, sondern vor allem wegen Pelle. Es kostete so viel Kraft, ohne einen Partner die Verantwortung für ein Kind zu tragen, weit mehr, als er manchmal glaubte schaffen zu können. Doch ihm blieb nichts anderes übrig, als es zu versuchen.

„Es muss einfach sein“, sagte Niclas mehr zu sich selbst. „Ich muss wieder die Kontrolle über mein Leben bekommen. Und das ist nur möglich, wenn wir in Stockholm wohnen.“

Er wandte sich Siv zu, und seine Stimme wurde eindringlich in dem Bemühen, seine Pläne überzeugend zu begründen. „Ich kann einfach nicht dort arbeiten und Pelle hier jemand Fremdem überlassen! Im Übrigen wird es ihm in Stockholm gefallen. Er wird schnell neue Freunde finden und …“

„Natürlich wird er das“, fiel Siv ihm beruhigend ins Wort. „Du hast absolut recht.“

Niclas kam sich reichlich albern vor, als er begriff, dass der einzige Mensch, dem er den bevorstehenden Wechsel schmackhaft machen musste, er selbst war. Und Pelle natürlich, doch dessen Einstellung dazu war ihm bereits sattsam bekannt. Aber daran würde er noch arbeiten.

„Wann willst du denn umziehen?“

„Ende des Monats können wir in die Wohnung. Bis dahin habe ich mir freigenommen. Ich muss ja noch jede Menge organisieren. Das Haus und die Praxis verkaufen, packen …“

„Wenn du willst, helfe ich dir gerne“, sagte Siv eifrig.

Niclas lächelte sie erfreut an. „Das ist nett von dir. Offen gesagt, jetzt, wo Lina weg ist, werde ich jede Hilfe brauchen können.“

„Du weißt doch, dass du dich auf mich verlassen kannst!“ Siv strich ihm sanft über die Wange. Dann legte sie den Arm um ihn und drückte ihn an sich. Niclas erwiderte die Umarmung und küsste sie kurz auf die Wange.

Hanna, die sich mit Erik vor ein paar Minuten zu Lotta und Jan Olsson gesellt hatte, sich jedoch nicht an der Unterhaltung beteiligte, konnte ihre Blicke nicht von dem Paar beim Getränkestand abwenden. Als Siv und Niclas einander umarmten, verfolgte Hanna jede einzelne ihrer Bewegungen. Sie wollte wegsehen, doch sie konnte es nicht. Ihr Herz tat einen schmerzhaften kleinen Hüpfer, als sie sah, wie Niclas' Hand über den Rücken des Mädchens glitt. Sie starrte die beiden mit brennenden Augen an.

Die Nacht erfüllte das Zimmer mit drohenden Schatten, die Hanna am Einschlafen hinderten. Sie war todmüde gewesen, als sie endlich zu Bett gegangen war, doch sie kam nicht zur Ruhe.

Mondlicht fiel ins Zimmer und zeichnete die schmiedeeisernen Verzierungen am Fußteil des Bettes nach. Hanna folgte den geschwungenen Formen mit ihren Blicken und merkte, wie die Panik in ihr überhand zu nehmen drohte. Sie hatte Angst, aber sie wusste nicht, wovor.

Erik war ebenfalls noch wach, sie hörte es am Rhythmus seines Atems. Er lag stumm neben ihr, wie sie auf dem Rücken, die Hände über der Brust gefaltet. Anscheinend dachte er ebenso intensiv nach wie sie selbst, nur dass sie nicht die geringste Vorstellung davon hatte, was ihm durch den Kopf gehen mochte.

Das war früher ganz anders gewesen. Da hatte sie so genau gewusst, was er dachte, dass es manchmal beinahe schon unheimlich gewesen war. Erik hatte oft gelacht und behauptet, sie wäre die reinste Gedankenleserin. Wann hatte das aufgehört? Wie war es überhaupt dazu gekommen, dass sie diese geheimnisvolle Übereinstimmung, wie es sie zwischen allen Liebenden gibt, verloren hatten?

Schon vor der Schwangerschaft war es nicht mehr dasselbe gewesen. Da waren der Erfolg im Beruf, die vielen Überstunden. Sie hatte angefangen, mehr zu verdienen als er, und das, obwohl er so zäh seinen Weg am Gericht verfolgt hatte. Doch für einen Richter im öffentlichen Dienst wuchsen die Bäume nicht in den Himmel, auch wenn er noch so tüchtig war. Sie selbst hatte ebenfalls hart gearbeitet, aber bei ihr hatten sich die Erfolge rasch in klingender Münze ausgezahlt. Ihre preisgekrönten Entwürfe hatten ihr bestens bezahlte Aufträge in der Werbebranche verschafft, wodurch alle finanziellen Probleme, mit denen sie und Erik sich während des Studiums hatten herumplagen müssen, schlagartig der Vergangenheit angehört hatten. Ihr Konto hatte sich wie von selbst gefüllt, und plötzlich war alles möglich gewesen. Eine teure Eigentumswohnung, Designermöbel, die *Miranda*, ein neuer Wagen. Und dann war auf einmal eine Zeit gekommen, als Geld überhaupt keine Rolle mehr spielte, weder im positiven noch im negativen Sinne. Da war es nur noch um Erik und sie gegangen, oder besser darum, was sie einander noch geben konnten.

Hanna starrte in die Dunkelheit und fragte sich, ob sie genug getan hatte, um ihre Beziehung zu erhalten. Das Baby war ihr damals als hervorragende Lösung erschienen, der schleichenden Entfremdung ein Schnippchen zu schlagen. Wenn sie erst eine Familie wären, würden sie von allein wieder stärker zusammenwachsen, so ihre Überlegung. Doch in der Schwangerschaft hatte Erik sich weiter von ihr entfernt als je zuvor. Die Überstunden häuften sich, und in den beiden letzten Monaten war er an den Abenden kaum noch zu Hause gewesen. Auch nicht an jenem Abend, als …

Hanna biss die Zähne zusammen. Sie wollte nicht daran denken. Es war vorbei, und es tat zu weh.

Mit einem Seufzer wandte sie sich Erik zu. „Lass uns doch einfach morgen weiterfahren!“

Seine Hand kam aus dem Dunkel und legte sich über ihre. „Ich weiß, dass du das alles so schnell wie möglich hinter dir lassen willst. Aber bitte sei doch jetzt nicht so ungeduldig.“

Hanna lauschte seinen Worten nach und versuchte zu erkennen, ob er dasselbe gedacht hatte wie sie. Sie konzentrierte sich auf seine Hand, seinen Atem, seinen vertrauten Geruch und suchte diese besondere Schwingung, die seit Anbeginn ihrer Beziehung immer zwischen ihnen bestanden hatte.

Doch alles, was sie fühlte, war Leere.

Auf dem Grasstreifen, der vom Haus zum Ufer des Sunds hin abfiel, lagen Findlinge, eine Ansammlung dicker, in Jahrtausenden rund geschliffener Felsblöcke, wie von der achtlosen Hand eines Riesen dort verstreut. Niclas saß auf einem davon und sah über das Wasser. Mondlicht spiegelte sich schwach darin und überzog die schwarze Oberfläche mit einem mattsilbernen Schimmer. Die großen Föhren drüben beim Bootshaus wiegten sich im Wind und erzeugten ein flüsterndes Geräusch.

Siv sah Niclas' Rücken vor der Kulisse des Wassers, als sie aus dem Haus kam. Es gab ihr einen Stich, ihn dort sitzen zu sehen. Damals nach Silkes Tod hatte er auch fast jeden Abend dort vorn auf den Felsbrocken gehockt und aufs Wasser gestarrt, als könnte er irgendwo da draußen ein Heilmittel für seinen Schmerz finden. Sie hasste es, dass er sich ständig für alles die Schuld geben musste, und sie konnte es nicht ertragen, dass er immer wieder in diese depressiven Löcher fiel. Das Leben ging weiter, aber er tat sich schwer damit, es zu akzeptieren. Stattdessen quälte er sich viel zu oft mit der Frage, ob er etwas hätte ändern können. Jeder wusste, dass es so oder so passiert wäre. Nur Niclas wollte offenbar nicht sehen, dass es einfach ein unglücklicher Zufall gewesen war. Und, was weit frustrierender war, er wollte anscheinend nicht begreifen, wie viel Spaß es noch im Leben gab. Und dass sie die einzige Person war, die sich wirklich Mühe gab, ihm diesen Gedanken näherzubringen.

Siv trat auf die Terrasse und blieb einen Moment unschlüssig stehen. Wenn er auf diesen Felsen hockte, wollte er meist allein sein, um ausgiebig über alle möglichen unerfreulichen Dinge nachzudenken. Sie zog kurz in Erwägung, ihn lieber in Ruhe zu lassen, aber dann ging sie entschlossen über die Wiese zu den Felsen und blieb direkt hinter ihm stehen.

„Ich habe Pelle ein Glas Saft gebracht. Was ist mit dir? Kaffee?"

„Bitte?" Niclas drehte sich zu ihr um. „Oh, Kaffee. Den mache ich." Er rutschte von dem Felsen, das Gesicht immer noch in kummervolle Falten gelegt. Entnervt überlegte Siv, dass es ja auch mal anders hätte sein können. Dass er einfach mal lachte, wenn sie auftauchte.

Sie hielt ihn zurück. „Dein Tag war anstrengend genug. Ich mache den Kaffee."

Er fasste sie beim Arm, als sie zum Haus gehen wollte. „Siv, es ist lieb von dir, dass du dich so um Pelle und mich kümmerst." Dankbarkeit stand bei diesen Worten in seinen Augen. Es tat Siv gut, war aber nicht unbedingt das, was sie wollte.

„Ich mache das wirklich gern." In einer Aufwallung von Zärtlichkeit nahm sie sein Gesicht in beide Hände und küsste ihn behutsam auf den Mund. „Ich wünschte, ich könnte mehr für dich tun", flüsterte sie.

Er lächelte ein wenig erstaunt. Siv registrierte, dass ihr Kuss offenbar nicht die leiseste Spur von Leidenschaft in ihm entfacht hatte. Vielleicht lag es daran, dass er generell ein so unerotisch denkender Mann war. Nun, das war ein Punkt, an dem sie noch arbeiten würde.

Achselzuckend ging sie zum Haus, um Kaffee zu kochen.

Als sie oben auf der Terrasse zu ihm zurückblickte, sah sie, dass er wieder aufs Wasser starrte.

ERIK LAUSCHTE Hannas regelmäßigen Atemzügen. Sie war endlich eingeschlafen, während er selbst wahrscheinlich bis zum Morgen wach liegen würde, weil er nicht aufhören konnte, an Elsa zu denken. Es war ein Gefühl, als hätte er sich bei lebendigem Leib ein wichtiges Körperteil amputiert. Der Schmerz ließ einfach nicht nach, und er hatte keine Ahnung, wie er es aushalten sollte, sie ein ganzes Jahr nicht zu sehen. Oder, was noch schlimmer war, überhaupt nicht mehr.

Ruhelos fuhr er mit den Händen über die Bettdecke und starrte auf die Muster an den Wänden, die durch irgendwelche kaum sichtbaren, huschenden Lichtreflexe von draußen erzeugt wurden. Vielleicht eine Gartenlaterne, die sich im Wasser des Sunds spiegelte. Oder Mondlicht, das durch die im Wind schaukelnden Zweige eines Baums fiel.

Es hielt ihn nicht länger im Bett. Er warf die Decke zurück und stand auf, eine Hand bereits auf dem Handy, das neben ihm auf dem Nachttisch lag. Es war die ganze Zeit an gewesen, aber er hatte sämtliche Klingeltöne deaktiviert und auch den Vibrationsalarm abgestellt. So konnte er zwar sehen, ob eine Nachricht einging, aber das ständige Piepsen hatte aufgehört.

Auf dem Display war der Eingang von Textmeldungen angezeigt. Sie hatte ihm jede Menge SMS geschickt, eine nach der anderen. *Wie kannst du das tun? Ruf mich an! Geh nicht weg!* In dem Stil ging es weiter, bis der Speicher voll war. Angerufen hatte sie auch, mindestens zehnmal.

Erik nahm seinen Bademantel vom Stuhl und zog ihn über. Geräuschlos ging er quer durchs Zimmer und trat durch die offene Balkontür ins Freie. Während er auf *Wahlwiederholung* drückte, starrte er in den nächtlichen Garten hinab. Bis auf das Rascheln der Bäume und das unablässig rauschende Wasser des Sunds war es still draußen.

Sie meldete sich.

Er sprach so leise, dass er es selbst kaum hörte. „Ich musste einfach noch mal deine Stimme hören."

„Wo bist du? Von wo aus rufst du an?" Es klang hysterisch, sie weinte.

Erik umklammerte das Handy so fest, dass seine Finger schmerzten. „Wir haben einen Motorschaden. Das Boot ist hier in der Werft."

Sie schnappte hörbar nach Luft, als sie den Namen des Ortes hörte. „Du bist noch gar nicht weg! Dass euch gleich der Motor kaputtgegangen ist – das ist ein Zeichen, Erik! Ein Zeichen, dass du hierbleiben sollst! Bei mir!"

Ihr Schluchzen ging ihm ans Herz, er fühlte sich ihretwegen so schlecht, dass er am liebsten sofort zu ihr gefahren wäre und sie in die Arme genommen hätte, um sie nie wieder loszulassen. Aber am allermeisten wollte er endlich aufhören, sich wie ein Schwein zu fühlen. Er hätte alles dafür gegeben, dass diese furchtbare Zerrissenheit verschwand.

„Ich komme zu dir", sagte sie plötzlich mit großer Bestimmtheit.

Erik verkrampfte sich. „Das machst du auf gar keinen Fall!"

„Doch." Es klang flehend. „Bitte! Bitte lass mich zu dir kommen! Ich halte es nicht aus, zu wissen, dass du noch ganz in der Nähe bist und ich dich nicht sehen darf!"

„Wir haben Schluss gemacht, Elsa!"

„*Du* hast Schluss gemacht!"

„Ich muss wenigstens versuchen, meine Fehler wiedergutzumachen!"

„Aber das ist falsch!" Sie schrie es beinahe. „Du liebst sie nicht mehr! Bitte, Erik! Komm zu mir!"

Er spürte zu seinem Entsetzen, dass er drauf und dran war, ihr recht zu geben. Was tat er hier überhaupt? Er riss sich das Herz heraus für eine Frau, die ihn seit Monaten behandelte wie einen Fremden! Manchmal war ihm in ihrer Nähe so kalt, dass er glaubte, erfrieren zu müssen. Wärme fand er nur bei Elsa. Sie war einfach alles. Glück, Zärtlichkeit, Leidenschaft. Sie war sein Leben.

„Gut, wir sehen uns noch ein letztes Mal." Er sagte es wider besseres Wissen und wusste, wie verkehrt es war, noch bevor er den Satz beendet hatte. „Vielleicht hilft es uns beiden."

Er trennte die Verbindung. Alles Weitere würden sie per SMS ausmachen, so wie sie es immer gehandhabt hatten im Laufe des letzten Jahres.

In der offenen Balkontür blieb er stehen und sah zum Bett. Hanna schlief immer noch ruhig und fest. Erik starrte sie an. Er wollte sie anschreien, sie schütteln, ihr klarmachen, wie wenig er diese Reise wollte. Doch er konnte es nicht. Wie denn auch? Schließlich war es seine Idee gewesen, aus Stockholm zu verschwinden. *Er* hatte gesagt: Komm, Schatz, wir lassen alles hinter uns!

Vielleicht hatte er geglaubt, auf diese Weise vor seiner Schuld weglaufen zu können. Nur dass er dabei vergessen hatte, dass Hannas Augen ihn jeden Tag daran erinnern würden, egal wie weit sie fuhren.

NICLAS SAH DEN LICHTSTREIFEN unter der Tür und wusste, dass Pelle noch las. Er hätte einfach in sein Zimmer gehen können, schließlich war er hundemüde und konnte seit Stunden nur daran denken, endlich zu schlafen. Siv hatte noch ziemlich lange in der Küche herumgewuselt und ihn damit aufgehalten. Einerseits war er ihr wirklich dankbar für ihre Hilfe, andererseits hatte er kaum noch aus den Augen sehen können vor Erschöpfung. Irgendwann hatte sie bemerkt, dass er pausenlos gähnte, und war praktisch im selben Moment aufgebrochen.

Niclas klopfte kurz, bevor er Pelles Zimmer betrat. Im selben Moment bereute er, dass er nicht doch gleich zu Bett gegangen war, denn Pelle bedachte ihn mit einem Blick, der an Giftigkeit nicht zu überbieten war. Niclas tat so, als betrachte er die Poster an den Wänden, während Pelle die Fußballzeitschrift weglegte, in der er gelesen hatte, und sich kurzerhand schlafend stellte.

Niclas ging seufzend zu ihm und setzte sich auf die Bettkante. „Pelle." Er strich seinem Sohn vorsichtig über das Haar und war dabei wie immer von vagem Erstaunen erfüllt, weil es sich so weich anfühlte. „Pelle, es wird bestimmt alles gut."

Pelle gab keine Antwort. Er hatte sich zusammengerollt, die Arme vor der Brust verschränkt und die Augen zugekniffen. Jeder Zoll seines Körpers signalisierte unversöhnliche Ablehnung.

Niclas gab es für diesmal auf und knipste das Licht aus. Leise verließ er das Zimmer.

Pelle wartete exakt so lange, bis die Tür ins Schloss gezogen worden war. Dann nahm er sein Kopfkissen und schleuderte es mit wütendem Schwung gegen die Tür. „Ich hasse Stockholm!", schrie er. Anschließend wartete er mehrere atemlose Sekunden lang. Doch es passierte nichts. Sein Vater kam nicht zurück.

JAN GING quer über den Rasen auf Lotta zu. Sie war dabei, Gartenstühle zu stapeln, und sah ihm gereizt entgegen.

„Guten Morgen, meine Sonne!" Jan gab sich aufgeräumter, als ihm zumute war. Er half ihr beim Stapeln der Stühle und zwinkerte Lotta vergnügt zu, obwohl ihm jede Bewegung unangenehm war. Sein Rücken plagte ihn schon seit dem Aufstehen.

„Was machst du so früh hier?", fragte Lotta.

„Ich wollte nur sehen, ob ich was helfen kann."

Sie deutete wortlos auf die Mädchen, die im Begriff waren, die übrigen Stühle zusammenzutragen. *Verzieh dich*, schienen ihre Augen zu sagen.

So schnell gab Jan nicht auf. „Aber die Tische … dafür braucht ihr einen Mann."

„Danke, aber das machen nachher Sven und Olav."

„Willst du mir damit sagen, dass ich hier überflüssig bin?"

„Indirekt ja." Sie wandte sich ab, nicht ohne ihm vorher einen unwilligen Blick zugeworfen zu haben.

Jan stapfte kommentarlos davon. Anscheinend gefiel es ihr, ihn wie einen Fußabtreter zu behandeln. Es war sein Problem, dass er sich das immer wieder gefallen ließ. Er musste ja nicht hinter ihr herrennen, oder?

Wütend sagte er sich, dass er lieber damit aufhören sollte, bevor er sich vor aller Welt zum Trottel machte.

Siv kam von der Veranda in den Garten, leichtfüßig wie eine etwas zu groß geratene Elfe. Sie trug ihre üblichen Jeans und dazu ein fliederfarbenes Top, das ihren rosigen Teint unterstrich.

Jan war wie immer hingerissen von seiner Tochter. Immerhin hatten Lotta und er da gemeinsam etwas zustande gebracht, das weit und breit seinesgleichen suchte.

„*Hej*, Papa!" Sie küsste ihn auf die Wange. „Du bist ja früh unterwegs! Ich will zwei Amerikaner abholen, hast du Lust, mitzukommen?"

Jan deutete auf seinen Wagen. „Ich muss in die Stadt fahren. Keine Zeit."

Er machte Anstalten, die Fahrertür zu öffnen, doch Siv hielt ihn zurück. „Warte, Papa. Ich muss mit dir reden."

Als er sich fragend zu ihr umwandte, blickte sie verlegen zu Boden. „Ich … ich denke schon länger über etwas nach." Sie zögerte, dann sagte sie schnell: „Möglicherweise will ich mein Geschäft verkaufen. Könntest du dir vorstellen, dass es eventuell dafür einen Interessenten gibt?"

Jan musterte sie fassungslos. „Das verstehe ich nicht! Die Taxiboote sind doch das, was du immer haben wolltest!" Er schüttelte ungläubig den Kopf. „Ich meine … Du hast so viel Geld und Energie da reingesteckt – wieso willst du plötzlich verkaufen?"

Sie zuckte mit den Schultern. „Man wird ja wohl noch darüber nachdenken dürfen, oder?" Leichthin setzte sie hinzu: „Ich bin schließlich noch keine dreißig. Wer weiß, vielleicht will ich ja auch mal was ganz anderes machen!"

Jan runzelte die Stirn, halb beunruhigt, halb amüsiert. Sie war nicht nur keine dreißig, sondern nicht einmal fünfundzwanzig, und wahrscheinlich würde sie in ihrem Leben noch viele Dinge tun, von denen sie jetzt überhaupt noch nichts ahnte. Aber die Wassertaxis waren immer ihre fixe Idee gewesen, sie hatte schon in der Schule davon gesponnen, Lasse Nilssons alte

Boote wieder flottzumachen. Und das hatte sie geschafft. Die ganze Mühe nur, um jetzt alles wieder hinzuschmeißen? Was war los? Reizte es sie deshalb nicht mehr, weil es zu gut lief? War sie einer von den Menschen, die immer neue Herausforderungen brauchten? Jan fragte sich, wie gut er seine Tochter eigentlich kannte.

Eins war jedoch klar: Sie war ein erwachsener Mensch mit eigenen Wünschen und eigenen Ideen, und was immer sie vorhatte – er würde es respektieren. Er wollte es ihr gerade sagen, da war sie bereits in Richtung Steg davongeeilt. Achselzuckend stieg Jan in seinen Wagen, um in die Stadt zu fahren.

Auf dem Weg zu ihrem Boot merkte Siv, dass der blonde Typ in dem angeberisch teuren Segelklub-Pulli auf sie gewartet haben musste.

„*Hej*", sagte er. „Gut, dass ich Sie treffe. Ist es vielleicht möglich, hier ein Motorboot zu mieten?"

„Klar, kein Problem." Sie überlegte, wie er hieß. Es dauerte einen Moment, bis es ihr wieder einfiel. Bellmann, Erik Bellmann. Er und seine Frau waren gestern im Solros abgestiegen, und ihre Jacht lag mit einem Motorschaden drüben in der Werft.

„Eines meiner Boote halte ich für solche Gelegenheiten immer frei. Wann brauchen Sie es denn?"

„Am liebsten gleich." Er sah sich angelegentlich um.

Siv musterte ihn mit beiläufigem Interesse. Wenn sie sich nicht sehr täuschte, war dieser Erik Bellmann ziemlich nervös. „Kommt Ihre Frau mit?", fragte sie ein wenig hinterhältig.

Er schüttelte den Kopf. „Hanna will sich ein wenig den Ort ansehen."

Das klang in Sivs Ohren reichlich seltsam, doch wer war sie, dass sie sich in fremde Angelegenheiten mischte. Hauptsache, die Kasse stimmte. Sie würde ihn auf eines ihrer Boote setzen, und der Rest war seine Sache.

Hanna hatte den kleinen Ort rasch erkundet. Es war ein überschaubares Städtchen, wie es viele in den Schären gab, mit netten kleinen Geschäften und Souvenirshops.

Vor einem Schaufenster blieb sie wie angewurzelt stehen und starrte die Auslage an, bis sie merkte, dass sie es keine Sekunde länger ertrug. Dann erst schloss sie die Augen.

Es war immer dasselbe, wenn sie an einem Laden vorbeikam, in dem es Spielsachen und Kleidung für Babys gab. Sie konnte nicht anders, als stehen zu bleiben, hineinzustarren und sich vorzustellen, ob sie dieses oder jenes für ihr kleines Mädchen hätte kaufen mögen.

Der Hals tat ihr weh, weil sie ein ums andere Mal so heftig schlucken musste, dass sie kaum Luft bekam. Aber sie weinte nicht.

„*Hej*“, sagte eine Stimme hinter ihr. Es war Jan.

Hanna drehte sich um, langsam, damit er den Aufruhr in ihrem Gesicht nicht bemerkte. „*Hej*“, sagte sie gefasst.

Er hielt ein Päckchen hoch. „Ich habe schon mal ein paar Teile für Ihr Boot besorgt.“

„Wann können wir fahren? Wissen Sie das schon?“

„Sie haben es aber verdammt eilig, hier wegzukommen.“ Er zwinkerte. „Man könnte meinen, Sie hätten was angestellt.“ Er war schon im Begriff, weiterzugehen, als ihm noch etwas einfiel. „Kommen Sie doch mal in der Werkstatt vorbei und leisten Sie mir ein bisschen Gesellschaft.“ Er blinzelte ihr erneut zu, diesmal eindeutig charmant.

Alter Schwerenöter, dachte Hanna amüsiert. „Ich komme gern, wenn ich Sie nicht von der Arbeit ablenke.“

„Oh, aber ich liebe es, mich ablenken zu lassen!“ Im Weggehen lachte er sie über die Schulter hinweg an und sah dabei keinen Tag älter aus als vierzig. Hanna konnte sich plötzlich sehr gut vorstellen, warum Lotta so sauer auf ihn war.

Sie lächelte in sich hinein, während sie weiterschlenderte. Dem Schaufenster mit den Babyartikeln gönnte sie keinen weiteren Blick. Die kurze Begegnung mit Jan hatte sie nicht nur auf andere Gedanken gebracht, sondern ihr auch emotional gutgetan. Er war ein netter alter Bursche, Lotta sollte es sich gut überlegen, ob sie ihn weiter zappeln ließ.

An der nächsten Ecke blieb sie verdutzt stehen, denn auf der gegenüberliegenden Straßenseite sah sie Niclas aus einem Geschäftshaus kommen. Er war in Begleitung einer elegant gekleideten Frau.

„Was denken Sie, Frau Hellberg?“, hörte Hanna ihn sagen.

„Das Haus dürfte kein Problem sein“, antwortete die Frau. „Es ist in einem sehr guten Zustand, und der Garten ist perfekt. Die Praxis …“ Sie zögerte und warf einen Blick zurück auf das Geschäftshaus. „Die jungen Ärzte arbeiten lieber in Stockholm.“ Sie wandte sich wieder Niclas zu. „Sie gehen doch auch nach Stockholm.“

„Sicher.“ Seine Stimme klang abweisend. „Aber nicht, um zu praktizieren.“

Er sah auf. Hanna empfand es wie einen elektrischen Schlag, als sich ihre Blicke trafen, und sie spürte eine eigenartige Schwäche in ihren Kniekehlen.

„*Hej*“, sagte sie mit zittriger Stimme, während sie über die Straße auf ihn zuging.

„Dann will ich mich mal verabschieden, Herr Dr. Söderlind." Falls die Frau – offensichtlich eine Maklerin – irritiert war, so ließ sie es sich nicht anmerken. „Sie hören in den nächsten Tagen von mir."

„Wiedersehen, Frau Hellberg." Schon während er sich halb abwesend verabschiedete, hatte er nur noch Augen für Hanna. „Sagen Sie, wollten Sie mich besuchen, oder ist es etwa wieder ein Zufall?"

„Nicht ganz. Ich suche einen Arzt, der mir noch ein paar Rezepte ausstellt. Ich fürchte, ich habe einige Medikamente zu wenig in unserer Bordapotheke. Aber wie ich sehe, haben Sie Ihre Praxis aufgegeben." Sie deutete auf das Schild neben dem Eingang. Es war mit Leukoplast abgeklebt, aber der Name war noch darunter zu erkennen. *Dr. Niclas Söderlind.*

Er hob die Schultern, es sollte vermutlich lässig wirken, aber Hanna spürte seine Anspannung. „Ich habe jetzt eine Stelle in Stockholm, im Gesundheitsministerium."

Ohne besondere Absprache hatten sie sich in Bewegung gesetzt und schlenderten gemeinsam die Straße entlang.

„Wollen Sie das denn?", wollte Hanna wissen. „Ich meine, fehlen Ihnen denn die Patienten nicht? Der persönliche Umgang mit den Menschen?"

Ein Hauch von Verschlossenheit glitt über sein Gesicht. „Der Job im Ministerium war eine einmalige Chance. So etwas lehnt man nicht ab."

Eine Gesprächspause entstand, und Hanna hatte den deutlichen Eindruck, dass sie einen wunden Punkt berührt hatte. Etwas Schlimmes war ihm zugestoßen. Sie wusste es plötzlich so deutlich, als hätte er es ihr erzählt.

Es war ein leiser Schock für sie, mit einem Mal diese besondere Wahrnehmung bei einem anderen Mann zu erleben. Er war nicht Erik, war nicht ihr Ehemann. Aber sie konnte fühlen, was er empfand.

Hanna nahm sein Angebot, sie zum Hotel zurückzufahren, bereitwillig an. Im Wagen wurde sie sich mehr und mehr der wachsenden Spannung zwischen ihnen bewusst. Hin und wieder bedachte Niclas sie mit Seitenblicken, die blankes Chaos in ihr auslösten. Die Art, wie er sie ansah, hatte mit bloßer Sympathie nicht mehr viel zu tun. In seinen Augen stand genau das, was sie selbst spürte: wachsende Faszination und körperliches Verlangen.

„Und Sie ziehen jetzt also nach Stockholm?", fragte sie in dem kläglichen Bemühen, die aufgeladene Atmosphäre durch Reden zu entspannen. „Werden Sie das alles hier nicht vermissen?"

„Für Pelle wird es schwer werden", gab er zu. „Zumindest am Anfang. Aber ich bin sicher, er wird sich daran gewöhnen."

„Und Sie? Wird es Ihnen schwerfallen?"

„Ach, die Großstadt hat etwas für sich.“ Er schwieg ein paar Augenblicke, dann schüttelte er den Kopf und fuhr leise fort: „Sie haben recht. Es fällt mir schwer, hier wegzugehen.“ Er blickte sie an, und diesmal lag offene Traurigkeit in seinem Blick. „Ich zeige Ihnen, warum.“ Hinter der nächsten Biegung hielt er an. „Kommen Sie, dann werden Sie es verstehen.“

Sie stiegen aus und erklommen die steinerne Anhöhe neben der Straße. Als sie oben angelangt waren, blieben sie stehen.

„Das werde ich vermissen“, sagte Niclas einfach.

Vom Scheitelpunkt der felsigen Höhe aus war der Blick atemberaubend. Die weite Schärenlandschaft erstreckte sich vor ihren Augen bis zum Horizont, nichts als Wälder, Wasser und grüne Inseln. Hanna wagte kaum Luft zu holen, so überwältigt war sie von dem Anblick. Es war nicht einfach nur die schöne Aussicht, die sie in Bann schlug, sondern etwas anderes, das tiefer ging als nur die Freude an der Landschaft. Im nächsten Augenblick wurde Hanna gewahr, dass sie längst nicht mehr über die Schären sah, sondern wer weiß wie lange nur Niclas angestarrt hatte. Sie schluckte und wandte sich ab, um zu einer höher gelegenen Felsformation zu gehen, wo sie sich auf einem kleinen Plateau niederließ.

„Und Ihre Frau?“ Hanna bemühte sich um einen lockeren Konversationston. „Was sagt sie zu Ihrer Entscheidung?“

Er setzte sich neben sie. „Meine Frau ist vor zwei Jahren gestorben.“

„Das tut mir leid“, stammelte Hanna. „Ich … Ich wusste das nicht … Ich dachte…“ Sie verstummte.

„Nein, nein“, sagte er eilig. „Das konnten Sie ja nicht wissen.“ Er stockte und bewegte unruhig die Hände. „Aber eigentlich ist sie der Grund, warum ich von hier weg möchte. Hier erinnert mich zu viel an sie.“

Hanna hatte ihm schweigend zugehört. Er wollte vor seinen Erinnerungen davonlaufen. Genau wie sie.

Sie stand auf und ging ein paar Schritte, bevor sie sich wieder zu ihm umdrehte. „Und Sie glauben …“ Sie hielt inne, weil sie nach passenden Worten suchen musste. „Sie glauben, wenn man alles hinter sich lässt, wird es besser?“

Niclas stand ebenfalls auf und trat neben sie. „Ich weiß es nicht. Vielleicht.“ Ein Lächeln huschte über sein Gesicht. „Vielleicht lernt man ja in einer neuen Umgebung neue Leute kennen … Vielleicht Menschen wie Sie …“

Mit klopfendem Herzen erwiderte sie sein Lächeln. „Aber wir kennen uns kaum.“

Das schien ihm für einen Moment die Laune zu verderben. Doch dann grinste er sie unvermittelt auf eine so unwiderstehliche Art an, dass ihr der Atem in der Kehle stockte. „Wollen wir noch einen Kaffee trinken?“

Hanna lachte. „Kaffee?“ Sie sah sich um, kilometerweit nur Felsen, Wasser und Bäume. „Hier?“

„Ich weiß, wo es den besten Kaffee weit und breit gibt“, erklärte Niclas.

„Dann gern.“

Er fasste sie beim Arm, und gemeinsam gingen sie über den felsigen Hang hinab zur Straße.

Wie ein Café sah das Haus, vor dem sie hielten, wirklich nicht aus. Hanna wusste sofort, dass er dort wohnte. Langsam stieg sie aus, und während sie es hingerissen betrachtete, fühlte sie sich an zahlreiche Märchen aus ihrer Kindheit erinnert.

Alte Bäume, wild wuchernde Grasflächen und dicke Felsbrocken bildeten den Rahmen für ein nicht sonderlich großes Holzhaus, das mit seinem roten Anstrich, den weiß lackierten Fensterrahmen und dem tief gezogenen Dach ein malerischer Blickfang inmitten der urtümlichen Umgebung war. Weiter hinten in Richtung Wasser stand ein weiteres Haus, kleiner als das erste, aber ebenso gepflegt. Wahrscheinlich wurde es, wie auf dem Land üblich, als Sommerhaus genutzt.

Befangen folgte sie Niclas ins Haus, wo er in der Wohnküche Kaffee zubereitete, während sie am Tisch saß und aus dem Fenster sah. Von hier aus hatte man eine fast ungehinderte Aussicht über den Sund. Die Küche war mit ihren hellen, teilweise verschrammten Holzmöbeln und dem blank geschrubbten Schiffsparkett ein Raum, dem man ansehen konnte, dass sich ständig Menschen darin aufhielten. Es war gemütlich hier, aber auf eine unprätentiöse, praktische Art. Hanna fühlte sich auf Anhieb wohl.

Hin und wieder wanderten ihre Blicke zu den Gegenständen, die der Küche einen persönlichen Anstrich gaben. Es waren Erinnerungsstücke, wie sie in nahezu jedem Haushalt zu finden sind. Eine kleine Sammlung farbenfroher Steine auf dem Bord über der Anrichte, ein paar Keramikteller aus Italien, ein liebevoll mit Blumenmotiven bemaltes Holzkästchen, in dem vermutlich Zwiebeln aufbewahrt wurden. Auf der Fensterbank stand neben einer üppig wuchernden Topfpflanze ein selbst gebasteltes Schiff, und an der Kühlschranktür waren Fotos festgepinnt. Hanna hatte vorhin im Vorbeigehen einen Blick darauf geworfen. Die meisten Bilder zeigten Pelle, vom Kleinkindalter bis heute, aber auf manchen war auch Niclas' Frau zu sehen. Eine attraktive Blondine, die strahlend ihren Sohn auf dem Arm hielt und in die Kamera lachte. Ein anderes Bild zeigte sie zusammen mit Niclas, der sie umarmte und ihr einen verliebten Kuss auf die Wange gab.

Niclas brachte den Kaffee, der sich in einer ungewöhnlichen Kanne befand, einem orientalisch aussehenden Gefäß mit einem langen Griff. Hanna war fasziniert, vor allem vom aromatischen, wenngleich ungewöhnlichen Geruch des Kaffees. Niclas schenkte zwei Tassen voll und schob ihr eine hin.

Hanna griff nach der Zuckerdose, doch Niclas gebot ihr mit einer Geste Einhalt. „Zucker ist schon drin."

Hanna kostete und verzog das Gesicht, befremdet von dem ungewöhnlichen Geschmack. Im nächsten Moment lächelte sie, überrascht von dem köstlichen Aroma.

„Schmeckt es Ihnen?", wollte Niclas wissen.

„Ein bisschen fremd. Aber sehr gut. Was ist das?"

Niclas grinste. „Pottasche, eine Prise Kardamom, ein ganz klein wenig Muskat und ein Stäubchen Zimt."

Sie nahm noch einen Schluck. „Ein Märchen aus Tausendundeiner Nacht …"

Er wurde tatsächlich ein wenig rot bei ihrem Lob. „Vor vielen Jahren war ich mal für ein paar Monate in Marrakesch, da habe ich einiges über das Kaffeekochen gelernt."

Hanna warf einen begehrlichen Blick auf die Zimtschnecken, die in einer Schale auf dem Tisch standen. Sie waren zweifellos selbst gebacken.

Sie hatte bereits die Hand ausgestreckt, um sich eine zu nehmen, als Pelle in die Küche platzte. Er hielt den achtlos zusammengerollten Drachen in der Hand und machte einen ausgesprochen wütenden Eindruck.

„*Hej*, Pelle. Wir haben Besuch!"

Pelle würdigte Hanna kaum eines Blickes.

„Moment mal!" Niclas stand vom Tisch auf. „Das ist ja der Drachen! Was hast du damit vor?"

Pelle schob mürrisch die Unterlippe vor. „Wegwerfen. Das Ding funktioniert überhaupt nicht."

„Wieso hast du nicht gewartet, bis ich Zeit habe? Du kannst ihn doch nicht gleich wegwerfen!"

Hanna stand ebenfalls auf. „Darf ich mal sehen?" Sie nahm Pelle den Drachen aus der Hand. „Also, ich kenne das. Diese Drachendinger sind wirklich immer ganz schön kompliziert." Sie schob die Tassen an den Rand des Tisches, damit sie den Bausatz ausbreiten konnte.

Während Niclas die Gebrauchsanleitung aus der Verpackung fischte und sie mit verständnislos gekrauster Stirn studierte, legte Hanna geschickt die einzelnen Drachenteile zusammen. „Der Trick ist, mit den kurzen Stäben anzufangen“, erklärte sie. „Suchst du die mal raus?“

Pelle reichte ihr die biegsamen Metallstäbe, und Hanna schob sie flink in die dafür vorgesehenen Laschen. „Dann hat man nämlich schon die Spitze, sieh mal.“

Pelle war sichtlich angetan. „Hm, so könnte das gehen.“ Aufmerksam verfolgte er Hannas Handgriffe, während sein Vater hinter ihm immer noch mit der Gebrauchsanleitung haderte.

„He, das ist ja super einfach!“ Überrascht sah Pelle zu, wie unter Hannas Händen aus einem Stück bunter Plastikplane und etlichen Stäben ein flugfähiger Drachen entstand.

„Ich glaube, ich weiß jetzt, wie es funktionieren könnte“, meldete sich Niclas.

Pelle deutete auf den Tisch. „Etwa so?“ Er grinste seinen Vater frech an, bevor er sich wieder Hanna zuwandte. „Haben Sie auch einen Sohn?“

Hanna presste kurz die Lippen zusammen, während sie den Kopf schüttelte und den Drachen endgültig zusammensteckte.

Anschließend hatte sie nichts dagegen, ihn gemeinsam mit Pelle auf der großen Wiese hinterm Haus auszuprobieren.

Der Drachen tanzte perfekt in der Luft, ein leuchtendes Viereck aus Rot, Lila und Schwarz mit einem wirbelnden, feuerroten Schwanz. Pelle hielt die Griffe und zog abwechselnd an den beiden Nylonschnüren, ließ den Drachen mal zur einen, mal zur anderen Seite einen Salto schlagen. Er hatte beinahe sofort das Prinzip begriffen. Hanna stand hinter ihm, die Knie gebeugt, damit sie mit ihm auf Schulterhöhe war. Die Arme zu beiden Seiten um ihn herum ausgestreckt, griff sie hin und wieder lenkend ein und demonstrierte ihm die richtige Zugstärke.

Pelle lachte und ließ einen begeisterten Aufschrei hören. „Guck mal, fliegt er nicht toll?“

Hanna runzelte die Stirn, noch nicht ganz zufrieden. „Eigentlich ist er noch ein bisschen zu schwer.“

„Aber er fliegt! Papa hätte das nie hingekriegt!“

Hanna warf aus den Augenwinkeln einen Blick zu Niclas hinüber, der es sich auf einem der Findlinge in der Nähe des Ufers bequem gemacht hatte und ihnen aufmerksam zuschaute. „Ach was“, meinte sie. „Er ist vielleicht ein bisschen aus der Übung, weiter nichts. Immerhin wollte er ihn doch mit dir zusammenbauen.“

„Wollte er nicht!“, widersprach Pelle. „Er hat ihn mir bloß mitgebracht, weil ich nicht umziehen will.“

Sie trat einen Schritt zur Seite und stützte sich mit den Händen auf ihren Knien ab, ihre Augen auf einer Höhe mit seinen. „Magst du Stockholm nicht?“

Pelle schüttelte den Kopf. „Papa mag es auch nicht. Aber er will auch nicht mehr hier sein.“

Hanna sah in das bockige kleine Gesicht, und sie fühlte beinahe körperlich seine Angst vor dem unbekannten Leben außerhalb seiner kleinen Welt. Sie zeigte ihm, wie der Drachen einen Doppelsalto schlagen konnte, das schien ihn von seinem Kummer abzulenken.

Niclas, der etwa dreißig Meter entfernt auf dem Felsen hockte, hatte die Hände um ein angezogenes Bein geschlungen und konnte seine Blicke nicht von dem Bild wenden, das sich ihm bot. Hanna und sein Sohn rannten ausgelassen hin und her. Ihre vergnügten Schreie schallten über die Wiese und brachten ihm zu Bewusstsein, wie lange hier draußen nicht gelacht worden war. Wann hatte er überhaupt das letzte Mal seinen Sohn laut lachen hören?

Als hätte Hanna gemerkt, wie eingehend er sie beobachtete, kam sie auf ihn zugerannt und kletterte den Felsen hoch, um sich neben ihn zu setzen. Atemlos und erhitzt sah sie ihn an und lachte mit blitzenden Zähnen. Ihre Wangen waren von der Anstrengung gerötet, und auf ihrer Oberlippe standen kaum sichtbare Schweißperlen. Sie deutete auf Pelle. „Er macht das gut!“

Niclas lachte. „Kein Wunder, er hatte ja auch kompetente Hilfe!“ Er sah sie von der Seite an. „Aber es gäbe da noch mehr zu tun. Beispielsweise eine elektrische Eisenbahn, die ihren Geist aufgegeben hat.“

Hanna kicherte. „Wenn ich das nächste Mal da bin, kann ich’s mir ja mal angucken.“

Sie hatte es kaum ausgesprochen, als sie auch schon begriff, dass es vielleicht gar kein nächstes Mal geben würde. Verlegenes Schweigen breitete sich zwischen ihnen aus.

„Vor oder nach Neuseeland?“, fragte Niclas leise.

„Das Boot ist sicher morgen fertig“, entgegnete sie ebenso leise.

Ihre Blicke verfingen sich ineinander. Niclas hielt die Luft an, als er den winzigen Puls an ihrer Kehle flattern sah. Er ertrug es keine Sekunde länger. Ruckartig stemmte er sich hoch und sprang von dem Felsen ins Gras. Hanna folgte ihm etwas langsamer, und unwillkürlich streckte er beide Hände aus, um ihr zu helfen. Sie trat auf einen losen Stein und rutschte aus, und im nächsten Augenblick lag sie in seinen Armen. Er hielt sie an seine Brust gedrückt und spürte zum ersten Mal ihren Körper, roch den Duft ihrer Haut, fühlte ihre hastigen Atemzüge dicht an seinem Hals und die seidige Konsistenz ihres Haars an seiner Wange. Er merkte, wie sie erschauerte, und um ein Haar hätte er seinen Mund auf die zarte Stelle gepresst, wo ihr Hals in die Schulter überging.

Stattdessen sah er sie nur an, fragend und verstört. „Warum willst du nach Neuseeland?“, fragte er mit rauer Stimme.

Ein Schatten huschte über ihr Gesicht, während sie sich abwandte und rasch sagte: „Ich muss los, Erik wartet.“

Sie löste sich von ihm und eilte hinüber zu Pelle, um ihm beim Zusammenrollen des Drachens zu helfen.

Anschließend gingen sie alle drei gemeinsam zurück zum Haus.

Hanna hatte geglaubt, dass das Chaos in ihrem Kopf nicht mehr zu steigern wäre, doch sie hatte sich getäuscht. Als sie Siv auf der Terrasse sitzen sah, fühlte sie sich schlagartig noch desolater als vorher. Um ihre Gemütsverfassung war es ein paar Augenblicke später dann vollends geschehen, als Siv aufstand und einen Küchenprospekt schwenkte. „*Hej*, Niclas! Ich habe uns ein paar Möbelkataloge bestellt! Da sind echt tolle Küchen drin!“ Sie fing an, vor seiner Nase die Seiten umzublättern. „Die hier müsste dir gefallen!“

„Ah ja“, meinte Niclas geistesabwesend. „Gibt's noch Kaffee?“

„Klar.“ Siv wandte sich Hanna zu. „Möchten Sie auch einen?“

„Nein danke, ich wollte gerade gehen.“ Beklommen sah sie Siv nach, die durch die Terrassentür in die Küche ging. Anscheinend fühlte sie sich hier ganz zu Hause. Sie bestellte Möbelprospekte, kochte Kaffee und ging mit einer solchen Selbstverständlichkeit ins Haus, als gehörte sie hierher. Vermutlich hatte sie auch die Plätzchen gebacken und die vielen Topfblumen zum Haushalt beigesteuert. Lotta hatte ihr erzählt, dass Siv den sogenannten grünen Daumen besaß und sich hingebungsvoll um alles kümmerte, was im Solros in Kübeln und Töpfen grünte und blühte.

Niclas riss sie aus ihren Gedanken. „Wir sehen uns doch noch mal, oder?“

„Ich weiß nicht. Spätestens übermorgen bin ich nicht mehr da.“ Hanna zögerte, weil der Abschied ihr plötzlich so schwierig erschien. Alles in ihr weigerte sich, ihn einfach hier stehen zu lassen. Aber drüben im Haus war Siv, es war ja nicht so, als wäre er allein.

Hanna holte Luft. „Danke für den Kaffee.“

Er nahm ihre Hand und hielt sie fest, während er sich vorbeugte und sie auf die Wange küsste. Sie spürte seine Nähe mit derselben Intensität wie vorhin bei den Felsen, und unwillkürlich strebte sie ihm entgegen, um den Druck seiner Lippen auf ihrer Haut länger auskosten zu können.

Niclas ließ ihre Hand los und suchte ihre Blicke, und in der nächsten Sekunde beugte er sich entschlossen vor, um sie auf den Mund zu küssen. Seine Lippen waren nur einen Hauch von den ihren entfernt, als sie zurückzuckte und ihn entsetzt anstarrte.

Um Himmels willen, was tat sie eigentlich hier? War sie verrückt geworden? Sie war drauf und dran, sich in diesen Arzt zu verknallen, und das am Vorabend einer Weltumseglung mit ihrem Mann, der ihr versprochen hatte, alles zu tun, um ihre Ehe zu retten!

„Wiedersehen“, sagte sie mit abgewandtem Gesicht, bevor sie mit schnellen Schritten über den Rasen in Richtung Straße davonging.

ERIK FRAGTE SICH, ob sie die Stelle finden würde. Er hatte sie ihr beschrieben, aber hier in der Gegend gab es so viele zerklüftete kleine Buchten, von denen eine aussah wie die andere. Er ging vom Steg ein Stück am Ufer entlang, kletterte ein geducktes, blank gescheuertes Felsmassiv hinauf und betrachtete die Gegend. Von hier aus hatte er sowohl das Ufer als auch die Straße im Blick. Die Hände in den Hosentaschen, stand er da und wartete. Er fragte sich, ob es Elsa hier gefallen würde. Wie Hanna hatte sie ein Auge für schöne Dinge, aber nicht auf dieselbe Art. Sie genoss es ganz anders als normale Menschen, wenn ihr etwas gefiel. Sie konnte sich mit solcher Intensität für neue Erfahrungen begeistern, dass sie jeden in ihrer Nähe mitriss. Erik versuchte, die Schären mit Elsas Augen zu sehen. Wenn die Sonne auf nackten Granit fiel, erzeugte sie einen zwischen schiefergrau und mattrosa changierenden Schimmer, während bei wolkenverhangenem Himmel alles Licht von dem steinigen Untergrund verschluckt wurde. Das strömende Wasser leuchtete bei Sonnenlicht so blau wie Lapislazuli, und an Regentagen schien es unter einem farblosen Schleier zu liegen. Zwischen lieblicher Helligkeit und abweisender Tristesse wechselnd, war dies ein Land der unterschiedlichsten Stimmungen. Elsa würde es mögen.

Erik hörte das Geräusch eines näher kommenden Wagens, und im nächsten Moment sah er ihr Cabrio zwischen den Föhren unten an der Straße auftauchen. Elsa bremste abrupt, als sie ihn sah. Sie stieg aus und ließ die Fahrertür offen stehen. Die Absätze ihrer Pumps klapperten auf dem Asphalt, als sie auf ihn zugerannt kam. Mit Tränen in den Augen warf sie sich in seine Arme und klammerte sich an ihm fest. Erik hielt sie umschlungen und vergrub sein Gesicht in ihrem Haar, dann suchte er ihre Lippen und küsste sie. Sie drängte sich ihm entgegen und erwiderte seinen Kuss leidenschaftlich.

Erik hielt sie an sich gepresst, während er sich fragte, was um alles in der Welt er sich eigentlich dabei gedacht hatte, sie herzubestellen und sich dabei auch noch einzureden, es könnte ihnen beiden nützen. Alles wurde nur schlimmer dadurch. Er würde sie gehen lassen müssen und sich hinterher wie ein Krüppel fühlen.

„Bleib bei mir“, flüsterte Elsa in seinen Hemdkragen.

Er schob sie ein Stück von sich weg, um sie betrachten zu können. Trotz ihrer vom Weinen geschwollenen Augen war sie makellos schön mit ihrer porzellanhellen Haut, den großen dunklen Mandelaugen und dem pechschwarzen Haar. Sein Schneewittchen. Sie trug ein scharlachrotes, eng anliegendes Kleid. Ihr Make-up war eine Spur zu dick aufgetragen, aber das tat ihren Reizen keinen Abbruch. Im Gegenteil, sie unterstrich damit nicht nur ihren Typ, sondern auch ihren Charakter. Sie wollte von allem immer zu viel, und sie nahm es sich, wenn sie es bekommen konnte.

Seufzend drückte er ihren Kopf an seine Brust. „Wieso nehmen wir nicht einfach das Boot und hauen ab? Es passt einfach nicht zu Hanna, um die Welt zu segeln! Sie wollte immer nur eine Familie!“ Sie trat einen Schritt zurück. „Ihr habt noch nie richtig zusammengepasst! Du kannst doch nicht alles wegwerfen, nur weil du Schuldgefühle hast!“

Erik verschränkte die Arme und blickte über das Land. „Sie braucht mich, Elsa. Sie war so verzweifelt!“

„Ich brauche dich auch!“ Wütend ging sie ein paar Schritte von ihm weg und stieg über den steinig abfallenden Abhang in eine kleine Senke hinab, ein wegen ihrer hohen Absätze nicht ganz ungefährliches Unterfangen.

Erik folgte ihr besorgt und fragte sich, was er wohl tun würde, wenn sie hier zu Fall käme und sich den Knöchel verstauchte. Vermutlich würde es ihr gut in den Kram passen. Sie hatte unbestreitbar einen Hang zu dramatischen Aktionen. Zu allem Überfluss war genau das eine der Eigenschaften, die er an ihr so liebte. Das Leben mit ihr war wie eine Achterbahnfahrt.

„Andere Frauen haben auch ein Kind verloren“, sagte Elsa. „Sie wird darüber hinwegkommen.“

„Sie ist fast gestorben.“ Erik brachte es kaum heraus. „Und ich war daran schuld!“

Sie fuhr zu ihm herum. „Hör endlich auf, dich zu quälen! Es war ein unglücklicher Zufall!“ Sie nahm seine Hand und drückte sie gegen ihre Wange, sodass er die Feuchtigkeit von ihren Tränen spüren konnte. „Wenn Hanna wüsste, wo du wirklich gewesen bist …“

„Sie weiß es aber nicht! Und sie wird es auch nie erfahren!“ Er ließ ihre Hand los und wandte sich ab. „Ich *kann* sie nicht verlassen.“

„Wieso bist du nur so feige?“ Elsa schluchzte unterdrückt auf und drehte sich von ihm weg, die Arme fest um den Oberkörper geschlungen.

Erik sah sie hilflos an. „Ich weiß nicht, ob ich feige bin. Vielleicht. Aber auf jeden Fall werde ich nichts tun, was Hanna noch mehr verletzen könnte.“

Langsam trat er hinter sie und umfing sie mit beiden Armen. Stumm drückte er sie an sich und lauschte voller Selbsthass ihrem trostlosen Weinen.

Jan legte den Hammer weg und stieg aus dem Boot, an dem er gerade die lockere Ruderbank befestigt hatte. Die *Miranda* dümpelte auf der anderen Seite des Stegs, und Hanna sah sie düster an. Solange die fehlenden Ersatzteile nicht eintrafen, würden sie nicht auslaufen können.

Sie hockte vor einer Reihe rostiger Anker auf dem buckligen Felsufer und polierte mit Schleifpapier ein Stück Weichholz, das sie inmitten eines Stapels von Holzabfällen gefunden hatte.

Jan rieb sich mit einem Lappen die Finger ab und verteilte dadurch das Öl und den Dreck erst richtig; auch sein Gesicht hatte ein paar Flecken abgekriegt. Der Wind zauste sein kurzes Haar, und in seinen Augenwinkeln zeigten sich unzählige Lachfältchen, als er Hanna anstrahlte. „Schön, dass Sie mir Gesellschaft leisten!“

Hanna griente. „Ich will nur, dass das Boot schneller fertig wird.“

Jan warf den Lappen auf einen Arbeitstisch, auf dem Dosen mit Farbe, Teer und Rostschutzmittel aufgereiht standen. „Ich weiß übrigens, wer Sie sind, Hanna.“ Er nahm eine Zeitschrift von einer alten Holzkiste. „Seite zwölf.“ Er schlug die Zeitschrift auf und klopfte mit der Hand auf die Seite. „Hier. Erster Preis: Sofa Vaxholm. Design: Hanna Bellmann.“ Er blickte sie bewundernd an. „Sie sind ja ein richtiger Star!“

„Ach was.“ Halb geschmeichelt, halb verlegen spielte sie mit dem Holzstück herum. „Ich habe einen Preis bekommen. Das ist ganz schön, aber …“ Sie zögerte und zerknitterte ein Stück von dem Schleifpapier zwischen ihren Fingern. „Richtig wichtig fürs Leben ist das nicht.“

Jan ließ sich nicht beirren. „Gefällt mir aber, das Sofa. Anscheinend sind Sie wirklich begabt. Können Sie es sich denn da leisten, einfach so ein Jahr lang wegzufahren? Wird sich im nächsten Sommer noch jemand an Sie erinnern?“

„Das will ich doch schwer hoffen.“ Hanna ließ sich nicht anmerken, dass er einen wunden Punkt bei ihr berührt hatte. „Und außerdem … Vielleicht mache ich dann ja auch was ganz anderes. Es gibt jede Menge interessante Dinge. Und manchmal braucht man eine neue Herausforderung.“ Es klang trotzig, als wolle sie sich selbst überzeugen.

Sie starrte auf das Holzstück in ihren Händen. Es war noch unfertig, hatte aber bereits Gestalt angenommen, die Form einer schlanken Möwe. Zu ihren Füßen lag ein weiteres Stück Holz, länger und schmaler als dieses hier. Es würde einer der Flügel werden.

Jan warf die Zeitung auf den Tisch, nahm eine Zange von der Werkzeugbank und wandte sich wieder dem Boot zu. „Na, dann mal los.“

Hanna bog das Schleifpapier zurecht und widmete sich wieder ihrer Möwe.

IM KLEINEN SALON neben der Hotellobby prasselte ein Feuer im Kamin. Hanna hatte es sich in einem der Sessel bequem gemacht und starrte in die Flammen.

Lotta brachte ein Tablett mit Tee und Sandwiches herein, das sie auf einem Sideboard abstellte. „Na, wo sind Sie mit Ihren Gedanken?“

Hanna stützte ihr Kinn mit der Hand ab. „Irgendwo zwischen Australien und Neuseeland. Ich fragte mich gerade, ob wir tauchen lernen werden.“

Lotta reichte ihr eine Tasse Tee. „Das hätte ich damals wohl auch besser tun sollen.“ Als Hanna fragend aufsah, fuhr sie fort: „Mir den Wind um die Nase wehen lassen, statt hier Trübsal zu blasen.“

Sie ging vor dem Kamin in die Hocke und legte ein frisches Scheit ins Feuer. Die aufstiebenden Funken warfen zuckende Lichtreflexe auf ihr Gesicht, und Hanna sah, dass sich ein harter Zug um Lottas Mund eingegraben hatte. Sie wollte eine Frage stellen, besann sich aber. Was immer Lotta ihr erzählen wollte – sie würde es von sich aus tun.

Lotta richtete sich auf und blieb mit dem Rücken zum Kamin stehen. „Wissen Sie, es gab eine Zeit, da hat mein Mann mich betrogen, und ich habe sehr lange gebraucht, um mein Selbstbewusstsein wieder zu finden. Das war eine harte Zeit für mich.“ Sie schwieg ein paar Sekunden, in unerfreulichen Erinnerungen versunken. Doch dann verlor sich ihr schwermütiger Gesichtsausdruck und wich einem entschlossenen Lächeln, während sie sich Hanna gegenüber in einen Sessel setzte.

„Sie wirken, als hätten Sie alles im Griff“, sagte Hanna vorsichtig. Sie nahm einen Schluck von dem heißen Tee und sah Lotta abwartend an.

„Das habe ich auch.“ Lotta lachte kurz auf, doch dann schüttelte sie den Kopf. „Dennoch – verzeihen kann ich ihm nie.“

„Es sieht aber so aus, als würde er Sie noch lieben.“

„Ja.“ Lottas Blicke irrten ab. „Vielleicht liebe ich ihn auch noch. Aber ich kann ihm nicht vergeben.“ Es klang endgültig.

Aus der Halle waren Schritte zu hören, und ein paar Sekunden später betrat Erik den Salon. „Guten Abend!“

Lotta stand auf. „Guten Abend. Na, wie war der Ausflug mit dem Boot?“

„Hervorragend!“

In Hannas Ohren klang seine Begeisterung nicht ganz echt. Sie drehte sich nicht zu ihm um, sondern hielt sich an ihrer Teetasse fest.

Lotta verließ den Salon, und Erik trat zu Hanna und ging neben ihrem Sessel in die Hocke. Ihre Augen befanden sich auf gleicher Höhe, und er betrachtete sie eindringlich, fast so, als wolle er ihr etwas Wichtiges mitteilen. Seine Hand lag hinter ihr auf der Sessellehne, und seine Finger trommelten in nervösem Stakkato auf dem Bezug herum. Hanna las Verwirrung und Bedauern in seinen Augen.

Sie beugte sich vor, stellte ihre Tasse auf dem Couchtisch ab und erhob sich. „Ich bin müde, ich gehe schlafen.“

„Ja, ich bin auch ziemlich erschossen. Ich muss noch eine Kleinigkeit essen, dann komme ich nach.“

Hanna eilte nach oben aufs Zimmer und lehnte sich mit dem Rücken gegen die Wand. Ihr Herz klopfte zum Zerspringen. Mit einem Mal fühlte sie bei der Aussicht, ein ganzes Jahr auf engstem Raum mit Erik zu verbringen, helle Panik. Was war bloß mit ihr passiert?

Sie wusste es, als sie wie von Fäden gezogen zum Telefon ging und den Hörer nahm. Eine Macht, die stärker war als sie selbst, trieb sie dazu, die Nummer der Auskunft zu wählen.

„Guten Abend. Ich hätte gern die Nummer von Dr. Niclas Söderlind …“

PELLE hatte sich vor dem Zubettgehen einigermaßen umgänglich gezeigt, zumindest hatte er weder herumgeschrien noch irgendwelche Gegenstände an die Wand geworfen. Fragte sich nur, wie er sich morgen verhalten würde, wenn es ans Packen ging. Niclas war entschlossen, es so schnell wie möglich über die Bühne zu bringen. Warum sollte er es länger hinausschieben? Damit tat er sich und vor allem Pelle keinen Gefallen. Je länger der Umzug wie ein Damoklesschwert über ihm schwebte, desto störrischer würde er sich aufführen. Lieber ein Ende mit Schrecken.

Niclas hatte eine Weile in den Möbelprospekten geblättert und fragte sich, ob Hanna wohl etwas davon mögen würde. Sivs Geschmack kannte er zur Genüge, sie stand auf edelstahlblitzende italienische Küchen, die aussahen wie eine Art futuristisches Chemielabor.

Hanna, das war ihm sofort aufgefallen, hatte bei all ihrer Natürlichkeit einen absolut stilsicheren Geschmack. Man merkte das an vielen Kleinigkeiten – an der Art, wie sie ihr Haar trug, am Schnitt ihrer Kleidung, an ihrer ganzen ungekünstelten Eleganz. Vor allem aber daran, dass sie in der Lage war, Schönheit hinter Dingen zu erkennen. Sie mochte ganz offensichtlich sogar seine alte, abgewetzte Küche mit den angeschlagenen Kacheln und den vielen Schrammen im Parkett. Und sie mochte auch ihn selbst, soweit die Bezeichnung „mögen" überhaupt passend dafür war. Es hatte derartig zwischen ihnen geknistert, dass man mit den Funken einen Waldbrand hätte entfachen können.

Er klappte den letzten der Kataloge zu und stand auf, um die Spülmaschine auszuräumen. Dabei fiel sein Blick auf den Stuhl, auf dem sie heute gesessen hatte. Ihre Jacke hing noch dort über der Lehne.

Niclas starrte den dunkelblauen Blazer ungläubig an. Er stand auf, nahm die Jacke vorsichtig an sich und war mit einem Mal davon überzeugt, dass das Schicksal ihm einen letzten Trumpf zugedacht hatte. Vielleicht nicht unbedingt den Joker, aber eine gute Karte auf jeden Fall. Und er war wild entschlossen, sie heute noch auszuspielen. Er vergaß die Spülmaschine und ging nach oben, um sich frisch zu machen.

Als er auf halber Treppe war, klingelte das Telefon. Er hob ab und meldete sich, doch es kam keine Antwort. Er lauschte dem schwachen Rauschen. „Hallo? Ist da jemand? Hallo!"

Nichts. Niclas legte achselzuckend den Hörer auf.

HANNA presste den Hörer noch einen Moment gegen ihre Brust, bevor sie auflegte. Seine Stimme hatte alles wieder aufgewühlt. Ihre Hände zitterten, sie fühlte sich schwach. Wenn sie nicht schon gewusst hätte, dass sie irgendwann im Laufe des Tages verrückt geworden sein musste – spätestens jetzt hätte sie es begriffen.

Als sie Erik das Zimmer betreten hörte, blieb sie von ihm abgewandt auf dem Bett sitzen. Es fehlte noch, dass er mitbekam, in welcher Verfassung sie sich befand.

„Du bist ja noch wach." Er zog den Pulli aus und hängte ihn über einen Sessel.

Hanna stand auf. „Ich kann nicht schlafen, ich gehe noch ein paar Schritte spazieren." Sie drückte sich hastig an ihm vorbei und sah suchend im Zimmer herum. „Hast du meine blaue Jacke gesehen?"

Erik schüttelte den Kopf. „Nein. Soll ich dich begleiten?"

„Nicht nötig. Ich will nur einmal kurz runter ans Wasser und dann wieder zurück. Bin gleich wieder da." Die weiße Strickjacke tat es auch. Hanna streifte sie über und war schon auf dem Weg zur Tür, als Erik plötzlich ihren Namen sagte.

Sie fuhr erschrocken herum, absolut sicher, dass er sie nun fragen würde, was um Himmels willen sie eigentlich vorhatte.

Doch ihm gingen anscheinend ganz andere Gedanken im Kopf herum. „Wenn unser Leben so verlaufen wäre, wie wir es eigentlich geplant hatten – wo wären wir dann jetzt?"

Hanna erwiderte seinen Blick. „Wir wären eine gut situierte Familie. Vater, Mutter, Kind." Sie stockte und fuhr mit brüchiger Stimme fort: „In einer schönen Wohnung in Stockholm. Und wenn wir dann zwei Kinder hätten, irgendwann einmal, würde ich zu Hause arbeiten. Beide Kinder wären gute Schüler. Eines würde Klavier spielen, das andere Fußball. Am Wochenende würden wir ins Sommerhaus fahren. Schwimmen, lesen, Drachen steigen lassen …" Sie hielt inne und senkte den Kopf. „Ich weiß nur nicht, ob du damit so glücklich wärst."

Er hatte ihr den Rücken zugewandt. Hanna vermied es, in seine Richtung zu sehen, während sie mit raschen Schritten hinausging.

Erik hörte die Tür zufallen und schloss für einen Moment die Augen. „Ich weiß es doch auch nicht", flüsterte er in die Stille des Zimmers.

NICLAS hatte in aller Eile geduscht und sich umgezogen. Er hatte sich sogar die Zeit genommen, sich zu rasieren. Wenn es auch für jeden normal denkenden Menschen danach aussah, dass er ihr nur eine Jacke zurückbrachte, die sie vergessen hatte – für ihn war es viel mehr. Es war eine letzte Chance, die Dinge zu ändern. Außerdem, so dachte er trocken, war er kein normal denkender Mensch, sondern befand sich in einem absoluten Ausnahmezustand.

Er horchte kurz nach oben, als er den Autoschlüssel vom Tisch nahm. Nichts zu hören. Pelle schlief tief und fest.

Niclas legte sich sorgfältig die Jacke über den Arm und öffnete die Tür.

Und da war sie. Sie war zu ihm gekommen. Sie stand auf seiner Türschwelle und hatte bereits die Hand ausgestreckt, um zu klopfen. Beinahe wäre er in sie hineingerannt, so wie schon bei ihrer allerersten Begegnung.

Stumm sah er sie an, einen Moment nur. Dieser eine Augenblick genügte. Er streckte die Arme aus, und sie sank hinein, als ob sie dort hingehörte. Der erste Kuss war vorsichtig, tastend, doch diese sanfte Erprobung dauerte nicht länger als eine oder zwei Sekunden. Hanna wehrte ihn nicht ab, sondern erwiderte seinen Kuss ebenso stürmisch. Sie hielten inne, aber nur um Luft zu holen.

„Ich glaube, ich habe meine Jacke vergessen", stammelte sie.

Niclas nickte nur und zog sie wieder an sich. Er bedeckte ihr Gesicht mit Küssen und murmelte ihren Namen, während sie sich an ihn drängte und über seinen Rücken strich. In ihren Augen stand ein dunkles Leuchten, und als er ihre Hand nahm, um sie hinüber zum Sommerhäuschen zu ziehen, ging sie bereitwillig mit ihm.

Als er sie endlich in den Armen hielt, war es Niclas gleichgültig, ob ihr das Häuschen mit den rohen Holzwänden vielleicht unzulänglich erschien. Das erste Mal liebten sie sich in fiebriger Hast. Nachdem ihr rasender Herzschlag sich beruhigt hatte, nahmen sie sich die Zeit, einander zu erforschen.

Für Hanna war es eine Offenbarung. Nach der Schwangerschaft hatte Erik ein- oder zweimal versucht, mit ihr zu schlafen, aber sie war jedes Mal zu Eis erstarrt, wenn er sich ihr auf diese Weise genähert hatte. Folglich hatte er es ziemlich schnell aufgegeben, und zu ihrer Erleichterung schien er deswegen auch nicht böse zu sein. Mit Niclas war es anders. Allein sein Anblick rief Begehren in ihr hervor.

Er hatte eine Kerze angezündet und auch in dem kleinen Kaminofen ein Feuer angefacht. Die Flammen warfen zuckende Lichter auf ihren nackten Körper, als sie sich an ihn schmiegte.

Er blickte sie an. „Wie geht es jetzt weiter?"

„Ich weiß es nicht, Niclas. Ich bin nur auf der Durchreise."

„Das glaube ich nicht", sagte er sehr bestimmt. „Du bist hier. Und es scheint so …", er suchte nach dem passenden Wort, „selbstverständlich."

„Ich habe einen Mann."

„Du liebst ihn nicht."

Zwischen ihren Brauen stieg eine nachdenkliche Falte auf. „Wir kennen uns seit der Uni. Wir waren damals sehr verliebt. Nach seinem Examen haben wir geheiratet … Aber dann … Ich weiß nicht, irgendwann haben wir uns nicht mehr aneinander gefreut." Sie hielt inne, bevor sie bedrückt fortfuhr: „Dann wurde ich schwanger, und alles war anders."

„Du hast ein Kind?", fragte er völlig perplex.

Er hörte das langsame Schlagen seines Herzens, während er auf die Antwort wartete. Im Kaminofen barst knackend ein Holzscheit.

„Nein. Ich habe es bei der Geburt verloren."

Er sah die Hilflosigkeit in ihren Augen und hätte in diesem Augenblick alles getan, um es ungeschehen machen zu können. Doch das konnte niemand. Er nahm sie in die Arme, und dort, in der nächtlichen Stille des Sommerhauses, konnte sie endlich über den Verlust ihres Kindes weinen.

NICLAS fand, dass es ein gutes Gefühl war, morgens aufzuwachen und sie in seinen Armen zu halten. Es war nicht besonders spektakulär oder aufregend, es fühlte sich einfach nur richtig an. Er wusste mit unumstößlicher Sicherheit, dass sie zu ihm gehörte. Dieser Erik mochte ihr Mann sein, aber er tat ihr nicht gut. Sie war unglücklich an seiner Seite, so sehr, dass man ihre Traurigkeit und Unzufriedenheit fast mit Händen greifen konnte. Sie hatte lange und heftig geweint in der letzten Nacht, doch am Ende war sie getröstet in seiner Umarmung eingeschlafen.

Hanna bewegte ihren Kopf an seiner Brust. „Sag mir, dass es kein Traum ist“, flüsterte sie.

„Es ist ein Traum.“ Er verstreute kleine Küsse über ihr Gesicht. „Und aus Träumen muss man irgendwann aufwachen.“

„Nein“, murmelte sie. „Ich will nicht.“

Er streichelte sie weiter und unterdrückte ein Stöhnen, als ihre Hand auf Wanderschaft ging.

„Ich muss Pelle wecken“, sagte er widerstrebend.

Hanna blinzelte. „M-m“, machte sie verschlafen.

Er stand auf und stieg in seine Hose, während sie sich auf die Seite rollte und ihn betrachtete. Er hatte einen ansehnlichen Körper, nicht übermäßig mit Muskeln bepackt, aber kräftig und sportlich. Seine Haut war wesentlich dunkler als ihre, er hatte ihr erzählt, dass sein Großvater mütterlicherseits aus Italien stammte.

Hanna streckte sich seufzend. „Ich wünschte, ich könnte hierbleiben.“

„Du kannst es“, sagte er sofort. „Du musst dich nur dafür entscheiden.“

Er betrachtete sie und fand, dass ihre nackte Haut in der Morgensonne wie heller Samt aussah. Ihr Blick war verhangen und zeigte einen eigentümlichen Ausdruck, eine unwiderstehliche Mischung aus Sehnsucht, Begierde und Melancholie. Niclas war drauf und dran, wieder zu ihr ins Bett zu steigen. Doch er musste Pelle wecken, der mit Mats verabredet war. Außerdem hatte er vorhin ein Boot gehört, und ein Blick aus dem Fenster hatte ihm bestätigt, dass es Siv war, die da in die Bucht getuckert kam. Wenn er sich nicht beeilte, hätte sie angelegt und würde hier vor der Tür stehen, bevor er auch nur das Geringste dagegen unternehmen konnte.

Er beugte sich über Hanna und küsste sie eilig, bevor er sich auf den Weg zum Haupthaus machte. Siv stand tatsächlich bereits in der Küche, sie hatte Brötchen mitgebracht und war dabei, Kaffee zu kochen. Als Niclas ins Zimmer kam, begrüßte sie ihn mit einem Kuss auf die Wange.

„*Hej*“, sagte sie strahlend, „ich habe Frühstück mitgebracht!“

Mit leichtem Unbehagen fragte Niclas sich, wann sie eigentlich angefangen hatte, derart selbstverständlich sein Leben zu managen. Als Silke noch gelebt hatte, war sie oft hier gewesen, schließlich waren die beiden gute Freundinnen gewesen. Und nach ihrem Tod, als er wie gelähmt vor Trauer und Schuldgefühlen monatelang die meiste Zeit nur lethargisch irgendwo herumgesessen hatte, war sie einfach da gewesen und hatte sich seiner angenommen. Er hatte es sich gern gefallen lassen und auch nichts daran geändert, als es mit ihm wieder aufwärtsgegangen war. Vielleicht war das ein Fehler gewesen.

„Ich war gestern die ganze Nacht wach und habe meine Geschäftspapiere gesichtet. Und das Ergebnis war sehr gut." Sie lächelte ihn an, geschäftig zwischen Tisch und Anrichte hin und her eilend. „Gut für uns."

Er hatte nicht den Hauch einer Ahnung, wovon sie redete.

„Du, ich muss Pelle wecken, er möchte heute schon sehr früh zu Mats. Ich habe ihm versprochen …"

„Für einen Kaffee werden wir doch wohl noch Zeit haben, oder?", unterbrach sie ihn. „Ich komme danach einfach mit, und dann reden wir im Auto über alles."

Niclas war schon auf halbem Weg zur Treppe und blieb bei ihrem letzten Satz befremdet stehen. „Worüber?"

Sie zögerte, dann meinte sie, ohne ihn anzusehen: „Ich habe mich entschlossen, mein Geschäft zu verkaufen und mit dir und Pelle nach Stockholm zu ziehen."

„Du willst deine Taxis verkaufen?" Er trat zu ihr an den Tisch, um sie wieder ansehen zu können. „Was willst du in Stockholm? Ich meine, du hast doch da weder eine Wohnung noch einen Job!"

„Das wird sich alles finden!" Sie ging zur Anrichte, um das Besteck zu holen. „Das Wichtigste ist doch erst mal, dass wir zusammenbleiben." Sie warf ihm von der Seite her einen unergründlichen Blick zu. „ Oder willst du mich aus deinem Leben streichen?"

„Mein Gott, natürlich nicht." Niclas hielt inne, völlig überrumpelt. Er wusste nicht, wie er mit der Situation umgehen sollte. Irgendetwas lief hier falsch, ohne dass er genau hätte sagen können, worum es sich handelte. Auf keinen Fall wollte er, dass sie ihn für undankbar hielt oder sich ausgenutzt fühlte. „Wir sind doch Freunde", fuhr er lahm fort. „Du tust so viel für Pelle und mich. So was lässt man doch nicht einfach hinter sich!"

„Für mich sind wir mehr als nur Freunde, und das weißt du, Niclas!" Ihre Augen hatten sich geweitet, und Niclas sah, dass sie kurz davor stand, in Tränen auszubrechen. „Ich habe dich schon geliebt, als Silke noch lebte!"

Er versuchte sich den Schreck über diese Eröffnung nicht anmerken zu lassen. „Siv, ich bitte dich …"

Sie ließ ihn nicht ausreden. „Sie war meine Freundin, deswegen habe ich meine Gefühle für dich immer unterdrückt.“

„Das tut mir leid, Siv. Davon habe ich ja gar nichts gewusst!“ Niclas suchte verzweifelt nach Worten, mit denen er ihr so schonend wie möglich beibringen konnte, wie sinnlos diese Unterhaltung war.

„Wir hätten schon längst hier weggehen sollen. Von all den Erinnerungen an Silke.“ Sie schenkte ihm ein kleines Lächeln. „In Stockholm können wir ganz von vorne anfangen, Niclas. Ich habe so lange darauf gewartet.“ Sie wandte sich ab und machte sich daran, den Frühstückstisch fertig zu decken, für Niclas ein willkommener Anlass, sich vor weiteren Diskussionen zu drücken. „Ich muss jetzt wirklich Pelle wecken!“, rief er.

Eine Sekunde später war er auf der Treppe und rannte nach oben. Eiliger als nötig riss er die Tür zum Kinderzimmer auf. „Pelle, aufstehen, du Schlafmütze, Mats wartet!“

Überrascht sah er, dass Pelles Bett leer war. Auch im Bad war er nicht, ebenso wenig in irgendeinem der anderen Räume.

Niclas wusste sofort, dass neuer Ärger ins Haus stand.

HANNA fand nach einigem Herumkramen in einer alten Kommode zwischen ausrangierten Kinderspielsachen und alten Pullovern eine kleine Kiste mit Papier und Stiften, die entweder Niclas oder seine verstorbene Frau vermutlich für Pelle zum Malen hier deponiert hatte.

Eigentlich hatte Hanna vorgehabt, Niclas in einem Brief alles ausführlich zu erklären, ihm zu schildern, warum sie so und nicht anders handeln musste, doch als sie dann auf das leere Blatt starrte, wollte ihr nichts einfallen. Schließlich schrieb sie einen einzigen Satz und legte den Zettel dann auf einen Korb neben der Tür, wo Niclas ihn sofort finden würde.

Draußen war es frisch, aber es war bereits zu spüren, dass es im Laufe des Tages wieder warm werden würde. Außerdem ging ein leichter Wind, sie hatten gutes Segelwetter.

Auf dem Weg zur Straße drehte Hanna sich noch einmal und betrachtete das Wohnhaus, das in der Morgensonne rot leuchtete. Ob Niclas schon mit seinem Sohn beim Frühstück saß? Oder die Kisten für Stockholm packte? Was immer er tat, es war sein Weg, dem er folgte. Sie selbst würde den ihren gehen müssen, auch wenn sie jetzt noch nicht wusste, wohin er sie führte. Das Glück hatte ihr zugewinkt, aber nur für einen atemlosen, herrlichen Moment lang. Doch so kurz er gewesen war – in diesem einen Augenblick war alles wahr und richtig gewesen.

Eilig setzte sie ihren Weg zur Straße fort. Zu ihrem Erstaunen sah sie dort

Pelle stehen, einen Rucksack auf dem Rücken, mit dem Daumen einem vorbeifahrenden Auto winkend.

Der Wagen fuhr ohne zu bremsen weiter. Hanna ließ erleichtert den angehaltenen Atem entweichen und beeilte sich, Pelle zu erreichen, bevor womöglich der nächste Fahrer anhielt und ihn mitnahm.

„*Hej*, Pelle!"

Pelle wandte sich mit frustrierter Miene zu ihr um. „Das ist jetzt schon der Vierte, der vorbeifährt!"

„Aha", sagte sie vorsichtig. „Was hast du denn vor?"

„Ich will abhauen." Seine Antwort klang so, als wäre dieses Unterfangen das Natürlichste von der Welt.

„Und wo soll's hingehen?"

Er zuckte mit den Schultern. „Weiß nicht."

„Willst du das deinem Papa wirklich antun? Er hat doch nur dich!"

Pelles Gesicht verfinsterte sich. „Ich bin ihm egal."

„Das glaube ich nicht", widersprach Hanna vehement. Sanfter fügte sie hinzu: „Ich kann mir vorstellen, dass du ziemlich viel Angst vor Stockholm hast. Aber weißt du, es kann auch ganz toll sein. Neue Freunde kennenzulernen. Die neue Wohnung. Bestimmt bekommst du ein super Zimmer."

„Ich wünschte, Mama wäre noch da." Er ließ den Kopf hängen, und die mageren Schultern sanken nach vorn, als hätte er die Last der ganzen Welt zu tragen. „Sie hätte nicht erlaubt, dass Papa die Praxis aufgibt und diese blöde Arbeit in Stockholm annimmt." Er ging an ihr vorbei und setzte sich vor einen Baum, der am Straßenrand stand.

Hanna ließ sich neben Pelle auf den Baumwurzeln nieder, den Rücken gegen den Stamm gelehnt. „Dein Papa will bestimmt nur das Beste für dich."

Pelle schaute sie nicht an, sondern starrte wortlos auf den Asphalt, die Hände über seinen knochigen Knien verschränkt.

Hanna rückte näher an ihn heran. „Auf jeden Fall solltest du nicht weglaufen, sondern mit ihm reden. Du musst ihm sagen, was dich bedrückt. Ich bin sicher, er wird dir zuhören, und ihr werdet auch gemeinsam eine Lösung finden."

„Das Beste für meinen Papa wäre, wenn er wieder als Arzt arbeiten würde." Mit einem Anflug von Stolz fügte er hinzu: „Er ist nämlich ein guter Arzt. Das sagen alle."

Hanna wusste, dass es sich nicht gehörte, ein Kind über Erwachsene auszuhorchen, doch ihr Verlangen, mehr über Niclas' Motive zu erfahren, war mit einem Mal übermächtig. „Weißt du, warum er die Praxis aufgegeben hat?"

Pelle sah weg. „Er denkt, ich weiß es nicht. Aber er hatte oft Albträume, und da hat er geschrien ..." Er stockte und holte zitternd Luft. „Mein Papa denkt, dass er meine Mama umgebracht hat."

Hanna fuhr zusammen. Fassungslos blickte sie auf den gesenkten Haarschopf.

„Deshalb will er nie wieder als Arzt arbeiten", schloss Pelle.

Hanna rang nach Worten, in dem verzweifelten Wunsch, dem Knirps etwas von seiner Bedrücktheit und seiner Angst vor der Zukunft zu nehmen. Sie hatte keine Ahnung, ob sie ihn mit dem, was sie sagte, überhaupt erreichen konnte, doch versuchen musste sie es.

„Dann musst du ihm helfen, dass er darüber hinwegkommt", sagte sie eindringlich. „Und das kannst du nur, indem du bei ihm bleibst!"

Pelle sah sie an. Er öffnete den Mund, als wollte er etwas sagen, und Hanna konnte sehen, dass in seinem Unterkiefer ein neuer Backenzahn wuchs. Plötzlich war sie von dem schmerzlichen Bedürfnis erfüllt, ihn in die Arme zu nehmen. Sie streckte bereits die Hände aus, als er sich aufrappelte, sich ein paar Schritte von ihr entfernte und dann nach einem letzten Blick über die Schulter mit staksigen Schritten in Richtung Haus zurückrannte. Hanna blickte ihm nach, bis er zwischen den Birken verschwunden war.

Eines der Mädchen war damit beschäftigt, draußen die Tische fürs Frühstück zu decken, als Hanna über den Garten zum Hotel zurückkehrte. Beim Betreten des Zimmers wagte sie kaum zu atmen. Schuldgefühle durchfluteten sie, während sie auf Zehenspitzen durch den Raum schlich. Sie überlegte kurz, einfach im Bad zu verschwinden und so zu tun, als wäre nichts Besonderes vorgefallen. Doch im nächsten Moment schalt sie sich für ihre Feigheit. Wenn sie eines hasste, so war es Heuchelei. Erik war ihr Mann und hatte ein Recht darauf, zu erfahren, was sie getan hatte. Er sollte die Möglichkeit haben, dazu Stellung zu nehmen, in welcher Form auch immer. Danach würden sie beide gemeinsam entscheiden, wie es weiterging.

Genauso hatten sie es zu Beginn ihrer Beziehung ausgemacht. Für den Fall, dass einer von ihnen beiden jemals einen anderen liebte, wollten sie ehrlich sein. Das hatten sie einander versprochen, und danach würde sie jetzt auch handeln.

Sie setzte sich auf die Bettkante und strich sanft über seine Schulter. Im Schlaf war sein Gesicht entspannt, er sah aus wie ein großer Junge.

Sie drückte seinen Arm, und endlich wachte er auf. Blinzelnd öffnete er die Augen und rollte sich auf den Rücken.

„Du bist ja schon auf", murmelte er.

„Erik, ich muss dir was sagen", begann sie und fuhr nervös zusammen, als es im nächsten Moment klopfte. Nicht sicher, ob sie erleichtert oder ungehalten über die Störung sein sollte, stand sie auf und ging zur Tür.

Lotta stand vor ihr. „Ein Fax." Sie reichte es Hanna. „Ist gerade für Ihren Mann gekommen."

Hanna bedankte sich geistesabwesend, während Lotta sich wieder zurückzog und die Tür schloss. Stirnrunzelnd überflog sie das Fax. „Vom Gericht", sagte sie zu Erik. „Wieso wissen die denn, wo wir sind?"

Erik schwang die Beine aus dem Bett. „Ich habe da gestern noch angerufen."

Hanna betrachtete alarmiert das Schreiben. „Erik, was ist das hier?"

Er trat neben sie und blickte ihr über die Schulter. „Alles Blödsinn", erklärte er, nachdem er das Fax gelesen hatte. „Die Sache ist längst erledigt." Er nahm ihr das Blatt aus der Hand und zerknüllte es, doch Hanna fing es auf, als er es zur Seite werfen wollte.

Hastig glättete sie es, um es erneut betrachten. „Wenn ich das richtig verstehe, haben sie dir eine Stelle beim Obersten Verwaltungsgericht angeboten – und du hast abgelehnt!" Fassungslos blickte sie auf und schüttelte den Kopf, weil sie es nicht glauben konnte. „Und jetzt bittet dich dein alter Freund Harald, es dir noch einmal zu überlegen!"

Erik zog seinen Bademantel über und verknotete den Gürtel. „Bei näherem Hinsehen ist das auch nur ein Job wie jeder andere", meinte er wegwerfend. „Außerdem gibt es in der Justiz jede Menge anderer interessanter Posten." Er bückte sich, um in seiner Reisetasche zu kramen. Mit einem Paar Socken tauchte er wieder auf und hielt sie grinsend hoch. „Da sind ja welche! Ich hatte schon Angst, ich wäre mit zu wenig Socken auf Weltreise gegangen."

Hanna ließ sich von seinem Versuch, die Sache zu bagatellisieren, nicht beirren. „Wieso, Erik?"

Verärgert warf er die Socken zur Seite. „Meine Güte, es hat mir eben nicht in meine Pläne gepasst!" Er merkte offenbar, dass er sich im Ton vergriffen hatte. „Komm, Schatz, lass uns zum Boot gehen, wir müssen Jan Beine machen. Wir sind schon viel zu lange hier."

Er wollte an ihr vorbei ins Bad, doch Hanna trat ihm in den Weg. „Du hast diese Stelle abgelehnt, weil du mir versprochen hattest, die Weltumsegelung zu machen? War es so? Nur deswegen?"

Erik schwieg.

Hanna versuchte, ihre wirren Gedanken unter Kontrolle zu bringen. „Meinetwegen hast du deinen Traumjob geopfert?“ Ihre Stimme bebte.

„Sagen wir: unseretwegen.“ Ungeduldig hob er die Hände. „Himmel, Hanna, es ist nur ein Job!“

Sie ging zum Bett, wo sie mit dem Rücken zu ihm stehen blieb. „Du hättest das nicht tun dürfen!“, stieß sie hervor.

„Es ging mir um uns, Hanna. Bei Gott, du bist mir wichtiger als jeder Job der Welt!“

Hanna empfand seine Antwort wie einen Schlag in den Magen. Sie drehte sich zu ihm um und starrte ihn an, bevor sie die Blicke wieder senkte. Halb von ihm abgewandt, sagte sie wie zu sich selbst: „Ich weiß nicht, ob ich das wert bin.“

Er trat auf sie zu und machte eine Bewegung, als wolle er sie in die Arme nehmen, doch dann strich er ihr nur über die Schulter. „Wir hatten uns fast verloren“, sagte er. „Ich … ich will dich wieder finden.“

Hanna zwang sich, zu ihm aufzusehen und zu ergründen, was in ihm vorging. Sie suchte in seinem Gesicht einen Ausdruck, eine Regung, irgendetwas, ohne wirklich zu wissen, wonach sie eigentlich Ausschau hielt. Vielleicht hätte sie es gefunden, wenn er ihr in die Augen geblickt hätte. Doch er hatte den Kopf zur Seite gewandt.

JAN SAH HANNA über die Planken des Stegs näher kommen und verfluchte seinen Rücken, der ihn ausgerechnet in diesem Moment als Schwächling entlarvte. Der Schmerz war schlimmer als sonst, er hatte angefangen, sich über die Seite in die Brust hinein auszubreiten. Wahrscheinlich hatte er sich beim Arbeiten einen Nerv eingeklemmt. Wenn es so weiterging, würde er sich bald überhaupt nicht mehr bewegen können.

Er legte die Bohrmaschine auf die Sparren des neuen Bootes, an dem er gerade arbeitete, und drückte beide Hände ins Kreuz. Während er versuchte, den schlimmsten Schmerz wegzureiben, lächelte er Hanna entgegen. Zu seinem Verdruss war ihr nicht entgangen, dass er sich nicht wohlfühlte. Ein besorgter Ausdruck stand in ihren Augen. „*Hej*, Jan! Haben Sie Probleme mit dem Rücken?“

„Ach was, halb so schlimm“, behauptete er. „Muss mich irgendwie verhoben haben.“

„Vielleicht sollten Sie sich mal massieren lassen.“

„Ich kannte da mal jemanden. Sie war das reinste Glück für meinen Rücken.“

„Was ist aus ihr geworden?“

„Wir haben uns getrennt“, sagte er lakonisch.

„Das tut mir leid.“ Hanna trat neben ihn und blickte ihm über die Schulter. „Gibt es denn wirklich keine Möglichkeit für Sie und Ihre Frau?“

Jan nahm die Bohrmaschine wieder in die Hand, merkte aber, dass er sie kaum halten konnte. Er tat, als müsse er etwas an dem Bohrkopf richten, und legte die Maschine dann kurzerhand zurück zu den übrigen Werkzeugen. Dabei widerstand er dem Drang, seine Hand unter die linke Achsel zu pressen, wo der Schmerz soeben in ein reißendes Ziehen übergegangen war. „Ich habe heute Morgen mit England telefoniert“, sagte er, ohne auf Hannas Frage einzugehen. „Die haben das Ersatzteil gestern dem Kurier übergeben.“

„Also müsste es heute kommen? Prima, dann können wir ja heute Abend schon auslaufen!“ Hannas Miene drückte bemüht hoffnungsvollen Eifer aus. Dann wandte sie sich brüsk ab, um ans Ende des Stegs zu gehen.

Jan folgte ihr, erleichtert aufseufzend, weil die Schmerzattacke allmählich nachließ. Dicht hinter ihr blieb er stehen. „Was ist eigentlich los mit Ihnen?“

„Nichts.“ Sie holte Luft, dann sagte sie: „Ich will nur endlich weg hier! Kennen Sie das denn nicht? Sie haben einen Zehntausendmeterlauf vor sich – und dann kommen Sie nicht aus den Startlöchern!“

Nachdenklich sah er auf sie hinunter. Sie war nicht sonderlich klein, aber längst nicht so groß wie beispielsweise Lotta oder Siv. Im Vergleich zu den beiden war sie eine halbe Portion, eine zarte blonde Fee. Doch um ihren Mund lag ein trotziger Zug, der von Kraft und Durchsetzungsvermögen zeugte. Nur dass sie nicht immer genau zu wissen schien, was sie eigentlich wollte.

„Wieso machen Sie das eigentlich?“, fragte er unvermittelt.

„Was?“

„Diesen Segeltörn.“ Er betrachtete seine Hände und rieb eine Stelle an seinem Daumen, wo sich ein besonders hartnäckiger Ölfleck zeigte. „Ich kenne eine Menge Leute, die so etwas gemacht haben. Aussteiger, Abenteurer … Die meisten von ihnen waren vor irgendetwas auf der Flucht.“

„Bei mir ist das anders“, behauptete sie. „Ich laufe nicht weg.“ Als wollte sie ihre eigenen Worte Lügen strafen, wandte sie sich hastig von ihm ab und ging hinüber zu dem Werkzeugtisch. Die kleine Holzmöwe lag dort zwischen den Farbtöpfen und Pinseln, und Hanna nahm sie auf, um sie zu betrachten. „Ich will nur irgendwo ankommen“, flüsterte sie.

„Wo?“ Er stützte sich mit beiden Händen auf dem Tisch auf.

„Egal wo.“

„Nur nicht hier und nur nicht jetzt“, meinte er mit leisem Spott.

„Sie müssten das doch kennen“, erwiderte sie mit bitterer Ironie. „Sie versuchen doch auch, anzukommen.“

Das saß. Jan starrte auf den Kübel mit dem Bootslack, der vor ihm auf dem Tisch stand. Jähe Hilflosigkeit hatte sich seiner bemächtigt. Sie hatte völlig recht. Er versuchte seit Jahren nach Hause zu kommen, obwohl es kein Zuhause mehr für ihn gab.

Hanna ging auf dem Steg hin und her, unruhig wie ein Tier im Käfig. „Ich habe keine Ahnung, was zwischen Ihnen und Lotta ist“, begann sie.

„Das geht auch niemanden etwas an“, unterbrach er sie.

„Ich glaube, Lotta wartet auf etwas“, fuhr sie unbeirrt fort. Ein Lächeln stahl sich in ihre Augen. „Aber Sie wissen wahrscheinlich auch nicht, worauf.“

Jan blickte über den Sund und sah Sivs Boot näher kommen. „Wissen Sie denn, wo Sie ankommen wollen?“

„Eigentlich dachte ich, dass ich es wüsste.“

„Und jetzt?“

„Das ist doch egal. Es geht nicht nur um mich.“ Hanna betastete die raue Oberfläche der unfertigen hölzernen Möwe. Eigentlich sollte ich sie fertig machen, dachte sie unvermittelt. Nur noch ein bisschen Schnitzen und Schleifen und ein schönes großes Paar Flügel, und sie wäre frei.

„Ich muss jetzt los, packen.“ Entschlossen ging sie wieder zum Werkzeugtisch, legte die Möwe zurück und verließ den Raum. Über die Schulter sagte sie: „Ich gehe davon aus, dass Erik und ich heute Abend abreisen können.“

Jan zuckte mit den Schultern. „Dann werde ich mal alles dafür tun, dass Ihr Schiff wieder ins richtige Fahrwasser kommt“, sagte er leise und zu niemandem im Besonderen, während er beobachtete, wie Hanna mit gesenktem Kopf über die Wiese davonstapfte.

Sivs Boot hatte angelegt. Sie sprang von Deck und wand das Tau um den Pfeiler des Stegs.

Sie küsste Jan auf die Wange. „*Hej!* War das Hanna?“ Sie schaute der weiß gekleideten Gestalt nach. „Sie ist nett, oder?“

„Nett, ja“, erwiderte er brummig. „Aber auch ein bisschen feige.“ Er hob die Schultern und fühlte wieder den Schmerz, nicht so schlimm diesmal, aber unleugbar immer noch da. „Doch wer ist das nicht.“

„Ich“, sagte Siv. „Feige bin ich sicher nicht. Ich habe vor nichts Angst.“ Ihre Stimme klang ernst, und in ihrem Gesicht war nichts von ihrer üblichen Fröhlichkeit zu entdecken.

Jan zog die Brauen zusammen. „Was hast du vor?“

„Ich habe mich entschieden. Ich verkaufe die Taxis und gehe nach Stockholm.“

„Wegen Niclas?“

„Vor allem wegen mir.“ Sie zögerte, und Jan sah den Ausdruck von Unsicherheit in ihren Augen. Das Bedürfnis, sie zu beschützen, wallte mit Macht in ihm auf, so wie früher, wenn sie hingefallen und sich die Knie aufgeschlagen oder in der Schule Ärger mit den Lehrern gehabt hatte. Doch zugleich verfestigte sich in ihm schmerzlich die Erkenntnis, dass er nicht mehr in der Lage war, alles Unglück der Welt von ihr fernzuhalten.

„Als Silke noch lebte, hatte ich keine Chance. Und danach … da brauchte er Zeit zum Trauern. Aber jetzt geht er weg von hier! Und von dieser Erinnerung an Silke!“ Sie hob das Gesicht, um ihn anzusehen, und er bemerkte, dass Tränen in ihren Augen standen. „Ich liebe ihn einfach, Papa! Ich muss es versuchen! Wenn ich das jetzt nicht tun würde – ich würde mir ewig Vorwürfe machen!“

Jan zog sie in seine Arme. Ihre Schultern bebten, und ihre Stimme klang verloren. „Man muss es doch wenigstens versuchen, oder?“

Sie löste sich ein wenig von ihm und sah ihn bittend an. „Also hilf mir, einen Käufer für die Taxis zu finden, ja?“

Er nickte. Was hätte er auch anderes tun können?

NICLAS FUHR ZUSAMMEN, als er ihren Mann auf der gegenüberliegenden Straßenseite aus dem Laden kommen sah. Er hätte sich am liebsten in Luft aufgelöst, aber Erik hatte ihn schon entdeckt.

„*Hej*, Niclas!“ Er kam auf ihn zu und gab ihm die Hand. „Wir können uns verabschieden – auf Wiedersehen!“

„Sie reisen ab?“

Erik deutete auf die Papiertüte in seiner Hand. „Wir machen gerade die letzten Einkäufe, meine Frau und ich. Es sieht so aus, als könnten wir heute Abend noch auslaufen.“

Niclas versuchte, sich seine Erschütterung nicht anmerken zu lassen. Hör auf damit, befahl er sich. Er hatte es doch die ganze Zeit gewusst. Warum regte er sich also darüber auf?

„Dann kann ich Ihnen nur eine schöne Reise wünschen“, sagte er emotionslos.

„Danke.“ Erik sah ihn an mit einer, wie Niclas meinte, leichten Überheblichkeit. Vielleicht sogar siegesgewiss, als schien ihm daran zu liegen, noch Salz in Niclas’ Wunden zu streuen, vor allem mit seiner nächsten Bemerkung. „Ich bin sicher, es wird alles gut.“ Erik gab ihm erneut die Hand und drückte dabei eine Spur zu fest zu, ein Akt männlicher Überlegenheit. Anschließend schlenderte er in lässiger Haltung davon.

Niclas blickte ihm mit Mordgedanken hinterher, aber nicht länger als zwei oder drei Sekunden. Dann riss er sein Handy aus der Hosentasche und drückte die Kurzwahl, unter der er Hannas Nummer eingespeichert hatte. Sie hob sofort ab.

„Ich muss dich sehen. Jetzt sofort."

„Nein." Ihre Stimme klang verstört. „Das kann ich nicht."

„Doch." Mehr sagte er nicht, nur dieses eine Wort, in dem sicheren Wissen, dass sie kommen würde.

SEINE SILHOUETTE hob sich vor dem bewegten Wasser des Sunds ab wie vor einer stimmungsvollen Filmkulisse. Er hatte die Hände in die Hosentaschen geschoben und sah hinaus in die Weite der Schärenlandschaft. Die Luft war diesig, vielleicht würde es heute noch regnen. Der Himmel hatte sich zugezogen, und der Wind hatte aufgefrischt. Wellen platschten an das Ufer zu seinen Füßen, und das Boot, das nur ein paar Schritte von ihm entfernt angepflockt im Wasser lag, schwankte in der Dünung hin und her. Hanna schritt durch den wogenden Strandhafer auf ihn zu und versuchte, ihre Gefühle auszublenden. Aber als sie ihn erreicht hatte und den Ausdruck in seinem Gesicht sah, war es um ihre Beherrschung geschehen. Sie legte stumm die Arme um seine Schultern und drückte sich an ihn. Doch er machte keine Anstalten, ihr näher zu kommen, sondern blickte sie nur stumm und abwartend an.

„Niclas", flüsterte sie.

„Wolltest du fahren, ohne dich zu verabschieden?" Seine Stimme klang hart.

Sie schluckte. „Ich dachte, es würde mir das Herz zerreißen, wenn ich dich noch einmal sehen würde."

„Habe ich die letzte Nacht nur geträumt?" Er nestelte den zerknüllten Zettel aus der Hosentasche. „Hast nicht du das hier geschrieben?" Seine Stimme triefte vor Sarkasmus, als er sie zitierte: „‚Es war wunderschön, danke.'"

„Niclas." Sie hatte Mühe, zu sprechen. „Ich … Ich habe mich getäuscht. Ich weiß nicht, was in mich gefahren ist. Ich bin verheiratet."

Er fasste sie bei den Schultern und schaute sie an. Sie wich seinen Blicken aus und redete hastig weiter. „Erik und ich, wir haben so viel zusammen durchgestanden! Wir kennen uns schon so lange … Ich … Mein Gott, ich muss uns noch eine Chance geben! Erik tut es doch auch!"

„Hanna!" Er schrie es beinahe. „Ist da irgendetwas zwischen uns passiert, oder war das einfach nur eine schöne Nacht für dich, bevor es auf die lange Reise geht?"

Sie war entsetzt. „Nein!" Heftig den Kopf schüttelnd, wiederholte sie: „Nein!" Sie sah ihm ins Gesicht und hielt es plötzlich keinen Augenblick länger aus. Mit beiden Händen umfasste sie sein Gesicht und reckte sich auf die Zehenspitzen. Mit dem Mund suchte sie seine Lippen. Er schien einen Moment zu zögern, doch nur den Bruchteil einer Sekunde später riss er sie fast grob in seine Arme und erstickte sie förmlich mit Küssen. Hanna gab sich seinen wilden Zärtlichkeiten hin und wünschte sich, die Zeit möge für immer stehen bleiben.

Doch der Moment verging wie alle anderen davor, und die Realität kehrte erschreckend schnell zurück. Es war ein Gefühl wie nach einem misslungenen Drahtseilakt. Sie hatte zu schnell zu hoch hinausgewollt, hatte sich kühn und frei emporgeschwungen – nur um am Ende tiefer als je zuvor zu fallen.

Sie löste sich von ihm und ging ein paar Schritte weit weg. „Er hat so von dieser Reise geträumt! Ich kann das nicht einfach abbrechen!"

„Manchmal erledigen sich Träume von selbst!" Niclas war ihr gefolgt und schlang von hinten die Arme um sie. „Hanna, du bist hier, bei mir!" Er vergrub sein Gesicht in ihren Haaren. „Ich liebe dich."

Sie schluchzte auf und riss sich von ihm los. „Es ist egal, ob wir uns lieben! Ich werde Erik das nicht antun! Er gibt für mich den Job seines Lebens auf! Wenn ich ihn jetzt im Stich lasse, könnte ich mir das niemals verzeihen!"

Niclas stand hoch aufgerichtet da. Der Wind peitschte ihm dunkle Haarsträhnen in die Stirn. „Warum hast du so wenig Mut?"

Sie starrte ihn an. „Mut?"

„Mut, etwas zu ändern. Mut, neue Wege zu gehen."

„Ich gehe ja einen neuen Weg!", rief sie außer sich. „Wir lassen unser gesamtes Leben hinter uns!"

„Und eure Probleme nehmt ihr mit." Als sie ihn nur schweigend anstarrte, fügte er beschwörend hinzu: „Ich meine den Mut, eine Entscheidung zu treffen, die nichts mit der Vergangenheit zu tun hat!"

Sie stand mit hängenden Armen da und fragte sich, wie sie es schaffen sollte, ohne ihn weiterzumachen. „Es tut mir leid", flüsterte sie.

Er hob das Kinn und sah sie an. „Mir auch."

Sie wartete noch einen Moment, weil sie dachte, dass er ihr vielleicht noch etwas sagen wollte. Als er es nicht tat, horchte sie in sich hinein, doch auch sie fand keine Worte, die noch etwas hätten ändern können.

Stumm wandte sie sich ab und machte sich auf den Weg, für den sie sich entschieden hatte.

„Stockholm!“ Der Ärger in Lottas Stimme war nicht zu überhören. „Ich weiß nicht, was das soll! Du gehörst da nicht hin! Und Niclas sowieso nicht.“

Hanna, die gerade im Begriff war, auf die Veranda hinauszutreten, hörte den letzten Satz und blieb abrupt mitten im Salon stehen. Sie wich ein Stück zur Seite, bis sie durch einen Vorhangspalt Lotta und Siv erspähen konnte. Durch die offen stehende Tür war jedes Wort ihrer Unterhaltung im Salon zu hören.

Sie hasste sich selbst dafür, dass sie lauschte, doch allein Niclas’ Namen zu hören reichte aus, um sie alle Anstandsregeln vergessen zu lassen. Siv stand vor einem Tisch, der von Blumentöpfen überquoll. Sie trug Gartenhandschuhe und war damit beschäftigt, Pflanzen umzutopfen.

„Wieso kannst du ihn nicht dazu bringen, die Praxis wieder zu öffnen?“ Lotta sprach lauter als nötig, ihr war anzumerken, wie sehr sie sich über Sivs Pläne aufregte. „Das würde alles vereinfachen!“

„Er kann das nicht“, beschied Siv sie knapp.

Lotta warf die Arme hoch und begann, erregt auf der Veranda auf und ab zu gehen. „Ich verstehe ja, dass er sich schuldig fühlt! Das würde wahrscheinlich jeder, dem seine Frau unter den Händen verblutet ist!“

Hanna zuckte heftig zusammen. Um Himmels willen, was war nur mit Niclas’ Frau passiert? Ob sie einen Unfall gehabt hatte?

„Es war eine Verkettung unglücklicher Umstände“, fuhr Lotta aufgebracht fort. „Deswegen darf man doch nicht gleich seinen Beruf aufgeben!“

„Vielleicht ist es ja gut für uns alle“, sagte Siv. „Ein neuer Ort, ein neues Leben.“

„Es ist ein Risiko! Und zwar für dich! Woher weißt du eigentlich, ob er dich wirklich liebt?“

„Wieso sollte er es nicht tun? Wir stehen uns sehr nahe!“ Ihre Stimme hatte einen fast flehenden Beiklang angenommen, so, als müsse sie nicht nur Lotta, sondern auch sich selbst vom Sinn ihres Vorhabens überzeugen. „Wir lachen so viel zusammen! Pelle, er und ich – wir sind manchmal schon fast wie eine richtige kleine Familie!“ Sie reckte sich entschlossen. „Er braucht mich einfach. Ich bin das Beste für ihn und Pelle!“

Lotta schüttelte resigniert den Kopf. „Ich hoffe, du machst keinen Fehler.“

Siv fuhr auf. „Mama, ich finde, du bist nicht diejenige, die mir sagen sollte, was gut oder schlecht ist, wenn es um Beziehungen geht!“

Verärgert ließ sie ihre Mutter stehen und ging in den Garten. Hanna zog sich rasch vom Salon in die Halle zurück und sagte sich, dass sie sich schämen sollte für ihr heimliches Lauschen. Das hatten diese Menschen, die sie so freundlich aufgenommen hatten, nicht verdient. Vor allem Niclas hatte es nicht verdient!

Vielleicht würde die Scham noch kommen, demnächst, wenn sie sich bereits auf hoher See befand. Doch zurzeit war dafür in ihrer Gefühlswelt kein Raum. Im Moment kreisten ihre Gedanken einzig und allein um die Frage, ob es wohl jemals aufhören würde, wehzutun.

DER WIND hatte weiter aufgefrischt, er kam vom Sund her in die Bucht gefegt und wehte ein paar von Elsas Haarsträhnen in Eriks Gesicht. Er spürte das Zittern ihres Körpers und wünschte sich, etwas tun zu können, um ihr den Abschied leichter zu machen. Dass er selbst dabei fast den Verstand verlor, spielte keine Rolle. Es war die Strafe, die er schon lange verdient hatte.

„Es gibt nichts mehr zu sagen, oder?" Ihre Stimme verlor sich in den Falten seines Pullis, als er ihren Kopf fester an seine Brust drückte. „Wir haben alles tausendmal besprochen", sagte er heiser. „Es gibt keine andere Lösung."

Sie machte sich von ihm los. Ihre dunklen Augen schimmerten feucht, und um ihren Mund zuckte es. „Das Baby wäre auch gestorben, wenn du bei ihr und nicht bei mir gewesen wärst!" Nachdem sie Worte voller Erbitterung hervorgestoßen hatte, drehte sie sich auf dem Absatz um und marschierte in Richtung Straße.

Erik konnte sie nicht so gehen lassen. „Ich hätte sie ins Krankenhaus gefahren!" Er holte sie ein und ging neben ihr her. „Sie hätten einen Kaiserschnitt machen können! Mein Kind wäre auf die Intensivstation gekommen, es hätte wenigstens eine Überlebenschance gehabt!"

Die Stimme versagte ihm, und plötzlich war alles wieder da. Die Schreckensbilder jener Nacht, überlebensgroß und entsetzlich in ihrer Deutlichkeit. Der Arzt in seinem grünen Kittel, die müden Augen, bekümmert zur Seite gewandt. Wortfetzen, die keinen Sinn ergeben wollten. Die Stimme, die teils mitfühlend, teils professionell zu ihm sprach, etwas von verfrühtem Blasensprung und vorgefallener Nabelschnur erzählte, lauter Dingen, die er in diesem Moment in keinen Zusammenhang bringen konnte.

Er hatte sich nur gemerkt, dass man sie liegend hätte transportieren müssen, mit hoch gelagertem Becken. Keinesfalls hätte sie einfach selbst in die Klinik fahren dürfen. Als sie ankam, war das Kind bereits tot gewesen. Sie hatten es ihr gesagt, und dann hatte sie es gebären müssen, unter Wehen und aus eigener Kraft, weil die Geburt schon zu weit fortgeschritten war. Als er am nächsten Tag ins Krankenhaus gekommen war, hatten sie ihm sein totes kleines Mädchen gezeigt. Es wäre nächste Woche drei Monate alt geworden.

Erik starrte auf Elsas schmalen Rücken, die schwarze Haarflut, die wie ein Trauerschleier auf ihrer weißen Jacke lag. Er hatte bei ihr im Bett gelegen, als sein Kind gestorben war, und er verfluchte sich selbst und jeden Atemzug, den er seitdem getan hatte. Er hätte auch Elsa verfluchen sollen, weil sie ihn behext hatte mit ihrem kompromisslosen Lebenshunger. Doch das brachte er nicht fertig, weil er sie jenseits aller Vernunft auf eine Weise liebte, die ihm keine andere Wahl ließ, als sie weiterhin zu begehren.

Sie blieb stehen und fuhr zu ihm herum. „Du hattest dich entschieden. Für mich! Du konntest nicht wissen, was passieren würde!"

„Mein Kind ist tot", sagte er hart. „Meine Frau wäre fast gestorben. Und ich war bei dir."

Sie spürte, dass es nichts mehr zu sagen gab. Ohne ein weiteres Wort wandte sie sich ab und ging zu ihrem Wagen. Als sie einstieg, sah sie, dass er bereits hinter den Bäumen oben am Hang verschwunden war.

Sie nahm das Foto, das sie ans Armaturenbrett geheftet hatte, bevor sie hierher gefahren war. Es war eine Aufnahme, die sie vor einem halben Jahr im Garten hinter ihrem Haus gemacht hatten, mit Selbstauslöser. Sie lachten beide in die Kamera, und als er sie hinterher in die Arme genommen hatte, war sie sicher gewesen, dass er ihr gehörte. Du bist die Frau meines Lebens, hatte er ihr ins Ohr geflüstert, und danach hatten sie sich vor dem Kamin geliebt. Eine Woche später hatte er ihr unter Tränen gestanden, dass seine Frau schwanger war. Er hatte es schon vorher gewusst, aber er hatte es nicht geschafft, darüber zu sprechen. Doch dann war das Ultimatum abgelaufen, das sie ihm für die Trennung von seiner Frau gesetzt hatte, und es war ihm nichts anderes übrig geblieben, als ihr reinen Wein einzuschenken. Sie hätte ihn umgebracht, wenn sie ihn nicht wie verrückt geliebt hätte.

Sie hatten versucht, einfach aufzuhören, sich zu treffen. Es hatte ganze zwei Wochen lang geklappt, dann war es weitergegangen, als wäre nichts geschehen. Lass sie erst das Kind kriegen, hatte er gesagt, dann rede ich mit ihr. Wir finden eine Lösung, die uns allen gerecht wird.

Jetzt war das Kind tot, und die Lösung bestand darin, dass es trotzdem vorbei war mit ihnen. Oder genauer: nicht trotzdem, sondern gerade deswegen.

Elsa betrachtete mit brennenden Augen das Foto, dann riss sie es in Stücke. Doch der Impuls, die Fetzen auf die Straße zu werfen, verflog so plötzlich, wie er gekommen war. Stattdessen sortierte sie die einzelnen Teile und fügte sie wie ein Puzzle wieder zusammen, bis ihr Gesicht sich auf dem Foto erneut an seines schmiegte. Ihre Hände waren ruhig, als sie den Kopf hob und durch die Windschutzscheibe ihres Wagens auf die Straße starrte. Während sie die Tränen wegblinzelte, fühlte sie, wie Trotz in ihr aufkeimte und sich rasch in Entschlossenheit verwandelte. Noch war Erik nicht weg.

HANNA beugte sich über die Tasche und legte die letzten Sachen hinein, als ihr Handy klingelte. Sie musste nicht auf das Display sehen, um zu wissen, dass er es war. In der vergangenen Stunde hatte er es schon zweimal versucht. Für Hanna war es wie eine weitere Niederlage nach einer ohnehin schon verlorenen Schlacht, als sie abermals den Anruf wegdrückte. Der Drang zu weinen, war fast übermächtig, doch diese Schwäche konnte sie sich jetzt nicht erlauben. Und so wie es aussah, auch nicht das ganze nächste Jahr.

Mit fahrigen Bewegungen legte sie ihre Jacke zusammen und wandte sich zu Erik um, der soeben das Zimmer betrat.

„Hallo, da bist du ja. Es kann losgehen." Sie gab sich lässig, obwohl sie sich am liebsten irgendwo in einem dunklen Raum versteckt hätte.

Erik stellte seine schon fertig gepackte Reisetasche auf einen Stuhl und zog den Reißverschluss zu. „Ja, es wird Zeit." Er sah sie nicht an bei diesen Worten, auch nicht, als Hanna auf ihn zutrat und ihm die Hand auf die Schulter legte.

Sie wollte nett zu ihm sein, eine unverbindliche, freundliche Bemerkung machen, etwas in der Art wie *Schön, dass wir endlich wegkommen*. Doch der Satz erstarb ihr auf den Lippen, als sie spürte, wie er sich unter ihrer Berührung verkrampfte, und sie ließ ihn los.

„Hast du den Wetterbericht abgefragt?" Seine Frage kam hastig.

„Nein, das habe ich vergessen."

„Dann will ich das jetzt mal machen." Erik zückte sein Handy und wählte die Nummer des Wetterdienstes. „Nicht dass wir sofort in stürmische See kommen."

Beklommen wandte Hanna sich ab, um ihre Tasche zu schließen.

PELLE hatte sich auf einen Felsen dicht beim Wasser niedergelassen und fingerte an dem Drachen herum, der ausgebreitet auf seinen Knien lag. Er hatte versucht, ihn allein in die Luft zu bringen, aber ständig war etwas dabei schiefgegangen. Entweder war er gestolpert oder einfach nicht schnell genug gewesen. Egal wie er es anstellte – der Drachen war immer wieder auf halber Höhe abgeschmiert und zu Boden gesegelt. Einmal war er so unvorsichtig gewesen, einen der Haltegriffe loszulassen, was dazu geführt hatte, dass die beiden Schnüre sich hoffnungslos verheddert hatten. Er hatte über eine halbe Stunde gebraucht, sie wieder zu entwirren.

Alles in allem gab es nichts daran zu rütteln: Drachen steigen lassen machte allein nur halb so viel Spaß wie zu zweit. Mit Hanna zusammen hatte es viel besser geklappt. Der Drachen war kerzengerade in die Luft gestiegen und dort geblieben, obwohl er ihn fast die ganze Zeit ohne ihre Hilfe gelenkt hatte. Es schien, als hätte ihre bloße Anwesenheit ausgereicht, dass es funktionierte.

Pelle hatte die Blicke gesehen, die sein Vater ihr zuwarf, und er hatte auch mitbekommen, dass die beiden im Bootshaus zusammen übernachtet hatten. Er war kein Baby mehr, auch wenn sein Vater sich das manchmal einzubilden schien. Ihm war völlig klar, was Männer und Frauen taten, wenn sie zusammen in einem Bett schliefen. Mats und er hatten schon oft genug ihre Witzchen darüber gerissen.

Zuerst hatte es ihn verstört. Die Vorstellung, dass sein Vater eine andere Frau gern hatte als seine Mutter, hatte etwas zutiefst Erschreckendes für ihn gehabt, und es hatte ihn heute Morgen darin bestärkt, sein Zeug zu packen und so schnell wie möglich abzuhauen. Er hatte so oder so verschwinden wollen, weil er gar nicht daran dachte, sich einfach so nach Stockholm schleppen zu lassen. Aber Hanna und sein Vater zusammen im Bootshaus – das war mehr an Veränderung, als er geglaubt hatte ertragen zu können.

Pelle wusste nicht recht, wann sich seine Sicht der Dinge verändert hatte. Es war vermutlich heute früh passiert, als er mit ihr zusammen vor dem dicken alten Baum gesessen und mit ihr geredet hatte.

Sie hatte etwas an sich, das ihn an seine Mutter erinnerte. Nicht dass sie ihr ähnlich gesehen hätte, sie war ein ganzes Stück kleiner und dünner und redete auch anders. Aber ihre Art zu lachen und einem direkt in die Augen zu sehen schien ihm seltsam vertraut, fast so, als würde er sie schon lange kennen.

Sie hatte ihm gesagt, dass er seinem Vater helfen müsse, doch warum tat sie es nicht selbst? Pelle wusste genau, dass sie es viel besser konnte als er. Sein Vater hatte in den paar Stunden mit ihr mehr gelacht als in den letzten zwei Jahren. Es war beinahe so, als gehörte sie hierher.

Siv hatte ihm erzählt, dass Hanna einen Mann hatte und mit ihm zusammen um die Welt segeln wollte. Doch warum hatte sie dann mit seinem Vater im Bootshaus übernachtet? Männer und Frauen gingen zusammen ins Bett, weil sie sich liebten. So wie es seine Eltern getan hatten. Vielleicht kam sie mit ihrem Mann nicht mehr klar, genau wie Mats Mutter, die letzten Sommer in ein anderes Haus gezogen war, weil sie und ihr Mann ständig gestritten hatten. Jetzt hatte sie einen neuen Freund, und mit Mats Vater war sie noch befreundet.

Warum sollte Hanna das nicht so ähnlich machen? Wenn sie hierblieb, würde sein Vater vielleicht auch nicht mehr wegwollen.

Noch war sie da, Pelle wusste, dass sie nicht wegkonnte, weil Jan noch an dem Boot arbeitete.

Gedankenverloren betrachtete Pelle die flammenfarbene Haut des Drachens. Dann holte er entschlossen mit der Faust aus und schlug mit aller Kraft auf die Bespannung, sodass sie knirschend zerriss.

NICLAS nahm eine Flasche Mineralwasser aus dem Kühlschrank, und als sich die Tür schloss, fiel sein Blick auf die mit Magneten befestigten Fotos. Silke und Pelle, Silke und er selbst, immer lachend und immer glücklich. Diese Zeit erschien ihm mit einem Mal wie ein weit entferntes, völlig anderes Leben. Ein glückliches Leben, das ihn mit wunderbaren Erinnerungen erfüllte. Aber eben auch ein Leben, das vorbei war. Überrascht und ein bisschen wehmütig erkannte er, dass er zum ersten Mal seit ihrem Tod in der Lage war, an sie zu denken und dabei zu spüren, dass sie ein Teil seiner Vergangenheit war. Hanna war im Begriff, aus seinem Leben zu verschwinden, noch bevor sie wirklich darin angekommen war. Dessen ungeachtet hatte sie etwas hingekriegt, das in den letzten beiden Jahren niemandem vor ihr gelungen war. Er konnte endlich die Vergangenheit von der Gegenwart trennen.

Was aus seiner Zukunft werden würde, war allerdings eine andere Sache, über die er im Augenblick nicht nachdenken wollte.

Er hatte sein Handy ausgestellt, weil er es nicht länger ertragen konnte, vergeblich auf eine Nachricht von ihr zu warten. Solange es nicht an war, konnte er sich wenigstens vormachen, dass sie sich vielleicht doch noch einmal bei ihm gemeldet und dabei am eigenen Leib gespürt hatte, wie weh diese kalte Abweisung tat.

Er starrte die Wasserflasche in seiner Hand an und war eine Sekunde lang versucht, sie gegen die Wand zu werfen, um seinen Frust und seinen Zorn loszuwerden.

„*Hej*, Papa!“

Niclas sah durch das angelehnte Küchenfenster, wie Pelle auf das Haus zugerannt kam. Er hielt mit beiden Händen den Drachen hoch, während der meterlange Schwanz wie ein Band aus Feuer hinter ihm herflatterte.

Niclas ging zum Fenster und stieß es auf. „Was ist denn?"

„Der Drachen ist kaputt." Pelle zeigte ihm das Loch. „Ist in einen Baum gekracht. Das Loch kommt von einem Ast."

„Das kriegen wir schon wieder hin. Ich komme raus."

Er ging in den Garten und besah sich den Schaden.

„Lass uns doch zu Hanna fahren." Pelle sah erwartungsvoll zu ihm hoch. „Die weiß, wie so was geht!"

„Das bekommen wir auch alleine wieder hin."

„Aber Hanna kann so was!", begehrte Pelle auf. „Sie …"

„Hast du nicht gehört?", unterbrach Niclas ihn unwirsch. „Ich kümmere mich darum!"

„Aber …"

„Pelle!" Niclas' Stimme war wie ein Peitschenhieb. „Ich will nichts mehr davon hören! Die Sache ist entschieden!"

Pelle zuckte erschrocken zusammen, dann richtete er sich auf und funkelte seinen Vater an. Heftig stieß er ihm den Drachen vor die Brust, sodass Niclas einen halben Schritt zurücktaumelte.

Im nächsten Augenblick rannte Pelle quer über die Wiese davon.

Jan widerstand der Versuchung, sich für eine Weile auszuruhen. Es gab genug Arbeit in der Werkstatt, und da er hier der Chef und die einzige Arbeitskraft gleichzeitig war, konnte er es sich nicht erlauben, einfach zwischendurch schlappzumachen.

Immerhin war die *Miranda* klar zum Auslaufen. Er hatte alles andere liegen lassen und das fehlende Teil eingebaut, nachdem es heute Nachmittag endlich per Kurier angekommen war. Hanna hatte es so eilig mit ihrer Weltumsegelung, dass sie ihm vermutlich den Kopf abgerissen hätte, wenn er das Boot nicht gleich repariert hätte.

Als er das elegante Cabrio vorfahren sah, legte er den Lötkolben zur Seite und schob sich die Schutzbrille auf die Stirn.

Erstaunt sah er der Frau entgegen, die aus dem Wagen stieg und mit energischen Schritten auf ihn zukam. Sie wirkte sehr elegant mit ihrem schwingenden Rock und der weißen Jacke. Doch als sie näher kam, bemerkte er, dass der Rock eine Idee zu durchsichtig war und die Absätze ein wenig zu hoch. Nicht dass es ihm nicht gefallen hätte; die Frau war bildschön und wusste sich zu bewegen, aber Jan spürte instinktiv, dass sie es darauf anlegte, aufzufallen. Sie war eine Frau, vor der Männer sich in Acht nehmen mussten. In ihren Augen stand ein fiebriger Glanz, als sie auf ihn zutrat.

„*Hej*!"

Er nickte. „Kann ich etwas für Sie tun?"

Ihr dunkelrot geschminkter Mund verzog sich zu einem flüchtigen Lächeln. „Ich suche das Boot der Bellmanns."

Er deutete auf die *Miranda*. „Da drüben."

„Ich bin die Sekretärin von Herrn Bellmann. Er hat mich gebeten, ihm noch ein paar Unterlagen aufs Boot zu bringen. Ist er zufälligerweise da? Oder seine Frau?"

Jan schüttelte den Kopf und betrachtete sie. Etwas an ihrer Art irritierte ihn, ohne dass er genau hätte sagen können, was es war. Vielleicht war es das winzige Zittern in ihrer Stimme oder die Tatsache, dass ihr Lächeln nicht ihre Augen erreichte. Sie schien unter großer Anspannung zu stehen.

„Dann ist es wohl das Beste, wenn ich die Papiere in die Kajüte lege. Sie haben doch nichts dagegen, oder?"

Stirnrunzelnd hob Jan die Schultern. „Wenn Sie seine Sekretärin sind …"

Sie nickte und stöckelte auf ihren hohen Absätzen über die Planken, bis sie die *Miranda* erreicht hatte.

Jan wandte sich achselzuckend wieder seiner Arbeit zu. Außer Essensvorräten ließ sich auf dem Schiff nicht viel klauen, die Bellmanns hatten alle Wertsachen mitgenommen, darauf hatte er bestanden. Außerdem sah die Frau nicht aus, als hätte sie es nötig, sich an fremdem Eigentum zu vergreifen. Allein das Cabrio, das sie fuhr, war mehr wert, als er in den letzten drei Jahren verdient hatte.

Elsa erklomm die Jacht und stieg eilig hinunter in die Kajüte. Ihr wurde übel, als sie sich im Inneren des Schiffes umsah. Die Teakholzvertäfelung, die blauen Kissen auf den Bänken, die mit ein paar Handgriffen zu einem Bett umfunktioniert werden konnten, die Fotos von früheren Segeltörns, die an eine Schranktür gepinnt waren. Hier wollte er also ein ganzes Jahr mit ihr verbringen.

Auf einem Wandbrett neben der Kombüse lag das Logbuch. Elsa schlug es auf und empfand es plötzlich als Fügung des Schicksals, dass noch kein Eintrag darin stand. Sie holte den Brief aus ihrer Handtasche, um ihn hineinzulegen. Wer auch immer das Buch zuerst aufschlug – er würde den Umschlag finden. Sie hatte ihn nicht zugeklebt, und sie hatte nicht nur *für Erik*, sondern auch ihren Absender darauf geschrieben. Falls seine Frau für die Logbucheinträge zuständig war, würde sie auf den Brief stoßen und ihn lesen. Dann sollte es eben so sein. Elsa hatte es endgültig satt, nur eine Randfigur in seinem Leben zu sein. Sie war nicht irgendwer, sondern die Frau, die er seit einem Jahr liebte, und sie war der Meinung, dass es höchste Zeit war für ein paar Wahrheiten.

Im nächsten Moment hätte sie um ein Haar entsetzt aufgeschrien. Jemand kam die Leiter herunter, und erst eine schreckerfüllte Sekunde später sah sie, dass es Erik war.

Völlig konsterniert blickte er sie an. „Elsa, was um Himmels willen …“

Wortlos nahm sie den Brief wieder aus dem Logbuch und knallte ihn Erik vor die Brust, bevor sie sich an ihm vorbeidrückte und rasch zurück an Deck stieg. Erik folgte ihr hastig, doch sie war bereits wieder auf dem Steg und eilte hinüber zu ihrem Wagen.

Erschüttert ließ Erik sich auf die Ruderbank fallen und starrte auf den Brief. Beim Anblick ihres Cabrios hatte sich vorhin in seinen Eingeweiden ein Knoten gebildet, der ihm immer noch die Luft abdrückte. Um ein Haar wäre sie Hanna über den Weg gelaufen! Ob sie es womöglich sogar darauf angelegt hatte?

Dass es nicht dazu gekommen war, hatte er nur einem glücklichen Zufall zu verdanken. Lotta war noch nicht vom Einkaufen zurück, und Hanna hatte darauf bestanden, auf sie zu warten, um sich anständig von ihr zu verabschieden. Es konnte nur ein paar Minuten dauern, bis sie ebenfalls hier eintraf. Unruhig drehte er das Kuvert in seinen Händen, bevor er den Bogen herauszog. Nur drei Worte standen dort: *Ich liebe dich.*

Dem Brief war ein Foto beigelegt, das in mehrere Teile zerrissen und anschließend wieder zusammengeklebt worden war. Erik kannte das Bild. Sie hatten es mit dem Selbstauslöser ihrer Kamera zum Anlass ihres sechsmonatigen Zusammenseins aufgenommen. Damals hatte er wirklich geglaubt, alles unter einen Hut bringen zu können. Zwei Frauen, zwei Leben. Er musste wahnsinnig gewesen sein, eine andere Erklärung fand er nicht dafür.

Trotzdem konnte er nichts gegen den Schmerz tun, der ihn beim Anblick ihres davonbrausenden Cabrios wie aus dem Nichts ansprang und ihm den Atem nahm.

LOTTA war gut aufgelegt, als sie die Halle betrat. Sie hatte in ihrer Lieblingsboutique ein rotes Kostüm gefunden, das wie angegossen passte. Glücklich über ihre Neuerwerbung, hatte sie es gleich angelassen und wünschte sich, Jan könnte sie jetzt sehen. Natürlich war ihm längst aufgegangen, was er an ihr verloren hatte, doch es konnte nicht schaden, ihn hin und wieder mit der Nase darauf zu stoßen. Auch wenn die andere vielleicht zehn Jahre jünger und um einiges schlanker gewesen war als sie selbst – Lotta wusste, dass sie gut aussah und dass Jan sie immer noch begehrte, und zwar mehr als je zuvor.

Eines der Mädchen hatte frische Blumen in einer Vase dekoriert und reichte sie Lotta im Vorbeigehen. „Der Strauß ist für Sie abgegeben worden."

Lotta bedankte sich und ging beschwingt weiter zur Empfangstheke, wo sie die Vase abstellte und das Kärtchen herausfischte, um einen Blick darauf zu werfen. Er konnte es einfach nicht lassen.

Als das Telefon läutete, hob sie lächelnd ab und meldete sich. Aus den Augenwinkeln sah sie Hanna die Treppe herunterkommen und nickte ihr freundlich zu.

„*Hej*, Niclas", sagte Lotta erfreut.

„Ist Hanna Bellmann da?", fragte er sofort. Seine Stimme klang gehetzt.

„Hanna Bellmann?" Lotta zögerte, als sie Hannas entgeisterten Gesichtsausdruck sah. „Moment …"

Hanna winkte hastig gestikulierend ab, und Lotta setzte in bedauerndem Tonfall hinzu: „Nein, Niclas, tut mir leid, sie ist nicht mehr im Hotel."

Ein Klicken in der Leitung zeigte an, dass er aufgelegt hatte.

Lotta sah Hanna fragend an, doch die war offenbar nicht gewillt, Erklärungen abzugeben. Stattdessen deutete sie auf die Blumen. „Schöner Strauß."

„Mhm. Das konnte er schon immer. Er hat mir immer unglaublich schöne Blumen geschenkt."

„Ihr Mann", sagte Hanna mit besonderer Betonung.

Beinahe trotzig nickte Lotta. „Ja, mein Mann." Gleich darauf schwächte sie ihren Satz ab. „Sozusagen." Sie lächelte schief. „Macht der Gewohnheit, wissen Sie."

Sie nahm die Vase und stellte sie auf dem Sideboard hinter der Empfangstheke ab. „Möchten Sie die Rechnung?"

„Ja bitte."

„Schade, dass Sie schon abreisen."

Hanna nickte. „Es war sehr schön bei Ihnen. Ein Glück, dass wir Ihren Mann getroffen haben." Unvermittelt setzte sie hinzu: „Sind Sie eigentlich schon lange geschieden?"

Lotta blickte kurz von dem Rechnungsformular auf. „Wir sind nicht geschieden. Nur getrennt."

„Deswegen." Hanna nickte nachdenklich. „Sie wirken gar nicht wie ein geschiedenes Paar."

„Aber faktisch sind wir es. Ist uns nur zu teuer, diese ganze Sache mit den Anwälten und so."

„Manche machen den letzten Schritt ja nur nicht, weil sie sich doch nicht sicher sind", sagte Hanna. Langsam fügte sie hinzu: „Und schenken weiter Blumen …"

Lotta hob den Kopf, einen bitteren Ausdruck im Gesicht. „Wann ist man schon sicher im Leben?" Sie hielt inne, dann setzte sie achselzuckend hinzu: „Immerhin waren wir fast dreißig Jahre lang glücklich."

„Und dann hat er einen Fehler gemacht."

Lotta antwortete nicht.

„Den Sie ihm nicht verzeihen können", fügte Hanna hinzu.

Lotta wollte offenbar nichts dazu sagen. Sie riss das fertig ausgefüllte Rechnungsformular ab und legte es auf den Tresen. „Zahlen Sie bar oder mit Karte?"

„Bar." Hanna zählte die passende Summe ab. „Danke für alles."

„Ich danke Ihnen", sagte Lotta. Aufrichtige Sympathie klang aus ihrer Stimme, als sie Hanna zum Abschied die Hand gab. „Ich wünsche Ihnen eine gute Reise, und kommen Sie gesund wieder!"

Hanna erwiderte ihr Lächeln, bevor sie ihre Tasche nahm und zur Tür ging. Dort blieb sie stehen. Einen letzten Versuch war es wert.

„Sie sind doch immer noch wütend auf ihn. Glauben Sie wirklich, das wären Sie, wenn Sie keine Gefühle mehr für ihn hätten?" Sie sah Lotta eindringlich an, doch deren Miene blieb unbewegt. Hanna erkannte die Botschaft. Sie sollte endlich aufhören, sich in Dinge einzumischen, die sie nichts angingen. Mit gesenktem Kopf eilte sie nach draußen, wo zu ihrer Verblüffung Pelle auf sie zugerannt kam.

„Hanna!", rief er und hielt ihr den Drachen hin, in dessen Mitte ein riesiges Loch klaffte. „Er fliegt nicht mehr", sagte er niedergeschlagen.

„Das ist nicht so schlimm. Du brauchst nur etwas Kleber und …"

„Kannst du das nicht machen?", fiel er ihr ins Wort.

„Ich bin auf dem Weg zu unserem Schiff, Pelle. Wir reisen gleich ab." Sie wagte nicht, ihn anzusehen. Seine Blicke verstörten sie so, dass sie es kaum ertragen konnte. Vielleicht lag es daran, dass er seinem Vater so ähnlich sah. „Mach's gut, Pelle." Hastig schulterte sie ihre Tasche und ging weiter.

„Wieso bleibst du nicht hier?", rief er ihr anklagend nach.

Sie brachte es nicht fertig, ihn einfach so stehen zu lassen. Schweren Herzens drehte sie sich um und ging wieder zu ihm zurück. „Du weißt doch, Erik und ich wollen um die ganze Welt reisen. Es wird einfach Zeit, dass wir wegkommen!"

Ein flehender Ausdruck trat in seine Augen, während er ihr den Drachen hinhielt. „Kannst du das nicht noch schnell machen? Bitte, Hanna!"

„Tut mir leid, aber Erik wartet auf mich."

Pelle sah aus, als hätte sie ihn geschlagen, und in dem hastigen Bemühen, ihnen beiden den Abschied zu erleichtern, fuhr Hanna fort: „Sieh mal, es ist wirklich nicht so schlimm! Das kann doch Niclas machen."

„Papa?" Pelle schaffte es, seine ganzen Emotionen in dieses eine Wort zu legen. Wut, Furcht, Enttäuschung. Vor allem aber Hoffnungslosigkeit.

Hanna nickte nachdrücklich. „Ja, Papa. Mit dir zusammen. Ihr seid ein gutes Team." Sie schluckte, doch der dicke Kloß, der ihr im Hals steckte, wollte nicht verschwinden. „Mach's gut, Pelle", flüsterte sie, bevor sie davoneilte.

UNTERDRÜCKT FLUCHEND kämpfte Jan mit dem Knoten der Krawatte, und als er es endlich hingekriegt hatte, sie vernünftig zu binden, fand er, dass er wie ein verdammter Lackaffe aussah. Grimmig betrachtete er sein ungewohnt elegantes Konterfei in dem winzigen Spiegel und zerrte dann kurzerhand das blöde Ding über den Kopf. Mit offenem Hemdkragen gefiel er sich entschieden besser. Zufrieden hängte er die Krawatte über den Spiegel. Lotta würde ihn so nehmen müssen, wie er war. Alt, kreuzlahm, mit ein paar Falten zu viel. Und vor allem ohne Schlips. Er würde alles für sie tun. Aber auf keinen Fall würde er ihretwegen zum Gecken werden.

Als er sich umwandte, stand Hanna in der Tür des Kontors. Sie hatte eine Reisetasche zu ihren Füßen abgestellt und grinste ihn an. „*Hej*, Jan. Sie sehen ja toll aus! Haben Sie etwas vor?"

Er zupfte den Kragen seines schicken weißen Hemdes zurecht. „Klarschiff machen mit Lotta", sagte er würdevoll. „Muss endlich sein." Er betrachtete sie eingehend und bemerkte die Wehmut in ihrem Blick. „Und Sie? Wollen Sie wirklich losfahren?"

„Ja", sagte sie mit flacher Stimme. „Es wird höchste Zeit."

„Ich wünsche Ihnen Glück, Hanna", sagte er bedächtig. „Mögen Sie das finden, was Sie suchen."

Sie nickte mit gesenktem Kopf. „Danke, Jan. Auch Ihnen alles Gute."

In einer Aufwallung von Zuneigung und Mitgefühl zog Jan sie an seine Brust. „Mach's gut, Mädel", flüsterte er bewegt. „Und wenn es anders kommt – denk dran, es gibt immer einen neuen Weg."

Im nächsten Augenblick verzog er in komischer Verzweiflung das Gesicht. Lotta hatte den Steg betreten. Sie trug ein funkelnagelneues rotes Kostüm und war unglaublich schön.

„Ist das nicht typisch!“ Er lachte ein bisschen gequält und ließ Hanna los. „Jahrelang kommst du nicht zu mir. Und dann überwindest du dich endlich – und findest mich in einer kompromittierenden Situation.“ Er grinste Lotta breit an, während er zu ihr hinüberging. „Aber ich kann dich beruhigen. Hanna ist vergeben. Außerdem ist sie etwas zu jung für mich.“

„Du meinst wohl, du bist zu alt“, versetzte Lotta trocken.

Jan sah sie an, und ihm war, als wäre soeben die Sonne aufgegangen. Sie auf einmal hier zu haben brachte ihn völlig aus der Fassung.

„Jan, ich würde gern mit dir reden.“

Er begriff sofort, was sie ihm sagen wollte, und die Freude schnürte ihm fast die Kehle zu. „Du bist wirklich zu mir gekommen!“

„Ja“, erwiderte sie bewegt. „Es tut mir leid, dass ich so lange dafür gebraucht habe.“

Er verdrehte die Augen, und einen Moment glaubte Lotta, er würde gleich einen seiner üblichen Späße von sich geben. Doch dann fuhr seine Hand hoch und presste sich gegen seinen Brustkorb, tastete über die Rippen, als wolle er dort etwas festhalten.

„Jan?“ Beunruhigt trat sie einen Schritt vor.

Er keuchte und versuchte, etwas zu sagen, doch es drangen nur unartikulierte Laute aus seinem Mund. Im nächsten Augenblick knickten die Knie unter ihm ein, und er sackte wie vom Blitz getroffen zusammen.

„Jan!“ Lotta schrie mit überkippender Stimme seinen Namen. Es gelang ihr gerade noch, seinen Fall zu bremsen, bevor er mit dem Kopf auf die Planken schlug. Ausgestreckt blieb er auf dem Steg liegen, das Gesicht zum Himmel gewandt, die Augen weit offen und auf seltsame Weise verschleiert. Lotta packte seine Schultern und schüttelte ihn. „Jan!“

Hanna war ein paar Sekunden später an ihrer Seite. „Was ist?“, schrie sie.

„Ich rufe einen Krankenwagen“, stieß Lotta hervor. Sie rappelte sich hoch und rannte die paar Schritte zum Telefon, das an der Außenwand neben dem Kontor angebracht war.

Hanna beugte sich über Jan. Seine Lider flatterten, und er versuchte, etwas zu sagen. Seine Lippen formten ein Wort. Es war der Name seiner Frau.

Lotta kam zurück, blankes Entsetzen im Blick. „Sie brauchen eine halbe Stunde“, sagte sie hilflos. Stolpernd ging sie neben ihrem Mann in die Knie.

„Ich laufe zu Niclas, das geht schneller!“ Hanna sprang auf und rannte los. Die körperliche Anstrengung war ungewohnt, doch sie achtete nicht auf das Seitenstechen. Japsend erreichte sie endlich das rote Häuschen. Sie stieß einfach die Tür auf und rannte ins Haus.

„Niclas?“ Keuchend hielt sie sich am Türpfosten fest. Er kam sofort aus der Küche, als er ihre Stimme hörte. Gott sei Dank war er zu Hause!

„Hanna!“ Auf seinem Gesicht zeigte sich eine Abfolge rasch wechselnder Gefühle, zuerst Verblüffung, dann Freude und schließlich offene Besorgnis, als er erkannte, dass etwas passiert sein musste.

„Komm schnell!“, rief sie außer Atem. „Jan ist zusammengebrochen!“

Niclas prallte zurück. „Habt ihr den Krankenwagen gerufen?“, fragte er.

„Ja, aber der braucht eine halbe Stunde! Du musst Jan helfen!“

Er folgte ihr, blieb aber in der Haustür stehen. „Hanna …“ Er wusste nicht, wie er es ihr sagen sollte. „Ich weiß nicht, ob ich das kann.“

Hanna drückte seine Hand. „Du wirst gebraucht“, sagte sie nur.

Niclas holte tief Luft. Ihre Worte hatte etwas in ihm berührt, das niemals in Vergessenheit geraten durfte, solange er Augen zum Sehen und Hände zum Arbeiten hatte. Da war jener Schwur, den er vor langer Zeit geleistet hatte. Es war der Eid, den jeder Arzt zu jeder Zeit befolgen musste.

Er strauchelte auf dem Weg zum Dielenschrank, fing sich aber wieder, bevor er sich niederkauerte und die Tasche mitsamt Kardio-Set hervorkramte. Einen Augenblick fühlte es sich ungewohnt an, aber dann lag es in seiner Hand, als stünde es völlig außer Frage, dass es dort hingehörte.

Nur Augenblicke später waren sie beim Wagen. Niclas riss die Fahrertür auf und zögerte. „Du musst wissen, dass ich einmal einen geliebten Menschen nicht retten konnte …“

Sie unterbrach ihn sofort. „Niclas, du bist Arzt. Du *musst* es tun.“

Das wusste er selbst, sie hatte es nur noch einmal ausgesprochen. Er setzte sich kommentarlos hinters Steuer und schob den Wagenschlüssel ins Zündschloss. Hanna glitt auf den Beifahrersitz und knallte die Tür zu. Niclas gab Gas, und gleich darauf brauste der Wagen aus der Einfahrt in Richtung Straße.

LOTTA kniete neben Jan auf dem Steg und streichelte ihm unablässig die Stirn. „Es wird gut“, brachte sie weinend hervor. „Es wird alles wieder gut.“

Hin und wieder wischte sie sich die Tränen weg, um überhaupt noch etwas erkennen zu können. Ihr Make-up war zerlaufen, und ihre Strümpfe waren zerrissen. Doch das alles war von größtmöglicher Bedeutungslosigkeit.

Nur Jan war wichtig. Er musste entsetzliche Schmerzen haben, doch er versuchte, es sich nicht anmerken zu lassen, dieser liebe, verrückte Mensch! Er starb vielleicht und wollte immer noch den starken Mann markieren! Sein Gesicht war wachsbleich. Seine Lippen waren blau angelaufen, und seine Blicke irrten panisch hin und her.

Sie hatte ihm ein Kissen aus Netzen und zusammengerollten Seilen unter den Kopf geschoben, damit er leichter atmen konnte. Doch jedes Mal, wenn er Luft holte, schien er dem Ersticken ein Stück näherzukommen.

„Ich bin bei dir, Liebling!"

Sein Mund öffnete und schloss sich, und sie beugte sich vor, um ihn verstehen zu können. Seine Worte kamen gequetscht und kaum hörbar heraus, doch Lotta verstand ihn trotzdem. „Ich war ein Idiot."

„Ich auch", sagte sie weinend.

„Es tut mir leid, dass ich dich so verletzt habe", flüsterte er mühselig.

„Ich weiß", stammelte sie. „Jetzt rede nicht so viel. Alles wird gut, ganz bestimmt!"

„Sicher?"

„Ganz sicher!"

„Warum küsst du mich dann nicht?"

Sie lachte unter Tränen und beugte sich über ihn. Sacht küsste sie ihn auf die Lippen, ganz kurz nur. Dann hörte sie endlich das Geräusch des näher kommenden Wagens und hätte am liebsten erleichtert aufgeschrien. Gefolgt von Hanna, kam Niclas über den Steg gerannt und hockte sich neben Jan auf die Planken.

„*Hej*, Jan. Wo sitzt der Schmerz?" Er nahm Jans Handgelenk und fühlte den Puls.

„Ich glaube, es ist der Rücken", murmelte Jan.

Niclas riss seinen Koffer auf und zog das Stethoskop hervor. Hastig horchte er Jans Brust ab und blickte dann betroffen auf. „Ich fürchte, es ist ein leichter Herzinfarkt."

„Es sind Rückenschmerzen", keuchte Jan protestierend.

„Das ist ja das Fatale. Herzprobleme äußern sich oft über Schmerzen im Rücken oder in den Armen." Niclas nahm eine Spritze und zog sie auf, als Lotta einen entsetzten Aufschrei hören ließ.

Jan schnappte nach Luft, und einen Moment später fiel sein Kopf zur Seite.

„Mein Gott!", presste Niclas zwischen den Zähnen hervor, nachdem er abermals Jans Brust abgehört hatte.

„Was ist?", schrie Lotta angsterfüllt.

„Herzstillstand." Niclas war bereits dabei, die Elektroden des Defibrillators auf Jans Brust zu befestigen. „Achtung, Vorsicht!"

Er drückte den Auslöser mit dem roten Leuchtherzen, und Jans Körper bäumte sich unter dem Stromstoß auf. Im nächsten Moment atmete er wieder.

Lotta brach weinend neben ihm zusammen, während Niclas und Hanna sorgenvolle Blicke tauschten. Wenig später waren endlich die Sirenen des nahenden Krankenwagens zu hören.

HANNA kam es so vor, als hätten sie Stunden gewartet, doch in Wahrheit waren kaum dreißig Minuten vergangen, als Niclas aus der Notaufnahme kam. Er trug einen Arztkittel. Die Berufskleidung ließ ihn souverän wirken, seine ganzen Bewegungen und sein Gesichtsausdruck strahlten Professionalität aus. Hanna sah ihn näher kommen, und dann korrigierte sie sich in Gedanken. Es war nicht der Kittel oder das Stethoskop, das aus seiner Brusttasche lugte, sondern der Mensch. Niclas war Arzt, und er war es mit jeder Faser seines Wesens. Er hatte es einfach nur für eine Weile vergessen.

Siv eilte ihm entgegen. Sie war vor zehn Minuten eingetroffen. Kreidebleich und mit angstvoll geweiteten Augen war sie pausenlos im Gang auf und ab marschiert, während Lotta reglos an der Wand gestanden hatte.

Niclas zog erschöpft den Kittel aus. „Fürs Erste ist er über den Berg."

Lotta sackte sichtlich zusammen. „Gott sei Dank! Können wir zu ihm?"

„Er wird gerade auf die Intensivstation gebracht. Sie lassen euch sicher gleich zu ihm."

Siv nahm Lottas Hand. „Kommst du mit?", wandte sie sich an Niclas.

„Es ist besser, wenn es nicht zu viele Leute sind. Er soll sich nicht aufregen. Sagt ihm, ich komme später noch einmal vorbei."

Siv nickte und folgte eilig ihrer Mutter den Gang entlang.

Niclas drehte sich zu Hanna um, die mit verschränkten Armen auf ihn wartete. Sie blickte ihn ernst an. „Du hast ihm das Leben gerettet."

Er nahm ihre Hand. „Danke, dass du mich geholt hast."

„Du hättest nie aufhören dürfen, als Arzt zu arbeiten!"

Ihr Gesicht war ein offenes Buch für ihn. Er sah nicht nur ihre Erleichterung, sondern auch ihre Bewunderung und – ja, ihre Liebe. Er hatte es schon davor gewusst, aber es jetzt in ihren Augen zu erkennen, war ihm wichtig. Ihre Hand lag in seiner, und diesmal ließ er sie nicht los.

Sie hatten nur Augen füreinander und merkten nicht, dass Siv am Ende des Gangs stehen geblieben war und einen Blick zurückwarf. Sie sah Niclas vor Hanna stehen und deren Hand halten. Einen Sekundenbruchteil wollten die Beine unter ihr nachgeben. Der Schmerz war schneidend und traf sie völlig unvorbereitet. Doch schon wenige Augenblicke danach wurde er schwächer und wich der bohrenden Frage, ob sie es wohl auch allein in Stockholm packen würde. Mit zusammengezogenen Brauen ging sie in das Untersuchungszimmer und schloss sacht die Tür hinter sich.

Sie nahmen sich die Zeit für einen letzten Spaziergang. Erik war nicht auf der *Miranda*, er hatte auf der Ruderbank einen Zettel hinterlassen, dass er etwas vergessen habe und bald wieder da sei. Es stand keine Uhrzeit dabei, und da er schon vor Jans Zusammenbruch die Anlegestelle verlassen haben musste, konnte es gut sein, dass er schon in ein paar Minuten wieder zurückkehrte.

Doch Hanna war es egal. Sie wollte noch einmal mit Niclas zusammen sein, wenigstens für eine kurze Weile. Es war vielleicht ein Fehler, aber sie konnte nicht anders. In seiner Nähe zu sein war wie Balsam für ihre Seele.

Unweit der Werft erstreckte sich lichter Mischwald am Ufer des Sunds. Sie wanderten zwischen den Bäumen hindurch, immer darauf bedacht, nah beim Wasser zu bleiben. Wie in stiller Übereinkunft achteten sie darauf, einander nicht zu berühren.

„Ich konnte meine eigene Frau nicht retten", sagte Niclas, nachdem sie eine Weile gegangen waren.

Sie sah ihn liebevoll an, und er begriff, dass sie es schon vorher gewusst hatte. Vermutlich hatte Lotta oder Jan es ihr erzählt. Dennoch war er erleichtert, dass er es gesagt hatte.

„Wie ist sie gestorben?", fragte Hanna sanft.

„Ein Riss in der Aorta." Er ersparte ihr den medizinischen Fachausdruck und auch Ausführungen darüber, dass es jeden treffen konnte, ob Jung oder Alt, und dass es in den meisten Fällen tödlich endete. „Sie ist zusammengebrochen, ganz plötzlich, beim Abendessen. Ich habe alles versucht, sie zu retten. Aber sie ist innerlich verblutet."

Hanna blickte ihn herausfordernd an. „Und diese Stelle im Gesundheitsministerium – glaubst du, dass du das alles dort besser vergessen kannst?"

Er hob die Schultern. „Wenigstens kann ich da keine Fehler mehr machen, die ein Menschenleben kosten können."

„Das nennt man Flucht."

„Ja und? Fliehen wir nicht alle vor irgendetwas?" Eine Spur von Sarkasmus schlich sich in seine Stimme. „Du doch auch. Und dabei weißt du genau, dass der Schatten auf deiner Seele, vor dem du fliehst …" Er stockte, und seine Stimme wurde leiser. „Dass du ihn überallhin mitnehmen wirst."

Sie wollte das nicht hören und ging eilig weiter, doch er hatte sie rasch eingeholt. „Du hast gesagt, du willst Erik und dir noch eine Chance geben. Wieso gibst du *uns* keine Chance?"

Hanna schloss kurz die Augen. Dieser letzte Spaziergang war ein Fehler gewesen, sie erkannte es, noch bevor er seine nächsten Worte aussprach.

„Hanna, ich liebe dich. Und so komisch es klingen mag: Ich würde alles für dich tun."

Sie wich seinen Blicken nicht länger aus. „Dann mach deine Praxis wieder auf", sagte sie drängend. „Komm wieder hierher zurück, dahin, wo du gebraucht wirst."

Er sah sie unverwandt an. „Und du?"

Sie schwieg lange. Schließlich sagte sie leise und tonlos: „Du hast es schon gesagt. Mir fehlt der Mut."

Damit war alles gesagt. Ihre gemeinsame Zeit war vorbei. Ohne sich noch einmal nach ihm umzudrehen, ging sie durch den Wald davon.

Ein Arzt führte sie zur Intensivstation und ermahnte sie, den Patienten nicht aufzuregen und nicht länger als fünf Minuten zu bleiben. Hanna bedankte sich und ging zu dem Bett, in dem Jan lag. Sein Gesicht war bleich, aber seine Augen leuchteten auf, als er Hanna an sein Bett treten sah.

Vorsichtig nahm sie seine Hand. „Ich möchte mich verabschieden."

Er grinste ein wenig schief. „Wenn ich hier raus bin, werde ich wieder bei Lotta einziehen. Wahrscheinlich nimmt sie mich nur aus Mitleid auf. Aber das ist mir egal."

Hanna lachte leise. „Lotta liebt Sie!"

Jan stritt es nicht ab. „Liebe ist das Wichtigste." Er blickte ihr geradewegs in die Augen. „Nicht nur für Lotta und mich."

„Wie meinen Sie das?"

Er schluckte und hielt ihre Hand fester. „Fahr nicht."

Sie schüttelte den Kopf, dann ließ sie sich vorsichtig auf der Bettkante nieder.

„Es ist falsch", flüsterte er.

Tränen stiegen in ihre Augen. „Ich will daran glauben, dass es richtig ist."

Sein Blick ging zu dem blinkenden Monitor vor dem Bett. „Das Leben dauert nicht ewig, Hanna. Wir sollten es nicht verschwenden."

Die fünf Minuten waren noch nicht um, aber es war trotzdem an der Zeit, zu gehen. Sie drückte ein letztes Mal seine Hand, dann verließ sie still das Zimmer.

Sie nahm ein Taxi, um zurück zu der kleinen Werft zu fahren. Diesmal war Erik an Bord, Hanna sah ihn schon von Weitem.

„Erik!", rief sie ihm zu. „Ich bin da, wir können los!"

Er drehte sich zu ihr um und lächelte sie an, während sie ihm entgegenlief. Er war ihr Ehemann, und sie sagte sich, dass alles seine Richtigkeit hatte.

„Ich habe gehört, was passiert ist." Er half ihr an Deck. „Wie geht es Jan?"

„Gut. Er wird wohl wieder ganz gesund werden.“ Hanna hatte Mühe, ihn anzusehen, doch immerhin schaffte sie es, ihrer Stimme einen unbekümmerten Klang zu verleihen. „Können wir starten?“

„Wenn du bereit bist.“

Hanna hatte für eine Sekunde den vagen Eindruck, er warte darauf, dass sie ihre Meinung änderte. Doch dann bückte er sich, um das Tau vom Steg zu lösen. „Also gut“, sagte er. „Zweiter Versuch.“

Als er sich zu ihr umdrehte, wandte sie sich eilig ab, weil sie nicht wollte, dass er bemerkte, wie es in ihr aussah. Sie legte beim Hissen des Hauptsegels mit Hand an, und nur Minuten später glitt die *Miranda* vor dem Wind wie auf Schienen durch den Sund.

Hanna ging unter Deck und zog sich um, dünne Shorts und eine leichte Bluse. Sie sagte sich, dass sie in der Kajüte bleiben sollte, doch sie brachte es nicht fertig. Unruhig stromerte sie über das Deck und blieb schließlich am Mast stehen, die Blicke unverwandt aufs Ufer gerichtet. Übelkeit wallte in ihr auf, als die *Miranda* den nächsten Küstenvorsprung passierte und backbord voraus das kleine rote Haus auftauchte. Er war da, sie konnte ihn sehen! Eine große und eine kleine Gestalt liefen über die Wiese. Es mussten Pelle und Niclas sein, denn die kleinere Gestalt hielt einen großen bunten Drachen in der Hand.

Hanna glaubte, sich keinen Moment länger auf den Beinen halten zu können. Sie klammerte sich am Mast fest und versuchte, die aufsteigenden Tränen zurückzuhalten.

Gott, lass es nicht so furchtbar schwer sein, flehte sie, machtlos gegen die Gefühle, die mit unaufhaltsamer Gewalt über sie hereinbrachen.

„Nein“, flüsterte sie. Diesmal hatte sie es gesagt, es wirklich ausgesprochen. Nicht laut, aber in ihren eigenen Ohren gut hörbar. Sie wollte nicht mit Erik um die Welt fahren. Sie konnte es nicht. Es würde sie umbringen, denn der Teil von ihr, der sie wirklich am Leben erhalten würde – der war hier, dort drüben am Ufer.

Entschlossen wandte sie sich zu ihrem Mann um. „Erik, ich muss mit dir reden.“

NICLAS ging zum Haus zurück, als Frau Hellberg auftauchte. Im Grunde hatte er schon alles am Telefon mit ihr geklärt, aber die Maklerin schien es sich zum Anliegen gemacht zu haben, ihn in einem persönlichen Gespräch umzustimmen. Für sie ging es um eine schöne Stange Geld, das sie sich nicht so leicht durch die Lappen gehen lassen wollte. Niclas erklärte ihr nochmals geduldig, dass er nicht verkaufen würde, womit der Fall für ihn erledigt war.

„Und Sie sind sich wirklich sicher?“, versuchte sie es ein letztes Mal.

Niclas trat mit ihr zusammen auf die Terrasse und betrachtete den Garten mit den alten Bäumen und der ungezähmt wuchernden Wiese, die bis hinab an den Sund reichte. „Absolut“, sagte er.

„Schade. Dr. Martinson hätte beides genommen, Haus und Praxis. So einen Käufer findet man nicht so schnell.“

Niclas war, was Dr. Martinson betraf, nicht unbedingt überzeugt. Er hatte gehört, dass besagter Arzt in Stockholm ein Verfahren wegen diverser Trunkenheitsfahrten am Hals hatte und auf dem Land warten wollte, bis sich die Wogen geglättet hatten. Wie auch immer, Niclas brauchte keinen Nachfolger mehr. Er reichte der Maklerin die Hand. „Tut mir leid, dass Sie sich umsonst bemüht haben, aber es ist entschieden.“

„Nun denn. Ich wünsche Ihnen viel Glück, Dr. Söderlind.“ Sie zögerte. „Würden Sie mir noch sagen, wieso Sie ihre Pläne geändert haben?“

Niclas blickte auf seinen Sohn, der im Garten mit dem Drachen herumhantierte und vergeblich versuchte, ihn steigen zu lassen. Das kaputte Ding wollte sich einfach nicht in die Lüfte erheben, doch Pelle war ohne jede Frage so glücklich wie schon lange nicht mehr. Dazu waren nur drei Worte nötig gewesen, die Niclas vor einer Stunde geäußert hatte. *Wir bleiben hier.*

Er wusste, dass er richtig entschieden hatte. Obwohl ihn Hannas Weggehen wie eine offene Wunde schmerzte, war in seinem Inneren so etwas wie Frieden eingekehrt. Er gehörte hierher, dies war sein Zuhause.

Er merkte erst, dass er es laut ausgesprochen hatte, als die Maklerin sagte: „Na ja, dann nochmals alles Gute. Und auf Wiedersehen.“

Pelle kam angerannt, den Drachen unterm Arm. Seine Augen strahlten. Sein Haar stand in allen Richtungen ab. Er lächelte zu seinem Vater auf und entblößte dabei eine frische Zahnlücke in seinem Oberkiefer, die sich über Nacht aufgetan hatte. „Ich freue mich so!“

„Ich mich auch“, sagte Niclas inbrünstig.

Im nächsten Moment wusste er nicht recht, ob das wirklich uneingeschränkt zutraf, denn Siv kam ums Haus herum.

„*Hej!*“ Ihre Augen blitzten. „Stimmt es, was die Maklerin erzählt hat? Du bleibst hier?“

Er nickte stumm und wappnete sich in Erwartung ihrer Vorwürfe. Doch zu seiner Erleichterung lächelte sie ihn nur an, sanft, ein wenig wehmütig.

„Ich muss dir auch noch was sagen, Niclas. Ich werde trotzdem nach Stockholm gehen, auch ohne dich. Ich muss einfach etwas anderes machen.“

Niclas lächelte, zuerst zögernd, dann offen und von ehrlicher Freude erfüllt. Wenn es ihr nur um ihn gegangen wäre, würde sie nicht weggehen wollen. Dass sie es ungeachtet seiner eigenen Pläne dennoch vorhatte, legte den Schluss nahe, dass sie es wirklich für sich tun wollte. Er umarmte sie voller Zuneigung. Sie war eine wunderbare Freundin, und obwohl alles so schiefgelaufen war, würde sie ihm fehlen.

„Ist schon in Ordnung, Niclas.“ Ihre Stimme klang fest, und in ihren Augen stand Zuversicht. Sie deutete auf Pelle, der sich immer noch mit dem Drachen abplagte. Liebevoll knuffte sie Niclas in die Seite. „Jetzt hau endlich ab!“

Sie verabschiedete sich mit einem Lächeln, und Niclas machte sich auf, um seinen Sohn von seinen Künsten als Drachenbaumeister zu überzeugen.

Er kauerte sich neben Pelle ins Gras und betrachtete den Riss in der Folie. Allzu schlimm sah es nicht aus. Ein Streifen von dem Flickmaterial, das der Verpackung beigelegen hatte, und das gute Stück würde wieder am Himmel schweben.

„Sieh mal!“ Pelle deutete hinaus aufs Wasser. „Da ist ja das Boot von Hanna!“

Niclas folgte seinen Blicken, und da war sie, die *Miranda*. Sie befand sich auf gleicher Höhe mit seinem Grundstück, und in ein paar Augenblicken würde sie vorbeigezogen sein.

Sein Herz hämmerte gegen die Rippen, und er musste sich zwingen, hier bei Pelle zu bleiben und nicht runter zum Steg zu rennen. Mit geblähten Segeln glitt die Jacht vorbei, und obwohl Niclas geglaubt hatte, es aushalten zu können, fühlte er, wie etwas in ihm zerbrach.

HANNA stand vor ihrem Mann, die Hände an den Seiten zu Fäusten geballt. „Erik, wir müssen umdrehen.“

Er machte sich an der Takelage zu schaffen. „Wieso?“, fragte er, ohne sie anzusehen. „Hast du etwas vergessen?“

Beherzt holte sie Luft. „Ich weiß, dass du alles für diese Reise aufgegeben hast. Aber ich … Ich kann das nicht. Ich kann nicht mit dir kommen.“

Jetzt war es endgültig draußen, und Hanna fühlte mit grenzenlosem Erstaunen, wie leicht es gewesen war. Die Welt drehte sich noch, und es war kein Blitz niedergefahren, um sie zu erschlagen.

Er hatte sich aufgerichtet und sah sie verdattert an. „Warum?“

Sie nestelte unbeholfen an ihrer Bluse herum. „Ich dachte, es würde helfen, unsere Ehe zu retten! Ich war auch sicher, dass es mir gelingen würde! Aber ich wollte nur davonlaufen! Vor dem Schmerz und der Trauer um das Kind.“ Sie hob den Kopf und blickte ihn an. „Und um unsere Liebe, die wir zusammen mit dem Kind begraben haben.“ Sie schöpfte zitternd Atem und trat einen Schritt auf ihn zu, suchte instinktiv seine Nähe, als könne sie ihm so Schutz bieten für das, was sie ihm noch sagen musste. „Erik, ich liebe dich nicht mehr."

Zu Hannas Überraschung schien er es beinahe gelassen aufzunehmen. Einen Augenblick lang glaubte sie sogar, Erleichterung in seinen Blicken wahrzunehmen. Und eine Sekunde später wusste sie, dass es keine Einbildung war. „Ich muss dir auch noch was sagen", meinte er unvermittelt.

Sie starrte ihn an und spürte einen Stich. Nicht schlimm, aber spürbar. Sie hatten gute Jahre miteinander gehabt und kannten einander. Hanna wusste Bescheid, auch ohne langatmige Erklärungen zu hören. „Elsa", sagte sie ruhig.

Er nickte nur und machte sich dann wortlos daran, die *Miranda* zu wenden. In ihm tobten widerstreitende Gefühle. Gewaltige Erleichterung hatte sich seiner bemächtigt, und er brannte darauf, Elsa alles zu erzählen. Er hatte keine Ahnung, wie lange er vorhin noch ziellos in der Gegend herumgewandert war, eine Tasche mit ein paar hastig zusammengepackten Sachen über der Schulter und den Brief mit dem zusammengeklebten Foto in der Hand. Er hatte sich nicht entscheiden können, bis zuletzt, und er wusste immer noch nicht, was ihn am Ende dazu getrieben hatte, doch wieder zur *Miranda* zurückzukehren – Feigheit oder Pflichtgefühl.

Nun hatte sich die Antwort auf diese Frage erledigt. Eigentlich sollte er nur noch froh sein. Doch das, was in den letzten Tagen geschehen war, nagte an ihm. Er hatte um seine Ehe gekämpft und verloren, aber das war nicht der springende Punkt. Was ihm wirklich zu schaffen machte, war die Tatsache, dass Hanna dort drüben am Bug stand und wie hypnotisiert zum Haus dieses Doktors hinüberstarrte. Sie hatte offensichtlich keine Mühe gehabt, sich schnellstens Ersatz zu verschaffen. In einer Aufwallung von Zorn und Frustration umklammerte Erik das Ruder.

Doch dann rief er sich ein Bild aus der jüngeren Vergangenheit in Erinnerung. Wie sie kurz vor der Niederkunft ausgesehen hatte, mit ihrem gerundeten Bauch und dem madonnenhaften Lächeln. Die stille, melancholische Ruhe, die sie ausgestrahlt hatte, als sie beide auf die Geburt ihrer kleinen Tochter gewartet hatten. Vielleicht hätten sie es in einem anderen Leben besser machen können.

Nein, verbesserte er sich in Gedanken. Sie würden es besser machen, alle beide. Aber eben jeder für sich. Das war die wirkliche Erkenntnis, die er nach alledem für sich mitgenommen hatte. Dass sie eine Chance hatten, wieder glücklich zu sein, jeder auf seine Weise. Sie würden einander loslassen, dann war alles gut.

Hanna umklammerte die Reling und starrte wie gebannt zum Ufer hinüber. Weder Niclas noch Pelle war zu sehen, anscheinend waren sie ins Haus gegangen. Die *Miranda* gelangte nach der Wende wieder in ruhigeres Fahrwasser und näherte sich bis auf etwa zweihundert Meter der lang gezogenen Bucht, in der das Grundstück lag. Viel näher würden sie nicht herankommen, und Hanna suchte fieberhaft den Uferstreifen und die Umgebung des Hauses mit den Augen ab. Doch nirgends war eine Bewegung zu entdecken.

Dann sah sie über den Kronen der Birken das flammenfarbene Viereck zum Himmel aufschießen. Der Drachen! Niclas hatte ihn repariert! Er flog höher als je zuvor und taumelte in verrückten Kreiseln auf und nieder, schneller, als das Auge ihm folgen konnte.

Zu viel, dachte Hanna angespannt. Sie gaben ihm zu viel Leine!

Im selben Moment geriet der Drachen ins Trudeln, er torkelte Meter um Meter abwärts, fing sich kurz wieder und schmierte dann erneut ab, um schließlich endgültig zur Erde zu stürzen.

Hanna verfolgte entsetzt das Geschehen. Sie bewegte sich völlig unbewusst und merkte erst, dass sie über die Reling gestiegen war, als Erik hinter ihr alarmiert ausrief: „Hanna, was zum Teufel soll das werden?"

„Tut mir leid", murmelte sie. „Aber ich glaube, ich werde gebraucht."

DER DRACHEN war eindeutig kaputt. Niclas und Pelle knieten neben dem Gewirr aus Leinen, herausgebrochenen Stäben und zerknitterter Folie und betrachteten enttäuscht die Überreste des stolzen Fliegers.

„Mist!", fluchte Pelle. „Wenn Hanna doch bloß hier wäre!"

„Hanna ist weg", sagte Niclas etwas barscher als beabsichtigt. „Wir müssen sehen, wie wir das allein schaffen."

Für Pelle schien das kein Problem zu sein. Er grinste nur bereitwillig. „Okay, ich hole schon mal das Werkzeug." Gelenkig sprang er auf und rannte zum Haus. Niclas schickte sich an, die Stäbe und die verhedderten Leinen zu sortieren, als ihn plötzlich ein innerer Drang dazu trieb, innezuhalten und aufzublicken. Sein Blick glitt über den Sund und blieb an der *Miranda* hängen, die gerade in Ufernähe vorbeizog. Sie hatten umgedreht! Hanna stand am Bug, sie sah zu ihm hinüber. Und dann …

„Was …", stammelte Niclas.

Sie setzte zu einem Kopfsprung an, und im nächsten Augenblick glitt ihr schlanker Körper in einem perfekten Bogen durch die Luft und tauchte ins Wasser. Niclas war bereits aufgesprungen und mit Riesensätzen zum Ufer unterwegs. Sie schwamm an Land. Sie kam zu ihm!

Als er das Bootshaus erreichte, hatte sie bereits Grund unter den Füßen. Sie watete auf ihn zu, ein glückliches Leuchten im Gesicht. Niclas hielt es nicht länger am Ufer, er streifte seine Schuhe ab und warf die Jacke zur Seite. Hastig stürzte er sich ins Wasser und bewegte sich halb schwimmend, halb watend auf sie zu.

Sie lachte und weinte gleichzeitig, als er sie in seine Arme zog. Er fand ihre Lippen und sie küssten sich leidenschaftlich.

Niclas hielt sie in den Armen und fühlte ihr Zittern. Seine Stimme war heiser, als er neben ihrem Ohr murmelte: „Habt ihr etwa wieder einen Motorschaden?"

Er spürte, wie sie den Kopf schüttelte. „Nein. Aber es sieht so aus, als hättet ihr einen Drachenschaden. Kann es sein, dass ihr mich braucht?"

Anstelle einer Antwort küsste er sie erneut, diesmal zärtlicher. Anschließend hob er den Kopf und sah über ihre Schulter hinweg auf die grünen Inseln. Zu seiner Rechten segelte die *Miranda* weiter landeinwärts, ein weißes Dreieck auf blauem Grund, das stetig kleiner wurde. Der Himmel hatte über den Schären einen rötlichen Saum, die Sonne stand bereits tief. Hinter dem Horizont wartete die Nacht, doch sie hereinbrechen zu sehen bedeutete diesmal keinen weiteren Schritt in eine unsichere Zukunft, sondern die unverrückbare Gewissheit, dass sie es geschafft hatten. Sie waren beide endlich angekommen.

Vom Zauber der schwedischen Landschaft

Inga Lindström

Millionen von Zuschauern schalten sonntagabends den Fernseher ein, um sich von Inga Lindström neunzig Minuten lang ins idyllische Schweden entführen zu lassen. Gebannt verfolgen sie, wie sich dort große und kleine menschliche Dramen abspielen und wie Menschliches und Zwischenmenschliches zu Irrungen und Wirrungen führt – immer in der beruhigenden Gewissheit, dass am Ende alles gut ausgehen wird und jene zusammenfinden, die das Schicksal füreinander bestimmt hat.

Die Autorin, die sich seit 2003 diese beliebten Geschichten ausdenkt, bleibt bescheiden im Hintergrund und möchte auch nicht fotografiert werden: Inga Lindström ist ein Pseudonym, hinter dem sich eine erfolgreiche TV-Autorin verbirgt, die mit einem Bildhauer verheiratet und Mutter einer Tochter ist. Nach mehrjähriger Tätigkeit als Journalistin arbeitete sie fürs Theater und schreibt heute vor allem Drehbücher fürs Fernsehen.

Zum Erfolgsrezept von Inga Lindström gehört die romantische Schönheit Schwedens: Malerische Seen, stattliche Herrenhöfe, gemütliche Cafés und die naturschönen Schären bilden die Kulisse, vor der sich die Handlung erst richtig entfalten kann. Als Drehort für die meisten Inga-Lindström-Filme hat man die Gegend um Nyköping südwestlich von Stockholm gewählt. Für die Dreharbeiten erkundet Dieter Bächle die schönsten Plätze; es gibt wohl keinen Weg und kein Haus in der Gemeinde Nyköping, die er nicht kennt. Wonach er speziell sucht? „Das Erste, nach dem ich schaue, sind Wasserläufe. Ein See oder das Meer.“ *Wind über den Schären* – gelungener kann ein Titel für eine Inga-Lindström-Geschichte also kaum sein…

Übersetzer
Lebendig und begraben: Wolfgang Thon
Kein Kuss unter dieser Nummer: Jörn Ingwersen

Illustrationen und Fotos
Lebendig und begraben:
Einband, S. 4 (oben), S. 6/7: Getty Images/Scott MacBride; S. 8: Getty Images/Don Farrall
Kein Kuss unter dieser Nummer:
Einband, S. 4 (unten), S. 168/169: Getty Images/Ghislain & Marie David de Lossy; S. 170: Getty Images/Linda Burgess
Der Teufel von Garmisch:
Einband, S. 5 (oben), S. 318/319: Getty Images/Rob Atkins; S. 320: iStockphoto.com/Royce DeGrie
Wind über den Schären:
Einband, S. 5 (unten), S. 486/487: Getty Images/Jan Greune; S. 488: iStockphoto.com/Elemental Imaging

Autorenfotos
Joseph Finder (Einband, S. 167): Joseph Finder
Sophie Kinsella (Einband, S. 317): privat
Martin Schüller (Einband, S. 485): Emons Verlag

Die ungekürzten Ausgaben von „Lebendig und begraben", „Kein Kuss unter dieser Nummer" und „Der Teufel von Garmisch" sind im Buchhandel erhältlich.